O ESPELHO DE CASSANDRA

Do autor

TRILOGIA
O IMPÉRIO DAS FORMIGAS

As Formigas
Vol. 1

O Dia das Formigas
Vol. 2

A Revolução das Formigas
Vol. 3

TRILOGIA
O CICLO DOS DEUSES

Nós, os Deuses
Vol. 1

O Sopro dos Deuses
Vol. 2

O Mistério dos Deuses
Vol. 3

Bernard Werber

O ESPELHO DE CASSANDRA

ROMANCE

Tradução
Clóvis Marques

BERTRAND BRASIL
Rio de Janeiro | 2015

Título original: *Le miroir de Cassandre*

Capa: Raul Fernandes

Editoração: FA Studio

Texto revisado segundo o novo
Acordo Ortográfico da Língua Portuguesa

2015
Impresso no Brasil
Printed in Brazil

Cip-Brasil. Catalogação na publicação.
Sindicato Nacional dos Editores de Livros, RJ.

W516e Werber, Bernard
O espelho de Cassandra / Bernard Werber; tradução Clóvis Marques. — 1. ed. — Rio de Janeiro: Bertrand Brasil, 2015.
560 p.; 23 cm.

Tradução de: Le miroir de Cassandre
ISBN 978-85-286-1687-3

1. Ficção francesa. I. Marques, Clóvis. II. Título.

CDD: 843
14-18499 CDU: 821.133.1-3

EDITORA BERTRAND BRASIL LTDA.
Rua Argentina, 171 — 2º andar — São Cristóvão
20921-380 — Rio de Janeiro — RJ
Tel.: (0xx21) 2585-2070 — Fax: (0xx21) 2585-2087

Atendimento e venda direta ao leitor:
mdireto@record.com.br ou (0xx21) 2585-2002

Impresso no Brasil pelo Sistema Cameron da Divisão Gráfica da
DISTRIBUIDORA RECORD DE SERVIÇOS DE IMPRENSA S.A.

A todos os videntes passados, presentes e futuros.

À memória do meu avô, Isidore.

"É possível fazer previsões sobre tudo, exceto o futuro."

LAO TSÉ

"Em terra de cego, os caolhos não são surdos."

ANÔNIMO

"E o anjo põe o dedo no lábio do feto pouco antes de ele nascer e murmura: 'Esquece todas as tuas vidas anteriores, para que tua lembrança não te perturbe nesta vida.' É o que provoca o sulco acima dos lábios do recém-nascido."

A CABALA

SERÁ UMA VEZ

1.

"É possível ver o futuro?"

2.

O jovem passa pela porta de ferro.

Avança lentamente e para à beira do terraço da Torre de Montparnasse. Debaixo dele, 210 metros de vazio. É noite, as estrelas palpitam, as tempestades são frias e muito ruidosas a esta altura. Ele se debruça. Lá embaixo, além das trevas, os veículos circulam como colunas de insetos luminosos e impacientes.

Vertigem gelada.

No mostrador do seu relógio de corrente, lê-se: "Probabilidade de morrer dentro de 5 segundos: 63%."

O suor escorre pelo seu rosto e pinga nas costas. Ele engole, respira fundo, ofega. Inclina-se mais ainda, e então, após breve hesitação, atira-se no ar.

Seus cabelos meio longos batem-lhe no rosto.

A cada andar da imensa torre parisiense, o percentual no mostrador do relógio de corrente aumenta: "Probabilidade de morrer em 5 segundos: 69%."

As linhas das vidraças vão passando.

72%.

Durante a queda, ele percebe fugazmente os olhares perplexos das pessoas por trás das vidraças, vendo-o mergulhar direto para o solo.

83%.

Ele passa por um pombo que vai em sentido contrário, ao encontro do ninho.

Quando ele já está a apenas algumas dezenas de metros do solo, o número que aparece no mostrador do relógio de repente passa de 89% para 31%.

Nesse momento, sua queda é bruscamente amortecida por um enorme caminhão transportando espuma de poliestireno para construções. Tendo avançado um sinal vermelho, o enorme veículo encontra-se ali exatamente no momento em que o homem vai atingir o solo.

Intacto e meio zonzo, ele nem tem tempo de se levantar, e o número no mostrador já está subindo rapidamente: "Probabilidade de morrer em 5 segundos: 98%."

Ele então entende o longo cantar de pneus do caminhão-cisterna, que, aparecendo de repente do lado direito do cruzamento, não consegue parar. E que bate no outro caminhão, como se fosse em câmera lenta, em meio ao estrondo de lataria martirizada.

Os dois caminhões contêm líquido inflamável. Tudo explode em fogos de artifício devastadores.

3.

"E agora, que vai acontecer?"

4.

— Eis aí uma pergunta interessante, não é mesmo? Que vai acontecer nos segundos, no minuto, na hora, no dia, no século que vêm? Estou perguntando especialmente a você, senhorita, que diz conhecer o futuro.

Ele abre um largo sorriso.

— Em todos os tempos, os homens tentaram prever o que lhes aconteceria. Observaram o voo das cegonhas, examinaram as entranhas das galinhas, estudaram as estrelas e tantas coisas mais. Mas nunca conseguiram decifrar seu futuro. E você acredita ser capaz de "ver" certos acontecimentos antes que ocorram? É isso mesmo?

Ele cruza e descruza seus longos dedos bem tratados.

— Muito bem. Vamos pensar um pouco. Para situar a sua "diferença", tentemos inicialmente entendê-la como pessoa. Donde minha segunda pergunta: você sabe realmente quem é? Sim, você. Não vire a cabeça, estou mesmo falando de você, de ninguém mais. Vamos, responda. Quem é você?

Um leve calafrio passa pelas costas da moça. E ela pensa, bem lá no fundo:

Ah, se eu pudesse saber isso...

Ele se inclina em direção a ela.

— Você não "quer" ou não "pode" responder? Nesse caso, eu talvez possa ajudá-la. Você ainda não sabe, mas sua vida se baseia num grande segredo. Vou lhe dar um primeiro indício. Você conhece o real significado da palavra que a identifica? Conhece o sentido profundo do seu prenome?

Ele articula lentamente, fazendo a palavra rolar na sua boca:

— CAS-SAN-DRA. Seu nome é Cassandra, não lembra alguma coisa?

Ela o contempla, achando-o insignificante. Seus cabelos prateados, cortados à escovinha, seus olhos azul-tungstênio, o nariz reto, o anel largo e chato que chama a atenção no seu anular, tudo nele transpira presunção e autossuficiência.

Ele a observa, achando-a belíssima. Seus longos cabelos negros ondulam até a cintura, e da luz dos seus olhos cinza-claro emanam uma intensidade e uma profundidade quase incômodas. Ele pensa que tudo nela respira a graça e a força da feminilidade.

— Ahhh, a importância do prenome — insiste ele, desviando os olhos. — Que motivação leva os pais a colar determinada etiqueta, e não outra, numa larva humana, sabendo que a criatura com ela contemplada terá de conservá-la até a morte? Um prenome é como uma programação secreta inscrita no mais profundo de nós. Eu, por exemplo, me chamo Philippe. Fiquei sabendo que você se interessa muito por etimologia, e portanto não deve ignorar que em grego "philo" significa que ama, e "hippo", cavalos. "Que ama os cavalos." É o meu caso. Eu gosto de cavalos. Aposto em corridas e inclusive ganhei muitas vezes. Quanto à minha irmã, chama-se Véronique.

Literalmente: "vero", verdadeiro, e "iconos", imagem. "Imagem verdadeira." Pois bem, ela se tornou fotógrafa, e por sinal bem talentosa.

Ele parece encantado com a própria demonstração.

— Mas o prenome também pode ser a primeira maçã envenenada oferecida pelos pais. Como são cruéis os que batizam os filhos de Charles-Henri, Imaculada, Lourdes, Gertrude ou Ferdinand!...

Ele brinca com os longos dedos.

— Conheci um sujeito com o sobrenome de Einstein. Bem interessante, há de convir, mas os pais lhe deram o nome de Frank. "Frank Einstein." Ele poderia ser um gênio, mas acabou sendo programado para se tornar um monstro.

Ele dá um risinho, mas logo se contém.

— E você, Cassandra, é um gênio ou um monstro?

O diretor da escola assumiu de repente um tom de intimidade. Ela sustenta o olhar, sem pestanejar com seus olhos cinzentos, já agora imensos.

— Mais para monstro, a julgar pelo relatório da vigia noturna.

Ele arranca duas folhas grampeadas numa pasta e lê lentamente:

— "À meia-noite, a interna Cassandra Katzenberg deu um grito que acordou todo mundo no quarto da ala oeste. Depois, começou a falar de um atentado terrorista que segundo ela seria cometido nos próximos dias. E como uma das colegas, desejando dormir, a mandasse se calar, Cassandra dilacerou selvagemente seu rosto." Segue-se o relato da enfermaria: "A interna Violaine Duparc apresenta um ferimento tão profundo que gerou um início de hemorragia. Foram necessários vinte pontos de sutura nos ferimentos da bochecha e do pescoço, que provavelmente deixarão cicatrizes indeléveis."

O homem bate com as folhas em sua mesa.

— Você praticamente a desfigurou, Cassandra-monstro. Como explica esse comportamento de animal feroz?

A jovem examina as próprias unhas, ainda vermelhas de sangue coagulado. E pensa com seus botões:

Que não me provoquem. Essa imbecil da Violaine zombava do futuro, e eu lhe dei uma lição perfeitamente adequada para sua falta de visão. Não me limitei a abrir sua pele do rosto, abri também sua mente. Ela devia me agradecer.

O diretor aproxima-se dela.

— Continua sem responder? Nesse caso, eu talvez tenha um início de explicação: "O poder das palavras." E especialmente desse seu famoso prenome.

Ele caminha para cima e para baixo, com as mãos cruzadas nas costas.

— Nesse caso, se desejar, vou lhe contar a história da sua famosa homônima: a antiga Cassandra. Quer?

Não. Não estou nem aí.

— Você vai ver, é mesmo perturbador, e talvez explique certos acontecimentos ocorridos esta noite.

Ele olha fixamente para ela. Ela enfrenta seu olhar.

— Entendo. No fim das contas, ficaremos mais à vontade lá em casa, na minha biblioteca pessoal. Tenho lá toda a documentação necessária.

Um calafrio desagradável percorre suas costas, mas ela nem se mexe. Ele se inclina sobre ela e murmura em seu ouvido:

— Além do mais, tenho um presente-surpresa para você.

5.

Eu não posso ir à casa dele, algo me diz.

6.

A casa do diretor é uma pequena construção adjacente à escola. As paredes de tijolos ocre são recobertas de hera e culminam num telhado de ardósia. Na caixa de correio, lê-se em letras inclinadas: *PHILIPPE PAPADAKIS, DIRETOR.*

Um jardim e um caminho de cascalho ornamentam a entrada.

O interior é de estilo antigo: móveis de antiquário, quadros representando cavalos que galopam, cortinas escuras, tapetes gastos de cor indefinida.

Cheiro de cânfora.

A casa de um velho solteirão, sem qualquer presença feminina para cuidar da cozinha, da louça, da roupa de cama. Nem mesmo uma arrumadeira.

O homem dá busca em sua biblioteca cheia de obras antigas, enquanto ela permanece de pé junto à porta, sem se mexer.

Ele me lembra um ator americano, mas não me recordo mais do nome.

O diretor finalmente encontra um livro intitulado *A Maldição de Cassandra*, tendo na capa uma mulher de túnica branca sentada num trono de ouro e segurando uma serpente. Ele assopra a parte superior para remover a poeira e rapidamente folheia o livro, em busca de referências.

— Verá como é apaixonante.

Duvido muito.

— Aqui está. Para começar, o sentido do seu prenome... Cassandra é abreviatura de Alexandre. Mas existe apenas uma Cassandra famosa. Era uma princesa da Antiguidade. A história passou-se por volta de 1300 antes de Jesus Cristo, há mais de três mil anos. Cassandra era filha de Príamo, rei de Troia. Sua mãe era a grã-sacerdotisa Hécuba, da tribo das amazonas, que vivia à beira do mar Negro. Segundo Homero, Cassandra era a mais bela das filhas do rei Príamo.

O diretor a observa. Ela permanece impassível.

Muito bem, acabou, agora posso ir embora?

— Um dia, o deus Apolo desceu ao templo dedicado ao seu próprio culto. Viu Cassandra e declarou a sua mãe, a rainha Hécuba: "Esta jovem me agrada. Vou oferecer-lhe um dom, o mais extraordinário de todos, o dom da clarividência; ela verá o futuro." Apolo passou então um dedo sob o queixo da menina, dizendo: "Não me agradeça por enquanto. Quando crescer, poderá fazê-lo da maneira que eu indicar."

Unindo o gesto à palavra, Papadakis aproxima o dedo do queixo de Cassandra, que o afasta rispidamente, como se tivesse levado um choque elétrico.

Eu não devia ter concordado em vir aqui.

— Ao chegar à idade adulta — prossegue o diretor, ignorando sua reação —, Cassandra foi designada sacerdotisa do templo de Apolo em Troia. Tal como a mãe. Um dia, como prometera, Apolo foi buscar sua recompensa: "Agora", disse-lhe, "chegou a hora de mostrar tua gratidão para com teu deus". Mas a jovem recusou-se a ele.

Philippe Papadakis sacode a cabeça, indignado.

— Já pensou? Uma simples mortal rechaçando as investidas do seu deus. Como pode imaginar, Apolo não ficou nada satisfeito. E tinha razão. Por um lado, deu um presente extraordinário a uma jovem, a visão do futuro com que sonham todos os homens, e por outro, ela se recusa a agradecer-lhe. Que ingrata!

Ele espera para ver se o comentário teve o impacto desejado. Brinca com a pedra do seu anel, representando uma cabeça de cavalo.

Então, acabou? Posso ir embora?

— Mas o deus da beleza mostrou-se magnânimo. Disse simplesmente: “Eu não sou rancoroso. Não vou tomar de volta o que lhe dei. Em vez de retirar o dom que tive a leviandade de lhe dar sem uma contrapartida, vou acrescentar um outro: quando você falar, ninguém vai acreditar.” E para selar a maldição, cuspiu dentro da sua boca.

O diretor vira a página, molhando o indicador com saliva, e então, tendo rapidamente percorrido algumas páginas, resume:

— A partir desse dia, Cassandra teve visões do futuro, mas ninguém acreditava nela.

A mocinha nem se mexe. Está examinando a sala. À sua frente, um calendário indica a data: 03 de março.

A primavera está chegando. Teremos sol. Poderei sair e sentir o cheiro das árvores, da relva, das flores. Ouvir o canto dos pássaros. Sinto falta de tudo isso, estou aqui perdendo meu tempo. Preciso de espaço, de natureza e de sol. De ar e de luz.

Ela se volta novamente para o homem, cujas palavras deixou de ouvir.

Esse sujeito parece um ator americano. Como é que se chama mesmo? Estou com o nome na ponta da língua. Um ator que trabalhou em Klute *e* Mash.

O outro continua sua demonstração:

— E você, exatamente como sua antiga homônima, afirma ver o futuro? Mas que pretensão! A não ser que se trate da sua “intuição feminina”...

Ela sente seu hálito quando ele se inclina, depois de depositar o livro na mesa.

Isso mesmo, achei: Donald Sutherland. Até a cabeleira é parecida. O queixo é um pouco mais pontudo, e o nariz, maior. Os dedos também são menos finos.

Ele a fixa intensamente nos olhos.

— Aproxime-se — ordena.

Como ela permanece imóvel, ele é que avança.

Ele está na fronteira da minha bolha de proteção.

— Ah, sim, eu ia esquecendo o presente. Vocês, meninas, precisam do "presentinho". A famosa surpresa que eu tinha prometido. Na verdade, não é realmente da minha parte.

O diretor da escola apanha numa estante um pacote feito com papel kraft.

— Provavelmente enviado por alguém que gosta de você. Está comigo há algum tempo. Eu simplesmente esqueci de entregá-lo.

Ele está mentindo. De propósito.

Ele sacode a caixinha e ela ouve o ruído de um objeto duro contra a cartolina.

— Vai querer?

Ela lê de cabeça para baixo: "Para Cassandra." No lugar do REMETENTE, apenas uma letra rabiscada: "d."

— E então, não vai agradecer?

Os lábios da jovem se crispam.

— Diga "obrigado", senão não o dou.

A voz do homem tornou-se seca, imperativa.

Ele avança mais.

Ele entrou na minha bolha de proteção.

Ela se enrijece.

Dessa vez, não recua. Ele toma sua imobilidade por uma aceitação, tenta pegar-lhe a mão.

E você, Philippe, amante dos cavalos, por acaso conhece a mitologia do boxeador americano Mike Tyson?

Ela então se atira sobre ele e morde o lobo inferior de sua orelha. Sua mandíbula dá um estalo. Cassandra sacode a cabeça para arrancar o pedaço de carne, e então, depois de uma hesitação, trata de cuspi-lo no chão.

Passado o primeiro instante de estupor, Philippe Papadakis, os olhos arregalados, cai de joelhos, urra e protege a orelha que sangra. A jovem já pegou o pacotinho e se retira, correndo sem olhar para trás, com o objeto apertado contra o peito, afastando-se dessa casa habitada por um grito de dor que não para de ressoar.

7.

Agora não há outra alternativa. Não posso mais ficar neste lugar. Esse homem me dá nojo. As outras meninas da escola desconfiam de mim desde que eu tive uma visão do futuro.

A gente não deve ficar onde não é amado.

Eu necessariamente pagarei um preço por essa fuga, mas estou disposta.

A gente sempre deve fugir do mundo antigo.

8.

As nuvens se acumulam, cor de carvão. A noite cai lentamente, escurecendo tudo. Ao longe, o trovão ruge. De vez em quando, um raio risca o horizonte com sua florescência azul.

Cassandra finalmente para, sem fôlego. Terá de tomar uma decisão: ao sul, a capital em efervescência, ao norte, o subúrbio apaziguado pela noite.

Ela opta pelo norte e começa a correr de novo, até considerar-se a distância suficiente da escola. E finalmente se permite uma pausa, caindo no banco de um abrigo de ponto de ônibus. De olhos fechados, espera que o fôlego se acalme, e então, à luz do poste, trata de rasgar o papel kraft do pacotinho. Aparece uma caixa. Dentro dela, uma mão nervosa traçou numa folha branca:

"... Cassandra abriu o pacote e encontrou o estranho objeto. Tentou imaginar o que seria. A essa altura, melhor seria que ainda não o soubesse..."

Três pontinhos antes e três depois. E nenhuma assinatura. Debaixo do papel, num estojo de cetim malva, alguma coisa que se assemelha a um relógio dourado com pulseira de couro preto. No mostrador, uma simples frase: "Probabilidade de morrer em 5 segundos:"

Abaixo, uma pequena tela de cristal líquido apagada, com o símbolo "%".

À direita, um pequeno botão a deixa intrigada. Ela o pressiona.

A tela se ilumina, aparecendo o número digital "88", que corresponde à ativação dos números de cristal líquido.

Não há lugar para minutos nem segundos. A tela exibe apenas números de 00 a 99.

No pacote propriamente está inscrito: "Cassandra KATZENBERG, Escola das Andorinhas", e o endereço.

Remetente: "d."

Nada mais.

"d."... Será possível que seja ele?

Ela tem a impressão de ser observada de longe. Na dúvida, prefere não permanecer no abrigo do ponto de ônibus. Afasta-se pela calçada até o cruzamento seguinte.

Não ficar paranoica, mas permanecer vigilante.

Ela olha para o relógio para ver se o seu deslocamento acarretou alguma modificação na tela, que no entanto continua indicando "Probabilidade de morrer em 5 segundos: 88%."

Como está com os olhos grudados no relógio, ela atravessa a rua sem olhar. Por pouco escapa de uma enorme moto, que dá uma freada ruidosa.

— Ei! Vê se olha para a frente, se não quer morrer! — vocifera o motoqueiro, mandando-lhe um gesto obsceno.

Ela considera que é uma excelente advertência e prefere cobrir o relógio com a manga do casaco, para não ser mais tentada a ficar olhando para ele.

Depois de uma meia hora vagando, ela vê surgir uma nova ameaça, que a deixa muito mais preocupada. No fim da rua vai surgindo lentamente um carro tendo na carroceria as sete temidas letras: POLÍCIA.

O diretor deu o alerta.

O céu fica ainda mais escuro, e de repente começa a chover. Cassandra acelera o passo. O automóvel vem na sua direção em baixa velocidade. A avenida está deserta. Não há pedestres nem tráfego de automóveis, apenas esse veículo que se aproxima debaixo da chuva forte.

Ela corre e depois se esconde por trás de uma árvore, esperando, com garras e caninos prontos para atacar.

Recuperou as armas primitivas que todo mundo possui, mas que muitos se recusam a usar.

Sente-se uma mulher das cavernas em pleno mundo moderno. E esse primitivismo, longe de ser uma limitação, é uma força. Muito embora não consiga controlá-lo o quanto gostaria.

Preciso parar de ficar me questionando sobre o passado e pensar apenas no futuro.

O relâmpago ilumina o horizonte e desenha um arbusto de raios que a ofuscam. A chuva redobra de intensidade, flagelando ruidosamente o solo. O carro da polícia se aproxima deslizando e Cassandra tem tempo apenas de se agachar por trás de um outro plátano.

Quando o veículo chega bem perto, um dos policiais projeta uma lanterna para iluminar a calçada. A jovem gira lentamente em torno do tronco para se manter na zona cega. O facho de luz passa de raspão, sem tocá-la.

Foi salva pela árvore.

Obrigada, árvore.

O carro passou.

Um relâmpago volta a castigar as nuvens, num barulho ensurdecedor. A chuva cai ainda mais pesada. Os cabelos da jovem estão encharcados. Suas roupas colam na pele.

Além dessa barreira de arame e do que ela oculta, nenhum esconderijo possível. Do outro lado da rua há terrenos baldios. Apenas uma calçada, árvores e uma longa cerca que não acaba mais. Ela a examina. Na trama de metal foram afixados, em várias camadas, cartazes de concertos, retratos de políticos ou de artistas de circo. De vez em quando, um letreiro mais espesso e meio pichado avisa "DML", tendo abaixo a inscrição "PROIBIDO COLAR CARTAZES". A parte superior da cerca é coberta por uma proteção de arame farpado da qual pendem sacos plásticos, flutuando como guirlandas. Por trás da barreira, árvores plantadas bem próximas impedem a visão do que está além.

Ela ouve um ronco de motor, volta-se e vê os cones brancos dos faróis se aproximando, vasculhando a névoa.

Eles estão voltando.

Debruçado na janela, o homem da lanterna perscruta as imediações da esquerda para a direita, com toda atenção. De repente, ela distingue uma fenda na cerca. Puxa o metal enferrujado, afasta-o, consegue abrir passagem e por ali mergulha, pelejando para liberar seu jeans, que ficou preso.

Tem tempo apenas de trazer os pés e se agachar por trás da folhagem. O facho da lanterna já ilumina a área onde ela se encontrava segundos antes.

O veículo passa por ela e segue seu caminho.

Cassandra entende que, onde quer que tenha caído, terá agora de permanecer, escondida. Espera, então, sem se mexer. O carro de polícia volta a passar em sentido inverso, ainda mais lentamente.

Eles sabem que eu estou por aqui. Devem ter encontrado pistas em algum lugar.

Mas o facho não detecta a trama retorcida na cerca. O carro segue em frente.

Eles voltarão.

Acabarão percebendo o buraco no cercado.

Ela não tem mais escolha.

Cassandra Katzenberg mergulha no mundo desconhecido, do outro lado da cerca.

9.

Eu sei que estou certa. E os outros, errados.

10.

Seu corpo atravessa a muralha de folhas densas. Ela é acariciada pelas folhas, enxugada, penteada.

Depois de atravessar uma primeira barreira de árvores cerradas, a jovem de grandes olhos cinza-claro avança em meio a arbustos espinhentos. A chuva parou de repente e uma camada de bruma recobre o solo. Ela caminha por essa espessa neblina em meio a um cenário estranho que vai descobrindo à medida que avança.

Cassandra não consegue esquecer a noite anterior na Escola das Andorinhas, quando gritou, anunciando o atentado terrorista.

Por que eles não me ouviram?

Eles olham, mas não enxergam.

Ouvem, mas não escutam.

Sabem, mas não entendem.

De repente, a jovem detecta um grunhido à sua direita. Distingue dois pontinhos vermelhos fixados nela através do vapor opaco.

Acelera o passo. Ao grunhido junta-se um outro, entrecortado por uma respiração rouca.

Onde estou?

Por todos os lados, árvores e plantas hostis, tojos, espinheiros, urtigas. Quando ela se volta, cinco pares de pontos vermelhos se fixam nela. Ela acelera o passo em meio à vegetação alta, que entrava seu avanço. Várias silhuetas de quadrúpedes de olhos vermelhos correm já agora no seu encalço.

Eles estão se aproximando.

Ela corre, galopa com a rapidez permitida pelo pânico e os obstáculos do terreno, perseguida pela matilha. A respiração torna-se dolorosa, e de repente os músculos das coxas se paralisam. Ela tropeça numa raiz e cai de quatro.

Ao seu redor, os olhos vermelhos formaram um círculo.

Cassandra se imobiliza. A saliva não chega mais à garganta. Uma nuvem pesada se afasta e a lua revela a paisagem.

E seus habitantes.

Uma matilha de pelo sujo, coberto de cicatrizes e pústulas. Nem uma única coleira. Libertos do controle humano, os cães voltaram a ser selvagens, parecendo uma horda de lobos.

Esses aí não comem bolinhos nem rações industrializadas.

O cão de guarda maior rompe o cerco e avança lentamente para ela. Cassandra vê a baba no focinho, seus caninos reluzentes. As pupilas fixas nela.

O animal encolhe as patas traseiras, pronto para saltar.

Instintivamente, seu olhar procura o relógio: "Probabilidade de morrer em 5 segundos: 88%."

Ela vê o cão saltando, como se fosse em câmera lenta, boca escancarada, rugindo.

Fecha os olhos e protege o rosto com os braços cruzados. O segundo que se segue parece-lhe incrivelmente longo.

11.

E o que eu esperava?

Que esse relógio presenteado por um desconhecido me trouxesse alguma informação confiável sobre o risco a que estou exposta? Absurdo.

Nenhum objeto pode saber o que me acontece.
As máquinas não serão capazes de nos salvar.

12.

Nada acontece.

Nem caninos, nem garras rasgando-lhe a carne, nem mandíbulas esmigalhando-a.

Ela baixa lentamente os braços, levanta uma pálpebra, depois a outra. Vê um facho iluminando o enorme cão caído no próprio sangue. Ele parece mergulhado em devaneios, com a cabeça atingida por uma flecha. Os outros cães permanecem imóveis ao redor dela, como que fascinados pela destruição rápida e silenciosa do chefe da matilha.

Quando a lanterna é abaixada, ela pode finalmente ver o homem que a salvou. É um barbudo alto de longos cabelos louros escorridos, usando uma roupa de camuflagem cáqui.

Ele não é da polícia. Parece uma estrela de hard rock *ou um viking.*

Ele ainda tem na mão direita o seu arco. No canto da boca, uma incandescência vermelha sai do charuto. Os braços nus, grossos como coxas, estão cobertos de tatuagens. A barriga, composta de várias camadas, confere-lhe o aspecto de um barril.

Ele ergue o corpo do animal. Imediatamente os outros cães desaparecem.

— Não gosto de cachorros — resmunga ele, cuspindo o sumo do charuto.

Arranca a flecha presa ao crânio do cão, limpa-a na coxa e a guarda no estojo.

— Também não gosto de raparigas perdidas. Que é que está fazendo aqui?

Cassandra aperta os enormes olhos cinzentos, sem articular uma palavra.

— Ei, estou falando com você! Se está atrás de um parque de diversões, está ligeiramente equivocada, garota. Aqui não é a Disneylândia nem o parque de Asterix.

Ele enfia os restos do cão no enorme saco que traz a tiracolo.

— Volte logo para casa, seus pais devem estar preocupados. Está na hora do último filme, e amanhã tem escola. Você não deve ficar aqui. É perigoso.

A mocinha de enormes olhos cinza-claro não responde, e continua a fixá-lo, imóvel.

O homem a contempla por alguns segundos, sem dizer nada, e depois balança a cabeça apontando o nariz para o céu. Começa a chover de novo.

— Não vai dizer nada? Tudo bem, já entendi. Vamos, siga-me.

E acrescenta, com seus botões:

— Já vi que você só vai me trazer complicações.

13.

Na verdade, a maioria das pessoas "pré-sente" o futuro. É um certo tipo de atenção. O problema é só que não acreditam em suas próprias previsões, e portanto não as levam em conta.

E quando o problema chega, fazem cara de surpresa, como se não soubessem que ia acontecer.

14.

O louro alto e barbudo e a frágil mocinha caminham pelos atalhos sinuosos e as pistas estreitas que parecem surgir a sua frente. O céu escurece ainda mais. Cassandra Katzenberg tem a sensação de estar num labirinto gigante.

Seu relógio continua marcando: "Probabilidade de morrer em 5 segundos: 88%."

Ela prefere apagá-lo.

O facho da lanterna de seu guia mostra formas insólitas, parecendo titãs congelados. Iluminado pelo círculo de luz, um dinossauro de boca escancarada revela-se um vagão de metrô em posição vertical. Um monstro vem a ser na verdade um amontoado de carcaças de veículos acidentados. Uma libélula gigante é um helicóptero partido ao meio.

Cassandra fica aliviada. Depois de todas essas provações, ela tem a impressão de que o futuro só pode melhorar. Além do mais, está encantada com esse lugar com milhões de novos estímulos.

Estou numa selva desconhecida, poucos quilômetros ao norte de Paris.

Eles atravessam poças, escalam muretas e montículos de formas diversas, nos quais os pés da jovem mal conseguem encontrar apoio estável. Esse estranho lugar parece-lhe muito mais vasto do que ela supunha ao passar ao longo da cerca.

Finalmente uma luz aparece ao longe. É uma fogueira de acampamento.

Os dois logo chegam a uma vasta clareira circular, em cujo centro uma fogueira estala, devorando enormes toras. Três silhuetas estão sentadas, com as sombras ondulando à luz das chamas.

— Está zombando de mim, Barão? Voltando a uma hora dessas?! — exclama uma mulher de cabelos ruivos apanhados em coque.

Seu vestido vermelho amplamente decotado revela seios opulentos. Cassandra nota que ela é vesga, o que lhe confere um aspecto cômico, em total contradição com sua voz, dura e estridente.

— Sinto muito, Duquesa, havia névoa.

— "Os que fracassam encontram desculpas, os que têm êxito encontram os meios" — ironiza a segunda silhueta, que se revela um jovem asiático.

— Ora, não comece com seus provérbios imbecis! — retruca o viking.

— Mas bem que ele te deu uma bela lição, o Marquês!

O terceiro personagem é um velho africano de túnica multicolorida. À luz das chamas, seus cabelos crespos e cinzentos adquirem nuances acobreadas. Ele tem os pés metidos em pantufas de couro verde de pontas recurvadas, grandes demais para ele.

A mulher de cabelos ruivos levanta-se, colocando-se diante de Cassandra.

— E então, Barão, que foi que trouxe da caça?

Sem responder, o louro entrega-lhe o cadáver do cão. A mulher o examina, depois ajeita as longas mechas ruivas.

— E que animal é esse? Uma corça? — pergunta, apontando Cassandra com o queixo.

— Uma guria que eu encontrei perdida no fundo do pântano. Ia ser comida pelos cães.

— E daí? Não somos o Exército da Salvação. Pouco estamos ligando que ela morra!

— Eu não podia deixá-la.

— Ah, é? E agora o que é que vamos fazer com o seu Chapeuzinho Vermelho, senhor Barão?

Cassandra aproveita para examinar o lugar aonde acaba de chegar. Acima da fogueira central gira um espeto ao qual está preso um coelho calcinado. O africano derrama um pouco de gasolina para insuflar as chamas.

A ruiva aproxima-se de Cassandra, examinando-a de alto a baixo. Toca-lhe o peito, apalpa as nádegas, examina seus dentes.

— Então, quem é você, Cinderela?

A jovem de grandes olhos cinza-claro nem se mexe. A mulher vira-se para os outros.

— Ei, camaradas, o que é que pensam do achado do Barão?

O velho negro de túnica observa-a de longe, coça a cabeça e cospe no chão.

— Não gosto de brancas.

O jovem asiático aproxima-se. É um rapaz de seus 20 anos no máximo, de rosto redondo e chato e corpo musculoso. Sua cabeleira negra e lisa é atravessada por uma mecha azul ligeiramente fluorescente. Ele veste por baixo do casaco de couro uma camiseta que proclama: "O inferno estava cheio, então eu voltei." Ele fareja Cassandra, gira lentamente ao seu redor e decreta:

— Não gosto de burguesas.

Toma então os seus punhos e os vira.

— Ela não só cheira a sabonete, como tem as mãos limpas — anuncia, em tom de zombaria.

A mulher solta um suspiro desabusado.

— Melhor seria que se tivesse deixado devorar pelos cães. Não gosto de gurias.

— Especialmente se forem mais jovens e mais bonitas que você, hein, Duquesa? — provoca o jovem asiático.

Cassandra mantém-se imperturbável.

— Mas diga lá, será que essa sua menininha às vezes consegue falar? Não disse uma palavra desde que chegou. Não gosto de carpas.

— Por acaso perdeu a língua? Ou está apenas nos esnobando? — pergunta o africano.

O viking grandalhão de repente dá um murro numa caixa de madeira.

— Não comecem a fazer grosserias com os visitantes, caso contrário ela vai pensar que somos uns sem educação e que não sabemos o que é hospitalidade.

— Nós, sem educação? — indigna-se a ruiva. — Pois eu ficaria muito danada se achassem isso de mim!

Ela traga a cerveja no gargalo e arrota ruidosamente.

— Mas aqui nós estamos em casa. E justamente não queremos saber de turistas, além do mais menores de idade, e que não falam! Aí está, Cinderela, aqui não há nada para você. Pode se mandar. Vamos! Já! Fora!

A jovem de grandes olhos cinza-claro nem se mexe.

— Não entendeu! Desapareça, sua vadia filhinha de ricos! Não queremos saber aqui de gente de mãos limpas! — insiste o jovem asiático.

O velho negro, sem dizer palavra, apanha o cão morto, deposita-o num tronco impregnado de sangue seco e começa a lhe decepar a cabeça e as patas com golpes de trincho.

A ruiva não se acalma.

— Que foi que te deu para trazer essa burguesa aqui? Ficou maluco, Barão? Ninguém deve saber que nós existimos, ninguém!

— E daí? Eu por acaso devia deixar que a garota fosse devorada pelos cães? É mesmo a sua cara, Duquesa, sua desalmada.

— Não está vendo que essa guria pode trazer aborrecimentos?

— Se me permite, Duquesa: fecha essa boca!

— Se me autoriza, Barão: vá se danar com seu ar moralizador.

— Sem querer desrespeitar os códigos de cortesia, Duquesa, você não passa de uma porca gorda varicosa, e eu quero mais é que vá se...

A boca de Cassandra abre-se lentamente, interrompendo a briga. Ficam todos atentos às primeiras palavras que ela vai pronunciar.

— ... Eu estou onde?

Eles a examinam, espantados.

— Ah! Como estão vendo, ela fala. É só que economiza as palavras — diz o velho africano.

— Talvez seja o seu nome, “Chui-zu” — zomba o jovem. — Provavelmente ela é chinesa.

— Como assim, você não sabe onde está? — pergunta a ruiva.

— Não percebeu que aqui fede? — questiona o asiático.

— É natural, está chovendo. A chuva afasta temporariamente os odores — lembra o velho africano. — É como um filme líquido que cobre tudo.

— Caso contrário, sabemos onde estamos pelo fedor do lugar — acrescenta o jovem. — Aqui, estamos num lugar que fede, você nem pode imaginar. Uma pestilência. Um cheiro terrível que entra pelas narinas, como um ruído ensurdecedor, só que no terreno olfativo. Caramba, é preciso ter narinas fortes. Este lugar é... é o negócio que mais fede no mundo.

— Ela tem o direito de saber — murmura seu salvador.

A ruiva lança-lhe um olhar oblíquo, e depois, com um pequeno movimento do queixo:

— Muito bem, vamos lá, Barão, como foi você que a trouxe, trate de contar-lhe.

O animal espetado crepita. Uma gordura amarela escorre, docemente, irisada por um raio da lua que consegue atravessar as nuvens.

15.

É uma selva.
E eles são selvagens modernos.
Mas com eles acho que vou conseguir me comunicar.

16.

O viking barbudo esmaga maquinalmente um mosquito, tira um de seus charutos da cartucheira e o acende. Aproxima-se do fogo, verte um pouco de gasolina e seu rosto se ilumina na claridade das chamas renascentes. Em seguida, mostra à jovem uma grande poltrona arrebentada, com molas à mostra, e a convida a sentar-se. Cheia de água de chuva, a poltrona imediatamente lhe molha as costas.

— OK, guria, você quer saber, pois vai ficar sabendo. Na verdade, estamos num lugar que não consta de nenhum mapa, nem de nenhum guia. Nem de lugar nenhum.

— Até do Google Earth, visto do céu, não passa de um terreno baldio — completa o jovem asiático.

— É um lugar que supostamente não existe, e que todo mundo quer ignorar. Esse lugar tem oficialmente o nome de "DML", que significa "Depósito Municipal de Lixo".

Aproveitando a calma do céu, moscas começam a dar voltas em oito, desafiando-se mutuamente em suas acrobacias aéreas.

— Sete anos atrás, quando a capital passou por uma nova onda de expansão demográfica, o pessoal da prefeitura de Paris percebeu que o grande depósito municipal de lixo, inaugurado há mais de quarenta anos, não era mais suficiente para administrar a crescente massa diária de lixo produzida pelos cinco milhões de habitantes da cidade. Decidiram então criar um lugar especialmente concebido para isso, algumas dezenas de quilômetros ao norte de Paris.

— No sul, criaram a boca, com uma cidade inteira dedicada a receber os alimentos: Rungis. Ao norte, criaram o buraco do cu, com uma zona destinada a evacuar os dejetos, o "DML" — esclarece o jovem asiático.

— Muitas grandes cidades funcionam assim — lembra o viking. — No sul, o abastecimento. No norte, os dejetos.

O velho africano dá de ombros.

— E poderíamos acrescentar: a oeste, os ricos; a leste, os pobres. Pela manhã, os operários do leste vão trabalhar nos bairros ricos do oeste.

— Todas as noites, os dejetos que chegam ao sul são digeridos no centro e acabam a vida no norte — retoma o viking, soltando uma baforada de charuto com cheiro de feno queimado. — As autoridades então criaram a "Lixolândia", uma lixeira de luxo, ultramoderna, que custou muito caro, com um incinerador capaz de queimar muito rapidamente as toneladas de lixo que lhe são levadas diariamente

— Eles deram até um nome a esse incinerador de última geração: Moloch. Como o deus cartaginês gigante que queimava os filhos na barriga cheia de fogo — frisa o jovem asiático.

O velho africano assente suavemente com a cabeça.

— As pessoas não gostam de saber o que acontece com seus dejetos. Como ao puxar a descarga do vaso sanitário, elas perdem o interesse de saber para onde vai.

— Moloch... Imagine, garota, uma espécie de grande fábrica muito limpa para administrar tudo que a cidade produz de mais sujo. Lá dentro, equipamentos eletrônicos, telas de vídeo, engenheiros de guarda-pó branco controlando telas, um universo sem ruído e sem cheiros. Parece até uma central nuclear ou uma fábrica de informática. Custou os olhos da cara aos contribuintes, mas foi apresentado na época como o máximo dos máximos da eliminação de dejetos nas grandes cidades.

Ele cospe no chão.

— De tal maneira que os prefeitos de todas as capitais da Europa vinham ver o funcionamento da nossa pequena maravilha de...

— ... de "cu de luxo" — corta o jovem asiático, satisfeito com a própria expressão.

— Caramba, mas a coisa apesar de tudo funcionou por uma década sem problemas.

Cassandra ouve com atenção.

— Até que houve o caso da "nuvem marrom". A chaminé do incinerador de lixo gerava uma coluna de fumaça escura que se projetava bem alta, formando um forro marrom acima do bairro. As pessoas tossiam, multiplicaram-se os casos de câncer e asma na região. Quando chovia, as gotas adquiriam uma coloração avermelhada.

— Ah, é o preço do mundo moderno — suspira o homem de túnica, fatalista.

— Ninguém dava a menor importância, pois se tratava de um subúrbio pobre, até que um jornalista teve a boa ideia de escrever um artigo a respeito, e de botar o artigo na capa de seu semanário — prosseguiu o viking. — Foi puro acaso, pois não havia nenhum fato mais interessante a noticiar naquela semana.

— Uma foto com uma nuvem marrom de cor artificialmente contrastada acima das casas da região bastou para mexer com os nervos — lembra-se a ruiva, parecendo igualmente bem informada sobre a história do local onde vivem. — E com um título simples e chamativo: "VERGONHA!"

O velho africano volta a dar de ombros, blasé:

— Parece até que são os jornalistas que geram os problemas: se não falarem, eles não existem.

O louro barbudo dá algumas lentas baforadas com seu charuto.

— Os ecologistas reagiram, foram acompanhados pelas associações locais e depois pelas nacionais, e tudo se encadeou: abaixo-assinados, pressões sobre os deputados, entrevistas coletivas e todo o circo estava montado. Era o carnaval das virgens ultrajadas. "Tratem de esconder essa nuvem poluente, que eu não posso suportar." No fim das contas, o candidato ecologista nas eleições regionais anunciou que tomava a coisa a peito, incluindo-a como tema prioritário em seu programa eleitoral: "Amordaçar o monstro Moloch, a perversa usina de reciclagem com seu incinerador fumegante que deixa as pessoas doentes." Da noite para o dia, nosso modelo de incinerador, invejado pela Europa toda, transformava-se por um acidente do calendário jornalístico em grande vergonha nacional. Havia Chernobyl e o seu digno sucessor, o DML.

O viking cospe no chão, pega uma garrafa de vinho de plástico e bebe. Depois de soltar uma espécie de grito de cervo assustado, que é sua forma pessoal de arroto, ele põe a garrafa para circular.

— Está com sede, guria?

A jovem olha para a garrafa de gargalo coberto de traços de saliva e faz um leve sinal de recusa. O louro alto volta a arrotar em seus tons de barítono, e recomeça:

— O candidato ecologista foi eleito com maioria esmagadora. Mal assumiu o cargo, mandou fechar o DML. A fornalha foi apagada, as chaminés pararam de emitir fumaça, as portas de aço foram fechadas a cadeado, sob os aplausos da multidão.

— ... que tinha esquecido que, como contribuintes, eles mesmos tinham financiado aquela maravilha de tecnologia ultramoderna — lembra o asiático.

— Mas o problema é que uma cidade é como um ser vivo. Não é possível fechar o cu. Caso contrário, dá constipação. As pessoas não tinham mais o grande incinerador, mas continuavam a comer, a descartar embalagens e suas imundícies. As lixeiras eram retiradas das casas.

— O parisiense produz em média 1,4 quilo de dejetos diariamente — volta a intervir o jovem. — Multiplicado pelo número de habitantes, dá mais de um milhão e meio de toneladas por ano.

— ... E na pressa de fechar o incinerador, ninguém pensou numa solução alternativa — frisa a mulher de cabelos ruivos.

— Já os lixeiros estavam acostumados a fazer seu circuito em horas predeterminadas e seguir para o norte para esvaziar seu caminhão na goela de

Moloch. Como ninguém lhes ofereceu um outro lugar de descarga, eles instintivamente jogaram seu lixo no grande terreno baldio municipal deserto, bem ao lado da lixeira ultramoderna definitivamente fechada.

— Mais ou menos como as manadas de gnus, que têm o hábito de defecar sempre no mesmo lugar a vida inteira — lembra o velho africano, empunhando a garrafa de vinho.

O louro alto assume um ar fatalista.

— Deve ter havido um primeiro motorista de caminhão de lixo que veio jogá-lo aqui. Por instinto gregário, os outros fizeram a mesma coisa. O pessoal da prefeitura, não tendo uma alternativa imediata, lavou as mãos.

— De qualquer maneira, o fechamento ocorreu em pleno mês de agosto e todo mundo estava de férias — lembra o rapaz.

— São essas cretinices dos políticos. Eles fazem os maiores absurdos, sem pensar, para serem populares e ganhar as eleições a curto prazo. Depois, quando se dão conta de que acarretam novos problemas a longo prazo, às vezes piores que os anteriores, preferem não fazer nada e deixar as coisas se agravarem — zomba a mulher de cabelos ruivos.

— Esse terreno baldio municipal normalmente servia para abrigar os ciganos no inverno, e ninguém disse nada. Nem mesmo os ciganos, que, naturalmente, não estavam acostumados a dar queixa na polícia nem reclamar nas instituições administrativas.

— É isso aí — aprova a mulher. — No fim das contas, até eles acabaram achando bom. Conseguiram encontrar coisas no lixo.

— E os dejetos se acumularam aqui. Camada sobre camada de lixo, o monte começou a aumentar, a ocupar espaço.

O viking volta a acender o charuto e expele duas grandes nuvens azuladas.

— Eles não queriam mais fumaça, e então ganharam um enorme monte de lixo que fede e vai subindo. É sempre uma coisa ou outra. Sujeira gasosa, sujeira líquida ou sujeira sólida.

O jovem asiático suspira, fatalista:

— "Nada morre, nada nasce, tudo se transforma", dizia Lavoisier.

— Não gosto dessas suas citações cortantes, Marquês. Você me irrita. Bom, vou continuar para a guria. Naturalmente, ninguém estava satisfeito com a situação. A prefeitura era socialista, o deputado era ecologista e os serviços de limpeza ligados ao ministério, mais para a direita. Toda reunião se transformava em batalha campal, e toda vez um dos três saía batendo a porta e vetando as iniciativas dos outros. Eles nunca chegaram a uma conclusão sobre uma decisão corajosa para resolver o problema da evacuação dos dejetos. Enquanto isso, os lixeiros continuavam a jogar seu monte de sujeira aqui. E todo mundo começou a fazer a mesma coisa. Isso aqui se transformou no cemitério das máquinas de lavar e carcaças de automóveis. Para o pessoal da área era prático, evitava ter de pagar pelos serviços de saneamento municipal.

A ruiva responde à pergunta que a jovem já está se fazendo.

— No início, não havia cerca. Mas como eram poucos os moradores nas imediações, o depósito começou a crescer como um câncer. Quando a coisa passou a adquirir proporções visíveis a distância, a prefeitura acabou adotando medidas de urgência. Puseram uma cerca ao redor para confinar o problema e impedir as pessoas de jogar lixo.

— Como em Palermo — lembra o jovem asiático. — Um grande depósito com o qual ninguém sabia o que fazer e que continua sendo usado.

— E como em Marselha — acrescenta a mulher ruiva de coque. — Que eu saiba, o enorme monte de lixo de Marignane continua sendo uma cidade de lixo ao lado da metrópole marselhesa.

— Como se poderia esperar, a cerca não serviu para nada. O hábito já existia. As pessoas começaram a jogar o lixo por cima. A prefeitura elevou a cerca. Mas de nada adiantou. E então eles acrescentaram arame farpado.

— E árvores, para que ninguém visse a miséria — esclarece o africano.

O viking cospe no chão.

— E é isso: em vez de impedir, a administração municipal decidiu cruzar os braços.

— "Perdemos o controle da situação, vamos fingir que a provocamos", dizia Talleyrand.

— Cala a boca, Marquês! Você me cansa com essas citações de velho imbecil.

— Eu aprendi francês com um professor que as adorava. Sinto muito, Barão, não consigo me livrar dos provérbios e citações.

— Pois para mim não passa de falta do que fazer. Como você não é capaz de inventar seus próprios raciocínios, Marquês, fica usando o pensamento congelado fabricado por outros.

— Sabe o que é que o meu "pensamento congelado" acha de você, Barão?

Os dois começam a se levantar.

— Ai, ai, ai — suspira a mulher de cabelos ruivos —, eu também tenho uma citação aqui prontinha: "Quem tem amigos assim não precisa de inimigos."

— Se também se meter, Duquesa, serei obrigado a lhe quebrar a cara com a colher de sopa! — enerva-se o viking, empunhando o utensílio.

O mais jovem desiste, diante da montanha de gordura e músculos ameaçadores. Todo mundo se senta e o vinho volta a circular.

Em dado momento, Cassandra tem a impressão de ver uma pequena raposa mostrar a ponta do focinho para observá-los. Conclui que deve ser um filhote de cachorro.

Não, era mesmo uma raposa. Existem animais selvagens nesse depósito.

O viking consente em se sentar também e recomeça seu relato:

— Concluindo, a prefeitura decidiu deixar aberta a entrada norte. É por onde os caminhões descarregam. Foi assim que o lugar se transformou nesse grande depósito a céu aberto. Os dejetos se amontoam, mas é suficientemente grande para que esse acúmulo avance lentamente. Quase imperceptivelmente. Eles apenas acrescentaram uma dupla sebe, com árvores ainda mais altas e frondosas, para esconder o que se amontoa por trás.

A mulher de cabelos ruivos dá de ombros.

— É assim desde o início dos tempos: nada é resolvido, os erros são maquiados e todo mundo acaba se acostumando e esquecendo.

— Em matéria de maquiagem para esconder os desastres, você sabe do que está falando, Duquesa — provoca o jovem asiático.

Ela finge não ter ouvido, e o louro barbudo já dá prosseguimento ao seu relato:

— De modo que não temos mais nuvem marrom. Nem artigos nos jornais. Com isso, é como se o lugar não existisse mais. Ficou apenas o cheiro, que às vezes passa por entre as árvores, mas as casas estão longe. E o preço do metro quadrado é tão baixo que ninguém se lembra de reclamar.

O velho africano esboça um gesto fatalista.

— Depende da direção do vento. Um dia, o fedor vai para os conjuntos habitacionais nessa direção. Outro dia, na direção inversa. Mas como o cheiro nunca vai chegar a Paris, ninguém está nem aí.

Todos se unem por alguns minutos num silêncio pensativo, e Cassandra aproveita para fazer sua segunda pergunta:

— ... E vocês, quem são?

Todos se entreolham com ar de cumplicidade.

— Somos dejetos humanos no meio dos dejetos. "Os semelhantes se atraem" — diz o asiático.

— A sociedade nos tratou como lixo, e então vivemos no meio do lixo — responde o africano.

— E estamos bem — afirma a mulher de cabelos ruivos —, não é mesmo, pessoal?

— Sim, nós somos... banidos.

Os outros completam.

— Fugitivos.

— Exilados.

— Excluídos.

O viking esmaga o charuto.

— Podemos contar a ela? — pergunta, buscando o assentimento dos três outros. — Nós somos pessoas que caíram. Então, como animais feridos, nos escondemos aqui, pois aqui ninguém se lembrará de vir nos buscar.

São apenas mendigos refugiados num depósito de lixo.

— Em vez de fugir para o Brasil ou a Austrália, inventamos nosso território distante... bem pertinho.

— Moramos no cu do mundo, e poderíamos nos chamar hemorroidas! — diverte-se o asiático.

A metáfora ousada aparentemente encanta os outros, que sacodem a cabeça em coro.

— E como estamos protegidos dos imbecis pelo nosso fedor, também poderíamos dizer que somos gambás.

— Isso aí, o fedor nos protege.

A ruiva faz um gesto irritado para afastar a nuvem de moscas constantemente se desafiando em acrobacias aéreas.

— E é por isso que procuramos nos manter discretos e longe de uma guria burguesa que logo estarão procurando — anuncia ela, ajeitando uma mecha na testa. — E quanto mais eu penso no assunto, mais chego à conclusão de que você precisa se arrancar daqui logo, logo, antes de nos atrair aborrecimentos.

Cassandra finge não ter ouvido. Aproveitando a claridade da lua crescente, examina os arredores. Enxerga agora cinco choupanas cúbicas incrustadas nos montes de lixo.

Acima de uma dessas habitações improvisadas está uma casamata de tipo militar de onde sai um periscópio enferrujado de um submarino da última guerra. Numa outra, ela vê vasos de plantas coloridas. Numa terceira, uma pequena pá eólica gira, rangendo, junto a placas solares. E a quarta exibe uma espreguiçadeira tendo ao lado um guarda-sol. Ao redor, um muro de pneus bastante elevado para dissimular. Uma grande avenida rasgada no lixo do lado norte conduz diretamente à residência central.

O viking recomeça:

— Estou aqui há três anos. Meu nome é Orlando. Mas como todos nós adotamos títulos aristocráticos, você pode me chamar de Barão. Na nossa tribo, eu sou o caçador.

Ele também me lembra um ator americano. Sim, claro! Rod Steiger em Quando Explode a Vingança, *de Sergio Leone. Mas Rod Steiger louro, de cabelos longos e uma barriga ainda maior.*

— Isso aí, adotamos nomes de aristocratas porque gostamos. E porque é de graça — confirma a ruiva.

Eu conheço a força e a prisão das palavras.

— A mulher peituda que fala alto é Esmeralda, a Duquesa, ela é que cozinha e costura. E aqui a costura é importante. Além disso, é a chefe da nossa tribo. Porque não tem papas na língua e é raivosa. E aqui nós gostamos muito de gente raivosa que não tem papas na língua.

A interessada saca uma lixa de unha e começa a lixar ruidosamente o polegar.

Ela é... Meryl Streep muito mais gorda e vulgar. E zarolha.

— O garoto de olhos puxados e mecha azul, lá adiante, que não gosta de burguesas de mãos limpas, é Kim, o Marquês, nosso técnico especialista em tudo. Ele instalou nosso rádio, a televisão e os computadores. É o nosso faz-tudo genial, que conserta e resolve as comunicações. Tem muitos defeitos, mas o pior é a mania dos provérbios e citações imbecis, se quer minha opinião.

— "Quem diz é que é" — retruca o interessado, que raspa violentamente a garganta e cospe no chão.

Esse é Jackie Chan mais jovem e roqueiro.

— E o senegalês fleumático é Fetnat, conhecido como Visconde. Também é nosso médico, psicanalista, curandeiro, cultivador de plantas estranhas e colhedor de cogumelos. Na nossa tribo, é o feiticeiro xamânico.

O velho africano faz uma saudação e apresenta seu sorriso, revelando uma arcada dentária de luminosa brancura. Acende então um longo cachimbo e por sua vez solta algumas baforadas de fumaça perfumada, misturada a cheiro de tomilho.

Ele poderia ser o ator Morgan Freeman mais magro.

— Nós criamos uma aldeia no lixo que não é uma aldeia, mas um verdadeiro Estado independente num país zoneado e totalitário.

— Aqui somos realmente livres — concorda o africano. — Se é que entende o que eu quero dizer...

— Isso aí, podemos cuspir, podemos peidar, podemos falar mal, podemos brigar, podemos mijar onde quisermos, podemos levantar à hora que quisermos, não pagamos impostos, podemos falar mal do governo, podemos até, veja só, fumar em público!

— Chegamos até a batizar nossa aldeia.

Orlando aponta para um cartaz na entrada oeste da aldeia, onde se lê, em grandes letras mal traçadas à mão: "REDENÇÃO."

— Foi ideia da Duquesa, de educação muito católica. Ela disse, vou citar de memória: "Estamos aqui porque pecamos. Este lugar não é um inferno, mas um purgatório. Estamos aqui para purificar nossas vidas. Estamos num lugar de redenção, onde tentaremos resgatar nossa alma."

Esmeralda aprova, e mergulha a mão no vale profundo dos seus seios para resgatar o crucifixo que lá mergulhara.

— E o Barão então retrucou: "Talvez, mas eu proponho um lema também."

A mulher pega a lanterna e projeta a luz abaixo da inscrição REDENÇÃO, onde um cartaz um pouco maior exibe em letras inclinadas: "A CADA UM SUA MERDA."

— É nossa frase-fetiche. Nossa referência para tudo.

— Não gosto de lemas, mas esse resume todos eles — reconhece o viking.

— Depois chegou o Fetnant, que acrescentou o programa a ser cumprido:

“~~3~~4 HABITANTES. NENHUM CHATO.”

— O 3 riscado é porque depois chegou o Marquês.

— Eu queria que adotássemos um outro lema: “Quem não tem nada a perder tem tudo a ganhar”, mas eles não quiseram — queixa-se o jovem asiático de mecha azul.

— Se tiver de optar por um lema só, guria, adote o seguinte: “A cada um sua merda.”

Ele cospe no chão, vira-se para a jovem de grandes olhos cinza-claro e pergunta:

— E você, na verdade, quem é?

17.

Casas trogloditas no lixo de um imenso depósito. Que ideia fabulosa. Eles se esconderam do mundo num dos lugares onde ninguém imaginaria ir buscá-los.

Eles falam bem, quando querem. Parecem conhecer muitas coisas. Estudaram. Não são mendigos incultos. Por que terão chegado aqui? Por outro lado, por que esse preconceito de que os pobres sempre são analfabetos ou imbecis?

Eles não parecem estúpidos. Parecem inclusive ter uma percepção diferente que não deixa de ser interessante. Devem ter tido acidentes de percurso.

Como eu.

18.

Cassandra Katzenberg volta a abrir a boca lentamente. A economia de suas palavras propicia maior escuta nos outros.

— Eu quero... ficar aqui.

A assistência leva algum tempo para entender o alcance da frase.

— Isso já é diferente — exclama o Marquês.

— Não, sinto muito. Não poderá ficar aqui, Branca de Neve — responde Esmeralda.

— Seus pais ficarão preocupados — argumenta Fetnat.

— Não tenho mais pais — informa a jovem.

— Então, não sei, a escola, o orfanato, a pensão, alguém certamente vai ficar preocupado com sua ausência — prossegue a ruiva, um pouco mais zarolha com a emoção.

— Eu quero ficar aqui — repete ela.

— Mas essa babaquinha é mesmo tapada, já dissemos que não, é não! — insiste Esmeralda.

— Você tem as mãos limpas. Mãos sujas são o nosso sinal de reconhecimento — prossegue Kim.

— A sujeira nos protege da sujeira, e você, com sua limpeza, é "sem proteção" — reconhece Fetnat.

Kim declara, desdenhoso:

— Você é uma pequena-burguesa, uma menina rica. O que mais detestamos.

— Provavelmente tem muitos problemas. Mas nós também temos. Nosso lema é claro: "A cada um sua merda" — decreta Esmeralda em tom seco.

Orlando começa a bater com a mão num barril.

— Ei! Ei! Duquesa, vamos parar com isso! Não podemos abandonar essa guria!

Os três refletem. Finalmente, Esmeralda pega a garrafa de vinho, bebe um gole, arrota e diz:

— Proponho uma votação. O governo de Redenção, afinal, é uma democracia. Que a maioria decida.

Fetnat vira-se para o jovem asiático.

— Marquês? Contra ou a favor de que Branca de Neve fique aqui?

Kim imediatamente reage:

— Contra, naturalmente. E, pensando bem, também proponho que ela seja morta, pois estou convencido de que, logo que sair, vai nos denunciar. Podemos jogar o cadáver na região pantanosa. Não foi lá que ela quase foi comida pelos cães, Barão? Estaríamos apenas botando as coisas de novo nos seus devidos lugares.

O negro alto assente com a cabeça, compreensivo, e então se volta para a mulher de coque ruivo.

— E você, Duquesa?

— Contra. Temos de nos livrar dela depressa. Mas não aprovo a ideia de jogá-la no pântano do sul. As crianças ciganas costumam brincar lá. Poderiam encontrar o corpo.

Ela se aproxima da jovem e passa a mão em sua longa cabeleira ondulada.

Ela entrou na minha bolha de proteção, mas não vou reagir.

— Ela é uma gracinha. Proponho, em vez disso, vendê-la aos albaneses.

— Anotado. E você, Barão?

— A favor. Sou favorável à guria ficar conosco. E que não seja morta. E nada dessas histórias de jogar o corpo no pântano ou vendê-la aos albaneses, eles a estragariam. Nós somos fugitivos. Temos o dever de dar assistência a outros fugitivos.

— OK, coração de manteiga — rosna a Duquesa. — Eu sei por que a está protegendo. Isso aí, sei muito bem.

— Que é que está querendo dizer, Duquesa?

— Não se faça de inocente, Barão! Conhecemos muito bem a sua vida. Você tem uma filha pouco mais velha que não consegue ver. E agora quer que ela a substitua. O instinto paterno é...

— Como ousa falar dela, sua vadia vesga!? Eu a proíbo de pronunciar seu...

Ele está para dar-lhe um murro, mas a mulher já recuou, sacando uma navalha. Os dois se encaram, prontos para as vias de fato.

— E você, Visconde, qual o seu voto? — pergunta Kim calmamente, para mudar de assunto.

Sob olhares interrogativos, o negro alto de túnica multicolorida acende de novo o cachimbo. Sem pressa.

— O Barão tem razão: Redenção tem obrigação de ser um santuário para os fugitivos. Não venham perguntar a mim se os estrangeiros devem ser expulsos, se entendem o que quero dizer. Sinto muito, Duquesa, meu voto é para que ela fique.

— Dois a dois. Empate. É o problema num sistema democrático, com número par de votantes.

— Votamos de novo! — propõe Kim.

— Não adianta, daria no mesmo. OK, como eu sou a presidente, a decisão cabe a mim: em nome do direito de hospitalidade e sobretudo para agradar a esse grande sentimental, o Barão, Cinderela pode ficar conosco, mas por tempo limitado.

— É uma burguesa! — indigna-se Kim. — Ela tem mãos limpas! Não vamos agora viver com uma burguesa!

— De qualquer maneira, ela nunca será capaz de se habituar ao nosso modo de vida, não se preocupe — responde Fetnat.

Esmeralda não se volta para Cassandra, mas para Orlando.

— Diga-lhe que pode ficar, mas apenas três dias. Depois, terá de se mandar. Vai ter de dormir no armazém, junto com as conservas. Teremos de lhe dar uma coberta seca e limpa. Você tem uma em casa, Visconde?

— Mas ainda temos de saber se ela vai suportar o que descobrirá amanhã... — zomba Kim.

O rosto da jovem deixa transparecer que não entendeu.

— Você vai ver, garota, como quer ficar aqui a qualquer custo, terá uma surpresa amanhã ao acordar — acrescenta o rapaz, em tom irônico.

Cassandra faz menção de agradecer a Esmeralda, mas ela já se levantou para beliscar o assado que continua girando no espeto.

— Sinto que estamos fazendo uma grande besteira — murmura Esmeralda com seus botões. — Sei perfeitamente que não me engano; manter uma menor de idade conosco é uma burrice muito grande, das maiores mesmo.

— Ei, guria, você ainda não disse como é que se chama! — lembra o viking.

A jovem de grandes olhos cinza-claro olha fixamente para cada um deles, e então articula lentamente:

— ... Cassandra.

Kim volta a reclamar:

— É o tipo do nome da burguesa imbecil.

— Está com fome? — pergunta Orlando.

Ela recusa, com um sinal da cabeça.

Pesadas nuvens encobrem a lua. Gotas pesadas caem no chão e estalam nas chamas. Uma nova tempestade está chegando. Orlando e Fetnat trazem roupas secas para a convidada e improvisam um quarto para ela no depósito de conservas. Ela se acomoda como pode numa cama de jornais empilhados sobre caixas de conservas e coberta com um lençol sujo. Repousa a cabeça num saco de batatas cheio de trapos. Ao seu redor, como único mobiliário, mais caixas de conservas empilhadas. Algumas estão inchadas, outras, roídas pela ferrugem. A maioria das etiquetas desapareceu.

Cassandra deita-se, esgotada com as emoções desse estranho dia, e se mete debaixo da coberta, cheirando a poeira. Um mosquito que escapou da chuva rodopia zunindo debaixo do teto de plástico.

Esses estranhos mendigos vão aprender a gostar de mim. Acho que já gostam um pouco. São apenas um pouco mal-humorados. Além disso... não é fácil gostar de alguém estranho como eu. Sou capaz de me botar no lugar deles.

O telhado está cheio de baratas raspando as patas rápidas na telha ondulada.

Por favor, insetos, deixem-me dormir tranquila esta noite.

Agora, uma chuva nervosa bate nos montes de lixo.

Que pode haver de tão incômodo amanhã de manhã?

Ela deposita o relógio na caixa que lhe serve de mesa de cabeceira e o acende. "Probabilidade de morrer em 5 segundos: 88%."

"Remetente: d."

Que foi que o diretor disse? Ah, sim... "Da parte de uma pessoa que gosta de você"?

Ela apaga o relógio. Os números desaparecem.

A jovem de grandes olhos cinza-claro acaba baixando as pálpebras e dormindo. Lá fora, a tempestade ruge na noite escura.

19.

Sol branco brilhante. Cassandra sonha que está numa grande cidade da Antiguidade banhada de luz. O céu é de um azul infinito e ela sobe degraus que conduzem a um templo pintado de cores vivas.

Cariátides e colunas coríntias ornamentam a entrada. Os baixos-relevos esculpidos representam combatentes de túnica brandindo espadas e lanças. Seus músculos saltam no mármore.

Cassandra entra no lugar sagrado. Depois de seguir uma longa fila de candelabros iluminados, ela chega ao pé de um trono elevado onde se encontra uma mulher de cerca de 50 anos, trajando uma túnica branca.

Um sorriso dança no seu belo rosto, inalterado pelo tempo.

— Eu sou Cassandra — diz ela. — E você, sei quem é. É a "Cassandra do futuro".

A jovem reconhece a sacerdotisa desenhada na capa do livro de Papadakis. Sua figura exala uma dignidade régia, com suas joias incrustadas de turquesa. Ela tem longos cabelos acobreados, presos num diadema. Uma serpente brinca de se enroscar no seu braço, como um bracelete vivo.

— Você vê o futuro, e ninguém dá importância, não é mesmo?

Ela sorri, compreensiva.

— Siga-me — ordena ela, levantando-se.

— Por quê? — pergunta a jovem.

— Para desenvolver sua intuição feminina — responde a mulher, dando uma piscadela.

Em passo tímido, Cassandra a acompanha, logo chegando a um esplêndido jardim por trás do templo. No fundo, milhares de bebês agarrados a uma grade as observam.

— Quem são? — pergunta a jovem, retardando o passo.

— Eles? São as novas gerações. Querem saber o que estamos fazendo, para descobrir o que lhes acontecerá.

Depois de passar por um pomar, a mulher segue majestosamente em direção a uma colina. De uma dobra da túnica, tira uma semente, ajoelha-se e a planta no solo.

— Veja bem o que vai acontecer — murmura.

Ela estala os dedos e imediatamente brota do solo um arbusto que começa a crescer e não para mais.

A jovem recua, impressionada, mas a mulher a segura pelo braço.

— Não tenha medo.

O arbusto transforma-se numa árvore de tronco azul, que continua a se expandir para o céu, em meio a um ruído ensurdecedor de ramos estalando, galhos nascendo.

A Árvore Azul torna-se imensa.

Está tão alta e ampla que sua ramagem escurece o céu.

A sacerdotisa aponta então para uma porta que se abre no enorme tronco azul.

— Vamos em frente?

A jovem obedece, encontrando dois labirintos na penumbra do tronco. Um desce, o outro sobe.

— É a Árvore do Tempo. As raízes são o passado, o tronco é o presente, os galhos são o futuro — explica a antiga Cassandra. — Venha! Vou mostrar-lhe uma coisa interessante.

Ela a guia então por um labirinto de corredores de madeira que se misturam acima delas, e a conduz por uma saída na altura dos galhos mais baixos. Lá, galhos azul-escuros, prolongados por ramificações claras de folhas brancas, multiplicam-se perto da sua cabeça.

— Precisamos avisar os bebês — explica a antiga Cassandra.

Mostra-lhe então uma folha onde se desenrola uma cena que ela já conhece.

E essa imagem a deixa horrorizada.

20.

Num movimento brusco, Cassandra começa a gritar.

Imediatamente acorrem Esmeralda, Fetnat, Orlando e Kim. Encontram-na sentada na cama, os olhos semicerrados. Frases saem dos seus lábios a toda velocidade, aparentemente relatando um sonho que ela está vivendo agora.

— Um homem... ele vestiu roupas brancas. Está entrando na fábrica, escalando o muro com uma corda. Pega um mapa para se localizar e contorna os depósitos. Detém-se diante de uma construção cinzenta. Aparecem quatro letras: "EFAP." Ele chega a um compartimento com montes de um pó amarelo. Tosse. O ar está cheio de nuvens de poeira. O teto é uma imensa chaminé.

— Puxa, ela está tendo um sonho erótico — zomba Kim para aliviar o clima.

A jovem continua a descrever sua visão ao vivo:

— O homem se senta e repete interminavelmente sua oração, está embriagado com ela. Bate várias vezes no coração, como se quisesse que as palavras penetrassem sua carne, mas de repente para e olha para o relógio. O mostrador indica 9h28. Ele continua a bater no peito, cada vez mais forte. Para novamente. O mostrador indica 9h30. Ele então abre a camisa; por baixo, veste um colete cheio de tubos vermelhos. Um punhado deles sai do alinhamento. Ele atira neles, fechando os olhos.

Cassandra detém-se, de boca entreaberta.

— Bom, nada grave — decreta Esmeralda. — Foi apenas um pesadelo, ela é meio sonâmbula.

— Mas esse pesadelo não deixa de ser incrivelmente preciso — observa Orlando em tom inquieto.

— Estou sentindo... estou ouvindo... estou vendo... estou vendo... a explosão, ela dilacera o homem em câmera lenta e gera uma bola de fogo. Depois a poeira amarela se inflama. Depois da primeira explosão, a segunda é muito maior.

Ninguém mais fala. Sem pestanejar, a mocinha prossegue:

— ... Os carros das proximidades voam pelos ares. As pessoas são jogadas no chão. Todas as vidraças dos prédios vizinhos se estilhaçam, lançando milhares de cacos que atravessam o ar e cortam, mutilam. Dezenas de corpos estão jogados em poças de sangue, perfurados pelos estilhaços...

Cassandra aperta as orelhas e faz caretas, como se estivesse ouvindo a detonação. E fica paralisada nessa posição. Passam-se vários minutos, durante os quais ninguém tem coragem de interferir.

— Muito bem — declara Esmeralda —, acabou o pesadelo. Você vai voltar a dormir e tudo estará bem.

Cassandra abre os olhos de novo. Seu olhar se fixa sucessivamente nos quatro moradores de Redenção. Ela pega a mão de Esmeralda e diz de maneira bem articulada:

— Vocês podem salvá-los.

E depois acrescenta, a voz ainda engasgada num soluço contido:

— Vocês precisam salvá-los.

Os quatro ficam olhando para ela, incrédulos.

— A fábrica EFAP realmente existe, é o centro de petroquímica no bairro sudeste — esclarece Orlando.

— Sim, mas e daí? Vamos voltar a dormir, e você também. Vamos, durma, menina! — retruca a mulher ruiva do coque.

— Haverá vítimas. Nada aconteceu ainda. Vocês podem salvar essas pessoas! — insiste Cassandra.

O jovem asiático balança a cabeça.

— Pois eu não gosto dessas "pessoas". E, além do mais, não são simples pessoas, são burgueses. Eu detesto burgueses.

— E eu não gosto de salvar — decreta Fetnat.

— E eu — resmunga Esmeralda — não gosto que me digam o que tenho de fazer. Especialmente quando é uma criança que me dá ordens, realmente está fora de cogitação!

— De qualquer maneira, nós nunca saímos do depósito — continua Orlando. — Vamos, volte a dormir, guria, foi apenas um pesadelo.

— Mas vocês não entenderam? Isso realmente vai acontecer, e só vocês podem impedir! — insiste a jovem dos grandes olhos cinza-claro.

— Muito bem, e daí? Ainda que aconteça realmente, que é que temos com isso? — responde Esmeralda.

— Se vocês não fizerem nada, muitas pessoas morrerão. VOCÊS PRECISAM SALVÁ-LAS! — obstina-se a mocinha.

Esmeralda agarra-a pelos punhos.

— Ei, Miss chatinha, vamos ter de esclarecer aqui as regras do jogo. Os burgueses são nossos inimigos. NOSSOS INIMIGOS, entendeu bem? Eles nos detestam.

Os três outros corroboram.

— Eles têm medo da gente — diz Fetnat.

— Sentem nojo — reconhece Orlando.

— Se pudessem mandar seus tiras para nos espancar e nos entregar à sanha faminta de seus cães de guarda, bem que fariam — reconhece o africano. — Mas nós estamos escondidos aqui, em nosso santuário.

Cassandra continua com o olhar perdido.

— Vocês precisam salvá-los — murmura, com a voz fraca.

— Mas que garota teimosa! Ei, Cinderela, ainda não entendeu? Você está num depósito de lixo! Isso aqui ao redor são dejetos. Os barulhos furtivos que você ouve são ratos. Até os cães que te perseguiram não são terriers alemães nem poodles. Seus donos burgueses os abandonaram para sair tranquilos de férias e esses cães se reproduziram entre eles. Os mais fracos morreram. Foram comidos pelos mais fortes.

— Vocês precisam salvá-los — insiste a jovem, imperturbável.

— Pronto, o botão de desligar quebrou. Caramba, como é tapada essa fedelha! Pois bem, como parece que é necessário botar os pingos nos i, se os burgueses tiverem de morrer, será um prazer para nós! Exatamente. Um grande prazer. Quanto mais burgueses morrerem, mais teremos a impressão de nos vingarmos.

— A vantagem quando estamos no fundo do poço é que não podemos mais descer, e podemos odiar os que estão lá em cima — ironiza Kim.

— Exatamente, quando tiramos zero na escola não podemos mais ter medo de uma nota pior da próxima vez — reconhece Orlando.

Esmeralda não concluiu ainda sua demonstração.

— Nós aqui somos os vilões, e não os bonzinhos. As crianças de ossos aparecendo que vemos nos jornais da televisão nos deixam tranquilos, pois nós, embora sejamos pobres, podemos comer todo dia. Pode ser lixo, mas é sem limite. Graças a Deus podemos estar no fundo do poço, mas nunca morreremos de fome. Sempre haverá lixo neste país. Quanto a isso não há dúvida.

Os outros concordam.

— Os mortos e feridos nas guerras que vemos no noticiário, é a mesma coisa, hein, Barão? Achamos muito divertido, porque nós aqui no depósito de lixo sabemos que a guerra nunca chegará até nós. Aqui estamos perfeitamente tranquilos. Mesmo se um inimigo bombardeasse o país, não haveria de desperdiçar suas munições conosco. E mesmo se o país fosse invadido por um inimigo, ele estaria pouco ligando para o depósito de lixo — prossegue Esmeralda.

— Nós somos dejetos — reconhece Fetnat —, todo mundo tem nojo de nós. Se é que entende o que eu estou dizendo.

— Nós nunca saímos nem sairemos. E mesmo se os burgueses morrerem, não estamos nem aí. "A cada um sua merda."

— Vocês precisam salvá-los — repete Cassandra com menos firmeza na voz.

— Vamos, boa noite, garota. Volte a dormir e deixe-nos dormir.

Eles se retiram um a um do armazém, deixando-a sozinha com suas caixas de conservas inchadas, suas baratas agitadas e seus pesadelos precisos demais.

21.

Será uma maldição?

A princesa troiana Cassandra passou por ela um dia, e eu também estou passando.

Teria preferido tanto não saber o que vai acontecer.

Teria preferido tanto não sonhar com nada. Como os outros. Sonhar com coisas que não fazem sentido. Sonhar que estou de férias, nadando no mar.

Passa uma gaivota. Seu grito de gaivota transforma-se em grito de...

22.

... Galo cantando ao amanhecer.

O galináceo atrasado e meio rouco recomeça várias vezes até encontrar o tom certo.

O céu está limpo e o sol já vai bem alto. Cassandra abre os olhos de repente. Sua primeira sensação é extremamente desagradável.

Como lhe haviam avisado, agora que a fina camada de chuva já não recobre os objetos em putrefação, eles liberam sua natural fedentina. O que lhe lembra a vez em que, no pensionato, alguém colocou uma bola fedorenta entre seus objetos.

Ela faz uma careta de nojo e começa a tossir. Sua tosse transforma-se em arranhado da garganta, e depois em falsete agudo, como se ela estivesse com uma crise de asma. Ela tenta encontrar ar respirável, mas por toda parte é exalada a mesma pestilência. Ela fica dando voltas pelo único compartimento da choupana, tropeça, cai de joelhos, tampa o nariz.

O cheiro é forte demais, agride suas papilas olfativas como se alguém aspergisse nelas um líquido irritante. Ela sai em busca de ar puro, mas só encontra um fedor ainda mais forte. Meio tonta, começa a vomitar num canto da aldeia. Depois se levanta, enxuga a boca e observa os outros, que já se levantaram.

Esmeralda, trajando apenas uma ampla túnica negra bordada, refestela-se na espreguiçadeira. Está lendo um jornal de fofocas sobre celebridades, tendo na mão uma caneca de cerveja cheia de café. Na capa da revista pode-se ler em letras garrafais: "Nada mais entre Kevin Malençon e Jessica

Ledelezir." Aparece um homem com tatuagens apertando nos braços uma jovem magra, loura, de sorriso exagerado. Abaixo, o esclarecimento: "Ela descobriu seu passado suspeito."

Fetnat costura a pele do cão morto na véspera numa moldura de madeira para que seque. Orlando confecciona empenagens para suas flechas. Kim estende fios elétricos entre postes e instala alto-falantes em mastros. Está usando uma camiseta nova: "Quem saiu do nada para chegar a nada não precisa dizer obrigado a ninguém."

O viking levanta os olhos e cumprimenta a jovem com um sinal da mão.

— Tudo bem, guria? Agora você já sabe onde está. É essa fedentina que nos protege, mas temos de nos habituar. É meio duro na primeira vez, pelo menos para uma burguesa. Basta imaginar que você está numa aldeia de gambás.

Cassandra volta a sentir engulhos. Consegue recompor-se, depois sufoca de novo, aperta a garganta e vomita mais uma vez. Agora quem toma a palavra é Fetnat:

— Foi você que quis vir para cá, garota. Foi avisada de que não era lugar para burgueses. Se entende o que eu quero dizer.

Ela ainda busca ar puro, mas não encontra. Reduz então as inspirações, como se quisesse filtrar a pestilência.

— Pois então, Branca de Neve, se quiser ficar o dia inteiro, terá de se habituar; caso contrário, pode se mandar logo! — corta Esmeralda.

Kim zomba:

— Estávamos sem saber se ela ficava ou se a mandávamos embora, mas o cheiro de Redenção acabou decidindo por nós. A fedentina, nossa querida fedentina, é a nossa verdadeira proteção, muito mais eficiente que qualquer arame farpado ou muro de concreto.

Cassandra ainda tenta recuperar a respiração.

— Encare isso como um batismo. Quem quer ser hemorroida tem que aguentar o cheiro do cu — resume Kim, afastando a mecha azul caída sobre a testa.

— Mas quanta delicadeza, Marquês. Será que não poderia melhorar um pouco ao se dirigir à nossa Cinderela?! Vamos dizer assim: quem quer ser gambá tem de suportar o cheiro da toca.

A jovem não os ouve. Vai engolindo aos poucos, consciente de que está aí a decisão do seu destino entre eles. Esforça-se por desenvolver minúsculas inspirações, para adaptar progressivamente os pulmões à acidez do ar. O ranço de podridão não larga sua garganta.

Eu quero ficar. Sou capaz de aguentar.

Os outros juntaram-se ao seu redor e a observam, curiosos ou zombeteiros. Orlando entrega-lhe um lenço molhado, que ela logo trata de pressionar contra o nariz. Seus olhos avermelhados estão em brasa, ela os esfrega sem parar, com a sensação de ter parado no meio de uma nuvem de gás lacrimogêneo.

— Arde bastante, não? — informa-se Orlando. — Quando se habituar, poderá juntar-se a nós para o café da manhã.

Ela permanece por longo tempo sozinha, tentando normalizar os sentidos, até que finalmente junta-se aos outros ao redor da fogueira.

— Sente-se ali — propõe Orlando. — Quer carne?

Ela contempla, apavorada, o corpo calcinado expelindo gordura amarela e de repente se dá conta de que o que tomara por um coelho era na verdade outra coisa bem diferente.

Eles comem gato!

O viking seguiu o seu olhar.

— Não existem muitos por aqui. Este é um bichano de burguês, deve ter fugido.

Mostra-lhe então uma pequena coleira de metal com a inscrição: "Jeanne." Em seguida, apanha um prato e começa a servi-la. Cassandra faz um sinal categórico de recusa.

— Pena, está perdendo! Parece lebre, porém muito mais saboroso — informa Fetnat. — Talvez porque eles comem camundongos. A carne tem um certo ressaibo de musaranho.

Cassandra fecha os olhos, à beira da náusea.

— Não se preocupe — tranquiliza-a Orlando. — Não fui eu que matei esse gato. Foram os cães selvagens. Eu apenas o apanhei.

— Nós aqui não gostamos de gatos — acrescenta Esmeralda. — É um animal de burguês. O gato é um bicho interesseiro. Pense bem: existem cachorros de mendigos, mas não existem gatos de mendigos. Quando um gato percebe que seu dono não tem mais como alimentá-lo, não hesita em abandoná-lo e vai encontrar um outro mais abonado. Ao passo que os cães são o que são, mas permanecem fiéis ao dono, mesmo pobre, até a morte.

Puxa, eu nunca tinha pensado nisso.

— Da mesma forma, você pode encontrar cães de cego, mas nunca gatos de cego.

— Caramba, nem pensar, se um cego se agarrasse a um gato, seria levado para caminhar pelos telhados ou subir nas árvores!

Kim cospe no chão.

— Meu professor de francês dizia: "Quando um cão é alimentado por um homem, acha que ele é o seu deus. Quando um gato é alimentado por um homem, acha que é o seu servidor."

— Mais uma das suas citações imbecis, Marquês? — reclama Orlando.

— Não, apenas uma constatação, Barão.

Cassandra não tira os olhos da medalha prateada pendurada na coleira do animal assado.

"Jeanne." Como Joana d'Arc. Mais uma vez essa maldita ideia de que os nomes são programações para o resto da nossa vida. É apenas por acaso que esse pobre felino que acaba a vida numa fogueira ganhou esse nome. Puro acaso.

— Você não quer gato, mas talvez queira um cãozinho quente? Um "*hot dog*"? — oferece Fetnat polidamente.

Mostra-lhe então o segundo espeto, no qual o cão está empalado, já sem a pele. Ela faz sinal de recusa.

Orlando dá busca no carrinho que contém algumas provisões ao alcance da mão.

— Você está esquecendo que ela é uma burguesa! Então, mocinha, quer suco de laranja? Esta garrafa está fora do prazo de validade, mas não creio que os micróbios tenham relógio e calendário, esperando a meia-noite em ponto para avançar na comida. Mas, se preferir, também temos velhos croissants moles e geleia.

Ele pega um pote de geleia, cheira e lhe oferece. Uma capa de bolor esverdeado recobre a superfície vermelha. Com uma colherada, o viking retira as protuberâncias claras, revelando por baixo a geleia vermelha.

Cassandra prova e em seguida cospe.

Tudo aqui tem gosto de podridão.

Mas ela se recompõe, consegue mastigar chips meio moles e Nutella, engolindo de nariz tapado. Os outros a observam, achando graça.

— Sabe que horas são, Branca de Neve? — pergunta Esmeralda.

Ela aponta para um alto relógio normando de pêndulo, de carvalho esculpido, tendo no mostrador algarismos romanos.

— Dentro de 1 minuto e 30 segundos, serão exatamente 10 horas.

— É uma das vantagens de estar fora do sistema, não precisamos levantar cedo — lembra Fetnat.

— Nada de reuniões. Nada de escritório. Sem relógio de ponto nem medo de se atrasar — acrescenta Kim.

— Nem engarrafamento. Nem patrão. Nem medo de demissão.

— Nenhuma missão, nenhum objetivo a ser alcançado — acrescenta Orlando.

— Nós somos livres. Não temos de prestar contas a ninguém. A manhã de preguiça são todos os dias da nossa vida, até o último.

Baixando os olhos, Cassandra dá a entender que quer se lavar.

— Ah, não, aqui não temos água corrente. As poças são infectadas, por causa dos produtos tóxicos ou ácidos que circulam por aí. Nada de ducha nem de banho. Sinto muito.

— A água limpa é preciosa — acrescenta Fetnat. — É estocada numa cisterna que Orlando fez. A água da chuva é filtrada pela rocha porosa. Gota a gota. Se entende o que quero dizer.

— Se quiser tomar uma ducha morna, basta encher uma garrafa d'água filtrada na cisterna, esquentar no fogo e jogar por cima — recomenda Kim. — As pessoas já faziam assim na Idade Média. E sobreviveram.

Esmeralda assente levemente com a cabeça.

— Na Itália, meu avô dizia: "Se quiser preservar a saúde, não se lave." E tinha razão. Assim, a gente reforça o sistema imunológico, que se acostuma a combater os micróbios.

A jovem ouve com atenção.

— E para ir ao banheiro, basta pegar papel-jornal na casa da Duquesa e se esconder por trás de um monte de pneus. O mais suave para a bunda é o *Guetteur Moderne*. Pessoalmente, aprecio em especial me esfregar com as páginas de política dessa revista. Elas têm uma lisura muito própria que não se encontra nas páginas de cultura ou de esportes. Muito mais ásperas.

Interessada nessa última informação, Cassandra desaparece atrás de um muro de pneus, voltando minutos depois.

Orlando coça-se muito. E depois também Kim. E Fetnat. E Esmeralda. A mulher gorda de cabelos ruivos explica:

— Coçar-se é o primeiro estágio da decadência. Tente ficar sem se coçar o máximo de tempo que conseguir.

Cassandra percebe então que sua pele está coçando, que foi picada pelos insetos durante a noite. Mas resiste à tentação de esfregar suas longas unhas pontudas na epiderme suave.

Seria bom demais.

— O segundo estágio da decadência é "falar sozinho" — informa a mulher ruiva de coque.

— E há o terceiro estágio — diz Fetnat. — Mas isso ela vai descobrir no devido tempo.

O relógio normando bate as horas.

— Dez horas, liga o noticiário, Marquês.

Kim dirige-se a sua cabana, de onde saem os fios ligados aos alto-falantes, e volta carregando uma grande tela rachada na diagonal, para em seguida instalá-la sobre caixas vazias. Depois de algumas providências, aparece o jornal começando.

A voz do jornalista dá as manchetes do dia pelos alto-falante de membranas coladas:

1 — Política interna: Depois dos boatos de falência de vários bancos, chega a crise financeira. Ninguém foi capaz de prever. Segundo os especialistas, podemos esperar uma queda do poder aquisitivo e, de maneira mais genérica, um empobrecimento generalizado do país.

2 — Esportes: Derrota do time de futebol de Paris frente ao de Montpellier. Os dirigentes e o treinador do clube não foram capazes de prever essa derrota para um clube considerado menor. O time da capital pode mudar de divisão.

3 — Política internacional: Visita a Paris do presidente da Líbia. Como já se sabia, estão programadas várias manifestações de protesto de associações de defesa dos direitos humanos. Elas responsabilizam o dirigente pelos atentados contra aviões civis promovidos por seus serviços secretos

e pelo encarceramento de enfermeiras búlgaras torturadas depois de um processo viciado. Mas o presidente francês declarou: "Precisamos dar a esse chefe de Estado uma oportunidade de se redimir e se reintegrar ao concerto das nações civilizadas." O presidente da Líbia, por sua vez, afirmou numa entrevista coletiva: "Eu vim aqui para ouvir desculpas. Desculpas da parte da França e dos países coloniais em relação a todos os países que oprimiram."

4 — Meteorologia. Crise climática, com tempestades castigando todo o sul da França. Os especialistas não tinham previsto. No restante da França, estão previstas alternâncias imprevisíveis de sol e tempestade.

5 — Aviso de desaparecimento. A polícia busca uma menor desaparecida, Cassandra Katzenberg, de 17 anos. Ela foi vista pela última vez nas imediações dos subúrbios ao norte da capital. Atenção: a jovem tem tendências paranoicas e é perigosa. Caso seja avistada, não tente controlá-la, mas avise as autoridades.

A foto de Cassandra aparece na tela.

Esmeralda levanta-se.

— É a Cinderela! Agora os tiras podem vir atrás de nós.

Orlando a enfrenta.

— Nós dissemos três dias, Duquesa, três dias. Vamos cumprir a palavra. De qualquer maneira, ninguém vai pensar em procurar a guria aqui.

— Calem a boca! É só o que importa — comanda Fetnat, fazendo sinal para que Kim aumente o som.

6 — Loteria. Os números ganhadores do dia são...

Todos eles copiam cuidadosamente num pedaço de jornal.

— Merda, outra furada — lamenta Fetnat.

E então todos os olhares se voltam para Cassandra.

— Está vendo? Estava enganada, Bernadette Soubirous. Nenhum atentado terrorista esta manhã, Miss Sonâmbula — ironiza Kim.

— E então — choraminga Fetnat —, você não poderia nos dar os números ganhadores da Loto, pela ordem? Seria realmente mais útil, se entende o que eu quero dizer!

— Vamos, sem ressentimento, menina — conclui Esmeralda. — Você não entendeu nada. De qualquer maneira, jamais seria capaz de nos convencer a sair do depósito. O único contato que temos com o exterior são os ciganos que nos vendem bilhetes da Loto, cigarros e meus preciosos jornais. E a Loto é porque achamos que precisamos dar a Deus uma chance de Se redimir de todas as injustiças que já nos fez.

Fetnat volta seu olhar para a adolescente.

— Bom, agora que temos tempo, vamos continuar com as apresentações: quem é você, menina? Você disse que se chamava Cassandra, mas ainda não explicou o que estava fazendo aqui.

A jovem de grandes olhos cinza-claro volta a ver a raposa. Está sentada um pouco adiante e a observa.

23.

Será possível que eu me tenha enganado? Esse sonho então não passava de um sonho. Não era premonitório. Mas o fato é que eu vi todos aqueles detalhes. Lembro-me de tudo, era como se eu estivesse lá.

Os rostos daquelas pessoas feridas pela explosão... eu quase poderia descrevê-los um a um.

Será que eu alertei para um perigo que não existia?

Além do mais, eu queria que esses mendigos saíssem do depósito, para salvá-los. Eles teriam ido, e nada teria acontecido. Seria ainda pior.

Eu cairia no ridículo.

Que foi que eles me perguntaram?

"Quem é você, menina?"

Se soubessem...

Se eu mesma soubesse...

Preciso tranquilizá-los um pouco. Se não, eles não me manterão aqui por muito tempo. E eu quero tanto ficar aqui, longe do sistema "normal".

Vamos, mais uma forcinha, as palavras acabarão saindo.

24.

Os outros se aproximam e fazem um círculo ao redor de Cassandra.

— Eu venho da Escola das Andorinhas.

— Onde foi que nasceu? Que aconteceu antes? — pergunta Fetnat.

Ela se detém. Os outros esperam, pacientes.

— Antes da Escola das Andorinhas? Houve o "atentado".

— Que atentado, guria?

Ela sente um aperto na garganta. Desta vez não são imagens saídas de um sonho, mas lembranças reais que chegam à sua memória.

— ... Com meu pai e minha mãe. Nós tínhamos ido assistir a *Nabuco*, a ópera de Verdi, com uma orquestra italiana, junto à pirâmide de Quéops, no Egito.

— Eu não gosto de ópera — corta Kim, a quem ninguém perguntou nada. — Só gosto de rock.

— Cala a boca, Marquês! — ordena Orlando. — Vamos, continue, guria.

Com os olhos perdidos no vazio, Cassandra prossegue:

— ... Era na hora do coro dos escravos. A música ficava cada vez mais majestosa. E...

Ela se detém e fica em suspenso, de boca aberta. E depois:

— De repente me deu vontade de fazer xixi. Levantei-me, saí da plateia e cheguei aos banheiros que eles tinham instalado a uma certa distância. Quando voltei, eu...

Ela é sacudida por um calafrio.

— O quê?

— ... eu vi a explosão.

Ela se cala e baixa os olhos. O grupo de mendigos respeita seu silêncio. Ela dá uma grande inspirada daquele ar nauseabundo, e recomeça:

— Eles tinham plantado uma bomba debaixo do palco.

Sua cabeça permanece baixa. No rosto, brilha um verniz de suor.

— Fiquei com os tímpanos bloqueados. Era como se o ar de repente fosse tirado dos meus pulmões.

— Isso mesmo, é o efeito do deslocamento de ar — explica Orlando, que aparentemente conhece bem o fenômeno. — E você ainda teve sorte, foi ao ar livre...

— Minhas orelhas pareciam furadas por agulhas, meus pulmões queimavam e minhas pernas ficaram moles. Havia uma nuvem de fogo. A dor perfurou meu crânio, como se meu cérebro estivesse sendo eletrocutado. Eu desmaiei.

Ela baixa as pálpebras.

— Depois...

Eles esperam.

— Depois... talvez vários minutos depois, eu recobrei a consciência. As ambulâncias ainda não tinham chegado. Nenhuma. Nem enfermeiras, nem a polícia. Só uma grande fumaça e pessoas abrindo a boca como peixes fora d'água. Estava tudo silencioso e agitado. Eu tinha ficado surda.

Ela se interrompe de novo e engole saliva.

— Fiquei de quatro e avancei em meio aos corpos e à fumaça. Havia um cheiro horroroso de carne calcinada. E de repente o som voltou. Eu não estava mais surda e ouvi todo aquele tumulto. As pessoas de boca aberta, na verdade, estavam gritando. Eram berros de toda parte. Aqueles gritos, aqueles gritos... nunca mais vou esquecer.

Cassandra se cala. Quando volta a falar, sua voz tornou-se neutra, completamente distante:

— Eu saí correndo entre os corpos espalhados. Acabei por encontrá-los. Meus pais. Estavam retalhados em pedaços. Eu não sabia o que fazer, e então juntei os pedaços. Tinha a sensação de que era necessário fazê-lo.

— Olha só, como o mito de Osíris — observa Kim. — A jovem que busca os pedaços do amado no Egito para juntá-los, como num quebra-cabeça.

— Cala essa boca, Marquês! Deixa ela falar. Continua, menina, estamos ouvindo — impacienta-se Orlando.

— Eu fiquei ao lado dos dois corpos, esperando que acontecesse alguma coisa. O socorro demorou muito para chegar. Eles me levaram para um hospital e me encheram de tranquilizantes.

Passa-se um longo momento. Os olhos de Cassandra brilham com uma dor seca, sem lágrimas.

— Depois, fui entrevistada por várias assistentes sociais, e elas me matricularam na Escola das Andorinhas. Fiquei lá alguns anos. Mas não estava dando certo. De lá é que eu fugi.

Orlando sacode lentamente a cabeça, como quem sabe.

— Por isso é que a guria sonha com explosões. Ela perdeu os pais num atentado terrorista. E agora acha que vê atentados em toda parte. É um lance conhecido, chama-se T.E.P.T., Transtorno do Estresse Pós-Traumático. Era comentado na legião. As pessoas que ficam em estado de choque nas guerras estão constantemente revivendo as cenas de trauma nos sonhos.

E acham que realmente está acontecendo. Os veteranos americanos da Guerra do Vietnã sabem o que é isso.

Fetnat estende a Cassandra uma xícara de chá quente, que ela bebe distraidamente, em pequenos goles ruidosos.

Orlando se empertiga.

— Se quiser, guria, me acompanhe. Vou caçar para o almoço, pode lhe fazer bem refrescar as ideias.

25.

Agora eles sabem.

26.

As montanhas de lixo formam planícies, colinas, vales, picos, penhascos de materiais fumegantes os mais variados.

Orlando e Cassandra caminham por esse cenário perturbador, nesse lugar desconhecido tão próximo do "mundo real", e no entanto tão distante. Morcegos semelhantes a pterodátilos-anões passam pelo céu.

De repente, quando enveredam por uma passagem estreita, o homem sacode a mocinha.

— Cuidado!

Atira-a no chão e protege sua cabeça.

Em meio a um barulho de geleira desmoronando, um bloco se destaca e provoca uma precipitação de lixo doméstico.

Eles são cobertos por essa avalanche de detritos.

O viking levanta-se e libera a jovem dos brinquedos que se amontoaram sobre ela.

— Tsss... é preciso ter cuidado — diz o homem de barriga avantajada e barba loura. — Aqui há perigos para todo lado, guria.

Trata então de tirar os detritos de seus longos cabelos.

— Eu gosto de lixo, mas não dos motivos pelos quais ele existe.

Ele aponta um chinelo para aquecer, acompanhado de seu fio elétrico.

— As pessoas deviam fazer três perguntas antes de comprar alguma coisa. 1) será que eu preciso? 2) será que realmente quero? 3) será que posso dispensar? Caso contrário, tudo que compram acaba virando lixo. Olha só essas coisas na embalagem, que nem chegou a ser aberta. Diga se não é uma miséria. Eu fico furioso. A publicidade serve para excitar pulsões de compra que não correspondem a uma real necessidade. Será que isso é necessário?

Ele mostra minitoalhas para as mãos e saquinhos contendo lenços descartáveis.

— Na minha época, a gente assuava em lenços de pano, e estava ótimo. E isto?

Ele apanha um brinquedo que está perto dela. Um fuzil-metralhadora, uma pistola d'água de plástico para a piscina.

— Além do mais, são fabricados por chineses, crianças chinesas exploradas e maltratadas como escravas em fábricas desumanas. E isso para fazer brinquedos que servirão para distrair nossas crianças por dez minutos e depois serão guardados numa gaveta, a caminho da lixeira.

Ele cospe no chão, enojado.

— E por causa desses *gadgets* inúteis a França aumentará sua dívida financeira global com a China. Simplesmente lhes estamos devendo dinheiro. Por causa dessas merdas de plástico. E não se pode mais criticá-los quando eles invadem o Tibete, ou quando apoiam abertamente o Sudão, o Zimbábue, o Irã ou a Coreia do Norte, dominados por ditadores sanguinários que preparam bombas atômicas para nos jogar na cara. Eis aí as grandes consequências dos pequenos atos irresponsáveis.

Ele está exagerando um pouco. Uma pistola d'água não é a causa das ditaduras.

O viking dá um pontapé numa nave espacial cheia de canhões.

De repente, aparece ao longe uma silhueta furtiva. Orlando saca sua arma, mira, atira e acerta em cheio o seu alvo em pleno movimento.

— Sei o que está pensando guria: "Eu nunca vi ratos tão grandes, parecem coelhos." É porque aqui os ratos podem comer à vontade, e então conseguem se reproduzir e crescer o quanto quiserem. Para eles é o paraíso. Fora do DML, eles vivem estressados por causa dos carros, dos gatos, dos seres humanos, do chumbinho mata-ratos. Aqui, sem estresse. São ratos felizes. Seus únicos limites são os outros ratos. Eles brigam o tempo todo entre si, por territórios, pedaços de carne estragada, fêmeas, sacos de farinha furados. Há um grupinho ali. Vamos, tente atingir um deles.

Ele lhe entrega o seu arco, posiciona uma flecha. A jovem o sustenta perto dos lábios, fecha um olho e solta o dardo, que zarpa numa reta, zunindo, e termina seu trajeto com um barulho de carne dilacerada.

— Você conseguiu! E estava longe! Para um primeiro tiro, foi muito bem. Como foi que conseguiu? Já praticou tiro ao alvo na escola?

— Não, foi a primeira vez que segurei um arco.

— Bravo, guria, você tem um tiro instintivo interessante.

É só um problema de consciência. Crio um vínculo mental entre eu e o rato. A flecha apenas concretiza esse vínculo. Mas não posso dizer isto, ele não entenderia.

Ela dá de ombros.

— Foi sorte — murmura então, baixando os olhos.

Eles ainda matam cerca de vinte ratos, atados por Orlando a um barbante, como pérolas de um colar. Depois ele prende essa bagagem ao redor da cintura, formando um saiote de ratos cujos rabos pendem como franjas longas e espessas.

Ao voltarem à aldeia, Esmeralda avalia os roedores com mão segura.

— Faça alguma coisa, Cinderela, ajude-me a cortar, estripar e curtir. Você deve estar se perguntando que fim daremos a eles. As vísceras dos ratos eu transformo em linha de costura. A carne, comemos em guisado. Tem gosto de coelho. Já a pele, nós damos para os ciganos. Depois, eles mesmos tratam de vendê-las. As menores servem para fabricar porta-moedas e cigarreiras no mercado de pulgas de Saint-Ouen. As maiores são vendidas aos peleiros para a confecção de casacos, que eles chamam de lontra siberiana. Mas isso é trabalho deles.

Cassandra volta a ver a raposa, que desta vez se aproxima sem medo.

— É Yin Yang. Não a matamos porque ela é como nós, selvagem, impossível de capturar, e gosta do lixo. Essa raposa tornou-se nossa mascote. Ela tem uma particularidade, não suporta a palavra "trabalho".

Imediatamente, o animal mostra os caninos.

— Funciona infalivelmente. Vamos, diga você também, para ver.

— Trabalho?

A raposa começa a rosnar, como se tivesse aparecido um adversário.

As palavras. Força da palavra. O sentido profundo das palavras. Trabalho vem do latim "trípode", um suplício ao qual os escravos eram presos pelos pés para serem espancados.

— Trabalho, trabalho, trabalho?

Desta vez a raposa emite um guincho brusco, pronta para morder.

— Yin Yang realmente é das nossas. Nós também somos alérgicos a essa palavra, que não pronunciarei mais, para não irritar nossa amiga.

Todos se acomodam ao redor de uma caixa emborcada, sobre a qual vem aterrissar o saiote de ratos.

— Ao trabalho! — proclama a Duquesa, distribuindo facões.

Com as mãos ocupadas, Cassandra observa seus companheiros.

— E vocês? — pergunta repentinamente. — Como foi sua vida passada?

Um coro de murmúrios, meio protesto, meio divertimento, passa ao redor da mesa improvisada.

— Bah — admite Fetnat —, não tem mal nenhum em dizer... Vamos, quem começa?

— Bom, posso abrir os trabalhos — anuncia Esmeralda com um pequeno gesto de modéstia. — Minha história começa numa bela manhã de julho, quando eu fui eleita miss Mais Belo Bebê do Hospital San Mich...

Kim aumenta de repente o som da televisão. A fala rápida e nervosa do jornalista ressoa em todos os alto-falantes:

— ... esta manhã, às 9h30, houve uma explosão na fábrica química EFAP. Segundo as primeiras averiguações da polícia, trata-se de um acidente industrial devido à idade e à falta de manutenção dos entrepostos contendo produtos químicos sensíveis. A deflagração quebrou todas as vidraças dos prédios e virou automóveis que circulavam nas vias próximas. Segundo as primeiras estimativas, a explosão deixou cerca de vinte mortos e várias centenas de feridos, mas o saldo pode aumentar nas...

27.

Portanto, eu tinha razão.

28.

Uma hora depois, Cassandra está de pé em frente ao portão de entrada norte do depósito. Está vestindo um conjunto esporte cor-de-rosa encontrado pelos moradores de Redenção, com um par de tênis desemparelhados e sem cadarço, e tendo por cima uma jaqueta vermelha de esqui meio esburacada.

Esmeralda posiciona-se diante dela.

— Puxa, eu sei, tínhamos dito três dias, mas sinto muito, Chapeuzinho Vermelho, acho que você dá azar.

— Para mim, de qualquer jeito, é apenas uma coincidência. Não acredito nessa história de previsão de atentado. Sou a única mente científica cartesiana aqui, e afirmo que é mero acaso — declara Kim, desdenhoso.

Orlando desvia o olhar.

— A Duquesa tem razão. Desaparece daqui, guria, e vê se nos esquece.

Fetnat cospe no chão.

— Como é que podemos dizer, menina? Você quer saber a verdade? Teríamos preferido que tivesse se enganado. Agora que seu sonho se revelou correto, realmente já está passando dos limites. Se entende o que eu quero dizer.

— Desapareça e não volte nunca mais; caso contrário, vai morrer! — ameaça o jovem de mecha azul.

Unindo o gesto à palavra, ele imita um enforcamento com o polegar. Esmeralda aproxima-se da jovem e declara:

— Está vendo, Bernadette Soubirous, o seu dom seria interessante se houvesse pessoas querendo saber, por exemplo, quando vão explodir as bombas terroristas. Mas nós, você nem imagina como pouco estamos ligando. E na minha opinião ninguém quer saber desse tipo de informação.

— É como o raio que cai em alguém. Não se pode fazer nada, de modo que esperamos, na expectativa de que não seja para nós, e ponto final — reconhece Fetnat.

— Os atentados terroristas são uma coisa suportável porque todo mundo acha que outros é que serão atingidos. E porque as pessoas de maneira geral não gostam dos "outros".

— E nós, particularmente, detestamos os burgueses — insiste Kim. — Os burgueses são todos uns imbecis, e merecem morrer. O que não é um problema para nós. Muito pelo contrário.

Cassandra não responde, mas balança a cabeça, como se agora tudo isso não tivesse mais importância. Fetnat cospe no chão.

— Eu sou um feiticeiro profissional diplomado e já me dou conta de que provoco medo e todo mundo desconfia de mim. Sou tolerado porque meus truques mágicos nem sempre funcionam. Mas no seu caso, menina, a coisa aconteceu exatamente como você disse, em todos os detalhes. Você quer nos foder. Prefiro ouvir as atrocidades depois que acontecem. E não antes...

O africano volta a cuspir no chão, como querendo pontuar sua frase. O sol que desponta timidamente aqueceu o solo. Ao redor deles, moscas indecisas rodopiam zunindo. Ela as observa.

São as chuvas de março, alternância constante de chuva e estiagem. Quando chove, a gente sente frio. E quando o tempo está bom, vêm os mosquitos e moscas.

Uma mosca pousa na sua testa, e ela não a afasta.

— De qualquer maneira, Cinderela — prossegue Esmeralda —, você ficará melhor na companhia dos burgueses que dos mendigos, não? Aconselho-a a voltar para o seu orfanato ou sua escola. Eles provavelmente ficarão encantados de tê-la de volta, mas deviam tomar cuidado.

— Isso aí, e além do mais, tome um banho, guria, escove os dentes e esfregue bem forte, pois agora que acabou se acostumando de tanto suportá-la, talvez não a sinta mais, mas ela continua aí, a fedentina do depósito — acrescenta Orlando.

— Exatamente, o negócio cola na pele, como um óleo. Só mesmo com sabonete preto de Marselha, é o melhor — ensina, experiente, Fetnat.

Eles vão passando a garrafa plástica de vinho que Esmeralda teve a presença de espírito de enfiar num bolso de sua ampla túnica.

Cassandra abre um sorriso tenso. Os outros baixam a cabeça, impacientes pelo fim dessa cena penosa.

— Vamos, desapareça, Cinderela! Não queremos mais vê-la aqui — avisa Esmeralda.

— Mais tarde, bem mais tarde, daqui a vinte anos, quando estiver casada, tiver um emprego e se sentir mais tranquila, poderá voltar a nos ver — concede Orlando. — Em lembrança desta noite. Por enquanto, sinto muito, guria, você é apenas uma criança, e não podemos cuidar de você.

Kim vem com a sua zombaria:

— "Com crianças e animais de estimação, só dá para suportar o que é nosso."

— Você me irrita com suas citações automáticas — resmunga Orlando.

— Adeus, garota. Esqueça-nos — conclui o africano.

Orlando entrega-lhe um saco plástico de supermercado contendo chips, Nutella, uma garrafa térmica cheia de chá e um facão para se defender, caso encontre problemas.

Ela fareja o chá e sorri, agradecida.

— Nosso lema é claro: "A cada um sua merda" — conclui Esmeralda.

A jovem faz um sinal com a cabeça, para dizer que entendeu. Vira-se, então, põe um pé diante do outro e se afasta. Pouco adiante, já certa de que não podem mais vê-la, deixa escorrer pelas pupilas um verniz líquido e tépido. Seus olhos tão cinzentos ficam prateados, parecendo espelhos a refletir o mundo.

29.

Quer dizer então que eu não me enganei. Realmente previ os acontecimentos.

30.

O céu escurece. Começou a chover de novo, e cada passo é mais pesado que o anterior.

Pelo menos a água da chuva tira de mim o cheiro grudento do depósito. Finalmente, a ducha revigorante de que eu estava precisando.

Ela não procura se abrigar. Caminha pela estrada que vai na direção sul, para a capital. Ao passar em frente à Escola das Andorinhas, ela viu a casa do diretor e acelerou o passo, com medo de que ele chegasse à janela.

Ao seu redor, a paisagem da aldeia mudou. Ela está cercada de prédios maiores, projetando para o alto antenas parabólicas, como se fossem flores brotando sobre imensos cactos de concreto.

Depois de um sentimento inicial de impotência e abandono, a jovem sente-se incrivelmente leve.

Pelo menos eu tentei impedir essa tragédia.

Cassandra tem o sentimento de que, já agora, não é mais sua a responsabilidade por todos esses mortos. O atentado faz parte dessa grande lixeira que é o passado, na qual nada pode ser aproveitado. Os mortos estão no necrotério, os feridos, no hospital; todas as tragédias, todas as dores são digeridas pelo tempo, que as transforma em lembranças.

Ela pensa nos moradores de Redenção. Como podia imaginar que um dia fosse censurada por ser limpa? E como esperar que ficassem com raiva dela por ter previsto o futuro?

A síndrome de Cassandra. A maldição de ter razão antes da hora.

E, portanto, de não ser ouvida por ninguém.

Ela passa diante de uma loja de objetos turísticos, com nomes próprios em xícaras e porta-guardanapos. Num cartaz, pode-se ler em letras grandes: "Escolher um bom nome é oferecer um passaporte para o sucesso."

Não, essa informação imbecil dada pelo diretor do orfanato não faz sentido.

A força da programação do nome próprio.

Cassandra lembra-se de um programa que ouviu no rádio sobre a doença de Alzheimer. A última coisa de que ainda se lembram as pessoas que esqueceram tudo: o seu nome.

E eu, foi a primeira coisa de que me lembrei.

Existem dois tipos de entidades que só são conhecidas pelo prenome: os mendigos e os anjos. Quando os mendigos aparecem no noticiário, são identificados como "Ferdinando" ou "Alberto", acompanhados da expressão sem-teto. E os anjos: Gabriel, Rafael, Miguel etc. Sem nome de família.

Até Deus, no fim das contas, é um prenome sem nome de família.

A jovem de grandes olhos cinza-claro vê a sua foto na última página de um jornal gratuito distribuído na rua.

"Cassandra Katzenberg, 17 anos, desaparecida há dois dias. Se tiver informações a seu respeito, favor telefonar com urgência para este número gratuito", e logo abaixo, em letras menores: "Cuidado: como essa jovem desenvolveu tendências paranoicas, pode revelar-se perigosa. Caso a encontre, não tente capturá-la, mas entre em contato imediatamente com a polícia."

Cassandra consulta o relógio e fica pensando que se o remetente "d" é o prenome de "deus", deve realmente estar zombando dela ou tê-la abandonado completamente. E o joga numa lixeira. E então, tendo caminhado mais uma centena de metros, vem-lhe uma intuição...

Que foi mesmo que o diretor disse?

"... É um pequeno embrulho. Provavelmente enviado por alguém que gosta de você."

Ela volta pelo mesmo caminho que percorreu, dá busca no lixo e recupera o relógio, com seu mostrador enigmático. Só para provocar, ele continua indicando "Probabilidade de morrer em 5 segundos: 88%."

Ela continua andando em frente, sem objetivo.

Na primeira noite, aproveita o clima, que se tornou clemente, para permanecer num jardim público.

Afinal, os bancos são camas gratuitas.

E por sinal ela não é a única, outros sem-teto estão estendidos mais adiante, debaixo das estrelas.

Ela mordisca algumas chips, mas começa a racioná-las, pensando nos dias pela frente.

Preciso pensar no futuro — observa, com ironia.

O jantar frugal é acompanhado de um gole de chá morno, erguendo o gargalo da garrafa térmica para brindar. Ela se sente sozinha, mas livre.

Obrigada por este banquete, senhor Barão.

Amontoa então alguns jornais gratuitos no banco, formando o seu travesseiro, e adormece, com o corpo sacudido por ínfimos calafrios.

31.

Ela sonha que está num castelo. As paredes protegem-na do frio, e o teto, da chuva. Nada de insetos nos quartos, nada de ratos no porão. Ela entra num banheiro todo de mármore negro com torneiras de ouro e toma uma ducha, esguichando a água quente. Lava seus longos cabelos com xampu cheirando a lavanda, esfrega-se com um sabonete cor de madrepérola. A água escurece com as camadas de sujeira que vão sendo dissolvidas. Depois, tendo sua pele recuperado o brilhante rosado natural, ela veste um roupão tépido e limpa os últimos vestígios debaixo das unhas das mãos e dos pés, para em seguida pintá-las com esmalte vermelho. Cuidadosamente, unta o corpo com um creme com perfume de amêndoas. Seca os cabelos e os penteia demoradamente. Como se os acariciasse.

Refeita, ela se senta diante de uma penteadeira e maquia os olhos, com delineador e rímel. Passa nos lábios um batom espesso e imita um beijo para espalhar bem a untuosa substância. Cada um desses gestos lhe proporciona uma alegria que nenhum homem pode entender, nem mesmo imaginar.

Banhar-se. Preparar-se. Fazer-se bela. Pentear-se. Untar-se de creme.

Pela janela, ela vê ao longe uma cidade em que bombas explodem por toda parte, como cogumelos efêmeros de cor laranja, amarela e negra. Ela ouve gritos provenientes desses cogumelos luminosos, mas não presta atenção.

Ela escova os dentes e engole o dentifrício mentolado, encantada com o sabor. Depila as pernas com tiras de cera quente. A retirada causa uma certa dor, mas ela aprecia a sensação de picada. Em seguida, veste meias e calça sapatos de salto alto, muito semelhantes aos que tinha visto num dos montes do depósito.

Veste então um sutiã de seda e bota um perfume de flor de laranjeira e baunilha no pescoço. Nesse momento, ouve uma voz proveniente de um outro compartimento:

— Está pronta, Cassandra?

Quando a porta se abre, aparece um jovem belíssimo de sorriso caloroso. Ele traz no peito um distintivo com a letra "d".

— Fui eu que lhe dei esse relógio, mas lhe darei muito mais.

Ele a toma nos braços e começa a...

32.

... cobri-la com uma baba espessa.

Ela sente que está sendo lambida. Sorri, mas então, com uma certa dúvida, surpresa com o comprimento da língua entusiástica, abre os olhos. É um enorme cão peludo, um pastor irlandês, trazido pela coleira por um homem da administração municipal. Ele puxa pela coleira, e o cão é obrigado a desistir da sessão de lambidas.

O empregado informa que ela não deve permanecer no banco. É considerado desagradável para os outros usuários do parque, e pode assustar as crianças.

— De qualquer maneira, é proibido — acrescenta ele.

Cassandra Katzenberg levanta-se e constata que durante o sono roubaram sua mochila, com todas as suas provisões, a garrafa térmica de chá e o facão.

Se não dá mais para confiar nem nos outros mendigos...

Ela vagueia pela cidade e recolhe o jornal gratuito da manhã, que noticia o acidente industrial ocorrido na fábrica EFAP. Algumas testemunhas consideram um mistério a explosão, mas são desacreditadas as que mencionam a possibilidade de um ato criminoso. Em compensação, a empresa de produtos químicos é acusada de não ter modernizado suas instalações, apesar das advertências dos organismos competentes.

Um operário explica:

— Eu tinha comentado com minha mulher dias antes. Disse que a manutenção da fábrica era tão deficiente que bastaria uma fagulha num circuito elétrico para explodir tudo. Ela disse que eu falasse a respeito com meus superiores, e foi o que eu fiz. Mas ninguém quis me ouvir.

Os especialistas enviados ao local confirmam a hipótese da fagulha causada por um curto-circuito. Advogados anunciam que a empresa acusada está disposta a pagar indenizações às vítimas, mas antes quer negociar. O primeiro-ministro, para variar de acordo com os sindicatos, mostra-se mais duro e exige um plano de reinserção social para os operários atingidos.

Ela folheia as páginas do jornal gratuito: sua foto continua bem visível, mas já agora acompanhada da menção "Urgente" acima do aviso de busca.

É o diretor, Philippe Papadakis, que faz o que pode para me encontrar. Que diferença pode fazer para ele uma interna a mais ou a menos? Todo ano, milhares de crianças fogem. Por que ele não me esquece?

"Paranoica"? Sim, talvez eu seja. Só que paranoico é quem enxerga perigos imaginários. Mas quem enxerga perigos reais é o quê? "Lúcido"? Nesse caso, ele teria de esclarecer: "Cuidado, jovem lúcida."

Ela consulta outros jornais gratuitos sobre o atentado. Todos afirmam que foi um acidente industrial. Nenhuma outra hipótese é aventada. Chegou-se até a estabelecer um mapa de todas as outras fábricas químicas perigosas que podem explodir da mesma maneira no país. O governo fala de reforçar as recomendações de vigilância dos locais considerados vulneráveis.

Ao acabar de ler, ela vagueia pelas ruas do bairro de Montmartre, no norte de Paris. Os transeuntes não prestam a menor atenção nela. É como se ela tivesse ficado transparente. Ela não é incomodada por ninguém. Deixa-se ficar numa praça pública, onde passa sua segunda noite, um pouco mais fresca, encolhida em posição fetal e protegida por um cobertor de jornais gratuitos empilhados como telhas. Ela se deita procurando sua mochila, e, lembrando que foi roubada, pensa com seus botões:

A melhor maneira de não ser roubada é não ter nada.

Ao despertar, ela começa a sentir muita fome e investiga as lixeiras dos restaurantes de fast-food, conseguindo algumas batatas fritas frias e gordurosas e nuggets de frango secos, ainda em seus estojos de poliestireno. Mas essa comida acaba por indispô-la. Ela desce em direção à Praça da Ópera e das lixeiras dos grandes restaurantes, mas é posta para correr. Dirige-se então para os Grandes Bulevares e remexe nas lixeiras dos supermercados, onde encontra alimentos ainda embalados, jogados fora por terem passado do prazo de validade, o que lhe traz à lembrança o comentário de Orlando:

"Será que na noite do último dia constante da etiqueta, à meia-noite em ponto, os micróbios, dispondo de relógio e calendário, ultrapassam a linha de partida e saem correndo para se atirar sobre o alimento?"

Mal levou o primeiro bocado à boca, contudo, ela cospe, enojada. Está tudo impregnado de desinfetante. Ao dar com o empregado que dispõe do lixo, ela pergunta por que derrama esse produto corrosivo nos alimentos.

— Se você se envenenasse consumindo nossos produtos estragados, nós é que seríamos processados — responde simplesmente o homem de camisa verde.

Quer dizer que eles preferem impedir que alguém coma os alimentos que não podem ser vendidos do que dá-los aos necessitados, por medo de problemas jurídicos...

No terceiro dia, Cassandra dá o primeiro passo em direção à decadência: está se coçando sem parar.

Há sempre um lugar do corpo que coça, dando vontade de esfregar as unhas na pele. Coçar-se chega a se transformar às vezes numa atividade de tempo integral. Ela pode passar uma hora inteira ocupada exclusivamente em administrar as áreas mais urgentes.

Ela perambula sem qualquer destino. O que também é novo. Antes, quando saía na rua, era para ir do ponto A ao ponto B. A rua era uma maneira de se deslocar. Agora, seu caminhar não tem qualquer objetivo. Ela gira em torno do ponto A sem qualquer compromisso, sem rumo nenhum.

A rua é o ponto de partida *e* o ponto de chegada.

Ela não é a única que circula assim. Antes, Cassandra não os via, mas agora os está vendo em toda parte: os mendigos que se coçam e não vão do ponto A ao ponto B.

Os outros "humanos invisíveis".

Ele remexem nas lixeiras. Arrastam sacos. Empurram carrinhos cheios de sacos plásticos. Acomodam-se debaixo de portais ou se deitam nas aberturas de ventilação. Têm o olhar fugidio, como se se desculpassem por ainda estarem vivos.

Fantasmas. Agora que me tornei um deles, sou capaz de vê-los. Como esses médiuns que veem os mortos.

Ela distingue um mendigo caído perto de sua garrafa, falando sozinho, o olhar perdido no vazio. Ele fala revirando os olhos e apontando o indicador:

— ... e se está pensando que vai me enganar, está muito enganado, meu filho, pois os sujeitos como você, quero lhe dizer, não me deixam impressionado, ah, isso não! Posso lhe afiançar que é preciso muito mais! Muito, muito mais. E ainda está para nascer quem vai me obrigar a fechar a boca! E se não gostar, pouco estou ligando! De modo que nem precisa começar a bancar o importante, com esses seus ares, está sabendo? Logo se vê que não sabe com quem está lidando!

Cassandra o observa preocupada. Esmeralda ensinou-lhe que depois de se coçar, o estado seguinte da decadência é falar sozinho. Ela treme diante dessa ideia, fica observando os outros mendigos que cultivam o monólogo.

Desde que eu nunca fique assim...

Cassandra passa sua terceira noite nos Jardins de Luxemburgo. Faz uma higiene de gato na fonte pública, depois perambula pelas ruas e explora as lixeiras com mais experiência. Agora ela sabe identificar os saquinhos que contêm objetos imundos, como cadáveres de hamsters, os sacos de fraldas, de papel higiênico ou os saquinhos de excrementos de cães e gatos.

Passa a farejar antes de comer. É um reflexo antigo, esquecido, que ela vem a redescobrir, tal como se reapropriou da arte de utilizar os dentes e as unhas como armas de defesa.

Eu realmente volto a ser uma mulher pré-histórica numa sociedade moderna.

Depois de farejar, ela prova uma pontinha para detectar algum gostinho fermentado antes de engolir. Antes, era a leitura das etiquetas que lhe dava a informação, e agora são seus próprios receptores sensoriais.

A descida vai ocorrendo lenta, inexorável e naturalmente.

No quarto dia, ela volta a sentir problemas de digestão, mas é como se estivesse vencendo etapas de resistência à comida ruim. Já entende que nos habituamos a tudo, até mesmo aos alimentos estragados.

E então, passeando pelo 15º *arrondissement*, perto do metrô Convention, ela passa em frente à vitrine de uma confeitaria em que é exibido seu bolo favorito: uma torta de limão recoberta de pasta de amêndoas, com a inscrição "limão" feita com chocolate. Uma etiqueta anuncia: 2,50 euros.

Ela não tem. Essa torta específica nesse lugar específico nesse momento preciso parece-lhe o desejo absoluto.

Cassandra Katzenberg entra na confeitaria.

— Gostaria de comprar a torta de limão, mas não tenho dinheiro para pagar.

A jovem por trás do caixa a olha com desprezo, e depois declara:

— O seu relógio.

— Não funciona mais. É um mostrador de brincadeira — responde Cassandra.

— Eu gosto de brincadeiras.

— Este relógio é um pouco especial. Foi presente de uma pessoa que gosta de mim, mas que eu não conheço.

A jovem vendedora parece intrigada. Cassandra continua:

— Mas o fato é que eu quero muito essa torta. Tome!

Entrega-lhe então o relógio, no qual se pode ler "Probabilidade de morrer em 5 segundos: 88%." A outra hesita, surpreendida com a inscrição.

— Se você quer tanto assim essa torta, vou dá-la de presente, pode ficar com o seu relógio de brinquedo. Hoje, digamos que é gratuito.

A vendedora entrega-lhe a torta de limão com um prato e uma colher, para melhor saboreá-la.

Quer dizer então que existem pessoas generosas. Não posso ficar o tempo todo desconfiando de todo mundo, caso contrário não poderia me beneficiar desse tipo de encontro.

A vendedora da confeitaria parece bem saudável, com bochechas rosadas e um ar tranquilo. Cheira a leite.

— Eu me chamo Charlotte, e você?

— Eu não.

Ela espera, e então esclarece, com voz neutra:

— ... Eu não me chamo Charlotte.

A vendedora dá de ombros, coloca o aviso FECHADO na porta de vidro e a convida a sentar-se para degustar tranquilamente.

Cassandra pega a torta tremendo e a aproxima dos lábios. Fecha os olhos e saboreia cada colherada nova e fresca. Nunca na vida ela comeu algo tão delicioso. Mastiga muito lentamente. Percebe cada molécula de creme de limão; até seus dentes sentem o gosto através do esmalte. Com a língua, leva o creme a todos os recantos da boca, para que cada célula possa aproveitar.

— Você estava mesmo com fome, hein?

Cassandra não responde, de boca cheia, os olhos meio fechados de êxtase. O olhar de Charlotte se perde ao longe.

— Um dia, um sujeito me tirou para dançar num baile e eu achava que ele iria mais longe. E de fato ele foi mais longe, mas com a minha melhor amiga. Eu fiquei revoltada. Uma terceira garota que eu não conhecia e que assistiu à cena entregou-me um prato com um grande pedaço de bolo. Lembro-me muito bem. Era uma torta de morango com muito creme. Ela devia ter assistido à cena. Disse-me: "Coma! Pelo menos isto não é como os homens, você não será decepcionada." Era uma revelação. O prazer gustativo é o mais simples e poderoso dos êxtases. E pensar que eu me chamo Charlotte. Como uma *charlotte aux pommes*. E você, acredita nos nomes próprios premonitórios?

Cassandra nem se dá ao trabalho de responder. A outra solta um grande suspiro.

— O amor é sempre no futuro. A pessoa que temos diante de nós, a gente acredita que é nosso futuro marido, com o qual teremos um futuro filho. Até a sexualidade é no futuro. A gente acha que terá um orgasmo. O que sempre causa decepções. E até dramas. Comer açúcar é no presente. Eu prefiro o presente ao futuro. O futuro... é sempre aleatório.

As duas se olham. Cassandra pensa:

Ela está morrendo de tédio, precisa falar.

Ninguém a ama. Ela me deu essa torta para ter um ouvido ao qual se confidenciar. Ao me oferecê-la, comprou uma psicoterapia instantânea. Acha que eu posso entendê-la.

Charlotte sorri.

— Mas e então, Cassandra Katzenberg, acha mesmo que não a reconheci?

A adolescente de olhos cinza-claro tem um ínfimo estremecimento.

— Sua foto está no meu caixa. Mas não se preocupe, não vou denunciá-la.

Charlotte lança mão de um *paris-brest* de chantili e chocolate e explica, de boca cheia:

— Meu pai era alcoólatra. Era muito violento e batia na minha mãe. Ela então fugiu comigo. Depois, eu não suportava mais minha mãe, que só fazia chorar e se queixar, e então fugi. Está vendo? Eu também sou uma fugitiva. Durante algum tempo, procurei o meu pai, mas ele saiu do país. Nunca mais voltei a vê-lo. Lembro-me apenas de que ele tinha uma tatuagem na barriga. Uma águia com uma serpente nas garras, logo acima do umbigo.

As duas degustam bolinhas de sorvete com creme de pistache.

— E os seus pais? — pergunta a vendedora.

— Assassinados.

Etimologicamente, a palavra vem dos haxixins, os matadores persas que se drogavam, fumando haxixe, para ter a inconsciência de massacrar o maior número possível de pessoas, na expectativa de ir ao encontro das virgens no paraíso.

A vendedora engole e limpa a boca.

— Sinto muito. Pois então vamos comer, aproveitar o aqui e agora.

Apanha uma *religieuse* de café e se prepara para mordê-la.

— Posso comer uma também? — pergunta Cassandra, polidamente.

— Claro! De qualquer maneira, será tudo jogado fora amanhã, por não estar mais fresco. Pode ir em frente.

Sentada ao lado da vendedora na confeitaria, Cassandra refestela-se numa autêntica festa dos sentidos, devorando com ela pastéis de cereja, croissants de amêndoas meio secos, pudins de ameixa. Charlotte dá prosseguimento ao seu arrazoado:

— Toda noite eu os como. Não conheço nada melhor do mundo. O açúcar é o que permite aguentar tudo. Às vezes eu sinto calafrios comendo chantili, talvez com o sentimento de reencontrar minha mãe nesse creme branco que parece leite materno. E as cores, as formas, nada é mais criativo e belo que um bolo. É uma arte efêmera que introduzimos no corpo! Fico de coração partido quando tenho de jogá-los fora. Eu nunca tinha experimentado comer os restos na companhia de alguém, é melhor ainda. Estou contente de poder compartilhar com você. Poderá voltar quando quiser.

Cassandra para de repente. Deixa de lado o pudim de ameixa e sai correndo.

33.

Como eu fui estúpida!

Essa vendedora é a pior pessoa que eu podia encontrar. Ela me dá falsas esperanças. Agora que me deliciei com essas tortas, não vou mais suportar comer lixo. Agora que vi seu sorriso amigável, não suportarei mais o olhar cheio de desprezo dos passantes.

Mais vale morrer de fome do que voltar a vê-la. Minha boca precisa esquecer esse êxtase gustativo. Nada aconteceu.

34.

Cassandra enfia dois dedos no fundo da garganta e tenta vomitar. Em vão.

Minhas células gostam demais de açúcar para dar ouvidos ao meu cérebro.

Ela tenta de novo várias vezes, mas acaba desistindo.

A jovem de grandes olhos cinza-claro apanha numa lixeira um boné, um par de óculos e um casaco para se disfarçar, caso outras pessoas tenham visto sua foto. Ela acha ótimos os bolsos do casaco, nos quais poderá transportar os alimentos que encontrar nas lixeiras.

Depois de vários dias perambulando pela cidade, ela percebe que as pessoas se afastam dela, como se tivesse alguma doença contagiosa. A doença é a pobreza. E o primeiro sintoma é o fedor.

Eles sentem nojo do meu cheiro. Eu entendo os habitantes de Redenção. Quando eu peço que essas pessoas sejam salvas, Kim e Esmeralda zombam de mim, e têm razão. Todos esses burgueses também são meus inimigos.

Cassandra se coça cada vez mais. Já nem presta mais muita atenção.

Certa noite, quando tenta adormecer debaixo de uma das pontes do Sena, três mendigos se aproximam com ar ameaçador.

— Não tenho mais nada. Já me roubaram tudo — vai logo anunciando às três silhuetas esquisitas.

— Mas tem um corpo. E é dele que vamos nos servir para nos divertir, minha linda.

Olha só, eles também acham que podem ver o futuro imediato.

— Vejam bem, meus senhores, não tenho nada contra a ideia de que se divirtam um pouco, até mesmo "com" o meu corpo, sei que a vida de mendigo nem sempre é divertida, especialmente quando não há disponibilidade de distrações culturais.

Os três se entreolham, perplexos.

A força da palavra.

— Além do mais, a vida dos senhores deve ser muito repetitiva. E justamente, como se sabe, "a rotina é inimiga da criatividade".

Não esquecer de falar com eles sem desprezo e com consideração. Não se enganar nas palavras. Cada uma tem um peso.

— Entretanto, apesar da minha boa vontade, esta noite estou ocupada com outras coisas. Na verdade, pode até parecer-lhes ridículo, mas tenho de salvar vidas.

Que tal experimentar a verdade?

Os três mendigos olham para ela, espantados com esse discurso totalmente fora de propósito, mas não recuam. Um deles começa a respirar forte.

OK, muito bem, tanto pior, terei de usar as boas e velhas técnicas de persuasão adaptadas ao nível de consciência deles.

Ela finge que vai virar e enfia o pé entre as pernas do primeiro, crava as unhas no rosto do segundo, como se fossem garras, morde o terceiro, achando o paladar asqueroso, e cospe, para em seguida fugir, ágil como uma raposa incomodada por três ursos desajeitados.

Nos dias seguintes, ela constata que não existe a menor solidariedade entre os excluídos. Para eles, ela se transformou em possível presa. Aprende então a desconfiar, a nunca se aproximar demais deles, nunca dormir completamente, manter distância dessas criaturas para as quais a fraternidade é coisa de rico.

O céu escurece. De novo trovões, de novo chuva.

Obrigada pela ducha.

Atingida por gotas pesadas, ela é obrigada a se refugiar no metrô. O que consegue fazer pouco antes de se fecharem as portas, à uma da madrugada.

As cadeiras são espaçadas para impedir que os mendigos se deitem, mas ela está cansada demais para procurar outro lugar. Apesar de tudo, consegue adormecer, com a cabeça num assento, as nádegas no vazio e os pés sobre um outro assento.

35.

Ela sonha que uma torta de limão gigante aterrissa diante dela. Ela sobe, senta-se no creme de amêndoas. A torta voadora decola e lá do alto ela vê um grande país coberto de bolos ondulantes. Um rio de creme rosa com licor de laranja cai em cascatas.

Uma ponte de pudim de ameixa liga dois penhascos de suspiro. Montada numa *religieuse* de café, Charlotte voa na sua direção.

— Está pensando que não a reconheci? — diz.

Cassandra levanta os olhos. As nuvens parecem algodão-doce. O ar cheira a caramelo quente. De repente, o céu fica sombrio. As nuvens de algodão-doce escurecem, transformando-se em profiteroles de chocolate. Chove chocolate líquido, que também jorra, mas o chocolate escurece e depois fica avermelhado, e ao mesmo tempo caem pedaços cortantes de vidro. Ela se dá conta de que esse líquido vermelho de que está coberta não é chocolate, mas sangue.

36.

Um pesado barulho de passos. Cassandra é despertada pela chegada de uma ruidosa multidão, aparecendo de repente por várias portas escancaradas. As pessoas circulam ao seu redor, preocupadas em chegar a tempo ao trabalho. Ela se levanta e caminha sem direção pelos corredores do metrô. Está com fome.

Não posso continuar sem uma moeda sequer. Preciso pelo menos de cinco euros, senão me sinto nua.

Ela nunca se viu numa situação tão estranha antes de fugir da Escola das Andorinhas. Sem dinheiro. Sem documentos. Os bolsos vazios. O estômago vazio.

As pessoas deslizam ao seu redor como uma massa líquida em perpétuo movimento.

Eles nem têm consciência da sorte que têm, por poderem comer todo dia pratos frescos à sua escolha. Nem são mais capazes de apreciar o fato de terem dinheiro, um teto, um lugar quente onde dormir... Só mesmo ficando privado das coisas para se dar conta de que era um grande privilégio possuí-las.

Cassandra vai andando pelos corredores subterrâneos. Descobre que o metrô é o lugar ideal para a mendicância. Senta-se e estende a mão. Cai uma moeda de 50 centavos, largada por uma mão distraída. Ela é tomada por um sentimento de alívio e solta um "Muito obrigada, senhor!", acompanhado de uma saudação reverenciosa.

Então é simples assim? Basta estender a mão e o dinheiro cai?

Mas uma mulher com roupas de cigana deixa bem claro que ela tem de se arrancar dali. Ela se levanta, pronta para lutar, quando uma outra, por trás dela, mostra um facão. Ela não insiste.

Cassandra descobre que a mendicância é uma profissão, com seus pontos reservados por profissionais. Cada território é vigiado, como as aranhas vigiam sua teia. Os "pontos privilegiados" são muito procurados, pois neles os usuários esperam em grande quantidade, formando uma multidão impedida de se mexer. Ela sai em busca de um território livre, mas não encontra nenhum. Basta que se acomode em algum lugar, e inexoravelmente é expulsa pelos outros mendigos.

Cassandra experimenta então a técnica da mendicância móvel. Circula pelas estações de metrô. "Caridade, por favor." As pessoas fingem não ouvi-la. Ela experimenta outras frases. "Para comer", ou então "Me roubaram tudo". Quando não está mendigando, observa como atuam os outros mendigos e descobre que é toda uma arte.

Alguns recitam textos longos demais ou contam a própria vida: "Bom dia, senhoras e senhores, e desde logo obrigado por sua atenção. Eu teria preferido não incomodá-los, mas foram as circunstâncias da vida que me trouxeram aqui. Eu perdi tudo quando fui demitido do meu trabalho e minha mulher me abandonou..."

Nada bom.

Pessoas não gostam de quem se justifica ou se queixa.

Há os humoristas: "Eu sei que não vão me dar nada, mas ainda assim venho por hábito, nunca se sabe."

Os agressivos: "Na verdade não sou eu que devia estar aqui, mas vocês. Pois eu merecia melhor. Em compensação, com essas caras de asnos na sela, você mereciam mesmo morrer."

Há os poetas: "Se me derem uma moeda, eu agradecerei, se me derem algum dinheiro, eu ficarei contente, se me derem um simples sorriso, eu farei uma viagem."

Há os explicativos: "Tudo começou quando eu fui assaltado, no verão passado, quando morávamos em Marne-la-Vallée. A caixa escondida na roupa de cama continha todas as minhas economias. Eles levaram tudo, e eu perdi tudo."

Os tortuosos: "Garanto que se me derem dinheiro ele não será usado para o meu consumo pessoal de álcool ou drogas. E graças a vocês eu vou ingerir apenas produtos tóxicos de qualidade. Juro!"

Os "humoristas seguros de si": "Sinto muito, não aceito moedas, apenas cédulas. Cheque também não, já me deram cheques borrachudos, não confio mais."

Cassandra finalmente encontra o melhor texto, o mais sóbrio e convincente, o mais adequado a seu personagem: "Para voltar para casa, ao encontro dos meus pais, por favor."

Assim o cliente pode achar que ela é uma fugitiva arrependida, louca para voltar ao seio da família. Como o script é coerente, ela faz um certo sucesso, especialmente com pessoas idosas ou pais que se projetam: se seu filho fugisse, seria bom que alguém lhe desse dinheiro para voltar. A busca transforma-se então em "mendicância de exorcismo", como no caso das pessoas que fazem doações às instituições de pesquisa contra o câncer, para comprar a sorte.

Quando alguém quer conversar, para saber mais a seu respeito, ela apresenta o script esperado:

"Eu fugi de casa e me arrependi, quero voltar para retornar ao colégio." E se isso não basta, ela inventa uma história mais complicada, aparecendo como infeliz vítima de um tio pervertido que abusava dela e do qual acaba de fugir. Ante o sucesso dessa última história, ela sente prazer em desenvolvê-la e acrescentar detalhes sórdidos.

Eu invento minha lenda pessoal ideal. Ser mendigo torna a gente mitômano.

Às vezes, certos homens botam a mão nas suas nádegas com ar sacana. No início, ela se enfurece, mas depois fica indiferente.

Mas os mais perigosos são os outros mendigos em atividade, que lhe dirigem claramente sinais de ameaça.

Ela se vê estapeando, mordendo e arranhando uma garota que mal deve ter a sua idade, mas que, achando-a muito parecida, concluiu que era uma concorrente desleal.

Desta vez, Cassandra não leva a melhor. A outra é muito mais furiosa e forte. As duas se engalfinham, rolando pela plataforma do metrô. Quando Cassandra morde, a outra morde também, quando ela puxa os cabelos, a outra faz a mesma coisa. Ela sente vontade de lhe propor uma aliança, uma amizade, uma troca de figurinhas entre marginais, mas a outra é pura raiva. Cassandra prefere sair rapidamente de cena, em vez de se arriscar numa diplomacia sem muito futuro.

Quando para de chover, ela volta à superfície, onde o ar é muito melhor, mas o tempo refrescou demais e ela busca alguma maneira de não sentir frio dormindo ao relento. Observa como os outros mendigos fazem e acaba ocupando as aberturas dos exaustores do metrô, por onde sai o ar morno e viciado dos corredores subterrâneos.

Em dado momento, ela cruza com uma garota horrorosa. Já se prepara para lutar contra a nova concorrente, mas a jovem não passa... dela mesma, no reflexo de um espelho.

Não, não é possível, eu não fiquei assim!

Cassandra se dá conta de que há vários dias não tem oportunidade de se olhar.

Cai então em atenta contemplação dos mínimos detalhes.

Quem sou eu? Caramba, QUEM SOU REALMENTE?

Ela perdeu toda a beleza, toda a graça, toda a feminilidade. Sente-se uma flor que não tem mais pétalas. Só um caule espinhoso sem qualquer encanto, do qual as borboletas fogem, e que atraía moscas.

Ela se examina mais de perto e constata que seus poros acumulam pontos negros.

Agora Kim não poderá mais me recriminar por "minhas mãos limpas de burguesa".

E pensar que eu sempre acionava as torneiras dos banheiros com os cotovelos, para não sujar os dedos, e botava uma proteção de papel no vaso sanitário para evitar qualquer contato!...

Há muito tempo ela não escova os dentes com dentifrício. Sente permanentemente um gosto pegajoso na boca. Sopra na mão e fareja: seu próprio hálito a deixa enojada.

Cassandra decide assumir um visual gótico.

"Toda fraqueza assumida se transforma em opção artística." Mais um desses provérbios que Orlando teria detestado, mas que Kim poderia ostentar na camiseta.

Ela pesca numa primeira lixeira sapatos pretos pesados e esburacados, cujo pé direito tem o mérito de parecer com o pé esquerdo. No fundo de uma outra: um casaco de couro preto salpicado de motivos em forma de crânio. Está rasgado, mas Cassandra não se importa. Ela lhe pespega pinças, alfinetes de fralda, pregos, pontas. Descola um estojo de maquiagem negra e, diante de um espelho quebrado, inventa um personagem.

... para assumir minhas fraquezas e transformá-las artisticamente, mas também para dar medo nos burgueses.

Ela encontra luvas de couro negro e corta as pontas dos dedos para transformá-las em meias-luvas. A parafernália agora está completa. Ela também recuperou um outro reflexo animal: tornar-se o mais repelente possível para botar os predadores para correr. Afinal, o fedor do gambá e o aspecto assustador do lobo constituem estratégias de sobrevivência que já demonstraram sua eficácia. Assim fantasiada, ela se contempla no reflexo de uma vitrine.

Agora eu tenho uma função social reconhecida: espantalho.

Examina-se então sob diferentes ângulos e acaba descobrindo com qual atriz se parece.

Eu sou Jennifer Connely em Réquiem para um Sonho, *só que mais jovem e mais gótica.*

Sentindo-se segura em seu novo disfarce, ela visita os supermercados e passa a furtar alimentos. Até os vigias preferem deixá-la ir para não ter de tocá-la, arriscando-se a pegar piolhos ou ser mordidos. Pois em caso de ameaça ela não hesita em mostrar os dentes e rosnar.

Como Yin Yang.

Cassandra encontra no fundo de um escuro beco sem saída um buraco que lhe serve de cofre forte. Ali deposita um rádio que ainda funciona, uma caderneta e um lápis, uma faca, uma garrafa d'água, um tubo de aspirina, um sabonete, uma navalha de barba, uma lanterna de bolso, saquinhos de chips.

Meu patrimônio.

A jovem esconde tudo por trás de um tijolo, para não atrair a atenção. O buraco contendo as suas coisas torna-se o seu pequeno "lar". São apenas algumas dezenas de centímetros cúbicos, mas já é um começo de território. E ela não se afasta muito.

Num dia de chuva, a umidade amolece suas chips. Ela decide então envolver tudo num saco plástico. Regra número cinco do bom mendigo: envolver tudo num saco plástico bem fechado. Enquanto isso, ela come os chips molhados.

Nunca permitirei que a infelicidade leve a melhor, por mais duras...

— que sejam as dificuldades, eu vou enfrentar e eles não poderão me...

... *Caramba, eu falei!*

Ela leva a mão à boca para se calar, e então cai a ficha de que até "por mais duras" ela pensou, e a partir de "que sejam as dificuldades" falou.

Acabou, portanto, de vencer a segunda etapa da decadência: depois da coceira, o monólogo.

E depois virá a terceira etapa. Provavelmente ficar louca.

Eu não quero ficar louca.

Ela tenta encontrar as razões desse momento de fraqueza.

É porque eu não tenho mais nenhum diálogo inteligente com ninguém, não leio nenhum livro. Com isso, meu cérebro não se mantém ativo.

Ela reflete.

Para não enlouquecer, é preciso nutrir a mente. Livros... É o único remédio. Rápido.

37.

Cassandra Katzenberg entra numa grande loja de departamentos de artigos culturais, como se estivesse entrando numa clínica para se curar.

Contempla os videogames. As histórias em quadrinhos. Os filmes em DVD. Romances. É a confeitaria do cérebro. Era o que mais lhe fazia falta nos últimos dias: guloseimas para a mente. Ela acaricia as pilhas de álbuns de histórias em quadrinhos. Fareja os romances. Sente o cheiro do papel, da tinta, do celofane.

Para onde quer que se volte, seu olhar fica encantado com as capas chamativas e os títulos evocando dramas ou comédias.

Na seção de videogames, crianças potencialmente epiléticas investem furiosas contra consoles com círculos, quadrados, triângulos e cruzes. Mais adiante, outras crianças, estendidas no chão, viram páginas de livros belgas de histórias em quadrinhos e mangás japoneses cheios de imagens sugestivas ou violentas.

Cassandra vai passando pelas baias, alamedas de um jardim mágico. Passa dos romances aos ensaios, detendo-se na seção de biografias históricas. E de repente se depara com *A Maldição de Cassandra*.

Na capa, a mesma mulher dos seus sonhos, de túnica branca, sentada no trono de ouro e com a serpente na mão. Cassandra folheia o livro e finalmente descobre a continuação da vida da sua homônima. Senta-se no carpete de náilon, encostada na parede, e lê:

"... Cassandra encontrou então seu irmão, que era dado como perdido, e que se chamava Páris. Sentiu, contudo, que por seus atos irresponsáveis ele atrairia problemas para a cidade"...

Páris... Cassandra. Paris é o nome da cidade onde estou. Não é possível, é mais uma simples coincidência.

"Em virtude de uma antiga predição, o jovem Páris fora abandonado pelo pai, o rei Príamo, e criado por um pobre pastor. Mas na idade adulta Páris reencontrou o pai, que o aceitou na corte. O rei lamentou tê-lo abandonado e reconheceu sua condição de príncipe herdeiro. Páris era belo e esportivo, além de admirado pelos troianos. Enciumado, seu irmão Heitor sugeriu ao rei Príamo que o enviasse à Grécia para negociar a volta de sua tia, sequestrada pelos gregos. Foi então que Cassandra interveio, avisando: 'Sinto que se Páris for à Grécia, atrairá muitas desgraças sobre Troia. Ele não deve ir.' Mas Páris partiu, ainda assim, e voltou com Helena de Esparta, mulher de Menelau, irmão do rei dos gregos, Agamenon. Ele disse: 'Os gregos nos tomaram uma mulher, e nós vamos nos apossar de uma das suas.'"

"Cassandra imediatamente anunciou: 'Esta mulher vai provocar uma guerra entre nossas duas nações.' Mas os troianos viram que Helena era muito bela e amava o príncipe, e decidiram apoiar a decisão de Páris, não obstante os maus presságios anunciados por Cassandra. 'Cale-se, pássaro de mau agouro!', disse Páris. 'É você, feiticeira, que atrai a desgraça para nós com suas más visões!', disse-lhe seu próprio pai, o rei Príamo. E com efeito, meses depois, quando Páris casava com Helena, viu-se surgir no horizonte uma profusão de embarcações gregas. O rei Agamenon e seu irmão Menelau tinham costurado uma aliança entre várias cidades gregas para atacar a antiga cidade de Troia."

Ela pula mais alguns capítulos.

"... Como a guerra se prolongava e os gregos não conseguiam tomar a cidade, Ulisses teve a ideia de presentear Príamo com um cavalo de madeira de proporções monumentais, à guisa de tratado de paz. Cassandra disse então..."

— Senhorita, não pode ficar lendo. Pode apenas deixá-lo aí ou comprá-lo.

Posso também fazer outra coisa.

Cassandra levanta-se num salto e sai correndo pela loja. Algumas pessoas tentam persegui-la, mas sem convicção, como se tivessem medo de se sujar, ou como se o que estava em questão, um livro roubado, não valesse o esforço para tentar recuperá-lo.

Cassandra sai pela entrada principal, disparando o alarme. Corre pelas ruas e avenidas. Até se abrigar debaixo de um portal. Sem fôlego, senta-se no chão e volta às aventuras de sua homônima antiga:

"... disse então: 'Tenho medo dos gregos e de seus presentes.' Mas ninguém lhe dá ouvidos, e os troianos aceitam o monumental cavalo. À noite, os soldados gregos escondidos na barriga oca da estátua de madeira saíram.

Guiados por Ulisses, abriram as portas da cidade para deixar entrar o exército de Agamenon.

"Aproveitando que os habitantes dormiam, os gregos, sempre guiados por Ulisses, mataram-nos e devastaram a cidade, massacrando a população inteira..."

Ela para.

Mas que canalha esse Ulisses, que é apresentado como herói no livro de Homero, mas é o sujeito que não respeitou o tratado de paz e se aproveitou da noite para matar pessoas que dormiam!

Ela dá prosseguimento à leitura:

"... inteira, à exceção de uma única pessoa: a princesa Cassandra. Prisioneira, ela foi oferecida como troféu de guerra a Menelau, para compensar a perda de sua bela Helena."

Como se a sua punição também fosse ter sobrevivido à destruição de sua cidade: "Eu os avisei. Por que não me ouviram?"

Cassandra não chega à última página da obra histórica, preferindo abandoná-la num banco público.

Informando-me sobre minha ilustre homônima, estou apenas confirmando a influência do meu nome no meu próprio destino. É aí que está a armadilha. Ao me dar a conhecer a história da antiga Cassandra, Papadakis preparou-me para começar de novo a mesma vida.

Ela apanha o relógio de probabilidades e novamente se sente tentada a livrar-se dele.

Tenho medo dos gregos e dos seus presentes.

É então que um detalhe do relógio de pulso a deixa intrigada. Ela o observa melhor à luz branca de um poste. Há uma inscrição na borda, perto do botão. Ela consegue ver as letras minúsculas: "Seguros Futuro", Rua da Partida 42, 75014, Torre de Montparnasse, 54º andar.

38.

Eu não tenho humildade. Enxergo longe e no futuro, mas nem me lembro de avaliar o que está perto de mim e no presente.

Mas o fato é que todas as soluções e respostas estão diante de mim.

39.

A Torre de Montparnasse surge diante dela como um monolito gigante depositado no meio da cidade, vindo diretamente do filme *2001, uma Odisseia no Espaço.*

Cassandra passa pela entrada da Rua da Partida e desemboca nos elevadores. Aperta o botão do 54º andar, e em 38 segundos o elevador (apresentado como o mais rápido do mundo, ou pelo menos é o que está escrito numa placa em seu interior) chega ao topo da torre, conduzido pelos poderosos motores elétricos do sistema de elevação.

Cassandra depara-se com uma fieira de portas iguais. Numa delas pode-se ler numa placa de couro: Seguros Futuro, tendo acima uma flecha.

Ela passa por uma porta envidraçada, mas não tem tempo de chegar ao balcão de recepção. Um vigia uniformizado e de quepe a detém com um gesto seco:

— Cai fora, aqui não entra mendigo! Se manda!

Ela tinha esquecido seu cheiro. Ainda que as roupas enganassem, ela sabe que está com um forte fedor de sujeira e suor impregnado. E o seu novo estilo gótico *destroy* não é propriamente o mais indicado para uma visita a um escritório comercial.

Ela sente um calafrio, pois o homem com o distintivo "segurança" entrou na sua esfera de proteção e se achou no direito de tocá-la, mas consegue superar a incontrolável vontade de se defender. Esboça então um gesto de desculpas, desce para o banheiro do andar abaixo para se coçar e decide voltar mais tarde, quando os empregados tiverem ido embora.

Cassandra fiscaliza de longe a entrada, escondida por trás de uma planta verde. O vigia continua lá, mas está conversando com uma arrumadeira. Ela aproveita um momento de desatenção para se introduzir no corredor, passar pela porta com a placa "SEGUROS FUTURO", que dá para o saguão de entrada, e se esgueirar pelos corredores da empresa sem ser vista.

O espesso carpete cor-de-rosa e cinza absorve qualquer som. Debaixo do teto cheio de spots difundindo uma semiclaridade de vigília, os móveis de laca cinza e rosa parecem untados de madrepérola. Amplas e profundas, poltronas de couro se espalham pelo saguão de recepção. Por trás das vidraças, Paris exibe seu cenário noturno. Cassandra vê a Torre Eiffel, a longa veia dos Champs-Elysées, o Sena e suas pontes iluminadas.

Na parede, um cartaz anuncia: "SEGUROS FUTURO: Aqui nós cuidamos do futuro dos segurados." Declaração ilustrada por uma modelo de longas pernas com meias negras, sentada no alto da Torre de Montparnasse e de olho numa luneta. Um balão sai da sua boca encarnada: "E você, como é que encara o futuro?"

E eu, como é que vejo o futuro?

Cassandra Katzenberg não sabe o que está procurando, mas sente que há aqui alguma coisa a descobrir. Uma mulher da manutenção passa pelo corredor com um carrinho. A jovem esconde-se por trás da máquina de bebidas para voltar a sair depois que a técnica se for.

Depois de explorar vários escritórios, a moça de grandes olhos cinza-claro vê uma placa num escritório fechado.

"D. Katzenberg."

"d"? Seria ele por acaso?

Ela gira em vão a maçaneta, a porta está fechada. Ela apanha um pedaço de cartolina numa lixeira e o passa na fenda da porta para liberar a lingueta.

Finalmente a maçaneta cede. Ela entra, fecha a porta e acende a luz. O local é uma enorme bagunça. Três mesas foram reunidas para formar uma só, coberta de computadores portáteis em várias camadas. Alguns estão abertos, outros, fechados. Um computador central dotado de tela grande pontifica no meio desse amontoado eletrônico. O piso está cheio de papéis impressos, fios elétricos conectados e roupas, camisetas e meias, canecas de plástico misturadas a restos de pizza ainda na embalagem de entrega.

Ela explora cuidadosamente o lugar. O que mais atrai sua atenção é a parede de cortiça coberta de recortes de jornais. Seu olhar dá num artigo da publicação profissional *Revista dos Seguradores*. Nele, aparece a foto de um rapaz de cabelos meio longos cobrindo o rosto. Ele parece engolido por seu terno escuro.

Foi fotografado no ato de entrega de um troféu. A legenda diz:

"Daniel Katzenberg: Enfim recompensado o trabalho de um gênio."

"Daniel" Katzenberg. Ele tem o meu nome. Não pode ser meu pai, portanto, é o meu... irmão!

Cassandra arranca a folha e a examina febrilmente à luz de uma luminária.

Meu irmão parece um rapaz sem rosto. Como esses cães cujo pelo encobre os olhos e as orelhas.

"Daniel KATZENBERG, brilhante matemático recentemente contratado pela empresa Seguros Futuro, ganhou fama na profissão com seu projeto 'Probabilis'. Um programa de informática de ponta, capaz de aperfeiçoar a avaliação dos riscos de morte de um titular de seguro de vida. Com seu software Probabilis, Daniel Katzenberg conseguiu reduzir uma probabilidade de dez anos para uma margem de cinco anos, e depois, de dois anos.

"'Espero reduzir essa estimativa para um ano, talvez até seis meses', declara sem rodeios o jovem matemático prodígio. Sua ideia revolucionária é simples: em vez de levar em conta os vinte critérios, aproximadamente, nos quais costumam ser baseadas as previsões de morte dos segurados (sexo, idade, profissão, lugar de residência, consumo de álcool e cigarro etc.), Daniel Katzenberg concebeu um dispositivo muito mais complexo, envolvendo 7.200 critérios que permitem estimar as probabilidades e assim prever a qualquer momento se uma pessoa corre o risco de morrer em futuro próximo. Seu novo dispositivo comporta critérios novos, como o exato perfil psicológico e físico das pessoas, mas também critérios objetivos, como os acontecimentos globais."

Ela continua a ler o artigo:

"'Hoje a informática permite administrar massas gigantescas de informações. Por que não aproveitar isso no sistema dos seguros? No atual estado do cálculo de probabilidades de morte, uma inesperada epidemia de gripe e mesmo uma guerra não são levadas em conta, os softwares não estão preparados para admitir esse tipo de dados. Eu proponho, portanto, um sistema de cálculo de probabilidades de morte adaptável ao conjunto dos acontecimentos que influem na vida de maneira geral', explica Daniel Katzenberg. E o pesquisador acrescenta: 'Eu visualizo no futuro a possibilidade de informar a um indivíduo suas chances de sobrevivência (ou seus riscos de morte) em prazo muito curto, e mesmo de exibi-las em tempo real na tela de um computador portátil comum.' Mas os especialistas acreditam que esse jovem matemático probabilista está falando de desempenhos da esfera da ficção científica. Devemos reconhecer que a possibilidade de prever riscos de morte em seis meses não alteraria apenas, ao que tudo indica, o mundo dos seguros de vida."

Cassandra Katzenberg consulta o relógio.

Seis meses? E se ele reduzisse esse lapso de tempo para chegar... a 5 segundos?

Ela examina a parede coberta de artigos e fotos de Daniel Katzenberg, quando, de repente, um post-it tem sobre ela o efeito de um eletrochoque.

"... Ela se perguntava como ativar seu relógio, e encontrou, preso à parede, um papel no qual se lia simplesmente um conselho: ligar o computador principal. O que ela imediatamente fez. Achou divertido que a recomendação estivesse escrita numa mensagem mural perdida em meio a dezenas de outras, e que no entanto parecia pessoalmente dirigida a ela. Lembrou-se, no entanto, de que assim é que tinha encontrado seu relógio, com uma mensagem falando dela na terceira pessoa..."

Mas que mistério é esse?

A jovem de grandes olhos cinza-claro ouve de repente o aspirador de pó da faxineira, que começa a funcionar, batendo no pé da porta. Ela aproveita o barulho para ligar o computador conectado à tela grande. Imediatamente aparece um programa. "PROBABILIS: o futuro enfim capturado." Logo abaixo, o seguinte texto:

"Este programa tem o objetivo de reduzir a margem de erro das avaliações para aquisição de seguros de vida."

É apenas um software profissional para vendedores de seguros.

Ela continua a ler. Um item parece-lhe pertinente.

"Inscrição de um novo cliente." Ela clica.

E depois:

"Entre com sua senha."

Não sabendo a data de nascimento do irmão mais velho nem seu endereço, ela vai experimentando várias possibilidades ao acaso. Até que, sentindo uma intuição, tecla "Cassandra".

Imediatamente um programa é ativado. Aparece um texto:

"Bom dia, irmãzinha.

"Se quer saber por que escolhi seu nome como senha, fique sabendo que foi simplesmente porque eu sou como você: pressinto o que vai acontecer. Ou pelo menos tento. Ao lhe enviar o pacote com a inscrição da primeira letra do meu nome, apenas, eu criei o mecanismo de curiosidade que necessariamente lhe daria vontade de vir aqui. Enfim, se você é como eu, certamente estaria aqui. E portanto leria este texto aqui e agora. Sabe como é, irmãzinha, somos da mesma espécie. Não nos contentamos com o mundo normal. Não podemos nos resignar a essa vida medíocre e sem perspectiva que os outros nos oferecem, para que fiquemos tranquilos. Não existe palavra pior aos meus ouvidos que esta: 'Resignação.' Lamento não a ter conhecido melhor, mas se prosseguir em sua investigação, você vai entender por quê. O que aconteceu com nossos pais é terrível, mas não devemos olhar para trás. Não podemos dirigir com os olhos permanentemente fixos no retrovisor. Pelo contrário, é necessário olhar bem longe no horizonte. E permanecer vigilantes.

"Eis aqui uma ferramenta com essa finalidade. O relógio de pulso 'Probabilis.' Ele contém um GPS que informa constantemente ao computador central onde você se encontra. O relógio também é dotado de um sensor de batimentos cardíacos. Probabilis sabe o que você faz ou o que lhe acontece se estiver numa área coberta por câmeras de vídeo. Com isso, acumulando constantemente o máximo de informações sobre você, de várias maneiras diferentes e complementares, o sistema de inteligência artificial 'Probabilis' pode confrontá-las, imediatamente calculando suas chances de sobrevivência nos cinco segundos subsequentes.

"Ele leva em conta sua saúde, sua psicologia, seus deslocamentos, seus atos, mas também as repercussões no seu ambiente, captadas pelas câmeras de vídeo situadas nas suas proximidades. Inclui os fatores meteorologia, acontecimentos atuais, trânsito, política nacional e internacional e até a qualidade do ar respirado, os tremores de terra e outras catástrofes naturais etc.

"'Probabilis' não é apenas um programa profissional. Pode tornar-se um autêntico recurso 'para viver.' Cabe a você descobrir todas as suas possibilidades.

"Um beijo de todo coração.

"Teu irmão que não te conhece, mas o lamenta.

Daniel."

"d"... então era realmente ele.

Cassandra clica no botão “Entrar” que pisca debaixo do texto. Aparece um novo programa. Ela se depara então com um questionário perguntando seu prenome e nome de família. Seu peso. Sua idade. Sua profissão. Seu endereço. Por enquanto, parece um desses questionários habituais dos “seguros de vida” clássicos.

Mas as perguntas que se seguem são mais surpreendentes. “Probabilis” quer saber:

Suas medidas.

O que costuma comer.

Suas doenças, graves e benignas.

Suas operações cirúrgicas.

Suas qualidades.

Seus defeitos.

Seus projetos.

Sua melhor e sua pior lembrança.

Seus medos.

Ela preenche cada casa, sem pular nenhuma. Probabilis quer saber se ela é canhota, se é combativa, se tem alergias, se enxerga bem.

Lógico. Uma pessoa que enxergue mal corre mais risco de ser atropelada ao atravessar a rua. O mesmo com um surdo.

Ela responde a uma centena de perguntas desse tipo, e finalmente chega à casa “inscrição de um novo cliente”. Clica de novo em “Entrada”.

A frase “Busca de remetente” pisca na tela. Aparecem no seu relógio duas flechas girando, indicação de que ela está recebendo um sinal.

E de repente surge um número diante da frase “Probabilidade de morrer em 5 segundos: 13%.”

Pronto, não é mais 88. Será que essa máquina funciona realmente?

Outro texto aparece na tela do computador.

“Nota para Cassandra: 13% é o número neutro. O contador nunca está em zero, pois sempre há um risco de acontecimentos completamente imprevisíveis, como uma crise cardíaca fulminante ou uma queda de meteorito. Abaixo de 50%, você não precisa se preocupar, sua vida não corre perigo. Acima de 50%, nem precisa pensar um segundo, irmãzinha, trate imediatamente de se mexer.”

Ela fica um momento observando o número 13 que pisca no fim da frase: "Probabilidade de morrer em 5 segundos:".

Mas enquanto a contempla, a tela digital vibra e altera os números.

21%.

Existe um leve perigo. Probabilis está me avisando de um risco não mortal, pois não passei dos 50%, mas não deixa de ser um problema. O quê?

É nesse momento que o vigia abre a porta, de revólver na mão, e a vê.

— Sua ladra, que foi que apanhou?

Cassandra dá um salto, empurra-o e sai correndo pelos corredores da Seguros Futuro.

Caramba, o pessoal da limpeza acabou seu trabalho e o vigia, fazendo a ronda, viu um raio de luz por baixo da porta. Ele foi detectado pela câmera de segurança do corredor e Probabilis me avisou. Há um risco mortal. Talvez porque ele tivesse uma arma na mão. A coisa realmente funciona... pelo menos nas áreas cobertas pelas câmeras.

O vigia saiu correndo atrás dela e ganha terreno a cada passo. Ela se joga no elevador, que por sorte se fecha a tempo. Os andares vão desfilando. Chegando lá embaixo, ela vê que as portas do elevador ao lado também estão se abrindo.

Esse vigia não é como o da livraria, é um cabeçudo.

— O que foi que roubou lá em cima? — interpela ele.

Seria complicado demais explicar que entrei no escritório do meu irmão para não roubar nada. Ele tem certeza de que se uma garota vestida como eu e cheirando mal como eu entra num escritório, é necessariamente para roubar computadores portáteis.

Cassandra sai para a rua. Mas dessa vez o vigia exagera. Ele deve praticar esportes, pois é rápido, apesar da massa corporal imponente. Na rua, as pessoas se afastam. Quando o vigia grita "Segura! Ladrão, ladrão!", os passantes começam a se juntar ao redor dela, retardando-a um pouco. Ela recupera o fôlego e atravessa a rua no momento em que os carros dão a partida. O vigia não ousa fazer o mesmo. Ela se volta, esperando que ele desista.

Mas ele não larga o osso.

Seu coração bate violentamente. Seus pulmões começam a arder. Mas o homem continua no seu encalço. Cassandra precisa mais uma vez recorrer ao estratagema do mergulho em meio aos carros dando a partida no sinal, para conseguir recuperar um pouco de distância. Mas embora consiga esquivar-se facilmente de uma caminhonete de florista, ela não vê o pequeno automóvel que passa ao lado. Empenhada na corrida, ela não olha o mostrador, que indica "Probabilidade de morrer em 5 segundos: 89%."

A jovem é violentamente abalroada nas panturrilhas. Sob o impacto, seus pés deixam o solo e ela voa em direção ao céu.

40.

Muito bem, agora eu vou morrer. Tenho neste momento a sensação de que não realizei o suficiente nesta vida.

No fim das contas, não vou deixar grandes traços da minha passagem na Terra. Marquei apenas alguns imbecis, e descobri que quatro mendigos tinham construído uma aldeia num depósito de lixo.

Quanto ao resto, bem que tentei avisar o mundo dos perigos que o cercam, mas as pessoas deixaram claro que pouco estão ligando e que era melhor que eu me calasse.

41.

De repente, aparece um corredor com uma luz branca no fundo.

Será o continente dos mortos? O paraíso?

Não, ela está de novo em Troia. No templo de Apolo. A antiga Cassandra de túnica está presente.

— Agora você conhece o princípio da nossa maldição. "Anunciar o futuro e não ser acreditada."

Ela dá uma risadinha triste, que ressoa entre as colunas do templo.

— É grave? — pergunta a adolescente.

— Não, não é grave, apenas — como dizer?... Desconfortável. Tudo depende da reação que se tem.

— A minha não é boa.

— Fetnat lhe disse em Redenção... A previsão dá medo, sobretudo quando de fato se concretiza. Quando procuram um astrólogo, as pessoas gostam de não acreditar. No máximo, quando ele se engana, elas ficam tranquilas. Significa que são livres, o futuro não é irremediável. Mas se acham que o futuro é irreversível, elas sentem muito medo. Uma previsão concretizada significa que existe uma relojoaria invisível e que, o que quer que façam, está escrito em algum lugar.

A antiga Cassandra mostra um casal de túnica caminhando de mãos dadas.

— Meu irmão Páris e essa vagabunda, Helena. Eu os avisei. Não quiseram me ouvir, e então... eis o resultado.

Ela mostra o horizonte, onde aparecem milhares de embarcações. Com tristeza, acrescenta:

— "Eles olham, mas não enxergam.

Eles ouvem, mas não escutam.

Eles sabem, mas não entendem."

E eu acrescentaria:

"Conhecer o futuro não lhes interessa."

— Por quê? Todo mundo devia querer saber o que vai lhe acontecer.

— Você e eu nos interessamos pelo futuro, mas a grande maioria das pessoas vira a cabeça para não ver o horizonte do tempo. Elas têm medo. Quando pensam no futuro, receiam ver as desgraças que lhes acontecerão, e então preferem ignorar tudo. Além do mais, a morte as espera no fim da linha, exatamente como a nós. É preciso ter coragem para caminhar em direção a ela de olhos abertos.

— Mas eles dizem que querem saber...

— Não devemos tomá-los ao pé da letra. Temos de ouvi-los em seus pensamentos profundos, reais. Os seres humanos muitas vezes dizem o contrário do que pensam. Fazem o contrário do que querem. Apoiam os inimigos e barram o caminho dos amigos. Mordem a mão que os alimenta e acariciam a que os golpeia. Os seres humanos só são compreensíveis por seus paradoxos, reconheça, e então poderá realmente captá-los do interior.

— Mas são tantos que dizem a mesma coisa...

A Cassandra antiga avança em direção à Cassandra moderna em meio ao frufru da túnica. E lhe sussurra ao pé do ouvido:

— "Não é porque muitos estão errados que se pode considerar que têm razão."

E então acrescenta:

— Aconteça o que acontecer, não desista.

— E meu irmão?

— Seu irmão é uma grande cabeça.

— Quero me encontrar com ele!

— Para isso, terá de continuar viva.

— Por quê? Existe algum risco?

— Na verdade, você é que decide a cada momento o que lhe vai acontecer. Então, escolha.

— Não, eu não quero...

42.

— ... morrer!

Cassandra Katzenberg abre os olhos e vê a enfermeira de blusa branca sorrindo para ela.

Voltei a falar sozinha sem me dar conta.

Ela se conscientiza da cama macia em que está deitada, do quarto de hospital com paredes brancas e cheiro de desinfetante. E também do seu próprio cheiro. Um perfume de gel de lavanda suave. Ela foi banhada. Censores cardíacos estão presos ao seu peito, ligados a telas verdes fluorescentes.

A enfermeira balança a cabeça olhando para ela ao verificar os aparelhos.

— Você teve muita sorte. Não quebrou nada, teve apenas algumas contusões benignas. Precisa repousar. Logo poderá voltar para casa.

Cassandra vê uma câmera de vídeo instalada num canto do teto, diante da cama.

Probabilis está me vigiando.

— Onde estão minhas coisas?

A enfermeira entrega-lhe um saco de plástico verde, no qual ela enfia a mão febrilmente para encontrar seu relógio. Liga-o, e imediatamente a tela indica "Probabilidade de morrer em 5 segundos: 19%."

6% acima do limite neutro. Talvez por causa dos ferimentos. Mas estou longe dos 50%, está tudo bem.

— Nós não sabíamos quando você recobraria a consciência, mas um policial quer vê-la. Posso mandá-lo entrar?

Ela aquiesce e um homem alto, de sobretudo bege, entra no quarto. Cassandra rapidamente enfia o relógio no fundo do saco.

— Bom dia, senhorita. Está melhor? Fiquei tão feliz por não ter tido nenhuma contusão grave. Estava muito preocupado com você. Meu nome é Pélissier, inspetor Pierre-Marie Pélissier.

Prenome duplo, metade feminino. Promete. Ele também se parece com um ator, mas não me lembro mais qual.

Ele se senta com cuidado na beira da cama e deposita algumas flores e uma caixa de chocolate. Ela se dá conta de que não está realmente com fome. Provavelmente por causa da incisão pela qual pinga glicose diretamente nas suas veias.

— O pesadelo acabou — anuncia ele.

E então procura alguma coisa em sua pasta.

— Você foi registrada nas câmeras de vigilância. A livraria quis apresentar queixa, mas eu a convenci do contrário, pagando pelo livro. Depois, como vi que não estava entre suas coisas, quis comprar um outro.

O policial entrega-lhe *A Maldição de Cassandra* com sua capa já conhecida mostrando a mulher de túnica branca e a serpente no punho.

— Ela tem o seu nome. Cassandra de Troia. É natural que você se interesse. Agora este livro é seu. É muito bom interessar-se pela mitologia grega, aprendemos muita coisa. Eu queria muito ajudá-la. Li o seu dossiê. O que lhe aconteceu é terrível. O atentado no Egito, acho que deve ser muito duro para você. Acredite que faremos todo o possível para assegurar seu conforto e segurança.

A jovem dos grandes olhos cinza-claro franze as sobrancelhas, aturdida.

— Como diz o provérbio, "Até a desgraça acaba se cansando de perseguir as mesmas pessoas".

Mais um provérbio. Esse eu não conhecia. Orlando tem razão, é pura preguiça de gente incapaz de inventar suas falas pessoais. Essas frases feitas também são uma droga. Preciso parar de estocá-las na cabeça.

— Por que eu?

Olha só, essa aí eu também poderia mandar inscrever no meu túmulo.

O sujeito parece espantado com a pergunta.

— Pois bem, porque você não é qualquer uma, não sabia?

Se pelo menos eu soubesse quem sou...

— Como filha de uma pessoa importante, você tem direito a um tratamento especial.

"Filha de uma pessoa importante"? Se eu pudesse me lembrar da minha juventude...

O policial continua:

— Eu fui especialmente destacado para cuidar de você. Resumindo, eu achei que a tinha visto quando fugiu da Escola das Andorinhas.

Era ele que devia estar segurando a lanterna na janela do carro de polícia quando eu me escondi por trás dos plátanos, perto do depósito. Ele não parece mau.

— Esses últimos dias devem ter sido muito difíceis para você. Mas agora acabou, está tudo em ordem.

Ele olha fixo nos seus olhos e sorri.

— Sabe por que eu queria tanto encontrá-la? Eu tinha uma gata. Meus filhos a adoravam. Ela era ruiva, com uma mancha branca em forma de coração no focinho. Um dia, quando o carteiro estava entregando uma encomenda, ela fugiu. Normalmente, ela se limitava a ficar circulando pelo corredor, mas nesse dia seguiu o carteiro até o elevador e foi em frente no seu encalço. Foi parar na rua. Meu filho e eu saímos correndo atrás dela, mas em vez de voltar para nós, ela seguiu em frente.

O policial dá um suspiro.

— Meu filho gostava muito dela, mas ela preferiu a aventura ao amor da minha família. E talvez também a descoberta do espaço aberto, quem sabe? Agora, deve estar com frio e fome. Colamos pequenos cartazes por toda parte no bairro, mas sabe como é, tudo acontece muito rápido, e ela deve ter ficado enfezada. Ou então, com toda a sua beleza, alguém a roubou. Ou pior ainda, podemos supor que ela tenha sido resgatada para ser usada em experiências de laboratório.

Acho que eu sei onde a sua gata está.

— Na verdade, ela talvez estivesse infeliz, fechada num apartamento. Além do mais, nós mandamos castrá-la, seu único divertimento era brincar com bolas de lã. Mas o preço da liberdade é alto. Embora ela possa ter escapado aos carros e cães vadios, provavelmente está encontrando muita dificuldade para resgatar seu instinto de caçadora. Não posso imaginá-la perseguindo camundongos e ratos pela cidade, quando sempre comeu apenas bolinhos de carne... e selecionados! Nossa gata só aceitava bolinhos de fígado de aves. Não a vejo propriamente cavando uma cova para se proteger do frio e das intempéries... Ainda hoje espero que alguém venha trazê-la de volta para nós. Um detalhe importante é que, quando ela fugiu, levava o nome escrito na medalha da sua coleira.

— E como se chamava sua gata? — pergunta Cassandra.

— "Liberty Belle", por quê?

Que poderia eu esperar? Que ela se chamasse "Jeanne"? Parece que ando indo muito ao cinema... O mundo não é tão pequeno assim.

— ... Por nada. Tenho certeza de que vai encontrá-la.

... *Como me encontrou.*

O policial apanha sua caderneta e anota algo.

— Preciso fazer-lhe algumas perguntas para o meu relatório. Que estava fazendo naquela empresa de seguros?

— Estava procurando meu irmão.

Seu rosto se contrai de espanto.

— Seu irmão? Está procurando seu irmão?

— Não tenho mais notícias dele desde...

Sempre.

— ... Há muito tempo.

Pierre-Marie Pélissier a fixa com atenção, depois parece preocupado.

— Claro, eu devia ter imaginado. Daniel Katzenberg? O geniozinho dos seguros é seu irmão?

Ele o conhece.

— Você tem sorte, fui eu que investiguei sobre o acidente.

Cassandra se endireita, mas os fios e a incisão puxam sua pele. Ela faz uma careta.

— Não é só você que sofre choques brutais. O seu irmão fez poucas e boas. Parece até que é de família...

— Que foi que ele fez?

— Ele simplesmente saltou do alto da Torre de Montparnasse. Afinal, 210 metros de altura...

Cassandra aperta os lábios.

Ele morreu.

— Você não vai acreditar... mas a queda foi amortecida por um caminhão cheio de poliestireno que passava bem embaixo, no exato segundo e no exato lugar onde ele caiu. Isso é que é feliz coincidência! Na verdade, se eu não tivesse investigado pessoalmente, diria que era completamente improvável.

Ele sobreviveu. Daniel está vivo.

O inspetor Pélissier sacode a cabeça.

— Mas... o caminhão que o salvou furou um sinal vermelho. E foi parar no meio da praça no exato momento em que os carros davam a partida das ruas transversais. Foi atingido em cheio por um outro caminhão cheio de um líquido inflamável. Tudo explodiu.

Quer dizer então que ele morreu mesmo.

Ela baixa os olhos.

— Mas... ele se salvou por pouco — acrescenta o outro.

Ele está brincando comigo.

O inspetor Pierre-Marie Pélissier tira então do bolso um relógio de corrente com tela semelhante à do seu relógio de pulso. O mostrador está quebrado.

— Foi tudo que encontramos. E eu o guardei como lembrança.

Devem ser protótipos. Ele mandou fazer dois. Este e o meu.

— Você não vai acreditar, mas quando o encontramos a pilha ainda estava funcionando e no mostrador aparecia um número ao lado do texto "Probabilidade de morrer em 5 segundos". Você nunca vai adivinhar qual...

Ele deixa passarem alguns segundos, e então, vendo que Cassandra não reage:

— 98%!

O inspetor saboreia a informação.

— Nos vídeos das câmeras do cruzamento, a gente vê, nas imagens em câmera lenta, que o seu irmão é o único que salta do caminhão segundos antes do choque e da explosão. É como se ele tivesse previsto o que ia acontecer nos ínfimos instantes que antecederam o acidente.

Meu irmão é incrível, 98% não são 100%.

Ele sabia que tinha 2% de chances de escapar. Em alguns segundos é possível fazer coisas. E então reagiu, para usar ao máximo a oportunidade daqueles 2%, in extremis.

O policial prossegue, cruzando os dedos em volta do relógio quebrado.

— Daniel escapou por pouco, mas ainda assim houve três mortos e cinco feridos no acidente. Foi aberta uma investigação. Na minha opinião, o seu irmão devia ser processado, no mínimo por "perturbação na via pública". Estou praticamente convencido de que ele tem alguma responsabilidade nessa história.

Ele dá de ombros.

— Mas é claro que, sendo filho do seu pai, nós recebemos ordens de suspender a investigação.

O policial debruça-se para dizer bem perto do seu ouvido:

— Quer saber o que eu acho? Acho que o seu irmão fez de propósito. Ele programou esse acidente para verificar se o seu relógio de prever a morte estava funcionando. O sujeito do caminhão de poliestireno que passa exatamente no momento certo no lugar certo não foi puro acaso. Era um cúmplice. E por sinal eu fui verificar, e, como se podia esperar, o motorista do caminhão também trabalhava na Seguros Futuro, sob as ordens do seu irmão. Isso é que é coincidência! Em compensação, Daniel não podia prever o segundo caminhão com o líquido inflamável. Dessa vez, o motorista não trabalhava para ele.

Cassandra não responde. O sujeito de sobretudo bege relê suas anotações:

— Quer dizer então que o livro foi por causa do nome grego. A visita à empresa de seguros, foi pelo seu irmão. Falta apenas a última pergunta, e depois a deixo. Você foi filmada por uma câmera de vídeo entrando num depósito de lixo. É sabido que lá dentro vivem... como dizer... mafiosos albaneses, ciganos e pessoas sem-teto. Você os encontrou? Foi agredida? Ainda não procedemos a exames médicos para ver se você sofreu violências sexuais, mas por enquanto sua resposta me basta.

A jovem de grandes olhos cinza-claro sacode a cabeça, negando, e o inspetor parece aliviado.

— Obrigado pela cooperação, senhorita Katzenberg. Tenho certeza de que agora o pesadelo acabou para você, e tudo correrá bem. Se precisar de ajuda, pode me chamar, é este o meu celular.

Ele estende seu cartão de visita e depois abre a porta do quarto com uma saudação polida. Antes de se afastar, acrescenta:

— Tenho certeza de que vai gostar muito de ler as aventuras da sua homônima antiga.

Cassandra permanece um bom momento imóvel, calada, os olhos fixos no teto, refletindo sobre as preciosas informações que acaba de receber a respeito do irmão, e então abre ao acaso uma página de *A Maldição de Cassandra*, lendo:

"... ela desejaria dizer ao irmão que não fosse. Mas Páris não dava ouvidos a ninguém. Achava que tinha entendido tudo e que só ele sabia o que devia fazer. Ela teve mais uma visão, e então anunciou..."

— Senhorita Katzenberg, outra visita — disse a enfermeira. — Acho que é uma pessoa da sua família.

Daniel?

— ... Um certo senhor Philippe, de sobrenome complicado, Padipikas, algo assim.

Papadakis.

Cassandra já saltou da cama. Arrancou com um gesto firme os fios que a ligavam às máquinas e retirou a incisão. De pijama, galopa pelos corredores do hospital.

Os doentes a veem passar sem reagir, mas um grupo de paramédicos sai no seu encalço. Ela vai abrindo as portas, e então, dando com um quarto vazio, mete-se no banheiro e se esconde debaixo da pia.

Com isso, sente-se reconfortada.

Adoro me esconder por trás de armários e debaixo de pias.

Passados dez minutos, ela sai do esconderijo. Corre então em sentido inverso, tropeçando num carrinho cheio de lençóis.

A porta de saída está à vista, mas na frente há uma barreira de enfermeiros.

— Ela é paranoica, cuidado, pode ser perigosa! — avisa a enfermeira.

Homens de jaleco branco aparecem de todo lado. Finalmente ela é dominada por vários enfermeiros, apesar de mordê-los e arranhá-los. Uma seringa é enfiada como um dardo no seu braço, ela deixa de sentir as pernas e perde a consciência.

43.

A Cassandra da Antiguidade troiana está lendo um livro à sombra da Árvore Azul do Tempo. Acima dela, o sol brilha. A relva é agitada pela brisa. Pássaros invisíveis projetam o seu canto.

Na capa do livro se lê *As Aventuras de Cassandra Katzenberg*.

A jovem avança em sua direção num passo hesitante. Ao ver a recém-chegada, a mulher de túnica deposita delicadamente o livro.

— Você não foi muito longe. Apenas um capítulo de uma página. Agora, dorme duas vezes por dia. Então, já sabemos que podemos nos encontrar a dois sonhos de intervalo.

— A senhora realmente existiu ou é apenas uma lenda?

— A esta altura, não tem mais importância. É o seu imaginário onírico que me dá consistência. Aí vai a continuação da minha lição. Guarde bem esta frase: "A realidade é aquilo em que você acredita."

A adolescente se esforça por captar bem o sentido dessas palavras, e então pergunta:

— E à parte as minhas crenças, o que existe?

— Tudo são apenas crenças. A história passada e a história futura. Tudo começa sempre com uma ideia inventada por um indivíduo. Só então o universo dá um jeito de dar existência a esse script imaginário.

A jovem de olhos cinza-claro digere esse conceito.

— Quem pode afirmar que não foi Homero que inventou Ulisses? Platão que inventou Sócrates? São Paulo que inventou Jesus Cristo? — continua a mais velha.

— Seja como for, não fui eu que inventei o atentado na fábrica EFAP.

— Quem sabe?

A Cassandra da Antiguidade dá uma gargalhada.

— Não, eu estava brincando. Você nem sabia que essa fábrica existia, não é mesmo?

— Existem necessariamente coisas que estão além das nossas crenças, das nossas lendas, das nossas propagandas e projeções.

A sacerdotisa faz um gesto gracioso com o braço no qual está enrolada a serpente.

— Eu também pensava assim.

A Cassandra antiga sorri. A Cassandra moderna faz uma careta.

— Não quero mais conhecer o futuro. Quero apenas que me deixem em paz.

— E você tem escolha? Eu tive escolha? Quando recebi o dom de ver o futuro, supostamente era um presente. E a gente não pode recusar presentes.

— E se eu me calasse, mesmo sabendo o futuro?

— Você sofreria.

— Mas, se eu falo também, não sofro?

— De fato, é um jogo em que sempre perdemos.

— E ele tem um nome?

— "Vidente."

— Vidente...

— Quer saber o mais importante?

A antiga Cassandra debruça-se de novo e pronuncia bem perto do ouvido da adolescente:

— Saber e não ser capaz de convencer os outros pode ser frustrante, mas não saber e viver como os outros é muito pior.

Ela brinca com a serpente, e continua:

— Valorize o seu poder.

Seu olhar torna-se duro.

— Valorize-o, ou o perderá.

— E o que eu tenho a ganhar?

— Saber quem você é realmente. É o único objetivo de toda a vida.

A voz da sacerdotisa vai aos poucos crescendo, até se transformar num estrondo de trovão.

— Pois só uma coisa importa: "saber quem você é realmente."

44.

Seus cílios tremem.

Abrindo as pálpebras, ela vê bem próximo o rosto do diretor da Escola das Andorinhas.

Oh, não, ele de novo não.

Ele está usando sua gravata azul-metálico e o anel, que, olhando bem, representa um cavalo coroado. Cheira a água de colônia masculina e suor.

Cassandra se dá conta de que não está mais no hospital, mas na enfermaria da Escola das Andorinhas. Faz menção de se levantar, mas tem os punhos presos à guarda da cama.

Philippe Papadakis sorri e entrega à jovem um objeto estranho: um copo transparente emborcado num prato.

Dentro dele, uma abelha rodopia freneticamente.

O diretor da escola observa o inseto dentro do copo.

A abelha se choca contra a parede transparente. O diretor a aproxima dos olhos de Cassandra.

— Já ouviu falar da "síndrome da abelha"?

Dessa vez, Cassandra faz que não com a cabeça, sem tirar os olhos do inseto em sua prisão.

— Decididamente, senhorita Katzenberg, nossas lições não acabam nunca. Da última vez, ensinei-lhe o significado do seu prenome, e agora vou lhe ensinar o sentido dos seus atos.

Cassandra se dá conta de que realmente tem lições a aprender com essa figura antipática.

Talvez aprendamos mais com os inimigos do que com os amigos.

Ele sacode o copo dentro do qual a abelha continua a se debater.

— Na época, eu tinha 9 anos. Estava num grupo de crianças, brincando num jardim cheio de flores. De repente, uma abelha pousou no bolo do lanche e começou a se regalar. Os outros garotos começaram a dar gritos de pavor, berrando que ela podia picá-los. Até que um de nós, querendo bancar o esperto para impressionar as meninas, aproveitou que a abelha estava numa migalha do bolo para aprisioná-la num copo emborcado. Exatamente como eu fiz aqui.

Ele sacode um pouco o copo, imediatamente aumentando a agitação do inseto.

— Depois, o garoto que tinha aprisionado a abelha achou que não bastava como punição. Começou então a bater com a colher no vidro, provocando um barulho estridente que, naturalmente, ressoava ainda mais forte dentro do copo. A abelha parecia estar enlouquecendo, e eu...

Philippe Papadakis bate várias vezes no copo com o indicador. A abelha fica zureta.

— ... Eu achei que já bastava como suplício, e que devíamos libertar o inocente inseto.

O diretor olha para ela com um ar angélico.

— E então tratei de levantar o copo. Que enorme besteira eu não fiz!... A abelha voou para cima de mim e me picou na mão, o que foi muito doloroso. Para mim, mas muito mais para a abelha, pois, como você sabe, o seu ferrão, ao contrário do ferrão da vespa, termina num gancho dentado. Quando ela pica e foge, o ferrão fica preso, arrancando suas vísceras!

Ele disse as últimas palavras com uma expressão desolada.

— Ela sentiu dor. Eu senti dor. E tudo isso só porque eu quis bancar o magnânimo. Na verdade, a abelha fez uma besteira, machucou a mão que a libertava. E por isso morreu. Eu senti dor, mas me recuperei. Era o preço da lição.

Ele revira na cadeira o saco contendo os objetos da jovem.

Não vá ele roubar meu relógio de probabilidades...

Ele dá busca por algum tempo e brande o livro *A Maldição de Cassandra*.

— A ingratidão, é este o drama deste mundo. O drama de Cassandra, a troiana, que não foi capaz de dizer obrigada a Apolo. O drama da abelha que um dia não foi capaz de me dizer obrigada por tê-la libertado. O seu drama, e, em consequência, o meu também. Pois você também me picou quando eu quis fazer-lhe o bem. Não é verdade?

Ele olha pela janela da enfermaria.

— A história está cheia de situações semelhantes. Veja, por exemplo, o rei Luís XIV. Ele arruína o país ao construir Versalhes e se lançar em guerras inúteis e extremamente onerosas, na maioria perdidas. Vive num luxo descarado, em total desprezo dos seus súditos. O povo passa fome, o país está arruinado. Mas Luís XIV deixa a imagem de um monarca de prestígio: o Rei Sol. Ele mesmo se deu esse nome, e os historiadores foram atrás. Seu sucessor, Luís XV, descobre que o caixa está vazio e que o país agoniza, mas não faz nada, e entrega a batata quente ao seu próprio sucessor, Luís XVI. Este, no entanto, considera que é necessário fazer alguma coisa para consertar e resolver os excessos do antepassado. Luís XVI decreta medidas em favor do povo. Decide cobrar impostos da aristocracia, até então isenta de taxas. Lança a campanha dos "cadernos de queixas", nos quais todos têm o direito, qualquer que seja sua posição, de registrar sua preocupação pessoal e suas necessidades imediatas. É a primeira iniciativa desse tipo no mundo: "pedir a opinião do povo." Entretanto, em vez de ser considerado um inovador, o que é na realidade, sua clarividência e sua generosidade são tomadas como sinal de fraqueza. E, como sabemos, ele acabaria decapitado em meio a comemorações gerais, vilipendiado pelo mesmo populacho que tanto quis ajudar.

Ele assume um ar de tristeza.

— ... O mundo é governado pela ingratidão.

Philippe Papadakis contempla o copo com o inseto zumbindo lá dentro.

— Que fazemos, então, com essa abelha? Claro que eu poderia libertá-la de novo, mas agora já sei que, por ignorância e ingratidão, ela vai me picar e assim acarretar minha dor e sua própria destruição. Que acha, Cassandra?

Ele já me considera íntima.

A jovem de grandes olhos cinza-claro não responde. O diretor sacode a cabeça e então levanta o copo. Antes que a abelha consiga decolar, ele a esmaga ruidosamente contra a mesa de cabeceira com a palma da mão. Com a ponta dos dedos manicurados, levanta o corpo amarelo e negro para levá-lo junto ao rosto de Cassandra. Ainda ostenta a expressão que o assemelha ao ator Donald Sutherland.

— É o que eu deveria ter feito da primeira vez. É a única solução. Além do mais, a abelha não sofreu. Humm, acho que não devemos perturbar a ordem das coisas, e sobretudo não querer salvar os outros quando eles não querem.

Ele volta a pegar o livro *A Maldição de Cassandra* e contempla pensativo a capa.

— Quer dizer então que consegui atrair sua atenção para sua antiga homônima. Você leu a continuação de suas aventuras? Cassandra tentou impedir o irmão Páris de dormir com Helena. Mas ela era tão bela que os troianos se orgulhavam do fato de Páris ter trazido semelhante beldade.

Ele aproxima repentinamente o rosto, a poucos centímetros do seu. Ela se vira, com repugnância.

— Eu gosto quando não é fácil — diz ele, sorrindo. — E você não é fácil, não é mesmo? É normal. Quando se sabe quem você é realmente...

— Quem sou eu? — pergunta ela.

— Ah, finalmente reagiu. Como a abelha quando batemos no copo. Sabe, Cassandra, se o seu nome é um indício, é apenas o primeiro, permitindo abordar o seu grande segredo. Também devemos levar em conta o seu passado.

Ele deposita o livro na mesa de cabeceira e abre sua maleta.

— Eu me interessei muito de perto pelo seu caso, tão especial. Ah, o seu passado... Talvez não seja por acaso que você tenha, como dizer, esse "poder". Oh, não, não é mero acaso. Quem sabe em algum lugar algum Apolo não desejou que você tivesse essas visões... Um deus, um homem, uma autoridade que decidiu presenteá-la com um talento extraordinário. Mas será que você esqueceu? Ou alguém apagou da sua memória?

Dessa vez, Cassandra não se debate mais. Ouve com atenção. Ele lhe acaricia a mão, depois o pescoço.

Ele entrou na minha esfera de proteção. Mas eu preciso cerrar os dentes. Eu tenho de saber.

Ela se esforça por não se mexer.

— Ah! Abelhinha, como você é orgulhosa! Mas isto me agrada. Acho que vou me mostrar generoso, apesar de todo o mal que você me fez — diz ele, acariciando o curativo em sua orelha. —Vou dar-lhe aquilo de que você mais precisa: o segundo indício.

Estou ouvindo.

Ele atira fora o cadáver do inseto e o esmaga com o salto do sapato.

— É... uma pergunta. Ouça bem: "Você sabe quem eram realmente os seus pais?"

Neste momento, uma enfermeira entra e constata que ele está realmente muito perto dela, o que Cassandra não parece estar apreciando. Philippe Papadakis endireita-se num movimento brusco.

— Amanhã iremos mais longe, quando estivermos mais tranquilos — promete ele.

A enfermeira o olha com desprezo, desconfiada.

— Ela precisa ficar sozinha, senhor, tem de descansar — insiste, colocando a mão fresca na testa da jovem.

O diretor afasta-se da cama, e seu olhar é atraído pelo saco plástico verde.

— O que é isto? — pergunta.

Apanha o relógio de pulso e o examina sob todos os ângulos. Decifra a inscrição fazendo beicinho.

— "Probabilidade de morrer em 5 segundos: 21%." É o conteúdo do pacote que lhe entreguei, não?

A jovem imobilizada na cama nem se dá ao trabalho de responder. Papadakis hesita, a tentação de confiscar o objeto é grande, mas ele é dissuadido pelo olhar acusador da enfermeira. Ele volta a colocar o objeto no saco.

— De qualquer maneira, esse negócio parece que dá azar. Até amanhã.

Ele sai deixando a porta entreaberta. O barulho dos seus passos se afasta no corredor.

— Me solta daqui! — ordena Cassandra à enfermeira.

— Vamos, seja razoável, senhorita Katzenberg. Você rasgou o rosto de uma colega, arrancou o lóbulo da orelha do diretor e fez muitos estragos no hospital onde estava. Acho que no momento o mais importante é que descanse.

Ela toma o seu pulso, coloca um sedativo em sua língua e lhe dá um gole d'água, afirmando que assim dormirá melhor. E se retira, apagando a luz do teto e deixando apenas a lâmpada de segurança.

— Boa noite, senhorita.

Cassandra, considerando que já dormiu o suficiente por hoje, cospe o sedativo e fica esperando, presa à cama, imóvel sobre o dorso, olhando o teto. Gostaria muito de pegar seu relógio e finalmente saber o que a espera, mas o presente do irmão foi colocado de novo no fundo do saco. De onde está, não pôde vê-lo.

Sem essa joia, ela se sente nua.

"Exposta a um futuro imprevisível."

Passadas algumas dezenas de minutos, a porta se abre lentamente. Não é Philippe Papadakis nem a enfermeira. É uma silhueta menor.

Violaine.

Cassandra quer se defender, mas está amarrada, faz menção de gritar, mas a outra já lhe enfiou um lenço na boca, prendendo-a com uma faixa.

Violaine Duparc tira um bisturi do bolso.

— Olho por olho, dente por dente — murmura, aproximando-se da cama.

Cassandra vê claramente as marcas profundas talhadas em sua bochecha direita e no seu pescoço. Ainda não estão curadas.

A lâmina afiada aproxima-se da sua maçã do rosto. Cassandra abaixa a cortina das pálpebras.

45.

Estranho como é longo o tempo entre o momento em que alguém decide agir e o momento em que esse ato realmente se concretiza.

Há quanto tempo ela está aproximando o bisturi do meu rosto? Só se foi a minha percepção do tempo que mudou. Eu sou capaz de viver o presente em câmera lenta.

Não é Violaine que age lentamente, eu é que penso depressa demais. Em imagens aceleradas.

Mas, de qualquer maneira, eu tenho de reagir. Preciso lhe dar sua segunda lição.

Mesmo que ela nunca me diga obrigada.

46.

A coisa dura apenas o tempo de um piscar de olhos. As pupilas de Cassandra já se comprimem para acertar as coisas.

Com um solavanco, ela se desvencilha do lençol e da coberta, e, empinando-se, libera as pernas. Seus dois joelhos dobrados comprimem a cabeça de Violaine, empurrando-a brutalmente para trás. Derrubada, a outra larga o bisturi, que cai no colchão. Cassandra aumenta a pressão no pescoço de Violaine, que se debate para tentar se libertar. Ao mesmo tempo, consegue recuperar o bisturi, valendo-se do comprimento da correia do punho direito. Num gesto rápido, corta a atadura que prende sua mão esquerda sem soltar a cabeça da jovem, que continua apertando entre os joelhos. E então, com as mãos novamente livres, agarra Violaine, joga-a na cama, vira-a, torce-lhe o braço e enfia uma ponta do lençol em sua boca, para impedi-la de gritar. Obriga-a a levar o outro braço para as costas e ata seus punhos com as correias, não obstante os solavancos da outra. Com toda calma, arranca os puxadores das cortinas e a amarra mais fortemente, para se certificar de que não conseguirá pedir socorro.

Cassandra ajusta a mordaça.

— Não é nada pessoal — diz —, mas tenho coisas mais importantes a fazer.

Violaine se agita freneticamente, em vão. Gemidos indignados escapam de seus lábios amordaçados.

O problema de muitas pessoas não é que sejam más, é apenas não se darem conta do que realmente acontece, pois não se colocam no lugar do outro.

— Se ficar se debatendo muito, vai se machucar nas cordas. Sinto muito, elas são finas e cortantes, mas não encontrei outra coisa por aqui.

Por outro lado, quem poderia se colocar no meu lugar, para sentir o que eu sinto?

Cassandra se autoriza um beijo na testa da vencida, o que a deixa ainda mais enfurecida.

De qualquer maneira, com um nome juntando "viol" *e* "haine",* *ela precisa se preparar para uma vida complicada. Afinal, Papadakis talvez tenha razão, um prenome desencadeia uma programação secreta, escondida no fundo da nossa mente.*

Cassandra finalmente consulta o mostrador do relógio: "Probabilidade de morrer em 5 segundos: 19%."

Abandonando Violaine na enfermaria, ela se esgueira pela escola de pijama. São 21 horas e tudo está deserto. Só as luzes do corredor servem de vigias de segurança. Com prudência, ela se dirige para o gabinete do diretor.

Por trás da porta, há um armário cheio de arquivos numerados. Ela procura entre as pastas dos alunos e acaba encontrando a sua, apresentando seu nome e prenome em letras maiúsculas, "CASSANDRA KATZENBERG", e logo abaixo: "Experiência 24." No canto direito está anotado um número numa moldura — "9" —, seguido de duplo ponto de exclamação.

Presa à sua há uma segunda pasta em nome de "DANIEL KATZENBERG". Acima: "Experiência 23." E um número — "7" — seguido de um simples ponto de exclamação.

Meu irmão também esteve aqui.

---

* "Estupro" e "ódio". (N. T.)

"Experiência 23" e "Experiência 24".

Meu irmão e eu somos "experiências".

E esses números, 7 e 9, que poderiam significar?

Ela consulta o relógio, que indica 20%, provavelmente por causa da aceleração dos seus batimentos cardíacos.

As fichas contêm poucas informações, mas ela obtém o endereço exato dos pais, que já tinha esquecido.

Procurando mais, encontra uma caixa metálica e a abre com um cortador de papel. Ela contém um maço de cédulas, 170 euros. Apanha então o paletó de Papadakis que está no encosto da poltrona e o veste, retornando à enfermaria a passo de lobo.

Violaine continua amarrada à cama, mas parou de resmungar. Cassandra passa a perna pela janela que dá para a rua e, depois de caminhar descalça por algumas centenas de metros, começa a fazer sinal para os táxis que passam.

Vendo-a de calça de pijama e descalça, os motoristas aceleram, tomando-a por sonâmbula ou louca. Finalmente, um deles para, cantando pneus. O motorista baixa o vidro e pergunta simplesmente:

— Você tem dinheiro?

Cassandra mostra uma cédula de 50 euros. A porta traseira se abre com um clique e a jovem se acomoda, mostrando ao motorista o endereço dos pais, que anotou num papel.

Num suspiro de esgotamento, ela finalmente se recosta, espectadora do cenário que começa a desfilar.

47.

Que será que encontrarei lá?

Por que não me lembro de nada da minha infância?

Que aconteceu com meu irmão? Afinal, é preciso ser mesmo "especial" para pular voluntariamente do alto da Torre de Montparnasse contando com um amigo para amortecer a queda no último momento.

Segundo o policial, a Torre de Montparnasse tem 210 metros de altura.

Cassandra lembra-se de suas aulas de física, e da fórmula para calcular o tempo de queda dos corpos.

$$T = \frac{\sqrt{A}}{G}$$

T, Tempo,

A, Altura,

G, constante de Gravidade.

O que dá 6 segundos e 54 décimos.

O que significa que ele teve praticamente sete segundos para pensar e talvez até para olhar o relógio, com seus percentuais desfilando. Parece pouca coisa, mas é muita.

E a cada andar os números do relógio deviam aumentar.

Durante 6 segundos e 54 décimos, a gente pode se arrepender, pode ter medo. Pode morrer de medo.

Não, ele não. Daniel não. Quem é capaz de um ato tão tresloucado já está além do medo.

Ele devia ir a 300 quilômetros por hora.

Deve ter sentido frio. Deve ter cruzado com pássaros. E com os olhares dos que contemplavam Paris por trás das vidraças.

E sobretudo deve ter se perguntado se o colega de fato estaria no local combinado, bem embaixo, exatamente no ponto certo, no segundo exato.

48.

O motorista de táxi ajusta o retrovisor para examinar a passageira descalça de pijama, que parece mergulhada em seus pensamentos.

— Desculpe, senhorita, achei que era uma mendiga. Deve ser estudante, não?

É um senhor idoso e bigodudo de cabeça branca, vestindo um casaco puído de veludo cotelê. Um São Jorge está preso ao volante e há uma árvore verde, impregnada de perfume de pinheiro, pendurada no retrovisor. Na grade da refrigeração está encaixado o retrato de uma mulher coberta de verrugas e de um pastor-alemão com a língua de fora.

— É o problema com essa moda *grunge*, a gente não consegue mais reconhecer bem as pessoas. Além do mais, os mendigos são cada vez mais jovens. Esse monte de vagabundos por todo lado me dá nojo. É como essa cocozada de cachorro nas calçadas, que faz os turistas acharem que somos um povo de porcos. Quer realmente saber o que eu penso?

Não. Prefiro evitar.

— ... Pois esses mendigos, tínhamos de ter coragem de nos livrar deles. E olha que eu sou de esquerda. Voto comunista em todas as eleições e sou sindicalizado.

Ele ajeita o retrovisor frontal para vê-la melhor.

— Mas temos de ver as coisas como são. Esses dejetos humanos não são produtivos para a nação. Além do mais, são agressivos e transmitem doenças.

Sua mente vagabundeia, enquanto o motorista continua falando no vazio.

Doença. Que palavra interessante. Etimologicamente, em francês, "maladie" *vem de* "mal à dire", *dificuldade de dizer. O corpo das pessoas se degrada porque elas não conseguem mais expressar seu sofrimento. Se conseguissem falar, talvez se curassem.*

O motorista parece encantado por ter encontrado uma confidente.

— Na época de Stalin, por exemplo, quando a Rússia era bem controlada, eu estava em Moscou. Não havia mendigos, posso lhe assegurar. Eles os mandavam para campos de trabalho na Sibéria. Veja bem, mocinha, na minha opinião, todos esses inúteis, seria muito melhor se na França também fossem obrigados a fazer trabalhos braçais. No campo, por exemplo. Faltam braços no campo, enquanto esses parasitas se refestelam nos bancos das praças públicas! Tenho certeza, inclusive, de que se sentiriam melhor com um trabalho. Horários, um patrão, ordens.

Ela fica calada, louca para chegar.

Os dois deixam a pista periférica e se afastam de Paris, entrando no subúrbio oeste. Os prédios do bairro da Défense dão lugar às construções de Courbevoie, e depois a natureza recupera seus direitos e eles entram numa zona arborizada.

Depois de passarem por uma encruzilhada, eles pegam uma rodovia nacional, depois de regional e uma local, até entrarem numa estrada estreita que vai desembocar num caminho lamacento de terra. Lá no fim, um letreiro desbotado indica uma habitação.

— Tem certeza de que quer ficar aqui, mocinha? É meio isolado. Se quiser, conheço um hotel não muito longe.

Cassandra não responde e lhe entrega uma nota de 50 euros. Ele devolve o troco e fica esperando, de mão estendida. Ela abre a porta e sai do carro, sentindo um calafrio ao pôr o pé no solo úmido.

— E a gorjeta, vai para os cães?

Etimologicamente, gorjeta, "pourboire", *é para beber. E eu acho que você não precisa disso, pois o álcool serviria apenas para agravar o seu caso.*

Ela nem se volta. O motorista resmunga "Vadia zura!" e dá a partida, mas ela não presta atenção.

Fascinada, contempla a casa que se ergue à sua frente.

49.

Quer dizer então que é aqui.

Caramba, por que não me lembro de nada?

Por mais que busque na memória, este lugar não existe.

Como meu irmão.

Ou meus pais.

Resta apenas a viagem ao Egito. A explosão. Como se eu tivesse nascido dessa deflagração.

Será que foi o choque emocional do atentado que apagou minha infância até os 13 anos?

50.

Visto de fora, o lugar, iluminado pela lua cheia, tem um aspecto sinistro. A mansão tem ao redor uma alta cerca enferrujada que, considerando-se os letreiros com luminárias, devia ser eletrificada. Mas não mais.

Para instalar uma cerca tão alta e sofisticada, meus pais deviam ter um medo doentio de ser assaltados.

Cassandra inspeciona a cerca antes de avançar. Um letreiro "À VENDA" já começa a cair, oferecendo um número de telefone de agência imobiliária. Um letreiro maltratado pelo tempo ruim, cheio de mofo, como se há lustros a agência cobrasse um preço exorbitante, ou se a construção assustasse os clientes.

Ela contempla a porta, tentando com todas as suas forças encontrar qualquer migalha de lembrança, mas nada lhe vem. Para então diante da caixa de correio com os dizeres "FAMÍLIA KATZENBERG". Velhos prospectos úmidos se acumulam, cobertos de traços gosmentos de caramujos.

Cassandra lembra-se dos habitantes de Redenção.

Orlando. Fetnat. Kim. Esmeralda. Se pelo menos tivesse podido contar-lhes a verdade sobre meu passado.

Ela dá a volta na cerca e acaba vendo, por trás de uma sebe de ciprestes, uma bela residência ultramoderna, dando para o parque com suas grandes janelas envidraçadas. O teto, de concreto branco, imita uma onda, sobre a qual se ergue uma torre em forma de prisma.

A cerca enferrujada está furada em vários pontos. Cassandra precisa apenas abrir mais o buraco, com um gesto que lhe lembra sua chegada ao depósito. Ela envereda pelo imenso parque de amplos gramados abandonados, pontuados por árvores centenárias. À luz da lua, brilha um pequeno lago cercado de bambus.

Eu não podia contar-lhes a verdade, pois ela é incompreensível.

Cassandra inspira profundamente de olhos fechados, voltada para seu passado, em busca de um indício, um cheiro, uma sensação que pudesse reconhecer e que contasse a continuação, como um novelo se desenrolando.

Mas nada. Só um abismo ressoa nela.

Minhas recordações foram roubadas. Roubaram minha memória. Roubaram minha infância. Mas quem? Quem fez isso?

Eu quero saber quem sou. Irei até o fim para descobrir.

Ela respira fundo, aproxima-se da água com o reflexo lunar e cheia de caniços e nenúfares. Apesar de marcante, o lugar não lhe evoca nada. Ela dá a volta na propriedade, tentando fazer com que cada detalhe da paisagem ressoe em sua memória. Mas o resultado não para de se repetir, sempre o mesmo: sua recordação mais antiga é o urro que deu quando se levantou em busca dos pais no meio da fornalha e dos cadáveres. Nada mais. Foi há quatro anos. Ela tinha 13 anos.

Voltam de novo as imagens do horror, apagando todo o resto. Depois do atentado, a ambulância. Depois, o avião. E, na França, as assistentes sociais tentando fazer com que falasse. Elas faziam perguntas que Cassandra não entendia nem podia responder. Depois surgira alguém que dizia poder ajudá-la. Philippe Papadakis, diretor da Escola das Andorinhas. Ele dissera palavras tranquilizadoras:

— Sou um grande amigo dos seus pais. Trabalhava com sua mãe há muito tempo. Considere-me uma espécie de tio. Vamos tentar resolver as coisas juntos.

Depois disso, ao longo dos meses, ela teve a sensação de que sua alma ressecada se ia hidratando de novo na base do conta-gotas. Philippe Papadakis dissera-lhe:

— É como se você tivesse nascido de novo. Normalmente, a consciência desperta no momento em que o bebê aparece. Mas você nasceu aos 13 anos. Nunca é tarde demais.

Cassandra tem nitidamente na mente o rosto *à la* Donald Sutherland de Philippe Papadakis, ao passo que, quando pensa nos pais, só consegue vê-los num quebra-cabeça sanguinolento, depois do atentado.

A porta de entrada está fechada, mas, contornando a casa, ela acaba encontrando uma janela ao seu alcance. Apanha uma grande pedra e quebra a vidraça. Em seguida, passa a mão pelo orifício e gira a fechadura.

Escala e vai cair no banheiro, cheirando a água podre. Por trás da porta, um vasto compartimento está mergulhado no escuro. Em vão Cassandra aciona o interruptor. Buscando daqui e dali, ela encontra um candelabro de três velas e fósforos depositados numa mesa. Finalmente consegue iluminar o local e localizar o interruptor, perto da porta de entrada. Ao ligá-lo, um ronrom abafado sobe do subsolo da casa.

Certas coisas ainda funcionam.

O interior luxuoso, mobiliado com gosto, está completamente atapetado de poeira e teias de aranha.

Meus pais eram ricos.

Cassandra consulta o relógio: "Probabilidade de morrer em 5 segundos: 23%."

Nenhuma câmera de vídeo, ou então não estão ligadas. Portanto, neste momento Probabilis só sabe a meu respeito minha localização GPS e meus batimentos cardíacos. Os 10% a mais que o normal são por conta da emoção de reencontrar o lugar onde viveram meus pais e onde passei a juventude, ou então pelo risco de desabamento do teto.

Ela acaricia o sofá de couro diante da televisão coberta de poeira. Senta-se numa poltrona em forma de ovo, o silêncio é profundo.

Adoro essa sensação, como se estivesse isolada do mundo.

Levanta-se da poltrona e percorre o compartimento, como se o estivesse vendo pela primeira vez.

Na parede principal do salão, totalmente design, um único quadro antigo, com uma etiqueta em letras douradas: *A Parábola dos Cegos*, obra de Pieter Bruegel, 1568.

O quadro é perturbador. Mostra seis cegos caminhando e se amparando reciprocamente. O primeiro cai num fosso, o segundo se desequilibra, o terceiro percebe que alguma coisa acontece à sua frente, mas sem saber o quê, o quarto intui uma inquietação naquele que o antecede e os dois últimos avançam, confiantes e tranquilos, sem desconfiar de nada.

Ela fica fascinada com essa visão, que de repente parece-lhe carregada de sentido.

Depois, sobe a grande escadaria de vidro fumê até o primeiro andar.

No patamar, encontra três portas. A primeira dá para um quarto, provavelmente o dos pais. Na parede, uma fotografia emoldurada. Ela limpa a poeira com a manga e finalmente contempla o rosto de seu pai e o de sua mãe.

Quer dizer que são eles, meus "pais de antes do atentado".

É como se os pedaços de corpos que tinha reunido finalmente constituíssem os seres intactos que ela esquecera.

Quer dizer então que esse estranho cavalheiro era o "papai".

Um homem de certa idade, com óculos e um fino bigode bem-cuidado. Ele sorri para a objetiva.

Ele aparece com Charlton Heston em Planeta dos Macacos, *mas com bigode e óculos.*

Sua mãe é toda delicada. Também usa óculos e parece muito séria, por trás do sorriso meio forçado.

Essa mulherzinha engraçada seria "mamãe"? Parece Audrey Hepburn.

Cassandra não os acha muito belos nem particularmente simpáticos.

Talvez o fato de conhecermos os pais desde a primeira infância faça com que os tomemos como normas de beleza e simpatia, mas, quando esquecemos tudo, eles são apenas pessoas como as outras.

Outras fotos emolduradas estão espalhadas sobre a cômoda e as mesas de cabeceira. Numa delas, um rapaz está de pé ao lado do casal.

Esse mocinho apático seria o meu irmão Daniel?

Ela o examina com atenção. Ele já tem os cabelos longos que lhe devoram o rosto, as espinhas no queixo e um certo ar *grunge* típico da adolescência.

Quanto não daria ela para trocar seu dom de previsão por esse poder simples que todo mundo tem, ou quase: "lembrar-se da infância."

Ela examina as paredes cobertas de diplomas americanos, franceses, ingleses, todos conquistados pelos Katzenberg.

Meus pais frequentaram as universidades científicas mais importantes do mundo. Eram duas sumidades reconhecidas em nível internacional. Como exibem seus diplomas nas paredes, é porque se orgulhavam muito deles.

Isso a tranquiliza. E ao mesmo tempo ficam explicados o luxo e o tamanho da mansão.

Na porta de entrada vizinha, entreaberta, uma etiqueta anuncia "Experiência 23". Lá dentro, ela se depara com uma baderna semelhante à do escritório do irmão na "Seguros Futuro". O piso está coberto de livros de ficção científica. Nas paredes veem-se cartazes de filmes futuristas e quadros-negros cobertos de fórmulas matemáticas meio apagadas.

Ela nota a frase "Tudo é uma simples questão de probabilidade" inscrita entre duas fórmulas. Ao lado, um ponto de exclamação cortado, e depois um ponto de interrogação.

Sobre a escrivaninha, repousa um jornal com a seguinte manchete na primeira página: "O justiceiro das probabilidades investe contra a Loto." O artigo é assinado por Daniel Katzenberg, e sua foto ocupa a página inteira. Continua sendo o mesmo adolescente de aparência meio retardada, com cabelos longos e roupas toscas, mas está mais alto e seu queixo, mais peludo. Os olhos, contudo, ainda não podem ser distinguidos.

No texto do artigo, o jovem explica que, para ter sérias chances de ganhar na Loto, é preciso investir 9 mil euros em bilhetes. A partir desse valor básico, as chances de lucrar muito com o investimento chegam a 75%.

"E se todo mundo jogasse 9 mil euros, a loteria nacional seria obrigada a pagar a todos os vencedores, e ficaria arruinada. Mas ninguém pensa em investir um valor desses. As pessoas em geral compram o bilhete de 2 euros. Nessas condições, as chances de ganho são de 0,001%.

"De modo que a Loto é feita para os imbecis", conclui Daniel Katzenberg. "Eles preferem investir pouco para não ganhar nada, em vez de investir muito para ganhar com certeza. Felizmente para a loteria nacional, os imbecis são ultramajoritários, e sobretudo não querem mudar seu comportamento, mesmo quando recebem a informação real sobre sua probabilidade de ganho. Na verdade, os jogadores da Loto raciocinam de maneira irracional, não comprando dinheiro futuro, mas esperança presente. Com isso, nunca se decepcionam realmente. O fenômeno quase chega a ser de ordem mística. Os jogadores consideram que, quando perdem, é porque devem ter cometido algum pecado, e portanto Deus resolveu puni-los. A Loto ainda tem um grande futuro de lucros pela frente."

Cassandra relê o artigo.

Meu irmão devia ter um humor particularmente negro.

Numa pilha de documentos empoeirados, ela encontra um outro artigo sobre as probabilidades, igualmente assinado por Daniel Katzenberg:

"O mundo funciona com base no emocional. As pessoas reagem sem refletir, mas seria perfeitamente possível estabelecer com equações modelos da nossa política externa, da nossa política comercial, da nossa política financeira, da nossa política interna. Desse modo, poderíamos prever greves, guerras, lucros a serem esperados da balança externa. Mas ninguém quer racionalizar aquilo que desde a noite dos tempos se supõe depender do '*feeling*' e da 'inspiração' dos chefes. Com isso, a política é conduzida de qualquer maneira por supostos especialistas formados nas grandes universidades, que não entendem nada a respeito e se limitam a reproduzir sistemas antigos que funcionaram um dia, mas já provaram desde então que não funcionavam mais."

Dizendo coisas assim, meu irmão não devia ter muitos amigos.

Num móvel baixo, ela encontra uma coleção impressionante de DVDs, e depois, numa estante, uma série de pequenos robôs asiáticos.

Era uma criança da matemática e da ficção científica.

Cassandra cambaleia entre brinquedos, livros e DVDs espalhados pelo chão, examina cartazes com imagens de *Star Trek, Duna, Matrix* e *Blade Runner*. Pôsteres de shows do Pink Floyd, de Peter Gabriel e Mike Oldfield estão presos acima da cama estreita, com cobertas em decomposição.

Ela sai do quarto sem fechar a porta e empurra a do quarto vizinho, onde se lê "Experiência 24".

E este seria... o meu?

Ela gira a maçaneta. A porta se abre ruidosamente.

Seu quarto está tão bagunçado quanto o do irmão. E cheio dos mesmos objetos: estantes inteiras cobertas de livros de ficção científica e DVDs.

Uma casa ultramoderna, a paixão pela ficção científica, eu tinha uma família futurista.

Ela também nota a quantidade impressionante de vídeos numa das paredes.

É por isso que eu associo um ator a cada pessoa que encontro.

Mas também toda uma prateleira de dicionários: de etimologia, de sinônimos, de homônimos, dicionários de línguas. E, num armário perto de sua cabeceira, ela se depara com estoques de Nutella e chips de pelo menos quatro anos antes. Tudo apodrecido, os sacos rasgados estão cheios de migalhas e excrementos de rato.

Era o meu alimento.

Entre duas estantes, um imenso retrato de La Callas está pendurado acima da sua cama. Ela encontra centenas de discos de ópera.

Eu gostava de ópera.

Provavelmente por isso é que meus pais me levaram àquele concerto no Egito.

O sinal luminoso do aparelho de som pisca. Sem pensar, ela pressiona a tecla PLAY, e a abertura de *Nabucco*, de Verdi, salta dos alto-falantes. Inicialmente, trompetes e violinos, depois a percussão, seguida por toda a generosa amplitude da orquestra.

Era isso que eu ouvia o tempo todo, antes. Meu alimento da alma.

Por um momento, ela se sente tentada a interromper a música, que lhe recorda o acontecimento mais trágico de sua vida, mas conclui que é a ópera que assinala o limite mais antigo da sua memória. Se quiser recuar ainda mais atrás nas lembranças, precisa reviver esse momento, seguir essa pista, mais e mais.

A ópera, os dicionários, os filmes americanos, a ficção científica, chips e Nutella, foi isso que me construiu.

Ela deixa a música expulsar o pesado silêncio da mansão, e então dá prosseguimento a sua visita, subindo ao segundo andar.

A primeira porta está fechada a chave. Ela hesita, depois dá um bom pontapé no batente, fazendo saltar a fechadura. Descobre então um escritório mergulhado na penumbra.

Aqui é que a minha mãe devia trabalhar.

Desta vez, tudo muito bem arrumado. Nas paredes, diplomas para todo lado e fotos de sua mãe apertando a mão de homens rigorosamente engravatados. Sobre a mesa repousa um livro: *O Beijo do Anjo*, assinado por ela, Sophie Katzenberg.

Sophie, em grego, significa "Sabedoria".

Ela o folheia. Trata-se de um ensaio de psiquiatria aplicada às crianças. Ela dá com os olhos no prólogo:

"E o anjo põe o dedo no lábio do feto pouco antes de ele nascer e murmura: 'Esquece todas as tuas vidas anteriores, para que tua lembrança não te perturbe nesta vida.' É o que provoca o sulco acima dos lábios do recém-nascido."

A CABALA.

Um capítulo se intitula O LUTO DO BEBÊ.

Sua mãe explica que, até os 9 meses, o recém-nascido não diferencia entre o interior e o exterior.

Ele está diluído no mundo. Ele "é" o mundo. Quando se vê num espelho, não entende que a imagem é seu reflexo, pois ele não se limita a um simples corpo, ele é tudo. Só entenderá a separação entre ele e o resto do universo no momento em que vir a mãe afastar-se sem voltar imediatamente. Ou quando tiver fome e não for atendido logo. "Sem alimento nem mamãe" é a situação que o fará entender que existem coisas sobre as quais ele não pode intervir a seu bel-prazer. A partir do momento em que conhece essa terrível frustração, o bebê torna-se limitado e começa a existir como indivíduo. Vale dizer, um ser indivisível, e portanto que não pode ser cortado.

Cassandra fica pensativa, tentando apreender o alcance de tais palavras.

Minha mãe era pedopsiquiatra.

Em seu quarto ainda ressoa o *Nabucco* de Verdi. Agora é o ato I. Ela reconhece o trecho em que a princesa Fenena, filha do rei Nabucodonosor, de Babilônia, faz sua entrada. E a princesa é interpretada por Maria Callas. A voz vibrante a toca até a medula.

Sem deixar de ouvir, Cassandra prossegue em suas investigações no escritório. Descobre um grande volume intitulado *Um Silêncio Ensurdecedor*. No prólogo do livro, sua mãe comenta uma experiência:

"Bruno Bettelheim lidou com uma criança autista que desenhava sempre a mesma forma. O cientista tentou identificar essa forma e constatou que se tratava do mapa de Connecticut. Restava saber por que essa criança autista desenhava o mapa de Connecticut. Bettelheim acabou descobrindo. Com esse mapa, o menino queria significar "Connect I cut". O que, em inglês, significa "Eu cortei a conexão". Logo, "Eu cortei a conexão com o mundo".

Cassandra se interrompe para digerir a ideia. Mas adiante no mesmo livro, um capítulo traz como epígrafe "Tudo que excede se equilibra com algo que falta".

Ela lê:

"Ao contrário do que alguns acreditam, os autistas não são desprovidos de empatia nem de emoções. Eles são sensíveis e percebem o mundo, mas de uma maneira diferente da nossa. Os autistas evoluem num mundo rico em informações cujo alcance ignoramos. Têm capacidades mais focalizadas. Apenas, nossa sociedade não sabe utilizar essas capacidades especiais, e assim tenta torná-los normais adormecendo-os ou reprimindo seu talento particular."

Cassandra olha a contracapa e lê, ao lado da foto de sua mãe, a menção "Diretora do CPCAS: Centro de Pesquisa sobre Crianças Autistas Superdotadas".

A jovem examina outros arquivos. Uma pasta com a etiqueta RECORTES DE IMPRENSA começa com um artigo intitulado "As polêmicas teorias da doutora Sophie Katzenberg".

O jornalista de uma revista médica comenta as pesquisas avançadas de sua mãe:

"As crianças doentes não são cobaias de experiências. O Conselho da Ordem dos Médicos deveria pôr fim aos delírios dessa pseudocientista que não avalia o alcance de suas teorias nebulosas, que seduzem apenas as mentes em busca de ideias sensacionais."

Cassandra relê o artigo para apreendê-lo bem.

Tudo isso faz sentido. Tudo isso faz parte de um quebra-cabeça cujas primeiras peças eu começo a descobrir. E só quando tiver juntado todas elas é que saberei realmente como foi minha infância. E quem eram meus pais... essas pessoas que eu juntei quando estavam aos pedaços.

Preciso remexer nas lixeiras do meu passado sem ter medo de me sujar.

Ela fecha a porta e passa ao escritório de seu pai. Mais uma vez, um compartimento impecavelmente arrumado, com livros que já não são obras científicas nem de ficção científica, mas livros de história. Ela as folheia, encontrando várias biografias do profeta Ezequiel e de videntes, como São João, Nostradamus, Edgar Cayce e Cagliostro.

Na parede, alguns diplomas e fotos de seu pai apertando a mão de personagens ilustres. Numa delas, ele recebe a Legião de Honra do presidente da República.

Decididamente, meus pais eram pessoas muito importantes.

Mais adiante, um recorte com uma entrevista "do ministro Katzenberg": "O futuro é escrito hoje. É porque alguns imaginam hoje um mundo melhor que esse mundo melhor poderá um dia existir. Tudo que de bom temos hoje foi pensado ou sonhado um dia por um dos nossos antepassados. Se esse antepassado não tivesse pensado nisso, essa coisa não existiria."

Minha mãe era pedopsiquiatra especializada em crianças superdotadas.

Meu pai era ministro de Estado.

Por isso é que o inspetor se referia a pessoas "importantes". E por isso é que eles todos se esforçam tanto por me encontrar.

Tudo se revira na sua cabeça, enquanto a voz da Callas continua a vibrar em seu quarto. Ela se pergunta por que pessoas tão importantes se entregavam a experiências estranhas com os próprios filhos numa casa sem espelhos, cercada de arame farpado eletrificado, e de repente ouve um barulho de motor. Corre até a janela: um automóvel está sendo estacionado perto da cerca. Um homem sai do seu interior.

Ela apaga a luz e desce correndo para desligar a música.

Escondida por trás das cortinas, espera.

O homem tem as chaves. Ele abre a porta do jardim, depois a porta de entrada. O silêncio que se segue a *Nabucco* é ainda mais impressionante que a música. Os passos do recém-chegado fazem ranger o soalho de maneira sinistra.

— Cassandra!

Ela reconhece a voz. É a voz de Philippe Papadakis.

— Eu sei que você está aí!

Ele deduziu que eu viria aqui, pois foi ele que falou dos meus pais como a nova pista que eu deveria seguir.

— Cassandra! Cassandra! Eu sei que você está aí, abelhinha. Vi a trilha deixada pelo carro que a trouxe. Ouvi a música de ópera.

Ele quer me levar de volta.

Cassandra tem então um flash, uma lembrança que brota da sua infância.

O vão atrás do armário do meu quarto, vou me esconder lá. Meus pés não podem ficar aparecendo.

Ela se mete lá dentro, repousa os dedos nus dos pés na estreita beira e gruda o corpo no fundo de madeira. Bem a tempo.

Philippe Papadakis percorre um a um todos os compartimentos de todos os andares, iluminando cada recanto com sua lanterna do bolso. Passa diante do armário, a algumas dezenas de centímetros dela.

Ela retém a respiração.

Metodicamente, ele abre cada armário. Uma corrente de ar quase faz com que Cassandra espirre. Ela gruda uma das mãos na boca.

— Vamos, onde é que se escondeu? — murmura o diretor. — Onde está, abelhinha? Encontrei um candelabro com velas quentes, você não pode estar longe, não é?

Ele acaba saindo para o jardim, e grita a plenos pulmões:

— Cassandra! Cassandra! Você não tem escolha! Terá de voltar, e então lhe darei a terceira chave do seu segredo. Só eu posso ajudá-la. Sem mim, você nunca saberá quem é realmente!

A jovem espera, e continua esperando, o máximo possível. Até ouvir o ruído de um motor dando a partida, e depois se afastando, e concluir que está sozinha. Então Cassandra finalmente sai do esconderijo, tiritando.

Ela hesita entre ficar e fugir. Até que a tentação finalmente se revela forte demais. Ela desliza até a enorme cama dos pais, ajeita-se debaixo de vários lençóis e cobertas e se sente num ninho acolhedor, apesar da poeira.

Ela nunca sentiu tanto prazer de simplesmente estar numa cama macia com um colchão de verdade, lençóis de verdade, travesseiros de verdade. E pedala na horizontal para que os seus pés também aproveitem essa sensação deliciosa.

51.

Ela sonha que é uma menininha de tranças, andando de velocípede no jardim. Depois para, olha para uma árvore, se senta num balanço preso a um galho e se balança com força. Seus pais estão perto. Mas um detalhe a deixa intrigada. Seu pai e sua mãe não têm rosto. Nem boca, nem olhos, nem orelhas, nem nariz.

Sua mãe tira das costas um cartaz dizendo: "Tudo que excede se equilibra com algo que falta."

Seu pai por sua vez ostenta um cartaz no qual ela lê: "É porque alguns imaginam hoje um mundo melhor que esse mundo melhor poderá um dia existir."

Neste momento, surge seu irmão, muito jovem, com, no máximo, 13 anos. Seu rosto é coberto pelos cabelos longos. Eles não tem olhos nem nariz, apenas a boca cercada de espinhas.

E essa boca afirma: "Tudo é uma simples questão de probabilidade."

Então, sua mãe sem rosto conduz os dois filhos para um lugar do jardim onde se erguem duas pequenas árvores azuis, cada uma com uma porta. Na primeira está pendurado um cartaz "Experiência 23", e na segunda, "Experiência 24".

Cassandra entra na segunda árvore e se dá conta de que não tem raízes. No lugar delas, um buraco sem fundo conduz ao centro da Terra.

52.

Um leve raio de sol, atravessando as cortinas, sobe lentamente em direção à cama. Ilumina o tapete, depois os pés da cama, e então o rosto de Cassandra Katzenberg.

O raio atravessa sua pálpebra e interrompe seu sono. Ela leva algum tempo para reconhecer o lugar onde se encontra.

Vai até o banheiro do seu quarto e decide tomar uma ducha. O aquecedor não funciona, o jato d'água que sai do chuveiro é gelado. Mas o prazer do contato com a água viva e limpa ainda é maior que o incômodo gerado pela temperatura.

A jovem fica por longo tempo debaixo da água fria, esfregando-se com um resto de sabonete ressequido. Não é como em seu sonho num banheiro, mas já é bastante agradável.

Primeiro, sonhar os acontecimentos de maneira ideal, e depois, vivenciá-los um pouco abaixo.

Para que fosse perfeito, faltaria apenas que aparecesse o homem com o pequeno "d" no torso...

Mas seu irmão Daniel não chega. Ela lava os longos cabelos, seca-os numa toalha. Depois, remexendo no armário, encontra vários vidros e começa a cheirá-los com prudência. Borrifa um resto de perfume, abre a torneira da pia e se olha no reflexo.

Banhada e limpa, ela se sente diferente. Sente-se "nova".

Eu tenho este rosto.

Eu me chamo Cassandra.

Por que sou tão diferente das outras meninas da minha idade?

Que foi que fizeram no meu cérebro para privá-lo de infância?

Ela sabe que não é uma crise de amnésia.

Não, não é só isso. Nunca se viu crise de amnésia em que a pessoa esquecesse o passado antes dos 13 anos para ver o futuro, e além do mais só atentados terroristas.

Cassandra escova os dentes, penteia os longos cabelos com um prazer demorado.

Ao desembaraçá-los, ela se desembaraça.

Ela tenta vestir suas antigas roupas empilhadas nos armários, mas elas estão muito apertadas agora. Decide então remexer nas roupas da mãe. Saia e tailleur Chanel. Meias e sapatos altos. Blusa branca. Para não ser facilmente reconhecida, ela faz um coque, valendo-se de grampos, e põe no rosto óculos escuros.

Tem agora o aspecto de uma senhora séria, uma secretária ou uma...

Filha de ministro.

Ela se contempla na água da pia e se acha um pouco envelhecida, porém mais bela que em suas roupas góticas ou esportivas.

Isso também sou eu.

Perambulando pelo jardim, ela volta a sentir perfumes esquecidos, sensações estranhas. Não se lembra dos lugares nem do cenário, mas se recorda de ter sentido emoções fortes.

Aqui eu fui livre e feliz.

Cassandra observa a floresta vizinha, por um momento tentada a fugir do mundo dos homens para viver na natureza. Ela sabe que poderia permanecer aqui, totalmente isolada, sem ajuda, alimentando-se apenas de bagas, cogumelos e raízes e bebendo a água do lago. Poderia dormir à noite na casa da família, tão longe de Paris e suas vicissitudes.

Mas ela se lembra da expressão do irmão, "A pior palavra é resignação". Sabe que precisa voltar a participar do jogo e fazer tudo para ganhar.

De repente, os números do relógio mudam. A probabilidade de morrer em 5 segundos é agora de 38%. Esse valor, que não supera os fatídicos 50%, não deixa, apesar disso, de lhe indicar uma ameaça difusa, desconhecida. Ela dá uma volta sobre si mesma, mas não nota nada de especial.

Um perigo espreita em algum lugar. Que foi que Probabilis encontrou? Um animal selvagem? Um urso? Um lobo? Uma tempestade? Um raio? Uma planta tóxica?

Ela dá um passo adiante na direção da floresta. O relógio sobe para 45%.

Algum problema está se aproximando, mas o quê?

52%.

Agora, sua vida corre perigo.

Ela nem tenta identificar a ameaça e decide ouvir o conselho do irmão: "Quando o relógio indicar mais de 50%: mexa-se!"

Ela deixa a casa da família e volta de carona para a capital.

53.

Minha mãe é uma cientista de primeira. Meu pai é um político importante. Meu irmão é um gênio da matemática.

Com uma família assim, se eu não conseguir realizar feitos extraordinários, é porque sou realmente indigna.

De qualquer maneira, não tenho escolha.

54.

O céu hesita entre o sol e a chuva. Nuvens passam, suavemente empurradas pelo vento. O ar está gelado. Vestida de mulher de negócios, saia e tailleur Chanel, meias e sapatos altos, Cassandra Katzenberg inspira confiança e facilmente ganha carona dos motoristas.

Roupas chiques e óculos escuros inspiram respeito.

Cassandra passa pela Porta de Clignancourt, por Saint-Ouen, Saint-Denis, depois pelo que é identificado num letreiro como “ZAC”, ou “Zona de Administração Concertada”, e mais adiante por uma “ZUP”, “Zona de Urbanização Prioritária”, verdadeiros quarteirões fantasmas distantes dos grandes eixos rodoviários, para em seguida dirigir-se para o DML.

Uma sigla de três letras maiúsculas significa “favor circular, não há nada aqui para ver, não é turístico nem urbano, apenas um lixo geográfico”. Esses territórios não existem.

Depois de agradecer ao último motorista que a aproximou do seu objetivo, ela caminha pela Avenida Jean Jaurès, que leva até o DML.

Aproxima-se um carro de polícia. Como não está certa de que sua nova indumentária de mulher chique seja suficiente para camuflá-la, Cassandra instintivamente se esconde por trás de um plátano.

O carro de polícia passa por ela sem sequer diminuir a velocidade.

Não ter medo. O medo atrai o perigo.

Ela consulta o relógio: “Probabilidade de morrer em 5 segundos: 15%.”

Bom, a polícia não é um perigo mortal.

Em cima dos seus saltos altos, a jovem de tailleur continua a caminhar rente à parede.

Se um dia eu encontrar Daniel, posso lhe sugerir que fabrique um relógio indicando a probabilidade de ir para a prisão. Tenho certeza de que a ideia vai interessá-lo, e de que existe um mercado... nem que seja apenas de gângsteres.

Cassandra finalmente chega à parte da cerca onde sabe que há um buraco. Espera que a rua fique deserta e passa pela abertura cheia de arames eriçados. De tailleur e saia, é menos prático, mas ela consegue passar sem muita dificuldade, apenas rasgando um pouco as meias. Cai de quatro nos arbustos do limite da zona sul do depósito municipal.

Aqui está ela novamente no "mundo do outro lado da cerca". Para sua grande surpresa, nem chega a ficar incomodada com o fedor.

É um pouco como o cheiro do nosso próprio suor. Depois do primeiro reflexo de repulsa, ele se torna quase agradável.

Ela se lembra do dia em que, na cantina da Escola das Andorinhas, alguém lhe ofereceu vinho para provar. Ela achou ácido, mas depois o gosto a agradou. O mesmo no caso do queijo Roquefort: o primeiro pedaço parecia ter gosto de vômito, mas ela acabou apreciando esse sabor novo.

Estranho esse momento de virada, em que uma coisa que inicialmente nos parece repelente se torna suportável, e até agradável.

Cassandra inspira a plenos pulmões.

Acho que eu estava com saudade da fedentina desse depósito.

Depois de passar pela primeira fileira de árvores cerradas, ela tenta encontrar pontos de referência, mas seu primeiro trajeto ocorrera à noite, em meio à névoa. De dia, ela enxerga apenas montanhas de lixo sucedendo-se até o horizonte.

Ela avança com cautela, achando seus sapatos de salto alto muito pouco práticos para circular num depósito. De repente, ouve um grunhido surdo.

Depois, outro.

A vida é um eterno recomeço. O que não foi entendido da primeira vez nos é proposto uma segunda vez. Só um pouco diferente. E se continuarmos sem entender, a coisa volta, até que a lição seja perfeitamente absorvida.

O ruído de patas roçando no lixo aproxima-se cada vez mais. Novos grunhidos se fazem ouvir ao redor dela. Ela tenta manter o sangue-frio e se obriga a pensar.

Tenho três soluções. Sair correndo a toda velocidade. Enfrentar. Tentar fazer amizade.

A última solução parece-lhe a melhor. Mas como ficar amiga de cães selvagens meio degenerados?

Superando o fosso que existe entre nós. Eles precisam entender que eu não lhes quero mal algum. Que eu sou como eles. Selvagem. Livre. Feroz. A gente só quer destruir o que é diferente, e respeita o que é parecido com a gente. Preciso encontrar em mim minha parte de cão selvagem.

Ela para e olha fixamente para os primeiros cães de guarda magricelas que se aproximam.

Eu sou como vocês. Nós somos animais livres e selvagens. Nada temos a ganhar nos destruindo reciprocamente.

Agora eles já são bem uns vinte ao redor dela. Magros, pustulentos.

Pararam de grunhir, mas nem por isso param de avançar. Alguns apresentam ferimentos profundos, outros mancam ou sacodem tocos de cauda, sequelas de guerras fratricidas.

De repente, a solução três parece-lhe arriscada.

Não dá para consertar em alguns segundos anos de desconfiança.

Imperceptivelmente, ela se prepara para a solução dois. Estica os dedos, com as unhas prontas para rasgar carne.

Nós podemos viver em colaboração. Temos a mesma energia de vida. Eu os respeito, tratem de me respeitar — prossegue ela, apesar de tudo, como se tentasse convencer a si mesma.

E para concluir sua frase, mostra os caninos e começa a grunhir na mesma tonalidade que eles.

Os cães continuam a se aproximar. Outros já começam a aparecer no alto de uma colina de lixo, mostrando as presas para ela. Depois de evoluir da solução três para a solução dois, Cassandra já percebe que está resvalando da solução dois para a solução um.

Seu relógio indica "Probabilidade de morrer em 5 segundos: 19%."

Ela entende que não há câmera de vídeo ali. Os 6% acima dos 13% normais devem-se ao aumento do seu ritmo cardíaco e ao fato de que Probabilis deve ter identificado que ela estava num lugar sujo, logo, cheio de micróbios. Probabilis não detectou os cães.

Probabilis não sabe tudo.

Probabilis não é Deus.

E então, de repente, ela sai correndo. A horda de cães selvagens imediatamente começa a latir e sai em sua perseguição.

A adolescente livra-se dos sapatos que a impedem de correr, rasga a saia para liberar as coxas e galopa de meias.

A matilha está superexcitada. A algazarra dos latidos enche a sua cabeça.

É o que as raposas devem sentir nas caçadas. É um grande momento de solidão e incompreensão entre duas espécies terrestres vizinhas.

Cassandra vai em frente no labirinto de detritos. À direita, vê uma passagem estreita pela qual seus perseguidores terão de passar em fila indiana, o que vai retardá-los.

Ela se enfia por ali, rasgando um pouco mais seu tailleur Chanel.

E continua correndo, sem olhar por onde vai. De repente, algo se fecha ao redor do seu tornozelo. Ela é brutalmente derrubada, depois lançada no ar. O laço ergueu-a um metro acima do solo.

Ela se debate. Em vão. Sua saia virou, revelando as meias até as coxas. O casaco cai no seu rosto. Mais abaixo, os cães saltam sob sua cabeça, tentando morder-lhe o rosto. Seu coque se desmancha de uma só vez, como um saco furado, e libera seus longos cabelos, que caem em cascata. Alguns cães conseguem tocar-lhe a extremidade do crânio. As presas estalam no vazio, bem perto da sua orelha.

A cada vez ela tenta levantar o pescoço, mas começa a se cansar.

Os cães estão cada vez mais furiosos. Latem freneticamente, sentindo que a vítima, pendurada de cabeça para baixo, já está à sua mercê. Estão tão excitados e impacientes por não conseguirem agarrar uma presa tão fácil que brigam entre si.

Quando inclina a cabeça, Cassandra os vê mordendo-se uns aos outros, brigando, enquanto outros cães começam a chegar, atraídos pelo cheiro do sangue dos feridos.

Ela pensa que é como num filme. Quando fechamos os olhos, passamos à cena seguinte. Piscar é o mesmo que refazer a montagem do filme da nossa vida. Deixá-los fechados, é um corte. Ela baixa as pálpebras. Escurecimento na algazarra dos latidos furiosos.

55.

A raiva deles aumenta com o meu medo. É sempre o mesmo processo.

Preciso encontrar um mecanismo que tranquilize, acabar com esse fosso entre mim e eles.

Como os bebês no livro da minha mãe, que não veem fronteira entre eles e o que os cerca.

Será que eu sou capaz de aceitar e mesmo amar esses cães?

Com toda honestidade, não. Eles são feios, barulhentos, brutais, e só funcionam na base do medo e do desejo. Seu nível de consciência é tão baixo que eu nem posso me harmonizar com eles.

Mas o fato é que corro o risco de morrer se não consegui-lo. Preciso tentar. Preciso ser capaz de sentir por eles a mesma compaixão que gostaria que tivessem por mim.

Respirar.

Não me mexer mais.

Enviar uma onda de paz, a mais forte possível. Fazê-los entrar nessa esfera de energia positiva.

56.

Os latidos param e ela sente um contato gelado no pescoço.

Uma serpente?

Não, é uma corrente de metal.

— Nós avisamos que se você voltasse seríamos obrigados a matá-la! — diz uma voz.

A corrente de metal começa a apertar. Cassandra abre os olhos. Os cães desapareceram.

Ela está sufocando.

O rapaz de mecha azul, chamado Kim, já a está quase estrangulando com a corrente que liga os dois malhos do seu nunchaku. Ela também vê seu próprio relógio, que indica "Probabilidade de morrer em 5 segundos: 73%."

Ela sabe que no momento está mais próxima de morrer que de sobreviver.

Kim continua apertando.

81%.

Estranhamente, Cassandra não se sente muito envolvida em seu próprio desaparecimento. Encara a coisa com fatalidade. Pergunta-se apenas como o relógio pode saber, num lugar tão isolado, que ela está sendo estrangulada com um nunchaku por um jovem mendigo, embora não exista ali nenhuma câmera de vídeo. Acaba entendendo que é simplesmente o sensor dos seus batimentos cardíacos que reage à perturbação do fluxo sanguíneo.

— Larga ela! — ordena Orlando com uma voz tonitruante.

A corrente se solta.

O mostrador do relógio cai para 50%, depois, 42%. Cassandra tosse, sentindo vertigens.

— Por que foi se meter, Barão? Ela tinha sido avisada — clama Kim, sem largar a arma.

— Você realmente quer acabar com ela, seu imbecil? — pergunta Orlando.

Dando de ombros, o rapaz guarda seu nunchaku.

— Não, queria apenas dar um grande susto, para que ela não volte aqui para nos encher mais o saco. Bom, você me entende, Barão. Conhece o provérbio...

O rapaz de jaqueta de couro nem tem tempo de continuar.

— Não, não conheço nem quero conhecer! Você é que enche o saco com esses seus provérbios idiotas, seu idiota!

— Ei, meu nome não é idiota! Por acaso vai queimar a garganta se me chamar pelo meu título de nobreza?

— Quando você diz asneiras, não é mais marquês, apenas um idiota com provérbios idiotas.

Os dois trocam impropérios, e o mais jovem é obrigado a ficar na ponta dos pés para encarar o outro.

— Que é que você tem contra os meus provérbios? Por acaso pode me explicar, senhor... "Barão"?

Cassandra se agita, pendurada na corda.

— Humm... será que não poderiam me soltar? — sugere. — O sangue está começando a subir à minha cabeça.

Mas os dois não lhe dão a menor atenção.

— Você ainda quer saber por que eu não gosto dos provérbios, seu imbecilzinho? Muito bem, acho que já disse mil vezes: por se tratar de pensamento velho em conserva. Pensamento que é usado quando não se tem ideias pessoais. Serve para os inúteis do cérebro. Se nossos antepassados fossem tão espertos e seus conselhos, tão sábios, não teriam deixado o mundo neste estado.

Ele pontua sua frase com uma cusparada.

— De modo que todos esses grandes donos da verdade do passado talvez tenham enfiado o dedo no olho até o cotovelo, e seus conselhos não passem de mijo de gato. Caramba, acho que todos eles se enganaram redondamente. Para resumir, acho que nossos antepassados eram uns cretinos, e que todos os seus provérbios imbecis não funcionam. É exatamente o contrário que funciona melhor!

— Oh, sim, e pode me dar um exemplo de provérbio contrário que funciona melhor que o original, caro Barão?

— Ehh... sem querer incomodar, será que podiam me ajudar aqui? — pergunta Cassandra. — Só para me soltar o pé, por favor?

— Um provérbio contrário? Mas claro, espere só. Pronto, o mais simples: "O apetite vem quando se come." É mentira. A gente sente muito mais fome quando não tem comida, é isso aí! Logo, "O apetite vem quando não se come!" Engole essa, imbecil!

— OK nesse caso. Mas vou ficar muito espantado se você encontrar outro, querido Barão.

— É só pedir, Marquês. Tome lá: "Bem roubado, trabalho dobrado." É mentira. Bem roubado sempre dá lucro. Qualquer vigarista pode confirmar. E por sinal, basta olhar as grandes fortunas da França, são todos vigaristas, mafiosos, profissionais da recuperação de empresas falidas. Saquearam essas empresas e construíram seus impérios com base nesses roubos. É bem roubado, e não dá trabalho nenhum.

O rapaz começa a dar sinais de irritação.

— Bom, OK, mas duvido que encontre um terceiro, querido Barão...

— "Antes tarde do que nunca"? — arrisca Cassandra.

Orlando logo trata de aproveitar a sugestão.

— Exatamente. Existem coisas que é melhor não fazer nunca, em vez de fazer tarde. Por exemplo...

— Não — insiste Cassandra —, eu queria dizer: mais vale me soltar tarde que nunca...

O viking com roupa de caça olha para ela, espantado. Com uma das mãos segura-a pelo tornozelo, e com a outra solta o seu pé, cortando a corda com seu punhal. E então a deposita delicadamente no chão. Ela se levanta, dá uma boa respirada, engole a saliva com dificuldade.

— Ehh... bom dia, Marquês, bom dia, Barão — diz.

Mas os dois estão por demais envolvidos em sua questão para responder. Dão-lhe as costas e, caminhando de volta a Redenção, conversam ainda mais animadamente sobre seu tema favorito.

— "Em terra de cego, quem tem olho é rei." Para mim é o maior absurdo — prossegue Orlando. — Já imaginou um caolho chegando a um país onde existem apenas cegos?

— Sim, pois justamente ele será o chefe!

Orlando não desiste. Lança então, com sua voz grave:

— Mas como?! Impossível! O caolho será considerado um sujeito estranho com hálux. Fatalmente será mal recebido. Vão achar que ele delira, pois acredita ver coisas onde não há nada, segundo os outros.

— Mas ele será mais forte. Graças aos seus olhos!

— Mais fraco. Por causa dos seus olhos!

— Se quiser brigar, vencerá contra os cegos.

— Claro que não, o caolho vai quebrar a cara. Os cegos fatalmente terão desenvolvido mais os outros sentidos — audição, olfato, tato.

— Nenhum deles é tão importante quanto a visão!

— Nem à noite? Ora, de noite os cegos acabam em dois minutos com a cara do seu caolho. Pois serão muito mais capazes de se locomover e de agir do que o sujeito que só funciona com base no visual e depende de uma fonte de luz.

Na parte de trás da pequena procissão, Cassandra presta bastante atenção para fixar pontos de referência e memorizar o caminho, caso precise voltar.

57.

Tenho certeza de que eles estão contentes de me encontrar de novo. Apenas são um pouco tímidos em seu comportamento e desajeitados na maneira de se expressar.

58.

A voz é cortante:

— Que é que essa pentelha está fazendo aqui? Achei que já tínhamos nos livrado da "Branca de Neve fajuta" — solta Esmeralda, baixando sua revista.

Na capa, lê-se: "A cantora Samantha está esperando trigêmeos, mas não conhece o pai." E mais embaixo: "Éramos muitos na noite da concepção, e eu tinha bebido demais."

O velho africano coça maquinalmente o queixo, sinal de intenso questionamento.

— A guria caiu numa armadilha de cães e eles já iam traçá-la — informa Orlando.

— Sinto muito, tentei mandá-la desta para melhor, mas não fui rápido o suficiente — reconhece Kim. — O Barão me impediu.

— Com a idade, a sabedoria, você vai entender que a violência não é uma solução, seu pentelho — corta Orlando.

— Espere, é você quem está dizendo isto? Muito bem, como estávamos brincando de antiprovérbios, proponho que este também seja invertido: "A violência muitas vezes é a melhor solução, quando não a única!"

— Há exceções, nem todos os provérbios devem ser invertidos — irrita-se o louro barbudo.

— Isso é um provérbio? — provoca Kim.

É com prazer que Cassandra volta ao local. Essa estranha aldeia que tanto a havia surpreendido da primeira vez, e depois, enojado, parece-lhe agora dotada de todas as qualidades de um lugar de liberdade num mundo de convenções.

É uma utopia. No exato sentido etimológico da palavra. Um lugar que não está em parte alguma nos mapas.

Os outros continuam falando, mas ela não ouve mais. Contempla as montanhas de lixo.

Por que fui voltar a esse lodaçal? Alguma coisa em mim sempre soube. Mas também porque é uma fase indispensável para a minha evolução pessoal. A fase de Putrefação. E eu não a concluí.

É o nome que ela recebeu na Grande Obra destinada a realizar a Pedra Filosofal, símbolo de perfeição.

A Transmutação do chumbo em ouro.

Só mesmo voltando ao esterco e ao lixo é que podemos fazer surgir a verdade pura. Essa fase é necessária. Aquele que se recusa a voltar à sua maceração original não poderá entender nem entrever a luz. Terei de descer ao esgoto para compreender meu passado pessoal e também o futuro coletivo. Os dois estão necessariamente ligados.

Diante das pilhas de pneus rasgados, uma pele de cachorro está secando, presa numa armação. Numa tela rachada de televisão desfilam as notícias sem parar, e sem som. No centro, uma fogueira tem por cima uma marmita. De lá emana um cheiro fétido de gordura de cachorro cozido. Moscas e mosquitos rodopiam ao redor, numa disputa de acrobacias aéreas.

— Se me permite, sem querer abusar do seu tempo, Duquesa, uma pergunta, despretensiosa — diz Kim. — Você acha que em terra de cegos os caolhos seriam recebidos como? Venerados, tolerados, desprezados, rejeitados?

— Postos para correr, ora essa! E seria muito bem feito! De qualquer maneira, não gosto de caolhos — responde Esmeralda sem desviar o olhar divergente da recém-chegada.

— E você, que acha, Visconde?

— Depende se é dia ou noite, e mesmo de noite depende, se houver lua cheia, se entende o que eu quero dizer — reconhece, diplomata, o africano.

Esmeralda logo trata de cortar a conversa:

— E então, Cinderela!? Acho que lhe explicamos muito bem que não queríamos mais ver por aqui sua careta de burguesinha pretensiosa, e aconselhamos muito claramente que não voltasse. É o que me parece. Ou então não fomos bastante claros. A frase "Cai fora, não queremos mais vê-la!" pode parecer dúbia, considerando-se nossa hospitalidade, mas realmente significa que não queremos mais saber de você...

Ela se aproxima e lhe joga no rosto:

— Já rejeitamos a princesa de Mônaco, a rainha da Inglaterra, o papa e o presidente da República, que chegaram pedindo asilo político a Redenção, de modo que não vamos abrir exceção para você.

A mulher ruiva de coque e peito estufado continua avançando.

— Diga lá então, Miss Azar, você é pior que piolho, a gente não consegue se livrar de você! Talvez precisemos então matá-la como um parasita, com veneno e pó de arsênico! E se ainda assim continuar grudando, teremos de recorrer a um facão. Ou a uma britadeira.

— Para, Duquesa! — resmunga Orlando.

— Não, não paro. Já a botamos para fora uma vez e não estou disposta a ficar me repetindo. A não ser que Kim a mate, ou que a vendamos como escrava sexual para os albaneses. Que tem a dizer?

Cassandra dá uma olhada no relógio e constata que a probabilidade de morrer em cinco segundos caiu para 14%.

Ou não existem aqui câmeras nem sistemas de controle para registrar o que acontece, ou então não corro mais perigo aqui do que em qualquer outro lugar. Eles estão apenas blefando.

Cassandra dá-se conta de que está depositando uma confiança irracional no relógio do irmão. O simples fato de ele registrar 14 basta para convencê-la de que estão tentando intimidá-la, mas sem um perigo real aqui e agora.

Ou pelo menos não nos cinco próximos segundos.

Sem tirar os olhos de Esmeralda, então, ela articula, calmamente:

— Quero ficar aqui. Com vocês. O tempo todo.

Silêncio. Esmeralda afinal dá uma gargalhada. E todos a acompanham.

— Bravo, Barão, você realmente nos trouxe uma pérola. Fico até me perguntando como é que pudemos viver até agora sem ela.

— Para uma burguesa, até que ela fala pouco, mas quando fala é bem apimentado! — reconhece Kim.

Cassandra mantém-se imperturbável, brincando com seu relógio de pulso. Quando finalmente se restabelece o silêncio, ela continua:

— Eu estive pensando. É aqui que está o meu verdadeiro lugar, e em nenhum outro. Entre vocês. Só vocês me entendem.

Os quatro cidadãos de Redenção param de rir e se entreolham, perplexos. Esmeralda coça a nuca. É o sinal. Fetnat se coça debaixo das axilas, Kim, na coxa, e Orlando, no queixo. Orlando então solta uma sonora flatulência, o que no seu caso parece indicar profunda reflexão. Esmeralda cospe várias vezes no chão.

Cassandra tem a sensação de que eles hesitam e pisa mais fundo para forçar sua vantagem:

Será que eles, ao contrário dos outros, são capazes de ouvir a verdade? Tenho que ferir a nota da irracionalidade, já que eles vivem na superstição. Como no caso dos cães, para transpor o fosso que nos separa, eles precisam entender que eu sou como eles. Os cães tinham um nível de consciência baixo demais, mas com eles deve funcionar.

— Vejam bem, desde que eu nasci, nunca consegui convencer ninguém do que quer que fosse.

— Sim, e daí? É esse o seu argumento?

A jovem de longos cabelos negros prossegue, imperturbável:

— Mas posso lhes garantir que não só não darei azar, como trarei sorte. Eu sou uma espécie de talismã de proteção para os que estão por perto.

E, para sinalizar sua integração à tribo, ela se coça freneticamente debaixo dos braços, tentando cuspir. Esmeralda aproxima-se.

— Diga lá, garota, você não acha que seria melhor estar estudando, levar uma vida burguesa, fazer compras, acompanhar as séries românticas de TV, frequentar boates e tomar drogas, como todos os jovens da sua idade?

Depois de um segundo de hesitação ante perspectivas tão atraentes, Cassandra sacode decididamente a cabeça.

— Nesse caso — decreta a mulher —, preciso consultar o gabinete governamental.

Os quatro afastam-se, sentam-se em círculo e começam a cochichar entre si. Inicialmente, parece evidente que não estão de acordo. Mas progressivamente dão sinais de ter chegado a um entendimento.

Finalmente, Esmeralda levanta-se e anuncia:

— OK, Cosette,* se quer viver conosco, é possível, mas, antes, terá de se submeter a uma "grande prova de iniciação".

59.

Eu sabia que eles acabariam cedendo. Eles não têm coragem de dizer, mas gostam da minha presença.

Afinal, sou uma jovem encantadora, algo que falta aqui neste ambiente.

Serei um toque de frescor nesse depósito nauseabundo e triste.

Eles não sabem, mas estavam à minha espera. E vão descobrir que sou indispensável.

---

* Personagem do romance *Os Miseráveis*, de Victor Hugo. (N. T.)

60.

Ao longe, as duas chaminés de Moloch projetam-se como chifres contra a forma ovalada da lua cheia que surge entre os rasgões das nuvens. Os redencionistas conduziram Cassandra na direção dos bairros do norte, onde os caminhões de lixo diariamente vomitam seus montes de restos domiciliares.

Apontam um contêiner de metal bem fundo, e Esmeralda explica-lhe as regras da prova iniciática.

É exatamente nesse contêiner que os lixeiros jogam toda noite restos de carne trazidos dos abatedouros. É, portanto, onde fede mais. Se ela conseguir passar a noite inteira no meio dessa podridão macabra, amanhã de manhã será aceita como cidadã de pleno direito de Redenção.

Quer dizer que terei de suportar o fedor da carniça em putrefação. Não parece assim tão difícil. Agora que já superei os máximos limites de nojo do DML, tenho a impressão de que sou capaz de suportar todas as pestilências imagináveis.

Orlando prossegue:

— Entre no contêiner, guria, mas, se quiser, poderá sair por esta escada. Quando não suportar mais ficar lá dentro, bastará subir por ela, saindo bem perto da entrada principal norte. Sairá diretamente na estrada e poderá pegar uma carona para voltar para casa.

— Depois — completa Fetnat —, poderá reencontrar seus amigos, voltar à escola. À vida normal...

O africano entrega-lhe uma caixa de fósforos, dizendo:

— É o tipo da coisa que pode ser útil, se entende o que eu quero dizer.

Não, não estou entendendo nada do que ele quer dizer. Ele me irrita com essa expressão repetitiva.

Cassandra desce pela escada e se aloja no fundo do contêiner, fedendo a sangue podre. Os outros batem cada um por sua vez no metal, a título de saudação, e se afastam.

— Adeus, Cinderela! — lança Esmeralda.

— Até amanhã de manhã — responde Cassandra.

Um riso zombeteiro de Kim é a única resposta do grupo. Ela ouve ao longe a voz grave de Orlando:

— É como "Deus ajuda a quem cedo madruga", completamente errado. O antiprovérbio funciona melhor. O futuro pertence a quem se deita tarde e se levanta tarde, Marquês.

— Explique, Barão.

— Muito bem, os que ficam nas festas até tarde da noite criam redes de amigos que depois os ajudam na carreira. Têm todos eles alguma rede de gente da noite que os ajuda, sejam jogadores de pôquer, participantes de bacanais, vampiros, *swingers* e até...

As vozes misturam-se na noite. A adolescente de grandes olhos cinza-claro senta-se no metal enferrujado e respira aos solavancos.

É um limite a vencer, e depois o que me parece desagradável se tornará suportável, e até agradável. Como acontece com o vinho. E com os queijos fortes. A gente pode não só se acostumar com qualquer coisa, como também encontrar um certo prazer nelas. Simples questão de hábito.

Cassandra senta-se e espera.

Uma hora depois, chegam caminhões em grande algazarra de buzinas. Homens de macacão laranja fluorescente, as mãos protegidas por espessas luvas de borracha, atiram sacos do lado direito do contêiner. Cassandra joga-se para a esquerda, para não ser vista, e observa a montanha de sacos de carne que se vai formando diante dela.

Pouco depois, outros caminhões chegam para descarregar no contêiner. A montanha de sacos transparentes aumenta ainda mais. Às vezes, um deles arrebenta no choque da queda, liberando um asqueroso cheiro de carne putrefata.

Faz parte da experiência de apodrecimento. E, por sinal, a França é mesmo o país da fermentação. Todas as nossas especialidades culinárias são derivadas da arte de dominar o preparo de ínfimos cogumelos. Os queijos de que tanto nos orgulhamos saíram do leite fermentado. O vinho é suco de uva fermentado. O pão é farinha fermentada com levedura. Os cogumelos de Paris derivam do apodrecimento do esterco de cavalo. E chegamos a fermentar o queijo para obter um roquefort *de cheiro ainda mais forte. E a fermentar o vinho para obter vinagre...*

Cassandra Katzenberg inspira profundamente. Tendo se afastado todos os caminhões, a jovem senta-se nos sacos de plástico transparente cheios de formas moles, avermelhadas e róseas. O cheiro torna-se cada vez mais agressivo.

Minha próxima provação consiste em suportar o cheiro da morte.

Dessa vez, contudo, Cassandra não é apanhada de surpresa. Tem tempo de desenvolver uma técnica de adaptação ao meio hostil, respirando aos solavancos para que seus pulmões se habituem progressivamente ao fedor de esgoto do ar.

Amanhã eles serão obrigados a reconhecer que eu atravessei com sucesso a prova de iniciação...

Ela sorri.

Como é que eu podia adivinhar que um dia teria de me submeter a um exame para ser admitida na companhia dos mendigos!...

Seu relógio indica "Probabilidade de morrer em 5 segundos: 16%."

Só 3% acima do normal. Não há perigo. Preciso apenas vencer o nojo.

A noite escurece cada vez mais. Cassandra estende-se em meio aos sacos, mas não consegue conciliar o sono. Para tentar adormecer, em vez de contar carneiros, ela decide encontrar antiprovérbios. Assim, terá amanhã um tema de conversa com Orlando.

"Quem quer a paz, prepara a guerra"... funciona melhor ao contrário. "Quem quer a paz... prepara a paz."

Orlando tem razão, nossos antepassados se enganaram.

Vamos tentar um outro.

"A razão do mais forte é sempre a melhor." Funciona melhor ao contrário. "A razão do mais fraco muitas vezes é a melhor."

De repente, ela ouve ruído de passos.

Lança mão da caixa de fósforos recebida de Fetnat e ilumina ao seu redor. Enxerga então sacos de carne vermelha rasgados e reluzindo.

Uma miragem.

Vê também um saco cheio de olhos azuis, provavelmente de porcos, que parecem olhar para ela por trás do plástico. Tem a impressão de que os olhos lhe falam.

"Nós fomos punidos, apesar de não termos feito nada de mal. Todos nós estamos condenados desde o nascimento. Nossa margem de manobra é nula, nenhuma possibilidade de nos safarmos. É como se os nossos relógios de probabilidade marcassem 100% a partir do momento em que nascemos. E ainda

por cima, para zombar de nós, eles nos deixaram cegos. Aí estão nossos olhos, nunca haverá caolhos entre nós."

Cassandra sente um calafrio desagradável e recua num movimento brusco. Suas unhas furam outro saco cheio de intestinos, do qual emana uma baforada de vapores fétidos terrivelmente desagradáveis.

Ela reduz a respiração para controlar o asco. Depois, acende um fósforo e olha ao redor, para não furar outro saco inadvertidamente. E foi no momento exato, pois seu pé quase esmagava um saco cheio de cérebros

Por que não foram consumidos?

Ela conclui que deve ser carne estragada, ou talvez de animais acometidos de doenças, como a da vaca louca ou a gripe suína.

A fedentina é insuportável.

Estou num cemitério.

Ela inspira aos solavancos, cada vez mais breves.

Não quero mais voltar ao mundo normal. Quero ficar aqui. Vou passar nessa prova iniciática. Qualquer que seja o preço a pagar.

Cassandra Katzenberg chega à conclusão de que o pessoal de Redenção impôs-lhe um ritual de iniciação, como os que são praticados pelos povos primitivos das florestas da África, da Nova Guiné ou da Amazônia. Na verdade, é como se ela estivesse com homens pré-históricos.

Eles usam arcos, constroem as próprias choupanas. E são livres, em plena França do século XXI, onde todo mundo tem carteira de identidade, dinheiro, responsabilidades. Pois eles não têm código de barras tatuado na pele.

Eu também quero ser livre, como eles. E estou disposta a pagar o preço.

A jovem de grandes olhos cinza-claro está decidida a passar nessa prova. Comete então o ato irreparável: para fugir à tentação de desistir e não perder essa oportunidade de se tornar cidadã de Redenção, ela se aproxima da escada pela qual entrou no contêiner, levanta-a e a projeta para a frente, para que caia do outro lado da parede metálica. Fora do seu alcance.

O que nos causa sofrimento é o medo de nos enganarmos em nossas escolhas, mas se não houver mais escolha, não haverá mais sofrimento.

Ela se senta e acende mais um fósforo para iluminar o relógio de pulso: "Probabilidade de morrer em 5 segundos: 17%."

Na verdade, com esse relógio eu levo vantagem. Sou um ser humano livre de medos irracionais. Sou capaz de enfrentar qualquer coisa, pois conheço

o perigo real e não tenho mais medo dos perigos imaginários. Acho até que meu irmão Daniel nem sequer se deu conta do alcance de sua descoberta. Ele acaba de inventar a eliminação da angústia pela avaliação científica do perigo.

Cassandra sente-se forte, capaz de controlar suas emoções.

Quando esses quatro mendigos me tiverem aceitado, usarei Redenção como refúgio, a partir do qual darei prosseguimento à busca do meu irmão e da compreensão do mistério da minha juventude apagada. Terei de mudar de aparência. Depois do look *esportivo, do* look *gótico e do* look *mulher de negócios, precisarei inventar uma aparência mais discreta. Talvez estudante.*

De repente, novos ruídos de passos ao seu redor.

São patas.

Menores e mais leves que as de um cão.

A raposa Yin Yang?

— Trabalho? Trabalho? — arrisca ela.

Nenhum grunhido como resposta.

A lua desapareceu, encoberta pelas nuvens. Cassandra acende um fósforo e ilumina ao seu redor, até que identifica a fonte dos ruídos. E sente um calafrio.

Uma dezena de pequenos visitantes dá busca ao redor dos sacos. E então a dezena se transforma em centena. E a centena, em milhar.

Caramba, a prova iniciática não é o fedor, mas... eles.

Os ratos.

Ou eu fico e serei morta, ou fujo e não poderei mais voltar. E joguei a escada para o outro lado do contêiner!

Cassandra acende um fósforo. Por sorte, a luz da chama parece assustar as hordas de roedores.

Como os primeiros homens que acenderam fogo ao redor do acampamento para dormir tranquilos.

Os ratos ficam a distância, limitando-se a dilacerar os sacos mais distantes, contendo pulmões ou intestinos de vacas.

Cassandra busca uma solução. Quando um fósforo se apaga, ela acende outro. Mas um rato audacioso, vencendo o medo do fogo, aproxima-se com precaução. Ela se concentra.

Todos nós somos...

Ela diz o resto em voz alta:

— ... locatários deste planeta. Somos impregnados da mesma energia vital. Você também, ratinho, é movido por essa energia vital. Todos nós somos poeiras derivadas do nascimento do universo.

O roedor se aproxima, curioso, não propriamente hostil. Suas orelhas se agitam como se ele tivesse entendido a frase. Ele mexe seus longos bigodes de um jeito cômico. A luz do fósforo faz com que sua sombra peluda fique ondulando. Ela quase chega a achá-lo engraçadinho.

Outros congêneres já o seguem timidamente. Logo haverá um círculo de ratos ao redor dela.

— Não, vocês não vão fazer como os cães. Vocês, ratos, são mais inteligentes que simples cães, não é mesmo?

O roedor mais avançado finge ter encontrado um pedaço de carne derramado de um saco próximo dela. Aboleta-se nas patas traseiras para comê-lo.

É um rim de porco. O rato crava seus incisivos em algo que de longe parece uma suculenta ameixa. Em vez de liberar um sumo amarelo, a dentada espalha um sumo escuro de cheiro desagradável. O focinho e os bigodes do roedor ficam vermelhos.

O fósforo se apaga. Cassandra rapidamente acende outro, bem a tempo. O círculo de roedores começa a apertar. A adolescente mantém o fósforo na mão o quanto pode. Nesse momento, sonha com uma vela. Mas a chama queima seus dedos e ela larga o fósforo, para em seguida acender ainda outro com a máxima rapidez.

A cada vez que um fósforo se apaga, nos poucos segundos em que busca outro febrilmente, ela ouve as patinhas avançando com suas garras pelos sacos plásticos, na sua direção.

Lembra-se então do provérbio de Orlando, encontrando, em vez do contrário, uma continuação:

"Em terra de cego, os caolhos não são surdos."

E acha graça.

Orlando tem razão.

Ao se apagar o fósforo, ela fica no escuro durante longos segundos, com a audição exacerbada percebendo o mais ínfimo som de patas avançando na sua direção.

Seu olhar desce na direção do relógio, que, por sorte, mostra os números fluorescentes: "Probabilidade de morrer em 5 segundos: 67%."

Ela imediatamente acende um fósforo.

Como a cena não é captada por nenhuma câmera de vídeo, ela deduz que Probabilis está associando informações variadas.

Talvez o software tenha levado em conta a presença dos ratos neste lugar, neste momento. E depois acrescentou as informações locais obtidas pelo próprio bracelete: meus batimentos cardíacos e talvez também minha resistência elétrica.

Eu tenho de aguentar. Se conseguir superar essa prova, não terei mais medo de nada nem de ninguém. Preciso pensar em outras coisas.

"O que não mata me fortalece?" Não dá para garantir, no fim das contas.

O contrário é que parece mais verdadeiro.

O que não mata... trucida.

As pessoas que sofrem acidentes de trânsito não morrem, mas ficam estropiadas pelo resto da vida. Nietzsche estava errado, Orlando é que está certo.

O fósforo se apaga. O barulho de garras ao redor está mais próximo. Rapidamente, Cassandra acende mais um palito de fósforo.

Ou então...

"O que não mata enlouquece."

Ela pensa que terá de lhe ensinar esse antiprovérbio quando voltar a ver Orlando.

Se voltar a vê-lo um dia...

Finalmente chega a vez do último fósforo. Ela tem os olhos fascinados pela chama. Aquela luminosidade oblonga, vacilante, é sua última proteção. Depois, o desconhecido.

O fogo.

Ela está em pleno século XXI e depende da invenção do fogo, como os homens pré-históricos.

O que Cassandra não daria por uma caixa de fósforos a mais.

O bastãozinho arde, sua luz é quente, amarela, laranja e vermelha. Cada segundo iluminado e aquecido por esse simples pauzinho de madeira mole parece-lhe uma eternidade. Ela sente que esse derradeiro fogo é um momento determinante de sua vida. Fixa o fósforo em chamas e seus olhos fascinados acompanham sua progressão na madeira que escurece. Ela não tem coragem de baixar os olhos, mas consegue entrever: "Probabilidade de morrer em 5 segundos: 83%."

Para o meu irmão, eram 98%, e ele se safou. Enquanto restar um mínimo percentual de chance de sobrevivência, há esperança.

A chama queima seu polegar e se apaga, trêmula.

A lua ainda não voltou a aparecer por trás do manto de nuvens. Por alguns segundos, a escuridão é total. Cassandra respira cada vez mais forte o ar ambiente.

Curiosamente, os ratos levam tempo para chegar a ela, como se quisessem certificar-se de que não seriam mais perturbados por nenhuma chama.

Muito lentamente o círculo de ratos se constringe ainda mais. Cassandra já não os acha nem um pouco engraçadinhos.

Eles não têm pressa.

De repente, o silêncio é cortado por uma estridulação. Um sinal.

Todos os ratos atacam ao mesmo tempo. Ela esconde o rosto entre os braços, encolhe-se em posição fetal, de olhos fechados, e berra:

— Mamãe!

O tempo parece parar de novo.

61.

Eu disse a palavra "mamãe".

Simplesmente me veio, assim.

Quais são as últimas palavras de quem vai morrer?

"Vamos, eu sei que essa ponte de cipó é sólida", ou "Você acha que me dá medo com esse seu revólver?", ou então "Esse prato está com algum gosto estranho".

É difícil bancar o espirituoso nesses momentos. A cabeça está em outro lugar. Ficamos embotados com nossa própria morte. E então só pensamos no que é mais urgente.

No fim das contas, a maioria dos seres humanos deve dizer apenas "Argghh" antes de morrer.

E eu: "Mamãe."

Foi o que me veio, de repente, como a milhares de grandes guerreiros nos segundos antecedendo o óbito.

Napoleão teria dito "Mamãe" antes de morrer? E Átila? César?

Morrer...

Aí está, é agora. Eu não imaginava que fosse assim. Quer dizer então que podemos ver o futuro e não sermos capazes de imaginar a última cena do nosso próprio filme?

Não.

Eu não quero acabar assim.

Ainda tenho muitas coisas a realizar nesta vida.

Seria... um desperdício.

— Antiga Cassandra! Oh, minha Cassandra, você que agora é minha mãe longínqua através das eras, não pode interferir contra essa abominação?

Aparece-lhe uma visão da mulher de túnica branca. Em suas mãos: *As Aventuras de Cassandra Katzenberg*. Ela sacode a cabeça.

— Não. Você está no presente, e o presente a tudo devora, como um incêndio. Ele devora o passado e o futuro. O presente é um rei devastador. A continuação, para você e para o mundo, depende do que vai acontecer nos próximos segundos. E ninguém pode ajudá-la.

— Ajude-me, estou pedindo! Eu nem cheguei a conhecer um homem. Sou virgem.

— Aos 17 anos? Então é essa a pequena experiência que lhe está faltando, e que a impede de morrer em paz?

— Eu gostaria de fazer amor pelo menos uma vez, queria ser ouvida uma vez, descobrir o mistério da minha infância, queria saber quem sou e por que tenho esse poder de vidente, reencontrar meu irmão...

— E por acaso acha que tudo isso lhe é devido? Ninguém lhe deve nada. Amor, escuta, conhecimento, e por que não fortuna e orgasmos múltiplos?

— Quer dizer então que eu vou morrer?

— Faça como eu, como todo mundo, seja espectadora de sua própria vida, sem sentir pena de si mesma nem qualquer pretensão. Você não passa de uma mulher entre bilhões de seres humanos, e vai viver e morrer como os outros. Quer frases? Pois aí vai uma: a vida é um filme que acaba mal.

— Eu não me conformo. Meu irmão não o permitiria.

— Quem quer que seja você, sempre pode ser substituída. E o seu irmão também. Vocês não são melhores que os outros. Também vão morrer. Você pensou "poeira que saiu do big bang", pois bem, volte para a poeira.

A grã-sacerdotisa abre *As Aventuras de Cassandra Katzenberg*, ajeita a túnica ao redor dos ombros e constata:

— Pessoalmente, como leitora da sua vida, e levando em conta a escada que arremessou longe, os ratos que se atropelam ao seu redor nesse contêiner isolado em pleno depósito de lixo onde a polícia nem ninguém mais jamais põe os pés, não vejo como a heroína poderia se safar. Que suspense!

Ela mergulha de novo no livro, murmurando:

— Na minha opinião, deve ser um desses romances modernos em que, de repente, a heroína morre bem no meio de intriga, enquanto aparece um segundo herói que pega o bastão e dá prosseguimento a sua busca. É só o que eu vejo. E você, vê alguma outra possibilidade de script?

62.

Cassandra dá um grito ao sentir a mordida dos dentinhos. Parece uma sessão de acupuntura que deu errado. Entregar a alma ao Criador dessa maneira decididamente não lhe parece muito honroso.

Pelo menos não são presas de cães.

Mas se fossem, seria mais rápido.

Ela espera a morte, mas ouve não muito longe um silvo seguido de um tiro seco. Os ratos ficam paralisados. Ouve-se um segundo tiro, seguido de um guincho. Os ratos recuam, à espreita. Alguns são atingidos por tiros, e os demais guincham enquanto fogem, abandonando a presa.

Cassandra levanta-se. Sua visão é neutralizada por uma luz que vem de cima.

— Barão? — pergunta.

— Vamos, temos de sair daqui depressa!

Não, não é Orlando.

Ela vê a escada descendo na sua direção, agarra o primeiro degrau e se projeta para fora do tanque de metal.

— Foi realmente uma ideia de jerico jogar fora a escada! Por que fez isso? Está querendo morrer? Você não tinha a menor chance de se safar dessa. A gente montou essa encenação toda para que se safasse sozinha, e você optou por eliminar todas as chances!

Cassandra olha fixamente para o homem com a lanterna.

— Por que me salvou?

Kim tem o olhar à espreita. Vê um rato se aproximando, mobiliza seu nunchaku num gesto brusco e o atinge com precisão no crânio, que explode com um ruído seco.

— Desde o início eu percebi que você faria tudo ao contrário para complicar nossa vida. Nessa história do contêiner de carnes, eu disse aos outros: "Vocês vão ver só, ela vai ficar." E eles responderam: "Quando a guria vir os ratos, não terá mais opção. Ninguém aguenta." Pff, otários. Não entendem mesmo a nova geração de adolescentes desesperados e suicidas. Como eu faço parte dela, saquei logo o que ia acontecer.

Ele disse isso como se fosse óbvio.

— E você jogou fora a escada! Só mesmo uma imbecil completamente sem miolos. Você diz que vê o futuro, mas é completamente parva quando se trata do presente.

Ela abre a boca e repete:

— Por que você me salvou?

O jovem asiático ajeita a mecha azul que lhe cai na testa, funga, mas não responde. Examina os braços de Cassandra, riscados com marcas sanguinolentas. Sem prestar atenção, a jovem penteia nervosamente com a ponta dos dedos seus longos cabelos grudados de suor.

Kim ilumina as imediações com um movimento da lanterna.

— Eu quero saber por que me salvou — insiste ela.

— Ora, ora... Você é mesmo uma burguesa metida a intelectual. Por que estar sempre explicando tudo? Sinto muito, não tenho uma resposta. Talvez tenha mudado de opinião a seu respeito. "Só os imbecis não mudam de opinião."

— Ou o contrário.

— É a nova moda lançada por Orlando? Atacar os meus provérbios com antiprovérbios? E qual é o contrário, menina?

— Não me chame de menina.

— Ah, finalmente! Agora você começou a falar com mais facilidade. Pelo menos os ratos conseguiram torná-la mais comunicativa. Menina, guria... os outros a chamam assim, e, para começo de conversa, eu faço o que quero.

— Eu me chamo Cassandra.

— Tem razão, "menina".

— Você ainda não respondeu à minha pergunta. Por que me salvou? Achei que não gostava de burguesas.

— E as detesto mesmo.

— Achei que também não gostava de gente limpa.

— São uns pretensiosos e arrogantes.

— E eu?

— Cale-se! Prefiro quando está muda, a gente acha que está pensando em coisas extremamente sutis.

Cassandra dá de ombros.

— Por que me salvou?

— Pronto, a agulha emperrou no disco. É o que você gosta, hein?

Eles caminham, iluminando o caminho, entre montanhas multicoloridas de lixo. Kim hesita, e então olha para ela, fazendo uma careta.

— OK, vou dizer. Mudei de opinião a seu respeito. Ao contrário dessa gente que passa a vida inteira inventando argumentos para provar que está certa e que os outros estão errados, eu aceito a possibilidade de ter me enganado completamente. Sou capaz de reconhecê-lo e mudar o meu comportamento. Dar marcha a ré. Por isso é que sou um veículo completo, posso me locomover para a frente, acelerar, frear e voltar atrás. Tenho coragem de dizer "OK, pensei melhor e cheguei à conclusão de que você é que estava certo, e eu estava errado."

Os dois voltam a caminhar em silêncio. Sua respiração se condensa em nuvens de vapor. Cassandra nota que Kim está usando novamente uma camiseta com uma inscrição: "Experiência é o nome que cada um dá a seus próprios erros."

Comunicar-se por frases feitas. Parece que é mesmo importante para ele.

Redenção ainda está mergulhada na escuridão da noite.

— Os outros estão dormindo — murmura Kim. — Por enquanto, é melhor que fique no meu quarto.

Logo ao entrar, ele acende algumas velas num candelabro. Cassandra descobre o interior da sua choupana. No centro, uma cama de verdade, king *size*. Ao redor, máquinas eletrônicas zumbem. Ao fundo, uma grande escrivaninha debaixo de quatro telas gigantes de computador.

— É o meu pequeno laboratório de informática. Daqui posso ver e agir em qualquer lugar. Não é porque a gente é pobre que precisa se privar das tecnologias avançadas. Verdadeiros tesouros em aparelhos eletrônicos são jogados fora. Basta consertar. Eu instalei câmeras de vigilância por todo lado.

Por isso é que Probabilis ficou sabendo que eu estava com problemas.

— Em matéria de eletricidade, tenho placas solares e o meu pequeno gerador a vento.

Ele parece muito orgulhoso de suas máquinas.

— Às vezes, converso com pessoas do outro lado do mundo, fazendo-me passar por outro. Meus contatos acham que eu sou um sujeito importante. Se soubessem que não passo de um mendigo num depósito de lixo...

Kim pega uma garrafa de uísque, dá uma tragada e embebe um pedaço de pano para aplicar nos ferimentos de Cassandra.

— Sabe, não tenho nada contra você, menina. É só que você aqui não está no seu lugar, e a gente não consegue que entenda isso. Visivelmente, a expressão "Se arranca daqui, sua babaca, não enche o saco!" não funcionou da primeira vez.

Ele limpa metodicamente cada ferimento, ignorando as caretas da mocinha.

— Mas pelo menos os ratos pareciam estar muito a fim de você — zomba ele. — Eles não são difíceis, gostam de todo mundo. Comem até uns aos outros.

Fazendo uma pausa, ele vai vestir uma outra camiseta, na qual se pode ler, em letras brancas sobre fundo negro: "É possível fazer previsões sobre tudo, exceto o futuro — Lao Tsé." Ela entende que é a destinatária da mensagem. Num canto estão cuidadosamente empilhadas camisetas multicoloridas, todas ostentando provérbios ou citações.

Olhando para um dos aparelhos, ela se dá conta de que ele encontrou uma máquina de imprimir em tecidos. Tem ali um estoque de camisetas sem texto, para nelas gravar frases que o inspiram. Algumas são divertidas, atraindo sua atenção:

"Os amigos vão e vêm, os inimigos se acumulam."

"Se as pessoas que falam mal de mim soubessem o que eu penso delas, falariam muito mais."

As frases que ele escolhe são reveladoras. No fim das contas, ele também é meio paranoico.

"Quem não partiu de nada para chegar a nada não deve nada a ninguém."

— Esta eu adoro — diz ela. — É de Pierre Dac.

Selecionando com o dedo indicador, Cassandra prossegue em suas descobertas.

"Escolher é abrir mão."

"Basta olhar alguma coisa com atenção para que ela se torne interessante."

Esta me agrada bastante.

"Censuramos nos outros nossos próprios defeitos."

"Antes, o tesão, depois, o mergulhão."

"Cultiva o que em você é criticado: você."

Esta também me parece interessante.

— É de Cocteau — esclarece o rapaz.

"Todas as grandes descobertas foram feitas por engano."

Outras são mais comportadas:

"Sucesso é ir de fracasso em fracasso, sem perder o entusiasmo."

— Esta é de Winston Churchill — explica Kim. — Ele a pôs em prática para ganhar a guerra. Aí está a força das frases feitas. Pessoalmente, adoro colecionar, como outros colecionam borboletas ou selos. Essas frases redondinhas são a minha droga. Cinco ou seis palavras organizadas na ordem certa, e que resumem meses de experiências. "Sucesso é ir de fracasso em fracasso, sem perder o entusiasmo." Você não acha que dá vontade de fazer pé firme e segurar a onda? E, no entanto, não passa de uma simples frase.

As frases são fortes. Mas as palavras são ainda mais fortes. E às vezes o silêncio ganha das duas.

Quando já começa a secar suas feridas com um pano limpo, Kim para de repente, intrigado.

— Que relógio estranho é este?

Ele gira o seu punho e lê: "Probabilidade de morrer em 5 segundos: 24%."

Passando os olhos ao redor, Cassandra vê uma câmera de vídeo presa no teto. Probabilis a está vendo e sabe onde se encontra. Além disso, seus batimentos cardíacos informam o computador sobre seu cansaço.

Por simples curiosidade, ela pega o pano embebido e limpa seu ferimento mais sangrento, sem se preocupar com a dor. Imediatamente o número no relógio de pulso cai para 23%.

Kim está impressionado com a estranha joia.

— Para que serve esse relógio sem minutos nem segundos?

Cassandra limita-se a dar de ombros. Está olhando para as fotos presas na parede: homens uniformizados, manifestações, gente erguendo o punho. Logo acima, uma bandeira com um enorme "A" dentro de um círculo.

— Você é anarquista?

— Claro — responde ele, orgulhoso. — Não há lema político mais belo que "Sem deus nem senhor". E você? — pergunta.

— Eu não.

— Você não é anarquista? Então é o quê?

— Estou cansada.

Ela olha fixamente para ele.

— Por que você me salvou?

Ele se levanta e diz:

— De novo, a máquina de repetir voltou a funcionar. Você nunca desiste?

Nunca.

— OK, quer saber realmente? No início, eu não a suportava, mas agora você me dá... pena.

Ela recebe essa palavra como um murro. Kim dá de ombros.

— Pode dormir na minha cama.

— Se lhe dou tanta pena assim, está proibido de me tocar.

— Quanto a isso, pode ficar perfeitamente tranquila. A ideia nem me passou pela cabeça. Você não é meu tipo de garota. Gosto de louras de olhos azuis, peitos grandes, que cozinhem bem e sobretudo, sobretudo... que não sejam médiuns, nem sonâmbulas, nem insones. E especialmente que não sejam pretensiosas nem arrogantes.

Ele é pretensioso e arrogante. A chave desse tipo de gente é uma dessas frases feitas das suas camisetas. Algo do tipo: "As pessoas muitas vezes são o que censuram nos outros."

Ela examina os cartazes anarquistas e as fotos onde aparecem manifestações de estudantes brandindo flores diante de militares armados de baionetas. Em Burma. Na China. No Irã.

— Eu tenho um problema — diz ela, como se não tivesse ouvido sua última frase. — Eu não tenho passado.

Kim dá de ombros.

— "Cada um com sua merda." Eu vou dormir no sofá — anuncia ele. — E eu ronco, mas é assim, e se não lhe agradar, não muda nada.

Cassandra mete-se na cama sem tirar a roupa nem os sapatos. Fecha os olhos e adormece quase instantaneamente. Passados alguns minutos, Kim aproxima-se cuidadosamente e levanta o lençol para cobri-la bem, embora os pés fiquem de fora. E murmura no seu ouvido:

— Talvez eu tenha feito uma besteira, provavelmente deveria deixar que fosse comida pelos ratos, mas agora é tarde, então... Boa noite.

63.

Ela sonha que está num elevador. Chega ao alto da Torre de Montparnasse. É noite. Ela se debruça. No mostrador do seu relógio de pulso, lê: "Probabilidade de morrer em 5 segundos: 66%."

Uma silhueta de costas pode ser vista no terraço. É seu irmão Daniel. Sem se voltar, ele diz:

— Finalmente! Eu a esperava. Como viu, já ultrapassou os 50% de risco de morrer. Não é emocionante? A morte agachada bem perto, zombando de você. Antes, você a ignorava, quando a vida era suportável. Agora, ela foi identificada, e se agarra, como um enorme animal faminto que a segue por toda parte. E às vezes ela se aproxima, hein? Para você, aqui e agora, a morte tem um rosto que é um número: "66%." Agora é preciso ir em frente... Vamos, irmãzinha, é preciso dar um passo à frente para saber. Pule!

Cassandra inclina-se mais, e depois de breve hesitação, mergulha no vazio. Seu rosto é vergastado pelos longos cabelos. A cada andar da imensa torre parisiense, o número aumenta no seu relógio de pulso: 70%, 80%, 90%.

Os andares vão passando em enorme confusão.

Ela atravessa uma nuvem de cães raivosos.

Atravessa uma nuvem de baratas agitadas.

Atravessa uma nuvem de bolos cremosos pegajosos.

Atravessa uma nuvem de mendigos estupradores.

Atravessa uma nuvem de vigias furiosos.

Atravessa uma nuvem de ratos esfaimados.

A cada vez, seu corpo, passando pela prova, faz um "flop" ensurdecedor.

Que ela atravessa uma nuvem de camisetas exibido a mesma frase: "O que não mata, trucida."

Mas quando ela já está a poucos metros do chão, o número no mostrador do seu relógio passa de repente de 90% para 20%. Sua queda é bruscamente amortecida por um enorme caminhão basculante cheio de poliestireno usado para isolamento na construção civil. O imponente veículo, tendo se deparado com um sinal vermelho, está no lugar certo, no momento exato em que a jovem ia bater no chão.

Seu irmão, ao volante, cai na gargalhada.

— O futuro é sempre uma surpresa! — diz ele, sem se voltar. — Ninguém pode prever o que vai acontecer nos segundos seguintes. Como dizia Lao Tsé, "É possível fazer previsões sobre tudo, exceto o futuro." Se entende o que eu quero dizer...

Intacta e meio tonta, Cassandra nem tem tempo de entender o que está acontecendo, e o número no mostrador já subiu de novo: "Probabilidade de morrer em 5 segundos: 98%."

Nesse exato momento, aparece do lado direito um outro caminhão que se choca com o primeiro.

O segundo caminhão contém um líquido inflamável. Tudo vai pelos ares num devastador fogo de artifício. Cassandra teve tempo apenas de aproveitar os 2% que correspondiam a um punhado de longuíssimos segundos para pular do caminhão, rolar na calçada e se proteger, encolhendo-se, enquanto ao longe se ouve uma explosão que faz o chão tremer.

64.

Cassandra cai da cama e rola no chão, surpresa pelo fato de o choque não ter sido mais violento. Sentado numa poltrona diante de seus computadores, Kim se volta e pergunta:

— Finalmente acordou, menina?

Meio dolorida, ela esfrega os olhos e lentamente se levanta. Vê seu nome, Cassandra Katzenberg, no alto da página de busca que aparece na tela do computador.

— Durante a noite, eu pesquisei o seu passado — declara Kim. — Estranho. Antes dos 13 anos, você não existe. Nada sobre escolaridade, nem internação hospitalar, nada de carteira da Previdência Social nem de cartão do metrô. A viagem ao Egito é a sua primeira aparição oficial no mundo.

Quer dizer então que eu não estou louca...

— É como se você não tivesse tido infância. Nenhum amigo que fale de você num blog, nada de fotos na escola, nada de escola. Tenho de reconhecer que o seu passado está mergulhado em mistério.

Não me lembro de nada. Nada antes do atentado. É como se tivessem apagado tudo. Agora que sei que ainda tenho um irmão vivo, espero que pelo menos ele possa dizer quem eu sou. E que possa me explicar o que significa "Experiência 24".

— Eu gosto de enigmas. Mas falaremos disso outra hora — prossegue Kim. — Primeiro temos de resolver os problemas urgentes. E sobretudo não tome banho, não se arrume, rasgue um pouco mais suas roupas de burguesa. Fique de novo despenteada e desarrumada como estava ontem à noite, e siga-me sem fazer barulho.

Ele abre uma porta traseira da choupana e os dois se afastam a passo de gato. Kim contorna com ela a aldeia.

— Eles já se levantaram e estão tomando o café da manhã. Você chegará pelos Champs-Elysées. É o nome da avenida que abrimos nas montanhas de lixo e que desemboca na praça principal de Redenção.

— Por que está fazendo isso? — pergunta ela.

O jovem asiático não responde e dá de ombros, em seguida fazendo o caminho de volta. Minutos depois, Cassandra aparece na extremidade da avenida, com as roupas rasgadas e o corpo coberto de mordidas.

Orlando, Esmeralda e Fetnat imediatamente param de falar. E depois:

— Merda! — faz Fetnat.

— Merda!! — repete Orlando, uma oitava abaixo.

— Merda!!! — exclama Esmeralda, cuspindo seu gole de café.

— Merda — acrescenta Kim, sentindo-se na obrigação de fazer coro.

Os quatro a veem aproximar-se como se estivessem ante a aparição de um fantasma. Avançando pelos Champs-Elysées, Cassandra se sente como César voltando da guerra da Gália. Todos os vitoriosos (mesmo os que trapacearam no último momento, como ela) devem ter sentido essa euforia, por terem sido considerados vencedores e superado os obstáculos.

Fetnat a convida a se sentar num banco de automóvel de couro todo rachado. Como se quisesse dar-lhe boas-vindas, a fogueira lança um punhado de fagulhas.

— Hum, parabéns, guria — lança Orlando, aplaudindo sozinho.

— Essa menina tem colhões — admite Fetnat.

— Você deve ter... enfim, não deve ter sido fácil — espanta-se Orlando.

— Mas que bosta!— profere Esmeralda, cuspindo no chão. — Ah, essas sanguessugas, não me lembro mais como nos livramos delas. Ah, sim! A gente manda uma guimba acesa nas costas e elas pegam fogo? Estou achando que no presente caso seria a solução a tentar.

A mulher de coque ruivo acende um cigarro e joga uma baforada na sua direção.

Cassandra avalia sucessivamente os quatro.

— Eu passei no teste, e então posso ficar aqui definitivamente, não é?

Esmeralda reage:

— Espera aí, não é assim não! Digamos que você passou na primeira prova. Tem direito a uma espécie de visto temporário, o qual, se não houver...

— Para, Duquesa. Não vamos impor aos outros o que impuseram a nós — intervém Fetnat. — Ela passou por uma prova difícil e demonstrou que realmente queria se integrar à nossa comunidade. Agora é uma das nossas. Se entende o que eu quero dizer.

— Nunca. Não quero saber de Chapeuzinho Vermelho! Ela que morra. Vamos inventar uma outra prova para ela. Ela resiste aos ratos? Muito bem, vamos deixá-la num contêiner cheio de serpentes. Se conseguir se safar, encontraremos outras ideias. Não faltam no depósito animais selvagens com garras e presas. Na pior das hipóteses, acabamos com ela na base do ácido sulfúrico.

— Por que você não aceita a guria? — pergunta Orlando.

— Mas vocês não estão vendo que é uma... Não passa de uma... ela é apenas uma espécie de... não passa de uma...

A mulher busca, e finalmente encontra o insulto que lhe parece mais adequado:

— Ela não passa de uma pequeno-burguesa.

E acrescenta, com asco:

— Uma asquerosa burguesa de merda!

Fetnat nem se dá mais ao trabalho de argumentar.

— Ela está ferida, vou cuidar dela — anuncia então, tomando Cassandra pelo braço.

Ele examina cuidadosamente as marcas de dentes, afasta-se em direção à choupana e volta com uma garrafa de rum, derramando-o nos ferimentos. Depois, passa nas feridas mais profundas uma pasta com cheiro de dentifrício e graxa.

— Ah, vocês, homens, são todos uns covardes! Cabelos compridos, um rabo redondo, peitinhos empinados, cílios nervosos, e ninguém mais tem cérebro nenhum! Mas que é que essa Bela Adormecida vai fazer aqui? Não há futuro para ela aqui — insiste Esmeralda. — Ela vai morrer de infelicidade!

Silêncio.

— Talvez, mas foi ela que quis — corta Fetnat, examinando uma ferida que o deixa mais preocupado e resolvendo tratá-la com excremento de pombo amolecido no vinagre.

Orlando sacode a cabeça.

— Já entendi. Se todo mundo concordar, eu fecho a boca — anuncia Esmeralda.

Cassandra se senta e cruza as pernas, como se quisesse ficar na posição mais confortável para uma conversa longa.

— Da última vez, vocês prometeram contar quem são — lembra ela, com voz neutra.

Fixa então os mendigos com seus imensos olhos cinzentos, no modo de sensibilidade máxima. Os quatro viram-se para evitar os dois faróis fulgurantes. E cada um deles cospe no chão, em seguida se coçando.

— E por que haveríamos de contar nossa vida, não lhe devemos nada, menina! — lança Esmeralda, bebendo no gargalo.

Fetnat levanta-se e vai apanhar uma caneca de chá fumegante, entregando-a a Cassandra com uma latinha de chips e Nutella com prazo de validade recém-vencido.

— Bah, a guria tem direito. Vamos, comece, Barão! — propõe ele. — Você foi o primeiro a chegar.

Todos se voltam para o viking barbudo.

65.

Ele é um bebezão brutal que não recebeu amor.

66.

Orlando coça a barba, levanta-se, pesca um charuto numa caixa metálica, acende-o com um tição da fogueira.

— Está bem, guria. Eu fui o primeiro a chegar aqui. Fui trazido... pelos ciganos. Eu nasci na Bélgica. Meus pais moravam numa região considerada "economicamente devastada", perto de Charleroi. Meu pai era capataz numa fábrica de náilon, depois veio a crise e ele ficou sem trabalho.

Ouve-se um grunhido. É a raposa Yin Yang manifestando sua desaprovação ao ouvir a palavra tabu. Os outros não lhe dão a menor atenção.

— Depois, foi a desgraça de sempre. Eles recebiam ajuda do governo. E assim fizeram filhos. Oito. E teriam feito mais se minha mãe não tivesse tido um fibroma. Meu pai ficava em casa, sem fazer nada, com a cara na televisão. Especialmente o futebol e a previsão do tempo. Ficava irritado por estar parado. Com a maior facilidade, brigava por besteiras. E começava a xingar e ameaçar. Brigava o tempo todo, não só com a gente, mas com os vizinhos, os guardas. Ao menor pretexto nos dava uma sova de cinturão. E mesmo sem pretexto. Minha mãe não dizia nada. Era depressiva. Às vezes se internava num centro de repouso e voltava sorridente, com o olhar distante. Meus sete irmãos e irmãs mais velhos logo deixaram a nossa casa para levar a vida longe dos pais, sobrevivendo com empreguinhos de merda, como garçom, distribuidor de prospectos ou arrumadeira. Eu era o oitavo, o menor. E então fiquei sozinho.

Ele expele uma nuvem de fumaça azulada.

— Na verdade, não gosto dos meus pais. E não entendo por que inventaram essa obrigação estúpida: "Amarás os teus pais e eles te amarão." Aí está mais uma vez a sabedoria congelada dos antepassados, e que não funciona mais hoje em dia.

— Ah, isso sim, Barão — confirma Esmeralda —, para variar, não sou eu que estou dizendo.

— Perfeitamente de acordo — reforça Fetnat.

— Nós somos seres humanos, e portanto diferentes, com chances de encontrar pais corretos ou imprestáveis. Se você der azar, não vai dizer que seus pais são formidáveis só porque ocupam essa função. Caiu nas mãos de uns imbecis, foi mal e pronto.

— Isso aí. É a loteria da vida — julga-se Fetnat no dever de acrescentar.

— Então, a gente não é obrigado a fingir que está tudo certo, quando não está — insiste Orlando, aspirando profundamente a fumaça. — A única coisa certa que meus pais fizeram foi me mandar para a escola pública laica e obrigatória, mesmo que fosse para se livrar de mim. Lá, eu me apaixonei pelos estudos. Especialmente a filosofia. Você pode se surpreender, guria, mas eu era bom aluno. Com certeza foi lá que eu aprendi a pensar por mim mesmo.

Depois do mendigo anarquista, temos agora o mendigo filósofo. Decididamente, todos esses barões e marqueses não se assumem como simples fracassados. Inventaram vidas de intelectual para uso próprio.

— Então é por isso que você contesta com tanta má-fé os meus provérbios? Só para me mostrar que sabe pensar por si mesmo, hein, Barão? — acusa Kim.

Orlando ignora o comentário, esboçando uma careta que o faz parecer um palhaço triste.

— Até que, no ano em que eu devia concluir o colegial, meu pai um belo dia fica muito irritado com uma história de escalope de vitela cozido demais, ou cru — não lembro mais. Ele agride minha mãe um pouco além de qualquer medida, eu saio em sua defesa, empurro meu pai pela escada, e, em função da lei da gravidade, ele cai mal. A gente ouve um barulho de madeira seca, ele não se mexe mais, seu crânio não está mais no ângulo certo em relação à coluna vertebral.

O viking mordisca nervosamente seu charuto.

— Para não ter de explicar a algum desconhecido que foi um acidente infeliz, eu preferi sair de circulação.

— Conta outra, Barão — zomba Esmeralda. — Você não tinha outra escolha. Fez a maior merda e quase foi apanhado pelos tiras.

— E no caso de um sujeito procurado como eu — prossegue Orlando —, só havia um lugar para ser aceito sem maiores perguntas: a Legião Estrangeira francesa. Eu mudei de nome, troquei Baudouin Van de Putte (não precisa zombar, é um nome belga que significa literalmente "Do Poço"), e me transformei em Orlando Van de Putte.

Eu não tinha pensado nisso. A gente pode desprogramar o condicionamento do próprio nome. E até do sobrenome. Por uma simples decisão unilateral. Basta dizer "A partir de agora passem a me chamar de outra maneira".

— Orlando é mais classudo que Baudoin — reconhece Fetnat. — Traz a raiz de "Ouro" na língua francesa.

— O que me autoriza a chamá-lo de senhor Barão Van de Putte — ironiza Esmeralda.

— Na legião, arrastei minha carcaça em dezenas de países. Era só treinamento, acampamentos, mosquitos, escaramuças na selva ou nas montanhas, lances heroicos de que ninguém tomava conhecimento, cadáveres, moscas. Comecei no Djibuti, e depois vieram o Chade, Kosovo, as ilhas Comores, o Afeganistão, e ainda a antiga Iugoslávia. Na Bósnia, conheci uma mulher extraordinária. E me caso com ela, dou-lhe uma filha.

— As mulheres da Bósnia são umas gracinhas — reconhece Esmeralda.

— Mas não consigo estar com frequência com minhas duas queridas, pois já estou de novo de partida para missões em Burkina Faso, na Libéria, na Guiné, em Ruanda. E então, em Ruanda, justamente, em plena guerra civil, em meio a massacres, o azar ataca de novo: eu brigo com o meu capitão por causa de uma história de pôquer. Ele achou que eu tinha trapaceado. Eu nunca trapaceio. Sou um homem de princípios.

— E então, com seus famosos princípios, você o empurra escada abaixo? — ironiza Kim.

— Não, tivemos uma briga com facas, com toda lealdade. Ele foi menos rápido e perdeu.

— Como que por acaso — zomba Esmeralda.

— Depois fica difícil explicar aos outros oficiais que foi um duelo perfeitamente leal.

— Na verdade, você sempre tem dificuldade de se explicar — completa Kim. — Tratando-se de um filósofo, é uma pena, Barão.

— Pois eu queria vê-lo, Marquês, argumentando com uns brutamontes que não sabem o que é sutileza!

Orlando fulmina, depois suspira.

— Eu então preferi sumir, mais uma vez. Tinha acomodado minha mulher e minha filha num apartamento em Paris, com nome falso. E foi onde me escondi.

— E aí, terceira repetição? — pergunta Kim, parecendo conhecer já o essencial da história.

— É... Eu briguei com a minha mulher. Ela me faltou com o respeito.

— Escalope de vitela malpassado? Trapaça no pôquer em plena guerra civil? — faz o jovem asiático.

— Sem querer faltar com o respeito, fecha essa matraca, imbecil!

— No fim das contas, você também é meio esquentado. Teve a quem sair — reconhece Fetnat.

Orlando hesita em lhe dar atenção, depois mordisca o charuto e, resignado, geme:

— Não, dessa vez foi por causa da televisão. Não chegávamos a uma conclusão sobre o canal a sintonizar. Eu queria o canal 2, para ver o futebol. Um campeonato da Liga da Europa não era pouca coisa. Ela queria ver um velho filme romântico, *Feitos um para o Outro*. E começamos a brigar pelo controle remoto.

— "Quem está de posse do controle remoto detém o centro do poder", lembra Kim.

— Essa é de quem? De Napoleão? — pergunta Fetnat.

— Não, é minha — anuncia Kim. — Napoleão não tinha controle remoto, hein, Visconde às Avessas!

— Ora, não começa de novo! Eu conheço melhor a história da Europa do que você a história dos reinos africanos! Aqui a gente aprende a história de vocês, mas vocês não aprendem a nossa!

E ele dá uma violenta cusparada no chão.

— Claro que sim, conhecemos perfeitamente o doutor Livingstone e o doutro Schweitzer! — retruca Kim.

— Você vai ver o que lhe diz o doutor Livingstone!

Orlando não se deixa distrair por essa disputa.

— Calem a boca! Eu estou falando! Então... A vadia da minha mulher não largou o controle remoto. Minha filha chorava ao lado. Fiquei muito irritado ao ver que minha própria cara-metade não sabia se comportar diante da nossa filha. E lhe expliquei o que pensava a respeito.

— Você sentou o sarrafo nela? — pergunta Esmeralda.

— Eu a "informei" do meu ponto de vista diferente.

— Você lhe deu uma surra de pica?

— Digamos que a "eduquei".

— É tudo uma questão de nuance — reconhece Fetnat, professoral.

— Ora, ora, é realmente um argumento digno de um calhorda da pior espécie — diz Esmeralda. — Vocês todos são solidários, não é mesmo?

— Como é mesmo o provérbio?... "Quem ama, castiga"? Pessoalmente, para variar, estou mais de acordo com o antiprovérbio: "Quem ama alguém não lhe faz nenhuma violência" — insiste Kim.

— Fecha essa matraca, vê se não me provoca!

Orlando apaga o charuto, pega pelo gargalo uma garrafa de álcool sem a etiqueta, mama em grandes tragadas e a atira longe, quebrando-a.

— Depois, tudo se complicou. Eu assisti à partida, nosso time perdeu, mas no dia seguinte, depois de ruminar a noite inteira, minha mulher procurou o médico para atestar contusões e ferimentos, e depois foi à polícia apresentar queixa. E me denunciou por violência conjugal. Tive então de desaparecer mais uma vez. Os tiras já estavam atrás de mim por causa do meu pai, do capitão e da minha mulher, que enquanto isso, ajudada por um advogado, uma espécie de espião sarnento, tirou-me meus direitos paternos e cívicos. Com isso, eu ficava impedido de visitar minha própria filha!

Orlando Van de Putte sacode a cabeça e se cala.

— O que o Barão não diz é que é alcoólatra e, quando bebe, o doutor Jekyll se transforma em Mister Hyde. Ele não se controla mais — diz Kim, como quem sabe das coisas.

— E que tinha bebido quando quebrou a cara do pai, do capitão e da mulher. E talvez até da filha — acrescenta Esmeralda.

O grande viking dá um salto.

— Não permito que diga uma coisa dessas, Duquesa! Eu jamais seria capaz de tocar num fio de cabelo da minha menina. Isso é sagrado!

A filha é a razão de viver desse homem.

Esmeralda continua a provocá-lo:

— Reconheça que o álcool o deixa terrível, Barão!

Ele bebe no gargalo uma longa tragada de uma nova garrafa, e a quebra também.

— Bom. Tudo bem, reconheço que gosto de molhar a língua. Mas será que é para provocar tanta desgraça assim?

— Para de achar que os outros são imbecis. É você que está errado. Seu pai, o capitão e sua mulher é que são vítimas da sua brutalidade. E olha que eu tenho a impressão de que você nem conta tudo...

A raposa Yin Yang gira em torno deles. Sobe ao alto de uma pilha de detritos, contra a luz, e, sem motivo aparente, começa a ganir.

— Por favor, continue, Barão Orlando — diz Cassandra com sua voz suave.

— Depois, eu fugi de casa. Não tinha para onde ir. Tinha um amigo cigano instalado nesse depósito para trabalhar na reforma de carcaças de automóveis e máquinas de lavar abandonados. Ele e sua tribo me hospedaram, mas dizendo que não podiam ficar comigo para sempre, pois eu não era um deles. Foi quando chegou a Duquesa. Aí está. Aí está. Aí está.

Eu o invejo tanto por ter lembranças de infância, ainda que dolorosas. Embora sua vida seja uma sucessão de fracassos, não deixa de ter uma lógica, parece um filme. Com início, meio e fim. Por isso, por sinal, é que ele me salvou, no primeiro dia. Ele sabia que chegaria o momento em que ele mostraria sua vida e eu lhe diria que, sendo uma jovem da idade da sua filha, posso perfeitamente compreendê-lo.

Orlando cospe no chão. Os outros o imitam.

Kim aproxima-se de Cassandra e lhe murmura no ouvido:

— Cospe no chão...

— O quê?

— Cospe, é uma coisa nossa. Se quiser ser uma das nossas, tem que fazer isso. Não basta ter as mãos sujas e suportar a fedentina, também é preciso cuspir.

Ela tenta, mas não consegue.

— Falta-lhe sumo — diz ele, grande especialista na matéria. — Suas glândulas salivares não estão bem calibradas.

Kim estende-lhe um copo de vinho tinto, convidando-a a beber no canudo, mas ela recusa. Orlando dá um forte tapa nas costas de Esmeralda.

— Sua vez, Duquesa. Conte lá sua vida, minha linda, você não quer outra coisa.

67.

Ela é uma mãe frustrada. Seu instinto materno não se realizou, e ela sofre com isso.

68.

A ruiva do coque imponente hesita, ajeita o busto generoso.

— Ora, ora! Não é porque vovó diz que gosta da natureza que devemos jogá-la nas urtigas.

Ela para, satisfeita com a frase, e afinal cospe.

— Bom, já que é assim... Eu fui, então, a segunda a chegar aqui. O que me trouxe aqui foi... o acaso. Como já lhe disse da última vez, minha história extraordinária começa numa bela manhã de julho, quando fui eleita Miss Mais Belo Bebê do Hospital San Michelangelo. Eu também não sou francesa, eu nasci na Itália, na região da Puglia.

— A França é uma encruzilhada de povos — lembra Fetnat, doutoral.

— Ao contrário de Orlando, eu não era boa na escola. Mas era muito bonita, e depois da minha eleição passei a atrair a atenção de todo mundo, com meu físico avantajado.

— "A função cria o órgão, a ausência de função atrofia o órgão" — anuncia Kim.

— Que significa isso? — pergunta a mulher, desconfiada.

— Bom, quem é inteligente não precisa ser bonito, e quem é bonito não precisa ser inteligente. O simples desenvolvimento de um talento impede a manifestação de outros.

— Não entendi nada. Mas certamente é mais uma tirada de misógino — resmunga ela.

— O que a gente não precisa ouvir!... — exclama Orlando.

— Cala a boca, infeliz. Eu era bonita, mas era piedosa. Queria entrar para uma ordem religiosa, tornar-me freira, permanecer virgem, desposar o Cristo. No convento, a madre superiora disse que eu era bonita demais para ficar enclausurada. Para ela, era "um desperdício" — são suas próprias palavras.

— Estou me divertindo — comenta o legionário.

— Foi ela, inclusive, que me levou a entrar em contato com um sujeito para participar de concursos de beleza de mulheres adultas. Primeiro, foi Miss "Camiseta Molhada". Depois eu fui eleita Miss Beleza da boate do bairro, a Pepper Mint. E depois, Miss Camping da praia e Miss Festa da Vindima. Comecei então a tirar fotos como modelo para as revistas. E entendi que agradava muito aos homens.

— Pfff, conta outra, você posava para anúncios de mortadela. É bom lembrar que na época você não era vesga!

— Cala a boca, insolente! Pelo contrário, um leve estrabismo aumenta o charme. Torna o olhar intenso.

— Passar de recatada irmã a Miss Camiseta Molhada é de fato um grande passo numa carreira — frisa Kim.

A ex-miss o ignora.

— Mas eu queria ir mais longe na minha carreira artística. Queria ser atriz. E comecei a fazer testes para filmagens. A coisa não demorou a deslanchar. Eu comecei uma carreira no cinema...

— ... pornô — completa Orlando.

— ... erótico — retifica Esmeralda. — Não tem nada a ver! Seu ignorante! Além do mais, eu sabia que no início é preciso aceitar papéis com pouca roupa para fazer sucesso na sétima arte.

— As bazófias que não é preciso contar para enganar mocinhas! Tenho certeza de que nem Cassandra cairia nessa.

Esmeralda dá de ombros.

— Muitas grandes atrizes italianas começaram assim. De qualquer maneira, eu nunca tirei a calcinha na frente de uma câmera! Nenhum operador de câmera jamais viu a minha xota, juro. E nas filmagens eu sempre usava no pescoço o meu crucifixo.

— Num peito nu é ainda mais excitante — zomba Orlando.

— Por acaso chegou a ver algum dos meus filmes, senhorita?

Agora ela me chama de "senhorita". Não sou mais "menina", "Branca de Neve", "Cinderela" nem "sanguessuga". Se responder que sim, ela vai me adorar. Mas perguntará qual filme. Essa mulher precisa muito que alguém confirme que ela é importante e digna de ser admirada.

— *Mulher Livre*, de Franco Magnano?

A jovem sacode a cabeça da direita para a esquerda, negando.

— *Sem Nenhum Complexo*, de Tonio Rossi?

— Não, sinto muito.

— *Outono em Ibiza? O Homem do Chapéu Cinzento? Os Amigos da Lua Cheia?*

Decepcionada, Esmeralda faz um gesto desenvolto, para mostrar que essa ignorância não é decisiva para a continuidade do relato.

— Tornei-me então uma atriz importante. Fui inclusive convidada a posar para a capa e o pôster encartado da *Playboy* francesa. Na matéria, o jornalista dizia — vou apenas repetir o que ele disse — que havia Gina Lollobrigida, Sophia Loren, Claudia Cardinale, mas que agora também haveria Esmeralda Piccolini entre as belezas tórridas que iluminam o cinema italiano. Aaahh... uma geração inteira de homens foi dormir à noite fazendo fantasias a meu respeito e murmurando meu nome. "Es-me-ral-da."

— Isso aí, você era o ídolo dos caminhoneiros e dos adolescentes espinhentos. Eles tocavam uma...

— Não estrague tudo com essa sua boca suja!

— A gente já sabe que você é uma estrela! Vamos, continue com sua história, Duquesa — encoraja Fetnat.

— Mas o fato é que você nunca fez um filme em que não tivesse de tirar a roupa — lembra Orlando, com cara de safado.

— Pois está muito enganado! Era o que ia acontecer em *O Destino de Coralie*, um drama psicológico de um dos cineastas da Nouvelle Vague francesa, Jean-Charles de Brétigny.

O rosto de Cassandra revela sua ignorância diante desse nome supostamente famoso.

— Eu tinha de decorar diálogos de mais de quarenta linhas! Três semanas de filmagem. Não mostrava nem um pedacinho da pele do meu ombro, caro Barão. Com esse filme, eu ia subir a escadaria do Festival de Cannes.

Sua voz fica suspensa, enquanto ela imagina esse momento de consagração.

— Mas então houve o "lamentável incidente".

A ex-atriz coça os seios. É o sinal, todos imediatamente se coçam freneticamente.

— Durante as filmagens, Jean-Charles convidou-me para jantar com pessoas que, segundo ele, eram muito importantes para o financiamento do filme. Eram sujeitos de cabelos pintados e gomalinados, com anéis em todos os dedos. No jantar, eu era a única mulher, e logo entendi de que maneira Jean-Charles queria motivar os amigos a financiarem o filme. Eles acabaram completamente bêbados, e um dos sujeitos tentou me beijar. Eu lhe enterrei um garfo na barriga, e depois, no calor dos acontecimentos, também machuquei o primeiro assistente, que tentava me controlar.

— Puxa vida, você também é bem esquentada — constata Kim, ajeitando a mecha azul.

— E pensar que em todas as minhas filmagens eróticas nunca tive nenhum problema, e que foi num filme sério que ocorreu esse lamentável incidente...

— O que ela esqueceu de contar foi que, atraídos pelos gritos, os outros atores chegaram para socorrer os produtores. E a Duquesa derrubou mais dois, sempre com o garfo. Um deles, se não me engano, gravemente.

— Eram figurantes querendo mostrar serviço para conseguir um papel maior. Eu estava agindo em legítima defesa. Vocês não sabem como esses figurantes são audaciosos, são capazes de matar para conseguir um pequeno papel.

— Conta outra, Duquesa! Você podia ter conversado com eles, tenho certeza de que funcionaria — observa Orlando. — Ou então mostrado os seios, eles teriam se acalmado!

Ela o ignora, totalmente entregue às recordações.

— Para variar, a polícia chegou logo. Os estúdios ficavam um pouco mais ao norte daqui, não longe do depósito. Eu fugi, me escondi nesse lugar providencial e encontrei os ciganos. Eles me deram abrigo naquela noite.

A velha me disse que já havia um outro sujeito na mesma situação que eu, e que devíamos fundar uma família. Foi então que me apresentaram um grandalhão barbudo, de longos cabelos louros e sujos, que estava bebendo, largado em cima de sacos.

Orlando coça a barba e confirma.

— No momento em que a vi, foi uma revelação. Pensei: é a mulher...

Ele se cala por um momento, e então conclui a frase:

— ... que vai me torrar o saco durante muito tempo!

Fetnat e Kim sacodem a cabeça em sinal de aprovação.

— Era a primeira vez que ele encontrava uma mulher que não fosse uma puta, imagina só o choque! — esclarece Esmeralda.

— Sim, claro... E por sinal mudou minha vida. E também minha visão das mulheres. Com toda certeza.

Ela dá de ombros.

— Fizemos então uma visita pelo depósito, com Orlando. Éramos como Adão e Eva expulsos do paraíso, a ponto de conhecer um novo mundo.

Eu não os via exatamente assim, como Adão e Eva.

— Isso aí. O paraíso do lixo, se entende o que eu quero dizer — nuança Fetnat.

— E nós encontramos esse cantinho — explica o antigo legionário —, uma bacia natural cercada de colinas de lixo e pneus que servem para camuflá-la. Ele é protegido, a oeste, pelo cemitério de automóveis, que nos separa dos ciganos, e, a leste, pelas grandes montanhas de lixo tecnológico, que nos isola dos albaneses. Ideal.

— E então, como Rômulo e Remo fundando a cidade de Roma, nós delimitamos o perímetro e construímos as primeiras cabanas trogloditas desta aldeia — prossegue a mulher. — E então traçamos os Champs-Elysées mais ao norte.

— Vocês passaram a viver como casal? — pergunta Cassandra.

Esmeralda joga a mecha para trás, num movimento de indignação.

— Com esse porco obeso e alcoólatra? Antes uma boa morte! Quando ele começou a se insinuar para cima de mim, mandei-lhe o joelho nos colhões, para deixar tudo bem claro. E rematei com o calcanhar no mesmo lugar, para enfatizar meu ponto de vista.

— Sim, sim — reconhece Orlando, com uma careta. — A Duquesa não gosta de situações ambíguas.

— Ficamos em cabanas separadas. Digamos que éramos dois sócios numa situação difícil. A união dos nossos talentos pareceu-nos a melhor solução de sobrevivência a longo prazo.

É estranho como eles misturam palavras complicadas e palavras vulgares. Até na linguagem são paradoxais.

— Na verdade, você ama Orlando — diz Fetnat —, mas não tem coragem de confessar. Há muito tempo não faz fuque-fuque, hein, Duquesa?

Esmeralda pega a garrafa de vinho e bebe no gargalo, depois arrota. Então, à maneira de Orlando, joga a garrafa em Fetnat, que se abaixa para não ser atingido. O vidro explode mais adiante, com um cristalino tilintar.

— A gente precisa encontrar os parceiros certos. Quando um cara é bonito, é burro. Quando é inteligente, é feio. E quando é bonito e inteligente, é gay.

Kim Ye Bin anota a frase, achando-a bem sacada.

— E depois, resumindo, não é culpa minha, mas não gosto de sexo. Realmente não é a minha. Ficar mexendo em pedaços de carne que cheiram mal, cheios de pelos ásperos, em orifícios melosos de cheiro ainda pior, e ficar se sacudindo em posições ridículas de envergonhar qualquer animal, só de pensar já me dá vontade de vomitar! Por acaso você me vê metendo a língua entre as mandíbulas de bafo pútrido desse nojento?! Por acaso me vê abrindo as pernas para ele enfiar seu negócio minúsculo, menor que um dedo, na minha fenda sagrada? Não me venha negar, já o vi nu várias vezes, seu sexo é bem pequeno, Barão! Um bundão e um pintinho, é o que você é. Por acaso me vê deixando que esse javali arrotador me esmague, me asfixie para no fim das contas descarregar um líquido viscoso na minha... Ah, não, essa história de sexo: eu tenho minha dignidade, não, muito obrigada!

— Mas quem foi que falou de sexo? Eu estou falando de amor — corrige Fetnat.

— Nesse caso, não gosto de amor. Não esqueça que no início eu queria ser freira. Era minha primeira vocação, meu verdadeiro destino. Apenas eu tive um acidente de percurso. O sexo só me trouxe preocupações e contrariedades.

A ex-miss remexe maquinalmente o grande crucifixo dourado que surge do profundo vale entre seus seios.

— De qualquer maneira, mesmo que eu quisesse fazer bobagens, foi quando apareceu esse grandalhão do Fetnat... Vamos, sua vez de abrir o bico, "terceiro cidadão".

69.

Esse aí é um lerdo que enveredou pelo caminho errado.

70.

O africano muda de posição. Tira os chinelos de couro verde, aproxima os pés do fogo e pega no bolso um longo cachimbo de magnesita representando uma cabeça de pirata. Acende-o e solta algumas baforadas tranquilas.

— Eu cheguei aqui trazido... pelos corvos.

Ele aspira demoradamente a fumaça, concentrado em seu relato.

— Eu nasci num povoado encantador em plena savana do Senegal, mas isso não tem a menor importância, não estou nem aí para o país. O principal é a minha tribo e as minhas convicções. Eu sou um wolof. Nós, os wolof, somos 90% muçulmanos, 10% cristãos e 100% animistas, se entende o que eu quero dizer.

— Bela dosagem — frisa Kim.

— Meu nome completo é Fetnat Wade.

— Conta de onde vem o seu nome, é o mais divertido — pede Orlando.

O negro alto dá de ombros, acostumado que já está, e consente em explicar:

— Humm... Fetnat é uma abreviação de Feriado Nacional em francês — o 14 de Julho, ora essa. Meus pais eram muito francófilos, e decidiram escolher um prenome francês no almanaque dos Correios e Telégrafos. Viram a abreviação Fet Nat, e acharam que era um nome próprio. Hoje em dia já me acostumei, e acho bonito.

— Já que é assim, por que não Terça-Feira Gorda ou Ascensão?

Fetnat dá de ombros.

— De fato é bonito — reconhece Cassandra, que se sente cada vez mais uma especialista em prenomes.

— Realmente? Você acha? Também havia na minha aldeia meninas que se chamavam Armistício 18 e Vitória 45. Eu achava o máximo ter um número no próprio nome. Não nego que... enfim... minha aldeia era famosa como berço dos melhores feiticeiros do país.

Ele bafora fumaça azulada e Cassandra tem a impressão de que esculpiu no ar uma figura representando sua aldeia, cercada de baobás.

— Não quer recordar o que é um feiticeiro? — propõe Orlando.

— Ora, é um curandeiro. Como é mesmo que vocês dizem? Ah, sim, um farmacêutico-herborista-psicanalista, creio eu.

Kim começa a bufar.

— Um pouco de respeito, eu não faço troça dos seus costumes, não venha rir dos meus!

— Não estou fazendo troça, Visconde, mas farmacêutico-herborista-psicanalista não deixa de ser bem ambicioso, como profissão.

Fetnat prossegue, imperturbável, ao mesmo tempo que mama o longo cachimbo.

— Eu fui iniciado pelo grande mestre Dembelé em pessoa.

Ele espera pela impressão causada com a revelação do nome ilustre, mas, como ninguém reage, continua, tão decepcionado quanto Esmeralda ante a total ignorância a respeito dos seus filmes.

— Foi mestre Dembelé em pessoa que me iniciou na arte da feitiçaria sagrada wolof. Ensinou-me a lançar a sorte e a retirá-la, a colher ervas sagradas, falar com os mortos, consertar Peugeots 504 a diesel, confeccionar amuletos, negociar com os demônios, falar francês, confeccionar filtros e elixires e também a utilizar "Exploweuwe".

— Você quis dizer "Explorer", o programa de informática Windows para navegar na Internet? — pergunta Kim.

— Em wolof, não se pronuncia o r, e se acrescenta um e para ficar mais cantado — corta o africano, lançando um olhar de ira para o jovem impertinente. — Em suma, eu era um aprendiz de feiticeiro de primeira ordem. Muito talentoso para as misturas. E já era famoso a quilômetros de distância. Cuidava de todo mundo sem problema, verrugas, corta-fogo, perda de afeto. Eram as minhas especialidades, se entendem o que eu quero dizer.

— O que é um corta-fogo? — interfere Cassandra.

— Quando a pessoa se queima, o feiticeiro faz uma oração para ela, e imediatamente a queimadura desaparece — explica Esmeralda.

— Exatamente, a magia dos wolof não é a dos toucouleur nem a dos sérère — esclarece Fetnat.

— Quem são?

O africano brande seu cachimbo com uma careta.

— São tribos vizinhas. Mas com feiticeiros, pfff, muito abaixo dos nossos. Com os wolof, a coisa funciona. Nossa magia é a mais forte do mundo. E eu era o melhor aluno de mestre Dembelé. Então, um dia, Diouf, o chefe da aldeia, me chamou para dizer que mestre Dembelé considerava que eu estava pronto. Disse-me ele: "O mundo precisa ser esclarecido pela ciência dos wolof, e é preciso que todos os países saibam que aqui nós temos a única medicina que realmente salva de tudo. Por isso é que vamos usar nosso tesouro de guerra para mandá-lo para Paris. E como Paris tem influência cultural em toda parte, o mundo inteiro ficará sabendo que a magia dos wolof é a mais poderosa."

— Parece lógico — concorda Kim.

— Eles pagaram um barqueiro, uma passagem de barco e de trem e até um pequeno conjugado em Paris.

— E aí você começou a "esclarecer" o mundo? — questiona Orlando, com toda seriedade.

O africano tira do bolso um cartão de visita mostrando um estetoscópio e uma seringa entrelaçados. Abaixo, em letras rebuscadas: "Doutor Fetnat, diplomado em medicina tradicional africana." E em letras menores: "Trazer de volta a mulher que o abandonou, recuperar a virilidade, filtros de amor que demonstraram várias vezes que funcionavam. O Doutor Fetnat cura furúnculos, câncer, Aids, hepatite B, herpes, enxaqueca, insônia. Vingue-se do patrão que o demitiu, impeça seus colegas de roubar o seu cargo, recupere os cabelos. O Doutor Fetnat trata de odores fétidos emitidos pelos pés e as axilas. Venda de canetas mágicas que não cometem erros de ortografia para exames em Paris. Aceita cartões de crédito; cheques só com apresentação da carteira de identidade." E mais abaixo, em letras grandes: "Se não houver resultado, você será reembolsado."

Cassandra balança a cabeça, impressionada.

Fetnat recupera o precioso cartão, última lembrança da sua fase de esplendor.

— No início tudo corria bem, minha carreira avançava em crescimento exponencial. Devo lembrar que eu morava em Barbès, onde a clientela era numerosa. O único inconveniente era a concorrência. Havia outros feiticeiros: malinkés, tendiks e até bassaris. Eu não sou racista, mas essa gente não é muito séria do ponto de vista deontológico.

Quando quer, ele até que tem um belo vocabulário. Deve ter aprendido bem o francês.

— É a vantagem de Redenção, aqui não somos obrigados a ser politicamente corretos — corta Esmeralda. — Você tem direito de ser racista, Fetnat, aqui ninguém vai reclamar. Continue.

— Bem, nesse caso eu assumo. Também não gosto dos brancos. Acho que a pele branca lembra a cor dos cadáveres. Além do mais, o cheiro de vocês é terrível!

— Fede?

— Não, pior ainda: não tem cheiro nenhum! Vocês parecem robôs, pálidos, lisos, sem cheiro, sem sabor. São uns sem-graça!

— Lamento não ter nascido negro — suspira Orlando.

— Mas os que eu mais detesto, muito mais que os brancos, são os peuls.

O africano faz uma careta à simples menção do nome.

— Nem precisa se dar ao trabalho — corta Orlando. — Sem querer irritá-lo, para nós, todos vocês são negros. Ninguém percebe as nuances entre todas essas tribos.

— Os peuls! Ora, por favor, nunca confunda um wolof com um peul. Para começar, fisicamente, não temos a menor semelhança, e além do mais...

— Quem "peule" mais também "peule" menos? — caçoa Kim.

O feiticeiro africano prossegue, ignorando a provocação:

— Vou então cuidando da minha clínica, quer dizer, do meu conjugado transformado em centro médico, deixando para lá a concorrência dos supostos colegas (vigaristas de carteirinha que nada conhecem da autêntica magia, mas não vou me deter nessa questão), e tudo caminha bem. Até que um dia me dou conta de que a minha medicina não funciona mais, embora não entenda por quê. Talvez porque eu não estivesse mais usando ingredientes frescos. Eu usava, por exemplo, ervas congeladas. Ou pó de osso retirado de diferentes animais.

— É fato que dificilmente se pode encontrar em Barbès uma gazela ou um elefante selvagem — reconhece Orlando.

— Você não podia estar mais certo. Até para encontrar uma serpente, um sapo ou uma aranha em Paris é como se fosse o fim do mundo.

— Realmente, as receitas da sua família não devem ser mudadas, cada ingrediente é importante — insiste Esmeralda. — Seria como se eu quisesse fazer molho de tomate para espaguete com os ingredientes daqui, vejam só!

— Além disso, começou também a concorrência desleal do Viagra. Nós, feiticeiros de talento, prometíamos devolver aos homens sua força viril. Era simplesmente 80% da demanda. Acontece que os cientistas brancos resolveram o problema com um remédio à venda nas... farmácias! Ah, o mal que o Viagra fez aos feiticeiros profissionais, quem tem coragem de falar disso? Deveríamos ter feito uma manifestação de protesto contra a "concorrência desleal".

Fetnat expele nervoso algumas baforadas.

— Sobrou para mim trazer de volta o ser amado, com um pó a ser ingerido num copo d'água, em jejum. Se a moça o deixou para ir com outro, voltará, graças ao meu pó. Efeito garantido, ou dinheiro de volta. Até que um cliente teve uma crise de alergia, pois na composição secreta da minha mistura havia camarão seco. Só para dar um gostinho. O cliente teve um edema de Quincke e nenhuma sorte, pois estava sozinho em casa, e entrou em agonia sem que ninguém pudesse socorrê-lo. O corpo foi encontrado pela arrumadeira na manhã seguinte.

— É o seu pequeno "incidente lamentável"? — range Kim.

— A polícia investigou e a mãe disse que ele havia me procurado e tomado o meu elixir. Ainda havia uma garrafa em sua casa. Eles analisaram o líquido e descobriram que, além do camarão seco, eu também pusera detergente e urina.

— Verdade? — pergunta Esmeralda, interessada. — E funciona?

— Esses ingredientes realmente fazem parte da composição secreta da minha fórmula para "trazer de volta o ser amado". Vocês não entendem.

A polícia veio me prender. Como eu não tinha documentos em dia, vendo-os subir, preferi fugir pela escada de emergência. Depois é que eu enfrentaria algumas decepções. Eu queria me esconder com meus colegas feiticeiros. Achava que existiria uma solidariedade entre pessoas do mesmo continente, mas que nada, os vigaristas dos outros feiticeiros estavam perfeitamente satisfeitos por se livrarem de um concorrente. Ah, os peuls, são os mais racistas, por isso é que não gosto deles.

— Resumindo, racista é alguém que não queira saber de você? — sugere Kim.

Fetnat coça entre os dedos do pé com o cano do cachimbo.

— Tive então de fugir novamente. Que solidariedade africana que nada! Meus irmãos de cor me deixaram na mão, quando não me denunciavam aos tiras! Obrigado, primos! Nesse momento, mestre Dembelé disse-me: "Nada espere dos homens, só a natureza é sua amiga."

— Ah, o mal que os provérbios causam! — declara Orlando, cuspindo violentamente.

Fetnat pega uma lata de cerveja.

— Eu ouvi a natureza. Meu animal favorito é o corvo, pois existem corvos em todo o mundo. Eu segui os corvos, e eles estavam vindo para cá. Descobri este lugar como se fosse uma selva em plena civilização. Aqui havia animais selvagens. Aqui era possível colher plantas de verdade, que brotam naturalmente, e não coisas químicas manipuladas.

— Natureza? Tojos e amoreiras? Você só pode estar brincando! — exclama Esmeralda.

— Talvez, mas essas plantas têm suas virtudes medicinais especiais, que ainda hoje eu estudo. Não são ervas congeladas, mas autênticas plantas selvagens. Há serpentes, aranhas, vermes, caramujos, sapos. Puxa, eu realmente adoro este lugar, não quero mais sair daqui. De qualquer maneira, continuo sem documentos. Se for apanhado pela polícia, serei imediatamente mandado de volta ao meu país, e lá terei de prestar contas pelo dinheiro que os meus compatriotas juntaram para financiar minha viagem à metrópole. Eu quero voltar, mas rico, para retribuir aos que acreditaram em mim, se entendem o que eu quero dizer.

Fetnat dá então uma cusparada no chão.

— Aí está, falei. Sua vez, Kim.

71.

Esse aí não passa de um babaquinha pretensioso que brinca com computadores.

72.

O jovem asiático de jeans e casaco de couro furado levanta-se e saúda a plateia com um gesto amplo. Suas covinhas afundam, e ele se parece ainda mais com Jacky Chan.

Ele afasta a mecha azul que lhe cai sobre a testa.

— Bem, eu fui o quarto a chegar. Fui trazido aqui pelos... albaneses. Meu nome é Kim Ye Bin. Na verdade, Kim é meu nome de família, e Ye Bin, meu prenome, mas, como ninguém consegue se lembrar disso, acabei fazendo como se meu prenome fosse Kim. Eu nasci em Pyongyang, a pior ideia de um lugar onde nascer. Ser pobre em qualquer lugar do mundo já é duro, mas ser pobre na República Popular Democrática na Coreia do Norte é um erro. Esse país não é uma república nem uma democracia, nem muito menos um governo popular. O país é controlado por um ditador louco, Kim Jong Il, herdeiro de uma dinastia de presidentes comunistas. Ele faz um esforço enorme para construir mísseis nucleares, salas de tortura e monumentos gigantescos a sua própria glória. O país vive na mentira e no terror, sem oposição e com a obrigação de venerar o "raio de sol vivo que ilumina o mundo", ou seja, um baixote cruel montado em saltos altos e cheio de implantes capilares, que se proclamou "origem de toda sabedoria". Mas o pior é a maneira como ele trata sua própria população. Ele transformou todo o norte do país num gigantesco campo de trabalhos forçados, onde deliberadamente faz com que milhões de pessoas passem fome, simplesmente para mantê-las sob controle. A economia segue sem rumo. Contam-se às centenas de milhares os que morrem de fome, e ninguém está nem aí. Kim Jong Il declarou-se presidente perpétuo, mas só apareceu na Terra para fazer mal e causar sofrimento. E apoia todos os outros ditadores do mundo, seja no Irã, em Cuba, no Sudão. Todos os crápulas totalitários ensandecidos são seus amiguinhos.

"Meu pai era professor de francês. Falava da França como se fosse a Terra Prometida, um país livre e cultivado onde a liberdade de pensamento era estimulada. Um dia, não aguentou mais. Construiu uma embarcação improvisada e nós fugimos com minha mãe, partindo de uma enseada sem vigilância, não longe do porto de Nampo, na região sudoeste. Vagamos sem rumo durante muito tempo pelo mar Amarelo, no golfo da Coreia. Fomos atacados por piratas chineses que percorrem a região para cobrar resgate por náufragos. Eu tinha 8 anos. Minha mãe me escondeu debaixo de uma coberta. Os piratas mataram meus pais, nosso barco improvisado continuou vagando e acabou sendo localizado por um grupo de socorro a refugiados, apoiado por uma associação de médicos voluntários. Era a Médicos Sem Fronteiras. Franceses. Era como se o acaso, depois de fazer as coisas muito malfeitas, me desse uma piscadela. 'Você gosta da França? Pois bem, agora estão em contato.'

"O pessoal dessa associação me levou para Paris e eu recebi o que vocês costumam chamar de 'educação republicana leiga e obrigatória'. Assim como o Barão e o Visconde, eu também adorei a escola."

— Por isso é que esse babaquinha está sempre soltando seus provérbios imbecis, para ostentar cultura — lembra Orlando.

— Eu só queria uma coisa, integrar-me e me tornar um bom francês, para esquecer as trágicas circunstâncias que me tinham trazido para cá. Eu era um bom aluno. Muito bom aluno. Depois estudei informática e me tornei um ás da programação e concepção de máquinas. Mas nunca cuidei seriamente dos meus documentos oficiais, por indolência ou porque a situação me parecesse mais que clara. Para mim, a melhor maneira de me tornar francês era ser excelente em termos profissionais, e com isso enriquecer pelo meu trabalho o país que me recebera.

A raposa imediatamente reage, guinchando com ar indignado.

Parece até que Yin Yang só vem aqui para ficar esperando a palavra que lhe causará essa reação.

— Que imbecil! Ele realmente não entendeu nada — fulmina Esmeralda. — Como se as pessoas fossem recompensadas pelo mérito! A gente consegue a nacionalidade demonstrando capacidade de levantar cedo para fazer fila durante horas na porta de um centro administrativo municipal, enchendo papeladas incompreensíveis e discutindo com funcionários que são pagos para criar problemas.

O jovem coreano perdeu a calma, parecendo realmente irritado.

— Detesto ter de provar o que é evidente.

— Resumindo, você é tão orgulhoso que nem fez o necessário no departamento de imigração — esclarece Fetnat.

— É mesmo um babaca! — repete Orlando.

— Bem, o fato é que antes mesmo de concluir meus estudos eu fui considerado um geniozinho dos computadores.

Como meu irmão.

— ... e fui contratado por um grande banco para cuidar de toda a parte de transações eletrônicas com o exterior. Eu programava a circulação de valores altíssimos entre bancos de todos os países do mundo, com a maior segurança. Até que um dia...

Orlando dá-lhe um tapa nas costas.

— A repetição? O "lamentável pequeno incidente"?

Kim afunda a cabeça nos ombros.

— Eu invadi o sistema do Banco Central da China. A China é o único grande país que apoia a Coreia do Norte. Por causa deles é que esse ditador de opereta permanece no poder. Era a minha pequena vingança. Eu nem aproveitei o dinheiro no qual botei a mão, simplesmente o transferi para a conta da Médicos Sem Fronteiras.

— E funcionou? — pergunta Esmeralda, curiosa.

— Claro. Eu comecei então a assumir riscos cada vez maiores, até o momento em que me dei conta de que tinha no meu encalço a Tríade, a máfia chinesa. Não podia nem pedir ajuda à polícia, pois estava em situação irregular, e eles teriam me mandado de volta para o meu país. Lá, eu teria sido mandado para um centro de reeducação ou executado como traidor, no momento em que descesse do avião.

Kim abre a jaqueta de couro, rev !ando a frase da sua camiseta do dia: "A ditadura é: cala a boca. A democracia é: converse sempre."

— Eu entrei em pânico. Comecei a vagar pela cidade, fugindo de policiais e de qualquer sujeito de olhos puxados que pudesse trabalhar para a Tríade. Aos poucos fui me tornando um sem-teto.

— Você foi realmente um babaca — reconhece Orlando.

— Obrigado pelo cumprimento, Barão, mas deixe-me continuar. Em seguida, eu conheci albaneses que, aproveitando-se da minha pouca idade, me convidaram a trabalhar para eles como traficante de drogas na entrada dos colégios. Eu preferi oferecer-lhes meus serviços na área da informática, e de certa maneira informatizei para eles a gestão dos estoques. Quando eles marcaram encontro comigo aqui e eu descobri este lugar, imediatamente me dei conta de que era uma ilha deserta desconhecida no meio do país. Um santuário selvagem. Um oásis de paz onde a Tríade nunca me acharia.

Ele cospe no solo abençoado.

— Eu fui conhecer a parte do depósito que fica para lá do acampamento dos albaneses. Entendi que era a minha terra prometida. O meu santuário. Eu queria montar um esconderijo para juntar minhas coisas, e encontrei esses três aí.

— De certa forma nós éramos os autóctones — solta Orlando, com voz sentenciosa.

— No início, achei que eram três tarados meio débeis mentais.

— Obrigada pelo cumprimento — indigna-se Esmeralda.

— E então começamos a conversar. E chegamos à conclusão de que tínhamos talentos complementares. Eu deixei de lado os albaneses e vim morar em Redenção.

Esmeralda aprova.

— O Marquês é um sujeito legal. Realmente tinha um lugar entre nós. Instalou para nós o telefone, a televisão, o rádio, o computador — reconhece ela.

— E até o captor de vento, os painéis solares, para não falar das câmeras de vigilância. Graças ao seu talento no terreno da eletrônica é que desfrutamos do conforto moderno em plena montanha de lixo.

— Já é uma desgraça ser pobre, mas se ainda por cima tivéssemos de nos privar da televisão, seria o fim do mundo — acrescenta Fetnat. — Especialmente eu, pois há certas séries que eu adoro. Sobretudo *Lost*. Por causa da selva.

— Eu prefiro *Prison Break* — interfere Orlando. — Por causa do ritmo.

— E eu, *Desperate Housewives* — diz Esmeralda. — Aquelas mulheres parecem comigo, cada uma à sua maneira.

— Já no meu caso, é *Numbers* — completa Kim.

Ele afasta a mecha azul com um sopro.

— O coração informático de Redenção está no meu quarto. É um grande computador ligado a baterias, por sua vez alimentadas pelos painéis solares e o gerador a vento.

— Graças ao Marquês, também vemos filmes em tela grande aos sábados — reconhece Fetnat.

— Além do mais, eu sou o único aqui que não é supersticioso, nem feiticeiro, nem irracional. Na verdade, sou a única mente cartesiana, o único cientista. De modo que não me venha com suas visões mágicas, menina, que eu não acredito.

— E também graças ao Marquês nós temos algum dinheiro líquido — admite Esmeralda. — Ele resgata o ouro dos computadores jogados fora e o vende aos ciganos, o que nos permite comprar bilhetes da Loto com o dinheiro apurado.

— E eu sou um anarquista do cacete, e orgulhoso disso, quero mudar o mundo! — proclama o coreano, furando o ar com o punho.

Para consolidar sua declaração, ele escarra ruidosamente no chão.

O vento sopra, levando pelo ar os sacos de lixo, como se fossem flores evanescentes. Esmeralda sorri.

— Pronto, agora você sabe tudo, Cinderela. Fomos rejeitados pela sociedade, somos todos procurados pela polícia, e por isso é que não podemos sair daqui. Somos uma comunidade de banidos.

Todos eles cospem mais uma vez, sucessivamente. Cassandra tenta imitá-los, mas, por mais que puxe pela garganta várias vezes, não consegue. A raposa os observa em silêncio, encarapitada numa das montanhas de lixo.

Orlando levanta-se e proclama com voz forte:

— Um dia, você verá, faremos uma aliança com as outras cidades que vivem em cima do lixo. São muitas espalhadas pelo mundo. Em Madagascar, no Cairo, na Cidade do México, no Rio de Janeiro, em Bombaim...

— A maior cidade em cima do lixo fica em Tumaco, no sul da Colômbia — completa Kim. — Uma cidade inteira construída à beira-mar, por trás de um dique de imundície. Eu vi na Internet.

— Párias do mundo inteiro, os verdadeiros, vamos nos unir e transformar nossos montes de lixo em nações! — vocifera o viking.

Kim ergue o punho.

— Anarquia! Anarquia!

Ele lança mão de uma garrafa de uísque Glennlivet e a ostenta.

— De pé, condenados da terra! De pé, forçados do... não, eu estava brincando. É a *Internacional*, e eu detesto os comunistas. Eles fizeram muito mal aos anarquistas. Em 1917, o Exército Vermelho preferia matar os anarquistas que os russos brancos. Ninguém gosta dos anarquistas. Muito menos os ditadores.

— E você, guria, foi a quinta a chegar... Pois então conte também!

Cassandra os encara um a um.

— Mas eu já lhes disse tudo. Fui trazida até vocês por cães selvagens. Fora isso, esqueci tudo que diz respeito à minha vida antes do atentado que matou meus pais.

— Está brincando, menina — diz Fetnat.

A jovem volta a encará-los, de cara feia.

— Agora que sou uma de vocês, queria pedir que não me chamassem mais de menina, guria, Chapeuzinho Vermelho, Cinderela e não sei mais o quê. E também quero um título de nobreza.

— Viscondessa? Baronesa? Duquesa? Não, todos esses títulos já estão sendo usados — observa Fetnat.

Cassandra pensa um pouco, e então solta:

— Podem me chamar de... Princesa.

73.

Pronto.

Finalmente.

Eles me contaram seu passado porque se consideram iguais a mim. Consegui até certo ponto superar o fosso que nos separa.

Não sou mais uma estranha. Estou suja, tenho um título de nobreza, daqui a pouco começarei a arrotar e peidar como eles, simples questão de educação.

Tornei-me uma cidadã de Redenção.

Estou no humo fecundo onde podem brotar todas as flores.

Sobre essa base, poderei começar a construir minha nova vida, remexendo incógnita nos escombros do meu passado.

Intuitivamente, sinto que graças a eles descobrirei quem eram meus pais. Quem é meu irmão.

E em que consiste a "Experiência 24" que foi posta em prática em mim.

74.

Nessa manhã, a pequena aldeia do depósito municipal é sacudida por inusitada agitação.

Balançando a cabeça, a raposa Yin Yang observa de longe os seres humanos às correrias. A jovem de grandes olhos cinzentos vestiu um macacão de pedreiro, enormes luvas de borracha e botas protetoras, grandes demais para ela. E prendeu seus longos cabelos num coque. De pé no centro da aldeia, ela estuda o cenário, e começa pela escolha da localização de sua futura cabana. Seleciona uma área favorável, entre a choupana de Orlando e a de Kim.

Entre meu primeiro e meu segundo salvador.

Orlando sugere um posicionamento voltado para sul-sudeste, para que ela seja despertada pelos primeiros raios de sol e tenha uma janela e uma porta dando para a praça central da aldeia, logo, para a fogueira.

Ela aprova, assentindo com a cabeça. Depois, valendo-se de um cordão e seguindo os conselhos de Fetnat, define as dimensões do quadrado onde assentará o seu piso.

O africano revela-se um excelente "arquiteto de choupana de depósito". Indica-lhe zonas de solo por demais movediço e sugere que acrescente alguns metros, para ter uma varanda coberta diante da futura fachada.

Valendo-se de uma carreta quebrada e de ganchos, Orlando e Kim plantam verticalmente quatro longos carros americanos, Cadillac, Chevrolet, Mustang e Lincoln, modelos da década de 1960, que se transformam em pilares de sustentação da choupana. Em seguida, transformam em teto uma grande chapa ondulada de ferro corrugado. Resta apenas erguer as paredes propriamente ditas. Elas são formadas por máquinas de lavar, transportadas em carrinhos de mão e empilhadas como cubos de um jogo de construção.

Por volta de 13 horas, eles fazem uma pausa para o almoço em torno de um prato belga especialmente preparado por Orlando Van de Putte: o waterzooï.

— Normalmente, o *waterzooï* (pronunciem *vaterzuilhi*, se não quiserem ser confundidos com turistas) é feito com frango, mas aqui estou usando minha receita pessoal, com ratos. É ainda melhor. Percebo pelo seu olhar que está intrigada, gu... quer dizer, Princesa. Não se preocupe, não tenho nada a esconder. Para cinco pessoas, precisamos de seis grandes ratos, de preferência bem gordos. Eles são cozidos numa panela d'água, e aproveitamos a preparação para tirar a pele e cortar a cabeça e as patas. Mas sem jogá-las fora, pois serão aproveitadas num purê com pimenta, como molho adicional. Mas voltemos à panela. Adicionamos um pouco de creme fresco, banha, cerveja, batatas, cenouras, alho-poró, aipo, salsa, louro, uma gema de ovo, um pouco de sal e pimenta-branca. Há quem acrescente cravo, mas pessoalmente não gosto muito, estraga o gosto da carne. Deixar cozinhar por 45 minutos em fogo alto e servir quente.

Cassandra recusa polidamente o prato fumegante servido numa gamela, alimentando-se com chips e Nutella.

A tarde é dedicada a impermeabilizar as paredes, cobrindo as máquinas de lavar empilhadas com lonas. Na fachada, eles abrem um orifício retangular que servirá de janela e o preenchem com uma vidraça de plástico quase transparente. Pedaços de pano vermelho, cortados e costurados por Esmeralda, servem de cortina.

Para a entrada, Fetnat recupera uma porta de refrigerador gigante.

— Assim você poderá aplicar ímãs decorativos na porta — esclarece o senegalês.

— Tenho a impressão de que Cinderela, quer dizer, a Princesa terá a mais bela cabana do país — resmunga Esmeralda. — Talvez fosse o caso de melhorar também a minha.

— Não comece com ciúmes da menina, Duquesa, você sabe muito bem que sua choupana é a mais bela.

Os três mestres de obra passam à etapa seguinte. Tratam de proteger a cabana derramando sobre ela montes de lixo, que servem de isolamento térmico e camuflagem.

Cassandra entra na casa vazia e senta-se bem no meio para pensar na decoração interior. Os outros vão ao seu encontro para inspecionar a peça e sugerir eventuais melhorias. Mas de repente o relógio de pulso de Cassandra mostra: "Probabilidade de morrer em 5 segundos: 73%."

— Vamos sair daqui, depressa! — grita ela.

Mal saíram, e o teto vem abaixo com todo o lixo que estava por cima, sepultando o interior da peça numa torrente multicolorida.

Fetnat olha para ela de um jeito estranho.

— Como é que você sabia?

— Minha intuição feminina — responde Cassandra.

O africano continua a olhar com desconfiança. A jovem, por sua vez, tenta descobrir como é que Probabilis foi informada, e acaba vendo uma pequena câmera de vídeo num mastro.

— O que é isso?

— Uma câmera de vigilância. Kim as instalou por toda parte, para vigiar as imediações da aldeia. É o seu lado paranoia informática — responde Orlando.

De alguma maneira essas câmeras de vigilância devem estar ligadas à Internet, pois Probabilis é capaz de ver o que acontece aqui.

Em seguida, começam todos juntos a retirar a imundície. Reforçam então a sustentação do teto com traves de aço encaixadas nos automóveis que servem de colunas.

— Até os construtores de catedrais às vezes esqueciam de reforçar a sustentação da abóbada — lembra Kim. — Os arcobotantes que sustentam o teto costumam ser motivo de admiração, mas para cada um deles que se sustenta, quantos não terão desmoronado sobre a multidão de paroquianos presentes à inauguração do prédio? Esses ficaram esquecidos.

— Calma aí, estamos aqui improvisando, ninguém é arquiteto. Fazemos o possível — diz Orlando, reforçando um canto do teto com fita adesiva.

Para pontuar sua declaração, solta um peido.

— Ei, seu porco, não vai peidar na casa da moça!

— É bom para espantar os mosquitos. Além disso, se ela é uma das nossas, terá de começar a viver como a gente. Terá de aprender a 1) cuspir, 2) arrotar, 3) peidar, 4) enfiar o dedo no nariz e 5) encher a cara.

— Isso aí! "Quem quiser viver com os romanos terá de viver como os romanos."

— Você me deixa maluco com esses seus provérbios. Mas esse aí, para variar, é mais verdadeiro que o contrário.

Orlando volta-se para a jovem.

— Sabe, Princesa, muito tempo atrás, no Canadá, os primeiros caçadores de peles franceses que tentaram viver na floresta foram mortos. Os únicos que sobreviveram foram os mais encardidos, pois seu fedor botava os mosquitos e as moscas em fuga. E eram justamente esses insetos que transmitiam as febres mortais.

Faz sentido.

— Era uma forma de seleção natural. Os limpos morriam, os sujos sobreviviam. A natureza não tem a mesma moral que os burgueses — confirma Fetnat.

Kim Ye Bin vira-se para a jovem.

— Quer saber do melhor? A gente percebeu que as pessoas que se lavavam demais, tomando várias duchas por dia, por exemplo, pegavam mais doenças que as outras, provavelmente porque não deixavam que a pele gerasse suas próprias defesas. O mesmo no caso dos bebês: os que às vezes têm chupetas sujas desenvolvem seu sistema imunológico. Os que usam chupetas esterilizadas contraem todo tipo de doenças quando entram para uma creche. Foram fragilizados pelo excesso de higiene. Pode crer, se não quiser ficar doente, nunca lave as mãos.

Ele parece encantado com a ideia

— Onde é que você vai buscar essas bobagens? — pergunta Esmeralda.

— Eu leio a Internet.

— E a Internet pode ser "lida"?

— A gente vai beliscando aqui e ali. Basta encontrar rotas de percurso. Eu gosto de ler informações que não interessam a ninguém. Faço isso há muito tempo. A gente tem uma perspectiva diferente sobre muitas coisas quando se interessa pelos detalhes. E falando de detalhes, justamente, como é que vamos cuidar da decoração da Princesa?

Estando as paredes e o teto solidificados e impermeabilizados, Kim convida a jovem a acompanhá-lo na escolha do seu mobiliário.

Eles deixam a aldeia e se dirigem para sudoeste do DML. Kim a conduz até o alto de uma montanha de sapatos femininos. No início, ela derrapa no monte de sandálias, mocassins e saltos agulha, mas acaba encontrando uma técnica para escalar o amontoado móvel. Lá no alto, Kim a ajuda a se estabilizar, embora ela afunde um pouco no meio dos escarpins.

— A história já lhe foi contada, e agora aí está a geografia do depósito — anuncia ele.

Cassandra contempla o panorama de 360° que se apresenta diante dela. O DML tem a forma de um retângulo perfeito, delimitado por sebes de árvores altas e frondosas.

Pelo menos eles encontraram um meio prático de esconder a miséria e seu cheiro.

Ele lhe entrega uma luneta que parece ser do século passado, apontando com o dedo as diferentes direções.

— A oeste, temos o acampamento dos ciganos. Eles são muito legais. Vendem ferro-velho e fazem consertos. Têm uma entrada própria, mas não a aconselho a passar por lá, não pelo menos enquanto não tiverem sido feitas as apresentações formais. Eles são muito formalistas, do tipo irritadiço.

Cassandra aponta a luneta e enxerga, por trás das pilhas de carcaças de automóveis, a fumaça de fogueiras e um círculo de trailers no qual se destacam antenas de televisão.

— São eles que nos fornecem a conexão de Internet banda larga e a eletricidade, quando falta. E também nos dão euros em troca do ouro dos computadores. De modo que dependemos dos ciganos para ficar ligados ao mundo exterior.

Kim aponta então o ponto cardeal oposto.

— A leste, os albaneses. No início, havia romenos, depois húngaros, e depois sérvios, mas todos eles foram expulsos pelos albaneses, que são de longe os mais violentos. É como entre os dinossauros, os mais ferozes tomam conta dos territórios.

Por trás dos montes de lixo doméstico, Cassandra percebe acampamentos retangulares semelhantes aos dos canteiros de obras.

— Os albaneses fazem tráfico de drogas e de brancas.

— O que é tráfico de brancas?

— São garotas dos países do Leste, por eles compradas a outros delinquentes e treinadas aqui, nesses acampamentos. Eles também têm sua entrada, mas é melhor evitar chegar perto, mesmo depois das apresentações. Esses são mais que formalistas, são, como dizer, "pudicos".

Cassandra esboça uma careta.

Ele sabe nuançar. O que significa que podemos nos entender.

Ela olha maquinalmente para o relógio: 14%.

Está tudo bem. Com ele, estou segura.

Kim já lhe está apontando um terceiro ponto cardeal.

— Ao sul, nada. Árvores, carcaças de aviões e ônibus, poças de lama, tojos. É o pântano. Foi por lá que você chegou da primeira vez, creio eu.

Cassandra examina as copas de árvores com a luneta, tentando posicionar-se.

— É também o terreno de caça de Orlando. Às vezes, ele consegue apanhar animais maiores, gatos selvagens do tamanho de linces, cães que mais parecem lobos, porcos que voltaram à vida selvagem. De lá também é que saiu um dia Yin Yang. Vinda não se sabe de onde.

São os animais saprófitos, palavra que etimologicamente vem do grego: que se alimentam de plantas em decomposição. Desde a mais longínqua noite dos tempos, os animais selvagens começaram a criar vínculos com os homens rondando o seu lixo doméstico. Assim é que devem ter se aproximado os primeiros cães, os primeiros porcos, as primeiras cabras.

Ao contrário do que se costuma pensar, ninguém foi atrás deles, em sua maioria, os animais domésticos é que se foram chegando por iniciativa própria.

— É a volta do mundo selvagem. Aqui, as espécies que evoluíram para se adaptar ao mundo dos homens regridem para reencontrar sua forma original.

Na verdade, talvez seja o que vai acontecer mais tarde.

— Ao norte: a grande construção, Moloch, o famoso incinerador ultramoderno que emitia uma poluição marrom. Todas as portas foram fechadas a cadeado, e as janelas, emparedadas. O velho deus devorador de lixo está amordaçado e cego.

Cassandra enxerga um cubo com duas chaminés que parecem chifres.

— Ao lado, você está vendo o balé dos caminhões-basculante que chegam para despejar diariamente os dejetos da capital.

O que ela está vendo parecem ser filas de enormes elefantes fumegantes. Eles vomitam montes de objetos multicoloridos e se afastam, livres do seu fardo. O acontecimento é saudado por nuvens de gaivotas e corvos agressivos. Certos caminhões despejam garrafas, papel ou metais em locais específicos.

— Muito bem, aí está o resultado do lixo seletivo — faz Kim. — Como está vendo, o papel é despejado a uma certa distância dos habituais detritos domésticos.

A jovem está decepcionada; sempre achara que a triagem seletiva era eficiente. O jovem coreano explica:

— Inicialmente, esse sistema deve ter funcionado, mas requeria a construção de usinas especiais de reciclagem. O que custava caro. Não sei como é em outros lugares, mas aqui eles preferiram uma alternativa mais simples: largar tudo de qualquer jeito e não falar mais do assunto.

— E as pilhas elétricas?

— Inclusive as pilhas elétricas. Antes de vir para cá, eu também achava que elas eram separadas e recicladas.

Ele aponta com o queixo uma montanha de pequenos cilindros metálicos meio enferrujados.

— Mais uma realidade que seria preferível ignorar, hein? — ironiza o rapaz.

Para refrescar as ideias, Kim mostra-lhe que é possível deslizar montanha de sapatos abaixo usando uma caixa de papelão como trenó. Os dois descem no veículo improvisado e vão cair juntos nos amontoados de couro ou plástico, como se fossem de neve.

— Minhas mãos estão como as suas — anuncia Cassandra, orgulhosa.

Ela mostra as unhas negras e as palmas sujas e reluzentes.

— É um bom começo — reconhece Kim. — Mas você também precisa aprender a cuspir, arrotar e peidar. É realmente indispensável.

— Não sei como fazer.

— Você precisa se esforçar, se quiser que a adotemos. E também beber, especialmente cerveja. Vai ajudá-la a arrotar.

O rapaz aponta-lhe então a montanha de móveis. Quanto mais se aproxima, mais ela se espanta por encontrar ali cômodas Luís XV quebradas, poltronas de couro, almofadas rasgadas, mas também esculturas em bronze e mármore. Há espelhos rachados, cadeiras esculpidas com três pés, pedaços de mesas de madeira, lençóis rasgados, almofadas furadas, sofás se desfazendo.

— Não faltam peças para sua decoração interior, não é mesmo, Princesa? Além do mais, o preço é razoável, é gratuito, basta abaixar-se e pegar. Mas, espere, eu ainda não lhe mostrei o melhor.

Ele desloca uma placa de mármore com a ponta quebrada, revelando uma cavidade na montanha de móveis.

— Minha caverna de Ali Babá — sussurra, com uma piscadela. — Foi aqui que eu escondi as coisas mais extraordinárias e menos estragadas.

O túnel conduz a uma cavidade de cerca de 3 metros por 3. Antecedida pela lanterna de Kim, Cassandra escolhe alguns bibelôs e estatuetas e os coloca num carrinho com rodas de motocross estacionado por Kim na entrada.

— Como é bonito! — exclama ela, segurando um cupido de bronze munido de arco e flecha, e tendo como ponta um coração. Só está faltando uma das mãos.

— Teremos de arranjar um pouco de cola e tinta para consertá-lo, mas pode ser divertido.

Ao sair, ela escala um monte de móveis de carvalho carcomidos pelos vermes, e, com a ajuda de Kim, que aparentemente está achando as compras muito divertidas, junta no seu caixote bibelôs, um espelho quase intacto, uma penteadeira e sobretudo muitas almofadas vermelhas.

De volta a Redenção, ela arruma o interior de sua cabana, ante o olhar interessado dos outros. Uma imitação de pele de leopardo serve-lhe de tapete. Uma roda de madeira originalmente destinada a enrolar grossos cabos telefônicos é transformada numa mesa redonda. Um velho aparelho de televisão oco passa a servir de jardineira com flores de plástico.

Orlando os ajuda a transportar uma cama de dossel de madeira esculpida, além de um sofá vermelho de veludo rasgado. Um bidê serve de mesinha baixa, uma cadeira de dentista, de espreguiçadeira, um pneu de caminhão preso ao teto vira um canapé.

A pedido de Cassandra, Kim traz dois tubos de aerossol de tinta vermelha e dourada, para dar um certo brilho ao conjunto.

Esmeralda a ajuda a costurar lençóis, almofadas, tudo de um vermelho-carmim combinando com o sofá de veludo.

— Vermelho e ouro, decoração barroca — pondera Kim.

— Ficou meio teatral — diz Orlando.

— Parecendo um bordel — diz Esmeralda.

— Cada um tem suas referências, Duquesa — conclui o legionário.

Notando que algumas das mordidas de ratos já estão produzindo pus em seus braços, Fetnat aplica-lhe uma segunda “receita pessoal de unguento” à base de ovos, leite, graxa, queijo Roquefort e sabonete líquido.

— Vai desinfetar e ajudar na cicatrização — explica ele, sentencioso. — Não se preocupe com o cheiro, como costumamos dizer: quanto mais fedorento, mais eficaz.

— Obrigada, Visconde.

— Não há de quê, Princesa.

É apenas uma palavra, mas contribui para minha ascensão social. As palavras têm poder. Eu passei de "experiência 24" a "Cassandra", de "guria" a "Princesa".

Ela decide distribuir almofadas vermelhas por toda parte, para poder refestelar-se no chão e dar ao lugar um certo aconchego. Kim instala a eletricidade, a televisão, o computador e o telefone na cabana. Como Cassandra manifeste o desejo de lançar uma coleção de bonecas para decorar as prateleiras, Esmeralda convida-a a visitar a montanha de brinquedos que, segundo ela, não está muito longe dali, na zona sudeste de Redenção.

É o primeiro gesto não hostil da ruiva. Cassandra aceita e logo se vê diante do que parece um cemitério de lilliputianas congeladas.

— Você realmente quer ficar conosco? — pergunta repentinamente a Duquesa, apanhando uma boneca amputada que preserva no rosto o sorriso.

Cassandra coloca a boneca no seu caixote faz-tudo. Sem responder.

— Acho que você não se dá conta realmente do que significa viver com mendigos. Tudo bem, você já aguenta a sujeira, o fedor, os ratos, mas qual pode ser o seu futuro aqui?

Cassandra limita-se a pensar.

Aqui eu estou bem protegida dos outros.

— Nós nunca vamos amá-la.

Eu não preciso de amor.

— Aqui você não tem futuro.

Eu não tenho futuro em lugar nenhum.

— Eu não entendo. Uma jovem bonita como você não pode se contentar com essa vida miserável.

É o preço da liberdade, e estou disposta a pagá-lo.

Ao retornarem, puxando com dificuldade o caixote carregado de centenas de bonecas, as duas descobrem que Orlando encontrou um lustre do qual pende um verdadeiro rendilhado de cristais. Ele o fixa no centro do teto da cabana de Cassandra, conferindo-lhe um aspecto de casa aristocrática.

Às 18 horas, na presença de todos os habitantes de Redenção, Kim aciona o interruptor, que simultaneamente ilumina as lâmpadas do abajur da penteadeira, da mesa de cabeceira e do lustre de cristal. Duas delas explodem ao mesmo tempo, como num fogo de artifício. Uma fagulha cai numa das almofadas e o tecido se inflama, provocando um início de incêndio, que Fetnat apaga, num reflexo, com seus enormes chinelos.

Eles ficam admirando o cristal, brilhando à luz das múltiplas lâmpadas, quase intactas.

— Parece um pouco Versalhes, quer dizer, se entendem o que eu quero dizer — constata Fetnat.

— Um palácio para uma Princesa — frisa Orlando, orgulhoso de sua obra.

75.

Finalmente tenho minha casa, decorada por mim, do meu jeito.

Quanto aos outros, Esmeralda está errada, eles são capazes de me amar.

Vão me amar quando eu quiser. Ou melhor, quando os autorizar.

Mas, antes, eu preciso descobrir vários segredos.

Quem eram meus pais?

Onde está meu irmão?

E sobretudo: quem sou eu?

76.

À noite, ao redor da fogueira na praça central, os redencionistas preparam um grande jantar para comemorar sua iniciação.

Fetnat arvorou-se em mestre de cerimônias.

— Vamos explicar-lhe os rudimentos do nosso Estado e do nosso governo. Para começar, a bandeira.

O africano brande um pedaço de pano azul-claro, enfeitado com um duplo motivo estilizado.

— É um gambá, simbolizando a fedentina e a sujeira que assumimos e que nos protege. É o nosso animal-fetiche, o que mais se parece conosco. Como nós, ele é rejeitado por todo mundo, mas seu cheiro o salva dos predadores.

— E ali ao lado é um caixote — prossegue Esmeralda. — O caixote é o objeto mais precioso do mendigo. Com ele, pode transportar para qualquer lugar os objetos que formam a sua casa.

É um conceito...

— quanto ao nosso hino...

Kim aciona o teclado do computador e se ouve uma canção: "Derrière chez moi."

— Uma canção de um grupo francês da década de 1970, Les Charlots.

E todos começam a cantar com o mesmo entusiasmo:

"*Derrière chez moi,*
Savez-vous quoi qu'y n'y a
Derrière chez moi,
Savez-vous quoi qu'y n'y a
Y a un bois
Le plus joli des bois
Petit bois derrière chez moi
Et tralonlalère et tralalonlalonla

Et dans ce bois
Savez-vous quoi qu'y n'y a
Et dans ce bois
Savez-vous quoi qu'y n'y a
Y a une godasse
La plus jolie des godasses
La godasse dans le bois
Petit bois derrière chez moi
*Et tralonlalère et tralalonlalonla**

* Atrás da minha casa / Sabe o que é que tem / Atrás da minha casa / Sabe o que é que tem / Tem um bosque / O mais lindo bosque / O pequeno bosque atrás da minha casa / E tralalali e tralalalá / E nesse bosque / Sabe o que é que tem / E nesse bosque / Sabe o que é que tem / Tem um sapato / O mais lindo sapato / O sapato no bosque / O pequeno bosque atrás da minha casa / E tralalali e tralalalá.

Estrofe após estrofe, a canção vai listando objetos os mais diversos que são encontrados no "pequeno bosque atrás da minha casa", até a estrofe final.

"É um depósito de lixo que tem atrás de sua casa.
É um depósito de lixo que tem atrás de sua casa."

Eles repetem o refrão em coro e brindam alegremente.

— Então, como se trata de um autêntico Estado, nós criamos um autêntico governo. Orlando é o ministro do Interior, do Exército e da Caça. Fetnat é o ministro da Saúde e da Construção de Cabanas. Kim é o ministro das Comunicações, da Informação e da Pesquisa. E eu, Esmeralda, sou a presidente da República, além de ministra da Cozinha, da Costura e das Finanças. E você, menina, servirá para quê?

Ela pensa um pouco.

— Se é essa a sua visão do futuro, não nos interessa — declara Kim desde logo.

— Humm... bom, eu posso contribuir com...

Um pouco de suavidade e juventude nesse seu mundo de sujeira e brutalidade.

— ... por enquanto, não sei ainda — esquiva-se ela.

— Aqui, cada um deve ter sua função — insiste Esmeralda.

— Talvez ministra de Relações Exteriores?

— O quê?

— Vocês têm vizinhos, os albaneses, os ciganos etc. Talvez eu pudesse ajudá-los a se comunicar melhor.

— Essa é muito boa! Ela pronuncia uma palavra de quinze em quinze minutos, até pensávamos que era muda, e é ela que quer ser a nossa porta-voz oficial!

— Talvez, por falar tão pouco, quando se expressa ela é ouvida, se entende o que eu quero dizer.

Surpresa, Esmeralda dá de ombros e então se volta para a jovem.

— Bom, você já passou em alguns testes para conseguir seu diploma de mendiga. É capaz de suportar o fedor, de lutar, de ficar suja. Pois agora precisa aprender o resto. A xingar e cuspir, por exemplo.

— Se quiser se comunicar com os albaneses, é importante, o xingamento é o discurso básico de todo bom mendigo.

— Acho que já sei — gagueja ela.

— Então, vamos lá.

— Ehh... idiota?

Todos acham graça.

Eu sei a exata etimologia dessa palavra: idiota não é um insulto, idiota significa diferente dos outros. Como idiotismo, uma particularidade da língua. Eu me sinto idiota e tenho orgulho disso, por isso é que não posso usar essa palavra como xingamento. Para mim, é um cumprimento.

— Encontre algo melhor!

— Estúpido?

Também esse é um cumprimento. Vem do latim stupete. *Que se espanta com tudo. Logo, que fica maravilhado com tudo. Portanto, que preservou sua curiosidade e sua capacidade de aprender. Não posso soltar isso como um insulto.*

— Mais forte!

— Imbecil?

Etimologia: Im-bacillus. "Sem bastão." Significa alguém que consegue caminhar sem a ajuda de ninguém, nem de nenhum objeto. Logo, uma pessoa livre e independente. Mais uma vez, trata-se, antes, de um belo cumprimento. Decididamente, conhecer a etimologia das palavras nos impede de insultar.

— Mais ofensivo!

— Babaca!

É o nome da coisa mais bela do mundo: o sexo das mulheres que geram filhos. A babaca é o órgão que dá vida! No fim das contas, os xingamentos são belas palavras de sentido desviado. São as mais belas. Que paradoxo!

Esmeralda cospe no chão.

— Não está dando certo mesmo. Não, você xinga normalmente, como qualquer burguês. É preciso xingar exageradamente e com vontade de matar pelas palavras — explica o Barão. — As palavras precisam ser tão sujas que fermentem na boca, e você acabe por cuspi-las no rosto de quem está à sua frente, para livrar-se delas. Como um bicho-do-pé. Vamos, diga "merda", para ver.

— Ehh... merda?

Todos caem na gargalhada. Depois, ajudam-na a praticar a pronúncia da palavra merda, até conseguir o efeito buscado. Em seguida, fazem o mesmo trabalho com babaca. Fetnat esclarece que ela deve visualizar a palavra no momento em que a pronuncia.

— Nojento... você tem de ver mentalmente uma podridão qualquer. Sua puta, tem de ver a mulher vulgar, maquilada demais e meio nua. E quando tiver visualizado bem claramente a palavra-projétil, quando já a tiver na boca, tem de catapultá-la na pessoa-alvo como uma cusparada. Vamos, encontre alguma coisa realmente horrorosa tanto na ideia quanto na imagem.

Ela busca, coçando-se maquinalmente.

— Resto de bidê?

— Então, já melhorou. Pelo menos quer dizer algo. Vamos, pior ainda!

Cassandra não consegue encontrar.

Seu waterzooï de rato cozido?

— Não encontra nada pior? Bom, não se trata apenas da arma, mas também do momento em que é utilizada. O xingamento precisa se tornar o seu modo natural de expressão — completa Esmeralda. — Por exemplo, quando quiser saber que horas são, o que é que você diz, Princesa?

— Bem... Que horas são?

Um ah! de desânimo é exalado em coro pelos redencionistas.

— Você tem de dizer: "Que horas são... merda!" Ou então "Que horas são, caceta!". Ou então, se realmente quiser ser polida: "Pode me dizer as horas, seu babaca?"

Cassandra aprova com a cabeça, concentrada como uma boa aluna aprendendo a lição.

— Por outro lado, quando não conhecer uma pessoa, você não vai tratá-la de senhor. A palavra cretino é que deve estar na ponta da língua.

— Você está dirigindo, e o cara da frente não sai do lugar. O que é que você diz? — pergunta Fetnat.

— "Ei, quer sair do lugar, ô imbecil?"

— Nada mal.

— E se um sujeito a incomodar?

— "Vai se foder!"

— "Vai se foder, seu babaca de merda!" seria melhor. É mais rico. Não tenha medo de soltar vários ao mesmo tempo. Caramba, ela não é naturalmente dotada, mas parece que não falta boa vontade. Com um pouco de prática, vai ser possível.

— E se uma mulher estiver fazendo barulho?

— Humm... cala a boca, babaca?

— Sim, pode ser. Mas dê bastante ênfase no babaca, arrastando na segunda sílaba. Ba-baaaca.

— Ba-baaaca.

— Mais alto.

— BA-BAAACA, CALA A BOCA!

— E emenda logo numa ameaça física.

— BA-BAAACA, CALA A BOCA! QUER QUE EU VÁ AÍ QUEBRAR ESSA CARA DE MERDA?, por exemplo?

— Caramba... Estamos progredindo. Mas você precisa treinar esses xingamentos na frente do espelho, para ficarem bem na ponta da língua. Especialmente no que diz respeito às acentuações tônicas. Um xingamento mal-acentuado e podem acabar com a sua raça.

— E não esqueça de fazer uma careta e o gesto correspondente — lembra Fetnat. — Boca torcida para baixo, punho fechado, ombros encolhidos.

Cassandra assume a atitude de um buldogue raivoso. Cada um faz seu comentário para corrigir a posição das pernas, dos ombros, da boca.

Estamos no terreno da intimidação, como acontece entre os animais. O xingamento pode evitar uma luta, manifestando a agressividade antes de expressá-la. É interessante.

— Para conseguir seu diploma de mendiga, também terá de aprender a cuspir. É uma maneira de reforçar o insulto.

— "Ei, não enxerga não, seu babaca? Já está me torrando o saco", e então você dá uma cusparada no chão, para pontuar a frase. Entendeu? — faz Orlando.

— Reforça a intensidade do seu discurso — insiste Fetnat.

Cassandra faz várias tentativas, mas só consegue cuspir algumas gotas transparentes.

— Parece até que você está economizando cusparadas. Mas fique sabendo: para cuspir bem é preciso primeiro raspar a garganta, de preferência fazendo bastante barulho. Você puxa bem um escarro, fica revirando com ele na boca, fazendo voltas, até sentir o gosto, posiciona os lábios como se fosse um tambor de canhão pronto para atirar. E então, mira e projeta. Quanto mais irritante for a pessoa, mais perto você chega do rosto.

Cassandra experimenta várias vezes, estimulada pelos outros, sem conseguir, mas, quando já está para desistir, consegue resgatar muco acumulado bem no fundo do nariz e finalmente lançar uma cusparada poderosa.

Ganha, então, aplausos.

— Você terá de experimentar com alvos reais. Não esqueça de raspar bem o fundo do nariz. Quanto mais barulho fizer, mais funciona.

— Se não tiver cusparadas, pode peidar — explica Orlando.

Para ilustrar o que acabou de dizer, ele solta um peido em tonalidade grave. Os três outros o imitam, cada qual em nota e tessitura diferentes. Essas performances intestinais os deixam alegres como crianças.

— Quando eu era jovem, sabia interpretar o hino nacional — explica Fetnat —, mas, com a idade, a gente já não controla tão bem as vísceras.

Eu não sei fazer isso sob encomenda.

— Vamos lá, é sua vez, estamos ouvindo.

— Ehhr, não, sinto muito, não consigo.

Acho até que nunca o fiz voluntariamente.

Eles a ficam olhando, decepcionados. Ela tenta em vão, com o rosto enrugado pelo esforço.

— Terá de comer feijão-branco, e aí podemos ensaiar, hein, Princesa? — propõe o legionário em tom protetor.

— Bom, se não conseguir peidar, você pode arrotar! — propõe Kim, compreensivo.

Também não sei fazer isso.

Como no caso dos peidos, os redencionistas soltam alegremente arrotos musicais. Orlando começa a solfejar "*Frère Jacques*", arrotando várias notas. Um virtuose.

Cassandra também tenta, mais uma vez sem resultado.

— Para receber seu diploma de "mendiga digna de ser cidadã de Redenção" e ser definitivamente adotada, ainda falta uma pequena formalidade — anuncia Esmeralda, ajeitando as longas mechas ruivas. — Não basta suportar sujeira, ratos e fedor, cuspir, peidar e xingar, também é necessário ser alcoólatra. Já vimos, Princesa, que você rejeita até um simples e inofensivo Beaujolais. Mas nós somos mendigos, caralho! Fetnat, está na hora de dar prosseguimento ao ritual.

A ex-atriz faz um gesto imperioso com o queixo e o feiticeiro senegalês se afasta em direção a sua choupana. Retorna de lá depois de alguns minutos brandindo uma taça dourada da qual emana um vapor azulado. E a entrega a Cassandra, num gesto solene.

— O que é isso? — pergunta a jovem, examinando desconfiada a superfície do líquido, lambida por pequenas chamas.

— Uma receita caseira. Chama-se "coquetel de boas-vindas" ou "kir redencionista", ou então "elixir da longa vida" — informa Esmeralda.

— Mas está saindo fumaça...

— É o Grand Marnier que eu flambei, não serve para nada, mas é bonito de ver — esclarece Fetnat.

— O que podemos dizer é que, na composição secreta do nosso elixir mágico, entram licor de anis, vodca e cerveja — informa Kim.

— E também tequila, para levar melhor o licor — acrescenta Fetnat. — Fica mais fluido.

— Mas você também não põe um pouco de vinho branco? — pergunta Orlando.

— Muito pouco. Um dedo. E acrescentamos xarope de cevada e gengibre, para reforçar o gosto. E, naturalmente, Curaçao, para dar cor. Fora isso, é uma questão de dosagem, mas é minha receita secreta.

— É perigoso? — pergunta Cassandra, ainda meio inquieta.

Começam todos a se coçar.

— Não. "Para aquele que não se purificou, as núpcias químicas podem ser danosas", mas se você for pura de coração, nada tem a temer — balbucia Kim.

— Ah, não comece com seus provérbios imbecis. Eu detesto provérbios.

O relógio de Cassandra continua indicando "Probabilidade de morrer em 5 segundos: 13%." Ela cheira a bebida e identifica o odor de anis, além de um cheiro apimentado.

Molha a ponta dos lábios e não consegue deixar de fazer uma careta.

— Até o fim, Princesa! Beba tudo! — aconselha Orlando.

A jovem hesita. Levanta os olhos, examinando atentamente as imediações. Não há nenhuma câmera em seu campo de visão.

Probabilis não tem qualquer possibilidade de avaliar o nível de risco da situação. Ainda que o sistema possa me ver, através dos vídeos de Kim, não será capaz de analisar o conteúdo da taça. Eu aqui dependo exclusivamente de mim mesma. E da minha intuição.

Kim avança em sua direção.

— Esqueça que está na França. Imagine que é uma aprendiz de xamã na Amazônia, querendo ser iniciada nas tradições autóctones. É trazida a bebida mágica local para que a beba.

O feiticeiro africano aprova, como bom conhecedor.

Cassandra, então, bebe.

— Glu, glu, glu! — entoam os redencionistas, em coro, para estimulá-la.

O líquido turquesa desce pelo seu tubo digestivo como um desentupidor de pia pelo cano de cobre. A moça tosse, mas se recompõe. Engole várias vezes a saliva e respira.

— E então? — pergunta Kim.

Ela sente alguma coisa picante se instalando em suas vísceras, ao mesmo tempo queimando e ardendo. Tem a sensação de que seu peito é carbonizado por um meteorito incandescente. Lava fundida se espalha por suas veias. Ela sente vontade de vomitar, mas não consegue.

Os quatro outros mantêm um olhar imperturbável.

Como dizia Esmeralda, "A segunda prova é apenas uma formalidade"?

Tudo vacila ao seu redor. E de repente o mundo volta a ficar ereto.

Cassandra sorri. Solta um arroto e então se sacode, tomada de um calafrio incontrolável.

— E então, Princesa? — pergunta Kim, curioso.

Ela sacode a cabeça.

— Tudo bem.

Eu não precisava ter me preocupado. É a minha sensibilidade exacerbada que me deixa paranoica. É apenas álcool, suco de fruta ou de cereal fermentado.

Todos a examinam, meio preocupados.

— E?... — pergunta Esmeralda.

— Tudo bem, não estou sentindo nada.

— Nada? — pergunta Fetnat, espantado.

— Nada.

Os quatro ficam tranquilos, sorrindo com ar de aprovação.

— Muito bem... — diz Esmeralda —, nesse caso podemos considerar que ela passou brilhantemente na última prova. Ela aguenta o álcool. Agora, pode ser perfeitamente considerada uma das nossas.

— Bravo!

Eles cantam em coro:

— Ela é uma das noooossas, bebeu seu elixir como os oooooutros!

Eles se dão os braços. As maçãs da jovem se ruborizam rapidamente. Ela se abana, o calor marca o seu rosto. Ela tenta sorrir, para se mostrar à altura.

— Vá buscar o letreiro — diz Orlando.

Kim Ye Bin volta com a tabuleta e uma grande caneta pilot negra. Esmeralda pega o letreiro, corta a inscrição "4 moradores" ao lado da palavra Redenção e a substitui por "5 moradores".

É então que Cassandra cai para trás, rígida, os olhos arregalados, as pupilas dilatadas. E não se mexe mais.

Fetnat imediatamente se ajoelha, cola a orelha no seu peito, ouve seu coração, toma seu pulso e depois larga o braço, que cai, inerte. E então anuncia:

— Morta.

77.

Muito bem, é simples assim: um dia a gente morre.

Existem muitos motivos estúpidos de morrer. Mas por esse eu jamais esperaria. Falecimento por consumo de álcool forte demais. É pior que lamentável, é ridículo.

Eu finalmente chegara ao fim, superara todas as provas e encontrara uma família, e fui traída por meu corpo.

Meu cérebro, capaz de ver o futuro, não controla o Grand Marnier misturado a licor de anis e vodca.

Minha barriga também tem seus argumentos, suas fraquezas, sua inteligência.

Jamais ficarei sabendo como foi meu passado.

Jamais saberei o que era a Experiência 24.
Jamais encontrarei meu irmão Daniel.
No fim das contas, morrer é uma bobagem.
...
Mas eu estou pensando!
Como é que eu estou pensando, se estou morta?

78.

Cassandra ficou de olhos abertos. Silhuetas desfilam em seu campo visual. Os redencionistas debruçam-se acima de seu rosto, com expressões de consternação. Ela os ouve, mas encontra dificuldade para entender todas as palavras.

Devo ter mergulhado numa espécie de coma. Ainda tenho a imagem. O som também funciona. Tudo o mais está bloqueado ou sem funcionar.

Ela se esforça por reconhecer as palavras através da maçaroca de sons que enche seus canais auditivos.

"É esse o problema com as pequeno-burguesas: são frágeis."

"Eu achava que ela era diferente, a guria."

Morrer me priva da condição de Princesa.

"Tudo isso é culpa sua, Barão! Por que foi trazer essa garota para cá? Como é que pode ser tão babaca!"

"Ah, não comece! Quem foi que teve a ideia da bebida de iniciação? Sua puta gorda!"

"Olha quem está falando, seu monte de merda!"

"Eu posso ser um monte de merda, mas não fico por aí envenenando menininhas."

"Isso aí, prefere esmurrar a mãe."

"Retire isso imediatamente, sua vaca, ou te quebro essa cara de vadia fedida."

"Repete para ver só, seu barãozinho de uma ova!"

Onde quer que eu passe, as pessoas acabam tendo problemas. Por minha causa. Eu perturbo o mundo. Como uma pedra atirada no lago, que faz ondas. Eu incomodo mais do que acomodo.

Não sirvo mesmo para nada.

Já estava na hora de morrer.

Fetnat levanta-se, sacudindo a cabeça.

"Não vamos deixá-la aqui assim, temos de providenciar um enterro decente, caso contrário ela será comida pelos ratos", murmura Orlando.

"Vocês não têm um saco de lixo do tamanho dela? Um de 75 litros deve servir", propõe Kim, pragmático.

"Eu é que não vou nem tocar nela, não fui eu que a trouxe aqui, não fui eu que a matei, não sou eu que vou cuidar do problema. Ei, vocês, homens, por acaso estão vendo arrumadeira escrito na minha testa?"

"Isso mesmo, já sabemos que não podemos contar com você, Duquesa."

"Pois se é tão esperto e tão forte, o Barão precisa apenas cavar um buraco na zona sul. Lá a terra é macia."

"Ou então podemos botá-la num freezer quebrado. Será um caixão metálico muito bem fechado, e ninguém vai pensar em meter o nariz lá dentro", propõe Kim.

"E pensar que tivemos tanto trabalho para construir e arrumar sua cabana. Que desperdício!", lamenta Fetnat.

"E o que faremos com a cabana? Eu bem que ficaria com ela", anuncia Esmeralda.

"Eu não gostei da decoração dourada, coisa de 'novo-rico'", retruca Fetnat.

"Pode servir de fumódromo", propõe Orlando.

Ele se debruça novamente sobre o rosto de olhos arregalados.

"E se a polícia ou os pais vierem procurá-la?"

"Você não ouviu o que ela disse? Ela não tem mais pais, morreram num atentado."

"Mas talvez tenha família, tios ou tias."

"A polícia provavelmente estava à sua procura. Mesmo órfã, deve ter havido uma investigação."

"Daqui a três dias, se não fizermos nada, ela estará cheia de vermes e fedendo a carniça."

"OK, já entendi, vou cavar um buraco bem fundo e a gente bota uma geladeira por cima."

Eles fazem um círculo ao seu redor para observá-la em silêncio.

"E pensar que essa Cinderela se achava capaz de enxergar o futuro. Pois o seu futuro parou completamente!", graceja a ruiva.

Uma mosca pousa perto da boca aberta de Cassandra e começa a caminhar pelo lábio inferior.

"De qualquer maneira, ela só teria nos causado problemas", solta Esmeralda, à guisa de epitáfio.

A mosca começa a descer prudentemente pelo fosso da boca rósea, reluzente, arriscando-se a um equilibrismo no ângulo pontudo de seus caninos. Para o inseto, é como uma gruta úmida a ser visitada.

"E então, que vamos fazer?"

"Você pega pelos pés, eu pego pelos braços e a enfiamos num saco plástico bem grosso, aquele que é usado para embrulhar tijolos. Assim, os ratos nem vão sentir o cheiro."

"E onde é que a botamos?"

"Junto com as bonecas", responde Esmeralda.

Eles a depositam num carrinho, e a procissão avança em silêncio. Seguida por moscas e corvos.

Depois de cavar uma boa trincheira na colina das bonecas, Orlando deposita o corpo de Cassandra no saco plástico e o fecha com fita adesiva.

Fetnat é quem decide então pronunciar a oração fúnebre:

— Princesa, não sabemos muito bem quem era você, nem de onde vinha, não sabemos por que foi que veio, nem mesmo por que morreu, pois o álcool normalmente serve para desinfetar. Não causa mal nenhum, só bem.

— E, além do mais, faz bem ao coração — diz Orlando.

— E é revigorante para a alma — completa Esmeralda.

— Talvez você fosse muito frágil. Nesse caso, é bom que tenha morrido, pois assim não sofreu. Princesa, você está de volta à companhia das princesas. Boneca, você está de volta à companhia das bonecas. Amém.

Por trás do plástico transparente, Cassandra continua de olhos abertos.

Cada um por sua vez, eles vêm derramar sobre ela uma braçada de bonecas, escolhendo as mais belas. Quando está inteiramente coberta e já não vê o menor fio de luz, ela pensa:

79.

Pronto, acabou. A gente não deve morrer em qualquer lugar. Quem vai se dar conta de que eu desapareci? Tem gente que poderia mandar inscrever em seu túmulo: "Se eu não tivesse morrido, ninguém se daria conta de que eu existia." Pois eu nem isso poderia colocar. Vou morrer, e à parte quatro mendigos que logo esquecerão de mim, ninguém está nem aí.

Daqui a pouco, nem mesmo meu cadáver existirá mais. O que restará de mim não poderá ser encontrado. É como se eu tivesse vindo entre parênteses a este planeta. Sem passado, sem pais, sem amigos, sem lembranças, sem ter realizado nada.

Uma vida para nada.

80.

Primeiro, vermelho; depois, laranja; depois, amarelo. E verde. E azul. E negro. Depois, vermelho de novo. Um rendilhado laranja. Uma cola laranja fluorescente se espalhando no seu cérebro.

Na sua cabeça, um verdadeiro caleidoscópio.

E então a lava que sai da sua barriga volta a subir pelas veias e vem pulsar ritmada nas têmporas. Seu sangue fica mais espesso. Uma rocha em fusão, pesada e luminosa, é produzida por seu coração e sobe ao cérebro. As cores se estabilizam em três faixas: verde-claro, verde-escuro e azul-claro. Formam-se um gramado, uma floresta, um céu.

A antiga Cassandra aparece. Continua em seu trono, lendo *As Aventuras de Cassandra Katzenberg*. Ela baixa o livro ao vê-la chegar.

— Nós, os videntes, somos sensíveis demais. Tudo tem sobre nós um efeito decuplicado — sonhos, tempos, drogas, o amor, a verdade. E o álcool.

— Qual é o futuro? — pergunta a Cassandra moderna.

— De qual futuro está falando? O seu, o meu, o deles? O futuro de amanhã de manhã, do ano que vem, do próximo século?

— O meu, para começo de conversa. Eu vou morrer?

— Naturalmente. Todo mundo morre. Como poderia dizer seu amigo Kim, que tanto gosta das frases que resumem tudo: "A vida é um filme que acaba mal."

— Eu vou morrer agora?

A antiga Cassandra sorri.

— Logo se vê que você não sabe o que foi que Fetnat botou lá dentro. Ele não adicionou detergente, mas botou uma boa dose de álcool para limpar vidraças. Veja bem, não havia de fato a intenção de fazer mal; para eles isso não é nada, você é que é mais sensível.

— Quer dizer então que eu vou morrer. Tenho certeza de que se pudesse virar a cabeça e ver o meu relógio, ele indicaria "100%".

— Claro que não, há espaço apenas para dois algarismos. O número 100 não cabe no mostrador. O máximo é 99%! Esse relógio tem perfeita consciência de que não existe nada 100% seguro. Ora, e além do mais pare com essas suas preocupações egoístas. Será que você só se interessa pelo seu próprio umbigo? É incrível como as pessoas podem ser covardes, elas morrem e acham que é a coisa mais importante do mundo.

A antiga Cassandra parece exasperada.

— Tudo bem, vamos mudar de assunto. À parte o meu futuro pessoal imediato, qual é o futuro geral da humanidade?

A mulher de túnica sorri.

— Finalmente uma boa pergunta, à qual posso responder. O futuro da humanidade? Pois bem, como disse há pouco, é mais um filme que acaba mal. Os homens vão se matar uns aos outros e destruir tudo. Haverá um período em que o planeta ficará inabitável, e será então uma volta à barbárie generalizada.

— Quer dizer que, não importa o que façamos, de nada adiantará?

— Não é bem assim. Mesmo que sempre acabe mal, a princípio existe sempre uma solução *in extremis*, uma saída de emergência. Uma esperança. Minúscula.

— Mas não é exatamente a esperança que prolonga o nosso sofrimento?

— A morte a deixou pessimista.

— Por que os seres humanos são tão destruidores?

— Porque não conseguem deixar de gerar filhos demais. E então provocam guerras para acabar com os excedentes populacionais.

— Você está dizendo tolices.

— Os animais, quando não dispõem mais de caça por perto ou quando seu território se reduz, param de gerar filhotes. É uma sabedoria natural. Só se concede a vida àqueles que podem viver confortavelmente, que serão alimentados, educados e amados. Só os seres humanos ignoram essa lei básica. Eles dão a vida para fabricar soldados para fazer a guerra e defender bandeiras, tradições, fronteiras. E a propaganda e a publicidade os estimulam nesse sentido.

— Mentira.

— Além do mais, são sempre os mais destruidores e reacionários que geram mais filhos. Isso mesmo. Como vê, a lógica humana funciona em sentido inverso ao da lógica natural. E quando a conhecemos, podemos prever o futuro. Mas se você disser isso, ninguém lhe dará ouvidos.

— Está enganada, antiga Cassandra. É possível salvar a humanidade. Tenho certeza.

— Como, Princesa?

— Basta imaginar um futuro que deu certo. Depois, e só encontrar os meios para fazer com que ele aconteça.

A antiga Cassandra recua e aponta a grade com milhões de bebês amontoados contra as malhas de ferro, gritando e gemendo.

— Você sabe quem são eles. São as futuras gerações. Quer salvá-los?

— Sim.

— E acha que pode?

Os bebês parecem furiosos. Milhões de recém-nascidos enfurecidos, esperando que alguém lhes dê um lugar.

— É preciso tentar. Podemos começar com pequenas coisas. Acho que o futuro ainda não está definitivamente decidido, e podemos influenciar o fluxo da história. Às vezes, com simples decisões locais. Como você disse, há uma porta de saída. Minúscula, mas real.

Os gritos dos bebês aglutinados na grade tornam-se ainda mais estridentes.

— Quero voltar para ver a Árvore Azul do Tempo! — acrescenta a adolescente.

Cassandra fecha o livro e o deposita no chão.

— Tem certeza? No seu lugar, não é absolutamente o que eu pediria.

— Mostre-me a Árvore do Tempo!

— Está bem, siga-me.

Cassandra então se volta e vê a gigantesca Árvore Azul escurecendo o horizonte. As duas entram no tronco e se deparam com um labirinto de corredores que sobem e descem.

Depois de alguns passos, chegam a uma encruzilhada do tempo.

— Que caminho você prefere?

A jovem hesita.

— Ahhh... finalmente você entendeu uma grande lei: "escolher é abrir mão."

— Não gosto de frases feitas.

Cassandra envereda pela esquerda; a sacerdotisa a segue. As duas param num cruzamento.

Ela vê uma folha que parece sair das outras.

Ela fica atordoada com as imagens fortes que aparecem na sua tela mental.

81.

Essa visão a tira brutalmente do coma. Cassandra urra, com a boca contra o plástico, o que o faz inchar, mas ele é realmente espesso. Ela tenta furá-lo com unhas e dentes, sem resultado. É grosso demais.

Em pânico, ela se debate freneticamente. O vapor de sua respiração torna o plástico opaco, ela começa a se asfixiar. Com o rosto vermelho de tanto gritar, ela perde as forças e sufoca sozinha na embalagem hermética que lhe serve de mortalha.

O ar que lhe entra nos pulmões é cada vez mais pobre de oxigênio. O gás carbônico a envenena. Suas têmporas zumbem, ela respira ruidosamente, com dificuldade cada vez maior, e de repente o saco se rasga, bem perto da bochecha.

O filme transparente é rasgado por dentes. Um focinho úmido. Marrom e peludo. É a raposa Yin Yang que veio fuçar o lixo e a encontrou.

Às dentadas, ela rasga o plástico como um passarinho saindo de um ovo mole. Ela cava, escava e se livra da montanha de bonecas. De joelhos, com os pulmões em fogo, ela respira com força o ar lá de fora, achando delicioso o seu fedor. A raposa permanece a seu lado, com o focinho voltado para ela.

Ela urra com todas as forças. A raposa guincha com ela.

E no grito da jovem de grandes olhos cinza-claro há a felicidade de estar viva e a vontade de agir.

82.

Eu morri e renasci.

Agora tudo é diferente.

83.

Sua silhueta avança como um fantasma.

Pasmos, Orlando, Kim, Esmeralda e Fetnat a veem aproximar-se.

Cassandra articula:

— Tive uma outra visão esta noite.

Os outros mantêm os olhos fixos na jovem.

— Haverá um outro atentado. É preciso agir com rapidez. A bomba está num saco branco. Uma mochila esportiva com uma raquete de tênis com o cabo para fora. O homem com a mochila usa um casaco esporte verde.

Esmeralda franze as sobrancelhas. A jovem de olhos cinza-claro continua:

— Ela vai explodir na estação Champs-Elysées. Exatamente às 8h19.

Ela então faz uma pausa e murmura:

— Vocês precisam salvá-los.

Os outros ficam petrificados, incapazes de reagir.

— Vocês precisam salvá-los! — repete Cassandra.

— Parece que as coisas não melhoraram com o álcool — zomba finalmente Esmeralda.

Cassandra pespega-lhe então uma enorme bofetada, que lhe desfaz o coque.

— CALA A BOCA, PIRANHA! É preciso salvá-los, eu já disse! Pois então FECHA ESSA MATRACA E ME OUVE, ENTENDEU, SUA BABACA?!

Sem esperar a resposta, ela aplica uma joelhada que dobra em duas a ex-Miss Camiseta Molhada, e então, valendo-se dos dois punhos, reunidos como uma maça, atinge-lhe o queixo e ela vai cair deitada no meio do lixo.

Ninguém tem tempo de reagir. Cassandra começa a espancar com todas as forças o corpo encolhido, e então, quando a outra já nem se mexe, repete na direção dos três outros, ainda estupefatos:

— É preciso salvá-los!

Ela dá uma cusparada aos pés dos três. O efeito-surpresa é de tal ordem que eles decidem reagir.

— Tudo bem, Duquesa? — pergunta o antigo legionário, tentando despertar a presidente da República redencionista.

Eles ajudam a mulher ruiva de coque completamente desfeito a se levantar. Massageando o queixo dolorido, ela diz apenas:

— Da próxima vez que lhe servirem álcool, humm, é bom diluir com uma pedra de gelo.

84.

Já perdi muito tempo tentando me justificar, convencer, explicar quem sou, o que faço e por que faço. Agora é preciso agir. E pouco estou ligando para o que os outros pensam.

85.

As câmeras de vigilância da estação Clignancourt registram um grupo de cinco mendigos se deslocando rapidamente. Os cinco redencionistas meteram-se em longos sobretudos que descem até os tornozelos, o que lhes dá um ar de caubóis de *Era uma Vez no Oeste*. Enfiaram na cabeça bonés cobertos por várias camadas de echarpes, deixando de fora apenas os olhos.

É a vantagem dos mendigos, estão sempre cobertos demais, pois precisam carregar todo o seu guarda-roupa.

Assim cobertos pelo anonimato, eles pulam os postos de segurança e correm pelos corredores subterrâneos. Por obra do mais puro acaso, os alto-falantes do metrô transmitem uma obra de Verdi. *O Réquiem*.

Cassandra fica excitada.

As pessoas se afastam deles, tão horrível é o cheiro. Até os outros mendigos que cruzam seu caminho parecem horrorizados com o fedor, preferindo tomar distância.

— Ei, não podiam tomar um banho pelo menos uma vez na vida? — lança de longe um adolescente. — Parece que ainda estão cheirando à placenta do parto!

Orlando faz que vai partir para a briga e o outro desaparece a toda velocidade.

— Não gosto de jovens — solta Esmeralda, e, baixando o lenço que lhe cobre o rosto, cospe.

— Não gosto de metrô — diz Fetnat.

— Não gosto de babaquinhas — diz Orlando.

— E eu não gosto de atentados — conclui Cassandra.

Ela também levanta sua echarpe e tenta cuspir, sem grande resultado.

Eles formam um frente única ocupando toda a largura da plataforma e avançam, com o olhar zangado e determinado. Os passageiros se afastam, com ar de reprovação. Alguns tampam as narinas e assumem ostensivamente uma atitude de nojo.

Os cinco redencionistas acomodam-se num vagão da linha 1. Ao redor, os passageiros se acotovelam para se afastar o mais rápido possível. Alguns ficam olhando a distância, desconfiados. Crianças zombam deles, tapando o nariz.

Fetnat Wade inclina-se na direção delas, ameaçador.

— Ei, moleques, nossas doenças são tão contagiosas que se ficarem olhando muito vão pegar! Entendem o que eu quero dizer?

Imediatamente as crianças recuam, apavoradas. Os passageiros baixam os olhos e fingem não ter ouvido nada.

— Eu tenho pulgas e piolhos! — anuncia Orlando.

— Eu tenho Aids e gripe aviária! — apregoa Esmeralda.

— E eu tenho os vírus Ebola e Chikungunya ao mesmo tempo — conclui Kim Ye Bin, expectorando para tentar atingir os que ainda estão ao seu alcance.

Dessa vez, todo mundo desce na parada seguinte, correndo para outros vagões.

— Ouça o que eu estou dizendo, Princesa, os burgueses são nossos inimigos. Se pudessem, eles nos matariam — informa Esmeralda. — Só não o fazem por medo de se sujar ao se aproximarem. E nós por acaso temos de salvar a vida deles? Só mesmo pelos seus belos olhos, Princesa... Realmente, não sei por que lhe fomos dar ouvidos!

— Não o fazemos por eles, mas por nós mesmos — diz Orlando. — Lembre-se do nome do nosso Estado: Redenção. Isso significa alguma coisa. Não foi você que escolheu essa palavra, Duquesa?

— Isso aí, foi uma besteira que eu fiz, batizando assim a nossa aldeia. Se tivesse de fazer de novo, escolheria "Despreocupada" — resmunga ela.

Finalmente eles chegam à estação Charles de Gaulle-Étoile.

— Que horas são?

— Merda, devíamos ter trazido um relógio, agora dependemos dos outros. Cassandra, você tem um, não é mesmo?

A jovem faz que não com a cabeça. Kim responde por ela:

— É um relógio de brinquedo, que não dá as horas.

Cassandra olha para o mostrador, que indica "Probabilidade de morrer em 5 segundos: 17%."

O relógio ignora que há um terrorista, deve estar nos seguindo graças às câmeras de vigilância. O número deve ter aumentado porque meus batimentos cardíacos aceleraram por causa do medo.

— São 7h51 — diz Cassandra, examinando o Swatch no punho de um passante.

— Bom, ainda temos alguns minutos para tentar interceptar o terrorista antes da estação Champs-Elysées.

Eles aceleram o passo pelos corredores do metrô. De repente, Cassandra segura Orlando pelo braço.

— Não, por aí não!

— Teve outra visão do futuro? — zomba Esmeralda.

— Não, mas já passei por aqui quando era mendiga, e há muitos controles de segurança.

— Pois nós não acreditamos nas suas visões! — insiste a mulher de cabelos ruivos. — Vamos por aqui sim. Sigam-me!

Eles seguem o seu caminho e se deparam com uma bilheteira e dois policiais fazendo a triagem. Uma mulher alta e mal-encarada e dois sujeitos gordinhos.

Que desgraça saber das coisas e não ser ouvida.

É essa a questão delicada. Estar de posse da informação não basta, também é preciso ser capaz de transmiti-la aos outros. E eu ainda não tenho esse talento.

— Oh, não comece com seus ares. É puro acaso — resmunga Esmeralda.

E o pior é que não há empirismo. Se eu avisar de novo, eles não vão dar ouvidos mais uma vez. É realmente a "maldição de Cassandra".

E então uma frase desagradável ressoa nos seus ouvidos:

— Passagens, por favor — pede a bilheteira.

— Essa é mesmo muito boa — clama Orlando —, a gente vem para salvar os burgueses, e seus cães de guarda ficam criando caso. Realmente não é o momento de nos encher o saco!

— Agora não! — acrescenta Esmeralda. — Realmente, agora não.

— Como é? — pergunta o menor dos policiais. — A senhora pediu as passagens, favor apresentá-las.

— Bom, vamos nos acalmar, podemos explicar tudo — diz Fetnat. — Deixem comigo.

O africano de túnica e com o corpo coberto de joias mais ou menos sagradas que vão tilintando por baixo do seu longo manto caminha em direção ao grupo uniformizado.

— Foi um mal-entendido. No momento, a situação tem um caráter algo excepcional, que pode explicar nossa presença neste local, no meio da vossa mui digna assembleia.

Kim aprova com a cabeça. Orlando murmura:

— Não precisa exagerar...

— Passagens — repete, imperturbável, a mulher de uniforme.

— Posso contar a eles? — pergunta Fetnat aos outros, como se se preparasse para revelar um grande segredo.

— Não. Eles não entenderiam — diz Esmeralda.

— Sim, tenho certeza de que vão entender.

— Isso não adianta nada — diz Kim.

— Mas, então, conto ou não? — pergunta Fetnat.

— Não, não conte — irrita-se Orlando.

— E vocês estão falando de que, exatamente, se não é indiscrição da minha parte? — pergunta a bilheteira.

— Pois bem, senhoras e senhores guardiães da paz do metrô, veio mesmo a calhar, pois a situação é grave.

— Não, não diga — insiste Kim.

O grande africano hesita, depois toma uma decisão:

— Muito bem. Aqui está a informação que lhes falta: um sujeito de casaco verde, com uma sacola de tênis branca, vai soltar uma bomba dentro de alguns minutos.

Os três funcionários o examinam de alto a baixo.

— E?... — faz a mulher.

— Ele tem de ser detido! Nós viemos por isso. Caso contrário, muita gente vai morrer.

— Mmmh, entendo — pontua a bilheteira, fingindo grande interesse.

— Nós estamos do mesmo lado.

Fetnat abre um grande sorriso e manda uma piscadela cúmplice para a mulher. Que nem se mexe.

— Não somos nós que temos de ser detidos, estão entendendo?

— Não perca seu tempo — corta Esmeralda.

Causa perdida. Ninguém pode ouvir a verdade. Eles estão tão acostumados a viver na mentira que tudo é invertido, a verdade parece falsa, e as mentiras, verdadeiras. Nós jamais poderemos comunicar o que sabemos, ou então será necessário envolver o real em algumas mentiras.

— Quem deve ser detido é esse homem de casaco verde, o terrorista, ele é que é perigoso, se entendem o que eu quero dizer — insiste o africano.

— Não, sinto muito, "não entendo o que você quer dizer" — responde a mulher.

— Passagens, por favor — repete finalmente o menor dos dois homens, estendendo a mão.

— Bem — suspira Esmeralda —, vamos lá, ninguém aqui vai fazer cena, nós não temos passagens. Passamos pelos portões pulando as barreiras de segurança.

— Não vamos criar nenhum caso — continua Fetnat. — Vocês nos deixam mais uns quinze minutos tranquilos por aqui, pois precisamos fazer um servicinho de interesse geral dos burgueses, e sobretudo para agradar à Princesa, e depois a gente vai embora sem fazer escândalo, e vocês nunca mais ouvirão falar da gente. Assim, todo mundo que devia morrer não vai morrer. É isso, é isso, é isso.

Os redencionistas sacodem a cabeça, aprovando a declaração, que lhes parece pura sabedoria. Diante deles, a bilheteira saca seu walkie-talkie.

— Seção 4. Reforço solicitado, ponto B15. — Ela então murmura, um pouco mais baixo: — Trazer luvas sanitárias e desinfetante.

Ela guarda seu aparelho, lança mão de um talonário e começa a preencher um registro de ocorrência. Ao redor, os passageiros sorriem, satisfeitos por finalmente verem sancionados aqueles seres nauseabundos de aspecto preocupante.

— Vamos. Nomes, sobrenomes, endereços, por favor.

Desta vez, quem avança é Orlando, estalando as juntas do punho direito.

— Meu amigo aqui explicou polidamente que a situação tem um caráter excepcional, e eu acho que vocês não ouviram bem. Será que têm problemas de surdez?

A bilheteira segue em frente com sua tarefa escrita, enquanto os dois policiais já puseram a mão no estojo de suas armas.

Esmeralda, por sua vez, diplomata, argumenta:

— Vocês estão nos ouvindo? Vocês estão nos ouvindo?

Mas eles se veem cercados por uma dezena de homens altos e uniformizados, segurando porretes e sacos plásticos. Eles se posicionam de pernas encurvadas, como se fossem controlar cães raivosos.

— Já entendemos — diz Esmeralda. — Tudo bem, vamos lá... como dizer... perfeito, vamos comprar cinco passagens. Quanto é?

— Tarde demais para comprar as passagens. Agora terão de pagar a multa — anuncia a bilheteira com voz neutra.

— Multa?

— Documentos, por favor — pede um dos policiais.

Nenhuma resposta.

— Está brincando — zomba o seu colega —; por acaso eles têm cara de que algum dia tiveram documentos? São três bêbados e suas amiguinhas degeneradas. Que tristeza ver jovens usados dessa maneira pelos próprios pais. Caramba, como fedem, parece até que tomaram banho com o próprio vômito.

— Se não tiverem nenhuma justificativa, há também uma multa por falta de documentos de identidade — declara a bilheteira no mesmo tom monocórdio.

Neste momento, chegam outros policiais, vestindo luvas de plástico grosso.

— Olha só, eles têm medo de tocar na gente! — diz Kim.

Fetnat dirige-se ao de pele negra:

— Diga lá, maninho, você é de qual tribo?

O outro não responde.

— Você não tem cara de peul, mas não seria um soninké ou um bambara? Não, já entendi, você é um malinké, hein, mano?

O outro nem se dá ao trabalho de olhar para ele. Cassandra dá uma olhada no relógio de um dos policiais.

— Não temos mais tempo. Precisamos salvá-los — diz.

— E se não os salvarmos? E se saíssemos correndo? — murmura Esmeralda. — Às vezes a gente se depara com sinais que não deixam margem a dúvida. E posso lhe garantir aqui e agora que é melhor deixar pra lá.

— Hum, quanto é? — pergunta Orlando com raiva contida.

A bilheteira quase parece decepcionada ao ver que as coisas estão se resolvendo. Resmunga, então:

— Cinco pessoas sem cartão de passe? Uma passagem, dois euros por pessoa, mais a multa. Setenta e cinco euros por pessoa. O que dá 385 euros.

— Trezentos e oitenta e cinco euros?! Não quer mais nada não? — exclama Esmeralda Piccolini.

— E terão de apresentar os documentos dentro de três dias numa delegacia — acrescenta a bilheteira.

— OK, OK, OK!!! — diz Kim Ye Bin. — Podemos fazer um cheque?

A expressão fechada dos agentes da ordem deixa claro que não têm muita confiança num cheque de mendigo.

— Não temos mais tempo, precisamos salvá-los — repete Cassandra, que mal presta atenção à cena.

— Pague! — intima Orlando.

— Trezentos e oitenta e cinco euros! Isso é alguma brincadeira? — ruge Esmeralda.

— Você tem esse dinheiro? — pergunta Fetnat.

— Claro, eu sempre trago comigo o dinheiro do nosso tesouro de guerra. Não é esse o problema. O problema é que nós temos uma reserva de 380 euros.

Orlando hesita por um momento e solta:

— Tanto pior, pague! Encontraremos dinheiro em outro lugar.

— Jamais.

— PAGUE!!!

Esmeralda começa então uma escavação arqueológica em sua bolsa, e retira de um grande porta-moedas de couro da vovó cédulas manchadas e moedas cobertas de uma couraça escura de sujeira. A bilheteira as recebe com evidente nojo, largando-as dentro de um saco plástico. Em troca, entrega-lhes um comprovante cor-de-rosa, quase ilegível.

Os outros policiais protegidos por luvas dão um suspiro de alívio por não terem sido obrigados a entrar em contato com os cinco mendigos exalando odores tão fortes.

— Mas vocês ainda terão de se apresentar dentro de três dias numa delegacia, com seus documentos. E da próxima vez que entrarem no metrô, deverão... enfim... tomar um banho. Sabem o que significa isso? É, como dizer... uma tradição. Caso contrário, teremos de aplicar uma multa por poluição ambulante.

— Sabe o que foi que a poluição ambulante mandou dizer?

— A hora! — exclama Cassandra. — QUE HORAS SÃO?

Ela agarra o punho do policial mais próximo. O relógio digital indica 08h23.

Tarde demais!

O policial, depois de um movimento de recuo, esclarece:

— Está quinze minutos adiantado. São apenas 08h08.

Sem combinar nada, eles se atiram num mesmo movimento na direção do novo carro do metrô que está chegando à estação. Depois de uma troca de olhares, eles se distribuem diante dos vagões. Durante os poucos segundos da parada, precipitam-se então para inspecionar os passageiros, em busca da mochila branca.

O fedor que exalam sempre causa efeito. Todo mundo se afasta quando se aproximam, o que lhes facilita a tarefa.

Não encontram nada no primeiro trem.

— Vamos esperar o seguinte — anuncia Orlando, estalando os dedos. No exato momento em que o relógio de um passageiro indica 8h15, eles veem um homem de casaco verde sair do vagão do meio.

— Lá! É ele! — grita Cassandra.

Numa fração de segundo, Orlando é tentado a agarrar o indivíduo, mas entende que de nada adiantaria. O principal agora é desativar a bomba.

O vagão está cheio, mas os cinco metem-se por ele e começam a revistar. Como os passageiros começam a reclamar, Fetnat tira do bolso um punhado de pó e assopra uma nuvem de finas partículas negras. Imediatamente os passageiros começam a espirrar ou esfregar os olhos. Ou tratam de sair do vagão antes que as portas se fechem.

— O que é? — indaga Kim. — Um pó mágico especial de evacuação?

— Pimenta moída — resume Fetnat.

A revista torna-se mais metódica. Os cinco visitam cada recanto, abaixam-se para examinar debaixo dos assentos. Quando alguém tenta impedi-los, Fetnat lança um pó branco, que obriga os passageiros a recuar.

— Pó para cegar? — pergunta Kim.

— Talco — responde Fetnat.

O metrô avança célere pelos túneis escuros. Adepto entusiasta das armas de dissuasão, Fetnat solta uma flatulência bem barulhenta.

— Depois das armas químicas, as armas gasosas — sentencia.

Desta vez, a reação de evacuação se dá em clima de pânico.

— O que foi? — desculpa-se ele. — Até os animais fazem isso para afastar os perseguidores.

Kim é que afinal encontra a mochila branca escondida debaixo de um assento, quando estão entre a estação Franklin Roosevelt e Champs-Élysées-Clémenceau. A maioria dos relógios dos passageiros indica 08h17. Kim puxa vigorosamente a alavanca do sinal de alarme. O vagão freia com um rangido de estourar os tímpanos.

— Há uma bomba nessa mochila! Para trás, afastem-se! — berra Kim.

— ALERTA DE BOMBA! UMA BOMBA! — esgoela-se Esmeralda.

Depois do tranco da freada, as pessoas se olham, perdidas.

— Alerta de bomba! — repete Fetnat. — Saiam, vai explodir! TODO MUNDO VAI MORRER!

Depois de uma ínfima hesitação, o pânico toma conta da multidão, que sai correndo na direção das portas, empurrando e se debatendo em meio a gritos e vociferações. As portas finalmente se abrem. A vaga humana desesperada derrama-se urrando na via férrea. As mulheres de salto alto perdem os sapatos. Algumas caem, quase sendo pisoteadas. Até o maquinista abandona seu posto às carreiras.

Os cinco mendigos por sua vez saltam também e partem em direção da plataforma da estação Champs-Élysées-Clémenceau, que por sorte não fica longe. Alçam-se até a plataforma e correm em direção às saídas.

Os passageiros que esperam na plataforma por sua vez são engolfados no vento de pânico. A palavra "bomba" voa de boca em boca, cada vez mais forte. O pessoal de atendimento dos transportes públicos, depois de contemplar a possibilidade de administrar a situação, desiste, tratando também de desaparecer dali. Escadas e corredores transformam-se num verdadeiro pandemônio.

Orlando, suando em bicas, as mãos trêmulas, remexe na sacola de tênis e encontra, envoltas num boné de lã, barras de plástico bege ligadas a um relógio, em cujo mostrador luminoso vão passando: 60, depois 59, 58...

— Saiam daí vocês também! — berra Orlando na direção dos companheiros.

— Não, vamos ficar com você! — declara Esmeralda.

— Não enche, Duquesa! Eu sei mais ou menos desmontar uma bomba, não vai ser difícil. Encontro vocês lá em cima.

— Vou te ajudar, deve ter alguma coisa eletrônica aí — propõe Kim.

No mostrador da bomba aparece: 55, 54. Instintivamente, Cassandra consulta o seu relógio, que indica "Probabilidade de morrer em 5 segundos: 48%."

49%.

Ela levanta a cabeça e dá com os olhos nas câmeras de vigilância.

Probabilis está nos vendo e localizou a bomba. Foi capaz de interpretar a situação e está calculando nossas chances. Pronto, ultrapassado o limite dos 50%. Se eu não mudar de comportamento, terei mais chances de morrer que de viver.

— Saiam daí, rápido! — vocifera Orlando, no auge do nervosismo. — Ainda por cima vocês me atrapalham!

Depois de uma última hesitação, os quatro outros voltam à superfície, deixando Orlando sozinho na plataforma com a bomba.

86.

Quer dizer então que minhas visões não eram puro delírio. Eu não me enganei. Eu vi a bomba. Eu vi o terrorista. Fiquei sabendo antes que ele fosse encontrado.

E consegui entrar em ação.

Eu não sou mais levada, eu ajo.

87.

Ouve-se uma enorme detonação.

Num instante, o céu fica escuro. Uma enorme massa de cúmulos-nimbos de barriga negra bloqueia os raios de sol. O ar fica carregado de uma tensão elétrica palpável. De repente, um relâmpago flameja acima dos telhados, bem perto. O clarão fulminante abala homens e animais.

Um novo trovão se segue, e depois outro. As nuvens parecem esmigalhar-se com o choque. Toda a natureza espera a chuva, mas ela não vem. Só os clarões de luz branca iluminam o horizonte do céu enfurecido.

Em frente a uma das entradas da estação Champs-Élysées-Clémenceau, um grupinho marca passo, como um rebanho inquieto. Estão esperando, com os olhos voltados para a saída do metrô, de onde emerge uma escada rolante, como uma língua estendida. Mas vazia.

Cassandra percebe a respiração inquieta dos amigos. Tem a impressão de ouvir o tique-taque de um relógio de pulso bem próximo. Levanta a cabeça na direção do relógio sobre a entrada de uma joalheria e constata que cinco minutos se passaram desde que voltaram à superfície. Já passou o momento em que a bomba deveria ser detonada.

— Talvez tenha explodido lá embaixo e a gente não ouviu por causa da tempestade — especula Fetnat sem muita convicção.

Como se quisesse responder, o céu volta a se estilhaçar em mil fragmentos sonoros. E ainda não chove. Cassandra consulta seu relógio: "Probabilidade de morrer em 5 segundos: 18%."

Ocorre-lhe que é um dos limites desse relógio de probabilidades. Ele indica suas chances de sobrevivência pessoal, mas não é capaz de calcular a probabilidade de sobrevivência dos outros.

Arquejando há alguns instantes, Esmeralda atira-se de repente sobre Cassandra, tomada de um acesso de raiva.

— Tudo isso é culpa sua! Desde a primeira vez que a vi, eu saquei que você só traria problemas. Foi você! VOCÊ QUE O MATOU! Sua bruxa imunda! Você vai pagar pelo meu Orlando!

Ela desfere um poderoso murro na barriga de Cassandra. A jovem cai no chão, abraçando o abdômen. De olhos fechados, ela soluça, incapaz de responder.

— ORLANDO! ORLANDO! Ele deve ter explodido lá embaixo! Sua bruxa imunda, devolva o meu Orlando! — vocifera Esmeralda, chutando violentamente a moça caída no chão.

Encolhida, a outra nem se defende.

É o preço a pagar.

O céu volta a vibrar e explodir, fazendo o solo tremer. Em torno das duas mulheres, a multidão se agita nervosamente.

— Ele morreu! Sinto que ele está morto! Meu Orlando, que eu tanto amo!

Ante a rixa de mendigas, a multidão se afasta. Quando Esmeralda saca um facão e faz menção de investir contra ela, Cassandra nem olha para o mostrador do relógio, que indica "Probabilidade de morrer em 5 segundos: 68%".

Ela está apenas resignada, disposta a pagar pela perturbação da ordem que causou ao mundo. Mas a mão que segura o facão é contida por um punho enorme que se fecha sobre ela.

— Ah, quer dizer então que você me ama? — diz uma voz por trás dela.

88.

Ele conseguiu!

89.

Esmeralda fica paralisada.

— Ah, você está aí! Seu cretino, me deu tanto medo! Nunca mais faça isso, Barão, ou serei eu a matá-lo!

Kim dirige-se aos transeuntes em pânico, tentando entender o que aconteceu.

— Não se preocupem, é para o "Vídeo Pegadinha", o programa de televisão. As câmeras estão lá.

Ele aponta duas varandas no alto, na esquina da rua.

O efeito é imediato. Como se os presentes fossem tomados por uma onda de tranquilidade. Depois da palavra bomba, a palavra televisão é que vai passando de boca em boca. "Foi uma esquete de televisão." Alguns chegam a afirmar: "Eu sabia."

É então que a chuva começa a cair. Todo mundo corre para se abrigar. Um carro de polícia acaba chegando, mas os cinco redencionistas, aproveitando-se da distração e da multidão, já desapareceram há muito tempo.

90.

Conseguimos!

Está feito.

A MALDIÇÃO DE CASSANDRA ACABOU!

É UMA VEZ

91.

É possível ver o futuro?

92.

A essa altura, eu diria que às vezes é possível ter intuições. Nesse caso, pode-se até impedir uma tragédia.

Eu vi e fiz com que vissem.

Eu ouvi e fiz com que ouvissem.

Eu soube e informei...

O único problema é que informei a um minúsculo grupo de pessoas sem grande poder: meu exército de mendigos.

93.

Quando chegam a Redenção, a chuva finalmente cessa. A raposa Yin Yang está traçando os restos de ratos e corvos no cozidos do *waterzooï*.

Os cinco desmoronam nos bancos encharcados.

— Você não me respondeu. Realmente me ama, Duquesa? — pergunta Orlando.

— Não, eu disse isso no auge da raiva, simples pretexto para quebrar a cara daquela pestinha. É o meu lado italiano. Eu ia aplicar-lhe um corretivo de uma vez por todas, como ela bem merece, mas uma vez mais você estragou tudo, Barão. Como pode achar que eu amaria alguém que não passa de um grande palerma que sempre estraga tudo no pior momento?

— Conta aí: como é que você conseguiu desativar a bomba? — questiona Kim, interessadíssimo no aspecto técnico do feito.

Orlando procura um charuto no casaco. Estão todos molhados, exceto um. Encantado, ele o acende e o mama com evidente prazer.

— Eu me lembrei do meu curso de desativação de minas na legião. A recomendação era de que, na dúvida, sempre se cortasse o fio vermelho. Passa aí uma cerveja, Marquês.

O rapaz traz uma latinha gelada, abre-a e a entrega ao viking barbudo. O outro bebe e fuma ao mesmo tempo. E prossegue, estudado:

— Mas nesse caso não havia a menor chance, não tinha nenhum fio vermelho. Apenas três fios negros.

Orlando tira do saco a barra de plástico e o detonador.

— Felizmente é um modelo que eu já tinha visto no Afeganistão. Uma montagem muito simples. No início, eu queria arrancar os fios, mas, como não sabia se havia algum sistema de segurança, decidi tirar as baterias que estavam dentro do detonador.

— E daí?

— Bah, só isso — declara o guerreiro, soltando um arroto. — Sem detonador, nada de explosão.

Os outros quase ficam decepcionados que tenha sido tão fácil. Imaginavam, como nos filmes, que seriam muitos fios, sendo necessário encontrar o bom. Ou então que seria preciso descobrir uma combinação secreta para deter a contagem regressiva.

— Proponho que seja exibido no mastro principal da cidade. Será o nosso troféu. Assim, poderemos lembrar que conseguimos uma coisa importante uma vez na vida — diz Orlando.

Unindo o gesto à palavra, ele lança mão da caneta pilot e escreve novas palavras no cartaz, onde agora se lê:

"REDENÇÃO.

5 almas.

0 chatos.

1 bomba desativada."

Esmeralda não parece muito entusiasmada com essa nova decoração.

— Diga lá, Barão, tem certeza mesmo? Não existe nenhum risco de essa coisa explodir?

— Para isso, Duquesa, seria preciso botar a bateria de novo no detonador — esclarece Orlando, simplesmente.

Esmeralda olha com desconfiança para o estranho objeto, do qual pendem fios elétricos, como finas serpentes enrijecidas.

Fetnat oferece o fruto de suas reflexões.

— E o terrorista, nenhum risco de...

— De o quê? De ficar zangado conosco por termos roubado seu brinquedo? — pergunta Orlando. — Isso aí, já o estou vendo apresentando queixa por roubo de bomba.

O viking cai na gargalhada, e seus largos ombros se sacodem.

— Bom, eles com certeza vão ficar intrigados, esses terroristas. São os únicos que sabem que nós entramos em ação.

— Bah, vão pensar que o detonador pifou. Sabe como é, essas máquinas mortais muitas vezes arrebentam na cara deles. Massacrar civis não é uma ciência exata.

Ele solta algumas baforadas, engole o que resta na lata de cerveja e a atira longe, ilustrando uma das vantagens de se viver num depósito de lixo: ninguém precisa ir atrás de uma lixeira para se livrar dos dejetos.

Na mente de Cassandra persiste uma ideia que toma conta de tudo:

As pessoas que iam morrer não estão mortas. Eu salvei vidas com meu dom especial. Consegui! Consegui! CONSEGUI!

A garrafa de vinho vai passando de mão em mão, enquanto eles arrotam sucessivamente, em sinal de união. Só Cassandra sacode a cabeça, recusando o álcool. Lembrando-se do resultado da última bebedeira, eles não insistem.

— Vocês viram como o vagão estava cheio? Naquela prisão de metal, em pleno túnel, teria sido uma carnificina — especula Fetnat em voz alta.

— Isso aí, pode crer, teria sido...

Para concluir sua frase, Orlando solta um enorme peido sonoro.

— Mas o fato é que ninguém sabe o que nós fizemos, e ninguém virá dizer obrigado, se entendem o que eu quero dizer — frisa Fetnat.

— No máximo, a única coisa que vão lembrar é que um bando de mendigos entrou no metrô sem pagar — acha graça Kim.

— Isso mesmo, tem razão — irrita-se Esmeralda. — Não só eles não se dão conta de que os salvamos, como ainda por cima acham que somos nós os importunos a serem descartados. É o mundo de cabeça para baixo. Eu me pergunto por que foi que fizemos isso.

Pela sua Redenção.

Esmeralda coça-se. Os outros a imitam.

— No meu caso — faz Orlando, sorrindo em sua barba —, este dia serviu para ficar sabendo de algumas coisas... Não é mesmo, Duquesa do meu coração?

Ele lhe manda um beijo de longe, e em resposta ela cospe nos seus pés.

— Não se enxerga, não, gordo? Está pensando que urubu é louro? "Não é porque vovó ama a natureza...

— ... que vamos atirá-la às urtigas", a gente já sabe. Ah, como eu detesto essas suas frases-feitas! No fim das contas, até que a gente forma um bom comando — acrescenta ele. — A Princesa nas previsões, a Duquesa na gestão das finanças, o Visconde nas armas químicas e gasosas e o Marquês na informática e nas comunicações. Realmente, um excelente trabalho de equipe de choque.

Ao ouvir a palavra trabalho, Yin Yang se eriça sobre as patas, grunhindo. Desde que salvou Cassandra, ela se tornou a heroína de quatro patas da tribo, e os cinco a alimentam como se fosse um membro de pleno direito.

— Mas de qualquer maneira essa historinha nos custou caro. Estamos arruinados — queixa-se Esmeralda.

— Nós somos mendigos, é normal não termos dinheiro — filosofa Kim Ye Bin. — Além do mais, dinheiro não dá felicidade.

— Ah, se existe um provérbio cujo antiprovérbio funciona melhor é exatamente esse! — contesta Orlando.

— Estamos arruinados, não poderemos apostar na Loto esta noite — insiste Esmeralda.

Fetnat reflete:

— Talvez, mas para a próxima semana ainda é possível, se apostarmos amanhã. E para nos recuperarmos, só vejo uma solução: os ciganos.

94.

Nunca devemos esquecer de pedir desculpas quando temos sucesso; caso contrário, ficarão com raiva da gente.

Eu devia ter pedido desculpas por ter previsto o que aconteceu.

Eu devia ter pedido desculpas por ter um dom que me diferencia.

Depois de passado o entusiasmo, eles só se lembrarão de uma coisa: estávamos tranquilos aqui, e por causa dela não estamos mais.

Quem acorda os que estão dormindo nunca é bem-visto. Preciso prestar atenção, senão eles vão me rejeitar.

Como todos os outros, acabaram sempre rejeitando as pessoas como eu.

95.

Eles distribuem as tarefas.

Esmeralda arranca as peles de ratos e cães ainda encharcadas da água da chuva.

Orlando usa sua oficina de amolador para amolar facões e flechas. Fetnat, munido de uma foice, colhe plantas que afloram acima do telhado de sua cabana.

Kim Ye Bin faz sinal para que Cassandra o siga. Eles caminham lado a lado, em meio aos odores úmidos, e chegam diante de uma montanha de velhos computadores, telas, teclados e placas-mães. O jovem coreano explica-lhe que há ouro, cobre e diferentes metais no interior dos componentes eletrônicos. E ele pretende vendê-los aos ciganos do ferro-velho.

— Muita gente não sabe, mas o nosso lixo contém tesouros.

Depois de escarafunchar um primeiro amontoado de computadores, o rapaz a conduz até uma segunda montanha, e uma terceira, especializada em dejetos eletrônicos. Enche então seu saco de placas e objetos estranhos. Em seguida, aproxima-se de Cassandra e lhe oferece um chiclete, que ela aceita.

— Não devemos estranhar — diz, mastigando ruidosamente. — O problema de Esmeralda é ser admirada. O problema de Orlando é ter perdido a filha. O problema de Fetnat é que duvida do seu talento de médico.

— E o seu problema, Marquês, qual é?

— Eu não suporto essa grande internacional dos patifes, ditadores mafiosos totalitários, todos de conluio para escravizar os pobres. E ainda por cima querendo levá-los a acreditar que é para o seu bem. Kim Il Sung mostrou-me o caminho do meu combate pessoal! Basta passar os olhos na lista repugnante dos seus amiguinhos e temos a lista dos maiores quistos do mundo. Birmânia, Irã, Sudão, Somália, Líbia, Coreia do Norte, República Democrática do Congo, Cuba, Venezuela, e eu poderia citar mais 150, países totalitários nos quais é uma desgraça nascer e onde o ódio é inculcado nos indivíduos desde o maternal, para que o sujeito nunca enxergue a realidade e cale a boca. E dessa realidade quem se aproveita é um grande babaca que só sabe abusar dos outros, valendo-se da situação para encher os bolsos. Grrrrr!!! Enquanto houver um ogro desses no poder, eu considero que tenho algo a fazer. E você pode estar certa de que os terroristas cuja ação impedimos hoje tinham chefes que vão comer e se divertir com o meu amigo Kim Il Sung.

Ela sacode a cabeça, compreensiva.

Ele tem fobia de ditaduras... mas em que isso pode afetá-lo aqui nesse depósito de lixo?

Um grupo de ratos apressados passa furtivamente.

— Quanto aos nossos concidadãos... não precisamos nos ressentir deles, mas também não se iluda, Princesa. Orlando, Esmeralda, Fetnat, não são propriamente poços de gentileza, e nunca serão seus amigos. Tarde demais, eles não sabem mais amar. Têm um passado sujo demais para poder lavá-lo. Eles não mentiram para você, apenas deixaram de contar o fim da sua história. Todo mendigo inventa um passado glorioso, no qual é o herói e a vítima, e onde todo mundo está errado, menos ele.

O jovem coreano cospe no chão para pontuar seu discurso.

— Mas a realidade é outra. Ou melhor, a versão que você ouviu era incompleta. Aqui vão, portanto, os fins que ficaram faltando. Esmeralda disse que nunca fez filmes de caráter sexual? Deveria ter esclarecido que, se não os fez, nem por isso deixou de fornecer amigas a realizadores de filmes pornô. Algumas eram muito jovens. Nem sequer maiores de idade, se entende o que eu quero dizer. Apenas colegas que conheceu nas eleições de Miss Camiseta Molhada, e das quais se tornara madrinha. E ela ganhava dinheiro para isso. O que já fica parecendo um trabalho de cafetina, não acha?

Agora estou entendendo por que ela despreza tanto as jovens bonitas. Seu prazer era destruí-las ou conspurcá-las.

— Orlando. O legionário de grande coração, às vezes um pouco ríspido, e que, sob efeito do álcool, tem o punho suscetível? Sim, mas o que ele esqueceu de dizer é que fazia tráfico de armas por conta própria. Se teve problemas com seu capitão, foi por ter sido apanhado com a boca na botija.

E em vez de recuar, quebrou-lhe a cara, na esperança de que ele calasse a boca. Orlando é o tipo do sujeito que tende a agir em legítima defesa contra pessoas que não o estão atacando. Se você entende o que eu quero dizer.

No fim das contas, eu bem que gosto dessa expressão do Fetnat: "Se você entende o que eu quero dizer", parecem três pontos de suspensão que exatamente fazem aparecer um filme na minha cabeça.

— No início, eles trataram de abafar umas negociatas bem feias, mas depois ficou evidente demais. E o puseram para correr.

O jovem de mecha azul cospe de novo no chão.

— Fetnat lhe disse que era pupilo do seu mestre, Dembelé, e que ele gostava de ingredientes de qualidade. Mas esqueceu de dizer que o abastecia de matéria-prima para suas poções. Acontece que um dos ingredientes mais valorizados nesses pós... são os albinos.

Ele para por um momento.

— Você sabe, essas pessoas que têm um problema de pigmentação que deixa a pele muito clara, às vezes completamente branca, os cabelos brancos e às vezes os olhos vermelhos, mesmo quando são negros...

Cassandra não ousa entender.

— Pois bem, quando ele diz que não gosta de brancos, deveria esclarecer que mandou desta para melhor alguns de seus congêneres cujo único crime era terem nascido com a pele branca. Entre os feiticeiros de lá, os albinos são muito procurados. Um braço, uma perna de albino é um ingrediente sagrado. Posso lhe garantir que, quando os feiticeiros morrem, eles cobrem seus restos mortais com camadas de cadáveres de albinos. De tal maneira que certas associações humanitárias europeias tiveram de recolhê-los em centros protegidos. E esses centros são atacados com fuzis e metralhadoras por fornecedores de ingredientes para feiticeiros!

Isso eu não sabia.

— Na Tanzânia, na República Democrática do Congo e em Burundi, eles inclusive promovem abertamente a caça aos albinos. São perseguidos como animais. Fetnat era um grande caçador de albinos. Deve ter matado várias centenas.

Kim cospe mais uma vez, como se quisesse livrar-se desse estigma.

— Por isso é que eles não têm direito de julgá-la. Você lhes permitiu realizar algo honroso pela primeira vez na vida. Deveriam agradecer-lhe.

Cassandra visualiza os cadáveres de albinos amontoados sobre os caixões dos feiticeiros, sendo tomada de incontrolável repulsa.

— E você, Marquês, como é sua história completa? — questiona ela.

— Já lhe disse: eu odeio os regimes totalitários. Desviei dinheiro que devia ir para ditadores, só isso.

— Só mesmo?

— Sim. Eu juro.

— Tem certeza?

Ele hesita, depois resmunga:

— Mas é claro que eu também fui jovem: roubei bolsas e bati carteiras que ficavam saindo dos bolsos quando precisava comer. Como qualquer um quando é jovem, ora.

Ela sacode a cabeça.

Não, talvez nem todo mundo...

— E também andei uma época com um bando de anarquistas. Andei dando porrada em bandos de fascistas. Não tolero a intolerância. Eles vinham nos provocar. Eu tinha o meu nunchaku e tive de me defender.

Ela o deixa falar, para que ele leve ao fim sua confidência:

— Não gosto de violência, mas quem vier atrás de mim vai me encontrar. Digamos que eu também posso ser um defensor um pouco... agressivo. É isso, é a boa expressão, sou capaz de agredir fortemente para não ser atacado. O que me aproxima de Orlando.

Seu olhar se perde no horizonte, ele rebusca nas lembranças.

— E, além do mais... bom, devo ter distribuído golpes de nunchaku para ser respeitado pelos albaneses, nada mais que o cotidiano de um fora da lei, ora.

— E você se drogou?

— Eu? Não, você está brincando. Só faltava essa! Digamos que... só durante o meu breve período de traficante eu experimentava os produtos antes de vendê-los, para poder explicar aos clientes, ora essa. Exatamente como um vendedor de vinho prova o seu vinho, sem ser necessariamente alcoólatra.

Cassandra assume um ar compreensivo.

— Nada mais. Juro. Nunca me piquei com uma seringa. E nada de estupros, nem de crime de sangue. E oportunidades é que não faltaram, posso lhe garantir. Eu sempre resisti à tentação. Estou *clean*.

— Então do que está fugindo?

— Eu nunca consegui a nacionalidade francesa, e então a coisa é delicada para mim. Se for apanhado, nem que seja só pelo caso do desvio de fundos, posso ser posto para fora.

Kim é como eles. Mente. Provavelmente fez coisas graves, mas não quer confessar.

— E você, Princesa, é assim tão inocente quanto afirma?

Cassandra não responde. Tendo subido ao alto de uma montanha de pneus, ela contempla a grande usina de incineração, com suas duas chaminés que não expelem mais fumaça.

— Que é que está olhando? Ah, Moloch! Nosso dragão amordaçado.

A jovem desce a montanha e corre na direção da usina, detendo-se ante a grande porta metálica. A entrada do incinerador está impedida por uma espessa corrente rematada num cadeado. Lacres oficiais, desbotados pela chuva, proíbem a entrada.

Ela toca na corrente.

— É enorme e está vazio — informa Kim.

Ela lança mão de um bastão e percute as paredes, para ouvir o eco e tentar deduzir o volume interno da construção.

— Cuidado! — grita o rapaz.

Tarde demais.

Ela atingiu um ninho de abelhas selvagens acomodado numa cavidade. Imediatamente as abelhas saem em enxame e os atacam. Os dois saem correndo e se metem numa carcaça de automóvel, fechando os vidros.

— Abelhas. Elas são selvagens e se alimentam de flores que brotam no depósito. E produzem mel, já pensou? Todas as abelhas estão desaparecendo no mundo, mas não estas, que são mutantes.

Cassandra sorri.

— Por que está sorrindo, Princesa?

— Porque nós estamos na situação inversa das abelhas capturadas por crianças. Você sabe, quando as apanham botando um copo em cima. Aqui, nós é que estamos na prisão, e elas, do lado de fora, olhando para nós através das vidraças.

Ele afasta a mecha de cabelos que lhe cai na testa e a contempla gravemente.

As abelhas continuam rodopiando em torno do automóvel. O relógio de Cassandra indica "Probabilidade de morrer em 5 segundos: 15%."

Ela fecha os olhos e tenta entrar em contato psíquico com as abelhas.

— Não sei o que você fez, mas parece que estão se acalmando — reconhece o coreano.

— Na minha intenção, eu rompi o fosso que nos separava. Acho que as fiz compreender que eu era, como elas, uma habitante do depósito.

Os dois saem e... são picados. O que prontamente lhes causa pequenos inchaços dolorosos nos braços.

— Tudo bem, ainda não está bem no ponto, mas acho que sou capaz de agir psiquicamente para que minhas defesas naturais produzam o veneno.

Ela olha o mostrador do relógio, que indica "Probabilidade de morrer em 5 segundos: 41%."

Ufa, estamos abaixo dos 50%. Probabilis não viu as abelhas, pois não há nenhuma câmera aqui, e o computador não tem como saber o que está nos acontecendo. Em compensação, agora ele entendeu que havia um problema, por causa da minha aceleração cardíaca.

As abelhas de ferrão arrancado agonizam a seus pés, zunindo surdamente.

Papadakis tinha razão, elas não pensam. São programadas para atacar e morrer, não têm capacidade de distanciamento nem livre-arbítrio. Como esses jovens educados em escolas religiosas para se tornarem matadores e que nunca se questionam.

Eles saem correndo a toda velocidade. Quando já se consideram a boa distância do perigo, jogam-se no chão, sobre um monte de sacos de plástico.

— Você é maluca! — diz ele.

Você também.

Os dois respiram fundo.

— Não gosto de malucos.

Não gosto de gente que... não gosta de mim.

"Probabilidade de morrer em 5 segundos: 32%."

— Para que serve esse relógio?

— Se eu dissesse, você não acreditaria.

96.

E por sinal, nem eu mesma acredito.

Quem é meu irmão?

Quem é o ser genial e demoníaco que criou este objeto?

Quando tivermos resolvido as contingências locais, terei de encontrá-lo. Só depois de encontrá-lo é que poderei saber quem eu era e por que sou assim: um ser sem passado, voltado exclusivamente para o futuro.

Quero recuperar minhas lembranças, e para isso terei de escarafunchar no depósito da minha memória.

97.

Delicadamente, Fetnat Wade deposita nas picadas de abelha um unguento especial à base de dentifrício, roquefort e graxa. Aproveita para verificar se as mordidas de rato já cicatrizaram. Alguns passos adiante, Esmeralda dobra as peles de cães para guardá-las em sacos.

Orlando passa graxa nos facões e flechas que afiou. Cada um está ocupado com suas tarefas, enquanto Kim escapa por um segundo às mãos de Fetnat para sintonizar sua televisão no canal de noticiário. A voz do jornalista sobe nos alto-falantes:

1 — E para começar: futebol. Na Liga dos Campeões da Europa, o Juventus de Turim derrotou o clube de Chelsea por 2 a 1, graças a um pênalti de último minuto cobrado por Ronaldinho. Violentos incidentes ocorreram depois da partida. Foram registrados dois mortos e um ferido grave do lado inglês, contra dois entre os torcedores italianos. O árbitro também foi agredido, sendo transportado com urgência ao hospital. Sua vida não corre perigo, mas ele pode perder um olho.

2 — Acidente ecológico: um navio de bandeira grega encalhou no litoral da Bretanha, em frente à praia de Carnak. Do casco do petroleiro derramam-se toneladas de combustível no litoral próximo. As associações ecologistas já falam de catástrofe para a fauna e a flora locais. Negociações com vistas a indenizar os moradores já foram reiniciadas.

3 — Novo escândalo econômico: a indústria automobilística, prevendo uma queda nas vendas, começou a demitir em massa. Isso agrava os índices

de desemprego, diminuindo o poder aquisitivo médio dos franceses, o que, por sua vez, acarreta uma... queda no consumo de automóveis.

4 — Política internacional. O Zimbábue enfrenta uma grave epidemia de cólera. Já são mais de quatro mil mortos e dezenas de milhares de pessoas afetadas e sem tratamento. O presidente da França ofereceu-se para organizar um movimento de ajuda internacional ao país. Mas o presidente Robert Mugabe, 85 anos, declarou: "Que os outros países cuidem dos seus problemas." Ele lembra que não criticou a França quando da crise da vaca louca na Europa, e pede então que não o critiquem por seus "pequenos problemas médicos internos". Após a emissão pela OMS de um relatório alarmista, Robert Mugabe decidiu fechar as fronteiras aos jornalistas e às organizações humanitárias, que, segundo ele, não passam de espiões interessados em disseminar informações falsas para desacreditá-lo e promover a causa de seus adversários.

5 — Política internacional. Na China, há falta de mulheres em consequência da moda das "ultrassonografias", que levam ao aborto dos futuros bebês do sexo feminino. Tradicionalmente, as famílias querem meninos, e não desejam mudar seus comportamentos ancestrais.

6 — Incidente em Paris. Usuários do metrô queixaram-se da incursão de mendigos particularmente sujos que provocaram um falso alerta de bomba. Eles foram captados pela câmeras de segurança, e estão sendo procurados pela polícia. "É necessário aumentar a vigilância e os controles, mas nos falta pessoal", declarou o presidente da Régie Autonome des Transports Parisiens. "Temos aqui uma ilustração do problema dos novos pobres desesperados que não sabem mais o que fazer para chamar a atenção", respondeu o líder da oposição, acrescentando: "Em virtude da crise econômica, é cada vez maior o número de sem-tetos. Esse fato lamentável é sintomático da política deste país, que esquece os pobres para privilegiar os ricos."

7 — Loto. Aqui estão os números vencedores do sorteio de hoje...

Todos param o que estão fazendo e ouvem com atenção os números recitados. Fetnat levanta-se de supetão e cospe no chão.

— Merda! Os números que eu costumo jogar!

— É tudo culpa daquela chatinha — murmura Esmeralda.

Orlando atira uma garrafa, para ouvir o barulho dos estilhaços.

— Agora a chatinha se chama Princesa — insiste ele. — Vamos arrumar dinheiro com os ciganos!

98.

O que quer que eu faça, sirvo apenas para atrapalhar o mundo.

Somos todos como pedras jogadas na água que provocam ondas, mas as minhas fazem ondas enormes.

E ninguém gosta disso.

99.

Quando já se aproximam do acampamento dos ciganos, a oeste, um delicioso cheiro de carne grelhada invade suas narinas, cobrindo a fedentina do depósito.

Grandes mesas cobertas com toalhas quadriculadas de vermelho e branco foram preparadas, e sobre elas se alinham pratos cheios de alimentos multicoloridos e perfumados. Bois inteiros, espetados em ferros da sucata, giram por cima de grandes braseiros.

Quando os redencionistas aparecem na entrada do acampamento, uma centena de pessoas estão reunidas em torno de um trailer bege. Elas esperam, preocupadas. Cassandra não ousa perguntar o que está acontecendo. Orlando faz sinal para que se cale e observe.

Volta e meia, o trailer é sacudido. Ouve-se uma respiração ofegante, que se transforma em ganidos agudos. Vem então um grito único que se eterniza.

Estão matando alguém?

Por reflexo, a jovem olha o relógio: "Probabilidade de morrer em 5 segundos: 14%."

Faz-se então silêncio, e uma silhueta se aproxima da janela do trailer. Ela levanta as cortinas e exibe um lençol com três manchas vermelhas no centro. Imediatamente a multidão de ciganos aplaude, e um jovem casal de roupão sai, ovacionado.

Kim Ye Bin explica, sussurrando no seu ouvido:

— É um casamento. Eles acabam de fazer amor. O sangue no lençol é a prova de que a noiva era virgem.

Os dois jovens de fato parecem muito felizes e banhados em suor. As mulheres começam a gritar, enquanto quatro violonistas, um violinista e um tocador de tamborim dão início a uma música endiabrada.

Todo mundo imediatamente começa a dançar.

Esmeralda dirige-se a um homem de porte imponente e lhe mostra suas peles de ratos e cães. Ela exibe certos modelos costurados em forma de cigarreira ou luvas para o inverno. O homem parece impressionado com um par de luvas de pele de rato. Os dois discutem, e ela então se fecha com ele num trailer.

Orlando dirige-se a um sujeito magro de rosto triangular, exibindo lâminas, arcos e flechas. O que mais parece interessar-lhe é uma baioneta autêntica, datando de 1914-1918.

Fetnat oferece saquinhos de pós medicinais a um grupo de homens, garantindo que lhes darão uma virilidade na cama que vai impressionar suas mulheres. Eles respondem que já usam Viagra. O senegalês não se dá por achado diante desse argumento tão manjado, e responde que no caso do Viagra ainda não puderam ser suficientemente estudados os efeitos colaterais, ao passo que o seu pó é testado há milênios, com 100% de eficácia. Trata-se de uma mistura de afrodisíaco vegetal, moscas cantáridas moídas e gengibre.

— Além do mais, o gosto é ótimo — acrescenta ele, professoral.

Por uma questão de precaução, ele propõe que sejam privilegiados os produtos seguros, tradicionais, em detrimento de experiências novas. Os outros hesitam, e depois começam a discutir o preço.

O grande senegalês junta-se em seguida a um grupo de mulheres, mostrando-lhes potinhos de iogurte etiquetados, além de garrafas cheias de um líquido amarelado. Assegura que com essa bebida, ingerida toda manhã, elas terão orgasmos decuplicados, adiando a idade da menopausa.

Cassandra fica se perguntando se, com sua conversa-fiada, Fetnat não estaria vendendo a essas mulheres um litro da própria urina. E, passado um momento de nojo, ela não pode deixar de admirar seu talento de comerciante.

— Agora é a nossa vez — diz Kim.

De posse de seu saco cheio de rebotalho eletrônico, ele se aproxima de um sujeito fortão de casaco marrom. O indivíduo incrusta uma lupa no olho direito e então examina, aprova ou recusa as placas de silício e cobre.

— Pode ir comer, se quiser, Princesa — diz o rapaz de mecha azul —, eu vou fazer negócio com esses cavalheiros.

Cassandra contorna o grupo de dançarinos e vai se sentar num banco de carvalho mal-ajambrado. De posse de uma colher de madeira, ela aprecia um prato que se revela de caviar de berinjela com molho de páprica. Mais adiante, encontra cebolas fritas acompanhando ovos mexidos. Salada de tomates, pão com cominho, cenouras apimentadas.

Finalmente pratos frescos com ingredientes que não passaram do prazo de validade.

Uma mulher sorridente serve-lhe um alimento que ela não consegue identificar. Cassandra experimenta com a ponta da língua, acha bem gostoso, mas manifesta sua ignorância. Sua vizinha informa:

— Ouriço assado. Ele é passado na argila, e forma uma grande bola que é levada ao fogo. Quando ela está dura como tijolo, é quebrada e o ouriço está cozido. Desse modo, além do mais, os espinhos ficam presos na argila, é mais fácil de comer.

Cassandra afasta o prato e cospe na mão o alimento que mal começava a mastigar, para em seguida jogá-lo no chão.

Uma menina mais jovem, com os punhos e os tornozelos enfeitados com rodelas de metal, vem se sentar diante dela.

— É você a nova namorada de Kim?

Cassandra sacode a cabeça.

— Conta outra! Vai querer dizer que uma garota bonita como você não está com o Kim?

Cassandra nem se dá ao trabalho de argumentar.

— Você é uma mentirosa nojenta. Mas pode dizer a ele que haverá sempre uma só mulher na vida dele, e sou eu: Natália!

Pode ir dizer pessoalmente.

"A cada um sua merda."

Cassandra nota que Esmeralda compra várias revistas de fofocas de um cigano que parece detentor de um estoque considerável. Depois, um homem de bolero bordado negro e amarelo dirige-se a ela:

— Que é que uma garota bonita como você está fazendo com esses quatro tarados?

Quando ele abre a boca, ela distingue alguns dentes de ouro. Um brinco brilha na sua orelha esquerda. No polegar, ele tem um enorme anel do mesmo metal.

— Deixa ela em paz, Manolo! — lança uma velha cigana sentada numa cadeira de rodas.

— Mas, vovó...

A velha volta-se para Cassandra.

— Queira desculpar os maus modos dos meus netos, senhorita, eles acham que com as estrangeiras tudo é permitido. Gostaria de convidá-la a tomar um licor em minha casa. Seria possível?

A mulher parece Jean Gabin de peruca, seios enormes e muita maquiagem, que servem apenas para chamar ainda mais a atenção para o cerrado tecido de suas rugas. Sua voz é grave como a do ator.

Ela conduz Cassandra a um trailer com um cartaz anunciando: "MADAME GRAZIELLA, GRANDE ASTRÓLOGA CARTOMANTE." Na fachada estão pintadas uma mão aberta cor-de-rosa, estrelas fluorescentes e uma bola de cristal azul e negra. Acima: "Reputação internacional", e mais adiante: "Apareceu na televisão."

O trailer é equipado com uma rampa para que a velha cigana possa entrar com sua cadeira de rodas. Lá dentro, a visitante descobre todo um aparato de objetos os mais variados: anjos de gesso, uma grande cruz dourada, estatuetas representando a Virgem em oração, santos de plástico made in China combatendo leões do mesmo material.

A velha cigana convida a mocinha a se sentar numa imensa poltrona elevada, forrada de pele de cabrito dos Alpes.

Do lado de fora, o violonista cigano faz sua demonstração, tecendo rendilhados de arpejos com a ponta das unhas.

Madame Graziella manda fechar a janela do trailer para diminuir o barulho.

— Fetnat me falou de você. Disse que você vê o futuro. O que vem a calhar, é o meu território favorito.

A cigana toma-lhe as mãos e vira as palmas para o alto. Em seguida, fecha os olhos. Cassandra sente vontade de fugir, mas o rosto enrugado como uma maçã velha que tem à frente não lhe parece hostil.

— É preciso dizer que ninguém tem realmente o poder de conhecer o futuro. Ninguém, nem eu! E posso dizê-lo com tanto mais certeza por ser astróloga e cartomante, filiada ao sindicato internacional das cartomantes profissionais, e isso há 45 anos.

Ela mergulha os olhos nos da convidada.

— Sinto que está vindo a sua próxima pergunta: "Mas se não é possível conhecer o futuro, de que adianta?" Pois eu vou dizer-lhe. Nós, os astrólogos, temos uma função social muito precisa: nós servimos para tranquilizar.

As pessoas estão constantemente mergulhadas na dúvida, e nós lhes fornecemos respostas. Elas podem ser verdadeiras ou falsas, mas pelo menos existem, graças a nós. Além disso, o importante é o tom. Se você disser às pessoas, com convicção: sinto que você vai receber um dinheiro, elas vão dar um jeito para que isso aconteça.

Ela se inclina para a frente, para se certificar de que está sendo ouvida.

— Todo mundo quer que as nossas profecias se realizem. Se você disser: sinto que você vai encontrar seu grande amor, eles vão se empenhar mais na próxima relação sentimental. O que poderia ter sido apenas um flerte vai evoluir para um casamento, e será graças a nós, as videntes da boa sorte, que alegamos ver o futuro.

A velha cigana dá um risinho e o sufoca com a mão.

— Nós é que os programamos para que eles construam o futuro que lhes é proposto. É este o grande truque: nós é que inventamos o futuro.

Madame Graziella faz essa afirmação como se estivesse revelando um grande segredo.

— E se eu realmente visse o futuro? — arrisca Cassandra.

A velha cigana olha para ela fixamente e cai na gargalhada. Mas não deixa de se surpreender com a segurança da mocinha.

— Não mudaria nada. No máximo, se você realmente tivesse esse poder, serviria apenas para lhe atrair problemas. E de qualquer maneira ninguém lhe daria ouvidos.

Cassandra sustenta o olhar penetrante, que parece remexer no seu interior.

— Uma vez me ouviram — anuncia.

As mãos de Graziella envolvem as suas com a força das garras de uma águia.

— Vão ficar com raiva de você! Todo mundo vai acabar te detestando. É o comportamento natural dos seres humanos. A gente avisa, mas eles não querem ouvir. César, o imperador romano, foi avisado por seu oráculo pessoal do seu provável assassinato nos Idos de Março, mas não ouviu e tombou sob dezenas de facadas. E quantos outros como ele... Nem chega a ser uma questão de antissuperstição. É só que eles preferem ouvir belas mentiras do que verdades preocupantes.

A velha cigana está satisfeita por ter revelado à jovem uma informação tão importante.

— Em geral, até mesmo à parte os grandes dirigentes que governam o rebanho, todo mundo sempre soube o que não se devia fazer. E... continuaram a fazê-lo assim mesmo.

Ela passa a mão na bola de cristal.

— Quanto aos que avisaram, em geral não tiveram destinos muito invejáveis. Foram sistematicamente rejeitados. Os que não foram executados foram difamados e esquecidos.

Cassandra tenta entender aonde Madame Graziella quer chegar.

— Graças a minhas visões, eu salvei pessoas hoje.

— Sim, eu sei, Fetnat me contou. Você conseguiu convencer o pessoal de Redenção. Mas são apenas mendigos. Você se tornou o oráculo dos "relegados". Grande coisa. Eles não podem fazer muita coisa. Não têm dinheiro. Os grandes astrólogos sempre viveram na corte dos poderosos: reis, presidentes, imperadores. E não com pedintes.

— Os meus "pedintes", como a senhora diz, impediram um massacre de inocentes.

Madame Graziella não parece questionar essa afirmação.

— Para cada atentado frustrado, quantos não virão ainda? Você quer conter com as mãos a enchente de um rio? Prever atentados, acredite-me, não é um bom mercado. Nem existem clientes! Quem estaria disposto a pagar para saber antecipadamente desse tipo de horror?

Mas o que é que ela quer? Que eu fique olhando o mundo desmoronar pela televisão, sem reagir? Sempre haverá aqueles que se perguntam por que o mundo é assim, e os que se perguntam o que fazer para mudá-lo. Eu estou na segunda categoria. O como é mais forte que o porquê.

— De qualquer maneira, não serve para nada. Enquanto um acontecimento não estiver gravado na memória coletiva, não existe. E você nunca conseguirá que seu talento seja reconhecido. Jamais vai ouvir um obrigado. Não, pelo menos se pretender ter grandes visões coletivas. Em compensação, se tiver pequenas visões individuais, será não só reconhecida, como também rica e respeitada. Como eu. Sem sequer precisar ter realmente um dom. Apenas tranquilizando as pessoas.

Que é que ela quer de mim?

— Trabalhe comigo, estou disposta a contratá-la, pois não tenho mais tempo para atender a toda a minha clientela, em vista da demanda. Aumentei a minha tarifa, mas, em vez de afastá-los, serviu apenas para atrair mais clientes. Quanto mais caro pagam, mais consideram que é coisa séria, e mais funciona. Como a psicanálise.

Madame Graziella inclina-se e sussurra no seu ouvido:

— Proponho 70/30: 70% para mim e 30% para você. Naturalmente, fico com a maior parte, pois sou eu que forneço o local, a clientela e a técnica.

— Eu não vejo futuros individuais. Não tenho esse poder.

— Pouco estou ligando que você vê ou não o futuro. O importante é que Fetnat acredite. O que significa que uma pessoa inteligente, versada nas coisas do Invisível, está convencida de que você tem um dom. É o que me basta. É esse o teu poder. Se você convenceu um refratário, pode convencer mil ingênuos.

A velha cigana mostra-lhe uma mesinha sobre a qual uma bola de cristal repousa num suporte de couro com anjos esculpidos. As pontas das asas sustentam a esfera transparente.

— Bom. Do ponto de vista prático, como se desenrola uma sessão? Primeiro, você cobra. Como as prostitutas, a gente começa pelas contingências materiais, para só então passar às espirituais. Pessoalmente, cobro 50 euros por sessão. Você pode cobrar mais, se perceber que o otá... quer dizer, o cliente está bem-vestido. Veja bem os sapatos e o relógio, são os indícios reveladores. Em seguida, pegue esta bola de cristal. Peça ao cliente que olhe bem no centro, e comece a fazer perguntas inofensivas, para ir cercando daqui e dali. Os lances básicos. Trabalho. Vida em família. Saúde. E depois você inventa um futuro para ele. Pode confiar nele, como eu dizia, é ele que vai se virar para concretizá-lo! É o cliente que faz tudo...

Cassandra arrisca uma expressão dubitativa.

— Mostrar-se sempre positiva, dando valor. Se o cliente diz que é solteiro, por exemplo, você diz que ele vai conhecer a mulher da sua vida. Se o cliente diz que acaba de ser demitido, você diz que ele vai encontrar um emprego ainda melhor. Como vê, não é complicado, é antes um trabalho de apoio, num mundo em que todo mundo se sente sozinho e abandonado. Se a cliente pergunta se está sendo enganada pelo marido, você diz que não. Mas que é necessário que ela tenha uma conversa séria com ele. Em caso de hesitação na compra de uma casa ou de um bem de grande valor: sempre estimular a assumir riscos. De qualquer maneira, faz com que as pessoas mudem de vida, e é o essencial. Como vê, você pode fazer muito bem sem se cansar. Nem precisa de diplomas nem de formação nenhuma. Eu lhe empresto a bola de cristal, a poltrona e até algumas velas, se quiser. E então, está bem assim, 70 para mim, 30 para você?

Cassandra levanta-se, mas Madame Graziella imediatamente lhe agarra o punho e o aperta com uma força espantosa para uma pessoa da sua idade.

— Ah, já entendi. A senhorita é osso duro de roer. Muito bem, 60 para mim e 40 para você, mas disso eu não passo.

Cassandra se desvencilha e sai da carroça assim que pode. Na zona do casamento, o violonista que estava tocando uma espécie de flamenco cigano junto à fogueira interrompe a exibição e se aproxima dela.

— Quando você estava conversando com Natália, fiquei com a impressão de que é solteira. Está querendo companhia?

Kim surge de lugar nenhum e se interpõe:

— Sai daí, e vê se não encosta nela!

Os dois se enfrentam. Num piscar de olhos, o cigano sacou um facão e cortou o ar, passando perto da barriga do coreano de mecha azul, que recuou a tempo. Ele lança mão do nunchaku que trazia às costas e desarma o agressor com uma maçada certeira. Mas o cigano tirou da bota um punhal ainda mais longo. A clava do nunchaku desenha oitos zunindo no ar, a lâmina do cigano também rodopia.

A música não parou. Um grupo de ciganos, basicamente jovens, forma um círculo ao redor deles, como se essa rinha de galos fosse uma das atrações habituais de qualquer casamento digno do nome.

O cigano ataca. Kim escapa por pouco da ponta do punhal, reage com sua arma articulada, mas o outro é muito rápido. E então, com um chute certeiro, ele atinge sua mão e o desarma pela segunda vez. O cigano investe com a cabeça. Os dois se atracam e rolam na poeira, enquanto a multidão nitidamente estimula o adversário de Kim.

Mais velho e sobretudo mais robusto, ele consegue recuperar seu punhal. A cavaleiro de Kim, ergue bem alto sua arma e se prepara para trucidá-lo. Mas de repente cai, com os olhos revirados. Cassandra pegou um tijolo e atingiu a parte de trás do seu crânio. O corpo do cigano aderna lentamente.

Imediatamente, a música para. Um pesado silêncio cai sobre a festa. A assistência parece chocada com o fato de a jovem estrangeira ter ousado intervir numa luta leal.

O noivo já sacou seu facão. Outros na multidão brandem armas diversas. O relógio de pulso de Cassandra mostra "Probabilidade de morrer em 5 segundos: 71%."

Tenho de sair daqui. E depressa.

Os ciganos aproximam-se em silêncio, ameaçadores.

— A coisa está ficando feia. Vamos embora! — decreta Orlando, tirando um trabuco de dentro do casaco, para mantê-los a distância.

100.

Acho que fiz mais uma besteira. Onde quer que eu vá, atrapalho mais do que ajudo.

101.

A raposa Yin Yang os recebe ganindo.

Fetnat conta as cédulas e as entrega a Esmeralda, que as enfia no seu porta-moedas. Em seguida, vai buscar suas pomadas para tratar de Kim.

Esmeralda cospe no chão.

— Diga lá, Princesa, como ministra das Relações Exteriores e da Diplomacia, até que se saiu muito bem.

— Cala a boca! — diz Orlando —, os ciganos conhecem muito bem o valor da luta e da honra. Teriam nos desprezado se nos deixássemos insultar.

— Eu não gosto de ciganos — diz Fetnat.

— Eu não gosto de problemas — diz Esmeralda. — Os ciganos são nossa única maneira de conseguir uns trocados.

— Por essa vez passa — diz Kim, apresentando as cédulas que tinha esquecido de entregar.

Cassandra se cala, sem graça.

Sentam-se todos nos bancos de automóvel alinhados em torno da fogueira. Orlando, brandindo uma garrafa de álcool, insufla a chama da praça central. E repõe a marmita.

— Ainda temos *waterzooï*, quem quer?

O entusiasmo baixou. Todo mundo sacode a cabeça.

— Sugiro que o *waterzooï* de rato seja declarado nosso prato oficial — diz Orlando.

Ninguém reage. Orlando então mergulha uma concha na marmita, enche um prato e começa a comer sozinho. Encontra um pedaço de osso de rato e o cospe.

— Você só nos trouxe preocupações, Princesa do meu coração — resmunga Esmeralda. — E que foi que nós ganhamos? Perdemos dinheiro e ganhamos uma bomba desativada. Excelente negócio. Para não falar que devemos ter sido filmados pelas câmeras de segurança do metrô. A polícia está atrás de nós.

— Se sairmos, teremos de mudar de disfarce — comenta Kim, simplesmente.

— Nem pensar em sair! — insurge-se imediatamente a Duquesa, levantando-se. — Nunca mais sairemos daqui! Está ouvindo? Nunca mais! Que pelo menos esse erro nos sirva de lição. Os burgueses que morram, não estamos nem aí! Merda. Essa Cinderela enche mesmo o saco.

Ela entorna nervosamente uma lata de cerveja, arrota e vai se fechar na sua choupana. Logo se ouve uma música que ela põe em volume alto, o tema de gaita de *Era uma Vez no Oeste.*

Depois de remexer longamente o dedo no nariz, sinal de intensa reflexão, Orlando retira uma meleca, observando-a como se fosse o seu pensamento materializado, faz uma bolinha e, com um peteleco, manda-a longe.

Fetnat Wade peida, sacode a túnica para liberar o cheiro e desaparece.

Kim Ye Bin hesita um pouco e acaba cuspindo, para então entrar na sua cabana.

Assim se expressam os três estados do pensamento dos mendigos: matéria mole, gás e líquido. Cassandra fica sozinha no meio da praça principal de Redenção, acompanhada apenas da raposa, que a observa, sacudindo a cabeça.

Quer dizer então que é difícil conquistar a afeição deles, mas é fácil perdê-la.

A jovem de grandes olhos cinza claro levanta-se e, depois de hesitar um pouco, bate na porta da cabana de Orlando. Como não tem resposta, entra.

— A Duquesa está com muita raiva de você — solta ele, sem olhá-la.

— E você?

— Eu não. Esmeralda quer ficar famosa. Só pensa em ver sua foto na capa das revistas. Os acontecimentos recentes não a ajudam propriamente a alcançar esse objetivo.

— Sinto muito.

— Não, tudo bem. Você atrapalhou um pouco os nossos hábitos, mas nós já estávamos criando teias de aranha. A Duquesa conversou com a cigana. A velha acha que você tem uma maldição.

Cassandra dá de ombros.

— Ela queria que eu trabalhasse para ela. Eu recusei.

O enorme legionário coça a barba loura.

— Astróloga? Na verdade, a gente não gosta do futuro, pois ele nos dá medo. Eu vi na primeira página de um jornal da Duquesa esta manchete: "Pesquisa: 75% dos franceses têm medo do futuro e 62% preferem nem pensar nele."

Orlando dá uma risada.

— Mas não dá para viver sem pensar nem um pouquinho nele. Mesmo que nos dê medo. E todos nós temos os nossos truques para tentar fazer com que o "Futuro", com F maiúsculo, diga alguma coisa. Acho que dos seis bilhões e meio de seres humanos, três quartos já procuraram videntes, médiuns, feiticeiros, curandeiros ou astrólogos. E podem não gostar de confessá-lo. Para não falar dos amadores. O sucesso popular da Loto em todos os países não seria uma prova de que quem joga acredita no futuro?

O grande viking busca em seu estojo a guimba de charuto que quer fumar.

— No meu caso, é a borra de café — decreta, finalmente. — Vou lhe mostrar.

Convida então a mocinha a sentar-se, e põe água para esquentar numa panela.

— Foi na guerra que eu aprendi isso. No campo de batalha, a morte está presente em toda parte. Todo mundo tem medo de morrer, e então a gente quer saber se amanhã ainda estaremos nos desviando das balas.

Ele acende seu toco de charuto e começa a empestear o ar, botando para correr as moscas e mosquitos que rodopiavam por ali.

— Meu capitão na legião dizia: "Eu leio o futuro dos meus inimigos... nas suas entranhas fumegantes! E nunca me engano."

Ele cai na gargalhada e dá um tapa nas costas da mocinha.

— Muito boa, hein? Aí está uma frase que pelo menos tem a vantagem de ser infalível.

Ele pega uma xícara, verte duas colheres de Nescafé e começa a derramar a água fervente.

— A borra de café é mais legal que os intestinos humanos, e fede menos.

Eu não sabia que também dava para fazer com café instantâneo...

— Na verdade, não tenho nada contra a previsão do futuro. E por sinal todos os chefes de Estado do passado e do presente tiveram e continuam tendo seus astrólogos, ainda que tratem de escondê-los. Mitterrand, ao que parece, instalou um feiticeiro africano no Palácio do Eliseu, em plena residência presidencial. Dizem até que Giscard e Chirac se cruzaram na mesma vidente.

Orlando inclina-se para a jovem.

— Por que, então, nós não poderíamos?

Cassandra resiste, mas bebe o líquido escuro até o fim. Orlando entorna a xícara, examina-a e faz uma careta.

— Parece que o famoso teste de Rorschach, o grande teste de personalidade, foi tirado do exame da borra de café. Um psicólogo chegou à conclusão muito simples de que, interpretando as manchas da borra de café, as pessoas revelam sua psicologia... Assim, imprimiu manchas de tinta parecidas com as que vemos na borra de café e perguntou às pessoas o que viam nelas! Não é boa, esta?

Cassandra não acha graça. Orlando faz círculos com o fundo da xícara para examiná-la sob novos ângulos. Faz então várias caretas inspiradas. E então deposita o objeto, dando de ombros.

— Bom, reconheço que não é muito positivo. Parece que a sua vida, ou a vida de alguém muito próximo, vai chegar ao fim de repente. Caramba, acho que é melhor não ficar muito perto de você, Princesa. Talvez a velha cigana tenha razão, você tem uma espécie de maldição.

Cassandra sacode a cabeça. Para mudar de assunto, olha ao seu redor e vê a imagem de um bebê.

— Quem é?

— Minha filha. Tinha 18 meses. Nunca mais voltei a vê-la. A mãe proibiu-me de chegar perto dela. Hoje, deve ser uma mulher feita.

Ele esmaga o charuto com força.

— Agora vá embora, Princesa. A Duquesa não está errada, você me faz pensar nela. E não é bom para o estômago. Fico com úlcera.

Ele lhe dá as costas e fica olhando a foto da criança.

102.

A gente acha que conhece os outros. Eu mal começo a entender quem são essas pessoas. Preciso me esforçar para me interessar por elas. Esses mendigos são a base sólida a partir da qual poderei agir e entender.

Preciso deles para impedir os atentados, mas também para reencontrar meu irmão.

Isso, eu sinto. Eles não têm futuro, mas eu tenho.

103.

O vento sopra no depósito, levando sacos plásticos pelo ar. Uma coruja começa a piar, enquanto os morcegos rodopiam perseguindo mariposas noturnas.

Depois de breve hesitação, Cassandra vai bater na porta de Esmeralda.

A porta já está entreaberta. Ela a empurra, percorre a peça com o olhar. Por toda parte, fotos de celebridades. Ela entende que Orlando tem razão: Esmeralda vive através desses casais idealizados sobre os quais fantasia.

O cartaz do filme *E o Vento Levou* domina a parede, cercado de pôsteres de Romy Schneider, Marilyn Monroe, Claudia Cardinale, Gina Lollobrigida, Mylène Demongeot, Michèle Mercier, Dalida, Cyd Charisse, Greta Garbo.

Num canto, um velho projetor enferrujado de cinema, e mais fotos, já agora de Esmeralda jovem, e cartazes de filmes nos quais o nome de Esmeralda Piccolini está sublinhado com tinta fluorescente.

A ex-atriz está ocupada passando cremes diante de uma penteadeira, com o espelho cercado de lâmpadas, metade das quais apenas funciona. Por trás dela, vestidos dobrados e empilhados.

— Você me detesta, não é mesmo? — pergunta a jovem.

— Pronto, a mudinha resolveu falar de novo.

— Por quê?

— Quer saber mesmo? Você representa tudo que eu detesto. É jovem, é bonita, é... livre.

— Você também é livre.

— Como você não repetiu os dois primeiros adjetivos, fica subentendido que me acha feia e velha?

— Desculpe.

— Quem você acha que é, sua pentelhinha? Quem você acha que é, com esses seus ares de Madame Eu Sei Tudo e dou lição de moral em todo mundo aos 17 anos? Com os seus "vocês precisam salvá-los e nhá-nhá-nhi e nhá-nhá-nhá". E "vocês precisam sair do depósito". E "eu não quero fazer astrologia, não é digno de mim". E "não suporto álcool", e "não como isso, não como aquilo". E "quero tomar banho de manhã".

— Sinto muito.

— Você não passa de uma burguesinha muito da chata, e não sei por que é que veio para cá nos encher a paciência. Estávamos muito bem aqui antes de você chegar. Éramos felizes. Você trouxe infelicidade, ruína, problemas. Por sua causa, a polícia está atrás de nós, nos indispusemos com os ciganos, Orlando quase foi pelos ares com uma bomba e Kim quase levou umas boas facadas. Que outras misérias ainda está esperando para ficar feliz? E agora veio aqui para cuidar de mim? Já me deu uma bofetada, não lhe basta? Agora veio me plantar um facão nas costas, é isso?

Ela tem razão, todos eles têm razão. Eu sou um monstro. Acho que sou uma pessoa de bem, que faço o bem, mas não passo de um monstro. Como Frankenstein. Um ser criado artificialmente pelos pais, para destruir tudo sem se dar conta.

Esmeralda levanta-se, aproxima-se de Cassandra, projetando o peito proeminente.

Preciso sair daqui. Eu não devia ter vindo.

A mulher a fixa com seus olhos de estrabismo convergente, que lhe conferem um ar não propriamente ridículo, mas ameaçador. E então levanta o queixo da jovem.

— Sente-se nesta poltrona — ordena.

Cassandra obedece. A ruiva se asperge de perfume de patchouli, abre a gaveta de uma velha cômoda e lhe entrega um jogo de tarô.

— Quando eu era atriz, descobri isto. Nas filmagens, a gente passa a maior parte do tempo esperando. Antes de cada tomada, a preparação da iluminação e dos movimentos de câmera leva horas. Eu me dei conta de que, lendo o tarô de Marselha, não só me ocupava, como atraía a simpatia das equipes de filmagem. De tal maneira que é possível que eu tenha sido contratada para certos filmes para que tivessem uma cartomante à mão. Mais tarde, com os ciganos, passei a utilizar essa arte. Era o que eu fazia fechada com aquele homem no seu trailer. E não o que você podia imaginar...

Eu não imaginei nada.

— O tarô de Marselha. Pronto, agora você conhece um dos meus segredos. O outro: Graziella é uma falsa astróloga. Pura conversa-fiada, ela não tem o menor talento, só o cenário e a entonação. É ela a atriz, e sou eu a verdadeira cartomante. E eu de fato acredito, ao contrário dela.

Isso eu sei.

— Vamos, embaralhe e tire uma carta ao acaso. Vamos tirar as cartas em cruz. A primeira carta é você. Ponha-a aqui, à esquerda.

Cassandra tira o arcano XVII: a Estrela. Ele mostra uma mulher nua vertendo dois vasos num rio, e tendo acima oito estrelas multicoloridas.

— Bom, parece que você é uma sonhadora. A segunda carta é o seu problema, e você vai colocá-la diante da outra, aqui à direita.

Ela tira o arcano XIII: a Morte. Um esqueleto com uma foice corta cabeças coroadas que saem do chão. Ao redor, pequenos brotos floridos saem do solo negro.

— Bem, você veio para mudar as coisas, para trazer uma renovação. Mesmo que seja doloroso. Continue. Tire uma terceira carta e a coloque acima da cruz. É o que vai te ajudar.

Cassandra tira o arcano XI: a Força. Uma mulher com um grande chapéu abre com as mãos a boca de um cão.

— Energia é o que não lhe falta. Coloque uma quarta carta debaixo da cruz, para saber o que vai gerar problemas para você.

A jovem tira o arcano XII: o Enforcado. Um homem pendurado de cabeça para baixo, com um pé preso a um galho e as mãos atadas às costas.

— Você está presa a vínculos que a impedem de se mexer; mesmo que se debata, não mudará nada.

Cassandra lembra-se de sua posição quando presa na armadilha de Orlando no depósito, tendo por baixo os cães tentando mordê-la. Era exatamente a mesma posição da carta do tarô.

— Para terminar, coloque uma quinta carta no meio da cruz. É o mais importante. Saber como tudo vai acabar...

Cassandra tira o arcano XVI: a Torre: uma torre desmoronando em meio a chamas, e duas silhuetas caindo do alto.

— Que quer dizer?

A ex-miss faz uma careta.

— Vai acabar mal.

As duas se olham.

— Eu já entendi que você só gera problemas. Você é amaldiçoada, Princesa. Mas não é culpa sua. Simplesmente, você nasceu assim. A cada um sua merda. Eu tenho seios grandes e sou vesga. Orlando é alcoólatra e brutal. Fetnat é supersticioso e racista. Kim é mentiroso, paranoico, traumatizado pelo noticiário. E você é... amaldiçoada.

Cassandra sai, batendo a porta.

Esmeralda continua tirando o tarô, por curiosidade. Deposita uma nova carta à direita, para saber por que Cassandra é assim. É o arcano II: a Papisa. A carta mostra uma mulher lendo um livro aberto sobre os joelhos. Esmeralda entende então que tudo está ligado à falecida mãe de Cassandra, que provavelmente era uma mulher muito poderosa.

Esmeralda puxa uma nova carta à direita da cruz, símbolo de seu problema. Vem às suas mãos o arcano I, o Mago. Um homem, jovem demais para ser seu pai. Provavelmente seu irmão. Ele vive na ilusão e dá início a uma busca pessoal.

Por desencargo de consciência, Esmeralda tira uma última carta, depositando-a no alto da Torre. Desta vez é o arcano XXII, o Louco, a única carta que representa um mendigo, errando com sua trouxa. Sua coxa é arranhada por um animal. Ela sabe que isso significa vagar solitário, sem destino. Mas também sabe que, em sua maioria, é assim que as vidas acabam.

Esmeralda cospe no chão, dando de ombros e murmurando, como se quisesse espantar a má sorte. E se agarra a sua frase predileta, para melhor se convencer.

— De qualquer maneira... A cada um sua merda.

104.

Cassandra vira e revira suas bonecas, depois pega uma caneta pilot preta e passa linhas escuras ao redor dos olhos de todas elas, para ficarem com um certo ar gótico.

Pronto, eu sou maldita. A Torre! Pessoas caindo lá do alto, num incêndio. Eis o meu futuro.

Como Cassandra de Troia, que não pôde impedir o incêndio de sua cidade, eu só vejo desgraça, só provoco catástrofes. Melhor teria sido não nascer. Melhor teria sido não ter o dom da vidência. Mas por que eu sou assim? Por quê? POR QUÊ?

A jovem de grandes olhos cinza começa a gritar muito alto:

— POR QUÊ?

Em resposta, a raposa começa a uivar. Depois, silêncio. Pesado.

Alguém bate à porta.

Como não há olho mágico, ela acha que é Kim. E abre. A silhueta contra a luz é alta, esquálida. Tem os pés metidos em pantufas pontudas, com os bicos para cima.

— Agora que você é uma das nossas e sabemos que suas visões não são apenas delírios, acho que devo ajudá-la — anuncia Fetnat Wade.

— Ninguém pode me ajudar — corta ela.

O negro alto entra no quarto da jovem, afastando-a com o braço.

— Tsss, é isso que me irrita nos brancos, estão sempre desesperados. Na minha aldeia, tínhamos doenças terríveis que nos deixavam cegos ou dormindo o tempo todo, não comíamos todos os dias... Às vezes, os crocodilos do lago ao lado vinham devorar nossos filhos quando brincavam à margem. Mas ninguém ficava desesperado. Todos os habitantes da minha aldeia sorriam constantemente e achavam graça o dia inteiro. Cabe lembrar que havia sol, frutas, natureza para todo lado, e não concreto e monotonia cinzenta. As pessoas dançavam ao som do tambor, todo dia era dia de festa, pais e filhos se abraçavam forte na convivência em família, enfim... se você entende o que eu quero dizer.

Ele sacode a cabeça.

— Acho que não gosto deste país, nem dos seus habitantes, nem da sua mentalidade. Aqui, as pessoas parecem cadáveres sobre patas. Não sorriem. Escondem a pele e os dentes. Não se tocam. Nem têm cheiro, fica dissimulado debaixo dos perfumes industriais e das roupas de náilon!

— Então o que está fazendo aqui, Visconde? — pergunta Cassandra em tom distanciado.

— Eu sou um explorador africano que veio educar e civilizar os europeus. É preciso que alguém se dê ao trabalho, não podemos deixá-los na sua ignorância. Eu sou um pouco como Cristóvão Colombo ou um Fernando de Magalhães wolof que vem instruir os bárbaros. Nós somos escuros por fora, e vocês são escuros por dentro. Eu vim trazer claridade aos seus corações.

— Envenenando, botando detergente no estômago deles? É assim que você limpa o interior?

Ela arruma as bonecas de olhos pintados de negro. Fetnat aproxima-se.

— Eu quero ajudá-la, Princesa.

Cassandra não responde.

— Na verdade, deveria dizer: eu posso ajudá-la.

Ela para.

— Não gosto de ser ajudada.

— Pronto, você já está falando como nós. Pode ser considerada uma autêntica redencionista. Começa suas frases com "eu não gosto".

Ela pega uma boneca, rasga suas roupas para deixá-la nua e depois arranca os braços e as pernas, acabando por enfiar a cabeça no seu dedo indicador. E então o indicador com cabeça de boneca se aproxima de Fetnat, como se fosse ela que falasse:

— Que é que você pode fazer por mim, senhor feiticeiro? — pergunta ela com uma voz artificialmente aguda.

— Posso levá-la a um estado em que verá o seu passado.

— Suas poções mágicas de novo? Da última vez, eu quase morri com o seu elixir de boas-vindas.

— Caramba, você não é de falar muito, Princesa, mas, quando fala, arrebenta. Respondendo à sua pergunta: não, desta vez não é uma bebida a ser ingerida, é menos líquido e mais...

— Gasoso?

— ... Inofensivo. É o transe xamânico. Como é que vocês costumam dizer aqui? Ah, sim, hipnose.

— Eu não gosto de hipnose. Se entende o que eu quero dizer — ironiza ela.

O africano passa diante das bonecas maquiadas e vestidas para ir a um baile tenebroso.

— Como convencê-la de que pode ser bom para você?

Ele anda em círculos.

— Se eu dissesse que conheço a sua Árvore Azul do Tempo, ajudaria? Ela também existe na nossa tradição wolof. Meu mestre Dembelé ensinou-me a ir contemplá-la às vezes. Eu a vejo de longe. Você a vê de perto.

Dez minutos depois, Cassandra está na cabana de Fetnat.

O cenário é bem especial. Numa estante, um morcego empalhado boceja. Embaixo, alinham-se vasilhas cheias de rãs e sapos, garrafas transparentes com cabelos e pedaços de unhas, lagartos secos acumulando poeira, caixas contendo insetos imóveis, pós negros e cinzentos. Todos os recipientes estão etiquetados: "Para passar nas provas da faculdade", "Para crescer cabelo", "Para quem tem gases na cama" ou "Para não se equivocar na compra da casa".

Na parede em frente à estante, plantas dispostas em vasos transparentes dão frutos cinzentos, verdes ou amarronzados, pequenas flores vermelhas de folhas negras. Estatuetas de madeira representam personagens de rostos cômicos ou ameaçadores.

O senegalês mostra-lhe uma poltrona coberta de peles de cães secas.

— Feche os olhos e relaxe.

Ela obedece.

— Respire cada vez mais lentamente.

Cassandra inspira e expira suavemente.

— Acalma teu espírito. Tudo está bem.

Ela afunda um pouco mais na poltrona. A voz hipnótica aos poucos a atrai, levando-a cada vez mais longe no transe.

— Agora imagine que a sua alma sai do seu corpo. Ela atravessa o teto. Sobe bem alto no céu. Eleva-se até o limite entre a atmosfera e o vazio. Lá, você verá uma linha de trem. Adiante, é o futuro. Atrás, o passado. Vire-se e caminhe na direção do seu passado. Que está vendo?

Ela articula lentamente:

— Vejo a cabana de Esmeralda, a carta do tarô com a Torre. As duas pessoas caindo.

— Isso foi há cinco minutos. Volte mais atrás, passe dos minutos aos dias.

— Vejo a minha chegada ao depósito. Com os cães no meu encalço.

— Ainda mais atrás. Recue, recue.

— Vejo a minha vida na Escola das Andorinhas.

— Ainda mais longe.

O rosto de Cassandra se contorce de dor.

— Vejo o atentado em Quéops, no Egito. Estou procurando meus pais entre os corpos dilacerados e calcinados. Tem fumaça por todo lado.

— Mais atrás.

Ela não se mexe.

Transcorre um longo lapso de tempo.

Fetnat Wade hesita em intervir, mas constata que ela está respirando calmamente.

— Eu... eu... estou cercada da minha família.

— Seus pais?

— Não.

— Quem?

— Meus... filhos.

— O que foi que disse?

— São meus filhos e meus netos. Estão em torno da minha cama. Eles... estão falando comigo, mas não é em francês. Mas eu os entendo.

Fetnat se segura, para não interrompê-la.

— Chegou um médico, ele me ausculta e diz que eu vou me recuperar. E que minha saúde vai melhorar. Mas eu sei que ele está mentindo. Peço a todos os membros da família que me abracem. Sinto dor no corpo todo. Como se todos os meus músculos estivessem pegando fogo. Minha pele também arde. São escarras, pois fiquei durante muito tempo imóvel na cama. Ao menor movimento, tenho a sensação de que me arrancam a pele. Estou vendo minhas mãos, elas estão muito velhas, com manchas marrons na pele, e as unhas cheias de ranhuras. O médico está vestido como no século passado, com um chapeuzinho redondo e sobrecasaca. Meus filhos e netos são louros. Eu tenho um anel na mão esquerda. Sou casada. Não tenho seios, tenho pelos no queixo. Eu tenho um... pênis.

Outro longo silêncio.

— Eu sou um homem. Tenho cabelos brancos, já sou idoso. E essa língua, agora estou reconhecendo, é russo.

— Quem é você?

— Um velho médico russo que está para morrer.

Fetnat passou a tratá-la com mais cerimônia, como se não tivesse diante de si uma jovem de 17 anos, mas um velho respeitável.

— Eu queria apenas que você se lembrasse da sua infância. Fale-me dela.

Cassandra Katzenberg treme.

— Para quê? Esse médico que diz que vai me curar é um imprestável. Eu cuidei dos outros, mas não souberam cuidar de mim. Que ironia!

— Casa de ferreiro, espeto de pau.

— Estou tossindo, tossindo muito, cada vez mais forte, acho que é tuberculose, meu corpo todo é só dor. Mas tenho a família bem próxima nos últimos minutos de vida, e me sinto bem. Eu os amo. São uns dez que sobreviveram. Lembro-me de tê-los educado, cada um por sua vez. Lembro-me da minha profissão. Lembro do meu prenome, David. E lembro do meu nome de família, Kaminski. Eu tusso. Detesto tossir, meus brônquios ardem.

— Bem. Acorde, doutor Kaminski, quer dizer, acorde, Princesa. Ou melhor, você vai despertar quando eu disser zero. Três... Dois... Um... Zero.

Cassandra abre os olhos. Ela respira mal, como se saísse de um pesadelo. Fetnat Wade acende seu longo cachimbo de cabeça de pirata e solta algumas baforadas azuladas.

— Você tem um problema, menina. Existe um grande buraco negro na sua vida. De 13 anos a... até sua morte, na sua vida anterior, tudo se apagou. É como se tivessem passado um ímã numa fita magnética. Assim, quando recuamos até antes do atentado, caímos num buraco que a leva diretamente à sua vida anterior! É um fenômeno conhecido como falha no tempo. É muito raro.

Ele se senta na sua cadeira de balanço, pensativo.

— Normalmente, a cada nova vida, ocorre uma ruptura de memória. Isso evita que a pessoa acumule dores, medos, neuroses das vidas anteriores. Mas você foi privada desse fosso protetor.

Ele volta a acender o cachimbo.

— Com isso, passa de uma vida a outra sem as barreiras protetoras do esquecimento, se entende o que eu quero dizer.

Cassandra lembra-se da frase que leu no livro de sua mãe:

"E o anjo põe o dedo no lábio do feto pouco antes de ele nascer e murmura: 'Esquece todas as tuas vidas anteriores, para que tua lembrança não te perturbe nesta vida.' É o que provoca o sulco acima dos lábios do recém-nascido."

Ela se levanta, aturdida.

105.

OK. Ninguém pode me ajudar.

E o que Fetnat não sabe, é que eu vi várias outras encarnações minhas. Ele abriu uma janela, e eu não vi apenas o que estava mais perto. Contemplei o que estava longe, o que era muito mais antigo.

Eu vi... não só a morte do doutor David Kaminski, mas também os homens e mulheres da Idade Média e da Antiguidade que foram meus "eus" anteriores. Eu sinto as pessoas da Pré-História, e até além. Quando luto, minha força vem do meu antepassado primata cuja lembrança ainda tenho à flor da pele.

Outras frases lhe vêm à lembrança:

"Você é um poço sem fundo..."

E uma outra citação do livro de sua mãe:

"Quem tem algo a menos tem algo a mais."

106.

Cassandra Katzenberg vaga sozinha pelo depósito e então se aproxima da montanha de brinquedos. Escala o monte de bonecas misturadas, apanha uma delas e a contempla.

Uma voz ressoa atrás dela:

— Esta é uma Barbie.

Kim Ye Bin abriu um grande sorriso.

— Você conhece a piada do sujeito que entra numa loja e pergunta: "Quanto custa a Barbie jardineira?" E respondem: "Trinta e cinco euros."

"E a Barbie de vestido de baile?" "Trinta e sete euros." O cliente aponta para uma Barbie que custa 199 euros e pergunta o que ela tem de especial. E o vendedor responde: "Esta é a Barbie divorciada..." "Por que ela é mais cara que as outras?", pergunta o cliente. "Porque a Barbie divorciada vai acompanhada do carro de Ken, da casa de Ken, da piscina de Ken etc."

Cassandra não acha graça.

Ele gosta de frases feitas. Gosta de piadas porque não passam de uma série de frases feitas. Orlando tem razão, são apenas mecanismos para não falar realmente e fazer barulho com a boca e assim se tranquilizar. Provérbios, piadas, lemas, tudo isso é pensamento congelado fast-food, a ser servido depressa para ocupar a boca. Mas eu conheço a importância da fala e das palavras. Precisam ser economizadas, para serem valorizadas. Se houvesse um lema só a preservar, seria: "Se sua fala não for mais interessante que o silêncio, cale-se."

Ela sente vontade de lhe atirar no rosto esta frase, mas, entendendo que a situação é um pouco delicada e que o jovem soltou a piada para desanuviar o clima, prefere segurar sua cusparada verbal.

— Não está achando graça, não é, Princesa? Sei de uma outra montanha que pode interessá-la. Com autênticas bonecas de porcelana do século passado. Sabe, aquelas que valem muito. Na maioria, quebradas, mas com um pouco de cola e paciência podemos dar-lhes nova vida.

Cassandra consente em voltar-se para olhá-lo.

— No momento, minha vontade é de ler livros.

Ele dá de ombros e a convida a segui-lo. Na sua camiseta, lê-se: "O amor é a vitória da imaginação sobre a inteligência." A frase a faz pensar.

— Obrigada pela força com os ciganos — diz ela.

— Sou suscetível demais.

— Quem é essa Natália?

— Uma amiga.

Cassandra por pouco não pisa numa poça profunda.

— Vocês fizeram amor?

— Você é bem curiosa, Princesa. Por acaso é da sua conta?

Os dois atravessam com precaução uma zona lamacenta, saltando os buracos maiores.

— Bom, na verdade eu não tenho nada a esconder. A gente queria, mas não deu. Era esse o problema. Os pais dela queriam me obrigar a casar logo, mas eu não sou favorável a compromissos aos 17 anos. Por sinal, acho que não sou favorável a compromissos definitivos de maneira geral, em qualquer terreno. No trabalho, nos sentimentos, na pátria, na família, nem mesmo na amizade. Para mim, o casal é mais uma justaposição que uma fusão. A gente deve poder sair com a mesma facilidade com que entrou.

A jovem de grandes olhos cinza-claro franze as sobrancelhas, mas não responde.

— Com os ciganos, é a mulher virgem ao casar, a cerimoniazinha com a mancha de sangue no lençol branco, e depois você tem de ficar com ela até que a morte os separe. E se a trair, terá de enfrentar o pai, os irmãos, os primos. Pelo menos eles têm o senso da família.

Ele dá de ombros.

— Além do mais, você já viu como é. No início é "Não! Não! Não!"... e depois, quando vem o "sim", você não consegue mais se livrar. É a síndrome da garrafa de ketchup: no início, não sai nada, mas depois, se você futucar um pouco com uma faca, cai tudo de uma vez no prato.

É uma imagem bem poética para falar das mulheres...

Kim Ye Bin escala uma pequena colina de caixas estuporadas, dando para um vale espinhoso. Eles vão margeando um canal sujo de tinta industrial, sobem por um caminho de papéis sujos e espinheiros e têm uma visão que deixa a jovem espantada.

Diante dela, uma montanha de livros, álbuns de histórias em quadrinhos, jornais e cadernos.

— A Montanha de Papel — apresenta Kim.

Eu tinha aquele sonho do país dos confeitos, e aqui estou na realidade do país dos livros. Depois das guloseimas para o corpo, as guloseimas para o espírito.

— É o resultado da famosa lixeira azul de triagem de papéis e jornais — anuncia Kim em tom doutoral.

— Eu achava que tudo isso era transformado em pasta de papel...

— Eu também achava, como no caso das pilhas. Acho que no início era assim. Mas um dia um elo da cadeia deve ter se rompido, por erro de algum funcionariozinho em alguma prefeitura, conflitos com sindicatos de lixeiros, ou alguma pane num centro de triagem... Em nome da facilidade, os caminhões passaram a se livrar de sua carga aqui.

Cassandra avança, encontrando histórias em quadrinhos de Blueberry e Asterix, que apesar de muito estragadas pela exposição ao tempo e roedores, ainda estão legíveis.

Ratos circulam entre os títulos famosos.

— É mesmo, eu sei, se vendêssemos algumas dessas nos sites de leilão da internet, poderíamos ganhar uma fortuna. Deve haver peças de colecionador nesse monte.

Cassandra encontra livros com capa de couro curtido, enciclopédias ilustradas, algumas muito antigas.

Kim Ye Bin pega um volume, tira a poeira do título: *Os Miseráveis*, de Victor Hugo.

— Sobre o que é?

— São pobres que, em vez de viverem num depósito tranquilo, circulam pelas ruas, com todos os problemas que você pode imaginar. E de fato é o que não lhes falta, aborrecimentos, podes crer.

Ele remexe mais e apanha um volume com encadernação de couro.

— Os clássicos, é só o que interessa realmente. Veja só este sujeito. Voltaire. Vou citar uma frase ao acaso: "O que responder a um homem que, em nome de sua religião, nos diz que tem certeza de que irá para o Paraíso ao nos enforcar?" Questão da maior atualidade, parece-me.

— Eu só gosto de ficção científica.

Ele a conduz a um outro penhasco de livros.

— Estranho. Ficção científica não é literatura para mocinhas. E por sinal eu detesto. Subliteratura.

Eu ficaria surpresa se ele não caísse nesse truísmo.

— Gosto mesmo é de poesia, da beleza das frases que cantam. E não dessas histórias delirantes nas quais ninguém pode acreditar. A ficção científica é uma invenção inglesa da década de 1970. De qualquer maneira, saiu de moda.

Ah... quer dizer que se interessar pelo futuro é uma moda?

— Ninguém gosta de ficção científica. Nunca vi um crítico sério se interessar por esse tipo de livro.

"É mais fácil partir o núcleo de um átomo do que um preconceito humano", dizia Einstein.

— Para mim, sabe quem é o melhor crítico? — pergunta Cassandra.

— Estou ouvindo, Princesa.

— O tempo. Os livros ruins e os que são iguais a todos os outros não são poupados pelo tempo que passa. Em compensação, as grandes obras, mesmo que tenham passado despercebidas no momento da publicação, acabam sendo reveladas e reconhecidas.

E, como se poderia esperar, os livros de impressões de dândis e de histórias cor-de-rosa são esquecidos. A gente só se lembra dos autores que marcam por sua originalidade: François Rabelais, Edgar Poe, Júlio Verne, Isaac Asimov, Boris Vian resistirão melhor ao tempo do que tantos contemporâneos, gloriosos autores de autobiografias autocentradas endeusadas pelos críticos. Pois no fim das contas são as ideias que interessam. Esses autores escreviam para mudar a sua época. Mas isso é algo que esse pobre Kim jamais entenderá, de modo que nem vale a pena explicar.

— Isso aí, e eu acho que não existe um único livro de ficção científica que tenha o menor interesse. Esse negócio é coisa de criança.

A vantagem das crianças é que sua curiosidade fica intacta, ao passo que os adultos têm a pretensão de ser donos de verdades absolutas, o que os impede de se encantarem.

— Além do mais — prossegue Kim —, eu gosto de grandes romances históricos. Pelo menos não são divagações gratuitas. Os autores sérios falam de pessoas que realmente existiram e cuja vida é conhecida.

O que significa que não inventam nada, não propõem nada de novo, não criam as cenas. Esses autores não passam de memórias ou testemunhas. Limitam-se a relatar acontecimentos imaginados por Deus, o grande roteirista do universo. Ele é que tem direito ao copyright dos livros históricos, pois foi Ele que criou os personagens e as situações. Por mais inteligente que seja, Kim é como os outros, tem medo do futuro. E então finge desprezá-lo. É apenas uma atitude.

Cassandra lembra-se de ter visto seu quarto e o quarto do irmão cheios de livros de ficção científica.

Eu e meu irmão lemos muitos desses livros. Eu esqueci minha juventude, mas me lembro de ter no passado devorado romances que falavam do futuro.

A jovem dos grandes olhos cinza-claro remexe num amontoado de livros variados. Kim pesca um volume de capa amarela. No centro, vê-se uma Árvore Azul. Ele a examina com uma careta.

— *"Árvore dos Possíveis"*? Que é isto?

Na capa em estado lamentável, o nome do autor já não pode ser lido.

Eu tinha esquecido, mas talvez seja o livro que influencia meus sonhos, pois o li há muito tempo. Em dado momento, a gente recria o mundo que leu. O que, de qualquer forma, explicaria o visual da árvore azul, cujas folhas são coisas do futuro.

O rapaz folheia com convicção o livro meio rasgado, e depois o bota no bolso, como se fosse um sanduíche a ser discretamente descartado na primeira oportunidade.

— Nós temos duas paixões complementares. Você se interessa pelo futuro. Eu, pelo passado. Acredito que, entendendo bem o passado, podemos evitar a repetição dos mesmos erros no futuro.

Se não quisermos ficar dando voltas, também precisamos imaginar novas portas de saída. E não será analisando infinitamente o passado que vamos inventar o futuro. "Não foi aperfeiçoando a vela que se inventou a lâmpada elétrica." Acho que essa frase também é de Einstein.

Ela nem se dá ao trabalho de responder. A contragosto, afasta-se do monte de livros de ficção científica para voltar às grandes obras enciclopédicas.

— Que está procurando exatamente, Princesa?

— O que me ajudou a me construir: um dicionário. Você gosta de frases bonitas. Eu gosto de palavras belas. Coleciono palavras.

— Coleciona o quê? Palavras?

— Mais exatamente, adoro palavras raras. Por exemplo, "oximoro". Sabe o que quer dizer?

— Não. Realmente, não. Nunca ouvi falar.

— Oximoro é uma figura de estilo que consiste em justapor duas palavras de sentidos opostos. Por exemplo: um "silêncio ensurdecedor". O título do livro da minha mãe é um oximoro. Mas eu também posso citar outros: uma "noite branca", "agridoce"... Tenho certeza de que você também conhece alguns.

— "Uma alegria triste"? — sugere ele.

— Seria mais uma "felicidade penosa" — responde ela.

Kim leva um dedo à boca para se concentrar.

— Vamos lá: um "morto-vivo".

— Um "futuro antigo".

— Uma "horrível beleza".

Cassandra espera um pouco, e então murmura:

— Você e eu.

— O quê?

— Nós somos duas entidades que não têm nada uma com a outra, mas que juntas surtem um efeito engraçado. Nós somos um oximoro.

Eles voltam a remexer na montanha de livros, e Kim acaba encontrando um dicionário não muito estragado, apenas com algumas marcas de dentes de camundongos na lombada. Cassandra fica encantada.

— Por que você gosta tanto das palavras? — pergunta ele.

— A maioria das pessoas usa em média 120 palavras para se expressar. Imagina só! Cento e vinte palavras! Que limitação mental! Que é que a gente pode expressar com isso? Bom dia. Obrigada. Até logo. Por favor. Está bem. Sim. Não. Só aí já usei uma dezena. Pobreza de vocabulário é a maior miséria. É como pintar quadros com cinco cores, quando poderíamos utilizar uma paleta de milhares de nuances.

O coreano de mecha azul fica interessado. Cassandra prossegue:

— E no entanto as palavras não custam nada, não podem ser roubadas. São tesouros que as pessoas não se lembram de usar. Até vocês, com suas palavras grosseiras, pelo menos têm escolha.

Cassandra acaricia o dicionário.

— Tantas palavras ao alcance de todos, e tão poucas pessoas se interessam! Elas então são deixadas de lado, como frutas que não são colhidas, apodrecem e morrem em meio à indiferença geral. Quem ainda se lembra do que significa toleima? E escolástica? E melopeia?

Ela sacode a cabeça.

— Mas o fato é que as palavras têm muito poder... Com o conhecimento de termos sutis, eu posso expressar emoções precisas. Melancolia, por exemplo. É uma palavra que canta, ao mesmo tempo resumindo o que não poderia ser expresso em longas frases. As palavras são vivas.

Ele não parece muito convencido.

— O que me entusiasma particularmente é a etimologia. Saber de onde elas vêm, sua história, sua vida. Por exemplo, condenado significa danado com. Ou salário, o sal que era dado ao soldado romano como forma de pagamento. Ou pessoa. Que vem do italiano "*per sonare*", para tocar. Na verdade, era a máscara usada pelos atores da *commedia dell'arte* para representar seus papéis. Uma pessoa, portanto, é uma... máscara!

Kim Ye Bin está impressionado.

— Continue, cite mais algumas das suas palavras raras — pede.

— Procrastinar.

— Que significa?

— Significa deixar para amanhã o que se pode fazer hoje.

Kim aprova com a cabeça. Ela folheia o dicionário ao acaso.

— Entre as muito raras e belas, tenho também zeugma. Sabe o que quer dizer? Uma figura de expressão que contém duas palavras que não têm nada a ver. Do tipo: vestido com seu manto e sua dignidade. Vamos lá, tente, Marquês.

Ele fecha os olhos, depois arrisca:

— Ele tomou a coragem nas duas mãos e a espada na terceira.

Cassandra consegue evitar uma risada.

— E tem também as palavras que a gente usa sem conhecer o sentido. Trabalho, por exemplo, era um suplício romano com um tripé. Ou a palavra golfe, que vem da expressão inglesa "Gentleman Only Lady Forbidden".

— Você também aprecia as palavras inglesas? Eu sei o significado de *gay*, quer dizer "Good as You". E *fuck* era para os presos autorizados a encontrar a mulher, a autorização oficial dizia "Fornication Under Consent of the King".

Ele também gosta das palavras. Vamos nos entender.

Ela consulta com gulodice a obra cheia de petiscos intelectuais.

— E qual é sua palavra francesa favorita?

— Atualmente? Empatia.

— Que significa?...

— Literalmente: que percebe a dor dos outros. Nada a ver com simpatia: que compartilha a dor dos outros. Nem com compaixão: que entra na dor dos outros. Mas todas vêm da mesma raiz, *pathos*, que deu patologia, paciente. Apaixonado também...

Cassandra Katzenberg pede-lhe que encontre um caderno para anotar seus achados. Kim revira profundamente, como uma toupeira, e volta com um caderno de anotações espesso entre os dentes. A maior parte das páginas está intacta.

— Obrigada, Marquês, pelo dicionário e o caderno. Era o que me faltava.

— De nada, Princesa. De onde veio essa paixão pelas palavras?

— Alguma coisa importante aconteceu entre nós no passado, embora eu não saiba exatamente o quê. Este caderno será meu cofre-forte, vou enchê-lo de palavras preciosas. Além do mais, é de graça!

Ela começa a copiar alguns termos que receava esquecer. Ele se debruça sobre o seu ombro e lê:

"A pior coisa que pode me acontecer seria perder a memória de tudo que aprendi. É o meu maior medo: o mal de Alzheimer, quando as palavras vão aos poucos desaparecendo da cabeça."

A moça sente um calafrio.

— Eu já esqueci minha infância, se além do mais esquecer as palavras, não serei mais nada.

De repente, ela parece perdida, abalada. Kim aproxima-se, abraçando seus ombros.

— Você é realmente uma moça estranha — diz ele.

— Acha que eu sou maluca, Marquês?

— Sim, claro. Mas gosto da sua maluquice. Além do mais, eu também não sou muito normal.

Cassandra afasta-se delicadamente.

— Eu falo sozinha. Já passei da segunda etapa da decadência.

— Basta botar um fone de ouvido na orelha, as pessoas vão pensar que você está telefonando! O que não faltam na montanha são gadgets eletrônicos, é só se servir.

Cassandra Katzenberg olha fixamente para ele, séria de repente.

— Se tiver a impressão de que eu estou enlouquecendo, quero que me mate — declara ela.

Kim Ye Bin hesita quanto ao comportamento a adotar — cair na gargalhada ou levar a sério —, e acaba optando pela segunda solução.

— Como você quer morrer?

— O ideal seria seppuku.

O jovem coreano confessa sua ignorância dessa palavra japonesa.

— É como o haraquiri, só que para os nobres. No haraquiri, a pessoa risca um Z bem profundo na barriga com um sabre. No seppuku, é riscado um T, a pessoa arranca as vísceras pela ferida e o melhor amigo corta a cabeça no exato momento em que os intestinos estão saindo.

Kim sacode a cabeça, intrigado.

— Quer dizer então que você me considera seu melhor amigo? — pergunta, como se fosse a única coisa que reteve da frase.

Ela reflete.

— Não.

— Está vendo? Você também me rejeita.

— Não, não te rejeito. Acho que, para te capturar, será preciso primeiro te educar.

— Me educar? Significa ensinar-me a cortar direito a sua cabeça, Princesa?

— Entre outras coisas. Todas as mulheres precisam educar os homens, e por sinal foi por isso que elas vieram ao mundo. Hoje, eu lhe ensinei o poder das palavras e lhe mostrei como é interessante ler livros sobre o futuro.

Ao longe, um grupo de ratos entra em ruidosa disputa para devorar *A Peste*, de Albert Camus.

— E se fosse eu a educá-la, Princesa? — sugere o rapaz. — Siga-me.

107.

Não posso contar com ele. No fim das contas, Kim é menos forte do que eu pensava. Ele não terá coragem de tomar a decisão necessária. Terei de encontrar outra pessoa para me matar quando tiver certeza de que estou ficando maluca.

108.

Eles sobem uma colina formada por centenas de velhas poltronas de cinema empilhadas, em sua maioria furadas e mostrando a carne de espuma amarela.

— Sei de uma outra maneira, que não os livros, para não enlouquecer e fortalecer a mente — diz ele.

Aponta então duas poltronas violeta que têm a vantagem de se manter firmes no alto da estranha colina.

— O segredo está em fazer o contrário do que você faz. Em vez de se projetar no futuro, viver a fundo no presente!

Que é que ele está dizendo?

— Como primeira lição, vou ensinar-lhe a usar suas "janelas naturais". Dou a isso o nome de "abertura dos cinco sentidos". Venha, sente-se aqui ao meu lado. Encontre uma posição confortável.

Ela se senta na posição do lótus. Kim a imita.

— Fique bem ereta.

Cassandra Katzenberg obedece, endireitando a coluna vertebral.

— Acomode a cabeça numa posição fixa e não a modifique mais. Agora, vamos sucessivamente abrir cada um dos sentidos. Primeiro, a visão. Sem qualquer movimento do pescoço, você vai descrever para mim nos menores detalhes o que está vendo, com todas as cores e nuances.

Ela arregala bem os olhos.

— Estou vendo o céu azul com nuvens brancas passando. À direita, o sol. Corvos passam da esquerda para a direita. Embaixo, as montanhas de lixo cinzento, com as manchas violeta das poltronas.

— Minha vez. Há uma coluna de fumaça à esquerda.

— Também estou vendo algumas árvores verdes à direita.

— E carcaças de caminhões e de automóveis empilhadas.

— Vejo gaivotas ao norte, brancas e cinzentas, com o bico mais escuro.

— Você enxerga melhor que eu, Princesa. Muito bem, agora feche os olhos e utilize apenas seu segundo sentido, a audição.

A jovem obedece, com o rosto enrugado pela concentração.

— Que está ouvindo?

— Os corvos grasnando. As gaivotas também, mais longe. Ouço o motor dos caminhões-basculante descarregando ao norte. Ruídos de animais trotando em meio aos livros. Camundongos ou ratos. E você?

— Eu ouço o vento. Ouço sacos plásticos estalando nas correntes de ar. Ouço moscas.

Eles ouvem, atentos ao que o outro está descrevendo.

— Passemos ao tato. Sem abrir os olhos, diga o que está sentindo.

— Sinto as molas das poltronas furadas nas nádegas, só isso. E você?

— Eu também estou sentindo as roupas na pele, sinto o meu nunchaku apoiado nas vértebras lombares, sinto os sapatos apertando um pouco. E agora, o olfato. O que é que você está sentindo?

— O fedor do depósito. E também cheiros de fumaça. E você?

— O cheiro do tecido ligeiramente em decomposição. Sinto também os ratos. E borracha queimando em algum lugar, não longe daqui.

— Engraçado — observa ela —, você sente mais coisas que eu.

— E o paladar?

— Ainda estou com o gosto do café da manhã na boca. Além do gosto do depósito, passando do nariz à garganta. E você?

— A mesma coisa.

Kim abre as pálpebras.

— Bem, agora abra os olhos e ponha os cinco sentidos para funcionar simultaneamente: visão, audição, olfato, tato e paladar. Capture a fundo o momento.

É incrível. Parece que tudo ficou mais rico de informações. Como se eu tivesse passado para alta definição em tudo. Os sinais ficaram mais sutis, mais numerosos.

— Onde você aprendeu isso?

— Foi o meu avô, na Coreia, que me mostrou quando eu era muito jovem. É como se eu sempre tivesse sabido que era bom fazer isso de vez em quando, para lembrar que estamos vivos e que nossos sentidos fornecem milhares de informações que a gente até esquece de captar.

Ele tem razão. O problema é que em geral a gente recebe essas informações sem dar atenção. Pronto... é isto: prestar atenção ao que nos cerca e ao que realmente acontece ao nosso redor. É uma prática simples que tem sua importância. Quanto mais o fizermos, mais os nossos sentidos se aguçarão. Qual foi mesmo o nome que ele deu? Ah, sim, "abertura dos cinco sentidos". Fetnat já me ensinou a voltar às vidas anteriores... Esmeralda, o tarô. Orlando, a borra de café. Tenho a impressão de que esses supostos "refugos da sociedade" dispõem de conhecimentos que eu não tenho.

Os dois ficam imóveis por alguns momentos, de olhos abertos, como se meditassem, observando essa parte do mundo que está à sua frente e captando todas as nuances de cores, sons e fragrâncias ali presentes.

Eu sou um aspirador de informações cada vez mais finas. Percebo novas nuances nessa algazarra de estímulos que me assalta constantemente.

Ela se conscientiza então de que, a cada segundo, seus olhos veem quadros.

De que a cada segundo seus ouvidos captam sinfonias.

De que suas narinas, a cada segundo, sentem perfumes.

E em sua pele, a cada segundo, os múltiplos contatos de tecidos ou móveis são verdadeiras carícias.

O relógio de probabilidades indica 11%. Cassandra pergunta-se como é possível descer abaixo dos 13% habituais. E entende que é porque seus batimentos cardíacos tornaram-se mais lentos. Para Probabilis, seu coração está apaziguado. Portanto, ela deve ter melhorado sua saúde.

E, pela primeira vez em muito tempo, ela se sente simplesmente num estado de bem-estar.

Com apenas 11% de risco de morrer em 5 segundos.

109.

Talvez eu tenha julgado Kim de forma precipitada. A base é ruim, como sempre, mas ele tem capacidade e vontade de se aperfeiçoar e aprender.

Esse jovem mendigo atingiu uma sabedoria profunda que eu não tinha. Perceber a fundo o que há ao nosso redor é tão simples que não ocorre a ninguém.

Existir também no presente.

Isso faz parte do que será o meu "eu melhorado".

Um eu que realizará tudo em plena consciência.

110.

Cassandra pronuncia então, à meia-voz, as palavras que a preocupam:

— E como é o amor?

— Mas que pergunta idiota é essa, Princesa?

— Nós falamos dos cinco sentidos, mas o amor é o sexto. Pelo menos é o que eu penso. Como é? Quero dizer, fisicamente, o que a gente sente?

O jovem coreano olha para ela.

— Você é lelé ou o quê?

— Não quero morrer sem saber.

Ele sacode a cabeça, sem graça.

— Bah... Como é que eu vou descrever? Para começar... enfim... como dizer?...

De repente, eles ouvem latidos que não parecem em absoluto com os da matilha selvagem. São ganidos de um filhote bem pequeno. Eles sobem em uma montanha de caixas de conservas e se alternam com os olhos na luneta. Kim Ye Bin aponta para leste.

— São os albaneses.

Ele acerta o foco e passa a luneta à jovem. Ela vê então uma multidão formando um semicírculo numa clareira. Enormes carrões 4 x 4 estão estacionados ali por perto. Homens de terno escuro, camisa social e gravata preta fumam e trocam cigarros diante do acampamento.

— Aquele ali é Ismir, o chefe — diz Kim, apontando um homem obeso de bigodinho fino e cabelos gomalinados.

Ele tem as mãos cobertas de anéis, e os olhos, dissimulados por trás de enormes óculos de sol.

— É ele quem dirige uma das três maiores redes de prostituição de mulheres dos países do Leste. Em geral são moças pobres que acreditam em promessas de emprego de secretária na Europa. Mas quando chegam aqui são mandadas para aquele acampamento ali, à direita. Lá é que são treinadas para não tratar mal os clientes.

Quer dizer que é isso o "tráfico de brancas".

— No momento, não estamos na temporada. Elas chegam no verão, como os pássaros migradores. E aí a gente começa a ouvir os gritos.

Voltam a ressoar os latidos. Cassandra percebe num canto jaulas ocupadas por enormes cães. Mas os ganidos que eles ouviram são de um yorkshire preso na frente da gaiola de um cão de guarda que parece um leão.

O enorme animal tem uma focinheira, orelhas triangulares e um pescoço largo. São necessários dois homens para dominá-lo.

— Esse aí eu conheço, já o vi em ação. É Átila, um dos pitbulls mais ferozes do acampamento. Teve as orelhas e o rabo retalhados para que os adversários não tenham onde morder. Venceu uma centena de rinhas.

É um campeão. As apostas vão subir muito alto. Você verá, ficarão todos excitados.

A jovem percebe um rapaz de cabelos louros gomalinados que mantém o yorkshire preso diante da jaula de Átila.

— E o cãozinho, como se chama? — pergunta ela.

— Pouco importa. Não se trata de um campeão, como você pode imaginar.

Cassandra percebe que o yorkshire tem na cabeça uma fita rosa.

— Os albaneses os roubam dos burgueses nas praças públicas para usá-los antes das lutas — explica Kim.

Dois sujeitos de ombros largos jogam o pitbull numa cabine telefônica de cabeça para baixo e então retiram a focinheira, para em seguida fechar a porta da jaula de vidro. O cão imediatamente começa a rosnar furiosamente. A cabine está cheia de cheiros que ele conhece e que o excitam. Ele sente os traços de suor e urina dos outros pitbulls que enfrentou.

Então o sujeito de cabelos gomalinados coloca o pequeno yorkshire de fita cor-de-rosa diante da parede transparente. Desta vez, Átila reage de outra maneira. Bate com as presas contra o vidro, tentando mordê-lo. Seus olhos estão transtornados de raiva e ele emite grunhidos surdos, como um motor disparado.

Eles não vão agora jogar o yorkshire na cabine do pitbull!...

— Eles fazem isso para despertar seu instinto assassino. Estraçalhado o cãozinho, Átila ficará mais excitado, logo, mais combativo para enfrentar seu desafiador, que será do seu tamanho.

Os ganidos enlouquecidos do yorkshire se intensificam. Os homens de terno riem, saboreando a situação.

Por que os homens gostam tanto assim da violência? Até nossos filhos são educados pela e para a violência. Os livros de história só fazem relatar batalhas, massacres, guerras, a vida dos chefes militares. As histórias de guerra e fúria são inculcadas nos jovens Homo sapiens *como se fossem a história, e eles são educados para ficar fascinados com as formas mais espetaculares de morte.*

— Veja, olhe só, aquele ali, o enorme cão de guarda à esquerda, que será o desafiador.

Cassandra vê um outro pitbull semelhante a Átila, mordendo ferozmente pedaços de madeira que lhe são estendidos por um homem. Ele consegue morder toras grossas de uma só vez.

— É o Black Killer. É outro muito cotado. Esta noite será um confronto importante, Princesa. Átila contra Black Killer. Virá muita gente.

Kim fala como conhecedor:

— Veja, aqueles sujeitos ali, por trás dos tonéis. Pode ter certeza de que vai circular dinheiro, são apostas altas.

Aterrorizada, a moça fixa os olhos na cena, entre espanto e pavor. Depois o yorkshire de laço ridículo é jogado na cabine.

Mal aterrissou ele nas patas e a mandíbula do pitbull já afunda profundamente em sua coxa. O sangue esguicha. Átila já está em busca de outra presa, enquanto o yorkshire, enlouquecido, gane de dor. Mas Átila não quer uma morte rápida demais, que reduzisse o tempo de sua catarse liberadora. Como bom especialista, ele morde as zonas que não são mortais. Chega a reter as mandíbulas para não quebrar os ossos.

O yorkshire, no auge do pânico, pede socorro aos donos, guinchando. Mas não reconhece ninguém entre os rostos às gargalhadas do outro lado do vidro. Além disso, a falta de espaço na cabine não lhe permite escapar em direção nenhuma. Ele tenta mordiscar o toco de cauda do pitbull, para deixar claro que também pode se irritar se o provocarem. Em resposta, o cachorrão arranca-lhe uma pata traseira com uma simples dentada.

Cassandra então atira de lado a luneta e desce a montanha.

— Não, fique aqui! — ordena Kim, tentando detê-la.

A moça dispara e aparece no meio da assembleia de homens de óculos escuros, que, sob o efeito da surpresa, nem reagem. Ela lança mão de uma grande barra de ferro, abre a cabine telefônica. O pitbull cospe a pata do yorkshire e volta a cabeça para Cassandra, sem entender a intrusão. Ela aproveita o momento de hesitação para acertar-lhe a barra de ferro no crânio.

Átila cambaleia, de repente exausto.

Cassandra Katzenberg não perde tempo. Antes que alguém possa reagir, ela já pegou no fundo da cabine o bichinho de pelúcia grudento e vermelho, apertando-o contra o seio. O laço cor-de-rosa continua dominando pomposamente a massa dos pelos do yorkshire, como uma bandeira provocando seus atacantes.

A boca de Ismir se abre, caindo de espanto. Seu cigarro de ponta dourada cai a seus pés. O efeito de surpresa é total. A mocinha já atirou longe a barra de ferro, e, tendo sempre o yorkshire ensanguentado contra o peito, escala a colina de detritos. Um grupo de organizadores, tendo finalmente entendido, sai correndo atrás dela, vociferando em albanês.

Quando Cassandra chega ao alto da colina de detritos, Kim limita-se a soltar:

— Como você gosta do verdadeiro sentido das palavras, logo, logo vai descobrir o da palavra "erro".

111.

O rapaz e a moça galopam a mais não poder, enquanto uma dezena de albaneses enfurecidos corre atrás.

— Siga exatamente o meu caminho, Princesa, sem desviar um passo.

Kim Ye Bin conduz a jovem por uma passagem estreita entre os carros, depois agarra uma maçaneta presa por um cordão a uma roldana. Puxa, e imediatamente uma avalanche de lixo doméstico desmorona, fechando a passagem entre as duas montanhas de dejetos. Ela ouve o uivo dos cães e das pessoas impedidas de passar pela barreira de lixo.

— Está vendo, Princesa? Redenção é uma aldeia, mas também uma fortaleza. Mas não podemos dar mole, pois eles vão acabar escalando o obstáculo.

Ela olha o relógio, que indica: "Probabilidade de morrer em 5 segundos: 16%".

Não quer dizer que não haja perigo, é só que não há nenhuma câmera para que o sistema entenda o que está acontecendo. Os 3% adicionais de probabilidade devem-se exclusivamente à minha aceleração cardíaca e à mudança da minha capacidade de resistência elétrica, encaradas por Probabilis como sinais de angústia.

De tanto correr, eles acabam chegando ao vale onde se encontra sua aldeia. A jovem mostra aos outros habitantes de Redenção a bolinha peluda e tépida, da qual não se separou durante a fuga.

Fetnat, Orlando e Esmeralda interrompem suas atividades e vêm ao seu encontro.

— Temos de salvá-lo! — grita Cassandra.

O yorkshire geme e dá pequenos ganidos de cortar o coração. Seu sangue escorre de várias feridas no pelo, sujando as mãos da moça. No local onde a pata foi arrancada, veem-se pedaços de ossos.

Esmeralda pega o cão pelo pescoço, levanta-o, examina-o como se hesitasse quanto ao diagnóstico, e então, depois de uma última inspeção, pega a lâmina de Fetnat, e antes que alguém tenha tempo de reagir, decapita o yorkshire. A cabeça enfeitada com a fita rola pelos seus pés como um pompom.

— Sinto muito, Princesa. Aqui não podemos nos permitir esse tipo de sentimentalismo. Agora ele não sofre mais, e sua pele pode nos servir de regalo no inverno. Ou um par de luvas.

Ela sente o peso do corpo sem cabeça, sacudido por alguns sobressaltos nervosos. Boquiaberta, Cassandra olha para ela, sem acreditar.

— Dissemos que você ficaria com o Ministério das Relações Exteriores — lembra Fetnat Wade. — E você nos indispõe com os ciganos e os albaneses. Mmmh, acho que teremos de encontrar outra ocupação para você.

— As rinhas de cães são uma tradição ancestral deles, temos de respeitar — prossegue Orlando Van de Putte, fumando seu charuto.

Cassandra então dá um pulo, com as unhas à frente, e morde com todas as forças o braço da ex-atriz, que urra de dor. As duas rolam no chão, brigando no meio do lixo e da lama, sem que os homens intervenham. Puxam os cabelos, arranham-se, mordem-se, gritam, rasgam as roupas.

Esmeralda acaba levando a melhor, depois de desfechar um murro decisivo no queixo da adversária de 17 anos. Ela se levanta, ajeita algumas mechas enlameadas que lhe caem no rosto e diz, sentenciosa:

— Desta vez foi a gota d'água que botou fogo na pólvora. Ou a fagulha que fez o vaso derramar. Fora daqui. Não queremos mais vê-la, sua pentelhinha imunda!

112.

Eu tentei, fiz de tudo para que desse certo, mas realmente está acima das minhas forças. De qualquer maneira, que é que eu podia esperar de mendigos como eles? Eles têm o nível de consciência dos homens primitivos. São violentos, alcoólatras, vulgares e, para resumir, não têm a menor vontade de melhorar. O sucesso do nosso lance no metrô foi acidental.

Não é a regra, apenas uma exceção.

Talvez tenham agido porque ficaram agradavelmente surpresos ao me verem sair viva da montanha de bonecas onde tinham me enterrado. Mas eu não poderei fingir que morri toda vez que quiser que eles tenham vontade de fazer um gesto de benevolência para com o próximo.

Eu me enganei.

Este lugar não é um santuário, apenas um depósito de lixo cheio de dejetos orgânicos e... humanos.

113.

Mais uma vez, Cassandra Katzenberg caminha sozinha pela grande Avenida Jean Jaurès, que desce na direção da capital. Mais uma vez, começa a chover.

A chuva não é minha inimiga. A natureza não é minha inimiga. Meus únicos inimigos são os seres humanos medrosos e agressivos. A antiga Cassandra dos meus sonhos tem razão. Eles são como avestruzes que preferem enfiar a cabeça no chão, para não enfrentar seus predadores.

Ela é lavada pela chuva. Pensa que está começando a perder a fedentina do depósito.

Não sou mais um gambá. Não sou mais uma redencionista.

Ela sabe que, sem cheiro repulsivo, poderá movimentar-se entre os burgueses sem ser sistematicamente rejeitada. Pouco antes de partir, mudou de disfarce. Depois do traje esportivo da primeira incursão, do traje gótico da volta, do traje Chanel da mãe, do casaco e touca da investida no metrô, ela optou por uma fatiota de estudante hippie da década de 1970, com enormes óculos redondos violeta, cachecol de pirata para ocultar os longos cabelos negros ondulados, botas, saia longa, casaco de pele de carneiro.

Pensativa, ela contorna as poças na calçada e ouve barulho de passos chapinhando atrás de si. Está sendo seguida. Volta-se, então, para enfrentar.

Com a mecha azul reluzindo na chuva, Kim olha para ela em silêncio.

— Some daqui, não preciso de você e da sua piedade — solta ela.

Ela segue seu caminho, ele vai atrás. Ela para e, novamente, vira-se para ele.

— Você por acaso não regula bem? Volta para casa!

Ela segue em frente. Quando afinal se volta de novo, ele ainda está lá.

— O que é que quer?

— Por que estar sempre dando explicações?

Kim sorri.

— Bom, podemos dizer que eu estava com medo de morrer de tédio em Redenção sem você. Temos de reconhecer que você meio que deixou tudo de cabeça para baixo no nosso modo de vida. Além do mais, eu gosto de aventura.

Cassandra consulta o relógio de probabilidades, indicando de repente 32%.

Alguma coisa vai acontecer. Será que ele vai me agredir?

Neste momento, um relâmpago ilumina o céu, numa zoeira de fim de mundo.

O relógio está conectado à meteorologia. Probabilis sabe que eu estou numa zona de tempestades, embora o perigo seja inferior a 50%.

Ela prossegue em seu caminho, ele fala por trás dela:

— Não seja boba. De qualquer maneira, você vai precisar de mim.

Eu não preciso de ninguém.

Ela acelera, ele é obrigado a correr para alcançá-la.

— Você quer o quê? Vagar como uma mendiga, sem domicílio fixo?

O preço do sedentarismo é muito alto. Não vou perder minha alma para ser amiga de uma louca histérica, de um brutamontes alcoólatra, de um feiticeiro envenenador e de um...

— A culpa é minha, fui eu que a levei até a zona dos albaneses. Quero me redimir. Como você disse, todo ser humano tem direito à sua redenção.

Cassandra dá de ombros e finge não ter ouvido. Avança, sem responder. Ele continua a segui-la, imperturbável.

— Ouça, Princesa, no início, eu não a suportava.

"Depois, você me irritava.

"Depois, me dava pena.

"Depois, a achei divertida.

"E agora, se for embora... vou sentir sua falta."

A jovem de olhos cinzentos dissimulados por trás dos óculos violeta nem se volta.

— Eu achava que não era seu tipo de garota. Para usar sua própria expressão, você só gosta de "louras de peitos grandes que não enxergam o futuro".

— Você pode pintar o cabelo e fazer implantes mamários. Vivemos numa época moderna. Nada mais é impossível para as mulheres ambiciosas.

Kim Ye Bin passa adiante dela, planta-se à sua frente e estica sua camiseta para forçá-la a olhar para ele. A inscrição diz: "Viver a dois é resolver juntos problemas que não se teria vivendo sozinho."

Cassandra Katzenberg hesita, e acaba permitindo que ele caminhe a seu lado.

— Perfeito. Aonde vamos, Princesa?

114.

Ele só vai me causar problemas. Mas acho que estou cansada de ficar sozinha.

115.

Vista de fora, a casinha de tijolos e ardósia do diretor da Escola das Andorinhas parece vazia.

— Ele chegará às 14 horas para fazer a sesta — informa Cassandra.

Mas o jovem coreano já está examinando a grande lixeira verde postada diante da porta.

— Que foi que te deu? Não é hora de remexer no lixo.

— Como você gosta de palavras complicadas, Princesa, aí vai uma que certamente não conhece: rudologia. É a arte de conhecer alguém examinando o seu lixo.

Cassandra assume uma expressão contraída, sem entender.

— As pessoas podem tentar fazer-se passar pelo que quiserem, mas são traídas pelo lixo. Por isso é que o escondem em sacos plásticos opacos, cada vez mais bem fechados. Elas são reveladas pelos seus dejetos. Em geral, ninguém gosta de escarafunchar nas lixeiras, mas, para botar o seu sujeitinho aí contra a parede, teremos de examinar primeiro quem ele é. Sejamos sutis.

Ele mete a mão na lixeira. Por sorte, os lixeiros ainda não passaram.

Cassandra o ajuda a remexer. Ninguém presta atenção aos dois, considerando normal que mendigos revirem a lixeira.

Como um arqueólogo do presente, Kim Ye Bin arranca objetos com ar triunfante.

— Bom, para começar, as bebidas. Seis latinhas e uma garrafa de uísque na lixeira cotidiana, ele é meio alcoólatra, esse diretor de escola.

Na minha lembrança, ele realmente tinha uma hálito meio pesado.

— Nada de preservativos.

Ele mostra uma caixa de papelão.

— Ele come comida congelada, porções de solteiro. O que confirma minha primeira impressão: vive sozinho. Por essa comida se vê que ele gosta mesmo de carnes: salsichas, presunto, pé de porco.

Cassandra entrega-lhe um monte de jornais. Ele os folheia rapidamente.

— Revistas de corridas de cavalos.

Ele encontra folhas impressas enroladas, os desenrola e as examina atentamente. À medida que avança na leitura, sua expressão se ilumina.

— Bingo! Acho que encontrei seu ponto fraco. Sua contabilidade.

Cassandra mal tem tempo de arrastar Kim para trás de uma árvore. Um homem de capa de chuva acaba de entrar na casinha.

— É ele?

Cassandra sacode a cabeça. Tirando do bolso um canivete de muitas lâminas, Kim libera a fechadura de entrada. Os dois entram e fecham a porta. Subindo a passos de gato a escada que leva ao quarto do primeiro andar, dão com Philippe Papadakis deitado na cama, de olhos fechados, completamente vestido.

Cassandra aproxima-se dele.

— Está na hora de acordar — murmura.

O homem faz uma careta de nojo, como se visse em sonho algo fedorento, e então abre as pálpebras e reconhece Cassandra. O cheiro de suor rançoso e podridão que emana da roupa da jovem o faz franzir o nariz. Ele se apoia num cotovelo e esfrega maquinalmente os olhos.

— Olha só, a abelha voltou — ironiza. — E está acompanhada de um zangão. Você veio me agradecer?

— Vim em busca de mais informações.

Philippe Papadakis levanta-se.

— Sobre a Cassandra da Antiguidade? Sobre o princípio da ingratidão?

A moça o agarra pelo colarinho e fala bem perto do seu rosto:

— Sobre meu próprio segredo, meu mistério, meu passado. Quem sou eu, caramba! Que foi que me fizeram para que eu seja assim?

Papadakis não responde.

— Primeiro indício: meu prenome. Segundo indício: meus pais. Qual é o terceiro indício?

— Você conhece a história do...

Cassandra aperta mais o colarinho.

— Chega de adivinhações! Eu quero saber quem eu sou. Por que não lembro mais nada do meu passado e por que tenho visões do futuro. Você sabe, hein? Você sabe, e então comece a falar!

Philippe Papadakis tenta afastar-se dela. Kim o empurra para a cama.

— Nós descobrimos os seus segredinhos — solta ele, apontando as folhas amassadas que pegou na lixeira. — Sabemos que frauda sua contabilidade. Está desviando parte do dinheiro da cantina da escola e dos equipamentos de segurança para apostar em corridas de cavalos.

O diretor fica inicialmente impassível, mas acaba dizendo:

— Muito bem, vou contar o que sei da sua história pessoal.

Os três sentam-se em triângulo no salão, ao redor de uma mesa baixa. Papadakis acende um cigarro para neutralizar a fedentina ambiente.

— A sua mãe era uma grande psiquiatra. Especializada em crianças problemáticas, e particularmente crianças autistas. Ela notou que alguns de seus pacientes tinham capacidades fora do comum. Foi ela a primeira a formular este conceito: "Aqueles que têm algo a menos têm algo a mais." No início, ela teve apoio do Ministério da Saúde. Os estudos sobre crianças autistas sempre fascinaram o Poder Público.

Ele deixa passar um momento de silêncio, deleitando-se com o cigarro.

— E...? — pergunta Cassandra, irritada.

— E sua mãe foi cada vez mais longe nas pesquisas para confirmar sua teoria.

— Que teoria?

— Ela considerava que o cérebro esquerdo tiranizava o cérebro direito.

— Mas o que é que está dizendo? Que significa essa chorumela toda? — irrita-se a moça.

— Você está querendo saber — retruca Papadakis —, pois então ouça, em vez de me agredir.

Ele tem razão. Preciso me acalmar.

— Nós temos dois hemisférios cerebrais. O cérebro direito sonha, o cérebro esquerdo explica. O direito pensa em imagens, o esquerdo pensa em palavras. O direito vive nos sentimentos e nas sensações, o esquerdo, nas estratégias e na lógica.

— Qual a relação com as investigações da minha mãe?

— Ela achava que os autistas mantêm intacta a capacidade do cérebro direito. Por isso é que essas crianças consideradas "deficientes mentais" são capazes de feitos extraordinários que não estão ao alcance das pessoas ditas "normais". Por exemplo, certos autistas são capazes de cálculos sem fim, pois seu cérebro direito percebe os números como se fossem música. Eles podem memorizar listas intermináveis, pois seu cérebro direito preserva tudo em forma de afrescos, e não de elementos separados.

Cassandra dá sinais de impaciência.

Sim, isso eu sei, eu mesma tive a experiência. Não tem nada de novo. É apenas uma atenção mais aguçada.

O diretor prossegue:

— Quando sonhamos, por exemplo, é o nosso cérebro direito que se expressa, mas de manhã, quando tentamos nos lembrar do sonho, é o esquerdo que reinventa a história para lhe dar um sentido lógico, racional, numa narrativa com início, meio e fim.

— Sutil — comenta Kim Ye Bin, sem conseguir se conter.

— Mas no nosso sonho verdadeiro os personagens mudavam de cabeça, por exemplo. O que o cérebro esquerdo não é capaz de admitir. Então, ele deforma, reinventa, conferindo um sentido lógico a tudo, pois o cérebro esquerdo quer explicar tudo, analisar tudo, organizar tudo. Ele adora a ordem antiga, e tem medo da liberdade e da novidade. É o ditador da nossa mente.

— Maluco — aparteia o rapaz.

— A escola, os pais, o meio no qual vivemos vêm apenas reforçar essa ascendência do cérebro esquerdo sobre o direito. Somos solicitados a explicar tudo, legitimar tudo, calando nossa parte de sonho e de criatividade ilógica.

Os dois jovens estão encantados com a explicação. O diretor se dá conta de que assumiu novamente a iniciativa, graças à qualidade dos conhecimentos que transmite.

— Para a sua mãe, os autistas são pessoas que não aceitaram a tirania do cérebro esquerdo, e assim se calam e se isolam do mundo para não serem obrigadas a justificar sua liberdade de pensamento. Sua mãe tomava como exemplo Albert Einstein, que praticamente não falou até a idade de 7 anos.

— Einstein era autista?

— Na infância, ele ficava calado. Por sinal, foi considerado meio mudo pelos pais, ou pelo menos como uma espécie de autista.

Cassandra está perturbada.

Não é que ele não falasse. Ele sabia, como eu, que devemos economizar as palavras, e que as palavras impedem que os seres e as coisas existam. Ele precisava construir tranquilamente seu mundo interior, sem condicionamento exterior.

— As teorias da sua mãe sobre "o autismo como uma vantagem" eram, naturalmente, malvistas pelas autoridades. Ela começou a fazer experiências para provar o que dizia. Queria mostrar que as crianças autistas sabiam fazer coisas que não estavam ao alcance das crianças normais. E então encontrou uma maneira de voluntariamente tornar certas crianças autistas. Mas...

Ele se detém de repente.

— ... houve resultados estranhos. Acidentes. No fim das contas, o Ministério da Saúde deixou de apoiar seu trabalho. Foi então que ela conheceu o seu pai, que trabalhava no Ministério da Prospectiva, que ele mesmo acabava de fundar. Na época, ele estava de vento em popa. Era o encontro da especialista em crianças estranhas com o especialista no futuro.

Cassandra engole em seco.

— Finalmente, estimulada e apoiada pelo seu pai, a sua mãe foi ainda mais longe em suas pesquisas. Ela fundou uma escola para crianças autistas superdotadas, financiada pelo Ministério da Prospectiva.

— Aqui? — pergunta Kim.

— Sim, aqui. Uma antiga escola comunitária, a Escola das Andorinhas, transformada por iniciativa dela em "Escola das Andorinhas CPCAS". Sabem o que significam as iniciais?

— Não — responde o jovem, no lugar de Cassandra.

— "Centro de Pesquisa para Crianças Autistas Superdotadas." Foi sua mãe quem criou essa sigla. Foi ela também que me contratou como diretor.

— Você vinha de onde?

— Eu era pedopsiquiatra, e também cuidava de crianças autistas. Minha especialidade era o tratamento pelos cavalos. Eu tratava das crianças graças ao conhecimento desses formidáveis equídeos.

Ele acaricia instintivamente seu anel, tendo como motivo um cavalo estilizado.

— E foi aqui que sua mãe realizou suas famosas experiências.

Caramba! Finalmente eu ficarei sabendo.

— Ela dava o nome de LCD, Liberação do Cérebro Direito. Você dormia na ala norte, nunca chegou a ver a ala sul, não é verdade? Venha, vou mostrar-lhe uma parte da escola que você não conhece. Você achava que havia lá a classe dos menores.

Cassandra concorda em segui-lo, Kim empunha um facão.

— Se tentar algum golpe baixo, não hesitarei em usá-lo.

— Sim, eu sei, sua amiga também é adepta de mutilações físicas. Eu paguei para ver.

Fazendo uma careta, ele toca a própria orelha, ainda envolta num curativo.

Eles saem da casa e passam por uma outra entrada, dando para um prédio moderno. Por ele circulam crianças em torno dos 10 anos de idade, num pátio de paredes cobertas de quadros e instrumentos. Algumas crianças aproximam-se e fixam os olhos neles, imóveis. Outras levantam as mãos em posição de defesa, como se estivessem para ser agredidas pelos intrusos.

— Aí estão as famosas crianças autistas superdotadas. Os pais que as trazem aqui estão enlouquecidos. Deixam-nas aos nossos cuidados, como se fossem deficientes ou loucas. Têm medo delas. Temem seus caprichos, seus acessos de fúria, sua violência. Temem que se suicidem. Nos outros centros, elas são tratadas com calmantes e se tenta socializá-las o mínimo possível. Entretanto, graças à sua mãe, que entendeu a importância do cérebro direito, nós as tratamos de outra maneira. O que, em outros lugares, é considerado uma falha, aqui é transformado numa vantagem.

Philippe Papadakis dirige-se a uma criança que parece absorta na contemplação de uma mosca:

— Vamos, toque alguma coisa para nós, Gabrielle.

A menina, com no máximo 6 anos, senta-se ao piano e toca uma melodia complexa, em andamento cada vez mais rápido.

— Johann Sebastian Bach? — pergunta Kim.

— Não. É uma composição dela.

O diretor aponta em seguida quadros emoldurados, de cores surpreendentes.

— O autor dessas telas é este rapazinho de 9 anos. Stéphane. Serão expostas numa galeria de Nova York como se fossem de um pintor de 40 anos, pois ninguém acreditaria que uma criança fosse capaz de tanta inovação, de tal maturidade pictórica.

— Eu busco a perfeição — comenta o pintor, de cabelos à escovinha. — Detesto tudo que é mais ou menos. O que está pensando?

— Que é muito bonito — diz Kim.

— Não, não é bonito. É perfeito. O que não é perfeito me causa repulsa. Eu quero ser o primeiro em tudo. Entendeu? Em tudo! Pois então, senhor diretor, preciso de material adequado, aqui temos apenas pincéis para amadores! Se quiser que eu seja o maior de todos, vai ter de me dar os melhores pincéis, as melhores tintas, e eu não posso ser incomodado por bobagens!

O diretor não dá a menor atenção, apontando um outro menino, que tem no rosto óculos de lentes grossas.

— O pequeno Gilles é capaz de resolver equações de várias incógnitas, que só matemáticos experientes podem estudar.

— E qual é o preço desse "a mais"?

— Pouca coisa — diz o diretor, apontando uma menina que parece assustada com a presença deles, enfiando a cabeça em almofadas. — Eles são tímidos. Têm rituais muito precisos, não funcionais. Distúrbios de sono. Não suportam ruído, nem frio, nem certas imagens. Têm uma alimentação pouco variada, e em sua maioria sofrem de alergia à mudança. Isso porque estão focados em temas pessoais que os obcecam, e assim o resto os deixa irritados. Eles são impacientes e não suportam quando não são entendidos com rapidez. Temos de reconhecer que são, apesar de tudo, inconvenientes menores, em comparação com as imensas vantagens de sua condição.

Uma criança de grandes olhos castanhos aproxima-se deles, dizendo:

— Eu sou amigo dos números. Meu preferido é o quatro. O número quatro é realmente apaixonante! Se vocês soubessem tudo que ele é capaz de fazer, especialmente quando é bem desenhado, com os ângulos bem marcados!

Sem lhe dar mais atenção, o diretor conduz os dois visitantes à frente do retrato de uma mulher que a mocinha logo reconhece.

— Em vez de parar por aí, Sophie, sua mãe, foi ainda mais longe. Como não podia mais fazer suas experiências com crianças doentes provenientes de hospitais públicos, ela decidiu valer-se...

— Dos próprios filhos — informa Cassandra, começando a entender.

— Exatamente.

Philippe Papadakis aponta um painel onde se lê uma lista de nomes.

— Para começar, o seu irmão.

— Experiência 23? — pergunta ela.

— Daniel. Foi a primeira criança na qual os seus pais realmente testaram a teoria LCD.

Cassandra está perturbada.

— Graças à experiência de seus pais, o lado direito do seu cérebro ficou perfeitamente funcional, livre, poderoso. O lado esquerdo não o obrigava a explicar tudo de forma lógica. Com o cérebro livre, ele foi longe, muito longe.

Cassandra instintivamente acariciou seu relógio.

Meu irmão Daniel é um gênio.

— O problema é que ele era tão pouco tiranizado pelo cérebro esquerdo que ficou psicótico.

— E o que significa "psicótico"? — pergunta Kim.

O diretor examina o rapaz de alto a baixo.

— Os psicóticos são, como dizer, pessoas cujo cérebro funciona bem demais. São hipersensíveis. Veem coisas que os outros não veem. Percebem tudo em vários planos, leem nas entrelinhas. E essa lucidez, em vez de tranquilizar, serve apenas para angustiá-los. Ele se conscientizaram dos verdadeiros perigos do mundo. E assim, têm medo de tudo.

Eu também sou um pouco assim.

— Eles não têm distanciamento, nem interpretação, levam tudo ao pé da letra. Se alguém diz que a noite está caindo, eles acham que o céu vai realmente tombar nos seus ombros.

— Como o cérebro esquerdo não faz mais seu trabalho de interpretação, pode-se dizer que eles vivem ao pé da letra — tenta resumir Kim.

— Eles vivem muito acima da cabeça da letra — corrige o diretor. — Quando falam, a gente não entende o que dizem, pois já estão num nível de compreensão mais profundo.

— Os extremos se tocam: um sujeito inteligente demais acaba percebendo o mundo como um sujeito burro demais — diverte-se Kim.

— É verdade que os psicóticos não são adaptados ao mundo normal. Em geral, não se cuidam, pois para eles o corpo não é nada, a mente é tudo.

Cassandra lembra-se do quarto em desordem do irmão, na mansão dos pais. Lembra-se do rosto cabeludo, coberto de cabelos meio longos e descuidados.

— Eles são sujos? — pergunta Kim, interessado.

— Muito sujos. Às vezes se recusam a tomar banho porque têm medo da água. Quando estão no auge do delírio, esquecem de comer, de dormir, esquecem de fazer o que qualquer um faz no cotidiano. São pessoas de um enorme carisma, de inteligência aguda, de um certo charme, são assustadores, mas na verdade são de fato deficientes.

Philippe Papadakis pronunciou essas palavras com uma mistura de admiração e repulsa.

— Eles passam por fases de delírio e surtos de euforia, e logo depois ficam sem vida, nem se pode ver brilho nos seus olhos. Renunciaram completamente a qualquer vínculo.

Como o menino que desenhava mapas do Connecticut para dizer que queria "cut", a conexão.

— Ninguém tem influência sobre eles. Eles são sozinhos. Não há ninguém mais sozinho que um psicótico. Com isso eles parecem mergulhados numa espécie de romantismo que é um excesso de distanciamento e de falta de investimento no mundo. Isso os torna...

O diretor da escola assume um ar de admiração.

— ... realmente fascinantes.

Cassandra olha para o mostrador do relógio, que indica 18%. Ela deduz que os 5% de risco adicional são determinados por seus batimentos cardíacos acelerados pela emoção. A não ser que uma das crianças superdotadas, de tanto buscar a perfeição e não suportar as aproximações, tenha se tornado perigosa.

O diretor parece subjugado pela lembrança de certos encontros com esses pacientes.

— Meu irmão realmente era assim?

— Daniel era muito mais que isso. Ele foi deliberadamente tornado psicótico pelos seus pais, para a "Experiência 23".

Ao redor deles, todas as crianças parecem estranhas. Cassandra sente um calafrio.

— Que foi que lhe fizeram? — pergunta.

O diretor finge não ter ouvido a pergunta.

— Entre os internos, temos as 22 experiências anteriores. Depois, o seu irmão e você, Cassandra. Você foi a última. A mais bem-sucedida de todas. A "Experiência 24".

Cassandra levanta-se abruptamente e o agarra.

— Você não me respondeu! Como é possível deliberadamente tornar uma criança autista? — berra ela. — Vamos, fale!

— Sinto muito, você queria saber. Você é uma...

Louca?

— ... experiência da sua mãe.

— Por quê? POR QUÊ?

O diretor a fixa friamente, depois diz:

— Sua mãe a transformou em autista para que você realizasse o sonho do seu... pai.

A jovem de grandes olhos cinza-claro não ousa entender.

— ... do meu pai?

— Sim. Lembre-se de que sua mãe cuidava das crianças, e seu pai se ocupava do futuro. Seu pai queria que você visse o futuro. Por isso é que você se chama Cassandra. Como eu já disse, a chave está no seu nome. Você foi batizada assim para ter esse dom.

Que é que ele está querendo me dizer? Pelo que diz, fica parecendo que não me chamo Cassandra por acaso.

Philippe Papadakis exibe um sorriso de desolação. Já recobrou toda a pose.

— É um prazer voltar a vê-la, senhorita. Sabe, apesar do que possa pensar, eu gosto de você.

A jovem pega o nunchaku nas costas de Kim, passa a corrente no pescoço do diretor e aperta.

— Que foi que me fizeram para que eu me tornasse autista? Fale!

Ao redor, as outras crianças os observam, intrigadas. Kim segura seu braço.

— Peraí, Princesa, assim vai matá-lo! Se quiser que ele fale, pelo menos deve deixá-lo respirar.

Philippe Papadakis tenta recobrar o fôlego. Ele tosse, respira profundamente e então levanta a cabeça para dizer:

— Você é realmente brutal.

— Fale ou eu continuo!

— O seu irmão... Só ele conhece a técnica secreta empregada pelos seus pais em você. Depois do atentado, quando eu a resgatei, você já estava assim, com o cérebro esquerdo produzindo alucinações e tornando-a livre além do razoável. De modo que, para responder à sua pergunta, depois do seu nome, depois de seus pais, se quiser entender o seu mistério, o seu irmão Daniel é a terceira resposta.

— Onde posso encontrá-lo? Qual é seu endereço?

— Não sei.

Cassandra volta a ameaçá-lo.

— Só sei que depois do acidente na Torre Montparnasse ele foi trabalhar no Ministério da Prospectiva.

Imperceptivelmente, as crianças formaram um círculo ao redor deles. Kim surpreende-se ao constatar que elas têm o olhar incrivelmente fixo, cortante, raramente batendo as pálpebras. Ele raramente viu pessoas tão atentas. Parecem interessadas em tudo, absorvendo o máximo de informações e digerindo-as sem nada deixa escapar.

116.

Quer dizer então que eu de fato sou um monstro, uma psicótica, um animal de circo, inventado pelos próprios pais para demonstrarem uma teoria pessoal sobre o cérebro que era desmentida pelos colegas. E que teoria! Deixar meu cérebro direito funcionar sem ser tiranizado pelo meu cérebro esquerdo.

É isso que me deixa tão sensível, isso que talvez tenha causado o desaparecimento do meu passado, talvez seja isso que me faz perceber o futuro.

Eu preciso entender. Não posso continuar sendo um enigma para mim mesma. Tenho de descobrir o que meus pais infligiram a sua "Experiência 24" antes de batizá-la de Cassandra.

117.

Rua Saint-Dominique.

Enquanto na maioria dos ministérios a entrada é guardada por sentinelas e funcionários, o Ministério da Prospectiva apresenta apenas uma porta transparente dando para um saguão deserto. Nenhuma identificação gravada na pedra, nenhuma placa oficial de cobre. Uma simples folha de papel com a inscrição sublinhada "MINISTÉRIO DA PROSPECTIVA" está presa à vidraça por duas fitas adesivas.

Acima, uma outra folha: "Horário de abertura e fechamento a ser esclarecido com os responsáveis enquanto estiverem presentes."

Os dois jovens entram, constatando a presença de câmeras de vigilância, e, esgueirando-se pelas paredes, conseguem esquivar-se ao campo das objetivas.

No primeiro andar, ouve-se barulho numa das salas. Olhando alternadamente pelo buraco da fechadura, eles veem cerca de vinte jovens de ambos os sexos, de terno e gravata ou tailleur sóbrio, sentados ao redor de um homem que traça uma curva num quadro.

— Podemos esperar um aumento do número e do peso econômico das pessoas de idade nos dez próximos anos, chegando ao ponto culminante em 2036. É o ano que deverá assinalar o envelhecimento geral da população francesa...

Kim afasta-se polidamente para permitir que Cassandra fique diante da fechadura, limitando-se a colocar uma orelha contra a madeira da porta.

— ... o que significa que o desenvolvimento de um coração humano artificial realmente eficaz poderia manter em vida pessoas idosas que, normalmente, deveriam morrer. O que aumentaria o déficit da Previdência Social. Por isso é que proponho que esse projeto seja congelado. Certas descobertas científicas no terreno da medicina servem apenas para prolongar, quase sempre em situação de desconforto, vidas que naturalmente deveriam chegar ao fim. Naturalmente, haverá quem argumente que as pessoas idosas são eleitoras e consumidoras. Mas eu responderia que elas sempre votam nos candidatos mais velhos, e que consomem pouco. Proponho então, com vistas ao saneamento e a uma dinamização da sociedade, um plano em três pontos...

— Quer dizer então que, oficialmente, são essas aí as pessoas que verão o futuro do nosso país. Prov velmente administradores de empresas — sussurra Kim.

— Como é que você sabe?

— Os administradores e tecnocratas sempre fazem planos em três pontos. Você consegue identificar se o seu irmão está entre eles?

Cassandra se concentra. Depois de falar do envelhecimento da população, os jovens passam a tratar dos fluxos migratórios e dos problemas de segurança nos subúrbios, e debatem as transferências territoriais das fábricas, a crise financeira, o aumento do número de desempregados, a inflação galopante, os preços dos imóveis, sem esquecer o empobrecimento das populações, a questão dos sem-teto, os problemas de poluição nas grandes cidades e os engarrafamentos nas estradas que conduzem ao sul do país.

Listas de dados numéricos desfilam nas projeções, percentagens, esquemas, gráficos.

Tecnocratas de visão curta e unilateral. Eles não têm qualquer visão ampla ou profunda, limitam-se a repetir o que lhes foi inculcado nas escolas de tecnocratas e o que os jornalistas repetem o dia inteiro. É um sistema que se autoalimenta, girando em círculos. Nada de riscos. Dessa maneira eles podem estar certos de não sair do terreno conhecido e das trilhas sempre percorridas. Sempre a mesma percepção do mundo.

A reunião chega ao fim. Os jovens rapazes e moças, em seus uniformes sóbrios e chiques, levantam-se e deixam o compartimento em pequenos grupos por uma porta lateral. O que estava na direção da conferência permanece sozinho. É um homem dos seus 60 anos, de terno de veludo cotelê, camisa branca, suspensórios, gravata borboleta, óculos pequenos de meia-lua, sapatos de sola espessa. Sua fisionomia imediatamente lembra à moça um ator americano.

Edward G. Robinson no filme No Mundo de 2022.

O homem subitamente parece incomodado por um cheiro nauseabundo. Ele tenta encontrar a causa ao seu redor, esperando dar com um camundongo morto por trás de um aquecedor. Até que sai e dá com os dois escondidos atrás da porta. Assustado, ele volta para dentro, pega o telefone e começa a dizer:

— Segurança? Venham rápido, houve uma invasão...

Mas Kim já cortou a comunicação.

— Socor...

Cassandra tapa sua boca com a palma da mão.

— Não vou lhe fazer mal. Eu sou a filha do ministro Jacques Katzenberg. Irmã do matemático Daniel Katzenberg.

Edward G. Robinson hesita, examina-a, depois relaxa um pouco.

— Realmente você tem algo da família. Seu pai nunca mencionou sua existência, mas seu irmão com frequência falava de você. Poderia dizer o que está fazendo aqui?

— Justamente, estou procurando meu irmão.

— Ele não está aqui.

— E o que é este lugar, esse Ministério da Prospectiva? Eu nunca tinha ouvido falar... — questiona Kim.

— Ah, você não sabia? Foi o seu pai, senhorita, que criou este ministério. Veja bem, ele era muito discreto. Seu pai era um brilhante administrador de empresas, mas entendeu primeiro que todo mundo que governar é prever. Realmente prever. E assim criou este ministério. Um nome meio pomposo para uma função reduzida ao mínimo indispensável.

O sujeito os convida a subir ao primeiro andar, no seu escritório. O compartimento é ornamentado com céus de astrologia, formando rosáceas percorridas por linhas coloridas. Fotos de constelações reais, tiradas pelo telescópio Hubble, podem ser vistas ao lado desses desenhos.

— Governar é prever. Mas embora a maioria dos chefes de Estado tivesse o seu astrólogo, todas as tentativas de oficializar o conhecimento do futuro nos governos foram catastróficas. O Ministério do Planejamento Quinquenal provocou surtos de fome e outras aberrações na Rússia, mas também em Cuba, na China e em todos os países que acreditaram ser possível decidir o futuro de maneira autoritária.

— Os países totalitários em geral — esclarece Kim.

— O futuro sempre foi malvisto em política. Sabendo disso, no início seu pai fundou uma simples célula consultiva ligada ao Ministério da

Economia. O objetivo oficial era prever as crises financeiras. Chegou então a grande crise do ano passado. Ninguém previu nada. O que não agradou. O Ministério da Economia livrou-se de nós. Depois, essa célula foi vinculada ao Ministério da Ecologia. Esperava-se que nós prevíssemos o aumento da poluição nas cidades e o grau de contaminação dos oceanos. Mas os ecologistas desconfiavam de nós. Fomos então vinculados ao Ministério do Planejamento Familiar, para estudar o número de filhos por vir e o número de pessoas idosas que vão pesar sobre a Previdência Social. Mais uma vez foram ditas certas verdades que não agradaram. Acabamos gerando indisposição. Foi então que fomos transformados num ministério independente. Se ganhávamos um título mais importante, perdíamos recursos. No início, éramos sete, depois cinco. Mais para o fim, já não passávamos de três. Seu pai, uma secretária e eu. Nós somos o menor ministério, funcionando com a mais exígua tesouraria. Temos um orçamento dez vezes menor que o do Ministério dos Direitos Humanos, o que bem dá a dimensão da coisa. Para aumentar a margem de manobra, seu pai criou um movimento político batizado de "Pela reabilitação do futuro". O que, mais uma vez, gerou problemas. De tal maneira que, em vez de aumentar, eles diminuíram ainda mais nossas verbas.

O sujeito de óculos de meia-lua dá uma olhada pela janela.

— Mas e essa reunião de especialistas há pouco? — pergunta Kim.

— São alunos da faculdade de administração. Vieram aqui para cotejar suas análises políticas. A prospectiva é uma matéria opcional que lhes dá um bônus de dois pontos sobre os 150 necessários para a obtenção do diploma. Eles podem escolher entre várias oficinas de estudos em algumas especialidades secundárias: turismo, taxas profissionais, certificados, cadastro, gestão de manifestações, estudo de uniformes dos funcionários ou... o futuro.

— E eles são motivados? — pergunta Kim.

— Ora... Digamos que sempre pega bem num currículo mostrar que se participou de uma célula de reflexão sobre o futuro. O que nos dá uma última razão de existir: nós ocupamos os estudantes.

Ele suspira.

— Triste fim para um Ministério do Futuro. Mas a futurologia nunca foi muito bem vista neste país. Você viu as pesquisas de opinião?

Cassandra lembra-se do que lhe dissera Orlando.

— "75% dos franceses têm medo do futuro e 62% preferem nem pensar nele."

— E você, quem é? — pergunta Kim.

— Quando o senhor Katzenberg criou esse ministério, eu era — não vão rir — redator do horóscopo num grande semanário. O futuro era minha profissão, embora fosse apenas o futuro individual. Conheci o seu pai num site de futurologia, ele achou que eu era o mais produtivo e visionário dos participantes, e espontaneamente me convidou a trabalhar com ele. Jacques era assim. Ele não avaliava pelo diploma, mas pelo trabalho realizado e o entusiasmo. Desde então, fiquei sempre ao seu lado.

— O senhor fica sozinho neste prédio?

— Sim, sou o último dos moicanos. O Ministério das Finanças cortou nossas verbas, pois nos considera, para usar sua própria expressão, "mansos sonhadores". Especialmente eu, que não venho da faculdade de administração nem de nenhuma outra universidade famosa. Por isso é que eu aposto tanto nos cursos. No fundo, espero secretamente que, quando um deles chegar ao poder, vai se lembrar desse ministério em perigo e virá salvá-lo.

O sujeito sufoca um risinho.

— Por enquanto, esses estudantes não têm de fato nenhuma responsabilidade, e portanto podem fazer parte do "ministério dos mansos sonhadores". Depois, tornam-se sérios e passam a administrar o futuro próximo, perdendo o interesse em qualquer perspectiva que vá além de três anos. Chegam até a esquecer que um dia estiveram aqui. Como se se envergonhassem de terem refletido sobre o futuro!

— E o senhor faz apenas isso, oficinas de reflexão para estudantes de administração? — pergunta o coreano.

— Nós também publicamos um relatório anual sobre as tendências do futuro, que ninguém lê. Para resumir, levamos mais tempo gerindo nossa contabilidade decadente do que visualizando o futuro radioso do país. Ah, ninguém imagina que um ministério também pode ser afetado pela miséria. Prova disso é que vocês não tiveram qualquer dificuldade para penetrar nas nossas instalações. Nosso ministério é tão pobre que não tem recursos para manter um guarda na entrada. Ah... "O futuro não é mais aquele."

— Gosto dessa frase — murmura Kim, já pensando em fazer uma camiseta.

— E meu irmão?

— É o último empregado do ministério. Depois da morte do seu pai, o governo não podia recusar-se a contratá-lo. Mas de qualquer maneira é transitório. E o nosso paradoxo é este: o Ministério do Futuro é considerado um mundo antigo assombrado pelos dois últimos dinossauros, o seu irmão e eu.

Ele dá um sorriso triste, que acentua ainda mais sua semelhança com Edward G. Robinson na cena final de *No Mundo de 2022.*

— Venham. Vou mostrar-lhes as outras salas do nosso miniministério.

Ele os conduz ao compartimento adjacente.

— Esta é uma biblioteca criada pelo seu pai.

Abre então um dos armários de ferro, onde estão acumulados velhos livros.

— Em todas as épocas o homem tentou desvendar seu futuro. A história da maioria dos grandes videntes encontra-se aqui.

Ele retira de uma pilha empoeirada um volume todo gretado, intitulado *Delfos.*

— Na época dos gregos, a pitonisa de Delfos era uma instituição quase oficial. A cidade inteira estava voltada para a adivinhação. Havia para todos os preços. Das pequenas, no caminho que levava ao templo, até a própria Pitonisa, uma mulher gorda, meio louca, que revelava o futuro dando gritos agudos. Foi ela que previu para Alexandre que ele dominaria o mundo. No caso dos romanos, era a observação do voo dos pássaros que permitia prever o futuro.

Donde a palavra augúrio, que significa "observação dos pássaros".

— Na França, tivemos Nostradamus, Cagliostro, Saint-Germain. Mas de todos eles, o mais forte, na minha opinião, é o meu próprio antepassado, Jean de Vézelay.

O homem de óculos de meia-lua exibe orgulhosamente um texto em pergaminho.

— Pensar que em 1066 ele já tinha previsto tudo! Com as palavras de sua época, anunciou para o ano 2000 a poluição (a água e o ar serão envenenados), o terrorismo (em nome do seu deus, eles matarão sem distinção mulheres e crianças), a internet (será possível comunicar-se instantaneamente de qualquer lugar do planeta), a Aids (aqueles que fizerem amor correrão o risco de morrer). Nada mal, não? Orgulho-me muito de ser seu descendente, ainda que distante... Na verdade, ainda não me apresentei. Meu nome é Charles, Charles de Vézelay.

— Encantado. — Sorri o coreano. — Kim Ye Bin.

Os dois apertam as mãos. Cassandra, examinando os livros, detém-se subitamente numa obra com este título na lombada: *A Profecia de Daniel.*

— Ah! Encontrou-a... Não foi por acaso. Jacques, o seu pai, deu esse nome ao seu irmão em homenagem a esse grande vidente do passado.

Ante o ar de espanto dos dois jovens, o especialista em horóscopo prossegue:

— Daniel. O profeta Daniel. Não conhecem? Foi há muito tempo. Por volta de 587 antes de Jesus Cristo, na Mesopotâmia, mais precisamente em Babilônia. Certa noite, o imperador Nabucodonosor teve um sonho estranho e pediu aos seus sacerdotes que o adivinhassem e o interpretassem.

Nabucodonosor... mas é o nome da minha ópera favorita de Verdi. "Nabucco".

— Mas nenhum deles foi capaz de adivinhar o sonho, e ele mandou matá-los. Um de seus ministros afirmou então que um príncipe hebreu que era mantido prisioneiro mostrava-se muito capaz na interpretação de sonhos. Foram buscá-lo, e o jovem anunciou que Nabucodonosor tinha sonhado com um gigante de cabeça de ouro, tronco de prata, pernas de ferro e pés de barro.

— Acho que já ouvi falar dessa história do gigante de pés de barro — murmura Kim.

— O imperador Nabucodonosor reconheceu que de fato fora esse o seu sonho e pediu-lhe a interpretação. O príncipe Daniel explicou que eles estavam vivendo naquele momento o período da cabeça de ouro, o magnífico Império Babilônico (ele sabia ser lisonjeiro para sobreviver). Mas anunciou que esse império seria seguido por um outro, o império de prata, e depois por um terceiro império, o de ferro, e que todos acabariam desmoronando, pois chegaria um quarto reinado: o império de barro.

— O que isso significava?

— Posteriormente, a vidência seria interpretada da seguinte maneira: o império de prata seria o Império Grego que invadiu Babilônia. Depois, o de ferro seria o Império Romano, que invadiu a Grécia.

— E os pés de barro...

— Daniel acrescentou a sua interpretação: "Um dos meus irmãos hebreus virá trazer uma mensagem muito forte, não mais de guerra, mas de paz, que provocará o desmoronamento de todos os impérios guerreiros."

— O que aconteceu com Jesus Cristo — completa Cassandra. — O que significa que Daniel era um autêntico profeta visionário...

— Acho que Daniel inventou tudo. Quando ele contou a história do colosso de pés de barro, foi um sucesso espetacular em toda a bacia mediterrânea. Ela influenciou todas as religiões e todos os cultos locais.

— Incrível! — exclama Kim, mal se contendo, ao começar a entender as implicações dessa história.

— E...

— E eles todos deram um jeito para que a profecia mais popular realmente se concretizasse.

Cassandra lembra-se do que lhe dissera Graziella, a astróloga cigana. "São os que ouvem a previsão que fazem todo o trabalho, pois querem que ela realmente se realize."

É a força das belas histórias.

O último dirigente do Ministério da Prospectiva prossegue:

— Na época de Cristo, apareceram só na Judeia mais de 1.200 messias se dizendo autores da profecia de Daniel: 1.200 concorrentes! E só muito depois da morte de Jesus, Saulo de Tarso, também conhecido como São Paulo, anunciaria que Cristo de fato era o fundador do império de barro previsto pelo profeta Daniel.

— O que significa que Daniel teria programado dois mil anos de história!

Charles de Vézelay aprova.

— É uma boa piada, não é?

Cassandra parece profundamente abalada.

— O que também significa que nossas previsões de hoje criarão o mundo de amanhã.

— Basta que sejam muitos a acreditar.

— Logo, se imaginarmos um futuro terrível, ele ocorrerá, e se imaginarmos um futuro maravilhoso, ele também se concretizará.

— Exatamente. Nossos sonhos de hoje é que vão criar as realidades de amanhã. Por sinal, tudo de que desfrutamos hoje foi imaginado pelos nossos antepassados, não é mesmo?

Os dois jovens digerem a revelação.

— Pois eu vi um futuro de verdade, exato — diz Cassandra. — Não o inventei, eu o vi detalhadamente antes que acontecesse!

Charles de Vézelay assume um ar dubitativo, mas não tem coragem de contradizer a jovem, que examina a capa do livro *As Profecias de Daniel.*

— Onde ele está agora?

— Está morto e enterrado em Babilônia, num território que corresponde ao atual Iraque.

— Não, estou me referindo ao meu irmão Daniel. Onde ele está?

— Ele deveria ter estado conosco na reunião dos jovens prospectivos Não sei por que não veio. O seu irmão é, digamos, pouco previsível.

Ele parece encantado com a expressão.

— Sabe qual é seu endereço particular? — indaga a moça.

118.

Uma aliança entre um ministro prospectivista e uma pesquisadora pedopsiquiátrica para fazer experiências com crianças autistas.

E depois, com os próprios filhos!

Tudo para que pudessem ver o futuro.

Puro delírio.

Daria vontade de rir, se eu não fosse a vítima.

119.

O rio Sena contorna a ilha dos Cisnes, onde se ergue, como uma proa de navio, a estátua de uma mulher coroada sustentando a bandeira da liberdade, réplica reduzida da que se encontra em Nova York. Os pombos disputam lugar para sujar esse símbolo da arrogância humana. Bem em frente, o céu é rasgado pelos arranha-céus do bairro de Front de Seine.

O apartamento de Daniel Katzenberg fica numa dessas torres, em frente à Maison de la Radio. A Torre Horizonte.

Kim e Cassandra atravessam o primeiro compartimento entrando atrás de alguém que passa, e se veem num saguão onde as campainhas são etiquetadas com os respectivos nomes. Por sorte, a câmera do interfone está quebrada. Eles tocam na campainha "Daniel KATZENBERG", mas ninguém responde.

Kim experimenta um outro nome ao acaso.

— Quem é? — pergunta uma voz de homem.

— Correio — responde Kim.

— O que é?

— Hahn... encomenda registrada.

Momento de suspense. Eles sentem que o sujeito hesita, mas não abre.

Kim Ye Bin toca no número seguinte.

— Quem é? — pergunta uma voz de mulher idosa.

— Bombeiro — responde Kim com voz grave.

Novamente a dúvida é palpável, ninguém abre. Ele tenta um terceiro número.

— Quem é?

— Polícia. Temos um mandado, abra, por favor.

Nada. Finalmente, a moça decide tentar a manobra. Ela pressiona uma das campainhas ao acaso.

— Quem é? — pergunta uma voz de barítono.

— Sou eu — responde ela.

A porta se abre. Kim fica admirado.

"Sou eu" remete qualquer um à pessoa que é esperada, e portanto a desconfiança é muito menor que no caso dos carteiros, policiais ou bombeiros.

No quinto andar, eles dão com uma porta com as iniciais "D. K.". Depois de tocar a campainha e bater na porta em vão, Kim saca um canivete de várias lâminas e começa a remexer na fechadura. Ela cede sem dificuldade.

Eles entram no apartamento.

Lá dentro, Cassandra encontra a mesma bagunça que vira no quarto e no escritório do irmão. Com o acréscimo de uma profusão de gadgets. Na parede, diante da entrada, vê-se num grande pôster a fotomontagem representando uma aldeia na lua. Várias máquinas móveis e voadoras giram em torno de uma cúpula transparente cheia de pedestres. Ao lado, uma outra fotomontagem com uma cidade debaixo de uma cúpula no fundo do oceano.

— Vamos esperar, ele não deve demorar — propõe ela.

No salão da direita, Cassandra manipula maquetes de naves espaciais de plástico, estatuetas de extraterrestres. Por toda parte, livros sobre profecias, grandes videntes, métodos de previsão do futuro. E várias obras sobre a profecia de Daniel.

Exatamente como eu, ele quis conhecer a história de seu ilustre e antigo homônimo.

Para não falar da pletora de livros e filmes de ficção científica.

Kim vai até a cozinha e começa a derramar o lixo que está debaixo da pia.

— Quando vai à casa das pessoas, você primeiro que tudo examina o lixo?

— É o que elas não conseguem maquiar... Já deu certo para nós, não? Veja, olhe aqui. Seu irmão é um grande nervoso.

— Como é que você pode saber? — pergunta Cassandra.

— As unhas roídas.

Ele dá prosseguimento ao inventário.

— Ele é supersticioso.

Ele mostra um jornal com um horóscopo sublinhado, sob o signo de Áries.

Cassandra fica pensando que, no fim das contas, Kim age como os caçadores da floresta amazônica que deduzem informações sobre a caça que perseguem examinando e farejando seus dejetos.

Nossos dejetos nos traem.

Eles se sentam no salão e ficam esperando a volta de Daniel.

— Você acredita em horóscopo, Princesa? — pergunta Kim.

— E você, Marquês?

Ela começa a ter prazer em invocar os títulos de nobreza por eles assumidos.

— Não, claro que não. Qual é o seu signo?

— Escorpião. E você?

— Virgem — responde ele.

— Claro, os virgens não acreditam em horóscopo — brinca ela.

O jovem coreano não entende imediatamente, depois acha a ideia engraçada. Solta então uma das suas frases favoritas:

— De qualquer maneira, ser supersticioso dá azar.

Cassandra abre a geladeira e encontra dezenas de saquinhos de kani, potes de guacamole e picles. Nenhum outro alimento.

Olha só, ele também tem uma alimentação seletiva!

— Sabe com quem estou sonhando?

— Vou adivinhar. Com um atentado iminente?

— Não, com um banho quente. A última ducha que tomei foi numa mansão abandonada, com água gelada.

A jovem dirige-se para o banheiro. Joga bolinhas de banho de espuma na banheira, enche-a e mergulha. E fecha os olhos.

Como é bom ficar limpa! As pessoas não se dão conta da sorte que têm de poder tomar banho todo dia.

Ao abrir de novo os olhos, Kim também está desfrutando da água do seu banho. Por sorte, a espuma densa cobre a nudez de ambos.

Cassandra instintivamente tem vontade de fugir, mas entende que, se se levantar, ele a verá nua. Fica horrorizada com a ideia. Felizmente, a banheira, ultramoderna, é suficientemente ampla para que os dois corpos não tenham qualquer contato.

Que ele não entre na minha esfera de proteção.

O rapaz depara-se com um botão e o pressiona. Imediatamente uma bomba começa a produzir bolhas. A espuma sobe. Ele pressiona outro botão e se acendem diodos na banheira. E depois mais outro botão, e uma estação de rádio de música clássica começa a emitir uma melodia relaxante na própria parede da minipiscina. É "A Primavera", das *Quatro Estações* de Vivaldi.

— Vamos repetir a meditação da abertura das cinco janelas, Princesa? Foi ótimo fazê-la com você da última vez...

Ela fecha os olhos.

— Estou ouvindo a música de Vivaldi. Ouço o motor da bomba e o barulho das bolhas. Ouço a sua respiração. Sinto o perfume do sabonete líquido. Sinto o seu cheiro de suor. Sinto a água quente no meu corpo, as bolhas pinicando, sinto...

Ele invadiu minha esfera de proteção.

— Tira o pé daí, Marquês, não o autorizei a me tocar!

— Sinto a espuma na minha pele.

Ela abre os olhos.

— Estou te vendo com essa cara feliz por estar aqui — diz ela.

Jackie Chan com uma mecha azul numa panela de água fervente.

— Estou amando este momento — declara ele. — Há tanto tempo não tomava um banho! Até esquecera como é bom. Não estamos bem aqui?

Cassandra parece preocupada.

— O que foi, Princesa? Estamos tomando um banho quente, vamos investigar para descobrir algo novo sobre a futurologia, você devia estar contente.

— Meus pais batizaram meu irmão de "Daniel" para que ele se comportasse como o profeta, e foi o que ele fez. Eles me batizaram de Cassandra para que eu fosse como a antiga Cassandra, e eu vejo as catástrofes que vão acontecer. Eles não perguntaram nossa opinião, simplesmente nos forçaram a ser animais de circo.

Kim abaixa o nariz.

— Mas será que você não entende? — prossegue ela. — Não é possível prever o futuro. Os astrólogos são uns vigaristas. Nem o meu irmão enxerga nada, limita-se a calcular probabilidades. Mas eu... eu vi o futuro de verdade em detalhes, antes que acontecesse. O que significa que eu sou a única a ver. Tenho no cérebro um negócio que foi alterado. Prometa que não hesitará em me matar se perceber que eu estou louca.

— Não. Não matarei.

— É o que eu imaginava, você não é um amigo de verdade. É o seppuku que te incomoda? Nesse caso, ao diabo os rituais. Você pode até me estrangular com o seu nunchaku, se preferir.

— Ouça, pensando bem, não é assim tão ruim ser maluca. No máximo, o que eu posso fazer é ficar na sua frente se começar a falar sozinha. Desse jeito, você vai falar comigo.

É então que eles ouvem um ruído de chave dando a volta na fechadura. Alguém vai entrar. Cassandra já lançou mão de um roupão e saltou fora do banho de espuma, sem se preocupar com o olhar de Kim.

Uma silhueta aparece no fim do corredor, bem diante da porta de entrada.

Eles se veem.

Daniel.

É um adulto desengonçado com aspecto de adolescente retardado, mal-ajambrado, flutuando em roupas informes. Os cabelos meio longos, eriçados, parecem os pelos do yorkshire que ela tentou salvar.

— Daniel!

Ele a vê, para, consternado, e então, depois de uma hesitação, sai correndo na direção do elevador. Cassandra vai atrás dele, descalça e de roupão. A porta do elevador se fecha antes que ela o tenha alcançado.

Ela toma o elevador ao lado. Chegando ao térreo, o vê correndo ao longe e sai no seu encalço. Ele entra num carrinho Smart estacionado na pista paralela, dando para o Sena. E sai a toda.

Cassandra corre atrás do carro, espera que ele seja detido pelo sinal vermelho, mas Daniel avança e vai em frente na direção da beira-rio.

Ela para, desanimada. E então ouve atrás de si uma voz:

— Vamos, suba logo!

A moça de grandes olhos cinzentos vira-se e vê Kim, também de roupão, sentado numa scooter Vespa Mp3 de três rodas que acaba de roubar. Salta no banco traseiro e ele zarpa. Rapidamente eles chegam à beira do rio.

120.

Ele me reconheceu!

Por que meu próprio irmão não quer me ver? Há algo de anormal no seu comportamento.

"Psicótico"?

Não, ele sabe coisas. Coisas que eu devo continuar ignorando. Ou pelo menos que ele acha que eu devo continuar ignorando.

121.

Cassandra está com frio e se aperta contra o tronco do coreano.

Apesar da baixa potência do motor, o pequeno Smart elétrico vai passando com facilidade entre os outros carros. Com muita dificuldade, Kim tenta não se deixar distanciar. Por pouco eles não atropelam um pedestre.

Esquivam-se de um caminhão, de outro carro, de um ônibus, de uma moto, entram numa rua na contramão, sobem numa calçada, tiram fino de um poste, de uma bicicleta, de uma caminhonete fazendo entrega, de um táxi do qual está descendo um casal que discute, de uma ambulância que veio recolher alguém que nem se mexe mais.

O Smart já não passa de um pontinho luminoso ao longe, zombando deles.

Chegando aos Inválidos, o carrinho dá a volta e mergulha no fluxo do trânsito. Logo surge diante deles a Torre de Montparnasse.

Os dois jovens veem quando Daniel Katzenberg estaciona perto da entrada dos elevadores, na Rue du Départ, e depois entra pela torre. Eles deixam de lado a scooter, saem atrás dele e o veem pegar o elevador que leva diretamente ao último andar.

Ignorando o olhar de espanto dos transeuntes diante da dupla descalça de roupão, eles vão passando aos solavancos e entram na cabine do elevador mais próximo. Um cartaz avisa:

"Não pressione os botões, o elevador será acionado automaticamente."

Nada acontece.

Volta-lhe à lembrança a frase de um romance de ficção científica:

"A princípio, é automático, mas, se quiser que realmente funcione, é melhor pressionar o botão."

Como ela detesta não agir, resolve pressionar com força todos os botões. O elevador se sacode finalmente e chega ao alto em algumas dezenas de segundos. Eles desembarcam na zona turística do bar e dos vendedores de cartões-postais. O lugar está deserto. Uma seta indica o acesso ao terraço panorâmico.

Daniel está lá no alto.

Tomada por uma intuição, a jovem arrasta seu companheiro de aventura na direção da escada. No piso pintado de azul está indicada em branco a altura em relação ao solo: 197 metros, 200 metros, 210 metros. Eles empurram a porta metálica e dão na coxia que dá a volta no terraço. Nessa altitude, o ar é frio e o vento assobia.

Uma grade metálica de 2,50 metros de altura, com estacas voltadas para dentro, supostamente está ali para dificultar as coisas para os suicidas que tentam se aproximar da borda da torre. Um cartaz vermelho avisando "PERIGO" está preso a uma corrente. E abaixo: "PROIBIDO PASSAR."

Mais adiante, outro aviso: "ACESSO EXCLUSIVO A BOMBEIROS."

Eles escalam a porta de ferro e saem diante dos trilhos sobre os quais gira o bote de limpeza das vidraças. Parece um barquinho retangular sustentado por dois grandes braços de aço ligados a roldanas.

Depois dos trilhos há uma borda metálica cinza-escuro. A violência do vento aumenta. Por mais que procurem, eles não veem mais nenhum traço de Daniel. Cassandra debruça-se no vazio.

Ele não pode ter pulado. Não uma segunda vez.

— Se ele se jogasse daqui, esmagaria alguém — tranquiliza-a Kim. — Você viu a multidão lá embaixo. Nem um obeso poderia amortecer a queda de um corpo de tão alto. Seriam pelo menos dois mortos. Eu vi uma vez na internet que existe em Praga uma ponte dos suicidas, tendo logo abaixo um bairro residencial. O preço do metro quadrado caiu, tantos eram os suicidas chovendo lá de cima.

Ela ignora o comentário, observa as câmeras de vídeo filmando. Olha para o relógio de pulso. "Probabilidade de morrer em 5 segundos: 41%."

Se eu pusesse o pé nessa borda metálica, passaria dos 50%.

— Por aqui há traços de passos – avisa Kim.

Eles passam de novo pela grade de ferro, seguem as marcas na coxia e chegam a uma porta com o aviso: "RESERVADO AO PESSOAL DA MANUTENÇÃO."

A porta não está fechada. Eles se metem por um corredor escuro, poeirento, no fim do qual se abre uma outra porta. "Probabilidade de morrer em 5 segundos: 18%."

Sem perigo, podemos ir.

Abrem mais uma porta, depois outra, e finalmente saem numa peça iluminada. É um autêntico laboratório, onde um homem de camisa branca está debruçado sobre uma jaula. O homem vira-se num gesto abrupto ao vê-los.

122.

Não é Daniel.

123.

Charles de Vézelay fica espantado ao vê-los descalços e de roupão, mas se esforça por esconder sua perturbação.

— Onde está meu irmão? — pergunta Cassandra.

— Que está fazendo aqui?

— Nós o seguimos. Encontramos esta porta aberta.

O especialista em horóscopo olha para eles pensativo e dá de ombros.

— Humm... acho que entendi. Ele fez de propósito.

— Como?

— Daniel queria que vocês viessem até aqui.

— Por quê?

— Para voltar a falar comigo exatamente neste lugar. Para me obrigar a lhes revelar mais.

— Onde está meu irmão? — repete a moça.

— Ora, ora, ele já se foi.

Ele mostra uma saída do outro lado do laboratório, dando para uma coxia.

— Não adianta tentar segui-lo, ele já vai longe. Em compensação, deixou isto. Agora que estão aqui, e conhecendo-o como eu o conheço, deduzo que é para vocês.

Ele estende um envelope lacrado. Cassandra rasga o papel, tira uma folha dobrada em quatro e lê:

"E então ela chegou e ficou surpresa ao encontrar Charles de Vézelay. Perguntou onde estava o irmão, e ele disse que já havia partido. 'Por onde?', perguntou ela. 'Por ali', respondeu ele. E apontou para uma porta oculta, acrescentando: 'Não adianta ir atrás dele. Para onde ele foi, você não conseguirá mais encontrá-lo.' Cassandra então olhou para o laboratório e decidiu conversar com Vézelay, para tentar compreendê-lo."

A jovem de grandes olhos cinza-claro volta a dobrar o papel.

— E então, que diz ele?

Ela não responde. Charles de Vézelay dá de ombros.

— É o seu maior prazer. Escrever o futuro, assim, em pedaços de papel que vai deixando por aí. O pior é que fui eu que lhe ensinei a fazer isso, quando veio trabalhar conosco no Ministério da Prospectiva.

Cassandra examina o local. Vê um aquário com a etiqueta "Piranhas". Bem ao lado, um gráfico apresenta uma curva seguida de: "A probabilidade de morrer quando se mergulha no aquário mais de X minutos, para um homem de mais de Y quilos, é de: Z." E ao lado uma fórmula matemática sublinhada fornece a equação de probabilidade de destruição pelas piranhas.

Mais adiante, um outro aquário com a etiqueta "Tarântulas da Nova Guiné" está cheio de grandes aranhas remexendo-se num leito de folhas. Ao lado, um gráfico milimetrado é acompanhado de uma equação indicando a probabilidade de morrer quando se fica fechado com as tarântulas.

Na jaula vizinha, ratos guincham, nervosos.

— Daniel vive obcecado com as previsões sobre perigos de todo tipo — declara Charles de Vézelay. — Um dia, disse-me, indignado: "Não sei como foi que calcularam que o tempo médio de sobrevivência na faixa de parada de urgência das autoestradas é de 20 minutos!"

Cassandra observa as paredes cobertas de documentos.

— Aqui, o seu estudo sobre o raio.

Charles de Vézelay aponta uma foto acompanhada de um quadro cheio de equações com títulos promissores: "Probabilidade de que um raio caia em determinado indivíduo." "Probabilidade de guerra civil." "Probabilidade de poluição do lençol freático." "Probabilidade de inundações causadas por chuva".

— Daniel faz pesquisas sobre a probabilidade de acidentes domésticos, mas também sobre os riscos de ditaduras militares e de explosão de centrais nucleares. Tenta expressar em equações o futuro de curto, médio e longo prazo. Segundo ele, tudo pode ser expresso em probabilidades. Juntamente com seu pai, nós formávamos três vias complementares de compreensão do futuro. Seu pai o analisava pela observação dos ciclos econômicos e políticos. Seu irmão estabelecia modelos com equações matemáticas.

— E o senhor?

— Eu utilizava a astrologia. Eu era a tendência irracional do trio.

E eu sou a quarta via: os sonhos premonitórios.

Kim aponta um enorme móvel incrustado de diodos multicoloridos piscando.

— O que é?

— PROBABILIS. O grande calculador eletrônico que avalia as probabilidades de sobrevivência dos "assinantes".

Charles de Vézelay aponta o próprio punho.

— Eu tenho o mesmo relógio que você, mas, pessoalmente, acredito apenas em parte. Na futurologia, existe algo de fé. Só funciona quando a gente acredita. Mais ou menos como os aviões.

— Os aviões? Que é que tem a ver com crença? — espanta-se o jovem coreano.

— Pessoalmente, eu tenho medo de viajar de avião. Tenho certeza de que o que mantém aquele enorme monte de ferragem acima das nuvens é... a fé dos passageiros. Basta que um só dos passageiros pense: "Afinal de contas, não é normal que um tubo de metal cheio de gente e malas seja mais leve que o ar..." para que o avião caia.

Charles de Vézelay brinca com seu relógio.

— Com este relógio de probabilidades é a mesma coisa. Por mais que eu veja as equações do seu irmão, não posso acreditar. Na minha opinião, o futuro não se deixa apanhar em fórmulas matemáticas, por mais complicadas e numerosas que sejam.

Mas ele prossegue:

— Devo confessar, contudo, que fico tranquilo ao usá-lo. Não consigo deixar de pensar que, se realmente funcionasse, seria formidável. Além do mais, os números do mostrador estão constantemente mudando. A gente tem a impressão de que Deus está nos olhando, para nos advertir do perigo. No fim das contas, para mim, é simplesmente um objeto místico. Como os talismãs, os amuletos e os escapulários.

— Em que então acredita, senhor astrólogo? — pergunta Kim.

O olhar de Charles de Vézelay subitamente se ilumina.

— Nas estrelas! A astrologia é diferente, é uma ciência.

— Não me diga que é em função dos signos astrológicos das pessoas que o senhor deduz seu futuro? — ironiza Kim. — Sabe-se perfeitamente que as constelações são subjetivas, que num signo existe uma mistura de estrelas, planetas, galáxias e pontos luminosos a distâncias diferentes. É pelo mais puro acaso que eles são agrupados quando observados de determinado ângulo da Terra.

Charles de Vézelay dá de ombros, pega um telescópio Celestron portátil e os convida a sair. Eles sobem ao telhado da esplanada panorâmica, o ponto mais elevado da Torre de Montparnasse. A plataforma está deserta a essa hora da noite.

O homem de terno de veludo desdobra os pés do seu telescópio. Pombos pousados nas antenas telefônicas batem asas. Lá embaixo, os ruídos do tráfego parecem distantes.

— Um dia, meu amiguinho, a astrologia foi uma ciência oficial. Homens como Arquimedes, Copérnico, Newton, Galileu, Averróis, Spinoza e outros se interessaram pelos céus estrelados para tentar entender o destino da humanidade. E o que é que você pensa? Que nos meus horóscopos, que por sinal continuo publicando em diversos jornais, eu sorteio ao acaso minhas previsões num chapéu?

— Exatamente — solta Kim.

— Pois não se iluda. Eu redijo as previsões de cada signo com uma consciência e um rigor que você nem imagina. Por sinal, seu pai me contratou exatamente quando eu lhe falei da astrologia maia.

— Dos maias?

— Perfeitamente. Minha mãe era mexicana, nascida no Yucatán, e provavelmente descendente desse povo. Por isso, eu estudei muito bem essa cultura. Os maias desenvolveram uma astrologia que era considerada uma ciência oficial.

Fascinados, os dois adolescentes ouvem sem piscar.

— Os maias surgiram cerca de dois mil anos antes de Jesus Cristo.

Logo, muito antes do Daniel hebreu e da Cassandra troiana.

— Eles desenvolveram uma arquitetura, uma medicina, uma tecnologia muito avançadas em relação aos outros povos do mundo. E tinham também especificidades que ainda hoje representam um certo avanço em relação a nós... Diariamente são feitas novas descobertas sobre essa civilização extinta. Uma das coisas mais incríveis no sistema que eles desenvolveram é certamente o que se viria mais tarde a chamar de as "canções maias".

Ele engole em seco de emoção à simples menção dessa expressão.

— É a minha especialidade, por assim dizer. Os maias transformaram a astrologia, logo, a previsão do futuro, numa ciência que geria toda a sua vida. A cada nascimento, especialistas oficiais, funcionários do Estado, criavam o tema astrológico da criança, observando as estrelas do seu céu. Em seguida, deduziam com precisão a vida que ela teria, seu futuro pessoal. Entre os maias, a arte da adivinhação era não só reconhecida como determinante para o conjunto da atividade econômica, política e social desse povo.

— A superstição como obrigação cívica? — zomba Kim.

— Os astrólogos eram ricos e poderosos, ninguém pensaria em zombar deles ou pôr em dúvida suas previsões. Na época, o Ministério da Prospectiva era o mais importante de todos. Muita gente trabalhava nele, isso eu posso garantir.

Os dois adolescentes ouvem com toda atenção. Estão tiritando em seus roupões, a essa altitude, mas a curiosidade é maior que o frio. Charles de Vézelay continua:

— Com base na observação das estrelas, então, no dia do nascimento da criança, os astrólogos compunham uma canção com letra bem precisa. Ela anunciava, por exemplo, qual seria sua futura profissão, quando ela conheceria o amor, quantos filhos teria.

— O que dispensa dos terapeutas e das agências matrimoniais — não consegue evitar de comentar Kim.

— E como sua futura mulher tinha a mesma canção correspondendo a sua vida, ela dava um jeito de conhecer o sujeito no dia e lugar indicados pelos astrólogos.

— Esperto.

— E eles geravam exatamente o número de filhos previsto na canção. Os astrólogos chegavam a especificar no fim de cada estrofe com que idade e em quais condições a criança, chegando à idade adulta e à velhice, viria a morrer. Se estava escrito um acidente mortal de carroça em determinado lugar, ele dava um jeito de estar lá.

— Mas que maluquice! — exclama Kim.

— Não, é reconfortante. Eles realmente conheciam o futuro. Como todo mundo dava um jeito de seguir as previsões dos astrólogos, elas aconteciam.

— O que acabava com a angústia de não saber — completa Cassandra.

— Sim, mas não havia mais ambição, nem riscos, se tudo já estava escrito.

— Pelo contrário, a ambição e os riscos também estão escritos. O que leva os covardes a agir — retifica Charles de Vézelay.

Lá embaixo, Paris palpita em milhares de cintilações, testemunhas dos destinos agitados dos que se esfalfam em seu asfalto. Os olhos de Charles de Vézelay refletem essas fagulhas, misturadas à luz das estrelas.

— Os pais cantavam essas canções toda noite antes de dormir, para que fossem bem absorvidas pela criança. E ela também cantava as estrofes, para se lembrar bem de tudo que viria a acontecer em sua vida futura.

— Como se alguém contasse o filme antes de a gente ver — observa Kim. — Para mim, estraga todo o suspense.

— E se os astrólogos se enganassem em suas previsões? — pergunta Cassandra, curiosa.

— Todo mundo se esforçava constantemente para que o que fora previsto na canção maia se realizasse. O tempo todo, em toda parte. O futuro sempre se desenrolava como previsto.

Cassandra não consegue deixar de pensar no irmão.

Quer dizer então que essas pessoas, astrólogos oficiais do governo, criavam o futuro simplesmente com suas palavras. Uma sociedade inteira viveu assim durante séculos, controlando seu destino simplesmente porque decidira que era possível.

A jovem mergulha num abismo de pensamentos.

É como um passe de mágica. E a revelação final parece tanto menos surpreendente na medida em que todo o espetáculo se limita a seguir um roteiro preestabelecido. Na magia, isso é chamado de "escolha forçada". As pessoas acham que escolheram, mas o mágico dá um jeito de que façam exatamente a escolha que ele previu, aquela que levará à revelação final, igualmente preestabelecida.

— Continue — pede Cassandra, cada vez mais intrigada.

Charles de Vézelay tem na mão direita um tremor que não consegue controlar. Ele se recompõe e os convida a observar várias constelações pelo telescópio.

Quero saber qual a relação entre os maias e a minha capacidade de ver o futuro. Crianças programadas para viver vidas particulares decididas por outros: não pode deixar de ter relação com o meu problema.

— Por favor, continue... — implora a mocinha.

O homem deixa de lado por um momento a objetiva do seu telescópio, mas seu olhar continua fixado ao longe, na direção das estrelas. Diz, então:

— Os maias faziam previsões individuais e previsões coletivas. Previram que sua sociedade desapareceria numa época que corresponde a 1510 depois de Jesus Cristo. Foi quando eles mesmos jogaram tudo pelos ares.

— A civilização maia se suicidou por causa da previsão de seus astrólogos oficiais? Mas que absurdo! — exclama Kim.

— Talvez não, pois o fato ocorreu antes da chegada dos conquistadores em terras maias, em 1520. Assim, eles não viram o seu mundo ser saqueado pelos invasores espanhóis. Não sofreram as atrocidades enfrentadas pelos astecas e os incas.

Os dois jovens estão sem fala.

— É como se alguém se suicidasse antes de ser assassinado! — zomba Kim.

— Que restou dessa civilização suicida? — pergunta Cassandra. — Morreram todos eles?

Charles de Vézelay volta a botar o olho na objetiva do telescópio e ajusta o foco numa estrela. E fala sem olhar para eles:

— Ficou um texto, o Codex de Dresden. Nesse livro, os textos maias que chegaram a ser traduzidos anunciam que a humanidade inteira será destruída num alinhamento de planetas a 21 de dezembro de 2012.

— O fim do mundo em 2012? — espanta-se Kim. — Vou dar uma festa pensando em vocês no dia 22 de dezembro de 2012 — ironiza o rapaz.

— E morreram todos os maias? — pergunta Cassandra Katzenberg.

— Ficaram os lacandóns, grupo étnico que vive na península de Yucatán, no México, antigo território maia. Eles afirmam ser seus descendentes e entoam canções que deviam ser destinos pessoais, mas esqueceram o significado das palavras. Minha mãe era lacandón.

— É possível programar uma criança para levar uma vida específica, mas será possível também programá-la para desenvolver determinado talento? — pergunta Cassandra.

— Não estou entendendo.

— Pintar? Cantar? Dançar? Os maias podiam decidir antecipadamente que determinada criança viesse a realizar isso ou aquilo?

— Aonde você quer chegar?

— Havia astrólogos oficiais. Era possível programar uma criança para se tornar um, por exemplo?

A mágica se aplica ao mágico?

O homem deixa de lado o telescópio, olha fixamente para ela e então sorri.

— É exatamente a pergunta que seu pai me fez. Não tenho uma resposta.

— Por que Daniel é tão obcecado com o futuro? — pergunta Kim.

— Às vezes a gente olha para o futuro para não ver o passado. Ou para fugir do passado. Seu irmão certamente é um gênio. Mas foi longe demais. Está no limiar entre a grande inteligência e a loucura.

Os dois adolescentes não ousam entender.

— Daniel é impossível de administrar. Quando ele pulou para verificar o que diria o relógio, causou a morte de várias pessoas. Ele não se dá conta. É muito perigoso.

— Ele lhe dá medo?

— Naturalmente. Mas vou segui-lo até o fim. Ele é extraordinário.

— Eu quero encontrá-lo, preciso falar com ele — insiste a jovem.

Charles de Vézelay faz uma cara divertida e tira do bolso outro envelope lacrado, com a inscrição: "Para entregar-lhe quando ela disser 'Preciso falar com ele.'"

Ela rasga o envelope, tira a carta e lê:

"Cassandra diz que quer encontrá-lo para falar com ele. Mas a polícia a localizou graças às câmeras de vigilância do telhado, e estava chegando. Foi apenas por causa da leitura dessa mensagem, no último momento, que ela foi avisada a tempo e conseguiu fugir antes que os policiais chegassem. Tudo aconteceu em alguns segundos."

Os dois jovens de roupão já estavam então entrando num elevador ultrarrápido, enquanto a polícia subia pelo elevador paralelo. Chegando ao térreo, eles pegaram de novo sua scooter Mp3. Kim uniu os fios do arranque, deu a partida, Cassandra agarrou-se a ele e lá se foram a toda velocidade.

124.

A astrologia dos maias... Qual seria um equivalente hoje em dia?

Pessoas que temem o futuro decidem combinar entre elas que terão um futuro comum previsível.

Mas todas elas escolheriam um futuro bem simpático.

O que significa que não funcionaria.

Então, os astrólogos, vendo que todo mundo quer ser rico, bonito, ter boa saúde e os melhores parceiros, os mais belos filhos e uma vida muito longa, decidiram...

Vejamos, colocando-nos no seu lugar.

Para não dar uma vida perfeita a todo mundo, eles seriam obrigados a... arriscar nos dados os bons e os maus momentos!

Eis a solução!

Os maias devem ter tomado a mesma decisão. Só que os dados deles eram simplesmente a observação das estrelas. Em função da maneira como as estrelas se organizavam no espaço, eles estabeleceram um código de correspondência com acontecimentos precisos. Mas esses podiam ser determinados aleatoriamente, pois não alteravam nada.

O importante era que todos acreditassem no mesmo futuro, em uníssono.

Consensualmente, todos aceitavam considerar que esses futuros possíveis eram garantidos.

Incrível: uma sociedade inteira fazendo o jogo de um futuro previsto. É o preço a pagar pelo total controle do futuro.

É mais ou menos como um jogo de papéis no qual tiramos nos dados nossos defeitos e qualidades, só que, neste caso, a coisa vai muito mais longe: também definimos antecipadamente os acidentes, as doenças, as traições, os encontros fortuitos que acontecerão no futuro.

De modo que há bons momentos e maus momentos numa vida, mas pelo menos eles não têm mais a angústia do imprevisto!

Poderíamos reproduzir esse sistema hoje... Mas seria necessário fazer com que 6,7 bilhões de pessoas concordassem em ser supersticiosas da mesma maneira!

Então, o futuro seria não só conhecido, mas garantido.

Incrível. Realmente incrível.

No fim das contas, voltamos à teoria de Vézelay, segundo quem são os passageiros do avião que, contrariando toda lógica, mantêm esse enorme monte de ferragens suspenso acima das nuvens... simplesmente com sua fé.

125.

Nua debaixo do roupão, Cassandra Katzenberg está com muito frio. Ela se aperta contra Kim.

— Eu faria melhor que ele! — berra ela por cima do barulho do motor.

— O quê?

— Eu faria melhor que meu irmão Daniel. Faria melhor que o Ministério da Prospectiva que eles fundaram. Faria melhor que o relógio de probabilidades. Faria melhor que os maias. Vou criar um observatório para ver o futuro.

A scooter vai passando pelas grandes avenidas com seu ronco.

— Philippe Papadakis disse que eu era a derradeira experiência, a mais avançada. Daniel é a Experiência 23, e já é muito bom. Eu sou a Experiência 24, e portanto tenho um potencial ainda maior. Além do mais, sou mais bem escorada.

— Está brincando? Ele tem o governo, e Charles de Vézelay, e a empresa Seguros Futuro.

— E eu tenho minha intuição feminina e o meu exército.

— Seu exército?

— Vocês, os redencionistas.

Cassandra aperta ainda mais seu corpo contra o dele. Seus cabelos negros ondulam ao vento, seus grandes olhos cinza-claro brilham como se tivessem luz própria.

126.

Acho que meus poderes são muito maiores do que eu imaginava.

A percepção de atentados dias antes de ocorrerem é apenas um sintoma mínimo do meu verdadeiro talento.

Eu sou uma máquina de guerra, e posso sozinha mudar o mundo na boa direção.

Apesar dos obstáculos.

127.

— Mas nem pensar!

Esmeralda Piccolini baixou sua revista, em cuja capa se lê: "Tudo acabado entre a condessa de Bourbon-Parma e o príncipe de Luxemburgo." Ela a amarrota e se levanta, ameaçadora.

— Enquanto eu estiver viva, essa vadiazinha não volta a botar os pés aqui. Nunca, jamais! Que ela morra! Pode agonizar! Morrer! Pode ir para a prisão, o manicômio, o convento, os mórmons, mas não aqui, na minha casa! Fora! Chega dessa putinha que só cria problemas para nós e se acha uma santinha. Nem quero saber, não quero vê-la aqui, ou vou matá-la. Me segurem, vou matá-la agora mesmo! Fora, fora daqui, desaparece, estupor!

Cassandra Katzenberg nem se mexe.

— Mas não é possível, é uma maldição ambulante! É o castigo pelos nossos pecados.

— Também estou começando a ficar com medo dessa garota — reconhece Fetnat Wade.

— Da próxima vez que se for, vê se avisa! — observa Orlando Van de Putte, amontoando cadáveres de cães perto da fogueira.

— Você que a trouxe e que tem autoridade, Barão, diga à menina para desaparecer daqui — decide Fetnat. — Vamos, bote-a para fora.

— Ora, vamos lá, diga com jeitinho. Bote-a para fora, por favor... por acaso ia arranhar a garganta?

— Bota Cinderela pra correr, e rápido, babaca, tudo isso é culpa sua! — emenda Esmeralda.

Para não responder, Orlando limita-se a soltar um rosário de peidos, ato que em geral tem a vantagem de desanuviar o clima, apesar de empesteá-lo. Mas dessa vez a tensão é forte demais, ninguém presta atenção.

— Ah, a covardia dos homens! Fora, se arranca! Vamos, volta para a sua casa! Sai daqui ou eu te mato! Você é mais grudenta que papel mata-mosca! Caralho, aqui a gente tem de fazer tudo!

A ruiva de coque já sacou da sua navalha e a empunha. Cassandra olha para eles, hesita e dá meia-volta.

— OK. Adeus.

Sem dizer palavra, Kim Ye Bin também dá meia-volta e a acompanha.

— Não, você fica, Marquês. Dissemos para a feiticeirazinha se arrancar, mas não você! — observa Fetnat.

— É nós dois ou ninguém — condiciona Kim, pomposo.

— Ah, o senhor Marquês foi enfeitiçado pela adivinha?

— É a mentalidade do galinho. Ele quer se pavonear diante da guria. São os hormônios que estão falando — observa Esmeralda.

Ela se aproxima e o fareja ruidosamente.

— E além do mais eles estão perfumados! Se livraram do nosso cheiro de depósito. Eca! Dá até para sentir cheiro de lavanda. Eles devem ter... tomado banho!

Ela faz uma careta, enojada.

— Você ainda não entendeu, Marquês? Ela dá azar. É maldita.

Por que eu faço tanta questão de lhes agradar?

Talvez porque eles, pelo menos, não são hipócritas.

E esses "gambás" são os guardiães de um santuário.

As moscas rodopiam ruidosamente. Os outros começam a se coçar sucessivamente.

— A Duquesa tem razão, a Princ... quer dizer, essa garota nos leva a lugares onde perdemos dinheiro e somos incomodados pela polícia, se entende o que eu quero dizer.

— Com a Princesa, nós salvamos vidas — lembra Orlando.

— E o que ganhamos com isso? Nem uma medalha, nem um obrigado. Nem sequer uma matéria nos jornais!

— Sim, saiu uma! — zomba Esmeralda, exibindo um jornal. — Vou ler: "Usuários do metrô se queixaram depois que o alarme foi indevidamente disparado por causa de um grupo de mendigos particularmente fedorentos. Os responsáveis pelos transportes públicos parisienses prometeram ser mais vigilantes em relação ao usuários indelicados e de comportamento pouco cívico." Aí está a ingratidão dos burgueses quando salvamos suas vidas. Pois então que ela desapareça daqui, essa chatinha que já nos causou bastante chateação.

Ninguém se mexe. Kim arrisca:

— É ela e eu. Ou nem ela nem eu.

Será que eu ouvi bem? Será possível que, pela primeira vez na vida, encontrei alguém que me apoia?

Esmeralda devolve-lhe uma expressão de desprezo.

— Pois então desaparece daqui também, seu imbecil!

Orlando intervém:

— Pare, Duquesa, você sabe perfeitamente que ainda precisamos do Marquês. Ele instalou todo o nosso sistema de eletricidade e comunicações. Para não falar que o essencial da nossa renda vem dos metais que ele encontra nos computadores.

— OK, vamos votar. O que você acha, Visconde?

— Ficam os dois. Não me vejo vivendo apenas com você e Orlando. Vocês estão o tempo todo brigando por bobagens, não vou aguentar.

Esmeralda dá de ombros.

— Muito bem, eu dou a mão à palmatória. Vocês verão todos os problemas que ela nos vai arranjar, a princesinha de vocês dois. Ah, isso eu posso garantir.

Ela cospe no chão.

Segue-se um longo silêncio. Kim faz sinal para que Cassandra não dê bola. Ela pega um saquinho de chips amolecidos e os come perto de Fetnat, que a olha com ar de reprovação.

Para mudar de assunto, Kim liga a televisão. A voz do apresentador vai dando as novas notícias:

1 — Esporte. Crise: a seleção de futebol da França perdeu para a Dinamarca. A Assembleia Nacional está debatendo a motivação dos jogadores franceses, todos milionários com residência na Suíça e mais preocupados com a gestão das empresas que fundaram graças à fama conquistada do que com o que acontece dentro de campo.

2 — Política internacional: o Irã promoveu um novo disparo de míssil balístico de longo alcance. Em discurso, o presidente da Europa avisou que se esse país continuar a desenvolver armas de destruição em massa, poderão ser adotadas sanções econômicas. O porta-voz do governo iraniano respondeu que conta com cinquenta mil crianças especialmente treinadas para se transformarem em mártires camicases, dispostas a explodir no meio da multidão. O porta-voz acrescentou que o Irã não hesitaria em enviá-las a todas as grandes capitais se a Europa cumprir suas ameaças.

3 — Bolsa: nova queda das ações industriais. Aumento do preço do petróleo.

4 — Política interna: em consequência da crise e do empobrecimento do país, o governo prometeu cortar gastos e especialmente reduzir o número de ministérios que não sejam indispensáveis à boa gestão do país. Serão fechados os ministérios dos Direitos Humanos, da Prospectiva, do Desenvolvimento Sustentável e da Francofonia.

5 — Meteorologia: cada vez mais acentuadas as oscilações do tempo em março, com alternância de sol e chuva.

6 — Loto: os números vencedores são 12, 15, 3, 9 e 8. Número adicional: 22.

Fetnat cospe e rasga a sua aposta, murmurando:

— Nada de novo.

— Para ter praticamente certeza de ganhar, existe um truque — diz Cassandra.

— Ela fala pouco, mas quando fala sempre é interessante — zomba Fetnat. — E qual é o truque, senhorita adivinha?

— Foi calculado matematicamente pelo meu irmão. Basta apostar 9 mil euros. É o ponto de virada das probabilidades. As chances de ganhar então são de 75%. O que significa que, com 9 mil euros, se tem praticamente certeza de recuperar mais dinheiro que a aposta.

Todos fazem ar de zombaria.

— Quer dizer que, para ficar rico, basta... gastar muito. Logo, basta já ser rico, se bem entendi — ironiza Fetnat.

Naturalmente. E não é por acaso que os ricos ficam cada vez mais ricos. É porque eles apostam para ganhar.

É um jogo para os pobres, pago pelos pobres para enriquecer os ricos.

Ela dá de ombros.

Há um momento em que é preciso parar de se queixar e tomar o destino nas mãos, o que significa assumir riscos de verdade. Só mesmo nos comportando como os capitalistas é que podemos tirar o dinheiro deles. Temos de vencê-los no terreno deles, e não ficar nas queixas e na inveja.

— Apostar 9 mil euros! Mas que imbecil! — declara a mulher de coque ruivo. — Eu bem que disse, ela dá azar. Não ganhamos nada mantendo-a aqui. Com Cinderela, só teremos desgraças. Mas como vocês todos gostam de se deixar enrolar, eu cruzo os braços.

Ela dá um pontapé numa garrafa, que vai se estilhaçar mais adiante.

Desamparada, Cassandra vai para sua choupana e fecha a porta. Descobre então que Esmeralda tinha começado a arrumar suas coisas em sacos de lixo. Sua coleção de bonecas está amontoada numa pirâmide ao lado.

A jovem mergulha debaixo das cobertas e puxa a cortina das pálpebras de longos cílios.

Estava batendo um pouco os dentes. Sente frio.

128.

Cassandra Katzenberg sonha que está num compartimento branco cheio de vapores. Ela está deitada, nua por baixo de um roupão. Dois cientistas de luvas brancas a levantam e a depositam delicadamente num sarcófago acolchoado, em seguida fechando a tampa transparente. O termômetro embutido no sarcófago indica temperatura baixa. O frio é cada vez maior.

Os cientistas se vão. Acima da porta, um sinal luminoso indica: "Centro de Criogenização."

Cassandra pensa que se parece com a Bela Adormecida no bosque dos contos da sua infância.

Na parede em frente, um pêndulo indica os minutos, as horas, os meses, os anos, os séculos, os milênios. No início, ele indica a nossa época. Depois, os números vão passando a toda velocidade, e o tempo acelera.

Os minutos tornam-se rapidamente horas, que por sua vez se transformam em dias, meses, anos. Os números passam cada vez mais depressa. 2052, 2075, 2091, 2112, 2222, 2350, 2403, 2503, 2609, 2730, 2815, 2828, 2904, 2999.

Logo aparece no mostrador "Ano: 3000, Mês: abril, Dia: Segunda-feira, Hora: 15 horas 15 minutos 00 segundo.

O caixão apita como um forno de micro-ondas e tudo se acende. Ouve-se o silvo de jatos de vapor. A temperatura no termômetro sobe lentamente, chegando a 37,2°. Nesse momento, a tampa de cristal do sarcófago levanta-se com um rangido.

Em seu sonho, ela vê que o cenário mudou. O laboratório tem algo diferente, que ela não consegue identificar. Ela pensa que no ano 3000 as pessoas devem ter conseguido curar todas as doenças, tendo o computador integrado ao corpo e sendo dotadas de meios de locomoção mais rápidos e aéreos. Acha que está vendo pessoas decolando de avião de um só lugar das suas varandas.

Cassandra pensa que vai descobrir um mundo mais evoluído, mais belo, tendo resolvido todos os velhos problemas.

Ela se levanta e constata que lá fora uma multidão a espera.

Veste-se com as roupas que foram preparadas para ela e sai para enfrentar o que tem pela frente. Jornalistas vêm fazer perguntas sobre o mundo anterior, tão excitados que nem a deixam responder. Ela tem a impressão de ser uma estrela, como se tivessem encontrado um homem de Neandertal e ele estivesse contando sua vida cotidiana nas cavernas. Mas de repente dois policiais de uniforme futurista vêm detê-la. Ela não entende. Suas mãos são brutalmente levadas às costas e seus punhos, algemados.

Cassandra é empurrada num furgão da polícia. Em volta, as pessoas ostentam cartazes com o seu rosto e a inscrição "Morte!". No caminho, ela vê um céu cinzento, montanhas de lixo por toda parte, uma chuva negra, braseiros em chamas, pessoas dormindo amontoadas no chão.

Quanto mais observa pela janela gradeada do furgão, mais ela nota que as ruas estão cheias de gente. Lá fora, multidões se deslocam sem ir do ponto "A" ao ponto "B". Os corpos adormecidos nas praças públicas são agrupados às dezenas, centenas, milhares. Mais adiante, manifestações de multidões de maltrapilhos aos gritos são contidas por barragens. Os policiais instalam uma metralhadora e atiram contra o populacho que vem na sua direção.

Ao longo do caminho, ela vê ruínas fumegantes e silhuetas estendidas no chão, mortas ou dormindo. O asfalto das ruas está esburacado, deixando brotar tufos de tojos e espinheiros. Veem-se montanhas de lixo por toda parte. Uma água esverdeada sai de tubos aqui e ali, enquanto hordas de crianças e cães lutam por restos de comida estragada.

Caminhões enferrujados servem de abrigo a todo tipo de animais e seres humanos.

O furgão da polícia atravessa a Paris do ano 3000 e entra na Île de la Cité. Percorre o Quai de l'Horloge meio arruinado e para na entrada norte do Palácio de Justiça. As paredes do prédio desmoronaram aqui e ali. O teto fissurado e as vidraças quebradas reforçam a impressão de lugar abandonado.

Bandeirolas com a inscrição "Morte!" flutuam acima de uma pequena multidão que parece esperá-la.

Cassandra atravessa portas de madeira mais ou menos rachadas, guardadas por policiais que a examinam de alto a baixo sem contemplação. Entra num salão cheio de bancos mais ou menos alinhados, ocupados por pessoas que murmuram ao vê-la. Ela é conduzida ao banco dos acusados, ladeada por dois grandalhões que a mantêm sob estrito controle corporal, como se temessem uma tentativa de fuga.

Nos bancos dos jurados, veem-se bebês vestidos como adultos. Em frente, o juiz é um velho de túnica cinzenta usando peruca branca, à maneira dos magistrados ingleses. Acima da sua poltrona, a estátua com a balança da Justiça tem os olhos furados. A sua direita, um advogado e um promotor, igualmente de peruca.

O público manifesta ruidosamente sua impaciência.

— Muito bem, todos estão presentes. A sessão pode começar. Declaro aberto o processo. Agora terá de prestar contas, senhorita Katzenberg! — diz o juiz, examinando as folhas do processo à sua frente. — Prestar contas às gerações presentes e futuras, representadas por estas crianças.

— Eu sou inocente. Não fiz nada — protesta ela.

— É justamente este o problema: você não fez nada. As gerações seguintes julgarão — diz ele, voltando-se para os jurados, que recebem mamadeiras e chupetas.

Nenhum deles chora, todos parecem muito atentos.

— Dando início aos debates, passo a palavra ao promotor.

O sujeito de túnica preta levanta-se.

— Obrigado, senhor presidente. Gostaria de chamar a atenção dos jurados para a importância deste processo. Através dessa pessoa vinda do passado, é toda uma geração que estamos julgando hoje. A geração dos anos 2000, aquela que viria a ficar conhecida como a "geração dos egoístas". Eles dilapidaram as riquezas da Terra para satisfazer seus prazeres imediatos, sem pensar nas consequências de seus atos, sem se preocupar com a condição do planeta que haveriam de transmitir aos filhos.

Vaias são ouvidas na sala. O juiz bate com o martelo para que se faça silêncio. Entre os jurados, alguns bebês começam a chorar, outros chupam ruidosamente a chupeta, em sinal de extrema preocupação.

— Eu não sabia — murmura Cassandra.

— Que bela desculpa! Mas é claro que sabia. E sabia perfeitamente. Os rádios, as televisões, as revistas vendidas nos supermercados a mantinham permanentemente informada do que estava fazendo e do resultado que podia obter. Eu acuso a senhorita Katzenberg de ter podido mudar o mundo, de ter entendido que era necessário mudá-lo e de nada ter feito, numa época em que tudo ainda era possível.

— Eu não tinha como.

— Sim! Podia sim! Uma única pessoa pode mudar o curso da história. Mas é preciso querer. Ou pelo menos tentar. Eu a acuso de "negação de socorro a humanidade em perigo"!

— Mas...

— Senhores jurados, os senhores que são a geração futura, peço-lhes a maior severidade com esta pessoa. E proponho a pior punição. Peço que ela seja condenada a ser criogenizada novamente para renascer num futuro ainda pior, para finalmente se conscientizar do alcance destruidor e exponencial no tempo dos seus... não atos!

Desta vez, a sala dá um grito de aprovação. O juiz volta a bater com o martelo.

— Com a palavra, a defesa.

A advogada levanta-se.

— Peço clemência para a minha cliente. Ela não é responsável pelos erros cometidos pelos dirigentes da sua geração. Ela simplesmente viveu entre pessoas inconscientes. Elas não se davam conta de que estavam assassinando o planeta.

— E por quê? Pergunto eu — replica o promotor.

— Não sei, talvez porque estivessem obcecados com a busca dos prazeres imediatos.

— Protesto, Eminentíssimo. O que a advogada de defesa chama de prazeres imediatos são satisfações egoístas que, como sabemos, se revelaram destruidoras a longo prazo. E eu vou citar esses prazeres imediatos: causar poluição com os automóveis, o que provocou o envenenamento do ar; acumular objetos inúteis que depois eram jogados em qualquer lugar, o que provocou o envenenamento da água; gerar filhos sem limitação dos nascimentos, o que provocou superpopulação, epidemias e fome. Eles não contiveram as ideologias radicais quando podiam fazê-lo, o que acarretou grandes guerras destruidoras e todas as atrocidades que se seguiram. Exterminaram sem qualquer piedade as espécies selvagens. Sujaram tudo em que tocavam, em nome do turismo, da sociedade de consumo, do que chamavam de crescimento econômico. Arggh, essas palavras me dão nojo. Sinto náuseas!

A sala é sacudida por um rumor agressivo.

— Em momento algum, nem um só dos políticos dessa época teve a coragem de propor uma política de controle dos nascimentos. Até os ecologistas da sua época, senhorita, no máximo propuseram a triagem do lixo doméstico.

Risos na sala.

— Ou o fechamento de centrais nucleares.

A assistência volta a achar graça.

— ... ou o fim dos OGMs! Quem é que está preocupado com os OGMs e as centrais nucleares quando a população humana duplica em cinquenta anos? É como se quisessem diminuir o radiador elétrico em pleno incêndio.

— Morte à egoísta, morte à esbanjadora! — gritam vozes na audiência.

O promotor enfia mais o dedo na ferida:

— Sim, exatamente, egoístas! Covardes! Gente sem a menor visão nem o menor senso de responsabilidade! Como se não soubessem que, gerando dez bilhões de seres humanos, necessariamente haveriam de destruir o planeta. Todos os animais sabem regular a progenitura. Nem os coelhos, os camundongos, as aranhas fazem mais filhos do que são capazes de alimentar. As pessoas da geração de Cassandra faziam bebês sem pensar. Ou então por motivos "importantes", como garantir a aposentadoria, vencer o tédio ou... o mais divertido, ouçam bem: receber ajuda do governo. E por que o governo queria que houvesse mais crianças, é o que lhe pergunto, senhor presidente? Para consumir ainda mais! Porque acreditavam que quanto maior fosse o número de consumidores, mais vigorosa seria a economia.

Mais risos na sala.

— Os religiosos proibiam o uso de preservativos em nome do amor de Deus! Os radicais estimulavam a multiplicação de partos para gerar os futuros soldados da próxima guerra santa. Depois, uma vez nascidos, a maioria dos pais do seu planeta não cuidava mais dos próprios filhos.

Vaias na sala.

— Nem sequer os educavam. Deixavam-nos vagando pelas ruas, drogando-se, atacando os velhos ou se juntando em bandos mafiosos.

Mais vaias.

— Eles não os amavam. Esses bebês só nasciam para reforçar as pesquisas sobre o crescimento e gerar auxílios do governo para os pais, que, no fim das contas, nem se davam mais ao trabalho de trabalhar.

Uma parte da assistência está de pé, brandindo o punho.

— Exatamente. Faziam filhos como quem... mija!

A sala está no auge da revolta. O juiz bate freneticamente o martelo para tentar restabelecer a calma. Ouvem-se de novo na sala enfurecida gritos de "Morte à mulher do ano 2000!".

— Por favor, senhor promotor, calma, veja bem o que está dizendo.

— Vou concluir lembrando este provérbio: "A TERRA NÃO NOS FOI LEGADA PELOS NOSSOS PAIS, MAS EMPRESTADA PELOS NOSSOS FILHOS!"

Fortes aplausos. O juiz bate com o martelo.

A defesa está de novo com a palavra:

— Minha cliente não gerou dez filhos, nem cinco, nem dois, nem um. Não gerou nenhum filho. Não pode portanto ser responsabilizada pela burrice dos seus semelhantes. Que poderia fazer? Argumentar com os vizinhos, dizendo que não fizessem amor? Quero lembrar que se essas crianças nasciam, era também porque os pais transavam a toda hora. Os senhores queriam que ela entrasse no quarto dos vizinhos à noite, surpreendendo-os enganchados um no outro, e dissesse: "Vocês se dão conta do que estão fazendo?"

Desta vez, ecoam risos em favor da defesa.

— Mas, de qualquer maneira, sua cliente é especial — pondera o promotor. — Ela tinha como saber.

Um dedo acusador aponta para ela.

— Os outros, seus semelhantes, não se davam conta. Não tinham consciência do mundo em que viviam, mas Cassandra Katzenberg viu o futuro. E não fez nada.

Desta vez, o juiz volta-se para a acusada.

— Senhorita Cassandra Katzenberg, a acusação é grave! É verdade que viu o futuro e nada fez?

Os bebês do júri param de chorar e de chupar chupeta. Olham fixamente para ela, esperando sua resposta.

— Responda! Enfrente as futuras gerações, se tiver coragem, e diga-lhes a verdade. A senhorita viu o futuro?

— Eu o vislumbrava de maneira intermitente, tinha apenas flashes. Além do mais, via apenas atentados terroristas.

— Via o quê?

— Pessoas que plantavam bombas para matar outras pessoas. Em geral por motivos políticos ou religiosos.

Enorme explosão de gargalhadas na sala.

— A senhorita só via isso? Atentados terroristas? — pergunta o juiz, incrédulo.

— Humm... sim, é isso — gagueja Cassandra.

— Quer dizer que o seu cérebro tinha a possibilidade, o privilégio, o enorme poder de ver o futuro e só focalizava atos de terrorismo?!

Novas gargalhadas, que se transformam em...

129.

... um longo ganido de raposa, no lugar do tradicional cocoricó matinal do galo. Como a ave infelizmente foi devorada à noite, é possível que o seu fantasma tenha inspirado Yin Yang a desempenhar sua tarefa no seu lugar.

Cassandra Katzenberg levanta-se de repente, as costas úmidas, o rosto suado, febril. E logo lança mão do caderno e da caneta para anotar detalhadamente o sonho. Ela conclui a narrativa de seu futuro processo com esta pergunta: "É possível alertar os bebês?"

Depois, risca e anota: "É possível salvar os bebês?"

Depois, risca e anota: "É possível salvar a humanidade?"

Depois, risca e anota: "É possível salvar o planeta?"

Ela redige rapidamente algumas ideias inspiradas por essa pergunta, e passa a estudá-las, avaliá-las. "Superpopulação?", "Poluição?", "Guerras?", "Desperdício?", "Religiões?".

Risca tudo e se lembra das imagens entrevistas na camionete da polícia. Miseráveis por todo lado. Água e ar sujos por todo lado. Por todo lado pessoas estiradas no chão, sem abrigo, sem recursos.

No futuro, o mundo inteiro vai se transformar em depósito, como Redenção.

No futuro, se não fizermos nada, todo mundo será mendigo.

Talvez tenha sido para entender isso que eu vim aqui. Para saber e sentir na carne o que vai acontecer com nossos descendentes.

De repente, ouve-se uma música, cobrindo os ganidos de Yin Yang. Cassandra a reconhece, é a música ouvida nos aniversários. Botando a cabeça de fora, ela vê Esmeralda segurando um enorme bolo tendo em cima umas sessenta velas.

Os redencionistas entoam em coro "Parabéns pra você, Visconde".

Ela se aproxima, encantada. O bolo é depositado diante de Fetnat Wade, que parece comovido. Em seguida, cada um deles lhe dá um presente, que ele logo vai desembrulhando.

Esmeralda Piccolini deu-lhe um bidê, que, segundo explica, poderá servir-lhe de bacia para preparar suas poções. Ele agradece efusivamente.

Orlando Van de Putte, por sua vez, afiou um enorme punhal, presenteando-o para ajudá-lo a desossar e matar os animais cada vez maiores que encontra no depósito. Especialmente javalis, que começaram a aparecer recentemente.

Kim Ye Bin entrega-lhe um mixer robô multifunções para fazer suco de cenoura e bater suas sopas.

Cassandra vai rapidamente tentar encontrar alguma coisa por perto. Volta e lhe oferece o que considera será mais útil para ele: um espelho.

Fetnat Wade parece emocionado:

— Meus amigos, vocês se lembraram do meu aniversário. Na verdade, eu mesmo tinha esquecido. Isso mesmo, faz tanto tempo que ele não era comemorado que eu nem me lembrava mais do dia.

— Feliz aniversário, Visconde — responde o coreano. — Sabe, foi depois do meu primeiro ano aqui que eu entendi: o que melhor caracteriza o mendigo é que ele não comemora mais seu aniversário, acabando por esquecer a própria idade.

— Isso aí — concordam os outros. — É verdade, a gente nunca se lembra!

— Pena. É importante ter datas marcantes ao longo do ano. Desse jeito, a gente tem referenciais. Enquanto comemorarmos nossos aniversários, seremos capazes de controlar o fluir do tempo.

— O mais difícil foi descobrir sua data de nascimento. Quem cuidou disso foi Kim — explica Orlando.

— Isso aí, e não foi nada fácil. Vocês, wolofs, são cinco milhões, e só começaram a se registrar em cartório há pouco tempo, no máximo algumas décadas. Por sorte, acabei descobrindo a sua aldeia graças ao seu famoso mestre Dembelé. Agora sei que você nasceu em Koussanar e que o seu aniversário é hoje.

— E há quanto tempo você sabe, Marquês?

— Talvez uns dois meses. Eu botei no meu computador e ele me acordou à noite para lembrar. Mal tive tempo de avisar os outros.

— Pessoalmente, não gosto de aniversários. Mas... São três coisas de que eu realmente não gosto: aniversários, casamentos e batismos — reconhece Esmeralda.

— Os casamentos eu entendo — diz Kim. — Como diz Claude Lelouch, "Não é no dia da prisão que se deve comemorar, mas no dia da fuga". Na minha opinião, seria o caso de comemorar os divórcios.

— Faz sentido. Além do mais, pelo menos na hora do divórcio um conhece perfeitamente o outro — diz Esmeralda. — Ao passo que, na hora do casamento, cada um se faz passar pelo que não é.

— O casamento é o triunfo da esperança sobre a experiência — admite Kim.

— Você não quer mesmo sair do pensamento em conserva, marquesinho de merda! — insurge-se Orlando. — Pois bem, no meu caso, prefiro o casamento ao divórcio, pois: 1) já passei por ele; 2) prefiro o momento em que todo mundo se esforça por parecer melhor do que é ao momento em que cada um revela sua decepcionante verdade.

Esmeralda distribui os pratos de plástico e Kim ferve água para preparar um superalmoço. Depois, a ruiva de coque acende as velas e o feiticeiro senegalês sopra as 61 velinhas que ornamentam o confeito artesanal.

— Fui eu que fiz — esclarece Esmeralda, distribuindo as fatias. — Com banha, sacarose e chocolate sintético. Se acharem que não está suficientemente gorduroso podem acrescentar margarina, também tenho.

Fetnat agradece a cada um dos presentes, terminando por Cassandra. Esta considera que ele se parece cada vez mais com Morgan Freeman.

— Amigos, vocês são a minha única família. Eu só existo para vocês e graças a vocês!

— Muito bem, ser amado por três pessoas não é para todo mundo — reconhece Orlando, cuspindo no chão. — E com a guria, são quatro.

— Esperem, a gente não vai tomar apenas um simples café no meu aniversário. É preciso algo mais chique, se entendem o que eu quero dizer.

Orlando vai buscar cervejas e eles brindam com as latinhas.

Saímos da crise. É o princípio de diversão — provavelmente nem é hoje de fato o seu aniversário, mas Kim inventou isso para que eles parassem de pensar apenas em mim e na minha presença. Depois, precisou apenas acertar as coisas com os outros. Quanto ao nosso querido Visconde, deve ter esquecido há muito tempo o dia em que nasceu. Todos eles optaram por viver num presente eterno do qual está banida toda surpresa, seja boa ou ruim.

A moça de grandes olhos cinza-claro vai se sentar ao lado de Kim.

— Bravo — sussurra ela. — Bela manobra, Marquês.

Ele adivinha que ela entendeu.

— Eu hesitei entre inventar o aniversário de Fetnat e o de Orlando, mas no caso de Orlando havia o risco de que ele se lembrasse da data verdadeira — reconhece o rapaz.

Cassandra serve-se de chá e observa os habitantes de Redenção reunidos ao redor do bolo, parecendo satisfeitos.

— Tive um sonho muito estranho esta noite.

— Oh, não, outra vez? Bom, onde é que está a bomba?

— Não era uma bomba, para variar, mas um futuro muito mais distante.

— Semana que vem, mês que vem?

— No próximo milênio.

Interessado, o rapaz ajeita a mecha azul e olha para ela.

— Eu fui criogenizada. Achava que acordaria num mundo futuro ideal, mas na verdade era um mundo que não deu certo. A humanidade era formada apenas de bandos de mendigos esfarrapados, todas as cidades tinham se transformado em depósitos.

— Interessante. Me agrada.

— Os sobreviventes me julgaram por não ter agido quando podia.

Kim Ye Bin serve-se de uma grossa fatia de bolo e a devora, bebericando uma cerveja. Cassandra por sua vez sente-se tentada a provar, mas não consegue evitar uma careta quando sente o ressaibo da banha de porco usada no lugar da manteiga. Só com dificuldade consegue engolir o pedaço. De repente, sente falta dos bolos de Charlotte, tão finos e belos.

— Foi terrível — diz ela, com um calafrio.

Não consegue deixar de olhar para o relógio e fica tranquila ao ver que ele indica apenas 13%.

— É por causa de tudo que vivemos nos últimos dias — diz o rapaz. — O atentado terrorista frustrado. O seu irmão. O sujeito dos horóscopos. A sua escola para crianças autistas superdotadas, para não falar do noticiário de ontem à noite. Na minha opinião, todos nós sonhamos com um grande caldo das informações que entram na nossa cabeça.

Cassandra sacode suas mechas negras.

— Não, não creio. Era como se fosse uma advertência. Como se estivessem me oferecendo a possibilidade de saber antes que acontecesse.

Um pouco adiante, Fetnat apanha um cão morto, tira a pele e o empala para o almoço.

— Pois eu, esta noite, li o livro que você me deu — diz o coreano.

Cassandra franze as sobrancelhas, querendo dizer que não entendeu.

— *A Árvore dos Possíveis*, com o nome do autor arrancado. Depois de ler, fiquei com vontade de investigar na internet para saber quem era. Esse sujeito criou um site para juntar as visões do futuro dos internautas, como um banco de dados. Mas, por falta de apoio, o site ficou esquecido.

— Perfeitamente previsível. O futuro não está na moda neste país.

— Isso aí, e ontem, como você sabe, eles fecharam o Ministério da Prospectiva por falta de verba.

— Charles de Vézelay terá de voltar a redigir seus horóscopos para revistas semanais.

O olhar do jovem coreano brilha.

— De qualquer maneira, com o fechamento do ministério, todos esses acontecimentos, essa leitura... eu tive uma ideia. Talvez possamos fazer alguma coisa. Aqui. Agora. Quer me ajudar, Cassandra?

Ele então explica à jovem o seu projeto demente.

130.

Acho que eu realmente subestimei esse rapaz. Ou então ele mudou. Eu não sabia que os homens podiam mudar. Ou então foi por causa das nossas aventuras recentes. O fato de termos descoberto tudo isso nos abalou.

Talvez não passe de um jogo, no fim das contas...

Qual o jogo do meu irmão?

Qual o jogo dos meus pais?

Qual o jogo da humanidade?

E é possível ganhar?

131.

Um corvo enfia o bico numa lata de conserva furada para fisgar uma minhoca no auge do pânico. A raposa Yin Yang salta sobre a ave e a imobiliza entre as mandíbulas, antes que tenha tempo de decolar. Depois, leva o pássaro negro para sua toca.

Cassandra e Kim fecham-se na cabana do rapaz para traçar planos e esquemas. Os outros, curiosos, vêm inspecionar por cima dos seus ombros.

— Que é que estão fazendo? Uma mansão? Um restaurante? Um salão de bilhar?

Adotando os hábitos da amiga, Kim prefere não responder.

— Podemos ajudar? — propõe finalmente Fetnat.

— Só para as paredes, mas depois terão de nos deixar trabalhar em paz — responde o coreano.

Como da vez anterior, eles plantam quatro grandes Buicks, automóveis americanos, para fazer as vezes de pilastras. Empilham máquinas de lavar para formar as paredes. Instalam janelas e um telhado de chapa de ferro fundido, cobrindo tudo com lixo doméstico. Depois, o rapaz pede que todos se retirem, para ficar trabalhando sozinho com Cassandra.

Às 18 horas, eles consideram que está pronto e propõem uma inauguração oficial aos três outros.

— Pronto — começa Kim Ye Bin, abrindo a porta. — Como o Ministério da Prospectiva oficial fechou por falta de verba, decidimos ocupar o seu lugar e construir aqui, neste depósito, o Ministério da Prospectiva Oficioso, dando continuidade ao grande projeto do pai de Cassandra.

Os outros não parecem muito convencidos.

— Mas que babaquice é essa, Marquês? — resmunga Esmeralda.

— Ninguém mais quer ver o futuro. Os políticos deixaram para lá, os filósofos e religiosos também, nem os financistas têm mais coragem de fazer previsões a longo prazo. Restavam os autores de ficção científica, mas eles não são prestigiados e não têm onde se expressar. De modo que cabe a nós dar continuidade. Basta querer.

Esmeralda afasta com um gesto irritado da mão as mechas ruivas que lhe caem no rosto.

— Você está curtindo com a nossa cara, Marquês. Ou foi a nossa Princesa que o enfeitiçou mais uma vez?

Cassandra responde no lugar dele:

— A humanidade se transformou num rebanho cego. Ninguém mais quer fazer o papel do batedor com a lanterna para ver aonde estamos indo. Como os lugares na primeira fila estão vazios, qualquer um pode ocupá-los. Até nós.

Fetnat cospe no chão.

— Como os movimentos migratórios de gnus, que vão em frente sem que ninguém lhes diga aonde podem ir.

— Talvez, mas o problema é que ao que parece o rebanho está indo na direção errada — diz Kim. — Se ninguém agir, não estaremos fazendo como os gnus, mas como os lêmingues, as marmotas que avançam em fila até a beira dos penhascos, de lá caem no mar, morrendo sem qualquer motivo.

Desta vez, a imagem causa impressão nos redencionistas. Fetnat solta:

— Vocês realmente acham que nessa choupana aqui, no meio de um depósito de lixo, pessoas como nós poderão ter êxito, quando todo mundo entregou as pontas?

À guisa de resposta, Kim mostra sua camiseta, onde aparece a frase-fetiche do dia:

"Eles não sabiam que era impossível, e então fizeram."

— ... ou o contrário — suspira Orlando.

Esmeralda observa:

— O que você nos propõe como Ministério da Prospectiva é uma mesa com um laptop? É isso mesmo?

— Com o detalhe de que, dentro desse computador, há uma ideia. Uma ideia antiga que eu encontrei num livro de ficção científica. Criar uma árvore onde sejam apresentadas todas as possibilidades para a humanidade, para que se veja o que poderá acontecer a curto, médio e longo prazo.

Orlando acende seu charuto.

— Isso aí, como no xadrez, quando os programas testam todas as sequências de jogadas lógicas para cada movimento...

— Exatamente, Barão.

— Uma pergunta: quem vai criar as folhas da sua árvore?

O jovem coreano não perde o rebolado.

— Inicialmente, nós. Nós cinco vamos imaginar tudo que poderá acontecer à humanidade. Depois, proponho que o nosso Ministério da Prospectiva Oficioso seja aberto a todo mundo.

— Como?

— Botando-o na internet. Assim, poderemos contar com a opinião de todos que quiserem dar sua contribuição ao nosso projeto.

Desta vez, os três mendigos não encontram objeção alguma.

— Ora, ora, além do mais, isso aqui em Redenção está meio tedioso. Por que não nos divertirmos imaginando o futuro? — decide Orlando, positivo.

— É por imaginarmos desde já soluções para as gerações futuras que elas poderão ser aplicadas mais tarde — insiste Kim. — Tudo que temos de bom hoje, a democracia, a tecnologia, a educação, necessariamente foi imaginado um dia por um dos nossos antepassados. O que imaginarmos hoje salvará mais tarde os nossos descendentes.

— Palavras, frases, só blablablá — grunhe a ruiva, coçando o peito imponente.

— Não, ideias. No início de toda bela iniciativa há apenas uma ideia.

Esmeralda cospe no chão.

— Pura perda de tempo! — diz ela. — Em vez de prever o futuro, melhor seria administrar o presente, que bem que está precisando. Já estou vendo vocês, seus inúteis: sempre que for necessário algum trabalho bem chato de limpeza, de caça, de preparação de comida, vocês vão dizer: "Sinto muito, Duquesa, acabo de ter uma ideia de futuro possível, preciso registrá-la no ministério, é um desejo urgente, tenho medo de esquecer." Vocês estão achando que eu sou retardada? Por acaso estão vendo Grande Imbecil escrito na minha testa? Eu os conheço muito bem, meus filhos.

Fetnat toma-a nos braços.

— Mas não, Duquesa, ver o futuro não é necessariamente fugir do presente.

— Conta outra! Para de curtir com a minha cara, respeite uma mulher que pode ter passado pela menopausa, mas se manteve digna e quer continuar assim!

— Tudo bem — diz Orlando —, vamos cuidar de salvar a humanidade no máximo uma hora por dia, à noite, de 22 horas a 23 horas, depois de terminada a caça, servido o jantar e lavada a louça.

— E a poeira?

— Também.

— E as teias de aranha?

— Idem.

— E o abastecimento de água potável?

— Sem problema.

— Vocês juram?

— Não vamos jurar, Duquesa, mas acho que uma hora por dia para salvar a humanidade é o mínimo. Além do mais, é um belo projeto a ser criado no dia do aniversário de Fetnat. Pode até se tornar o nosso verdadeiro "feriado nacional" aqui em Redenção. O "dia do futuro", por assim dizer.

Kim Ye Bin propõe que comecem imediatamente e abre um software de edição de texto no seu laptop.

— Então vamos logo começar por você, Duquesa — diz ele. — Faço-lhe a pergunta: como é que você enxerga o futuro da humanidade?

Algumas moscas rodopiam por ali, ocupando o silêncio com seu zumbido lancinante.

— Não, não me sinto preparada, é difícil demais.

Os outros baixam a cabeça.

Eles têm medo de pensar no futuro. Nem têm coragem de tentar. São como os outros.

— Precisamos de um pouco de tempo — aprova Orlando. — Não é fácil para pessoas que administram a sobrevivência dia após dia pensar no futuro da humanidade.

Eles precisam sair do egoísmo e da ironia.

Fetnat levanta-se e convida os outros a segui-lo. Em seguida, traz de sua cabana um pote com um arbusto de 10 centímetros de altura, do qual sai uma pequena folha. Ele o coloca no alto da cabana do novo Ministério da Prospectiva.

— Vamos executar o seu projeto, Princesa, mas primeiro é necessário plantar o germe. Um projeto não pode ser apenas virtual, precisa de uma visualização material. Este arbusto é uma ameixeira, que dá frutos azuis. Poderá ser o símbolo da nossa...

Árvore dos Possíveis.

— ... obra. Exatamente como ele, nós também vamos brotar. E como ele dará frutos, nós os colheremos.

Cassandra inspira com alívio e baixa as pálpebras.

132.

É o meu sonho se realizando.

E o meu sonho é que poderá direcionar os acontecimentos seguintes nesse ou naquele sentido.

O formidável seria que meu irmão Daniel pudesse ligar-se a esse projeto.

Para cada folha, ele poderia calcular o nível de probabilidade.

O que conferiria a essa Árvore dos Possíveis um valor informativo adicional. Depois, poderíamos circular dentro da árvore informática, exatamente como eu passeei na Árvore Azul dos meus sonhos.

133.

Por ter pensado de novo no irmão, ela instintivamente olha para o mostrador no seu punho: 48%.

48%!

Algum perigo se aproxima.

Cassandra sai correndo e descobre que alguém invadiu as fronteiras de Redenção enquanto estavam todos eles na cabana do ministério.

— Não! — murmura ela, aterrorizada.

No meio da praça, uma raposa esfolada viva foi crucificada em dois pedaços de pau, tendo acima a inscrição:

"Presa por presa. Focinho por focinho. Em troca de Átila, queremos também a garota. Vocês têm 24 horas para entregá-la; caso contrário, destruiremos sua favela."

— Yin Yang! Eles mataram Yin Yang! — exclama Esmeralda.

Eles retiram o corpo ensanguentado, que era mantido preso por um fio de arame farpado.

— Desta vez é guerra! — ruge Orlando.

Ele vai buscar uma antiga balestra, capaz de atirar três flechas de aço ao mesmo tempo, brandindo-a em fúria.

— E aí, que pretende fazer, Barão? Vai matar os albaneses com seu brinquedinho? Vai encarar o fuzil deles? — pergunta Esmeralda.

— Você sabe muito bem que eu não uso mais armas de fogo. Mas sei perfeitamente usar essa maquininha silenciosa e precisa. Isso aí, será um jeito de limpar em parte a podridão deste mundo, servindo de férias para muita menininha ingênua que não merece passar por lá.

— Tenho uma ideia melhor — declara Cassandra.

— O quê?

— Eu vou lá. Afinal, fui eu que causei os problemas, vocês não precisam pagar por mim.

— Para variar, devo reconhecer que ela tem razão — frisa Esmeralda.

— Obrigada pela hospitalidade! — diz a jovem de grandes olhos cinzentos, dirigindo-se para leste do depósito.

— Não — diz Kim, segurando-a pelo braço. — Nós temos um projeto agora, não vamos jogar tudo fora porque um bando de vagabundos está querendo criar caso conosco!

— Então o que é que sugere, Marquês? — pergunta Orlando.

Eles pensam, coçando-se maquinalmente.

— Eu sei — diz finalmente Fetnat. — Deixem comigo.

E o grande senegalês de túnica verde e amarela e pantufas de couro vermelho parte na direção das montanhas de lixo do leste.

O olhar da jovem não se desvia do corpo esfolado da raposa, depositado no chão. Orlando cobre com um pano o corpo da mascote.

134.

Essa raposa me salvou quando eu estava me asfixiando no meu saco-mortalha, no coração da montanha de bonecas. Por que será que são sempre aqueles que me salvam que são punidos? Haveria um meio de acabar com essa violência permanente, que parece satisfazer aos cretinos?

135.

Eles esperam, nervosos. Uma hora depois, Fetnat Wade retorna, com uma expressão vazia.

— E então, Visconde?

— Eu estive com o grande chefe.

— Ismir?

— Em pessoa. Nós discutimos. Ele disse, textualmente: "Enquanto eu estiver vivo, vocês não terão sossego, se não nos entregarem a garota." E acrescentou: "Uma garota por um cão de briga, não é tão caro assim."

— E que foi que você respondeu, Visconde?

— Que nós entregaríamos Cassandra.

Kim reage:

— Quer dizer que você não negociou nada nessa grande discussão?

— Sim, eu ganhei tempo, e é o que importa. O tempo é a nossa arma, ao que me parece — diz ele, apontando o vaso onde plantou a ameixeira.

— Por que os albaneses haveriam de lhe dar tempo?

— A gente tem de falar com os outros na linguagem deles. Eu disse coisas que eles eram capazes de entender.

— O quê?

— Disse que, por enquanto, Kim e Orlando tinham amarrado a garota nua num compartimento, e estavam se divertindo com ela.

— E aí?

— Ismir me deu uma piscadela e aceitou ouvir. Pediu-me apenas que lhes dissesse uma coisa: "Não vão bater demais nela, nada de marcas e cicatrizes que depois não possamos disfarçar." Disse que as mulheres são como os carros, podem ser maquiadas para ficar apresentáveis para a venda, mas certas peças quebradas não podem mais ser substituídas.

Cassandra não ousa entender. Kim sacode a cabeça.

— Quanto tempo você ganhou?

— Um mês. Depois, prometi que entregaríamos a garota e que todos os homens lá poderiam passá-la no bico.

Cassandra engole.

— É esse o seu plano genial? — questiona Orlando, meio dubitativo.

— Não. Eu não voltei de mãos vazias — diz ele.

Fetnat Wade tira do bolso profundo de sua túnica um pedaço de tecido negro.

— Consegui cortar discretamente esse pedaço do casaco no fim da nossa conversa, no abraço de despedida. Sigam-me.

Entram todos na cabana do feiticeiro senegalês.

— Ismir disse que não vai abrir mão da moça enquanto estiver vivo, hein? Pois vou resolver isso.

Ele busca nas suas jaulas e acaba escolhendo uma em que se encontra um réptil de escamas amarelas e negras.

— Esta serpente é um trigonocéfalo, sua mordida provoca morte fulminante. Vou condicioná-la para que se interesse pelo cheiro do nosso rei do tráfico de brancas.

O senegalês pousa no fogo um caldeirão cheio d'água. Em seguida, quando a água ferve, pega a serpente com uma longa pinça e a deposita num saco plástico, em seguida acrescentando o pedaço de pano do casaco de Ismir. Fecha então o saco plástico contendo a serpente e o pedaço de pano e o coloca acima da água fervente.

— As serpentes são animais de sangue frio, dormem com o frio e acordam com o calor. Mas para elas o excesso de calor é um suplício insuportável.

A serpente começa a se debater no saco, ameaçando rasgar o plástico.

— Vejam como está enfurecida — observa Fetnat. — E ela associa esse momento de dor terrível ao cheiro do casaco de Ismir. A partir de agora, a coisa que mais vai detestar é esse cheiro de suor específico. Ela está condicionada para matar Ismir. E vai fazê-lo.

É exatamente o que foi feito comigo. Fui condicionada a ficar obcecada com o futuro. Exatamente como se pode condicionar essa serpente a ficar obcecada com o cheiro de suor do chefe dos albaneses.

Esse réptil também já não pensa normalmente. Sua vida está focalizada nessa questão precisa.

— Pronto, acabei de armar o meu míssil de ogiva inteligente — anuncia o feiticeiro africano.

Ele abre o saco e o animal abre a boca, com as narinas frementes, em busca do cheiro maldito. E sai rastejando a toda velocidade em direção leste.

— O que Ismir não sabe é que seu futuro agora está selado. A partir deste momento ele está morto.

136.

Nessa noite, Cassandra sonha que está de volta ao ano 3000.

O mundo continua devastado, já não passa de um campo de ruínas coberto de lixo e tomado por uma humanidade proliferante, desorientada, violenta e esfaimada. A moça continua sendo julgada no tribunal, cujas paredes desmoronam durante a audiência.

Sua advogada ainda está de pé, convocando uma testemunha importante: a antiga Cassandra.

Esta, de túnica branca, explica, depois de se apresentar:

— Nós, os videntes, vemos o perigo que nos ameaça, mas não podemos agir em nossa época, pois ninguém acredita em nós.

Dois bebês jurados começam a gemer. O juiz bate com o martelo para que se faça silêncio. Um assessor traz chupetas para acalmá-los.

— É o problema de todas as pessoas que falam do futuro: passam por loucas ou feiticeiras. O que quer que digam, as pessoas só lembram as vezes em que se enganaram, e não aquelas em que tiveram razão. Como se nós, os videntes, tivéssemos obrigação de uma absoluta exatidão, embora aqueles que falam do presente possam se equivocar o quanto quiserem.

A sala é sacudida por ondas de rumor. A advogada convoca então outras testemunhas. Um homem de terno à antiga se apresenta. Chama-se Edgar Cayce. Ele conta que foi contatado por empresários que queriam que eles lhes indicasse os investimentos capitalistas que funcionariam. Revoltado, ele preferiu pôr fim à sua atividade de adivinhação.

Ele é seguido por outro homem de trajes ainda mais antigos. Trata-se de Nostradamus. Ele explica que foi perseguido pela Inquisição e que só se salvou graças à proteção da rainha Catarina de Medici, que, por sorte, era supersticiosa.

Vem em seguida Cagliostro. Ele relata sua prisão, as torturas e a morte. Depois se apresentam o conde de Saint-Germain, Jean de Vézelay, o profeta Elias, Enoque, o evangelista São João e uma dezena de desconhecidos que contam, cada um por sua vez, seu destino de vidente incompreendido em meio à desconfiança e à hostilidade dos contemporâneos.

A advogada argumenta:

— Não só em terra de cego quem tem um olho não é rei, como em geral tem o olho sadio furado, para ser como os outros. Ninguém gosta daqueles que veem, ninguém gosta dos que sabem. Minha cliente, o que quer que fizesse, teria sido posta de lado. De modo que não se pode condená-la por não ter conseguido sozinha conter a burrice de uma geração inteira.

— Protesto, Meritíssimo, uma única pessoa pode mudar o curso da história, desde que queira, desde que tente. O que se pode recriminar a Cassandra Katzenberg é o fato de não ter tentado.

— Não ter tentado? Só pode estar brincando! Ela impediu atentados terroristas pondo em risco a própria vida.

— Tolice. Havia questões muito mais decisivas para sua espécie!

— Com a ajuda de amigos, ela criou um site na internet para colecionar e divulgar os futuros possíveis da humanidade.

— Num depósito de lixo, ao lado de mendigos!

— E daí? É um lugar como outro qualquer, e eram seres humanos.

— Vamos falar sério, senhor juiz. De qualquer ângulo que se veja a questão, Cassandra Katzenberg está entre aqueles que jogaram o planeta para o alto. E é tanto mais culpada por ter sido uma das raras a se ter realmente conscientizado do que acontecia.

Neste momento, a multidão clama "Morte a Cassandra! Morte a Cassandra!". Alguns policiais tentam sem convicção conter os espectadores hostis, mas são neutralizados. É então que a antiga Cassandra dá um salto, puxa a nova Cassandra pela mão e as duas saem correndo da sala, perseguidas por um bando de maltrapilhos enfurecidos. Como um exército de mortos-vivos, eles surgem de toda parte, nas ruas e avenidas, tentando agarrá-las.

— O futuro vem atrás de nós — reconhece a antiga Cassandra, correndo com suas sandálias de sacerdotisa.

Finalmente, elas chegam diante de uma grade por trás da qual se amontoam milhares de bebês enfurecidos.

— E isto, o que é?

— São as futuras gerações — responde a antiga Cassandra. — São ainda piores que as outras.

As duas estão presas entre os habitantes do ano 3000 e a multidão dos que lhes sucederão. Os bebês têm o rosto pintado e brandem bandeiras com chupetas e mamadeiras. Alguns berram, com uma voz esganiçada:

— Vingança! Morte aos que nos deixam uma Terra envenenada!

— Não me sinto preparada para prestar contas às gerações seguintes — reconhece a antiga Cassandra.

Finalmente, a grade cede, com uma crepitação sinistra. O exército de bebês se junta à massa de maltrapilhos que persegue as duas.

— Siga-me! — intima a sacerdotisa.

Ela arrasta a jovem em direção a uma colina, em cujo alto se encontra a imensa Árvore Azul do Tempo. Elas encontram um orifício no tronco e por ele entram, bem na hora.

— Aqui estaremos seguras. É na Árvore do Tempo que melhor escapamos ao tempo.

Aparece novamente o labirinto de corredores azul-escuros. Embaixo, o passado. No alto, o futuro.

Elas sobem em direção aos galhos. A antiga adivinha aponta uma folha.

— Não, não quero mais cuidar disso! — geme a moça.

— Você não tem escolha. Não pode deixar de ver.

A jovem Cassandra coloca uma das mãos sobre os olhos.

— Enquanto eu não vir, ninguém poderá me acusar de não ter agido.

— Você deve ver!

— Não! Estou pouco ligando para as atrocidades futuras. Serei condenada como egoísta, pois então quero sê-lo realmente. De qualquer maneira, o que quer que eu faça, serei recriminada por não ter feito mais.

— Veja esta folha e depois decida seu comportamento como bem quiser. Você sempre tem a possibilidade de agir ou não. Em compensação, é obrigada a olhar. Pois então... VEJA!

A sacerdotisa pega as mãos de Cassandra e libera sua visão.

A jovem de grandes olhos cinza-claro desperta gritando, e então fala a toda velocidade. Os outros habitantes de Redenção acorrem à sua cabeceira. Sentada na cama improvisada, ela treme da cabeça aos pés. Seus olhos estão arregalados.

— Eu vejo, eu vejo...

Os quatro mendigos estão em silêncio ao seu redor, atentos, passado todo espanto.

— Estou vendo... estou vendo... a árvore. A Árvore Azul. Tem um galho muito grande, com uma folha maior que vibra, me chamando. Nessa folha, vejo pessoas. Muitas pessoas. Mas elas estão paralisadas. Isso vai acontecer amanhã, às 11h25, num lugar onde as pessoas não se mexem.

— Um cemitério? — arrisca Orlando. — Eles vão plantar uma bomba num cemitério?

Ninguém reage.

Kim Ye Bin imagina uma longa procissão de pessoas recolhidas ao redor de um túmulo. E então o caixão explode e caem pessoas diretamente no fosso que acaba de ser aberto, enquanto começam a chegar os agentes funerários.

— O museu de cera? — propõe Esmeralda.

Todos imaginam um museu no qual os visitantes contemplam estátuas vestidas e paralisadas. De repente, a estátua de Napoleão, cercada de uma pequena multidão, explode. Em meio aos escombros, os membros de plástico misturam-se aos membros de carne e osso, na maior confusão.

— As pessoas estão imóveis. É um lugar de silêncio. Um lugar antigo. Com vitrais. E arcadas... — prossegue Cassandra.

— Um templo. Uma igreja?

A moça bate as pálpebras, como se enfrentasse uma luz violenta.

— Não, as pessoas estão sentadas. Muitas usam óculos. Estão lendo livros.

— Uma biblioteca?

— Sim... uma enorme biblioteca. O teto é muito alto, formando uma cúpula.

— Caramba... a Biblioteca Nacional da Rue de Richelieu — conclui o coreano.

137.

Quando é que isso vai acabar?

138.

O céu clareia. Jovens estudantes circulam de camiseta, fazendo piquenique no gramado das praças públicas. Os pombos arrulham e perseguem transeuntes em voo rasante.

Um grupo de mendigos de capotes longos, sapatos pesados e bonés enfiados na cabeça caminha pela Rue de Richelieu. Eles avançam em formação, enquanto esvoaçam seus mantos longos, que chegam até os tornozelos.

Até que se detêm diante do prédio antigo. Imóveis durante longo tempo, eles observam as imediações.

— Se a sua premonição estava certa, a mulher deve chegar por ali — diz Orlando.

— De qualquer maneira, só tem uma entrada — acrescenta Esmeralda.

— Não gosto de bibliotecas, estão sempre cheias de provérbios — declara Orlando.

Os outros ignoram.

Uma Mercedes preta, cintilante, estaciona em frente à entrada. Desce uma mulher algo roliça, de vestido negro, óculos escuros, echarpe negra, luvas negras. Cingindo contra o corpo um saco, ela entra na biblioteca, com passo decidido.

— É ela — anuncia Cassandra.

— Merda, essa placa verde e laranja. É um veículo diplomático, provavelmente de uma embaixada — assinala Orlando.

— Que significa isso? — pergunta Cassandra.

— Significa que, mesmo que quisesse, a polícia não poderia detê-los — responde Kim Ye Bin. — Quem tem carros assim pode fazer o que quer. Pode circular na contramão e atropelar pessoas. Fica protegido pela imunidade diplomática. Na pior das hipóteses, será convidado a voltar para o seu país.

— Não gosto de embaixadas — diz Fetnat Wade.

Eles observam o automóvel. Está estacionado, mas o motorista não desligou o motor.

Quer dizer então que somos os únicos capazes de agir.

Eles se dirigem para a entrada. São interceptados por um vigia.

— Lamento, senhores, impossível entrar com roupas assim.

— Nós vamos consultar livros — explica Cassandra, posicionando-se na frente do grupo.

— Para cima de mim, não! Vocês são mendigos e provavelmente nem sabem ler. Querem mesmo é tirar um sono numas boas banquetas de couro. Mas não vão incomodar as pessoas que estão aqui estudando. Além do mais, por favor, queiram se afastar um pouco, estão com um cheiro muito forte. É... desagradável.

— O quê? — indigna-se o legionário.

— E esse hálito, caramba! Nem é mais um hálito, é uma arma de terror. Que foi que comeram no almoço, meus amigos, um rato morto?

— Não, não estava completamente morto — responde Orlando, em voz baixa.

Cassandra adivinha que ele vai fazer um escândalo. Quer impedi-lo, mas já é tarde. O ex-legionário já tirou do capote a sua enorme balestra e enfiou a ponta da flecha na narina direita do vigia.

— Um, não somos seus amigos. Dois, gostamos de ler. Três, não pretendemos deixar que um pinguim de uniforme nos encha o saco só porque está escrito "segurança" no seu boné.

O homem levanta os braços.

— Peguem o saco com a bomba enquanto eu trato de tranquilizar o setor — diz o legionário, acendendo um charuto e ordenando ao vigia que baixe os braços, para não chamar a atenção.

Ele mantém o dedo no gatilho da balestra enquanto Cassandra orienta Fetnat, Esmeralda e Kim pelo labirinto de corredores, baseando-se nas imagens do seu sonho.

— Rápido! — faz Esmeralda, que traz consigo um relógio de corrente. — Já se passou um quarto de hora. Temos apenas dez minutos.

Correndo, eles chegam à rotunda do salão principal da Biblioteca Nacional. É uma cúpula de ferro e vidro parecida com uma catedral. Finas colunas sustentam arcos trabalhados que convergem para um poço central de luz. Sobre as mesas com forro de couro brilham pequenas luminárias de bronze. Algumas prateleiras vazias falam de obras raras que ali estiveram um dia, mas hoje foram recolhidas, para evitar furtos e vandalismo. Acima delas, algumas pinturas representam folhagens verdejantes contra um fundo de céu de verão.

— Era assim a sua visão? — pergunta Esmeralda, impressionada com a imponência do lugar.

Cassandra aquiesce. Eles percorrem as baias em busca da mulher robusta de echarpe negra. Vão encontrá-la no fundo do salão, escondendo-se por trás de um grande livro que parece estar lendo com atenção. Até que, decidida, ela fecha o livro e se vai, deixando o saco debaixo da mesa.

A mocinha sai correndo e o apanha.

Seu relógio indica “Probabilidade de morrer em 5 segundos: 15%.” Ela se dá conta de que Probabilis não dispõe de detectores que lhe permitam avaliar o alcance da ameaça. O sistema apenas levou em conta a aceleração do seu pulso.

É o limite do poder do meu irmão, da ciência e das probabilidades. E é aí que começa o meu trabalho, com meus sonhos e minhas intuições.

Mas nesse momento uma mão se fecha no punho de Cassandra.

— Eu a vi perfeitamente, já ia roubar esse saco — diz um sujeito louro de paletó de tweed.

Que fazer? Explicar a esse cretino que é uma bomba e que eu vou salvar-lhe a vida? Ele nunca acreditaria. É este o problema: a verdade não parece verdadeira. E nós não temos tempo.

Ela prefere agarrar o saco com a mão livre e jogá-lo para Fetnat, que, apanhando-o como se fosse uma bola de rúgbi, corre em direção à saída. Mas o sujeito louro não desiste, e grita:

— Ladrão! Pega ladrão!

Logo começam as reações ao redor. Tem início uma perseguição entre os que querem recuperar o saco por puro espírito cívico e os mendigos, que querem mantê-lo por espírito ainda mais cívico.

Lá fora, Orlando constata que a mulher corpulenta de óculos escuros e luvas negras já saiu e se meteu na Mercedes de placa diplomática, enquanto na biblioteca aumenta a confusão

A perseguição prossegue entre leitores que fazem "psiu!" cada vez mais sonoros.

O louro alto, aproveitando que alguém deu uma rasteira em Fetnat, arranca-lhe o saco das mãos. Ele se vira e recebe um murro bem na cara, aplicado por Esmeralda. Um jato de pimenta moída, lançado por Fetnat, o faz espirrar e coçar os olhos. O saco cai aos seus pés. Mas outras pessoas já acorrem para socorrê-lo. Fetnat Wade sopra uma nuvem de talco.

É grande a agitação. Algumas pessoas berram "Ladrão! Pega ladrão!".

Para responder à altura, o feiticeiro solta uma flatulência particularmente presente.

Ele realmente é o rei do pó, dos vapores e da fumaça.

Todo mundo se levanta, protestando contra os baderneiros. Outros cidadãos zelosos tentam detê-los. Kim abaixa a manivela da iluminação central, aumentando ainda mais a confusão geral. O saco com a bomba está de novo nas mãos de Cassandra, que corre em direção à saída no momento em que soa o alarme de incêndio.

Quando o louro alto está para agarrá-la, Esmeralda lhe dá um tranco, atirando-o contra estantes cheias de revistas. Por trás dele, contudo, uma dezena de voluntários já saíram no encalço desses terríveis mendigos ladrões de saco numa biblioteca.

Cassandra gostaria de dizer-lhes que estão equivocados, mas sabe que não adiantaria nada.

Não se explicar: agir.

Esmeralda aponta para o relógio de pulso, no qual se lê: 11h23.

Faltam só dois minutos.

Quando ela chega à entrada, Orlando vem socorrê-la e faz todo mundo parar, apontando sua balestra. Com isso, fica parecendo ainda mais com Rod Steiger em *Quando Explode a Vingança*. Meio atordoada com a velocidade de tudo aquilo, Cassandra pensa que seria o cúmulo matar essas pessoas para salvá-las de uma bomba. Esmeralda agarra-a pelo braço e as duas galopam para fora da biblioteca, seguidas de perto por Fetnat. Os longos mantos batem em torno de suas coxas como asas de mariposas noturnas.

Neste exato momento uma sirene de polícia é ouvida por trás deles. Eles aceleram. Orlando larga sua enorme balestra para ficar com as mãos livres. Olhando para dentro do saco, ele faz uma careta.

— Não gosto de bombas — declara, dando uma cusparada.

Ele identifica o mecanismo de acionamento e, sem parar de correr, arranca o detonador enfiado na bisnaga de C-4.

Ele atira o saco numa lixeira e guarda o detonador no bolso. Finalmente, os cinco mendigos, sem se voltarem, chegam a uma entrada do metrô e mergulham na escadaria, saltam por cima das catracas e galopam pelos corredores.

Numa das mudanças de estação, eles dão com um grupo de policiais, que saem no seu encalço. Por sorte, a multidão é tão densa que os perseguidores são tragados pela massa dos passageiros, e não ousam atropelá-los.

À frente, Orlando atira-se dentro de um vagão que está para ser fechado. Todos os redencionistas conseguem entrar no último momento.

Ou melhor, quase todos.

A mocinha ficou na plataforma, sendo rapidamente cercada pelas forças da ordem.

139.

Sem querer ser paranoica, devo reconhecer que a sorte realmente não está do meu lado.

140.

Alguns jornalistas obstruem o caminho entre o carro de polícia e a entrada da delegacia. Ao verem passar a filha do ex-ministro da Prospectiva, eles estendem microfones e tiram fotos, atordoando-a com suas perguntas simultâneas:

— Senhorita! Senhorita! É verdade que foi sequestrada por um bando de sem-teto e obrigada a roubar bolsas em bibliotecas?

— Eles abusaram de você?

— Foi submetida a sevícias sexuais?

— É verdade que pegou Aids com eles?

Um terceiro jornalista lança:

— Por que não responde? De qualquer maneira, nós sabemos o que aconteceu e vamos publicar, queira ou não.

— Quem ela acha que é? — acrescenta o vizinho, em voz baixa. — Você viu que olhar arrogante? Não é porque é filha de ministro que ela pode nos esnobar assim...

Quando Cassandra finalmente entra na delegacia, a torrente de perguntas dos jornalistas cessa. Ela é conduzida ao gabinete do inspetor Pierre-Marie Pélissier, que se levanta, cortês.

— Ah, Cassandra! Que bom vê-la! Sente-se. Fique à vontade.

Ela obedece.

— Você talvez nem acredite, mas encontrei minha gata. Liberty Belle, lembra-se? Estava muito magra e maltratada, mas viva. Deve ter passado por não poucas aventuras antes de voltar para casa. Meu filho ficou muito feliz, você nem imagina.

Esse policial é mais inteligente que a média. Será que é capaz de ouvir a verdade? A única maneira de saber é tentar.

— Eu preciso ir, tenho algo importante a fazer — declara ela.

Ele lhe estende um pacotinho de chicletes, mas ela recusa. Ele se serve de um, mete-o na boca e começa a mastigar. As paredes estão cobertas de rostos de crianças desaparecidas, tendo abaixo os respectivos nomes. Às vezes, vê-se também uma segunda foto, confeccionada num computador, deixando superado o retrato original. Há também números de telefone, coordenadas de pessoas a serem contatadas.

— Naturalmente, senhorita Katzenberg, queremos apenas uma coisa: atendê-la. Entretanto, só por curiosidade, que é que lhe parece tão importante fazer, além de repousar um pouco e se recobrar de tantas emoções?

Ela hesita.

— Preciso impedir que aconteçam certas catástrofes.

— Poderia ser mais explícita?

— Tem a ver com um dom especial que eu tenho.

— Um dom?

Ela procura as palavras:

— Eu... vejo... o futuro... de maneira... furtiva e parcial.

Ele sorri, compreensivo.

— Ah, entendo, é hereditário. O papai é ministro da Prospectiva, o filhote é probabilista e a filha é... vidente.

O policial remexe numa gaveta e apanha biscoitos de limão.

— Prefere estes?

Não, sinto muito, desde que eu conheci Charlotte só gosto de bolos e biscoitos artesanais. Até que eu comeria um belo bolo agora. Com creme. Talvez Charlotte tenha razão: comer bolos de qualidade é a atividade que mais dá prazer ao nosso corpo. Os homens são decepcionantes, só os bolos proporcionam prazer imediato sem decepção.

Ele se pergunta em que ela está pensando.

— Preciso sair daqui, imediatamente. É uma questão de vida ou morte.

Ela observa a placa onde se lê, em letras retas, sem enfeites: INSPETOR PIERRE-MARIE PÉLISSIER.

Os prenomes duplos têm um significado especial. Os pais queriam cada qual puxar o filho numa direção diferente. Ele é Pierre, ela é Marie. No fim das contas, ele não é Pierre nem Marie. É um híbrido entre a vontade de dureza de Pierre e a de santidade de Marie. O ideal seria que ele escolhesse, tomando uma decisão. Pessoalmente, acho-o mais Marie que Pierre.

— "De vida ou morte"? Assim mesmo?

Ela o encara sem responder. Ele sacode a cabeça.

— Naturalmente. Eu a entendo muito bem, mas será que os outros também a entenderão? E sobretudo eu tenho de prestar contas aos meus chefes. Muitos chefes. Que é que vou dizer-lhes? "A filha do ministro fugiu da escola, eu consegui apanhá-la, mas ela me explicou que tem um dom especial e precisa impedir catástrofes, e no fim eu resolvi permitir que ela continuasse vagando pelas ruas da cidade"?

Ele olha a foto de seu gato emoldurada sobre a mesa, ao lado da foto de sua mulher com o filho.

— Eu sou moderno, mas eles, os caras que estão acima de mim, são da velha guarda.

Pierre-Marie Pélissier sacode a cabeça.

— O senhor não acredita quando eu digo que vejo o futuro? — pergunta ela, em tom distante.

— Sim, claro que acredito. O problema é que ninguém tem vontade de conhecer o futuro. E todo mundo tem vontade de ver as mocinhas de 17 anos, ainda menores de idade, portanto, protegidas dos mendigos que as obrigam a roubar bolsas nas bibliotecas.

Ela se mantém imperturbável.

— Eu sou capaz de evitar atentados terroristas. Sei quando e onde eles vão ocorrer.

— Impedir os terroristas? Mas que disparate! Quem pode desejar semelhante coisa?

Ele joga na boca um segundo chiclete.

— Acontece que eu conheço muito bem essa questão. Antes, eu estava na brigada antiterrorista de Paris. Como vê, agora estou cuidando de crianças desaparecidas. Por que, na sua opinião? Porque prender terroristas não serve rigorosamente para nada. Todos que eu botei no xilindró foram libertados em questão de dias, e mesmo de horas. Não acredita? Muito bem, vou lhe dar uma aula de geopolítica básica. Para começo de conversa, se pusermos terroristas na prisão, outros, em outros lugares, vão sequestrar jornalistas e voluntários de organizações humanitárias para trocá-los pelos companheiros. O que não é nada bom. Depois, muitas vezes os terroristas são indivíduos que trabalham oficiosamente para países que supostamente são nossos aliados.

Cassandra franze as sobrancelhas.

— Ainda não entendeu? Na prática, aqueles que querem desestabilizar nossas democracias muitas vezes são nossos principais fornecedores de petróleo. É possível suportar um pouco de terrorismo, mas não dispensar o combustível. Além do mais, são também nossos ricos clientes, e às vezes as armas que eles usam contra nós foram compradas... de nós. Isso mesmo, aí está uma verdade que ninguém quer ouvir: para matar nossos civis, os terroristas usam explosivos fabricados... na França. Comércio é comércio.

Ele brinca com um cortador de papel e o deposita ao lado da embalagem de chicletes.

— Vamos até vender-lhes centrais nucleares para que eles joguem bombas atômicas na nossa cara. Como é mesmo a expressão? Ah, sim, "vender a corda para ser enforcado". É a lei do mercado. Pois se alguém quiser impedir os industriais de armar os terroristas, eles vão retrucar: "De qualquer maneira, se nós não vendermos o que eles querem, nossos concorrentes venderão. Então, vamos pelo menos ganhar dinheiro."

Não é possível. Ainda não chegamos a isso.

O policial prossegue, tranquilamente:

— O terrorismo não passa de um epifenômeno extremamente localizado, que incomoda apenas um número reduzido de indivíduos. Nosso sistema se adapta muito bem a ele. O problema são as vítimas que sobrevivem. Ficam o tempo todo se queixando. Exigindo indenização. Tentando incutir sentimento de culpa no Estado. Dando a entender que houve incompetência no sistema de segurança. Ninguém gosta de quem se queixa.

Meus pais, justamente, foram vítimas de um atentado. Meu pai era ministro. Minha mãe era uma cientista de prestígio. Eles nunca se queixaram. Não tiveram tempo.

O olhar do policial escapole.

— Tenho vontade de dizer às vítimas: "Lamento, sem chance, vocês não podiam estar lá, no lugar errado, no momento errado." Mas sejamos francos, morre mais gente nos acidentes de automóvel que nos atentados terroristas. De modo que é como se as vítimas tivessem tirado o número errado na Loto e ponto. Questão de probabilidade, como diria o seu irmão.

Ante a expressão da jovem, o policial se conscientiza da dureza da realidade com que a defronta.

— Sinto muito, o número de mortos nesses atentados ainda não é suficiente para que o grande público realmente fique preocupado.

Ele se levanta e contempla ao longe pela janela.

— Os jornais fazem um certo barulho na hora, pois o emocional vende. Depois, todo mundo esquece. É incrível como os atentados são cada vez mais rapidamente esquecidos. Pois o fato é que todo mundo quer esquecer. Até mesmo o do World Trade Center, em 2001, ninguém fala mais. É como um terremoto. Passa. Faz parte dos riscos naturais. Ou das pisadas no formigueiro. Os insetos se agitam, e depois afastam os mortos e reconstroem. Às vezes até de uma forma melhor.

Cassandra se comprime na cadeira.

— No ano passado, o gerente do meu banco sugeriu que eu investisse na bolsa. Eu respondi que, como ainda haveria atentados devastadores, os mercados podiam cair. De modo que eu preferia não investir. E eu sabia perfeitamente dos riscos de que estava falando, pois trabalhava na luta contra o terrorismo. Foi então que o gerente me disse a coisa mais incrível: o risco de atentados já está integrado no preço de compra das ações. Existem seguros específicos para isso. Aconteça ou não, os mercados e a bolsa não se abalarão.

Ela finge que absorve a informação, mas é realmente um absurdo, desestabilizante demais.

— Seria necessária uma terrível hecatombe para modificar nosso comportamento em política externa. Talvez um atentado com uma bomba atômica numa grande capital, e ainda assim não creio que houvesse efetiva reação. Foi o que se viu em Madri, foi o que se viu em Londres. As manifestações se sucedem durante três dias, os meios de comunicação soltam suas manchetes escandalosas, e depois passa. As pessoas gostam muito de conforto e tranquilidade para se preocuparem realmente.

O inspetor prossegue, não menos tranquilamente:

— Na verdade, a pergunta a ser feita é: o que é que incomoda mais? Atentados (que afetam algumas dezenas, ou no máximo algumas centenas de pessoas, e é muito pequeno o risco de que alguém seja envolvido) ou o aumento dos preços da gasolina (que afeta todo mundo)? A sua segurança ou o prazer de fazer vrum-vrum com o seu 4 x 4?

Pierre-Marie Pélissier volta a se sentar e se inclina para a frente.

— Além do mais, sejamos francos: o dinheiro investido na luta contra o terrorismo jamais chegará a um milésimo do dinheiro investido pelos dirigentes dos países produtores de petróleo para sustentar esse terrorismo. Uma questão de equilíbrio.

Ele dá de ombros.

— Quando eu era jovem, achava que o terrorismo eram os países pobres se rebelando justificadamente contra os países ricos. Agora sei que é o contrário. São os países produtores de petróleo ultrarricos, dirigidos por nababos que circulam de Ferrari, cheiram coca e comem putas o dia inteiro, que comem caviar de colher e têm celulares de ouro maciço sem nunca terem trabalhado ou produzido nada de construtivo... Sim, são eles que sustentam uma guerra contra o mundo livre, simplesmente para se divertir, pois estão morrendo de tédio em seu luxo, ou porque seu prazer vem da nossa destruição. Ou por fanatismo religioso. Por isso é que não adianta nada lutar contra o terrorismo. Pode-se até irritá-los, e eles causarão estragos ainda maiores.

Ele dá de ombros, fatalista.

— Pelo menos quando matam, no breve lapso de tempo que se segue, eles ficam tranquilos, como se o sangue os acalmasse. Quanto maior o número de mortes, mais eles relaxam. E não sei se você notou, mas de uns anos para cá é cada vez maior o número de pessoas que acham os terroristas simpáticos. Inventam desculpas para eles, entendem que seu combate é justo, se compadecem da sua suposta revolta. Como você sabe, no Irã, milhares de garotos são condicionados para se transformarem em mártires, com a promessa de irem para o paraíso. Que foi que você estudou na universidade? Um curso de mártir, com especialização em bomba-relógio? Engraçado, não?

Almas infantis definitivamente destruídas pela política de velhos marmanjos corroídos pelo ódio e a frustração.

O inspetor Pierre-Marie Pélissier olha bem nos olhos da mocinha e lança mão de um envelope com fotos tiradas pelo sistema de vídeo da Biblioteca Nacional.

— Em compensação, são os seus amigos mendigos que representam um verdadeiro problema para nós. Eles nunca serão aceitos, nem mesmo nas piores ditaduras. Eles é que são verdadeiramente nocivos, devendo ser descartados. E ninguém jamais será capaz de apoiá-los ou desculpá-los.

Cassandra abre a boca e pronuncia cuidadosamente:

— O senhor sabe o que é? Um avestruz. Enfia a cabeça na areia para não ver as hienas que vão matá-lo, o que não as impedirá de atacá-lo.

— Talvez. Mas se eu sou um avestruz, faço parte de uma maioria de avestruzes, o que não pode ser ignorado.

"*Não é porque muitos estão errados que se pode considerar que têm razão.*" *Acho que li essa frase numa camiseta de Kim.*

— Estou chegando à conclusão de que a única coisa que poderia retardar a expansão do terrorismo são as energias alternativas: solar, de metano, do vento. Mas elas ainda não estão suficientemente desenvolvidas, e enquanto a coisa não mudar, enquanto precisarmos de petróleo para os nossos carros, teremos de aguentar esse pequeno "inconveniente" da parte dos países fornecedores e cerrar os dentes.

O policial inclina-se para Cassandra.

— E você quer saber o que eu penso de você?

Ela não levanta os olhos.

— Você é uma menina, apenas uma menininha, que ficou sabendo hoje de uma verdade que não é apresentada em nenhum artigo de jornal.

Essa menininha agora precisa se esforçar por aceitá-la, em vez de tentar lutar contra ela. Você não tem a menor possibilidade de mudar o mundo, Cassandra. A grande Cassandra (cujas aventuras você está lendo, creio eu) não conseguiu mudar a mentalidade da sua época. Pois então aceite o mundo como ele é. E se isso não for suficiente, tem outra coisa.

Ele abre uma outra gaveta e apanha uma caixinha.

Cassandra olha para ele sem entender.

— São calmantes. A França é o maior consumidor mundial de calmantes, euforizantes, soníferos e antidepressivos. Tudo isso ajuda a se tornar, como é mesmo que você dizia?... Ah, sim. Um avestruz. São pílulas para não ser incomodado pela realidade.

Ele fica um momento de mão estendida, com a caixinha de pílulas na ponta dos dedos. Cassandra lê na embalagem: "Prozac." Ela faz menção de apanhá-las, mas de repente agarra a mão dele e a morde violentamente.

Ele dá um grito de espanto e recua. Cassandra já está correndo pelos corredores da delegacia como uma Fúria.

Uma secretária que tentava se aproximar dela leva um pontapé na barriga, um vigia que se planta diante dela nem tem tempo de proteger o rosto, arranhado a ponto de sangrar. Finalmente, um policial a enfrenta, armado de revólver.

Uma câmera de vídeo está voltada para ela.

Instintivamente, ela olha para o relógio. "Probabilidade de morrer em 5 segundos: 54%."

Atrás de si, ela ouve:

— Cuidado, é uma louca paranoica, ela é perigosa.

Ela levanta as mãos. Uma seringa é novamente enfiada no seu ombro. Um último pensamento lhe passa pela cabeça antes de escurecer tudo:

Tenho a impressão de já ter vivido esse momento muitas vezes na vida. E em outras vidas.

141.

Ela tem um sonho no qual volta a ver sua homônima de túnica branca, tendo nas mãos *As Aventuras de Cassandra Katzenberg*. O céu está negro, poluído, o sol mal consegue atravessar a fumaça esparsa.

— Não, não quero mais vê-la! — solta a moça em seu sonho. — Deixe-me! Você não me tinha dito, mas não podemos fazer nada. Nada. O sistema todo está podre. Não há a menor chance de salvar as futuras gerações. NÓS é que vendemos explosivos aos terroristas e os apoiamos, para importar petróleo.

— Acalme-se, Cassandra.

— Esse policial tem razão, ninguém vai abrir mão do carro. O dinheiro investido para salvar vidas nunca será tanto quanto o que é investido para matar inocentes. Toda uma geração de fanáticos está chegando para destruir tranquilamente a civilização e limitar as liberdades. São bárbaros, como no passado. Além do mais, para lhes facilitar as coisas, os valores foram invertidos, e eles passaram a ser apresentados como simpáticos adversários do capitalismo! Os intelectuais das mais variadas tendências encontram desculpas para eles. Seus crimes de morte não só não são punidos, como são legitimados por uma lógica perversa na qual todo mundo acredita. Nada mais poderá detê-los. É como uma faca enfiada num saco de trigo. Eles são pontudos e duros, e nós somos moles e frágeis. Eles têm um discurso primário, e nós respondemos com argumentos complicados e confusos. Eles não podem deixar de ganhar. Já ganharam.

— Cale-se, Cassandra.

— Não, a humanidade inteira enlouqueceu, fascinada pela própria autodestruição. Ela fabrica o veneno destinado a destruí-la e admira a própria agonia, chegando a apresentá-la como espetáculo de som e luz todas as noites, no noticiário.

— Pare, seu comportamento é pueril. Siga-me — ordena a grã-sacerdotisa.

— Você vai me levar para a sala do tribunal, para que eu preste contas da minha incompetência junto às futuras gerações?

— Não.

— Você vai me conduzir pela Árvore do Tempo para que eu assista a um atentado no qual todo mundo vai se ferrar e sobre o qual, de qualquer forma, eu não vou poder agir?

— Não. Siga-me. Quero mostrar-lhe algo.

O céu escuro e poluído torna-se aos poucos luminoso. As duas sobem em direção ao templo de Apolo no alto da colina central da cidade de Troia.

Um casal está à sua espera. Cassandra reconhece seus pais. Desta vez, têm rostos de verdade, parecidos com os da foto que ela viu no quarto deles.

A moça se joga nos seus braços e os abraça fortemente.

— Mamãe! Papai!

— Cassandra. Minha Cassandra querida.

— Espere, eles não estão sozinhos... — diz a mulher de túnica.

Então, acompanhada dos pais, a nova Cassandra entra num grande compartimento circular muito parecido com o salão da Biblioteca Nacional, com sua cúpula, suas estantes, seu poço de luz central.

Lá, encontra centenas de casais vestidos com roupas de todas as épocas.

— Quem são?

— Todos aqueles que fizeram amor até chegar ao seu nascimento. Aqui, os seus pais, ali, seus avós, seus bisavós, seu trisavós...

A moça acompanha com o olhar os casais que caminham lado a lado, muitas vezes dando-se as mãos. Percorrendo as fileiras, ela remonta no tempo. Finalmente, vê-se diante de uma multidão de casais pré-históricos. Por trás deles, casais de primatas, depois, como se fossem lagartos, e peixes dentro de frascos.

— São os seus ancestrais. Todos eles. Foram seus genes que lhe deram forma, a história deles é que corre nas suas veias. Você viu as gerações futuras, agora está na hora de ver as gerações passadas. As suas gerações passadas.

Maravilhada, Cassandra coloca-se no meio da sala circular.

— Eles podem me ajudar? — pergunta, com voz de espanto.

— É o que fazem constantemente. Eles estão em você. Quando você corre, quando briga, quando sonha, quando pensa, está se beneficiando de todas as experiências de suas vidas, soterradas no fundo da memória das suas células. Você é o resultado do amor e da experiência de vida de todas essas pessoas. Mas isso não é tudo — anuncia a sacerdotisa.

Ela bate palmas. Surge então um outro grupo de centenas de indivíduos.

— Um ser humano, no início, são 25% de hereditariedade, 25% de carma e 50% de livre-arbítrio. Os primeiros eram sua hereditariedade. Agora aqui estão os do seu carma. De certa maneira, a sua segunda família.

A expressão parece deixá-la encantada.

A jovem Cassandra observa a multidão calada que parece esperar tranquilamente.

— Todas essas pessoas estão em você. Todas a ajudaram desde o seu nascimento, e nunca a deixarão na mão.

Cassandra respira profundamente.

— Que importância podem ter as suas minúsculas provações atuais diante desses magníficos aliados? De que poderia você ter medo agora? Você pode enfrentar sem medo o futuro, pois o seu passado a impulsiona para a frente.

Então, no seu sonho, ela entende.

Entende que é ainda mais poderosa e consciente do que julgava até agora. Entende que se limitou a utilizar uma ínfima parte do seu potencial de ação sobre o mundo.

Ela entende que pode ter êxito.

ERA UMA VEZ

142.

É possível ver o futuro?

143.

Talvez não seja essa, afinal, a melhor pergunta.

144.

As pálpebras de Cassandra se abrem. Ela está deitada numa cama, num compartimento branco sem janela. Sobre uma mesa igualmente branca, um caderno e uma caneta. Acima, uma grande tela de televisão, uma cadeira branca. No teto, uma lâmpada de néon derrama na peça uma luz pálida.

Um homem está sentado na cadeira. Ele diz:

— "Que acontecerá?", "Quem é você?" E agora, a terceira pergunta: "Como usar da melhor forma o seu talento especial?"

Oh, não, ele de novo não.

Philippe Papadakis parece encantado de voltar a ver sua protegida.

— Afinal, nossa relação segue a lógica de qualquer encontro entre estranhos. No início, propõe-se uma aliança. Mas você me mordeu. Depois, os dois tentam se destruir reciprocamente. Mas você fugiu. Então, resta a terceira via: não podendo se aliar nem se destruir mutuamente, eles tentam se valer da melhor maneira possível um do outro, pelo interesse recíproco.

Philippe Papadakis cruza e descruza as mãos de longos dedos sujos de tinta.

Qual a utilidade desse ser humano na minha vida? Para vir assim me perseguir periodicamente é porque ele deve servir à minha evolução pessoal. Mas como? Parece que ele espera algo de mim. Mas e eu, que devo esperar dele?

— Ele se inclina.

— Você é uma menina autista superdotada, Cassandra. O que a torna hipersensível, paranoica, psicótica, como seu irmão. Você é como esses cavalos puro-sangue que precisam ser treinados e ainda são selvagens. Demais, talvez.

Quando se expressa assim, ele se transforma no Donald Sutherland do Casanova *de Fellini.*

— Mas isso me agrada — continua Papadakis. — Não gosto dos cavalos de tração, nem dos cavalos de circo, sem personalidade, que são criados apenas por sua docilidade. Gosto de animais livres e independentes.

Ele se aproxima e acaricia seus cabelos como se fossem a crina de um equino. Ela tem vontade de se levantar para avançar nele, mas ele apontou na direção do seu peito um objeto que ela rapidamente identifica: um porrete elétrico.

— A inteligência consiste em não cometer duas vezes o mesmo erro — lembra ele. — Reconheço que tinha subestimado sua força. Desta vez, não vai ser fácil me morder.

Ela abre mão da luta e se encolhe na cama.

— Espero muito de você, Cassandra. Muito mesmo. Às pessoas fora do comum podemos pedir coisas fora do comum. E você é fora do comum. Realmente. Talvez eu seja o único a saber, mas, acredite-me, estou perfeitamente consciente disso.

— Como foi que meus pais deliberadamente me tornaram autista? Que era essa Experiência 24?

— Ah, finalmente você falou! Começava a me perguntar se não tinha ficado muda.

Seu sorriso novamente se congela, transformando-se em seguida num ricto.

— Muito bem, pois então será na base do toma-lá-dá-cá. Eu lhe dou o que você me pede e depois você me dá o que eu quiser.

Ela está usando uma camisola branca. O relógio, ainda no punho, indica: "Probabilidade de morrer em 5 segundos: 29%."

Um percentual bem cretino, acima da média dos 13%, mas abaixo do limiar de perigo dos 50%. Probabilis entendeu que alguma coisa não vai bem.

— A Experiência 24? Seus pais... seus pais... Digamos, sua mãe, sobretudo. Como é que eu posso explicar? Pena que você não tenha lido *Um Silêncio Ensurdecedor*. Se tivesse, teria entendido.

Ele tira o livro do bolso.

— Na verdade, eu também tinha previsto o futuro. E então resolvi trazê-lo.

Ele lê em voz alta um trecho que ela já conhece:

— "E o anjo põe o dedo no lábio do feto pouco antes de ele nascer e murmura: 'Esquece todas as tuas vidas anteriores, para que tua lembrança não te perturbe nesta vida.' É o que provoca o sulco acima dos lábios do recém-nascido."

Em seguida, lê um outro trecho, que ela também conhece:

— "O LUTO DO BEBÊ. Até os nove meses, o recém-nascido não diferencia o interior do exterior. Ele se funde no mundo. Ele é o mundo. Quando se vê num espelho, não entende que o reflexo é ele mesmo, pois ele não se limita a ele próprio envolto num simples corpo, ele é tudo."

Ele pula algumas páginas e escolhe um terceiro parágrafo.

— Ouça bem, Cassandra, pois a chave está aqui. É um trecho da Bíblia: "E Deus disse a Adão: farei que venham a você os animais, e você os..."

Ele se detém.

— Não, fácil demais. Assim, não. Eu disse que é toma-lá-dá-cá. Revelarei a resposta à sua pergunta, e você, Cassandra, que me dará em troca?

Ele começou de novo com as intimidades.

Com o braço, ele faz um gesto na direção de todo o compartimento.

— Se a fechei aqui, pois você é minha prisioneira, abelhinha, e se estou segurando este porrete elétrico, é porque tenho alguma coisa a lhe pedir. Como não posso ter certeza de que você vai aceitar, estou botando a resposta à pergunta sobre a sua infância na balança das negociações.

Ela fecha a cara. Ele continua:

— Primeiro, preciso mostrar-lhe uma pequena experiência educativa.

Ele levanta um lençol, revelando uma jaula. Um camundongo branco está sobre o soalho engradado, tendo ao lado todo um mecanismo elétrico.

Philippe Papadakis aciona o sistema.

— Depois das abelhas, os camundongos. Gosto da pedagogia através do exemplo animal. Aqui está mais um sistema de condicionamento do cérebro. Pessoalmente, eu bem que o usaria com os alunos, mas foram estabelecidos limites para o uso de certos "métodos educativos de vanguarda".

Ele liga o interruptor. Diante do camundongo, aparece numa tela de cristal líquido a soma 2 + 2 =, seguida de um ponto de interrogação.

Um teclado com nove algarismos encontra-se à frente do camundongo. Ele pressiona a tecla 7 e imediatamente recebe uma descarga elétrica que o faz soltar um guincho, eriçando seu pelo. Ao mesmo tempo, acende-se uma luz vermelha.

— Errado. Tente de novo, ratinho.

O camundongo pressiona o 5 e recebe nova descarga, de intensidade superior. Pressiona o 1 e sofre uma terceira descarga, até que opta pelo 4. Uma luz verde se acende e ele recebe alimento, devorando-o com avidez.

— Aí está, resumido numa só experiência, todo o processo educativo do indivíduo. Sei que você gosta de etimologia. Em francês, a palavra aluno, "*élève*", significa que se eleva; logo, que sobe. Que é elevado. Vou elevar esse camundongo para que ele saiba somar. E ele o fará. Vai saber que, quando o símbolo 2 aparece ao lado do símbolo 2, é preciso pressionar o símbolo 4. É apenas uma questão de tempo. Dentro de um ano, ou dois anos, dentro de cinco anos, ele saberá contar com todos os números. De qualquer maneira, não tem escolha, precisa aprender e se alimentar, ou não aprender e sofrer.

Ele observa o camundongo, e então volta lentamente a cabeça para ela.

— Você não foi uma boa abelha... Acaso será um bom camundongo, minha cara Cassandra?

— Eu sei contar — responde ela —, mas não gosto de ração.

— Ela não só fala como tem senso de humor. Que maravilha! Pois bem, não é exatamente uma soma que eu espero de você. Mas de qualquer maneira se trata de números.

Ele voltou a assumir um tom solene. Posso esperar pelo pior.

— Desde a primeira noite, cheguei à conclusão de que o seu talento poderia ter efeitos positivos além de acordar um dormitório inteiro de internato. Você não precisa ser condicionada para ver futuros atentados, mas os números dos cavalos que vão ganhar as corridas no hipódromo.

Philippe Papadakis aponta para a tela.

— Foi por isso que eu preparei este lugar e este mecanismo. É uma espécie de jaula gigante, mas com você não serei tão mau assim. Nada de descarga elétrica em caso de respostas erradas. Nem de punição. Apenas uma recompensa no caso das respostas certas.

Ele acende a tela com o controle remoto e ela vê que o televisor está colocado por trás de um vidro espesso, para que ela não possa alcançá-lo nem mudar de programa.

O único canal sintonizado mostra corridas de cavalos.

— Eu sei, você não entende nada de hipismo. Mas assistindo a essa estação pelo menos oito horas por dia, acho que vai se tornar uma especialista em menos de uma semana. De qualquer maneira, não terá mais nada a fazer. São as paredes brancas ou os cavalos. Tenho certeza de que vai se apaixonar pelo assunto. Quanto à recompensa... não, não será ração. Tenho a melhor das motivações para você. Livros. O melhor para pensar em algo diferente de cavalos. Mais precisamente, livros cheios de ideias, cenários e personagens incríveis. O tipo de ficção científica que você lia tempos atrás, quando era jovem. Um alimento para a alma. Mas antes... Terá de prever o resultado da corrida. Para cada cavalo cuja vitória for prevista, ou para cada combinação rentável, você terá uma dezena de páginas de leitura. Quando souber, terá apenas de fazer um sinal para a câmera lá em cima.

Cassandra sente novamente vontade de pular em cima dele, mas ele já recuou e empunha o porrete elétrico. Apanha a jaula do camundongo e sai, aos trancos. Antes de fechar a porta, avisa:

— Não adianta gritar, você está num subsolo acusticamente isolado. Vai ter algo com que muitos seres humanos sonham: tempo para refletir, sem ser distraída por nada da... sua futura paixão.

145.

Como esse homem deve ser infeliz por só se interessar por dinheiro, cavalos e... eu.

146.

Homenzinhos em plena agitação, com as pernas arqueadas metidas em botas altas. Eles vestem camisas acetinadas fluorescentes, como as das mulheres que vão à boate. Camisas de bolinhas, de xadrez colorido, de listras. Na cabeça, seus bonés redondos de viseira parecem destoar. Perto deles, cavalos emitem nervosamente pequenas nuvens de vapor pelas narinas úmidas.

O volume da televisão está quase no máximo. Um comentarista exaltado explica coisas que Cassandra não entende, com palavras cujo sentido ela não capta. Ele fala de casacas, de terreno cediço, de apostas de vários contra um, de box, de treinadores.

Como é possível perder tempo com isso? Animais programados para correr dando voltas, com pessoas berrando ao redor? Os animais devem ser livres, foram feitos para isso, para amar, para criar os filhotes, para brincar no campo, e não para entrar em corridas e divertir uma outra espécie.

Vamos inverter o ponto de vista. Que aconteceria se Philippe Papadakis fosse convidado a bancar o cavalo de corrida para uma outra espécie?

Veja só! Posso perfeitamente imaginar cavalos de sobrecasaca e cartola indo ver uma corrida de seres humanos com braçadeiras numeradas. Os seres humanos raspariam os pés em suas baias, com o olhar agitado e as narinas emitindo vapor. Os cavalos debateriam:

— Em qual ser humano você aposta?

— Ora, Papadakis na cabeça — responderia o outro. — Ele parece em plena forma, e o treinador garantiu que já está com o tornozelo curado.

— Além do mais, foi gerado em cruzamento da fêmea Maria com o famoso garanhão Georges Papadakis.

— E se ele ficar para trás, como da última vez? Ele foi ultrapassado na reta final por uma égua de 17 anos.

— Tanto pior, terá então o futuro de todos os seres humanos que perdem nas corridas: uma bala na cabeça, direto para o açougue.

— Pessoalmente, não gosto desse tipo de carne, nem minha filha, por sinal. Quando eu falo de comer carne humana, ela tem vontade de vomitar.

— Mas parece que a carne humana é uma carne sem gordura e muito rica em ferro, excelente para jovens que praticam esportes.

Cassandra sorri, satisfeita por usar sua consciência ampliada para se projetar e experimentar pontos de vista exóticos.

Philippe...

"Que gosta de cavalos."

E que, por sua vez, poderia ser amado por eles.

Só falta definir o conceito de amor.

Como se chamaria, então, o turfista equino?

Filantropo.

De "filo", "que ama", e "anthropos", "seres humanos".

Cassandra olha para a tela de televisão, vendo os cavalos perfilados por trás da linha de partida, prontos para disparar. Ao se ouvir o tiro, todos saem correndo. Os cavalos são chicoteados para ir mais depressa. Os jóqueis, recurvados sobre a montaria, as pontas das botas nos estribos, dão trancos nas rédeas.

Ela pensa que, se for forçada a ver semelhante espetáculo da manhã à noite durante uma semana, com toda certeza vai ficar louca.

Ela leu num livro de Stefan Zweig, *Histórias de Xadrez*, que um personagem, fechado num quarto sem qualquer fonte de informação para alimentar o cérebro, acabara a salvo da demência por se interessar por esse jogo, que até então nem conhecia.

Me interessar por cavalos? Não. Preciso botar meu cérebro para trabalhar em outra coisa mais rica em estímulos. Em vez de pensar em corridas, preciso me interessar por algo que alimente constantemente meu espírito e minha mente.

Meu passado.

Preciso me lembrar do meu passado.

Cassandra tampa os ouvidos com pedaços de pano rasgado. Vira-se de costas para a tela. Fecha os olhos

Praticar o contrário da abertura dos cinco sentidos: "o fechamento dos cinco sentidos."

Ela impede a entrada do som nas orelhas visualizando-se com o dedo num interruptor em seu canal auditivo.

Interrompe da mesma maneira o afluxo de imagens, cortando a eletricidade do seu nervo óptico.

Interrompe o cheiro, o gosto, o tato.

Finalmente ela se encontra consigo mesma.

Entende então que, até agora, se encontrara com a Cassandra dos seus sonhos, com os terroristas, com o tribunal das gerações seguintes, com seus medos, com seus desejos, mas não consigo mesma.

É isto que verdadeiramente faz a força de um indivíduo: identificar um mundo interior graças ao qual pode se comunicar consigo mesmo a qualquer momento, sem limites. Por não se ter ensinado aos jovens como cultivar seu mundo interior é que eles não suportam o silêncio, a inatividade. Quando estão sozinhos nada têm a dizer a si mesmos. Mas eu sei falar comigo mesma.

No meu último sonho, eu vi meus antepassados. Todos eles. Eles precisam me ajudar. Agora.

Então, motivada pela preocupação de não enlouquecer, ela convoca os rostos da assembleia dos seus antepassados. Seus pais. Seus avós. Seus bisavós. Ela vai voltando no tempo, em direção a suas origens.

Mergulho profundo. Ela tem tempo. Pode ir bem longe. Volta a ver os homens pré-históricos, os primatas, os lagartos, os peixes, as algas e os unicelulares.

Eu também vim das bactérias. Elas foram, inclusive, a espécie viva que predominou por mais tempo na Terra. São, portanto, meus antepassados mais numerosos.

Cassandra continua a voltar no tempo. Antes de ser bactéria, ela era uma mistura química na sopa primordial. Foi vapor, poça, molécula, carbono.

Antes ainda, foi nuvem de hidrogênio.

E antes, foi luz.

Ela foi Big-Bang. E foi energia pura.

Tendo retornado à origem de tudo, ela volta a ser tudo, e já agora não tem limites.

Como as crianças antes da idade de nove meses. Simples entidades vivas não limitadas.

E então, depois de ter percorrido de volta seu caminho hereditário, ela se sente tentada a percorrer em sentido inverso o seu caminho cármico, durante o retorno.

Minha segunda família.

Big-Bang, estrela, bactéria, peixe, lagarto.

De repente, volta-lhe à memória uma de suas vidas como mamífero: ela foi raposa! Por isso é que tinha uma relação privilegiada com Yin Yang e tanto sofreu com sua crucificação.

Ela se lembra da sensação de correr com a coluna vertebral extremamente flexível, ondulando como um cipó. Lembra-se das corridas pelos prados, com o focinho castigado pela relva úmida de orvalho.

Lembra-se da hibernação em família na toca, com as caudas peludas dos filhotes entrelaçadas às dos pais.

Como é que um ser humano poderia saber o que é a hibernação de uma raposa?

Por pura empatia, ao se ligar à alma da raposa?

Não, isso não explica tudo.

Ela volta a ver sua vida de raposa, entocada durante todo o inverno. Vê quando, na primavera, no fim da hibernação, saía peidando do ninho. A família inteira peida, pois se formou na saída do intestino uma bucha seca que permitiu isolar seu corpo, para que não perdesse muito calor.

Mas, de repente, os gases fermentados nas vísceras precisam ser expelidos.

A partir de agora, se os redencionistas me pedirem, eu saberei peidar, pois o que hoje pode parecer falta de educação era antes uma questão de sobrevivência na vida animal.

Como é que ela pode saber que depois da hibernação as raposas peidam? Onde está inscrita essa lembrança absurda? Essa ideia a faz sorrir. Ela se lembra da fome que tinha depois da hibernação. Três meses sem comer. Lembra-se também da angústia de não encontrar caça e de não ser capaz de alimentar a fêmea e os filhotes.

Posso até ser uma mendiga hoje, mas nunca tive tanto medo de não comer.

É o que ajuda nessas visitas às vidas anteriores: podemos tirar proveito da experiência e das soluções descobertas pelo nosso carma.

Mesmo se com isso também voltam dores antigas.

Ela se vê perseguindo roedores, enfiando o focinho em ovos de pássaros, revirando a terra para encontrar toupeiras.

Todas as minhas idas a serem exploradas, como filmes...

Ela vai adiante na descoberta dos seus carmas. Depois de ser raposa, ela foi golfinho. Uma vida fluida. Foi gato. Uma vida graciosa. Depois, passou à etapa seguinte. Foi homem das cavernas.

Centenas de vezes.

Ela morre animal e renasce sobre peles de animais. Conforme seja homem ou mulher, passa a vida caçando e lutando ou colhendo bagas e criando filhos.

Ela entende a própria base da sociedade moderna. Na época, as mulheres eram engravidadas por homens que as esqueciam em seguida e se recusavam a reconhecer e criar os filhos. Um problema resolvido pela invenção do casamento.

O que lhe lembra uma frase numa camiseta de Kim Ye Bin:

"Uma mulher fiel é uma mulher que persegue apenas um homem."

Ela sorri. A guerra dos sexos é antiga e lógica.

Cassandra também revive o medo dos predadores que atacam à noite, aproveitando a escuridão. Lobos, ursos, matilhas de hienas. Uma angústia antiga, esquecida, que lhe havia voltado no contêiner com os ratos.

O medo dos dentes que mordem e das garras que dilaceram.

É como se ela fosse uma casa da qual tivesse retirado o piso, encontrando por baixo porões ocultos, profundos. As raízes da sua árvore pessoal do Tempo.

Desde priscas eras da humanidade, nossos livros de história só nos ensinam a história da violência, esquecendo de nos ensinar suas causas profundas. Eu as descubro em mim.

Ela abre os olhos, retoma pé por alguns segundos no real, e volta a fechar as pálpebras e a mergulhar. Suas vidas na Antiguidade vêm à superfície. Ela era vendedora de frutas e legumes num mercado fenício, em Tiro. Era arqueiro num exército parta, povo de cuja existência ela nem sequer tinha conhecimento.

Ela era samurai japonês, inteiramente dedicado ao seu shogun. Matou por ele. Era uma vida tranquila, não havia escolhas a fazer, bastava seguir o caminho do samurai, que é o da submissão à autoridade, sem discussão. Dessa vida, ela herdara total aversão aos chefes, não mais suportando que alguém lhe ditasse seus atos.

Depois, ela acelera na exploração de suas existências anteriores. Salta várias vidas que lhe parecem banais — ela era camponês, sapateiro, criada, simples monge ou soldado. E finalmente chega a sua penúltima vida.

Do pouco que se recorda, pouco antes de renascer como Cassandra, ela foi médico na Rússia, na São Petersburgo da década de 1800. Lançou a ideia de lavar cuidadosamente as mãos antes de operar. Os colegas zombaram dela. Lavar as mãos parecia uma superstição ridícula. Só no fim de sua vida de médico é que a ideia foi reconhecida, mas ela já era um velho doente. Não pudera realmente desfrutar do reconhecimento dos pares.

Graças a sua ideia de higiene antes de toda operação cirúrgica ou parto, a mortalidade infantil diminuíra. E em parte por causa disso é que a humanidade enfrentava agora o problema inverso: a superpopulação. Antigamente, a mortalidade infantil equilibrava as populações.

Tudo isso, portanto, de certa forma é... culpa minha.

Ela participou do aumento do número de nascimentos, mas agora, reproduzir-se sem comedimento nem controle era considerado um dos direitos fundamentais de todo ser humano. Por puro narcisismo, para se ver reproduzido em tamanho menor; por nacionalismo, para gerar futuros soldados que defenderão bandeiras dessa ou daquela cor; por misticismo, para agradar ao sacerdote que disse "crescei e multiplicai-vos", para serem futuros mártires das guerras santas; ou por interesse pecuniário, como acontece na China, onde as pessoas geram filhos para garantir a tranquilidade na velhice. Eles acham que, quanto mais filhos tiverem, menos riscos correrão de morrer na solidão e na miséria.

Eu devia ao mesmo tempo ter-lhes explicado a importância da limitação dos nascimentos. Deixei o trabalho pela metade.

"Ciência sem consciência é apenas a ruína da alma", dizia Rabelais. Aí está um provérbio perfeito que não admite nenhum contrário, por mais que desagrade a Orlando.

Cassandra Katzenberg entende que nasceu com esse dom especial para reparar um erro cometido anteriormente. Ou melhor, um avanço científico que chegou cedo demais.

E que, depois de ter feito o bem, gera o mal.

No momento, ela pensa que precisa visualizar o futuro. Sabe que dispõe de tempo e não tem mais nada a fazer.

Eu sou como os monges tibetanos que fazem retiro numa cabana no alto de uma montanha, para sair da permanente agitação.

Cassandra quer recriar voluntariamente, e não mais suportar passivamente em sonho, todo o leque de possíveis futuros da humanidade, para identificar os bons e os maus caminhos.

147.

Está tudo bem.

É apenas uma pausa.

Eu estava agitada demais. Tudo que me acontece serve para a elevação da minha consciência.

148.

Há dois dias, Cassandra parece estar dormindo. Praticamente não tocou na comida. Philippe Papadakis entra, pega seu punho e o ausculta. Ela mal entreabre um olho.

— Seu pulso está fraco — informa ele.

Pelo alto-falante da televisão, o comentarista informa, a toda velocidade:

— ... ótima Corrida do Arco do Triunfo, tendo como favorito Madrugada Nebulosa, o último puro-sangue do emir do Qatar, animal que custou uma fortuna, praticamente o PNB de um pequeno país da África...

— Não gosto de cavalos — consegue articular ela, com a boca mole.

O diretor entrega-lhe um copo d'água, que ela bebe com dificuldade.

— Existe um limiar depois do qual o que lhe parecia repulsivo se transforma, tornando-se atraente. Quanto mais forte for a repulsa, maior será a atração que se segue.

Vai embora!

— Você precisa comer — diz ele, mostrando o prato, intacto.

Eu me torno puro espírito. Comer me cansa e me torna mais pesada. Guardo a lembrança da minha capacidade de hibernação de raposa, sei colocar todo o meu organismo em modo lento.

O diretor da escola assume um ar preocupado.

— Você seria capaz de se entregar à morte só para não me obedecer? Sabe, o jejum é um prazer masoquista, mas sem açúcar o seu cérebro não pode mais funcionar. Se continuar assim, não poderá nem mais pensar.

Cassandra tenta pular em cima dele, mas está lenta demais, ineficaz. Tenta mordê-lo. Ele recua. Tenta arranhá-lo, ele recua mais.

Ela volta a se deitar. Ele acaricia seus longos cabelos negros ondulados.

— Vejo com prazer que ainda lhe resta um pouco de energia. Pois bem, vou deixar que alcance o ponto de virada. Amanhã, quem sabe, seu cérebro começará a ver os resultados das corridas antes que sejam anunciados. Você verá cada cavalo galopando pela copa da Árvore do Tempo e verá quais chegam na frente. Vai me dizer, então, e tudo estará bem.

Cassandra olha seu relógio e vê "34%".

Um número sem sentido, não é mortal. Nem chega a tranquilizar. Só algo que não está muito bem, mas não é grave. Deve ser por causa do meu pulso, que está mais lento.

Cassandra tenta sorrir.

Aos videntes sempre se pediu, em todas as épocas, que... vissem coisas interessantes. Perguntava-se o resultado das guerras futuras, perguntava-se sobre futuros amores, perguntava-se sobre os sorteios da Loto, perguntava-se sobre diagnósticos médicos, e ele me pergunta...

Ela segura um risinho, engole em seco e consegue dizer:

— ... os resultados das corridas hípicas. É... é simplesmente... ridículo.

Volta a se deitar e, de olhos fechados, declara:

— Se soubesse o que eu fiquei pensando durante esses três dias...

Ela se detém um instante, e depois recomeça:

— ... a única informação que me falta para estar tudo completo é o que os meus pais fizeram com meu cérebro para torná-lo diferente. É a única peça que me falta no quebra-cabeça. Minha vida de 0 a13 anos. Se quiser me dizer, me interessa... caso contrário...

Ela para bem no meio da frase e fica em suspenso, depois fecha a boca. Philippe Papadakis apanha o controle remoto.

— É o que eu temia, o condicionamento não está sendo suficientemente forte.

O diretor da escola aumenta o som da televisão até que se torne ensurdecedor. Ela faz uma careta e tampa os ouvidos.

— Assim deverá ficar mais fácil para você se concentrar nas corridas de cavalos — diz ele, simplesmente. — Há um limiar de dor a ser ultrapassado, e depois virá o tempo da aceitação. Você verá, as corridas de cavalos são realmente apaix...

Ele não conclui a frase. Arregala os olhos, fica imóvel por um momento e depois cai para a frente.

149.

Que vida é essa, na qual todo mundo complica as coisas para mim?

Acontecem coisas à última hora para me salvar, e depois voltar a me mergulhar em novos tormentos.

Estou cansada.

Tenho vontade apenas de descansar e não discutir mais com ninguém.

Que não venham me pedir mais nada.

Que o mundo continue girando sem mim.

Parem o planeta, quero descer.

Tenho vontade apenas de me desligar dos outros. Essas pessoas todas são muito agitadas e muito nervosas para o meu nível de sensibilidade.

Suas preocupações parecem-me pueris. Eles só pensam em diminuir o próprio medo. Não têm nenhuma ambição digna.

Para eles, ter sucesso é ter dinheiro, influência sobre os outros, animais e objetos. Querem privilégios e honrarias. Querem máquinas com botões para serem pressionados.

Acumulam bens de que não precisam com o único objetivo de ter mais que os outros.

E se eu os mandasse àquela parte?

E se os deixasse morrer?

Estou com uma vontade de dormir.

No fim das contas, dormir é uma meta de vida simpática. Eu gosto de sonhar. Quando durmo, volto a encontrar Cassandra, meus antepassados, meu carma, as pessoas interessantes que eu fui.

Quando durmo, volto a encontrar o universo de onde vim.

Dormir. Oh, sim, dormir durante muito tempo.

150.

Ela é sacudida pelo ombro.

— Vamos, não é hora de descansar! Temos de ir.

Não, prefiro dormir. Estou tão fraca. Dormir é bom.

— Não, Princesa, abra os olhos! Acorde.

Dormir.

— Eu sou seu amigo. Sou eu. O Marquês.

Olha só, é o Kim! Que é que ele está fazendo aqui? Não, você não é meu amigo. Você é meu camaradinha. Em francês, copain. Etimologicamente, *aquele com quem a gente compartilha o pão. Caramba, nós devíamos fazer pão em Redenção. Quando voltar, vou propor-lhes. Como eles vivem como se estivessem numa sociedade primitiva, temos de pensar em construir um forno de pão. Assim, teríamos comida fresca todo dia. E quem sabe até chegaríamos um dia a fazer bolos. Oh, sim, pão e bolos. Com os* co-pains.

Ela sente que alguém a puxa pelo braço, forçando-a a se levantar, e lhe dá um tapa.

— Venha, Princesa. Acorde.

Não, agora eu preciso dormir, não quero mais salvar o mundo, quero apenas descansar.

— Vamos!

Vocês todos podem morrer, não estou nem aí.

— Princesa! Ei! Princesa!

Eu não sou uma princesa. Sou apenas uma alma escorregando para o mundo dos sonhos. Venha ao meu encontro, antiga Cassandra, só com você eu me sinto bem.

— Rápido, temos de ir!

Cassandra entreabre os olhos e tenta consultar o relógio de probabilidades. É sacudida ainda mais forte, pisca e vê Philippe Papadakis no chão e o coreano ainda brandindo seu nunchaku.

— Marquês? — gagueja.

— Desculpe-me o atraso, Princesa! Eu sabia que você estava aqui, pois achei suas coisas no lixo, mas por mais que procurasse, não a encontrava. Este porão está muito bem camuflado debaixo da casa. Felizmente esse cretino aumentou o som da televisão, e eu consegui localizá-la.

Ele entende que Cassandra está fraca demais para caminhar, e então apoia o ombro da moça no seu e a ajuda a sair. Depois, tranca o diretor no compartimento onde a televisão continua tonitruando os nomes dos cavalos da corrida. Ao chegarem à cozinha da casinha, Cassandra finalmente concorda em comer alguma coisa. Como não há chips nem Nutella, ela come pão com manteiga. As calorias a estimulam. Cada mordida é como uma pilha elétrica recarregando seu corpo.

— Você demorou — diz ela, de boca cheia. — Já estava me perguntando se viria...

Cassandra vê pela janela que é noite escura. O relógio da cozinha indica meia-noite. Ela perdera completamente a noção do tempo.

— Vamos, Princesa.

— Não — diz ela —, ainda preciso fazer uma coisa aqui.

Mete-se em roupas de homem que estão penduradas num armário e mostra-lhe a direção a tomar. A ala sul da escola.

Os dois aparecem no dormitório reservado às crianças autistas. Elas estão dormindo. Reina no local o silêncio.

Ela acende as luzes e se dirige às crianças, que despertam sobressaltadas:

— Levantem. Preciso dizer-lhes uma coisa importante. E vocês têm algo importante a fazer.

Ela bate palmas para ajudá-las a despertar. Elas se apoiam num cotovelo e se voltam para ela resmungando.

— Ouçam! Eu sou como vocês. Era uma interna aqui. Vocês só conheceram os seus pais, e depois esta escola. Como eu, portanto, só conheceram dois ambientes artificiais. Exatamente como esses animais que só estiveram em laboratórios e jardins zoológicos. Mas é lá fora que está o verdadeiro mundo. O mundo das pessoas e o mundo da natureza. Lá fora, vocês finalmente poderão descobrir quem são, convivendo com estranhos que não falam com vocês para cuidar de vocês, mas para trocar informações. Vocês verão, é a melhor maneira de crescer. Vamos... Estão livres! Saiam! Saiam daqui!

Algumas se endireitam um pouco mais para observá-la melhor. Outras voltam a se deitar. Nenhuma delas se levanta.

Elas são como os animais do zoológico que não podem ser libertadas porque têm medo do mundo exterior.

Cassandra lembra-se de Jeanne, a gata torrada no espeto em Redenção. Um animal aprisionado, que quis conhecer a liberdade e acabou mal.

— Sim, existem riscos — diz ela. — Mas a vida também é correr riscos, é uma aventura, a possibilidade de errar e morrer. Se não o fizerem, continuarão sendo zumbis. Tomem suas vidas em suas mãos, ou então serão sempre escravas.

Elas voltam a se deitar, uma a uma, e metem a cabeça debaixo do travesseiro ou dos lençóis, para se proteger da luz e da voz incômoda.

— Vamos atear fogo — anuncia Cassandra, com voz fraca mas decidida.

É o que deveria ser feito com animais para lhes dar vontade de sair de um lugar que não lhes convém, mas do qual não se sentem capazes de se afastar.

— Não acho que seja uma boa ideia — intervém Kim, inquieto com o radicalismo da solução.

— Para variar, confie em mim. Para elas, o pior é vegetar e continuar sob o controle desses terapeutas que falam com elas com delicadeza fingida, como se fala com macacos inteligentes.

— Talvez haja pessoas boas entre eles. Sua mãe era formidável.

— Sim, certamente há pessoas muito boas, mas não aqui, na Escola das Andorinhas. E certamente não Papadakis. Disso eu tenho certeza.

Cassandra e Kim incendeiam as cortinas com um isqueiro.

As crianças acabam saindo da cama, como se fosse em câmera lenta, vestem-se e deixam o dormitório em filas mais ou menos ordenadas, enquanto as camas vão se incendiando, uma após a outra.

Mas Cassandra não acabou. Esquecido o cansaço, ela está agitada. Vai buscar gasolina num depósito e a espalha pelo soalho de madeira. Depois, explica a Kim que o mesmo terá de ser feito na ala norte.

Em meio às rajadas de vento, o prédio antigo, com seu piso de madeira e suas enormes traves, rapidamente é engolfado por um incêndio que ronca e aumenta a cada minuto.

Os jovens internos, inicialmente surpresos, estão agora imobilizados ante o espetáculo das chamas, fascinante e aterrorizante.

Os inspetores da escola correm entre gritos, sirenes, pessoas se atropelando.

Como costuma acontecer quando se vê projetada em plena ação, Cassandra corta o som para se concentrar nas imagens e no próprio batimento cardíaco. Kim, depois de um primeiro momento de hesitação, segue-a, obedecendo a suas instruções.

Estou vingando a Cassandra antiga. Troia foi devorada pelas chamas, e hoje é a aldeia do grego que está ardendo.

Surge um braço, que agarra Cassandra pelo pescoço. Descabelada, de camisola, Violaine Duparc a segura com uma fúria que a deixa desfigurada.

As duas mais uma vez rolam no chão. As chamas as envolvem como uma parede, impedindo-as de serem vistas. Debilitada pelo cansaço e os acontecimentos recentes, Cassandra se deixa levar inicialmente, mas afinal, mobilizando suas forças mais profundas, se recompõe e desfere um golpe, um único, na altura da garganta de Violaine, que titubeia, fica sem respiração e cai.

A jovem de grandes olhos cinza-claro debruça-se e lhe sussurra no ouvido:

— Você precisa desprogramar o seu nome. *Viol haine*, estupro e ódio, são palavras muito duras. A partir de agora, você passa a se chamar Angélica. Peça aos outros que a chamem assim daqui para a frente. Sua vida vai mudar.

Ela então a puxa para longe do fogo e a deixa largada perto da entrada, onde poderá ser encontrada pelos socorristas.

A Escola das Andorinhas está em chamas, empurradas pelo vento na direção da casa do diretor, que também se incendeia.

— Temos de tirar Papadakis — diz Cassandra.

— Está brincando! Depois de tudo que ele lhe fez?!

— Não estou fazendo isso por ele, mas por mim. Este lugar precisa ser destruído, pois é um erro. Mas as pessoas que trabalham aqui não são responsáveis.

Os dois então se afastam. Em torno deles, chovem vigas em brasa. O relógio de probabilidades mostra números surpreendentes, como 67%, e de repente passa para 22% ou 58%. Cassandra chega à conclusão de que, graças ao GPS, Probabilis identificou que eles estavam no meio de um incêndio, mas que ao mesmo tempo recebe informações contraditórias.

Os dois chegam ao subsolo, já atingido pelas chamas, e libertam Papadakis de sua prisão. Por trás deles, os comentários do jornalista hípico transformaram-se num canto de vitória: "... Uma corrida extraordinária, do tipo que desejaríamos ver com mais frequência, os animais pareciam endiabrados, e o desafiante precisou dar tudo para vencer os adversários..."

Philippe Papadakis está meio asfixiado, mas seu coração ainda bate. Os dois o levam até a calçada e o deixam ali. Os primeiros caminhões de bombeiros começam a chegar. Cassandra e Kim já se afastam, caminhando o mais rápido possível.

De repente, um velho Renault Twingo freia bem perto deles. Abre-se a porta da frente.

— Subam, rápido! — comanda o motorista.

Lá dentro, surge na penumbra um rosto conhecido: Charles de Vézelay.

Ela hesita, e ele então lhe entrega um papel.

"... Cassandra hesitou, mas a leitura da mensagem do irmão a convenceu a aceitar, e ela entrou no carro. Seu irmão estava à sua espera..."

Essa curiosa mensagem basta para decidi-los. Num movimento simultâneo, eles se sentam no banco traseiro e Charles de Vézelay pisa no acelerador. E eles deixam o local do drama, para onde converge uma nuvem de automóveis, como mariposas atraídas pela estranha luz dos prédios em chamas.

Cassandra Katzenberg volta-se e contempla o incêndio ao longe. Ele vai diminuindo, transforma-se num braseiro e depois numa minúscula luz amarela no fundo da noite. Uma mancha laranja brilhante subsiste nas suas retinas quando ela fecha os olhos.

151.

Não é uma boa coisa uma escola em chamas.

Mas "o fim justifica os meios".

Mmmhhh... Não sei não...

Mais um provérbio que funciona melhor ao contrário. O antiprovérbio, portanto, seria: "O fim não justifica os meios."

Sim, é mais justo.

Eu não deveria ter...

Mas chega um momento em que, para não repetir ao infinito o passado, é preciso recorrer a métodos fortes.

Não é uma necessidade, apenas uma impaciência.

Eu não tinha tempo de convencê-los com palavras. Era importante demais.

Além do mais, sejamos honestos, havia nesse gesto exagerado um acerto de contas pessoal.

Não quero mais ver Violaine.

Não quero mais ver Philippe.

Não quero mais saber desse laboratório que serve para experiências científicas com crianças!

A partir de agora, os animais enjaulados estão livres. Tenho certeza de que saberão inventar uma nova vida fora dessa prisão-laboratório.

Como são inteligentes, acabarão encontrando o caminho...

Quanto mais penso no assunto, mais chego à conclusão de que minha mãe era uma pessoa nociva.

(Uma... vagabunda?)

Não. Eu não pensei nessa palavra.

(Sim... "UMA VAGABUNDA!")

UMA MÃE INDIGNA.

Ela não tinha o direito de fazer experiências com crianças. Muito menos com seus filhos.

E meu pai foi seu cúmplice.

Meus pais são dois grandes egoístas. Com todos os diplomas, as honrarias, as declarações elevadas, são pessoas sem coração, inconscientes da dor que causam nos outros.

E ninguém os recriminou. Pois ninguém ficou sabendo.

Só eu. E meu irmão.

Como é que dizia o Orlando? "Não somos obrigados a amar nossos pais. E eles, por sua vez, não são obrigados a nos amar." Esse mendigo filósofo sacou tudo.

O amor filial é uma invenção de marketing para vender brinquedos no Natal, camisas no Dia dos Pais e robôs de cozinha no Dia das Mães.

Tudo isso não passa de ilusão e declaração de boas intenções. Mas não corresponde a nada de real.

Os meus pais não me amaram.

Agora eu sei.

E tenho o direito de julgá-los.

Vocês não tinham o direito de fazer isso com Daniel e comigo.

PAPAI, MAMÃE, VOCÊS NÃO TINHAM O DIREITO DE FAZER ISSO "COMIGO"!

Agora a Escola das Andorinhas está em chamas.

E eu estou foragida. E que terá acontecido com Daniel?

É CULPA DE VOCÊS!
E eu não posso nem acusá-los nem quebrar-lhes a cara.

152.

Os pneus cantam no asfalto. Eles estão na avenida perimetral de Paris. Charles de Vézelay respira forte, e o ambiente no carro é tomado pelo cheiro da sua transpiração.

— Como foi que nos encontrou? — pergunta Kim.

— O seu relógio tem GPS e está ligado a Probabilis. O sinal tinha caído...

Claro, ao porão no subsolo as ondas não chegam...

— ... mas acabou voltando, e eu consegui localizá-los.

— Por que quer nos ajudar? — pergunta Cassandra.

O sujeito faz uma careta que se transforma em sorriso cansado.

— Todos nós temos uma mancha a limpar — diz, fatalista.

De repente, começa a chover forte. Os limpadores de para-brisas são acionados e jogam a água para as laterais do vidro.

— Como já expliquei, eu me apaixonei pela civilização dos maias. Formando um grupo do qual fazia parte seu pai, e depois seu irmão, nós imaginamos as nossas próprias canções maias. Inspirando-nos na observação das constelações, determinamos o "futuro obrigatório" de dez pessoas que concordaram em servir de cobaias. Elas assumiam o compromisso de cumpri-lo. Nossa ideia, caso funcionasse, era estabelecer um futuro obrigatório escrito para cem e depois mil pessoas. Quanto maior número de pessoas conseguíssemos convencer a respeitar o script preestabelecido de sua vida, maiores seriam as chances de que funcionasse. Desse modo, o imprevisto desaparecia progressivamente. Era o meu projeto.

— Interessante. Até chegar a 6,7 bilhões de scripts de destinos obrigatórios, sem mais nenhum imprevisto — ironiza Kim.

— Exatamente, tendo antecipadamente escrito, para cada pessoa, os sucessos, os fracassos, os acidentes, os casamentos, os filhos, os divórcios. Era uma maneira de domar radicalmente o futuro. A astrologia levada ao auge.

— E funcionou? — pergunta Kim.

A chuva redobra de intensidade. Ao redor deles, os automóveis diminuem a velocidade e os pneus projetam jatos d'água.

— Dentre os dez, ocorreram um suicídio e duas depressões. Ficaram profundamente perturbados pelo fato de se verem restritos a uma trilha do futuro, sem possibilidade de mudar de caminho. Eu não previa essa reação.

Eles são ultrapassados por uma moto buzinando.

— Ainda hoje, ao preparar meus horóscopos para os jornais, eu procuro prever a influência que poderão ter nas pessoas por demais sensíveis.

Fios d'água toldam a visão no para-brisa.

— Aonde estamos indo? — pergunta Cassandra.

— Boa pergunta — responde Charles de Vézelay, balançando melancolicamente a cabeça. — Você leu a mensagem: seu irmão está à sua espera. É o que deseja desde o início, não é? Encontrá-lo? Vamos, portanto, encontrá-lo.

Daniel está à minha espera.

Cassandra baixa os olhos e olha para o relógio no punho, indicando "Probabilidade de morrer em 5 segundos: 68%."

— Pare! — berra então, sem pensar.

Sua voz toma conta do ambiente dentro do carro. Instantaneamente, Charles de Vézelay dá uma violenta freada, e o carro para em plena pista da perimetral. Atrás deles, contudo, o enorme caminhão que transporta bezerros não contava com essa manobra súbita, e não tem tempo de mudar de trajetória: seus pneus não encontram a menor aderência na pista molhada. Ele se choca violentamente contra o lado esquerdo do Twingo, que é erguido e projetado sobre o lado direito. O carro bate na balaustrada de segurança, rodopia loucamente, vira de lado e, atirado como uma pedra, executa uma série de saltos, indo afinal encravar-se num plátano de 150 anos.

153.

Que ironia.

Aí está o perigo de conhecer o futuro: nós sofremos esse incidente porque eu senti que teríamos um acidente!

É um paradoxo espaço-temporal. Sem o meu relógio de probabilidades, nós não teríamos freado e não teríamos sido abalroados.

Mas temos de reconhecer que nesses cinco segundos aconteceu um problema potencialmente mortal, como previa o relógio.

Logo, Probabilis tinha razão.

Eu acharia graça, se não estivesse sentindo tanta dor pelo corpo todo.

Nem sei em que estado me encontro.

Não tenho coragem de abrir os olhos. Nem de tentar me mexer.

O medo do futuro, portanto, pode provocar um perigo real.

Por isso, talvez, é que ninguém quer pensar a respeito, para não correr o risco de mudá-lo.

Acho que estou viva.

Não me mexer, ainda não.

Que ironia!

Nós provocamos um acidente, mas talvez pudesse acontecer outro acidente mais adiante se não tivéssemos freado. Um acidente que, desse modo, foi evitado.

O futuro é uma árvore com tantas bifurcações possíveis... Cada mudança de galho altera tudo.

Como eu gostaria de me libertar da ascendência do Tempo!

E agora, Daniel está à minha espera...

154.

Cassandra consegue encontrar forças e coragem para abrir os olhos. Sua cabeça está bem diante do punho esquerdo. O relógio indica "Probabilidade de morrer em 5 segundos: 18%."

Depois da tempestade, a bonança.

Ela vê Kim, com a testa ensanguentada.

Com a ponta dos dedos, tateia o próprio rosto. Ela também está sangrando.

Charles de Vézelay não se mexe mais.

Cassandra se dá conta de que consegue respirar e se mexer, mas sente uma dor na nuca toda vez que tenta se levantar. Continua caindo uma chuva pesada, mas os faróis do seu carro não se apagaram, e a lua está cheia.

De repente, ela vê um homem com uma lanterna elétrica debruçado de cabeça para baixo, bem perto do seu rosto. Ele diz uma frase estranha:

— Você tem aí os documentos para o boletim de ocorrência, para o seguro?

Cassandra entende que é o motorista do caminhão. Mas não ousa falar nem mexer a cabeça. Finalmente, surgem outras lanternas ao redor. São os bombeiros. Com equipamentos especiais, eles cortam a lataria e os liberam da carcaça retorcida.

— E o boletim de ocorrência? — repete o caminhoneiro que transportava bezerros.

— Deixe-os em paz! — irrita-se um bombeiro, —, não está vendo que há aqui problemas mais graves?!

— Tudo bem, mas eu não quero problemas com o meu patrão. Não quer olhar no porta-luvas deles para ver se têm algum seguro?

Finalmente, os três passageiros são liberados e levados para ambulâncias, enquanto a carcaça do Twingo pega fogo e explode.

155.

Daniel está à minha espera.

156.

O médico que a ascultou explica que, por sorte, ela teve apenas algumas contusões leves, e seu jovem amigo também se saiu bem. Foram protegidos pelo cinto de segurança e a solidez da cabine. O motorista, no entanto, sofreu um forte choque na cabeça. Está vivo, mas o médico não sabe quando vai recobrar a consciência.

Eles foram levados para uma enfermaria de seis leitos. Acima do mais afastado, um pequeno aparelho de televisão transmite uma novela sentimental brasileira.

Alguém passa a cabeça pela porta. Cassandra Katzenberg o reconhece.

— Ehhr... é para o registro de ocorrência — diz o motorista do caminhão de transporte de bezerros que os abalroou. — Qual é a sua seguradora?

Uma enfermeira o enxota sem contemplação. Ele fica resmungando no corredor, depois se afasta, proferindo ameaças.

Numa cama ao lado da sua, Kim tem a cabeça envolta numa grande atadura, como um turbante.

— Sinto muito — diz ela.

— Sente o quê?

— Acho que Esmeralda tem razão, eu dou azar.

— Pois eu acho que estamos nos divertindo bem — responde ele. — Já estava começando a morrer de tédio em Redenção. Além do mais, com você tenho a sensação de estar fazendo coisas importantes.

— Sinto muito por tê-lo envolvido nos meus problemas, Marquês. Especialmente porque você é o único que não tem culpa nenhuma.

— Está brincando! Eu também menti para você. Não sou apenas um *boat-people* idealista e anarquista. Quando cheguei ao primeiro centro de refugiados, já havia chineses. Para mim, o sistema de ditadura cretino da Coreia do Norte se sustentava graças ao apoio da China. Eu nem tentei saber por que eles estavam lá. Matei três durante a noite, enquanto dormiam. Está vendo? Não foi muito legal...

Ela se exime de interrompê-lo.

— Aí está. Foi cretino, mas prefiro que você saiba quem eu sou realmente. Você foi condicionada a ver o futuro. Pois eu fui condicionado a detestar os chineses. Mas os que eu matei... o único crime que cometeram foi serem filhos dos seus pais. Por isso é que quero lutar contra todos aqueles que obrigam as crianças a detestar outros povos, sem sequer conhecê-los.

Os dois sobreviventes do acidente trocam um olhar grave. Ao seu redor, as máquinas emitem luzes verdes. Os sinais nas telas e os bipes regulares não os deixam esquecer que são vigiados por detectores médicos.

— Vamos fazer a abertura dos cinco sentidos? — propõe Kim, sussurrando. — Vamos, vou começar. Estou vendo máquinas e paredes brancas. Sinto cãibras no corpo todo. Sinto cheiro de éter. Ouço pessoas respirando com dificuldade nas camas ao lado.

— Estou sentindo a perfusão. Ouço as bombas de ar — acrescenta ela. — Ouço na televisão um seriado sem interesse. Estou com formigas nas pernas, sinto dor de cabeça. Incômodo no corpo todo. Não, não tenho cabeça para isso...

Um tempo.

— Felizmente estávamos com o cinto de segurança e a cabine do Twingo resistiu ao choque. Caramba, escapamos por pouco!

— Não gosto de acidentes — diz ela.

— Não gosto de hospitais.

— Não gosto de me ferir.

— Não gosto de perder tempo deitado, sem fazer nada.

Depois dos créditos do fim da novela brasileira, o som fica mais alto com os anúncios, e vem o noticiário. O jornalista anuncia, pela ordem:

1 — Uma greve de funcionários indignados, por reajustes salariais. Paris inteira pode ficar engarrafada amanhã pelas manifestações que se seguirão.

2 — Na eleição da nova Miss França, foi escolhida uma jovem originária da Savoia.

3 — A dinamitagem de estátuas gigantes do Buda no Afeganistão, por decisão dos talibãs. Eles teriam declarado, textualmente: "Nós controlamos o norte do país e pretendemos restabelecer nossas regras de vida ancestrais. Proibimos ouvir música, ler livros e ver filmes no cinema, são atividades decadentes que desviam o espírito dos fiéis de Deus. Da mesma forma, as meninas ficam proibidas de ir à escola, sob pena de morte. Proibimos que as pessoas se amem, pois o amor entre homem e mulher desvia do amor de Deus."

4 — Vitória da seleção francesa de futebol por 2 a 0 num amistoso contra Luxemburgo. O treinador francês, que era muito contestado na federação, finalmente será confirmado na função, pelo menos até a próxima partida.

5 — Leve alta na bolsa, de 0,3%, volta a dar um pouco de esperança às praças financeiras internacionais. Seria finalmente o fim da crise? Os prognósticos são extremamente otimistas, o crescimento deve ser rapidamente retomado.

6 — Discurso polêmico do papa em viagem à América Latina. Ele criticou especialmente os que usam preservativos. Também preconiza a abstinência antes do casamento.

7 — Mais um cargueiro naufragou nas praias da Bretanha, espalhando óleo no mar. As embarcações mobilizadas para a limpeza não conseguem conter a camada de óleo, que já engoliu milhares de pássaros.

8 — Uma escola especializada no tratamento de crianças autistas foi incendiada. Segundo as primeiras investigações, o aquecimento central de água teria explodido durante a noite, provocando rápida combustão do piso, insuflada pelos ventos. O acidente levou o ministro da Educação a intensificar a segurança nas escolas, inclusive particulares.

Como no caso da fábrica EFAP. Eles não querem a verdade, querem apenas diluir as responsabilidades e tranquilizar o rebanho cego.

Kim vira-se para Cassandra.

— Como você vê o futuro próximo?

— Assim que ficarmos curados, a polícia virá nos buscar, para nos internar em estabelecimentos para menores.

— Seria uma cretinice. Nós temos projetos mais ambiciosos, ao que me parece. Que é que vamos fazer, então, Princesa?

À guisa de resposta, ela pega o relógio de probabilidades e o bota no punho, como se fosse uma arma. "Probabilidade de morrer em 5 segundos: 32%."

Estamos abaixo dos 50%, tudo está bem.

De um só golpe, ela tira o tubo em perfusão no seu braço.

157.

Espírito da antiga Cassandra, esclareça-me. Você não conseguiu salvar Troia, mas deve ter descoberto, com seu fracasso, o que teria sido necessário fazer para ter êxito.

Tenho certeza de que acabou entendendo como poderia ter transmitido aos seus contemporâneos o conhecimento do futuro.

158.

Silhuetas circulam furtivamente. Cassandra Katzenberg e Kim Ye Bin encontram roupas num vestiário. Fogem do hospital ao alvorecer, e, lá fora, roubam uma moto no estacionamento dos funcionários. Chegando ao prédio de Daniel Katzenberg, eles tocam o interfone, mas ninguém responde. Cassandra escolhe ao acaso um número de apartamento e toca a campainha.

— Sou eu — anuncia.

Mais uma vez, a porta se abre com esse estranho sésamo.

A vida é um eterno recomeço. O que não conseguimos resolver da primeira vez volta a nos ser proposto mais tarde de outra maneira.

Ela sorri, depois pondera com seus botões:

Até essa frase já foi pensada por mim, praticamente nos mesmos termos.

Eles tocam no apartamento de Daniel, em vão. Tentam abrir a fechadura com um canivete, mas desta vez a porta está trancada.

É então que Cassandra nota uma folha por baixo da porta. Apanha-a e lê: "... ela pegou a folha por baixo da porta e começou a ler. Era mais uma vez uma das mensagens do irmão, alegando saber o que ela estava fazendo no exato momento em que lia o texto. Ela pensou que decididamente ele era bem pretensioso, acreditando-se capaz de adivinhar o que ela fazia a cada momento. Ou então tinha alguma maneira de vigiá-la. De repente, ela teve uma ideia: 'O relógio! E se o relógio também fosse um recurso inventado pelo meu irmão para saber o que eu faço? Afinal de contas, ele fez questão de dá-lo a mim...', pensou ela. Entretanto, como estava escrito na mensagem, ela também começou a duvidar desse pensamento."

Cassandra deu uma olhadela no relógio, que mostrava banais 16%.

Como é que o meu irmão pode saber tudo isso? Não é possível deduzir tantos elementos do que eu faço a cada momento, valendo-se apenas das probabilidades.

Ela dá prosseguimento à leitura:

"... Ela entendeu que não adiantava forçar a porta, seu irmão não estava no apartamento. Ele a esperava num outro lugar, que ela conhecia muito bem. Talvez bem até demais. Ela pensou simplesmente: não, não é possível, ele não pode estar lá..."

159.

Ele me irrita.

Eu tenho pais sádicos e um irmão irritante.

Meu Deus, como é irritante!

Um manipulador. Um psicótico. Daniel é terrivelmente inteligente e quer que eu, sua irmã menor, me conscientize de que estou atrás em relação a ele, não importando o que venha a fazer. Ele previu tudo. Sabe o que eu penso. Sabe o que eu vou decidir. Sabe o que vai me acontecer.

O que Charles de Vézelay tentou em vão conseguir, escrever o script futuro da vida de suas cobaias, Daniel consegue diretamente comigo. Sem esforço, recorrendo apenas a seus cálculos de probabilidades, que aperfeiçoou tanto.

Quer dizer que não posso confiar em ninguém. Até os que supostamente estariam mais próximos de mim tentaram e continuam tentando acabar comigo.

Daniel talvez seja o pior, pois ele continua, e os nossos laços de sangue me atraem. A partir de agora, é uma corrida entre mim e ele para ver o futuro. Veremos quem será o melhor.

160.

Ele está de pé no alto da torre, de costas. É noite, as nuvens estão baixas, o ar é gelado nessa altitude. Seus cabelos meio longos esvoaçam-se ao vento.

São 18 horas e está escuro. Ele nem se dá ao trabalho de voltar-se, como se tivesse deduzido por seus cálculos o instante exato em que ela estaria ao alcance de sua voz.

— Boa noite, irmãzinha. Estou contente que esteja aqui. Muito bem pela desativação da bomba na Biblioteca Nacional. Você me impressiona muito. Orgulho-me de tê-la na nossa família.

Ele ainda não se voltou. Cai uma chuvinha penetrante, que no entanto não parece incomodá-lo. Lá embaixo, os automóveis não passam de filas de luzes fugitivas das quais sobe às vezes o cantar dos pneus.

— Enquanto você salvava os leitores da Biblioteca Nacional, eu estava estudando as probabilidades da História. Daqui, e lá de cima. Quanto mais alto estamos, mais vemos ao longe. E...

Ele se detém, como em suspenso.

A chuva redobra de intensidade. Ao redor deles, as pilastras das diferentes antenas de rádio se elevam como árvores mortas. A seus pés, reluzem os trilhos pelos quais circula a gaiola de limpeza das vidraças externas, com seus dois longos braços articulados.

— ... Na minha oficina, horas atrás, quando estava cotejando as informações acumuladas há meses para posicioná-las nas minhas equações de prospectiva, eu tive a suprema iluminação. Entendi tudo...

O vento provoca turbilhões de chuva, em rajadas. Ela está gelada, e Cassandra não consegue deixar de tremer:

MAS DO QUE É QUE ELE ESTÁ FALANDO? POR QUE PAROU DE FALAR DE REPENTE?

Pela primeira vez, o silêncio de um interlocutor parece-lhe insuportável. Ela descobre o que é a impaciência que sentiam as pessoas às quais ela respondia com seu mutismo.

— O que foi que você entendeu? — acaba por perguntar.

— Estamos nos encaminhando para a Grande Catástrofe.

Mais um tempo morto. Depois, ele continua:

— Porque os seres humanos são animais estúpidos e autodestrutivos.

Ele dá uma risada cruel e triste.

— Os maias se conscientizaram de que sua civilização estava chegando ao fim, e então se suicidaram. E eu tive de estudar durante muito tempo para chegar à mesma conclusão. Vivemos numa época que não é de fim do obscurantismo, mas de volta a um obscurantismo bem mais profundo.

Acredite no que estou dizendo, minhas observações e meus cálculos não deixam margem a dúvida. O pior ainda está pela frente, e nada poderá impedi-lo. Nada! Os maias previram o fim da humanidade em 2012, e é o que vai acontecer.

Mais uma vez ele se cala, como se esperasse um sinal que não vem. Depois, retoma:

— O mundo vai acabar na quinta-feira, 21 de dezembro de 2012, mais precisamente ao alvorecer em Tolum, Yucatán. Nesse momento, ocorrerá um alinhamento de planetas e estrelas que só se verifica a cada 26 mil anos. Haverá terremotos, seguidos de um longo período glacial.

Um relâmpago ilumina o céu e faz tremer a torre.

— Na minha opinião, os anos imediatamente anteriores a essa data fatídica serão os piores. Haverá inicialmente a gripe suína, ou aviária, ou bovina. A vingança dos porcos, dos bois e das galinhas. Que ironia, não? Depois, será o terrorismo generalizado, mergulhando em fogo e sangue as capitais livres e deixando em posição de vantagem as ditaduras, especialmente as mais fanáticas. Pelo menos a coisa ficará bem clara para os que ainda não tinham entendido a geopolítica. Será mesmo "luminoso".

Um relâmpago volta a cortar as nuvens.

— Em seguida, virá a contaminação irremediável do ar, da água, da terra. A intensificação do embrutecimento das multidões, que será a única forma de expressão intelectual tolerada. As mentiras passarão por verdades, e as verdades, por mentiras. E só aos defensores da verdade, exclusivamente a eles, será exigido que forneçam a prova de suas alegações. E então, progressivamente, tudo será invertido. O bem passará pelo mal. O mal passará pelo bem. Até a apoteose. A autodestruição como objetivo final rock'n'roll da espécie, reconhecido e esperado por todos.

Ele se debruça sobre o vazio.

— Todos esses filmes de terror que fazem tanto sucesso são os espelhos nos quais os seres humanos veem seu futuro. E eles acham fascinante o espetáculo de seu declínio.

Ele dá de ombros.

— Não se pode fazer nada. Todo projeto de salvação está fadado ao fracasso. Nossa civilização está condenada, assim como os frutos devem amadurecer, apodrecer e cair. Nosso mundo está em processo de putrefação.

Sobreviverão apenas as moscas, os ratos e os abutres. Nossos derradeiros companheiros de miséria.

— Não — diz Kim. -- Nós podemos agir.

O jovem de cabelos meio longos volta-se lentamente para o novo interlocutor.

— Olá, Kim Ye Bin. É um prazer ouvir seu entusiasmo e sua ingenuidade juvenil. Você que gosta tanto de belas frases, tenho aqui uma: "Os otimistas são pessoas mal-informadas."

Seu riso fraco transforma-se em gargalhada inquietante, enquanto ele acrescenta:

— Essa frase resume tudo.

Agora que ele se voltou, Cassandra o observa pela primeira vez. Ele não é apenas um pincel eriçado, tem um rosto de verdade, com traços finos, quase femininos.

Ele parece comigo.

Os mesmos grandes olhos cinzentos, apenas um pouco mais escuros, os mesmos cabelos. Suas maçãs do rosto são um pouco mais pronunciadas, os lábios, mais finos, e ele tem vários cortes e cicatrizes no rosto, provavelmente decorrentes do acidente de caminhão.

Ela o acha belo.

— Não me olhe assim, irmãzinha. Não é mais possível fazer algo por mim. Eu me enganei, mas aprendi a verdade: "Não se pode mudar o futuro."

Mais um relâmpago bem próximo sacode o céu. A chuva redobra de intensidade, tamborilando nos mastros como mãos obcecadas pelo ritmo num tambor.

— Pobre irmãzinha. Não é culpa nossa. Nossos pais deliberadamente nos tornaram diferentes, nos condicionaram por uma quimera: ver o futuro. Foi o delírio deles. E não o nosso. Não perguntaram nossa opinião. Ser lúcido é uma maldição. É melhor não ver. Como deve ser bom ser um cretino crédulo, não saber, acreditar nas mentiras, uivar com os lobos, estimular os predadores a matar, ir no sentido da encosta descendente. Como deve ser agradável poluir, encontrar desculpas para os tiranos e defeitos nas vítimas.

Eles são vergastados pela chuva, e Cassandra tem dificuldade cada vez maior de ouvir a voz quase feminina do irmão.

— Nós tivemos pais realmente muito estranhos, irmãzinha. Eles nos transformaram em autistas, depois em máquinas de ver o futuro, mas se esqueceram de nos amar. Eu e você, mana, sabemos realizar feitos extraordinários, mas não sabemos amar, pois nunca fomos amados. Nós somos as extraordinárias experiências 23 e 24 sobre o autismo voluntário, com vistas ao desenvolvimento de um talento excepcional de videntes.

Daniel solta de novo seu risinho triste.

— Foi por isso que eu saí de casa. Não queria entrar no jogo deles. Queria determinar o meu destino. Por isso é que eu não a conheci. E você, irmãzinha, foi sozinha ainda mais longe. Acho que você esqueceu sua infância para não ter na consciência o peso da morte de nossos pais. Mas um dia a gente tem de aprender a voltar ao depósito da própria memória, para resgatar nossos pedaços que abandonamos. Foi o que você fez, não?

Seu olhar se torna mais penetrante.

— Quando temos o controle do cérebro direito, podemos nos permitir isso, hein? Apagar a infância que não nos agrada mais. Podemos fazer muitas coisas. Podemos voltar atrás, para além do nosso nascimento. Você o fez, Cassandra?

Ela faz que sim com a cabeça, suavemente.

— Muito bem. Viu o seu carma? Estendeu sua empatia a outras formas de vida, animais e vegetais? Viu a sua origem, remontou até o Big-Bang?

— Sim.

— Agora, então, você é como eu, uma mente mais ampla, mais sensível, mais consciente, mas também mais dolorosa. Como já dizia mamãe: "Tudo que é a mais se equilibra com o que é a menos."

— Sim — repete ela.

Ela se aproxima.

— Oh, não! Não avance, irmãzinha.

Agora então é como eu me chamo: "Irmãzinha."

— Você está se perguntando por que marquei encontro com você aqui? Porque tenho uma dívida para com você. Ou por outra, um dever. O dever de informá-la.

Ela enxerga seus olhos brilhando por trás dos cabelos agitados pelo vento.

— Eu tentei de tudo antes de você. Limito-me a antecipar o que você vai descobrir daqui a pouco. Não podemos salvar nada. Não podemos adverti-los. Pois eles não querem saber. São... burros demais!

Cassandra ainda assim arrisca mais um passo, mais lentamente.

— "Eles ouvem, mas não escutam. Eles olham, mas não enxergam. Eles sabem, mas não entendem." Não temos a menor chance de ser ouvidos. Não temos a menor chance de salvar a humanidade. O que você conseguiu com as vítimas de atentados é apenas uma gota d'água no oceano.

Kim, por sua vez, tenta avançar na ponta dos pés, de maneira quase imperceptível.

— Não suporto mais esses meus semelhantes primitivos, não suporto mais esse mundo que se encaminha para a barbárie, a caminho pura e simplesmente da autodestruição. "Felizes os que morrerem primeiro, serão os que sofrerão menos."

Preciso reduzir ainda mais o fosso que nos separa. Ele é o meu irmão das estrelas. Temos o mesmo sangue, os mesmos genes, quase a mesma história. Preciso encontrar as palavras. Para começar, concordar com ele.

— Eles são como um rebanho de avestruzes que, vendo a aproximação do perigo, preferem inventar mentiras para não enfrentar as verdades difíceis — diz ela.

— Não, não é a melhor comparação, irmãzinha.

— Eles parecem um bando de roedores avançando na direção errada — corrige Kim.

— Ah, o seu amigo foi mais exato. É verdade. Eles nem têm medo. Estão se divertindo, fascinados com a própria morte. Nada poderá fazê-los dar meia-volta, muito menos a razão ou o instinto de sobrevivência. Nada poderá desviá-los da queda final. No máximo será possível diminuir infimamente a sua velocidade. É uma manada de masoquistas. Você já viu aquelas pessoas que se flagelam no Irã até sangrar, caminhando em longas procissões? Têm no rosto um sorriso de felicidade. Prefiguram o futuro da humanidade. Um dia, os bilhões de seres humanos desfilarão em procissão rumo à extinção, flagelando-se até sangrar com esse mesmo sorriso beatífico.

— Nem todos são assim, irmãozão.

— Sim, todos. Eles não sabem. Ou fingem não saber. Eles gostam da dor, gostam da aniquilação, gostam do assassinato, dos massacres e da morte. Você já notou que o negro era a cor da moda? E de pouco tempo para cá, uma imagem que encontramos em toda parte: um crânio com duas tíbias. Eles sabem. O inconsciente da espécie sabe. Essa derradeira catástrofe eles reconheceram. E não fazem nada para impedi-la. Agora, já a desejam. E não podemos fazer nada para mudá-los.

— Você disse na carta que a pior palavra que existe é resignação, irmãozão.

— É verdade, foi o que eu disse, mas estava enganado. Só os imbecis não mudam de opinião. Eu adoro dizer esta frase: "No fim das contas, eu estava errado, acabo de me dar conta de que me enganei." Você notou que nunca se ouve uma frase assim na televisão? Ninguém muda de opinião.

— Você está enganado! É possível salvá-los!

Ele dá de ombros e faz um movimento na direção do vazio.

— Não, desta vez não há mais como voltar atrás. Eu já vi para onde se encaminha a História com H maiúsculo. Ela se encaminha cantando para a aniquilação. Como no filme *Titanic*. Não é revelador que ele tenha sido a maior bilheteria cinematográfica do mundo? Todo mundo percebeu que esse filme contava, a partir de um acontecimento isolado, a grande História geral. Nós estamos em direção ao iceberg. Vamos soçobrar. E a orquestra no convés toca uma música arrebatadora, para que a gente pense em outras coisas.

Daniel Katzenberg solta de novo seu risinho triste. O cenário mergulhado na chuva desaparece aos poucos ao redor deles, encoberto por uma nova bruma.

— Sinto muito, irmãzinha, eu teria preferido ser ignorante e inconsciente. Saber é uma maldição. Saber e não conseguir transmitir é um sofrimento. Saber e ser incapaz de agir é um suplício. Eu te amo, irmãzinha.

A chuva escorre pelo seu rosto.

Ele tira do bolso um papel e o amassa na mão esquerda, pega um relógio de corrente na mão direita e se encaminha para o ponto do terraço voltado para noroeste.

Cassandra precipita-se para segurá-lo.

Tarde demais, ele já pulou.

Ela fecha os olhos e grita:

— Não!!!!... não...

161.

... não! Isso não!

Eu vou sair desse pesadelo e ver que meu irmão ainda está vivo. Em outro lugar, mas vivo, e um dia eu vou encontrá-lo de novo e nós vamos conversar.

Vamos conversar sobre o que os nossos pais fizeram conosco, as experiências que eles praticaram em nós.

Ficaremos sabendo por que somos tão diferentes dos outros seres humanos, com o nosso cérebro direito não tiranizado pelo nosso cérebro esquerdo, que assim nos torna mais sensíveis e mais conscientes.

Sim, eu vou despertar.

Sim, isso não aconteceu da forma como eu vi.

De qualquer maneira, uma pessoa que já sobreviveu a uma queda do alto da Torre de Montparnasse é invencível e imortal.

Ele já fez isso uma vez, e voltará a fazê-lo.

162.

A bruma impede Cassandra de distinguir o que está acontecendo 210 metros abaixo. Ela corre para o elevador, pressiona freneticamente o botão "Térreo". E finalmente a cabine desce.

163.

Suas chances de sobrevivência são muito fracas, mas da última vez com 98% de probabilidade de morrer e 2% de chances de sobrevivência, ele conseguiu se sair bem. Nem a desgraça é 100% garantida.

Ao saltar pela primeira vez da Torre de Montparnasse, meu irmão provou que sempre resta uma esperança nas situações mais terríveis. Ainda que ínfima. E que isso às vezes é o suficiente para salvar tudo.

Eu não posso perdê-lo assim.

Tenho tantas coisas a lhe dizer. Ele tem tantas coisas a me contar.

Nós dois não podemos ficar só nisso.

Um caminhão de polistireno vai avançar o sinal e parar exatamente no lugar certo, no preciso momento em que ele ia bater no chão.

164.

A cada andar ultrapassado o número no relógio de corrente aumenta: 62%, 75%, 85%.

Daniel Katzenberg se conscientiza do que vai acontecendo durante sua queda. O vento. O frio. A bruma. Alfinetadas no rosto e no pescoço. Lágrimas salgadas nos olhos, que ele nem pensa em fechar.

Ele pensa que deveria ter posto óculos para protegê-los da velocidade durante a queda.

Não sente nenhum medo. Há muito tempo essa emoção lhe é estranha. Só resta nele um sentimento de vacuidade.

Ele volta a pensar no rei Salomão, que, depois de construir um reino, possuir centenas de mulheres, erguer um templo perfeito e formar uma sociedade moderna, fez o seguinte comentário antes de morrer: "Vaidade, é tudo vaidade."

Daniel pensa que é essa a atitude correta do homem esclarecido. Mudar o mundo, e, uma vez cumprida a missão, suicidar-se.

Ele viaja a 287 quilômetros por hora.

A queda dura exatamente 7,38 segundos. Por causa da bruma e da sua capa de chuva, que aumenta a superfície de fricção, o voo é prolongado em alguns centésimos de segundos, que se somam à duração de 6,54 segundos.

Ele se espanta por estar impaciente pelo impacto. Seu último pensamento é: "E então, que é que a Morte está esperando; merda, vai chegar ou não?"

165.

— DANIEL!!!

O corpo do jovem prodígio da matemática espatifou-se como um fantoche desarticulado no asfalto. Seu relógio de corrente marca "Probabilidade de morrer em 5 segundos: 99%."

Até o fim, Probabilis considerou que poderia ocorrer algum fenômeno imprevisível.

O famoso 1% de incerteza.

Ele continua com a mão esquerda fechada, e Cassandra Katzenberg, controlando a emoção, solta os dedos contraídos.

"... ela abriu sua mão fechada e encontrou o papel amassado, lendo-o. E constatou que, como último ato de escárnio, seu irmão escrevera que ela lia sua mensagem. Pensou então, pela primeira vez, que talvez ele fosse simplesmente demente. E a esse primeiro sentimento de rejeição seguiu-se um segundo, mais vago, de admiração. Só então ela teve coragem de fazer a si mesma a pergunta insuportável: e se ele tivesse razão?..."

A jovem de grandes olhos cinza-claro solta o papel, como se lhe queimasse as mãos, e permanece aterrorizada diante do corpo de Daniel.

MEU IRMÃO MORREU!

A chuva aumenta. Seus olhos se cobrem de uma película brilhante que os transforma em espelhos.

Não há mais som.

Não há mais cheiros.

Não há mais sensações.

Sua primeira lágrima mistura-se à cortina de chuva.

166.

POR QUE ELE FEZ ISSO?

Ele não tinha direito de pular.

Ele não tinha direito.

167.

Ela fica durante muito tempo pasma, encharcada, olhando para o corpo de Daniel. Uma sirene dos bombeiros aproxima-se. Policiais acorrem para dispersar a multidão. Aquele que foi um dia seu irmão mais velho já não passa de um amontoado de tecidos, ossos e sangue misturados.

Suavemente, Kim a toma pelos ombros e a ajuda a se afastar alguns passos. Ela não resiste. Ouvem-se gritos ao redor, barulho de correria. Debaixo da chuva e da bruma é uma efervescência, como toda vez que a humanidade vê um dos seus membros transformado em cadáver.

Quando é lavada a última mancha de sangue, recomeça a atividade habitual na rua, com seus fluxos nos dois sentidos.

A chuva escorre pelo rosto de Cassandra. Alguns policiais já se aproximam deles.

— Não temos escolha, Princesa, vamos sair daqui — diz o jovem coreano de mecha azul.

Ela permanece imóvel, perplexa...

Daniel realmente morreu.

Os policiais se aproximam e ela continua se recusando a sair do lugar. Um filete de lágrimas prateadas corre ininterruptamente pelo vale entre a bochecha e as narinas. O espelho dos seus olhos se dissolve na água da chuva.

Kim Ye Bin puxa-a então pela mão, até que ela cede.

— Ei, você aí, espere! — lança um homem de uniforme azul-marinho.

O sujeito ao lado já lançou mão de um aparelho de comunicação e fala a toda velocidade no microfone.

— Eles nos acharam, Princesa, temos de sair daqui!

Quando eles começam a correr, os policiais saem atrás. Kim Ye Bin sobe no primeiro veículo ao seu alcance, uma moto Harley Davidson Phantom, encontrando certa dificuldade para dar a partida, mas afinal conseguindo zarpar a toda, enquanto Cassandra se agarra ao seu tronco.

168.

Ele morreu.

Meu irmão enxergava em panorâmica, e eu vejo em macro-objetiva. Ele enxergava grande e longe, enquanto eu vejo de perto, focalizo um só objeto: os atentados terroristas na região de Paris. Agora que ele morreu, preciso pegar o bastão e ampliar meu campo de visão, para também enxergar grande e longe.

A meditação no porão de Papadakis me permitiu saber que eu era capaz. Eu também posso ter intuições sobre as grandes questões gerais.

Basta tentar.

169.

Os dois redencionistas querem rumar para o norte, mas são retidos por manifestantes exigindo mais garantias na aposentadoria. Uma longa procissão organizada por sindicalistas avança, entoando slogans — "O futuro não está à venda", "Trabalhar e dormir: não é só isso!", "Aposentadoria ou morte" — e brandindo bandeirolas e marionetes penduradas em forcas, com os rostos caricaturando os ministros responsáveis por tanta indignação.

É a única alternativa que resta ao rebanho para ficar com a impressão de que pode manifestar sua revolta: ir do ponto A ao ponto B repetindo slogans e depois se dispersar ou enfrentar a polícia.

Kim Ye Bin domina cada vez mais sua máquina barulhenta e quer atravessar ou contornar a multidão de manifestantes, que no entanto é por demais longa e densa. Com um rosnado de irritação, ele volta em direção sul para pegar a avenida perimetral. Mas já se aproxima um carro de polícia que estava em sua perseguição.

Enquanto a Harley Davidson ziguezagueia entre os carros, o relógio de probabilidades de Cassandra não para de pular de 34% a 72%, segundo eles passem perto de pedestres, caminhões ou entrem em alguma rua na contramão. Quando se aproximam da Porte d'Orléans, um carro de polícia sai de uma rua transversal e lhes barra o caminho.

Por que é que eles se preocupam tanto conosco? Será por causa do incêndio da escola? Será que é Pierre-Marie Pélissier que quer a qualquer preço me encontrar, porque eu sou filha de um ministro? Não, eu estou ali! Pelas câmeras de vigilância do topo da Torre de Montparnasse, eles me viram ao lado de Daniel nos últimos segundos de vida. Acham que fui eu que empurrei meu irmão!

Kim bifurca em direção sudeste.

— Não vamos conseguir nos livrar deles, mas sei de um jeito por aqui que pode nos salvar — diz ele.

Eles abandonam a Harley-Davidson na praça da Porte de Brancion, escalam uma cerca e correm em direção aos trilhos da linha férrea da Petite Ceinture. Passam por uma barreira gradeada na qual foram abertos buracos com alicates. Guiada pelo jovem coreano, Cassandra encaminha-se para um grande túnel ferroviário meio encoberto por árvores.

Lá, descobre um mundo cuja existência ignorava. Centenas de mendigos, abrigados em tendas fornecidas pelos organismos de ajuda aos necessitados, estão agrupados em duas linhas paralelas, como grandes cogumelos multicoloridos. Alguns empurram carrinhos cheios de utensílios, outros carregam objetos em sacos plásticos.

O Pátio dos Milagres?

— É o que ninguém quer ver nem saber: uma aldeia de mendigos escondida nas fronteiras de Paris. A cada dia aumenta o número de pessoas aqui.

Eles não querem ir para abrigos, que são muito sujos e perigosos, mal frequentados. Preferem virar-se entre eles — explica Kim Ye Bin.

A jovem observa, ainda meio tonta.

Ela entende que esse túnel desativado representa para eles a vantagem de um teto e de uma zona de paz. Aqui, ninguém virá incomodá-los.

Uma caverna para os homens das cavernas.

E ela constata que, como os homens das cavernas, eles são capazes de atos que muitos homens ditos modernos esqueceram: costurar, construir abrigos, buscar alimentos, fazer fogo, caçar ratos.

Ela observa os que vacilam sob efeito de drogas ou álcool, os que dormem o tempo todo. Muitos deles têm cães. A maioria fuma. Cigarros no caso dos mais velhos, baseados no dos mais jovens, cujo cheiro, levado pelo vento, se impregna na roupa. A maioria usa barba.

São eles os verdadeiros perdedores. Aqueles que a gente não vê. Os que não votam. Os que não se queixam. Os que nem sequer se manifestam. Eles nem são desempregados, ignorados pelas estatísticas. Para eles, nada de salário mínimo nem de aposentadoria. Eles apenas esperam que os dias passem.

O coreano examina as imediações.

— Os tiras acabaram nos encontrando — anuncia. — Até aqui, Princesa.

— Serão impedidos pelos sem-teto? É essa a sua ideia, não?

— Não, esses mendigos não farão nada por nós. Aqui também é "a cada um sua merda". Mas tive uma outra ideia. Venha. Você vai ver que o seu batismo com os ratos não foi à toa.

Kim Ye Bin dirige-se a um jovem de jaqueta verde desbotada, perguntando-lhe se tem um mapa. O outro responde que não. Kim faz a mesma pergunta a vários vizinhos dele, obtendo apenas negativas.

— Quem é essa burguesa? — pergunta um sujeito alto e magro, com uma barba chegando ao umbigo.

— Ela é das nossas. E tem poderes.

— Que poderes? — pergunta o barbudo, zombeteiro. — Ela é invisível? É capaz de voar, como o Super-Homem? Fabrica ouro, como Creso? Até que seria bom.

— Ela vê o futuro — responde simplesmente Kim.

O barbudo faz uma expressão de surpresa.

— Eu também sei o que é o futuro. É isto!

E ele solta uma enorme e ruidosa flatulência.

— Ela realmente vê o que vai acontecer — responde simplesmente Kim, sem se dar por achado.

— Ei! Ouviram só? Essa menina é cartomante!

— Não, não é esse exatamente o termo — retifica o jovem coreano.

— Ops! Perdão! E qual seria o termo exato então, senhor especialista em vocabulário?

— Ela é vidente.

Desta vez o barbudo se interessa.

— Ei! Venham! Tem aqui um casal de jovens cômicos! O cara saiu da escola de circo. E hoje de manhã comeu um palhaço.

Aproximam-se alguns curiosos, que a examinam de alto a baixo. Um deles começa a se coçar, e, como se fosse um sinal, todos o imitam freneticamente. Até Kim, e depois Cassandra, acabam sucumbindo à vontade de esfregar a epiderme.

— Se a sua amiguinha é tão especial assim, que é que está fazendo aqui? — pergunta uma menina com uma infinidade de piercings no rosto. — Ele teve a vidência de que seu futuro seria entre nós?

Kim tentou uma sacada audaciosa, dizendo a nossa verdade, mas o tiro saiu pela culatra. A verdade é uma granada a ser usada com parcimônia, e não com qualquer um.

O coreano decide continuar:

— Ela está entre nós porque sabe que é aqui que o mundo vai começar a mudar.

... Pelo adubo.

E, para pontuar sua frase, o rapaz cospe ruidosamente numa poça.

— Quem é essa sua vidente? — pergunta o barbudo.

— É a "profetiza dos mendigos" — declara Kim, com uma nuance de respeito na voz.

A expressão deixa todo mundo encantado.

— A profetiza dos mendigos, nada mais, nada menos.

— É ela que vai salvar o mundo — afirma Kim com ar doutoral.

O barbudo então avança, fechando um olho.

— Ah, é? E como é que ela vai fazer? Não vai ser nada fácil.

Todo mundo cai na risada. O hálito do barbudo é de matar, mas Cassandra percebe que consegue suportá-lo.

— Ela vai mostrar a todo mundo aonde estamos indo, e então vamos entender para onde devemos ir.

— Realmente, vocês dois, não sei o que foi que tomaram, mas deve ser de excelente qualidade. Estou adorando a sua trip! Vamos lá, pelo amor de Deus, digam logo, o que é? Alguma coisa de cheirar? Cola? Ou é direto na veia? Por acaso é Dark Angel?

— Não, é muito mais forte — responde Kim.

— Ah! Qual é o nome? Rápido! Quero saber! Qual é, então, esse veneno?

— A visão do futuro.

Nesse momento, Cassandra tem a impressão de que o sujeito à sua frente entendeu. Ele ri ainda mais, bebe um gole de vinho e de repente para de sorrir. Já se aproximam outros mendigos, percebendo que algo diferente está acontecendo.

— Vejam, eu bem que ficaria conversando com vocês por mais tempo, mas os tiras estão atrás de nós, e precisamos de um mapa. Se não nos ajudarem, estaremos perdidos.

O barbudo remexe a barba e afinal concorda em lhes conceder duas velas, um isqueiro e um mapa. No momento em que lhe entrega os objetos, murmura no seu ouvido:

— Você não me deve nada. Me fez rir muito, digamos que é a entrada para o show.

Kim imediatamente pega Cassandra pela mão e a puxa à parte.

— Mas o que significa isso? — pergunta ela.

— Material para desaparecermos. Posso não ter o seu talento, mas estou farejando que daqui a pouco teremos de nos esconder.

Como se fosse para confirmar o que ele diz, ouve-se um assobio. Alguns policiais já estão aquém da cerca.

Isso não vai acabar nunca?

Os dois jovens saem correndo. Perplexa, Cassandra se dá conta, olhando para trás, de que a pequena encenação deu certo. Os mendigos formaram uma parede viva que retarda o avanço dos policiais.

Enquanto corre, Kim consulta o mapa e acaba indicando um ponto perto da parede do túnel:

— Ali!

Levantando uma rocha plana, ele encontra um buraco de 40 centímetros de diâmetro. Eles dão um jeito de entrar, e quando estão os dois lá no fundo, Kim puxa a pedra como quem fecha uma porta.

Os dois estão debaixo da terra, no escuro, e não se mexem, com os sentidos aguçados.

170.

Meu irmão morreu.

Só ele podia me informar.

Eu nunca vou saber o que me aconteceu na juventude.

Nunca vou saber como meus pais transformaram meu cérebro, para que eu pudesse ver o futuro em sonhos.

171.

Eles esperam, imóveis, em total escuridão.

Eu já tive essa sensação em muitas vidas anteriores: esconder-me no escuro e esperar que o perigo passe.

Cassandra ouve barulho de água corrente.

— Onde estamos? — sussurra.

Kim leva uma das mãos à boca. Eles ouvem barulho de passos. Depois, latidos.

Eles vão acabar encontrando nossos traços e nosso cheiro.

— Venha!

Ele acende uma vela com o isqueiro e os dois avançam por um túnel estreito, com cheiro de barro molhado. Ouvem atrás o barulho da pedra sendo deslocada e depois dos latidos na entrada do subterrâneo.

Eles nos acharam. Seremos denunciados pela luz da vela.

Mas Kim Ye Bin a direciona para um cruzamento onde eles viram à direita, depois à esquerda e outra vez à esquerda, para afinal alcançar uma espécie de encruzilhada aonde vão dar vários túneis. Lá, viram novamente à esquerda, dando num canal estreito, mas no qual ainda conseguem ficar de pé.

Pelo solo avança um regato que se torna cada vez mais profundo, até chegar-lhe aos tornozelos. Kim detém-se e ouve. Os dois continuam ouvindo os latidos, mas ao longe, difusos, deformados pelo eco.

— A água fará com que os cães percam o nosso cheiro.

Cassandra ergue a cabeça. A alguns passos, a abóbada talhada na rocha já está a apenas um metro e meio de altura, o que os obriga a se curvar para avançar.

— Onde estamos?

— Nas catacumbas; 120 quilômetros de galerias em pelo menos três níveis. Os subterrâneos de Paris são um autêntico queijo Gruyère, mas aqui no sul, na Porte Brancion, é a rede mais densa. Antes de viver em Redenção, muitas vezes eu vinha me esconder e fazer a festa por aqui.

Ele olha o mapa e lhe indica uma direção a tomar. Eles avançavam sob abóbadas talhadas em forma de ogiva.

— São antigas minas de calcário das quais foram extraídas as pedras que serviram para construir os prédios e monumentos de Paris.

Ele coloca novamente o mapa diante do nariz.

— A partir de agora, nossa vida depende deste papel. Houve quem morresse por tê-lo perdido. Ninguém é capaz de guardar de memória a configuração desses túneis.

Cassandra se dá conta de que, com efeito, seu relógio indica: "Probabilidade de morrer em 5 segundos: 38%." Ela conclui que o GPS indicou a Probabilis onde ela se encontra. E este deduziu que ela desceu às catacumbas, avaliando o perigo global.

Eles avançam o mais rápido possível. No terceiro entroncamento, Kim consulta o mapa e toma o caminho à esquerda. Eles chegam a uma placa de bronze suja com a inscrição RUE DE TOLBIAC.

— Todas as ruas da superfície são indicadas nos subterrâneos. Prático, não?

Sem circulação, o ar é frio e pesado. Eles saem numa caverna cheia de inscrições. No chão, latas de cerveja, tocos de velas, guimbas, latas de tinta aerossol de todas as cores.

— É um antro de catáfilos.

Etimologicamente: "os que gostam de viver nas catacumbas?"

— Podemos até encontrar alguns. Muitos jovens vêm comemorar debaixo da superfície, pois aqui podem tranquilamente dançar e se liberar. E...

Transar, completa ela, mentalmente.

Ele contempla o mapa.

— Se meus cálculos estão certos, estamos num setor chamado de "Bizâncio". Entre a Rue Alphonse Daudet e a "Adega".

O túnel seguinte os leva a uma grande caverna, com nichos, mesas, diferentes camadas. Kim dirige-se para um arco.

— Por aqui é uma das zonas mais tentaculares. Eles nunca nos encontrarão. Ficaremos tranquilos.

Os dois jovens mendigos caminham durante muito tempo. Iluminados pela vela, descobrem várias alcovas, algumas com esculturas e afrescos picantes.

Mais um mundo oculto, bem próximo do mundo visível.

Eles chegam a uma sala onde foi esculpido um castelo-forte em miniatura. Nos cantos do teto, o cenário inesperado é completado por várias gárgulas inspiradas em esculturas de catedrais.

— É a "Sala do Castelo" — informa Kim, iluminando a peça e depois o seu mapa. — Já vi onde estamos.

Eles voltam a percorrer a sucessão de túneis e chegam à Sala do Dragão, cavada debaixo da Rue de la Santé. Lá se encontra uma escultura assustadora de um monstro réptil de boca aberta.

Que é que eu estou fazendo aqui?

Que é que o futuro faz aqui?

Ele chegam a um entroncamento onde se lê a inscrição PARC MONTSOURIS, e depois CITERNE MONTSOURIS.

— Por aqui é o aqueduto subterrâneo Médicis, construído na Idade Média para o abastecimento de água potável em Paris — explica Kim, como bom conhecedor.

À esquerda, duas placas indicam RUE D'ALÉSIA e DENFERT-ROCHEREAU.

— Deste lado, os alemães construíram durante a última guerra um bunker da Luftwaffe debaixo do Liceu Montaigne. E ali, debaixo de Denfert-Rochereau, fica o abrigo onde os resistentes coordenaram a liberação de Paris em 1944. O engraçado é que eles estavam a 200 metros de distância uns dos outros, mas os alemães não conseguiram localizá-los. Depois, o abrigo foi usado para o contrabando. Em 1968, permitiu aos manifestantes fugir ou ficar debaixo das botas da polícia.

Eles ouvem latidos. Kim faz uma careta.

— Não é possível! Eles nos encontraram e ainda estão atrás de nós. Devem ter instalado detectores de presença há pouco tempo, nós devemos ter sido localizados no bunker alemão. Rápido. Por aqui.

Eles descem um nível. O relógio de probabilidades de Cassandra indica 14%. Mas a jovem deduz que, se suas chances de sobrevivência aumentaram, foi sobretudo porque, nessa profundidade, o satélite não capta mais o sinal GPS. Ela se lembra das palavras do irmão:

Os otimistas são pessoas mal-informadas...

As galerias vão ficando mais profundas, mais estreitas, mais frágeis. Eles descem outro nível, e mais outro. O cenário muda. De um metro e meio, as galerias passam a um metro de altura. O filete de água de chuva que passava por ali transforma-se numa torrente, em meio à qual eles patinham.

— Pelo menos os cães não poderão nos farejar — observa o coreano.

Eles passam por um corredor tão baixo e estreito que são forçados a caminhar recurvados, e depois de quatro.

Estou sendo digerida.

Depois de ser mastigada, dissolvida, putrificada, estou circulando pelos canais digestivos, os "intestinos" de Paris.

Esse subterrâneo lamacento é a próxima fase da minha evolução.

Eles se detêm.

Escondidos num nicho cavado na rocha, ouvem apenas a própria respiração ofegante. Nenhum latido.

— Eles se empenham mais em encontrá-la para mandá-lo de volta à sua escola do que em encontrar terroristas que massacram inocentes — murmura Kim.

— Por que, na sua opinião?

— Porque a outra palavra que rege esse mundo é "paradoxo". A polícia faz de tudo para deter os salvadores da sociedade e deixa livres os seus destruidores. Seu irmão nos disse que a pior palavra era resignação, e se suicida. Veja também o pessoal de Redenção: Orlando é um ex-militar brutal e alcoólatra, e no entanto é o sujeito mais generoso e pacífico que eu conheço. Abriu mão das armas de fogo, embora seja sua especialidade. Acredite, pode a qualquer momento quebrar a cara do primeiro sujeito que lhe pareça violento. Fetnat é negro e racista. À parte as tribos vizinhas da sua e os brancos, se você o ouvisse falar dos asiáticos, ficaria apavorada. Ele é de uma virulência especial em relação aos japoneses, vai entender por que... Esmeralda passa horas se embelezando, mas não deixa nenhum homem chegar perto. Exibe os seios em decotes profundos, mais se alguém tenta seduzi-la, não só fica surpresa como mostra uma fúria de virgem assustada. E você, Princesa, diz que enxerga o futuro e...

Cassandra não o deixa terminar:

— E você, Marquês, qual é o seu paradoxo?

— Eu? Meu paradoxo é você.

As galerias tornam-se cada vez mais frias e úmidas. A água sobe rapidamente e Kim é forçado a segurar a vela na altura dos olhos.

— Orlando tem razão, às vezes o inverso dos provérbios é que é mais verdadeiro — diz. — Nossos antepassados se enganaram. As pessoas se manifestam em nome da liberdade para terem o direito de continuar sendo escravas. Matam o próximo em nome do amor à pátria ou à religião. Não gostam daqueles que os libertam e lhes abrem os olhos, e adoram os que os aterrorizam e alimentam com mentiras.

Eles agora estão com água até os quadris. Kim segura o precioso mapa acima da cabeça.

— Em geral, é possível escapar pelas saídas de esgoto, mas a maioria está fechada, temos de descobrir quais não estão. E isso só consta aqui neste papel — declara o rapaz.

Eles descem ainda mais e saem em corredores meio inundados, pelos quais praticamente precisam nadar. Não sabendo se o relógio de probabilidades é à prova d'água, Cassandra o protege num saco plástico e o guarda no bolso. Kim Ye Bin tenta com uma das mãos manter o mapa acima das ondas, enquanto, com a outra, sustenta a vela acesa, o que no entanto fica cada vez mais difícil.

Água subindo num túnel escuro... meus antepassados pré-históricos também passaram por isso.

Ao redor deles é cada vez maior o número de ratos nadando com discretos respingos. Os roedores não lhes dão a menor atenção. O rabo serve de leme para o direcionamento, enquanto as patas vão e vêm freneticamente.

Como a primeira vela chegou ao fim, ele acendem a segunda, aproveitando uma saliência mais ou menos seca do terreno. Mas, na passagem por um túnel de teto muito baixo, uma repentina cascata cai sobre eles, molhando o papel, o isqueiro e a vela.

— Oh, não!

Eles ficam na escuridão mais absoluta, com água até o queixo, no meio de um labirinto subterrâneo onde ninguém jamais virá buscá-los.

Se a luz se apagar, será o fim.

Kim tenta em vão reacender o isqueiro. Até que, num rompante de raiva, atira o mapa molhado, já agora ilegível, e, tomando a jovem pela mão, leva-a numa direção ao acaso. O teto dos túneis abaixa ainda mais, e eles precisam ficar de boca fechada para não engolir água.

Não morrer assim. Afogada dentro da terra.

Meu irmão enfrentou o elemento ar, e, na explosão do caminhão, o elemento fogo.

Eu estou enfrentando simultaneamente os elementos água e terra. A Experiência 24 é complementar da Experiência 23.

Tateando ao acaso na escuridão total, eles descobrem um corredor em ligeira ascensão. O nível da água baixa. Logo ela bate apenas no tronco deles, e em seguida, nos joelhos.

— Quanto tempo aguentaremos se não acharmos a saída? — pergunta ela.

— Se não nos afogarmos com a subida das águas, e se conseguirmos dormir num canto seco, eu diria três dias. Se comermos mutuamente, talvez cinco ou seis.

Claro, como eu sou boba, tinha esquecido essa possibilidade.

Eles foram vencidos pelo cansaço, avançando cada vez mais lentamente.

Pronto, já entendi. Não estamos aqui por acaso. Nossa presença tem um sentido. Eu posso dizer-lhe, ele deve entender.

— Tenho a impressão de que estamos vagando nesses corredores escuros exatamente como a humanidade se perdeu no labirinto obscuro do tempo. O que está acontecendo conosco reflete o que vai acontecer com o mundo inteiro.

— Em que você está pensando?

— Nos ratos. Na subida das águas. Na extinção das chamas. Na chegada da escuridão. Na perda do mapa. Na busca da saída.

— Se a humanidade viver o que estamos vivendo, estará muito mal.

— Se encontrarmos uma solução para nós, encontraremos uma para todo mundo.

Ou o contrário. Como diria Orlando.

Ela se aconchega junto a Kim. Os dois se abraçam, para transmitir o pouco de calor que lhes resta. Ela então tira o relógio do saco plástico, acende-o e vê surgir o número "68%". A luz é fraca, mas, na escuridão total, perfeitamente legível.

— Eis a solução! — exclama ela. — Aqui devemos estar suficientemente perto da superfície para que ele capte o sinal GPS. Vamos tentar nos mexer para ver.

Eles dão alguns passos ao acaso e o número aumenta. "Probabilidade de morrer em 5 segundos: 69%."

Cassandra sugere então que deem meia-volta, voltando ao ponto onde aparecia 68%, e em seguida eles caminham na direção oposta. O número desce a 66%.

Para Probabilis, nós temos mais probabilidades de morrer que chances de sobreviver. Mas eles podem rever seus dados em função de nossos movimentos imediatos neste labirinto progressivamente tomado pelas águas.

— Continuamos acima de 50% de risco de morrer — lamenta Kim.

— Nós vamos sair dessa, pois encontramos o método.

O resto é apenas uma expressão desse método. É como a serpente de Fetnat. A partir do momento em que o Visconde teve a ideia do seu estratagema com a serpente, Ismir já estava morto. Da mesma forma, a partir do momento em que tivemos a ideia de usar o relógio de probabilidades para nos orientar até a saída, estamos salvos.

Fazendo o mesmo teste em todos os caminhos de todas as encruzilhadas, eles finalmente encontram um corredor marcando 49%.

A partir de agora, nossas chances de sobrevivência são superiores às nossas chances de morrer.

Os dois jovens mendigos levam várias horas para encontrar um caminho com indicação inferior a 40%. Em seguida, os 30% e os 20% chegam com facilidade. Finalmente, em determinado lugar, aparece: "Probabilidade de morrer em 5 segundos: 16%." O único inconveniente é que se trate de uma galeria sem saída.

— Estamos bem perto da libertação — declara Kim. — Por trás dessa parede há algo que deve se parecer com uma saída.

Os dois começam então a cavar com as mãos nuas na terra fofa.

— Provavelmente sairemos num jardim ou num porão. Bastará explicar a situação ao proprietário do lugar.

Finalmente eles ouvem algo parecido com vozes humanas meio abafadas. Cavam mais e redobram seu empenho, até que tudo desmorona. E eles se veem em meio a centenas de esqueletos e pessoas gritando.

172.

Encontramos uma porta do inferno.

173.

No elã do momento, eles caem para a frente e no meio de ossadas de um amarelo sinistro, vagamente impregnadas de um medonho cheiro de formol.

Levantando-se, veem dezenas de turistas japoneses a observá-los, horrorizados. Alguns gritam, outros ficam paralisados. Três deles têm o reflexo de sacar a máquina fotográfica e metralhá-los com seus flashes.

Cassandra e Kim examinam o local e se dão conta de que saíram nas catacumbas oficiais de Denfert-Rochereau, abertas à visitação. Ao seu redor, milhares de ossadas foram dispostas de maneira a formar obras de arte, entre as quais aparecem inscrições do tipo "Todos os minutos ferem, o último mata".

Estamos num ossuário.

Uma turista desmaia, outros não param de gritar. Mas o casal de jovens mendigos enlameados que saiu do mundo dos mortos já desapareceu às carreiras. Tendo chegado à superfície, a primeira lufada de ar e luz é para eles uma espécie de renascimento.

Ar.

Luz.

Espaço.

Fora dos intestinos.

Fora da terra.

E assim nós atravessamos o reino dos mortos e voltamos ainda mais fortes.

Os dois se olham. A lama cobriu suas roupas e sua pele até os cabelos.

Ela o contempla.

Ele parece recoberto de musse de chocolate.

Ela acha graça da ideia. Cassandra Katzenberg tem então um primeiro acesso de riso. Ele sobe da barriga e sai pela garganta. Há muito tempo ela não ria assim. E fica encantada com o som do próprio riso.

Kim Ye Bin também ri, mas de um jeito mais espasmódico. E nessa hilaridade compartilhada é como se as tensões acumuladas finalmente fossem descarregadas.

174.

Conseguimos. Saímos dessa. Até nas piores circunstâncias a gente pode se salvar por pouco.

175.

A chuva volta a cair, lavando-os com seu manto matricial. Eles se enxugam um ao outro. Quando a tempestade redobra de intensidade, saem correndo na direção da entrada mais próxima do metrô. Denfert-Rochereau. Pegam a linha Porte d'Orléans-Porte de Clignancourt.

Mas de repente, numa virada, são detidos por três fiscais plantados no corredor.

— Bilhetes, por favor.

Oh, não, de novo?!

— Não temos — informa o jovem coreano com voz cansada.

O sujeito que parece o chefe os examina de alto a baixo e tira do bolso algo que mantém oculto na mão fechada. Depois, abre-a, revelando dois bilhetes. E pisca para eles.

— Eu sei, é a crise. Entendo a situação. Com isto, poderão resolver o problema momentaneamente.

Os dois ficam por um momento perplexos.

— Como? — pergunta Kim, achando que não ouviu bem.

— Pelo jeito como estão vestidos e no estado em que se encontram, vocês não devem estar numa situação muito divertida. Já é ruim demais não ter nada, e eu não vou causar-lhes mais problemas ainda, com formalidades administrativas.

Por um momento, Cassandra e Kim acham que ele está brincando.

— Ehrr... obrigado — gagueja o jovem asiático, franzindo as sobrancelhas, como se quisesse verificar se não estão zombando deles.

Mas o fiscal dirige-lhes um cumprimento, levando os dedos ao boné.

— Sabem como é, a gente ganha bilhetes gratuitamente, de modo que não custa nada ajudar os outros de vez em quando. Além do mais, vocês é que estão por baixo hoje, mas amanhã poderei ser eu.

Os outros fiscais balançam a cabeça, em sinal de assentimento.

— Não precisam correr, vão pegar o próximo metrô. Podem relaxar um pouco, parecem estressados. Isso sim, o estresse, é que faz mal ao estômago e ao coração. No fim das contas, o mais importante é a saúde.

Passada a surpresa, os dois jovens retomam seu caminho. Kim sussurra:

— Esta, se não tivesse visto, eu não acreditava!

Cassandra tem vontade de responder:

Ninguém é completamente branco ou completamente preto, não podemos julgar os outros pelas roupas ou a profissão. Até os burgueses e os tiras podem ser pessoas excelentes. E até os pobres e mendigos podem ser uns cretinos. Onde quer que a gente esteja, sempre existem pessoas legais.

Eles tentam adotar o comportamento dos passageiros normais. Encontram um vagão com lugares livres e se sentam um ao lado do outro. As portas do vagão se fecham. Um apito, e a máquina móvel os transporta do sul para o norte da capital.

Cassandra finalmente pode fechar os olhos e respirar normalmente.

176.

Ainda estou com a impressão de que na minha vida tudo começa de novo, só que com ligeiras diferenças.

Saí no meio dos esqueletos das catacumbas como saí no meio das bonecas do depósito.

Fujo entre os homens como fugi entre os ratos.

Sou incompreendida pelas outras alunas da Escola das Andorinhas como sou incompreendida pelos policiais.

Os atentados começaram de novo, com algumas diferenças. Uma vez, é um homem no metrô, outra vez, é uma mulher na biblioteca.

A fiscalização dos bilhetes ocorre de novo, mas com uma reação oposta dos fiscais.

Tudo é cíclico. Tudo é "fractal".

O mesmo filme volta a ser projetado para mim, com ligeiras variantes nos cenários, personagens e situações, mas não deixa de ser o mesmo.

Como todas essas vidas que eu vivi. Basicamente, elas são semelhantes, mas com nuances que fazem com que não sejam exatamente iguais.

A cada vez, eu nasço chorando. A cada vez, morro arfando.

A cada vez, eu cresço, cheia de esperança. A cada vez, me conscientizo de ser sozinha e de que ninguém pode me entender. E depois morro meio decepcionada por não ter podido fazer mais.

A cada vez, faço o melhor que posso.

A cada vez, fracasso.

Ela inspira fundo e se lembra de uma citação de Winston Churchill numa das camisetas de Kim. Ela lhe agradara muito:

"Ter êxito é ir de fracasso em fracasso sem perder o entusiasmo."

No fim das contas, essas frasezinhas podem ajudar. Esta, pelo menos, me dá vontade de não desistir. As frasezinhas são uma cola para consertar os defeitos do destino.

Desde que lhes seja conferido esse poder.

Churchill devia ser um sujeito que em dado momento se defrontou com uma verdade fundamental. Entreviu algo. Necessariamente.

Ela a repete:

"Ter êxito é ir de fracasso em fracasso sem perder o entusiasmo."

Pesa cada palavra e a registra, consciente de tudo que há nessa frase de promessa, esperança, força diante da adversidade e resistência às provações.

177.

A boca escancarada da cerca parece esperá-los. Cassandra mete-se pelo buraco e Kim a segue. Eles rastejam por baixo dos galhos cerrados e depois se levantam e contemplam o Depósito.

São 19 horas e, sob o céu cinzento, a chuva parou. O vento calou-se. É um momento de calma em meio às águas de março. Ainda há, inclusive, luz do dia. Do ponto onde se encontram, eles veem as pilhas de automóveis e as montanhas de lixo. Cassandra reconhece o dinossauro de boca escancarada, o vagão de metrô rasgado ao meio.

Talvez tenha sido um atentado.

Ela também vê a libélula gigante do helicóptero acidentado.

Eles inspiram a plenos pulmões e finalmente encontram de novo o perfume de casa.

Quem diria que um dia eu preferiria o fedor de um depósito de lixo ao cheiro da cidade.

Eles avançam em meio aos arbustos cheios de tojos e espinheiros.

São vigiados por cães selvagens que rosnam. Ele se agrupam e se aproximam, mas não ousam atacá-los.

Eles ainda têm na memória nossos encontros anteriores. É o "espírito da matilha selvagem".

Os dois jovens mendigos avançam em meio às montanhas de lixo, entre colunas de carros enferrujados, empilhados de qualquer jeito, e amontoados de máquinas de lavar e aparelhos de televisão quebrados.

Aqui tudo acaba e tudo começa.

Ao chegarem finalmente a Redenção, Esmeralda Piccolini, encaracolada em sua rede, está lendo uma revista de fofocas. "Tudo terminado entre Bérénice de Rocancourt e Timothé Philipson", lê-se na capa, com um enorme ponto de exclamação, para frisar bem a importância do drama.

Fetnat Wade está regando seu canteiro de plantas medicinais. Orlando Van de Putte remexe na panela um *waterzooï* em cuja superfície boiam patas e focinhos de ratos. Morde com vontade algo que parece uma maçã, mas que, pelo cheiro, revela-se na verdade uma grande cebola cor-de-rosa.

Sem dizer palavra, os dois jovens atiram-se na comida. Kim lança mão de uma faca e corta um pedaço do cão selvagem que está tostando no espeto. Em seguida, esvazia uma garrafa de vinho, sem respirar.

Sem pensar, tomada pela fome, Cassandra mergulha uma cumbuca na panela de *waterzooï* e, sem olhar as formas suspeitas que nadam, leva uma colher à mistura e engole sem mastigar.

— Ei, moleques, será que a língua cairia se dissessem "Bom dia"? — pergunta Esmeralda.

À guisa de resposta, Kim solta um ruidoso arroto, com cheiro de uva fermentada.

Eles comem com os dedos, para ir mais depressa, como se precisassem urgentemente encher o orifício bucal.

Com Charlotte eu degustava, mas com Kim eu devoro. E as duas sensações são boas.

A fome confere um sabor especial a todos os alimentos.

Em dado momento, ela se depara com algo que parece uma barbatana de peixe.

— Também botei morcego — assinala o feiticeiro. — Dá um gostinho de cereja amarga, apreciado por alguns.

Aplacada a fome, os dois adolescentes livram-se das roupas sujas e úmidas, esfregam-se com guardanapos e bolas de papel-jornal e vestem roupas limpas e secas.

— Então, que foi que lhes aconteceu? — pergunta Orlando, distraído, ao mesmo tempo em que verifica o nivelamento de uma seta.

— Nada especial, só rotina — diz Kim, que começou de novo a devorar o assado de cachorro. — E aqui, algo de novo?

— Aqui aconteceram muitas coisas. Algumas extremamente graves.

— O quê?

— A ameixeira, símbolo do nosso projeto, perdeu as folhas e vai morrer — informa Fetnat Wade.

— As plantas às vezes dão, às vezes não. Deve ser por causa da poluição — filosofa Orlando Van de Putte.

— Perdemos na Loto — completa Esmeralda Piccolini, cuspindo. — Parece que é um período de falta de sorte.

— Ah, vocês não fazem ideia de como é bom voltar a vê-los — lança Kim, para distrair a atenção. — Lá fora, afinal, não é a mesma coisa. Quanto mais eu vivo, menos suporto a arrogância dos burgueses.

Cassandra toma um pouco mais de *waterzooï*. Um pedaço de asa de morcego fica preso num de seus molares e ela libera delicadamente a membrana borrachuda.

O grande viking entrega-lhe uma garrafa de cerveja tépida.

— Ei! Barão egoísta! E a mim, não oferece? Você sabe perfeitamente que ela não gosta de álcool.

— Não enche, Duquesa, ela pode mudar de opinião.

— Ora, ora, diga simplesmente que ela é mais bonitinha e mais jovem que eu, e então você a trata a pão-de-ló, e a mim, despreza completamente, seu porco imundo. Muito embora essa guria só nos traga aborrecimentos, e eu faça tudo para resolver as coisas.

— Pronto, vai começar tudo de novo: insultos, palavras fora do lugar, agressão gratuita. Muito bem, Duquesa, que belo exemplo não estamos dando à juventude. Quer que eu diga o que você é? Apenas uma velha agressiva e sem coração!

— Eu, agressiva?! É realmente o cúmulo!

— Isso aí, perfeitamente, você não para de me encher o saco!

Ela já lançou mão de uma garrafa de vinho, quebrou-a no carrinho e está lançando um caco contra ele.

— Repete que eu sou agressiva e eu lhe corto a barriga!

"Acalme-se" é realmente a frase que mais irrita. Outro paradoxo. Nunca se viu uma pessoa irritada se acalmar quando alguém lhe diz que o faça.

— Escuta aqui, sua babaca, estou dizendo para fechar a matraca e parar de encher o saco! — responde Orlando, agarrando por sua vez um caco da garrafa.

Os dois hesitam, e acabam depondo armas. Mas se agarram pelo colarinho, vociferando uma na cara do outro:

— Bacalhau fedido!

— Resto de bidê!

— Estrangulador de criancinhas!

— Vendedora de meninas!

— E ainda estranha que a sua mulher o proíba de ver a filha!... Já viu que belo exemplo não lhe daria, um pinguço nojento, uma poluição ambulante.

As palavras podem ser usadas como armas, para ferir.

— O cinema realmente perdeu uma grande estrela, com você!

— Eu não permito! Todos os homens estavam aos meus pés!

— Mas é preciso lembrar que no auge da sua fulgurante carreira você ainda não estava no formato baleia, e ainda conseguia passar pelas portas!

Cassandra olha para eles como se estivesse assistindo a um espetáculo teatral.

— Sem querer ofender, Barão, se disser mais uma palavra arrebento-lhe a cara a marteladas.

— Sem querer abusar dos meus direitos, Duquesa, quero lembrar que ainda está para chegar o dia em que eu terei medo de uma vadia gorda, vulgar e drogada!

— Gorda?! Repita isso!

— Gorda e drogada, perfeitamente.

— Não é qualquer alcoólatra que vai me dar lições de moral. Seria o hospital zombando da caridade!

— Ou o contrário! Isso aí é antes o contrário.

Ah, esse provérbio, eu nunca entendi o que ele quer dizer.

— A caridade zombando do hospital... Não quer dizer nada! Esse seu antiprovérbio não serve para nada!

Eu tinha esquecido que eles só se comunicam assim. Como cães latindo.

Por trás desses insultos que parecem terríveis, há apenas palavras perfeitamente banais. Poderíamos botar a legenda: "Tudo bem, querido? — Tudo bem, e você, amor, nenhuma preocupação?" O insulto é uma língua como outra qualquer. Mas eu preciso tentar acalmá-los.

— Nós todos não passamos de montes de partículas — declara simplesmente Cassandra.

— Pois bem, diga ao enorme monte de partículas que está ao seu lado que se não fechar essa bocarra vou lhe mandar uma excrescência do meu corpo que se chama "mão" bem no meio da parede de moléculas amontoadas que se chama "sua careta"!

— Você me insulta porque está com vontade de me beijar — diz Orlando.

Ela para e então faz uma cara de desdém.

— Te beijar?! Com todo esse alho e essa cebola que comeu no seu último *waterzooï*, teria primeiro de esfregar o estômago com uma vassoura de piaçava e água de colônia!

Kim Ye Bin, tendo aplacado a fome, diz suavemente:

— O irmão de Cassandra morreu.

Silêncio. De repente, um longo gemido chega do outro lado do depósito.

— É Ismir — diz Fetnat, que sabe das coisas.

— Ninguém escapa ao destino. Nós escrevemos seu futuro quando soltamos a serpente — completa Orlando.

— Pelo menos livrando-se a Terra desse crápula, muitas meninas poderão ter uma vida menos sem graça — reconhece Fetnat, cuspindo. — Se entendem o que eu quero dizer.

Kim senta-se perto de Cassandra. Nada diz, limitando-se a lhe massagear os ombros, para aquecê-la.

— Eles me cansam. Venha à minha cabana — murmura ele.

178.

Orlando, Fetnat, Esmeralda.

Desses aí eu gosto.

Eles fazem parte de mim. Têm a mesma energia bruta e selvagem que também percorre o meu corpo.

A energia da terra, da podridão, do humo original.

179.

Na cabana de Kim, todas as telas de computadores reproduzem a mesma imagem, o rosto angélico de Daniel Katzenberg, coberto de cabelos longos.

"O profeta que desistiu."

Os dois jovens descobrem progressivamente a vida do falecido irmão, através de vários artigos da internet. Aos 7 anos, ele se revelou um excelente jogador de xadrez, graças ao que ele mesmo considera uma "percepção das probabilidades de encadeamento dos lances". Probabilidade. Começou cedo. Ele se apaixona pelas ramificações de probabilidades, e escreve aos 13 anos uma dissertação sobre seu mestre, Christiaan Huyghens, o pioneiro que, aconselhado por Blaise Pascal, escreveu em 1657 "A teoria das probabilidades".

Recorrendo a lances de dados e depois às cartas, esse cientista holandês, conhecido especialmente por seus trabalhos de astronomia, inaugura uma reflexão que o ajudará a definir o universo como um campo de probabilidades.

Passando da teoria à prática, o jovem Daniel Katzenberg, depois de evoluir no mundo dos torneios de xadrez, começa a jogar pôquer, conseguindo juntar uma fortuna já aos 15 anos. Aos 18, ele se lança nos jogos de cassino, sendo afinal proibido em virtude de vitórias suspeitas.

Ao ser preso pela primeira vez, ele declara: "Eu não trapaceei, simplesmente refleti sobre as probabilidades." Sua reputação aumenta no universo da matemática. Precisamente nessa época, ele é contratado para trabalhar no departamento de seguros de vida da grande empresa Seguros Futuro, onde são postos a sua disposição os recursos necessários para suas pesquisas sobre as ramificações de possibilidades, o que lhe permite criar um primeiro laboratório de testes para estudos de todo tipo de hipóteses de futuro. Ele é o primeiro a estimar com precisão as chances de sobrevivência em terremotos, tufões, tsunamis, epidemias de gripe, guerras e até manifestações de protesto, tudo graças a algoritmos considerados revolucionários por seus colegas.

Em vista de sua idade e de suas teorias vanguardistas, Daniel Katzenberg rapidamente se transforma na grande estrela da profissão. Ele procede a muitas experiências de testes de sobrevivência, até que provoca um primeiro acidente. Uma de suas cobaias morre esmagada por uma jamanta no acostamento de uma estrada, onde estava para o cálculo de sua probabilidade de tempo de sobrevivência.

Ele provoca um segundo acidente mortal ao solicitar a uma cobaia que ficasse num campo de golfe com um saco de tacos durante uma tempestade. O sujeito, fulminado ao fim de 17 minutos e 25 segundos, morre na hora.

Em vez de se desculpar ou desistir, Daniel Katzenberg declara que, nas próximas experiências de cálculo de probabilidades de acidente mortal, vai utilizar como cobaia sua própria pessoa.

Ele próprio experimenta várias situações perigosas: carro jogado num rio, incêndio de granja, forca. A cada vez, é salvo *in extremis* por um colaborador.

Foi por isso que ele pulou do alto da Torre de Montparnasse com um camarada no caminhão.

Depois de várias queixas, os diretores da Seguros Futuro pedem ao jovem prodígio que feche seu laboratório e se limite a um simples escritório de cálculos teóricos, e não práticos, em suas instalações.

Foi nessa época que ele teve de montar seu laboratório secreto no corredor do último andar da Torre de Montparnasse, para continuar analisando as probabilidade de morrer nas circunstâncias mais banais ou mais extraordinárias. Ele deu prosseguimento a suas experiências sem autorização dos superiores.

Na mesma época, Daniel Katzenberg passa a trabalhar com o pai no Ministério da Prospectiva, onde aprofunda seu estudo da evolução da humanidade, modelizada como uma sequência de scripts associados a probabilidades por ele analisadas, desmembradas e refinadas em função dos acontecimentos da atualidade. Suas pesquisas levam-no a alertar os políticos quanto aos riscos de um crescimento demográfico descontrolado e do desperdício dos recursos planetários.

Nós tínhamos chegado às mesmas conclusões.

Mas seus trabalhos não puderam ser utilizados pelo governo, que os considerou inadequados às questões políticas do momento.

Kim Ye Bin parece muito impressionado.

— Caramba, e dizer que eu vi esse sujeito vivo! Era um gênio. Se continuasse vivo, ele teria...

— Ele teria... mas não foi capaz. Os outros têm desculpas, pois não sabem. Mas ele não tem nenhuma desculpa. Ele sabia.

— Mas ainda assim contribuiu para o progresso, Princesa.

Grande coisa! Para impressionar alguns especialistas em seguros de vida? Para testar, por curiosidade mórbida, quanto tempo um pobre infeliz seria capaz de sobreviver no acostamento?

— Teria sido melhor que ele refletisse sobre a maneira como sua espécie poderia de alguma forma se salvar, caro Marquês.

A humanidade não tem acostamento.

— Foi o que ele fez mais no fim. E foi isso que o deixou deprimido — reconhece o coreano.

— Pobrezinho! O grande gênio está triste porque se deu conta de que a humanidade está ferrada. Mas se tudo fosse bem, não teríamos nenhum motivo para nos esforçar! É porque as coisas não estão dando certo que precisamos agir.

— Seu irmão...

— Ele já está esquecido. E seu trabalho também. Que vai ficar do seu pensamento e da sua obra?

— Mas você se dá conta do que ele realizou, Princesa?

— Nada. Enquanto os jornais e o grande público não estiverem informados, é como se ele não tivesse existido, Marquês.

E além do mais, ele morreu. Suicidou-se. Desistiu. Os mortos nunca têm razão. Não passava de um...

— ... Não passava de um idiota. Ele precisava de ajuda.

... Ele precisava de mim.

— Por orgulho, achou que podia fazer tudo sozinho. Depois, quando viu que não conseguia, em vez de reconhecer que precisava de ajuda, preferiu largar tudo. Que... imbecil! — solta ela.

— Etimologicamente: "que anda sem ajuda de uma muleta", não é, Princesa?

Ela não reage, irritada por ser derrotada em seu próprio terreno. Volta então a pensar em Daniel.

Não basta saber, é preciso transmitir o saber. Senão, é pensamento inútil.

— Você está com raiva. Não se dá conta de como seu irmão foi uma criatura extraordinária!

— Um pretensioso!

— Ele foi tocado pela graça, foi um iluminado.

— Ele perdeu a esperança. Era um fraco. De que adianta chegar a esse nível de inteligência e consciência para acabar estatelado ao pé de um arranha-céu?

— Ele não estava completamente errado — reconhece ele.

É então que Cassandra diz lentamente:

— Sim, caro Marquês, meu irmão Daniel estava completamente errado. É possível salvar as pessoas. É possível salvar o mundo. A antiga Cassandra fracassou. O antigo Daniel fracassou. O novo Daniel fracassou. Mas... eu vou conseguir. Graças a vocês. Os rejeitados, os proscritos, os resíduos da sociedade. Exatamente como o adubo permitirá salvar a ameixeira.

— Ei, ei, não precisa ofender! Nós não somos adubo, Princesa.

A jovem de grandes olhos cinza-claro nem se dá ao trabalho de responder.

— Nós podemos ser apenas cinco, mas somos capazes de desviar o trajeto funesto do rebanho cego — insiste ela.

— Eles são muitos — diz Kim.

— "Não é porque muitos estão errados que se pode considerar que têm razão." Acho que li essa frase numa das suas camisetas.

Ela se levanta.

— Agora restamos apenas nós interessados no futuro neste país. Teremos de criar o nosso Ministério Oficioso da Prospectiva. Simples assim. E eu conto com você, Marquês.

Kim volta à foto do jovem de cabelos revoltos.

— E se o seu irmão Daniel tivesse razão?

Cassandra recusa-se a argumentar.

Todos eles vivem com medo. Até Kim. Até Esmeralda, Fetnat e Orlando. Todos eles se conformaram. Já na escola lhes é incutido o medo, para que não se sintam tentados a cometer atos de bravura. Medo. Até o meu irmão foi afetado por essa doença, e morreu dela.

— Boa noite — diz ela, levantando-se repentinamente.

Ela sai da cabana de Kim e vai escalar a montanha de bonecas.

Lá do alto, observa as luzes do depósito, enquanto corpinhos de plástico rolam sob seus pés. Ela tenta cuspir, mas não consegue. Precisa tentar várias vezes, até produzir um projétil digno do nome. Depois, volta e mergulha embaixo de várias camadas de lençóis, quando a tempestade começa a rugir de novo.

180.

Daniel era como eu, mas nós temos recursos diferentes.

O que ele tinha a mais era uma verdadeira formação científica.

O que eu tenho a mais é a intuição feminina.

O que ele tinha a mais era a inteligência.

O que eu tenho a mais é a coragem.

E também a consciência. Eu tenho uma consciência mais ampla e mais profunda que meu irmão.

Meus sonhos nutrem minha mente como uma poção mágica.

E quanto mais eu sonho, melhor eu sonho.

Eu sei que sou diferente, mas graças a meu irmão e a seu sacrifício, sei até onde posso ir.

Como ele foi tolo por não me esperar e não concordar em trabalhar comigo! Juntos, nós teríamos sido muito fortes.

Dois indivíduos cujo cérebro direito é capaz de se expressar sem limite e que têm uma visão infinita do tempo e do espaço.

Resta uma pergunta: como foi que nossos pais nos dotaram deliberadamente de uma mente capaz de realizar tais proezas?

181.

Cassandra sonha.

Ela se vê de novo no tribunal futuro, acusada como representante de uma geração de egoístas esbanjadores, enquanto a multidão grita "Morte!" e as testemunhas vão passando. Depois, seu espírito sobrevoa o tribunal em ruínas, Paris reduzida ao estado de gigantesco depósito frequentado por milhões de silhuetas sujas e esfaimadas, hordas de ratos e cães vagabundos debaixo de um ar amarelado pela poluição. Seu campo de visão recua e se eleva no céu, até o momento em que ela vê um planeta numa esfera de vidro transparente em forma de maçã, com um cabo e uma folha igualmente translúcidos.

Na folha da maçã gigante há uma inscrição: "Probabilidade de futuro no próximo milênio: 78%."

Sua visão regride ainda mais. Ela vê que essa maçã com um mundo em seu interior é um fruto da Árvore do Tempo. Assim, no seu sonho, ela mistura os três conceitos:

1 — A Árvore do Tempo.

2 — As probabilidades de futuros.

3 — As intuições de futuros.

Cassandra, a sacerdotisa, vem ao seu encontro num galho.

— De fato, o futuro mais provável atualmente — reconhece a mulher de túnica branca. — Uma humanidade de crianças despeitadas cambaleia na superfície de um mundo morto; crianças entregues a elas mesmas, enfurecidas contra os antepassados. Elas têm razão de sentir raiva daqueles que as esqueceram e negligenciaram para satisfazer seus prazeres imediatos.

— Mostre-me outros futuros possíveis — responde a jovem.

As duas sobrevoam então os galhos azuis da Árvore do Tempo e aterrissam em outras maçãs transparentes, preenchida cada uma delas por um planeta azul semelhante à Terra.

Elas se dirigem a um mundo-fruta que tem em sua folha a inscrição "Probabilidade de vida desse futuro no próximo milênio: 1,3%."

— Aí está um futuro de probabilidade fraca — diz a sacerdotisa —, mas ele provavelmente vai interessá-la.

Elas se aproximam da parede de vidro e a atravessam. Cortam o manto de nuvens e sobrevoam Paris. Vista do alto, a capital parece incrivelmente calma. A Torre Eiffel está coberta de um manto de hera salpicado de flores brancas e violeta. No Sena navegam despreocupadamente embarcações de velas vermelhas.

O ar é leve, as ruas são fluidas, atravessadas por raras bicicletas.

O Trocadéro transformou-se num vasto parque onde pastam animais selvagens. Ao redor de um lago de águas profundas, as duas mulheres vindas de outro espaço-tempo veem elefantes, girafas, búfalos, garças. Essas espécies parecem conviver sem medo. Mais adiante, leões e leopardos fazem a sesta, deitados sobre as estátuas à beira da avenida. Há frutas pendendo das árvores, pássaros de grandes asas no céu.

As duas Cassandras descem e constatam que os pedestres usam roupas largas de algodão de cores vivas: amarelo, vermelho, azul, verde, rosa, violeta, turquesa. Ninguém está vestido de negro.

Elas se aproximam de um casal de cabelos brancos sentado num banco público. Espontaneamente, a mulher oferece-lhes frutas e legumes tirados da sua cesta. Elas os saboreiam, sentindo seu paladar raro.

— Que estão fazendo aqui? — pergunta a jovem Cassandra.

— O que eu sei é que não estamos trabalhando — diverte-se a mulher.

O homem explica-lhes que a ideia de "trabalho" deixou de existir, dando lugar ao conceito de expressão de um "talento particular". Cada um exerce sua paixão em seu ritmo pessoal. O conceito de família também desapareceu, sendo substituído pelo de pessoas ligadas por um sentimento de afeto. O conceito de cura deu lugar ao princípio de prevenção. Cada um dá um jeito de não cair doente e, com isso, ninguém precisa tratar dos sintomas de um desequilíbrio interno mais antigo. As pessoas vivem menos agitadas, por mais tempo. Os dois idosos, por sinal, revelam ter mais de trezentos anos. Mas parecem em plena forma.

— Nós fazemos ginástica, dança, alongamento e sobretudo respiramos bem — explica a mulher, mostrando como sabe inspirar amplamente.

— Como vivemos mais tempo, não precisamos ter muitos filhos — frisa o velho.

— E, como temos poucos filhos, sobra tempo para amá-los e cuidar muito deles — completa sua companheira, apontando um casal que brinca com um menino de 6 anos. — Em tudo nós privilegiamos a qualidade em relação à quantidade.

Um leão passa tranquilamente, sacudindo a cabeça, e se aproxima da velha, que lhe acaricia a juba, como se fosse um grande gato. Em seguida, ela trinca um legume com apetite.

— Nós somos vegetarianos — informa o velho —, o que cansa menos o nosso sistema digestivo.

— Aprendemos na escola a respirar e a dormir — prossegue sua companheira. — E também aprendemos na escola a ouvir nosso corpo de dentro.

— Não estou vendo pessoas pobres — questiona a jovem Cassandra.

— Para que houvesse pobres, seria necessário que ainda existisse o conceito de propriedade. Aqui, nada pertence a ninguém. Cada um pega aquilo de que precisa, no momento em que precisa. E se não consegue encontrar por si mesmo, os outros lhe proporcionam, pelo prazer de ajudar. Mais ou menos como num grande kibutz ou numa comunidade hippie. Não há dinheiro, nem portas fechadas, nem passaportes ou documentos de identidade. Apenas pessoas que vivem juntas, tendo como regra: "A liberdade termina onde começa a incomodar os outros."

Um homem que saltou de asa-delta do alto da Torre de Montparnasse aterrissa não longe deles. Cassandra aperta os olhos.

— Agora a Torre de Montparnasse tem uma plataforma para asas-delta — informa a velha. — Os grandes arranha-céus agora só servem para isso, não existe gente suficiente para habitá-los.

Uma borboleta dourada pousa no dedo de Cassandra.

— Ah, não! — diz a velha, como se respondesse a uma pergunta ouvida telepaticamente. — Não passaria pela cabeça de ninguém explodir uma bomba no próprio corpo no meio da multidão para agradar a Deus. Só se fosse num filme cômico.

As duas Cassandras agradecem em coro ao casal por sua informações e decidem visitar esse futuro possível. Elas passeiam pelas margens do Sena. Chegando à ponte Alexandre III, coberta de flores, a sacerdotisa vai aos poucos tirando sua túnica. Uma vez nua, a filha de Príamo salta na água, num movimento gracioso. Do ponto onde se encontra, Cassandra pode ver que a água é perfeitamente clara e translúcida. Dá para ver os seixos e algas no fundo. Trutas e salmões deslizam sob a superfície em cardumes compactos.

A sacerdotisa joga água nela. Depois de uma hesitação, a jovem também se despe, revelando sua nudez pela primeira vez num de seus sonhos. Ela mergulha ao encontro da mais velha e as duas nadam lado a lado em direção à Catedral de Notre-Dame de Paris.

Cassandra vê peixes-voadores laranja e azul saltando ao redor. Pela margem passam mulheres a cavalo. Os cavalos não têm sela nem freio.

— Em que ano estamos?

— 3000 depois de Jesus Cristo. Você visitou uma primeira versão do ano 3000 com uma probabilidade de vida de 78%. Este é um outro ano 3000, um ramo paralelo, por assim dizer, com uma probabilidade de vida de 1,3%, como você viu.

Elas se deixam levar pela leve corrente do rio.

— Os dois futuros não têm uma probabilidade certa nem uma probabilidade nula. Os números mudam à medida que os dias passam. Cada um de nossos atos favorece uma direção ou outra.

Elas saem da água juntas e, não dispondo de toalhas, secam-se ao sol. A sacerdotisa estende a mão e colhe um damasco numa árvore próxima. Está meio bichado, mas ela não se importa, é o preço da comida orgânica: os seres humanos não são os únicos que a apreciam.

— Este futuro lhe agrada? Na verdade, foi imaginado por você, aqui e agora. E por ter sido sonhado por você é que ele tem possibilidade de existir.

— Não entendo.

— Para que um futuro simpático possa existir, é preciso que pelo menos uma pessoa o imagine em dado momento. Este... é você que está sonhando. Quanto mais ficarmos aqui observando e desfrutando deste momento, mais aumentará sua probabilidade de existir. Pelo simples surgimento deste sonho em sua mente, a probabilidade de existência desse futuro já passou de 1,3% a 1,4%. O observador modifica aquilo que observa. Até em sonho.

— E aqui, neste espaço-tempo, os bebês não fazem mais manha? — pergunta a jovem Cassandra.

— Seja como for, olhe ao seu redor: são tão poucos os bebês e tantos os velhos em plena forma... — graceja a antiga Cassandra.

— E a guerra?

— Cansativa demais. Em sua maioria, essas pessoas se tornaram preguiçosas. Como você viu, elas nem cultivam as plantas. Todas essas árvores frutíferas brotam espontaneamente. E ninguém morre de fome. Não há pobres, nada de superpopulação, nem de nações, nem de posse, nem de exclusão ou religião ou guerra...

— Eles não se entediam?

A grã-sacerdotisa sorri.

— Sim. Você tem razão. Contemplar a natureza brotando, o pôr do sol colorindo o horizonte, brincar em gramados selvagens, fazer experiências científicas, nadar na água clara... tudo isso é menos excitante que assaltar as pessoas, montar bandos mafiosos, incendiar uma aldeia, violar ou atirar de metralhadora numa trincheira...

Um pássaro de grande porte passa perto delas, num volteio gracioso.

— Mas tanto pior, eles estão dispostos a pagar o preço, a suportar o tédio para satisfazer sua irremediável "indolência" — diz ela, rindo.

A jovem Cassandra observa um grupo de mulheres nuas nadando e brincando na água.

— Quero ficar aqui — diz.

— Este mundo ainda não existe. Se quiser que nasça um dia, cabe a você fazer com que surja dos outros frutos da Árvore do Tempo.

E ela pula no rio.

A jovem Cassandra também pula, para acompanhá-la, e...

182.

Cai no chão.

Brutal despertar. Ela respira o ar fedorento de Redenção sem qualquer incômodo. E então se refresca com uma garrafa de água potável filtrada, colhida na cisterna da chuva. Ela bochecha, veste-se com as roupas menos rasgadas e manchadas que encontra no monte de um metro de altura que lhe faz as vezes de armário.

Lá fora, o tempo feio da véspera melhorou um pouco. Pelo menos não chove mais. Ela se junta aos outros, que já estão ao redor da fogueira. Pelo cheiro, Cassandra entende que Fetnat está preparando adubo humano para salvar a ameixeira plantada na nova cabana. Orlando bebe uma cerveja vendo pela televisão os melhores momentos da partida de futebol da véspera. Esmeralda, aconchegada em sua rede, lê um jornal de semanas antes. Kim está ausente.

— Ei, Princesa, diga lá, quer dizer então que agora é uma estrela? — zomba Esmeralda. — Hoje tem até visita. Preparamos então uma "sala de espera" para você.

Ela aponta para a velha cigana cartomante em sua cadeira de rodas, pouco mais adiante. Muito mais longe, um estranho está sentado num barril, com o rosto coberto por uma máscara de gás.

Cassandra não consegue ver quem está oculto sob a máscara. Começa por se servir de chá quente, come um punhado de chips com um pouco de Nutella e então vai conversar com Graziella.

— Bom dia, menina.

— Princesa — corrige Cassandra.

— Desculpe, não sabia que você tinha subido tão rápido — ironiza a velha. — Bom dia, então, Princesa. Queria conversar com você em particular.

— Não tenho nada a esconder dos meus concidadãos — responde Cassandra.

A cigana sacode a cabeça, compreensiva.

— Como quiser. Acho que a subestimei; 50/50 agora me parece uma repartição mais justa dos nossos futuros ganhos. Eu achava que você seria uma astróloga normal, mas vejo que possui uma espécie de "carisma natural". O que de fato merece 10% de reajuste. Bom, se aceitar, podemos começar a trabalhar logo...

A jovem de grandes olhos cinzentos não responde. Curiosos, Orlando e Fetnat se aproximam.

— Acho que você não está se dando conta da minha contribuição para o nosso negócio. O local, a clientela, o cenário, os acessórios, a roupa, a bola de cristal... Em troca, você precisa apenas contar qualquer história e receber o dinheiro. Líquido. Sem impostos.

Não me interessa.

Graziella faz uma careta, depois solta:

— OK, 60% para você, 40% para mim, vamos logo assinar e não se fala mais disso. Assim, você já pode começar esta tarde. Na verdade, já fiz agendamentos só para você. Pode me agradecer, são clientes meus. Eles não a conhecem, mas querem uma consulta, só pela maneira como falei de você.

Por que será que ela quer exatamente a mim? Há tantas garotas na sua tribo! Pessoas de sua família, que não lhe causariam nenhum problema.

Ela se lembra de que pode aumentar sua empatia para se colocar no lugar dos outros. De repente, entende o paradoxo da cigana.

Ela também é o contrário daquilo que demonstra. Diz ser uma cartomante que engana os clientes revelando futuros sob encomenda, afirma que ninguém é capaz de ver o futuro e que é tudo mentira, mas na verdade... ela de fato acredita.

E inclusive está convencida de que eu tenho poderes sobrenaturais.

A velha cigana de fato parece muito contrariada com a recusa.

— Última oferta, 30% para mim e 70 para você — solta finalmente a mulher. — Menos que isso não dá. E lhe dou de presente a bola de cristal, além de um alojamento decente. Um trailer, com seu nome na porta: Cassandra "O seu futuro finalmente revelado", pintado em letras vermelhas com estrelas. Vou-lhe dar também objetos para decorar o ambiente da consulta. Ainda tenho anjos e quadros de astrologia.

Ela agora adotou um tom mais formal. Com minha recusa, ganhei seu respeito.

— Não.

As duas se encaram.

Essa cigana também é capaz de sentir as coisas além das aparências. Ela é sensitiva. Não escolheu essa atividade por acaso, tem mesmo uma intuição excepcional. Sabe quem eu sou e o que posso fazer.

— Por que a recusa?

— Agora não — diz Cassandra. — Talvez um dia.

O olhar da velha cigana mudou completamente. É como se a resposta, não sendo totalmente negativa, a tivesse aliviado.

— Tenho certeza de que logo aceitará — diz ela. — É o tipo da proposta irrecusável.

Seria uma previsão?

A cigana entrega-lhe seu cartão de visita, com o número do celular.

— Basta me telefonar nesse número quando se sentir pronta.

Ela se vai em sua cadeira de rodas, que range, mas cujas rodas, com pneus, atravessam sem dificuldade a lama e o lixo.

De novo o tom de intimidade.

— Fim da primeira sessão, mandem entrar o cliente seguinte — avisa Orlando.

Que está fazendo o Kim? Por que não está aqui?

O homem com a máscara de gás se aproxima a passo hesitante e ela o reconhece. É Charles de Vézelay. Orlando mostra-lhe uma poltrona.

Quer dizer que ele se restabeleceu do acidente e veio nos procurar.

À guisa de cumprimento, ele estende um envelope no qual se pode ler "Abrir no dia seguinte a minha morte".

Ela o abre e começa a ler:

— "... e então Charles de Vézelay encontrou na caixa de correio uma carta de seu falecido amigo. No início, achou que fosse uma piada de mau gosto, mas depois, lembrando-se do espírito zombeteiro de Daniel, resolveu abri-la. Encontrou uma mensagem com a caligrafia do falecido. Decidiu então ler e levar em conta o que lesse. A mensagem dizia que ele precisava a qualquer preço encontrar Cassandra e se pôr à sua disposição, pois se houvesse uma esperança ainda que minúscula, 1% de chance de que o mundo não se encaminhasse para a própria destruição, esse 1% estava encarnado nessa moça. Mas ainda que aceitasse a ideia de fazer contato com Cassandra, Charles não sabia onde procurá-la. Mais uma vez, encontrou a resposta na própria mensagem. O relógio de probabilidades de Cassandra continuava ligado a Probabilis pelo GPS. Bastava inverter o processo, e Charles de Vézelay saberia onde ela estava. E assim precisaria apenas fazer 'toc-toc', e ela abriria a porta de seu apartamento."

— Toc-toc! — diz o velho, tossindo em sua máscara de gás.

Ela vê seus olhos avermelhados, que não conseguem conter as lágrimas.

— O problema é que Daniel não sabia que você não teria um apartamento, mas viveria num depósito particularmente...

Ele deve ter descoberto onde eu estava, mas, ao chegar, o cheiro era tão insuportável que preferiu voltar depois de arranjar uma máscara de gás.

— ... Como é que um lugar pode cheirar tão mal? — diz ele, em sua cabine de plástico.

É uma estratégia de sobrevivência como outra qualquer, para uma espécie ameaçada de desaparecimento.

— Realmente, não dá, parece que tem... vômito apodrecido por aqui. É realmente terrível, uma verdadeira infecção!

Cassandra o convida a se sentar no banco de automóvel colocado diante da fogueira central. Ele respira ruidosamente em sua máscara, como se a entrada de ar fosse estreita demais.

Finalmente, consegue pronunciar algumas frases:

— Sabe, o seu irmão acreditava nas canções maias à sua maneira. Ele escreveu um futuro, e nós é que temos de nos virar para que ele exista. Nesse futuro, venho procurá-la para dar prosseguimento à obra do seu pai e do seu irmão, agora que não estão mais aqui.

— Vem a calhar, nós recriamos aqui um Ministério Oficioso da Prospectiva — responde Cassandra.

Por que nesse lugar cheio de lixo?

— A vantagem do depósito é que é um santuário. Nós estamos no cu do mundo, ninguém se interessa.

Orlando e Esmeralda aproximam-se, desconfiados.

— E quem são esses?

— Duquesa Esmeralda, presidente da República de Redenção — apresenta-se ela.

— Barão Orlando, ministro da Caça.

— Visconde Fetnat — acrescenta o senegalês —, ministro da Saúde.

— Está faltando um — diz Orlando. — Onde está esse imbecilzinho?

— No Ministério Oficioso da Prospectiva, justamente.

Todos se levantam e se dirigem para a cabana por baixo da ameixeira. Kim Ye Bin lá se encontra diante de várias telas de computador mais ou menos rachadas. As máquinas que o cercam ronronam.

— Aqui está nosso ministério. O Marquês é seu guardião.

— Saudações — faz o coreano, sem levantar a cabeça.

— Você não queria ver a retransmissão da partida de futebol de ontem? — pergunta Orlando, distraído.

Kim mostra sua camiseta, com a inscrição: "Quando quero apagar meu cérebro, ligo minha televisão; quando quero acender meu cérebro, ligo meu computador."

— A frase é de Steve Jobs, fundador da Apple — esclarece ele.

Para variar, Orlando não ousa mencionar o antiprovérbio. Limita-se a resmungar.

— Afinal, era uma partida de quartas de final, contando para a classificação.

Sem lhes dar mais atenção, o jovem asiático liga um projetor, e a imagem do seu computador é projetada numa tela gigante: um lençol branco que recobre tudo no fundo da cabana do Ministério Oficioso da Prospectiva.

— Aí estão os primeiros passos da Árvore das Possibilidades, tal como imaginada no livro e por mim reconstituída na internet.

Na tela de três metros por dois eles veem uma árvore azul de galhos pesados que se ramificam em galhos médios e depois em galhos finos. As folhas representam todas as perguntas, hipóteses e "ses".

— Como é que funciona? — pergunta Charles de Vézelay, muito interessado.

— No início, nós é que vamos colocar as folhas e os "ses". E se... estourasse uma guerra? E se... viesse uma outra crise econômica? E se os extraterrestres chegassem? E se o número de furacões aumentasse? E se ocorresse uma epidemia de gripe mortal em escala planetária? Nós acrescentaremos todas as ideias que nos passarem pela cabeça, mesmo se as considerarmos impossíveis ou inverossímeis. Eu tratarei de ordená-las no tempo, situando os seus "ses" no curto, no médio e no longo prazo. Depois, encontrarei uma maneira de ligá-los uns aos outros. "E se uma guerra estourar, que influência poderá ter na volta da minissaia?", "E se os extraterrestres chegarem em época de furacões, será que vai atrapalhar a aterrissagem de seus discos voadores?".

— Nada mal — reconhece Charles de Vézelay.

— Minha ideia é deixar de fazer prospectiva setor por setor, como até agora, passando a ligá-los uns aos outros. Misturar moda, arte, guerra, meteorologia, saúde, tecnologia, demografia, ecologia. A informática pode nos ajudar a visualizar essas misturas. E talvez acabemos descobrindo a influência do cinema na política, da meteorologia na moda das minissaias, da guerra nas doenças alérgicas.

— Fantástico! — exclama Charles de Vézelay, entusiasmado. — Você está tornando realidade o sonho de Daniel.

Seu sonho ou sua "profecia"?

— Por sinal — intervém Cassandra —, proponho que a partir de agora formemos nós seis uma espécie de Clube dos Jardineiros da Árvore. Poderíamos adotar o nome de "Clube dos Videntes". Não estamos em busca da verdade, apenas precisamos expressar o que percebemos que está para acontecer. Intuitivamente.

Charles de Vézelay está encantado. Seus olhos vão e vêm de uma tela a outra, enquanto Kim tecla com rapidez.

— Justamente, como é que vocês veem o futuro? — pergunta o jovem coreano. — Comecemos por você, Barão.

— Eu? Como eu vejo o futuro? Não tenho dons de adivinho.

— Mas você é um ser humano com capacidade de antecipação. Não precisa ter um dom especial. É apenas uma opinião. Diga, Barão, como acha que o mundo vai evoluir? Você é otimista ou pessimista?

— Pessimista. Vejo uma grande guerra nuclear entre os países dominados por ditadores loucos e as nações civilizadas. Os ditadores vencerão, pois possuem armas de destruição em massa e têm uma mensagem simples. Depois, será *Mad Max*. Os senhores da guerra imporão o reinado do terror nas ruínas, entre os sobreviventes do Apocalipse.

Fetnat sacode a cabeça.

— Bom, é uma visão. Duquesa?

— Pessimista também. Eu vejo superpopulação. Um número cada vez maior de seres humanos por toda parte. Assim, as coisas ficarão como no filme *No Mundo de 2020*. Manifestações com milhões de pessoas nas ruas e, no fim, não teremos mais comida. Acabaremos comendo os velhos, transformados em croquetes com gosto de churrasco. Vamos nos entredevorar, como os ratos.

— E você, Visconde? — pergunta Kim.

— Pessimista. Vejo grandes cidades cada vez mais poluídas. Depois, o ar ficará irrespirável e a água, impossível de beber. Para manter as fábricas em funcionamento, será usado cada vez mais petróleo, cada vez mais carvão, as florestas serão destruídas, assim como os animais selvagens que nelas vivem. A natureza será vencida. Em compensação, o homem ficará deprimido e doente. Para vencer sua melancolia, ficará o tempo todo assistindo a partidas de esportes coletivos cada vez mais violentos.

— E você, Marquês?

— Eu? Eu vejo um mundo em que as máquinas terão vencido. O futuro, para o Barão é *Mad Max*, para a Duquesa é *No Mundo de 2020*, para o Marquês é *Rollerball*, e para mim é *Matrix* ou *O Exterminador do Futuro*. Os computadores e os robôs vão nos usar como escravos, pois se terão dado conta de que não somos capazes de nos orientar corretamente. E para você, Princesa?

— Eu? Pessimista também. Vejo uma ditadura totalitária religiosa planetária. A religião mais fanática e mais violenta vai engolir todas as outras e todas as formas de pensamento político. Para se manter, terá de apostar sempre mais alto nessa direção. Cada vez mais radicalismo, violência e sempre mais leis de proibição. Nessa corrida cega, os extremistas de um dia serão considerados moderados no dia seguinte. Com as mulheres reduzidas à condição de poedeiras, fechadas em casa, sem direito à instrução nem à comunicação, e homens venerando exclusivamente a força física.

— Por enquanto ainda não vi isso em nenhum romance nem nenhum filme — reconhece Fetnat. — Sinto muito, acho que até os autores de ficção científica têm medo de descrevê-lo. Pois sabem que os religiosos são os únicos que tomam tudo ao pé da letra, os únicos com os quais não se pode brincar.

— E você, Charles? — pergunta o jovem de mecha azul.

Através da máscara, aparecem apenas seus olhos avermelhados e seu filtro, fazendo-o parecer um pássaro de bico cilíndrico.

— Eu? Pessimista também. Eu acredito na profecia maia. Acho que em 2012 haverá no sistema solar um alinhamento de planetas que vai desestabilizar o eixo da Terra. Com isso, a gravidade mudará e vamos todos sair voando pelo espaço. Ou então vamos explodir como pipoca. Será o Apocalipse.

Kim Ye Bin inscreve as visões de futuro dos redencionistas na Árvore das Possibilidades. Os textos aparecem na extremidade dos galhos, em forma de folhas, com um número: "script 1" a "script 5." Em cada folha, ele anota nome e sobrenome do inventor, assim como a data de descoberta. E até acrescenta, numa piscadela marota, a expressão "copyright", como se a descrição desse futuro pudesse ser patenteada.

— Bem, agora, como todos já apresentaram uma visão negativa, provavelmente decorrente das informações constantemente bombardeadas pelo noticiário da televisão, proponho que voluntariamente escrevam uma visão positiva, para serem cotejadas umas com as outras. E então, Barão, que veria você se fosse otimista?

— O contrário de uma grande guerra nuclear é uma grande paz mundial e a desmilitarização do planeta. E além disso acabamos com todos os tiranos e ditadores fanáticos. Se quisermos realmente que todo mundo respeite as mesmas regras democráticas, seria necessária uma espécie de super ONU, uma Assembleia das Nações que impedisse a ação das máfias locais, impondo o respeito à pessoa humana. Isso aí seria o caso de uma Assembleia de Sábios, com real poder executivo e incumbida de impor a paz mundial. Eles poderiam fechar paraísos fiscais, moralizar o mundo político. Poderiam criar uma espécie de polícia para apaziguar o mundo, forçando as pessoas a se respeitarem, apesar de suas pulsões primárias de destruição.

— Duquesa? — pergunta Kim.

— Muito bem, o contrário da superpopulação é o controle de natalidade planetário. De minha parte, concordo com a Assembleia de Sábios de todos os países proposta pelo Barão. Como sabemos que, graças à medicina, existe hoje muito menos mortalidade infantil, seria privilegiada a qualidade em detrimento da quantidade. Um filho por família, mas com o direito automático e obrigatório de ser amado, alimentado e educado desde o nascimento. Nada mais de redes de pedófilos, nem de pais abusivos, toda criança que nascesse seria amada pelos pais e educada para valorizar o que tem de melhor. Depois, essa humanidade, tendo trocado a quantidade pela qualidade, poderia estabelecer novas regras de família. As pessoas só ficam juntas se se amarem, por exemplo. Não por obrigação, mas por escolha.

Caramba! Esmeralda, essa mulher com a qual tenho tantos problemas, pensa exatamente como eu...

A ex-modelo e atriz ajeita as mechas ruivas.

— Fora isso, todo mundo passaria o dia vendo filmes, pois eu acho que o cinema faz sonhar, torna as pessoas inteligentes e sensíveis. Isso aí, eu vejo um mundo em que todo mundo veria pelo menos dois filmes por dia, em vez de fazer a guerra e de quebrar a cara dos outros. Pronto, falei e disse.

— Visconde?

— Para aprofundar a ideia de paz mundial de Orlando e a de Esmeralda, de controle da natalidade e direito ao amor e à educação dos filhos, eu diria que deveríamos fazer um pacto com a natureza. Essa sua Assembleia Mundial de Sábios, Orlando, para mim deveria incluir advogados. Advogados dos animais. E, por que não?, um advogado das florestas. Antes de qualquer decisão política, esses advogados proporiam seus pontos de vista "complementares". A construção de uma barragem seria suspensa se houvesse risco de excessiva destruição da fauna e da flora, por exemplo. Em compensação, as espécies animais e vegetais seriam estudadas, e provavelmente seriam encontrados em seus códigos de DNA remédios para todas as doenças. Pois eu estou convencido de que, cada vez que uma espécie desaparece, está desaparecendo ao mesmo tempo um remédio para uma doença que surgirá no futuro. Na verdade, a natureza não seria tratada como uma inimiga a ser vencida, mas como uma aliada capaz de nos ajudar. Se entendem o que eu quero dizer.

— Marquês? Sua visão positiva.

— A anarquia. Nada mais de polícia, nem de soldados, nem de padres, nem de moral, nem de especialistas. Cada um é livre, mas responsável por seus atos, e tem em mente sempre o interesse geral. Uma espécie de civismo natural, fazendo com que não se tenha vontade de provocar os outros nem de ter mais objetos ou poder que os outros. Nada mais de patrões, nem de operários, nem de senhores, nem de escravos, nem de dominantes, nem de dominados. Mas também nesse caso será necessário desenvolver nas crianças desde a escola o gosto de tomar iniciativas, sem ficar esperando que os outros façam tudo por elas. A equação básica é "liberdade gera responsabilidade". E não o contrário.

— Para variar, estou de acordo com esse babaquinha — reconhece Orlando. — As pessoas querem liberdade, e quando têm, não querem usá-la!

O viking cospe para expressar sua determinação. Kim continua, imperturbável:

— A tecnologia seria usada de maneira mais sutil. As máquinas levariam ao desaparecimento de todas as formas penosas de trabalho, de tudo que pode nos cansar e nos esgotar antes do tempo, e com isso poderíamos controlar nosso tempo e nos dedicar às nossas paixões. As máquinas também nos ajudariam a combater a poluição. Considero que só a ciência pode nos salvar dos estragos da ciência. Acho que as máquinas acabarão tendo consciência de sua existência e de sua vida. E por sinal, para aprofundar a ideia de Fetnat, proponho que haja também um advogado dos robôs e das máquinas inteligentes, com o qual negociaríamos para que elas trabalhem para nós voluntariamente.

— Charles?

— Eu... quer dizer... por enquanto não vejo nada. Vou deixar passar. Embora... sim, talvez... Além dos advogados dos animais e vegetais, e também das máquinas, eu bem que veria na Assembleia das Nações um advogado do planeta como um todo, para nos conscientizarmos de que somos parasitas num enorme ser vivo chamado Gaia. Além disso, para evitar que o fim do mundo ocorra antes da hora, eu também veria o desenvolvimento desse lugar, o seu "Ministério Oficioso da Prospectiva", para que ele adquira importância e sirva de referência nas tomadas de decisão planetárias.

A ideia agrada, e um murmúrio de aprovação percorre a pequena assistência de redencionistas.

— E você, Cassandra? — pergunta Charles de Vézelay.

— Além do advogado dos animais e da flora, do representante das máquinas e dos robôs, assim como do planeta, proponho um outro que representaria os bebês. Quero dizer, as futuras gerações.

— Ideia estranha — observa Fetnat Wade, sem se conter.

— Ele falaria em nome dos nossos filhos e dos filhos de nossos filhos. Teríamos de negociar com esse advogado nosso grau de poluição da água e do ar, em função das futuras gerações.

Kim anota em azul os scripts positivos e em vermelho os negativos. No meio, em branco, relaciona os scripts neutros. Todos tentam encontrar desdobramentos que não sejam positivos nem negativos. Falam do desenvolvimento do turismo, do cinema, da internet, da conquista espacial.

Tomados do desejo de se comunicar, os membros do Ministério Oficioso da Prospectiva ficam fechados na cabana o dia inteiro, sem sequer pensar em comer. Juntos, criam dezenas de futuros possíveis, prendendo-os nos ramos baixos ou altos da Árvore das Possibilidades.

Quanto maior número de futuros eles encontram, mais têm vontade de encontrar e mais a coisa se revela fácil.

No fim das contas, era esta a descoberta dos meus pais. É possível exercitar um cérebro em qualquer coisa, inclusive na visualização do futuro. Basta tentar e depois praticar com regularidade.

A Árvore das Possibilidades rapidamente fica coberta de folhas numeradas.

Por volta de 13 horas, Charles de Vézelay, cansado de transpirar debaixo da máscara, livra-se dela. Depois de vomitar várias vezes, ele consegue acostumar-se ao ar ambiente, com a ajuda dos conselhos dos outros.

— Os policiais se acostumam a suportar as bombas de gás lacrimogêneo — diz Orlando —, de modo que é perfeitamente possível se acostumar à atmosfera particular de Redenção. Pode-se até acabar encontrando um fedor que dê certa nostalgia...

Às 22 horas, eles ainda estão em plena efervescência, acrescentando folhas "e se..." em todos os galhos, falando ao mesmo tempo de propostas que radicalizam cada ideia.

Só Cassandra Katzenberg parece preocupada.

183.

Fácil demais. Realmente não dá.

Se ficarem acumulando sem parar esses "e se...", haverá uma proliferação de hipóteses na qual vamos nos perder.

Encontrar ideias é uma droga.

Precisamos inventar um método, um mecanismo para estabelecer alguma ordem. Se as ideias não forem organizadas, brotam de qualquer jeito e atrapalham umas às outras.

A natureza, naturalmente, espaça as folhas e as liga umas às outras, para que algumas captem a luz enquanto outras dormem. Existe entre as folhas um espaço que pode ser calculado, acho que li isto num livro.

Tinha a ver com o Número de Ouro. Já lembrei: a natureza espaça as folhas numa razão igual ao Número de Ouro, ou seja:

$$\frac{1+\sqrt{5}}{2}$$

Agora precisamos encontrar uma arquitetura natural para a nossa árvore, uma organização lógica, uma maneira de pôr a seiva em circulação; caso contrário, ela não passará de um amontoado de folhas mortas.

Espírito do meu irmão, ajude-me a encontrar a utilização ideal dessa nova ferramenta.

184.

— Você está estranha, Princesa — diz Fetnat. — O que houve?

Cassandra não responde, e, depois de hesitar, lança mão da garrafa de rum que está perto do teclado. Ela se serve num copo até a borda e traga fazendo uma careta, de olhos fechados.

Bebe então um segundo, depois um terceiro. Arrota, sacode a cabeça, para esclarecer as ideias, e enche um quarto copo, para afinal esvaziar a garrafa no gargalo.

— Não, Princesa, lembre-se da última vez — diz Orlando, tentando arrancar-lhe a garrafa da mão.

Mas Cassandra tem tempo de terminar os últimos goles. A garrafa cai de suas mãos e se quebra a seus pés. Resmungando, Orlando volta a se sentar.

Eu preciso abrir meu cérebro. Nós estamos espremidos num processo exclusivamente intelectual. Pensamos em círculos, sempre a mesma coisa, o que é ingênuo e não leva a lugar nenhum. Eu preciso botar veneno na minha máquina de pensar, estragá-la um pouco, para soltar o controle do meu cérebro esquerdo.

Depois do rum, ela bebe cerveja, e depois vinho, levando diretamente à boca a embalagem de papelão. E volta a arrotar. Sente sua mente variando.

A embriaguez alcoólica é o xamanismo ocidental. Mas deve funcionar.

Ela começa a sentir vertigens. Tem a impressão de ver o fantasma do irmão, e murmura:

— ... Daniel!

Eu o estou vendo, irmãozão. Quando minha mente é liberada, você aparece.

Ela fecha as pálpebras.

Assim eu o vejo ainda melhor.

Ela então para de se agitar e mantém os olhos fechados, respirando profundamente.

185.

Daniel Katzenberg levanta a mecha que lhe cobre metade do rosto. Tem os olhos febris.

— Saudações, irmãzinha.

— Saudações, irmãozão. Estou pondo em prática a sua ideia.

— Obrigado. Eu sabia. Não podia morrer sem voltar a encontrá-la. Foi por tê-la visto que eu pude ir-me.

— Nós temos dispositivos de futuros, o que no entanto não chega a formar um filme — lamenta ela.

— Considerando-se o alcance do projeto, teria sido fácil demais. O que você esperava? Que fosse capaz de conquistar o domínio do porvir simplesmente por reunir cinco pessoas?

— É necessário um método. Ainda não encontrei o que convenha, irmãozão.

— Naturalmente. Mas eu vou ajudá-la. Eu também estou presente no centro das suas células. Quer que chamemos os outros, irmãzinha?

— Que outros?

— Você pode escolher. 1) Cassandra de Troia. 2) Seus antepassados biológicos. 3) Suas vidas anteriores. 4) O espírito dos animais e da natureza.

Ela fica espantada por constatar que sua alma dispõe de tantos recursos.

— Eu escolho o 3): minhas vidas anteriores.

Aparecem então o médico russo, o samurai, o arqueiro parta, a vendedora de frutas fenícia, monges, camponeses, homens pré-históricos, caçadores e coletores.

Daniel os dispõe em círculo.

— Todos nós temos a mesma preocupação desde tempos imemoriais: encontrar um caminho de luz para salvar o rebanho que se precipita na direção do penhasco. Cassandra, sua última encarnação, está para dar certo. Ela encontrou ajuda, tem liberdade para agir, tem vontade, conta inclusive com a formidável ferramenta da internet como propagadora de sua palavra. Precisamos ajudá-la, eu, seu irmão, e vocês, suas anteriores reencarnações. Não podemos fracassar tão perto do objetivo final. Caso contrário, teremos de esperar o nascimento de um outro indivíduo capaz dessa obra. Mas daqui que uma nova criança desfrute de sua plena consciência talvez já seja tarde demais. A humanidade está na encruzilhada final. É uma questão de meses, semanas, talvez dias. Temos de andar depressa.

— Espera aí, quem é você? — pergunta Cassandra. — Você realmente é o fantasma do meu irmão?

— Não, irmãzinha. Eu não existo mais. Sou apenas a "lembrança de um irmão ideal". Agora é você que me permite existir, como um dia permitiu a existência de Cassandra de Troia, sua antiga inspiradora. Você é que nos permite estar aqui, graças a sua mente especial e a sua capacidade de acreditar que é possível. É só você, sempre você, em toda parte.

O Daniel Katzenberg do seu sonho parece desanimado e ao mesmo tempo satisfeito por informá-la.

— Quer dizer que eles também não existem?

— Eles são reais na sua mente, o que é de enorme importância.

— Mas então tudo isso é apenas um reflexo dos meus delírios? — pergunta ela, arrasada.

— Não. Essas pessoas realmente existiram. Você não está delirando. Apenas faz com que os mortos voltem a viver, mobilizando sua memória.

— Não entendo.

— Por que você sempre pensa com seu cérebro esquerdo analítico? O direito, que é um poeta, é capaz de entender esse conceito. A sua mente nos dá vida. E nós, em troca, vamos ajudá-la.

— Ele tem razão — prossegue Cassandra de Troia, aparecendo. — A partir do momento em que você pensa em nós, nós existimos.

— Vamos, irmãzinha, pare de querer compreender, pare de querer explicar tudo. Aproveite que estamos aqui. Simplesmente. E você vai ver, podemos ajudá-la muito.

E então, as encarnações falam com a moça desmaiada, cada uma por sua vez. O jovem matemático dirige os debates, para a máxima eficácia.

186.

Cassandra Katzenberg abre os olhos de repente e exclama:

— Nós percorremos o caminho ao contrário!

— Pronto, a Bela Adormecida voltou — ironiza Esmeralda.

— Que foi que a Princesa disse?

— Acho que ela estava falando de um caminho invertido — diz Fetnat. — Não entendo a que ela se referia.

O feiticeiro oferece-lhe um copo d'água, que ela bebe de uma só tragada. A ressaca deixou marcas, sua garganta está seca e a cabeça dói. Mas ela se sente cheia de uma energia que precisa extravasar.

— Como foi que eu não pensei nisso antes? Tínhamos de fazer o contrário. Em vez de ir do presente para as folhas do futuro, proponho uma outra experiência: vamos estabelecer frutos, futuros distantes que nos pareçam ideais. Depois, veremos que caminho tomar ou criar para chegar lá.

— Como assim?

— Cada um de nós inventa uma sociedade ideal, tomando-a como objetivo e explorando de que maneira construir as etapas intermediárias para chegar a ela. É uma espécie de "retrofuturologia". O nome terá de ser inventado.

Será minha contribuição ao dicionário.

— Interessante — reconhece Kim. — Ela tem razão. "Imaginar um futuro distante ideal e depois descobrir as etapas intermediárias para chegar a ele." É genial! Bravo, Princesa!

E então, sem parar de comer e beber, eles se alternam na descrição de visões de paraísos possíveis.

Kim Ye Bin imagina que todos os seres humanos estão permanentemente conectados aos outros, como as formigas.

Esmeralda, prosseguindo na mesma direção, imagina um mundo em que as relações amorosas são livres, sem qualquer ideia de posse.

— Que nunca mais se diga "minha mulher", "meu marido", "minha amante", "meus filhos" ou "meus pais". Nem muito menos "meus empregados", "meus eleitores". Eu veria um futuro em que ninguém pertenceria a ninguém e no qual ninguém seria obrigado a amar quem quer que fosse. O conceito de amor não seria obrigatório nem contratual. As pessoas se aproximariam livremente umas das outras e da mesma forma se separariam.

Todos aprovam.

Charles de Vézelay imagina um mundo sem medo do futuro, sem medo, pura e simplesmente.

— Todo mundo saberia o que vai acontecer e estaria apenas aproveitando o momento presente, para simplesmente desfrutar.

— Como sempre as suas canções maias?

— Exatamente. Meu mundo futuro ideal teria pessoas que, livres da angústia do futuro, estão sempre buscando os prazeres imediatos e são educadas para apreciá-los em plena consciência.

Entusiasmado, Charles de Vézelay prossegue:

— As pessoas teriam acesso a todas as informações, sem precisar buscá-las. Saberiam com que parceiro devem viver. Saberiam que profissão exercer. Que lugar escolher para a vida ideal. Estariam em perfeita harmonia com tudo, sem qualquer vontade de acumulação ou poder.

— Estou gostando desses novos conceitos — reconhece Orlando Van de Putte. — Precisamos abrir mão da angústia material do sempre mais. Deveríamos renunciar ao crescimento, não só demográfico, mas também econômico e financeiro, substituindo-o pela harmonia.

— Harmonia com a natureza, com os animais, com o planeta, com os robôs, com os outros seres humanos — acrescenta Fetnat Wade.

— Com nós mesmos — completa Cassandra.

— Justamente, Princesa. E você, como é que vê o fruto ideal do futuro?

A adolescente permite-se um momento de reflexão.

— Vejo pessoas vivendo 1.300 anos sem qualquer estresse e com a capacidade, além dos computadores implantados no cérebro, como disse Kim, de controlar os pensamentos para entrar em empatia com qualquer um, qualquer coisa, em qualquer lugar. E não só seres humanos. Tudo. Nem seria mais uma mudança material, seria uma aptidão para reencontrar nossa, como dizer...

"Inocência de recém-nascido?"

"Capacidade de ser mais que um cérebro e um corpo?"

"Uma mente aprisionada na pele."

— ... essa coisinha que os meus pais me deram, contra a minha vontade, e que eu poderia batizar de "consciência ampliada", ou melhor, "consciência ilimitada". Assim, nós não negociamos mais com os animais, o planeta ou as futuras gerações, pois já "somos" tudo isso.

Segue-se um longo silêncio.

— Também vejo, na educação das crianças do futuro, algo muito próximo do que eu mesma vivenciei: a libertação do cérebro direito do domínio do cérebro esquerdo.

Desta vez, o silêncio se eterniza.

Finalmente, Esmeralda expressa o que todos estão pensando:

— Bom, acho que com todo esse entusiasmo acabamos indo um pouco longe demais. Talvez seja bom botar de novo os pés no galinheiro. Tudo isso me deu dor de cabeça, e eu já começo a ficar com fome.

— Vou esquentar de novo o *waterzooï* — propõe Orlando. — Só uma pergunta, senhor Charles. Vai querer dormir aqui esta noite?

— Por que não? O convite é tão gentil. É mais ou menos como se eu estivesse de férias num outro país.

— O país da fedentina?

— Não, o país dos doces sonhadores.

— Neste caso, siga-me, vou mostrar-lhe como é que dormimos aqui. Vamos deixá-lo num saco de dormir no depósito de conservas.

Enquanto todos retornam a suas cabanas pessoais, a jovem de grandes olhos cinzentos volta para a do Ministério Oficioso da Prospectiva.

Ela contempla a Árvore das Possibilidades materializada na tela.

De modo que o meu sonho tornou-se realidade...

Ela observa as folhas, com seus scripts do futuro. Certos futuros possíveis parecem-lhe meio irrealistas, mas ela pensa que, de qualquer maneira, as coisas se decantarão à medida que a árvore for crescendo. Os maus scripts de futuros cairão por si mesmos. Como folhas sem luz.

"E se enxertássemos asas nas costas para voar como pássaros?"

"E se construíssemos cidades no fundo dos oceanos?"

"E se os homens desaparecessem e só houvesse mulheres na Terra?"

"E se toda a humanidade se convertesse à mesma religião e passasse o tempo todo fazendo orações?"

"E se uma doença terrível, um vírus, uma gripe, dizimasse toda a população, exceto uma dezena de indivíduos?"

Cassandra Katzenberg lembra-se de todos os livros de ficção científica que deglutiu na primeira juventude. Tudo aquilo preparou seu cérebro para essa ginástica de projeção. Ela aprecia. Diverte-se. Tem a impressão de que sua mente foi criada para essa atividade.

Ela observa a Árvore das Possibilidades.

Uma centena de folhas já a estão vestindo de "e se...", e uma dezena de frutos, de um "futuro ideal a ser alcançado".

187.

A visão que eles têm de um futuro ideal parece com o que eu sonhei na noite passada: animais selvagens, pessoas que vivem muito tempo, ar puro. Eles estão conectados comigo. Nós estamos interconectados.

O Ministério Oficioso da Prospectiva permite-me estender meu pensamento a cinco outras pessoas, funcionando de maneira fusional. A ideia de Kim: como se fôssemos formigas, ou melhor: computadores interligados calculando as mesmas equações de maneira ligeiramente diferente e complementar, para alcançar resultados globalmente semelhantes.

188.

Cassandra faz uma careta.

Leva a mão ao baixo-ventre. Sente muita dor. Hesitando, toca-se entre as pernas e examina os dedos. Sujos de sangue.

Não. Isso não. Agora não.

A jovem de grandes olhos cinza-claro observa a mão avermelhada. Não há dúvida, "elas chegaram". Aos 17 anos. Ela nem esperava mais.

Ela sabe que as regras deveriam ter chegado aos 13 anos, mas era como se o atentado e a morte terrível dos pais tivessem bloqueado seu corpo. Desde então, sua vida foi tão especial, em virtude da permanente angústia, da hostilidade das colegas de internato e da total ausência de apoio, que seu ventre entrou em hibernação, à espera de dias melhores.

Ela lera num jornal que muitas vezes, durante as guerras, as mulheres não têm regras, como se seu corpo soubesse que era um mau momento para gerar vida. Mas hoje, em decorrência dessa reunião no Ministério Oficioso da Prospectiva, alguma coisa se desbloqueou nela.

Não estou mais em guerra.

Seu corpo, depois de tê-la autorizado a se expressar, a comer, permite-lhe agora ser uma mulher como outra qualquer.

Demorou, mas antes tarde do que nunca.

Ela bate à porta de Esmeralda. Para se explicar, mostra apenas a mão ensanguentada, e a mulher logo entende.

A ex-atriz pega uma lanterna e a conduz a uma elevação formada por caixas de cosméticos e frascos de talco.

— São produtos descartados nas grandes lojas de departamentos por problemas de etiquetagem ou embalagem. Vá, escolha sua marca preferida.

— Não entendo nada disso...

— Então escolha o de etiqueta com preço mais alto.

Elas voltam então para a cabana de Esmeralda, que explica como usar as proteções.

— Princesa, agora você é uma mulher — declara ela, solene.

Se ser mulher é isso, acho meio doloroso.

Tenho a sensação de que meus ovários estão em revolução.

É terrível. A fábrica toda está começando a funcionar. São puxões de todo lado, e todo esse sangue, será que eu não vou morrer? Pode ser uma hemorragia que não vai mais acabar.

Esmeralda vai buscar para ela um copo de licor de amêndoas, um *amaretto* especialmente importado da Itália.

— Beba. Depois de tudo que já ingeriu esta noite, vai dar certo. Da melhor qualidade, são os ciganos que me trazem.

Cassandra aceita a bebida perfumada. Depois do calor no ventre, um outro braseiro começa a arder no esôfago.

— Outro copo, por favor, Duquesa.

Ela pode querer bancar a íntima, mas eu quero distância.

— Não vai tomar um porre de licor de amêndoas, Princesa! Não prefere vinho? Ou cerveja? O *amaretto* engana muito.

Cassandra acaba de beber o álcool doce e massageia o ventre, fazendo caretas.

— Parece que um rato está me comendo as entranhas.

— Oh, não exagere, todas nós passamos por isso. Não é tão terrível assim, e além do mais, é apenas o começo — anuncia Esmeralda. — Comigo já acabou há muito tempo, mas, aqui entre nós, quase posso dizer que sinto falta.

É tão forte e violento. Talvez por causa do atraso. Ela disse "e é apenas o começo", que será que significa?

— Como foi da primeira vez que você teve suas... lunações?

— Senti muita dor, mas depois fiquei aliviada. Tinha muito medo de que não acontecesse nunca. São os nossos dejetos femininos sendo evacuados, sabia? Nossos ovos não fecundados.

Cassandra hesita, e então faz a outra pergunta que a preocupa:

— E da primeira vez que você fez amor?

— Exatamente igual. Senti dor, e depois fiquei aliviada. E acho que se tivesse tido um filho, teria sido a mesma coisa. Afinal, são os três compromissos importantes do corpo feminino.

— Duquesa, poderia por favor... enfim, falar um pouco mais sobre a primeira vez em que fez amor?

— Se quiser, Princesa.

Ela a contempla com um sorriso divertido.

— Eu tinha 16 anos, e ele também. Era a primeira vez para os dois. Aconteceu ao ar livre, na natureza. Ele me deitou na relva e me esmagou com seu peso. O problema é que bem ali, no mato, havia um ninho de formigas-vermelhas. Eu não tive coragem de pedir que mudasse de lugar, tão excitado ele estava. De modo que foi duplamente doloroso.

— A penetração provocou dor?

— Eu tinha um hímen grosso. Ele batia como um invasor de castelo armado de aríete. Não se cansava de recomeçar, e era como se...

— OK, obrigada, Duquesa — corta Cassandra, voltando a ingerir a bebida.

— Você está fazendo progressos, Princesa. Bebendo como uma alcoólatra. Já a vi cuspindo, nada mal para um começo. Só falta fumar, xingar e peidar para ficar perfeitamente sintonizada com a tribo.

Esmeralda lhe faz um carinho no rosto.

— Passei um excelente dia graças a você — reconhece. — Há muito tempo eu não me...

... divertia tanto?

— Envolvia num projeto. Considero que enquanto tivermos projetos, somos jovens. Com a sua ideia delirante do Ministério Oficioso da Prospectiva, você proporcionou uma bela ocupação aos habitantes de Redenção.

Ela ajeita o coque e reposiciona seu crucifixo no vale profundo do decote.

— Acho que realmente a subestimei, Princesa.

Cassandra está com muita dor para responder, mas sacode a cabeça.

— Você fez aqui uma coisa extraordinária... Você... como dizer... Conhece o princípio da inversão dos provérbios praticado por Orlando...

Ela busca as palavras.

— Pois bem, talvez você me tenha levado a pensar que... "A cada um sua merda" está certo, mas... o contrário é ainda melhor. Pronto. Falei.

E ela cospe, para se dar importância.

Cassandra faz uma careta de dor.

Esmeralda oferece-lhe pílulas de Doliprane. Dobrada ao meio, a moça as engole com avidez.

— Caramba, você mudou muitas coisas aqui. Nem os meus homens eram assim. Parece até que, desde que você chegou, eles... como dizer... "remoçaram". Sabe o que foi que Orlando me cochichou há pouco? "E se eu fizesse a barba?" Imagina só! Orlando sem barba!

Esmeralda dá um risinho.

— Fetnat me disse que queria começar a fazer um pouco de esporte. Encontrou uma bicicleta e a está consertando.

Ela lhe dá uma piscadela.

— Já Kim, acho que não é insensível aos seus encantos. Afinal, vocês dois têm a mesma idade...

Estou muito mal. Passar por tantas provações para acabar sendo traída pelo próprio corpo, é realmente... muita incompetência.

Cassandra engole de uma só tragada um copo de *amaretto*.

Esmeralda parece decidida a trocar confidências:

— Mas persiste o problema do seu passado... Princesa. É engraçado, basta saber qual é a especialidade de alguém para adivinhar seu ponto fraco. Os psiquiatras são quase sempre abilolados. Os cabeleireiros são carecas. Os chefs de cozinha têm complexo de inferioridade. Conheci até uma florista que tinha alergia a pólen. A pobre coitada estava sempre de olhos vermelhos.

De repente, Esmeralda agarra a mão de Cassandra.

— E você, você... Princesa, você é a prova viva de que as pessoas que querem saber o futuro têm um problema com o passado!

Enquanto fala, ela examina as linhas da sua mão.

— Tsk-tsk... era o que eu imaginava — diz. — A sua linha da sorte. Aqui, veja. É muito pequena. Você realmente dá azar. E a sua linha da vida, esta aqui, para de repente.

189.

Nessa noite, Cassandra Katzenberg dorme agarrada às bonecas na sua enorme cama.

Na tela do seu cérebro aparece um grande nada. Ela não faz nada. Espera.

A coisa parece-lhe durar muito.

A antiga Cassandra não chega.

Os bebês a deixam tranquila.

Seu irmão não aparece, nem seus pais, nem a confeiteira, nem os bolos.

Ela espera sem se mexer. Está sozinha, em lugar nenhum, sem real percepção do tempo futuro, presente ou passado.

Depois, sonha que se deitou e que está dormindo.

O que lhe dá a impressão de estar entre dois espelhos que refletem sua imagem de Cassandra dormindo infinitamente.

As paredes e o piso sequer têm cor, são apenas espelhos.

Esse mundo desabitado se estende no tempo.

Depois, ela sonha que está sonhando. Uma coisa dentro da outra, sem fim.

Num tempo infinito.

Finalmente, ela sonha que acordou no seu sonho. Depois, desperta no sonho do seu sonho. E então acorda realmente, na realidade.

190.

Preciso esclarecer isso.

191.

4h44 da madrugada. A noite ainda não concluiu sua obra.

À parte alguns latidos de cães sonâmbulos ao longe, o depósito está tranquilo.

Cassandra Katzenberg perambula sozinha entre as cabanas de Redenção.

Iluminada pela lua, ela observa a linha da sorte indicada por Esmeralda.

Em seguida, decidida, pega um caco de garrafa e, aplicando a ponta cortante na palma da mão, faz um traçado alongando a linha da vida.

Nenhum futuro está gravado em pedra, sempre é possível reescrevê-lo pela força da vontade.

No mesmo impulso, ela aproveita para alongar sua linha da sorte.

A gente sempre pode escolher.

Na sua mão está desenhada agora uma árvore vermelha de dois galhos.

Não tenho medo de sangue. Não tenho medo de perder a integridade do meu corpo.

Mas não consegue conter uma careta de sofrimento. Ela contempla o mapa sangrento.

Essa dor vai me fazer esquecer a das minhas entranhas.

Instintivamente, ela derrama um pouco de rum nas duas feridas abertas, o que a faz sufocar. Depois, pega um pano branco, embebe-o na água da jarra e faz uma atadura.

Sou eu quem decide como será a continuação da minha vida. Ninguém vai escrever o meu futuro no meu lugar. Ninguém. Nem o meu código genético, nem a minha educação, nem um destino maia gravado nos céus.

Cassandra Katzenberg vai ao encontro de Orlando Van de Putte, que ronca, afundado na pilha de sacos que lhe serve de cama, e depois de Esmeralda, que tem o rosto coberto de fatias de pepino, de Fetnat Wade, que colocou em cima de sua cama um morcego empalhado, e de Charles de Vézelay, todo encolhido em meio a pilhas de conservas sem etiqueta. Termina em Kim Ye Bin, adormecido em sua cama, com todas as telas de computador ainda acesas ao redor, como uma criança que tem medo de escuro. Ela o contempla, imóvel, vivendo aventuras por trás dos olhos fechados.

Observa que ele está sorrindo. Espera que seja por sua causa que ele está um pouco mais feliz.

As mulheres têm esse enorme poder de deixar os homens mais relaxados e tranquilos.

Então, ela se dirige para uma das telas.

E começa a teclar, o que não parece perturbar o sono do coreano. Ela escreve no *browser*: "Estatísticas mundiais."

Para ver o futuro é preciso definir com precisão o ponto de partida. Meu irmão gostava de números, e eu também devo ser capaz de usá-los.

Em seguida, ela anota numa folha de papel a lista que a interessa:

"Habitantes do planeta atualmente:	6. 876.935.514
Nascimentos por ano:	69.722.868
Mortes por ano:	30.464.083
Automóveis fabricados por ano:	26.027.959
Computadores vendidos por ano:	143.232.741
Pessoas com acesso à Internet:	1.631.405.146
Hectares de floresta destruídos por ano:	5.639.917

Hectares de desertificação por ano: 7.423.022
Toneladas de produtos químicos tóxicos descarregadas na natureza pelas indústrias: 4.903.933
Toneladas de dióxido de carbono emitidas este ano: 11.181.914.254
Espécies animais extintas por ano: 492

Era assim que o meu irmão agia, medindo e fornecendo números exatos, em vez de ficar no vago. Aí está a extensão dos danos.

Ela observa a lista, mais que nunca convencida de que é preciso retardar ou mesmo deter o crescimento demográfico e econômico. Em seguida, faz uma bola com suas anotações e a atira na lixeira de Kim.

Seu ventre novamente dá sinal de vida. O tampão, ao qual não está acostumada, a incomoda, mas ela não tem coragem de tirá-lo.

Por que estou com tanta dor?

Ela acaba encontrando uma resposta satisfatória.

Meu ventre me diz que está pronto para dar à luz, mas está infeliz por não ter sido fecundado. E então, me pune. Meu corpo quer que eu faça amor...

Ela olha para Kim Ye Bin.

Com ele?

O rapaz se mexe e muda de posição, sem parar de sorrir no sono.

Ele é bonito. Tem um corpo atraente. Uma bela boca. Belas mãos.

No internato, as meninas diziam que pela forma dos dedos de um homem era possível deduzir a forma do seu sexo.

Ela sorri.

Mas não tem coragem de olhar as mãos de Kim mais de perto.

Talvez ele esteja sonhando comigo. Talvez isso o excite. Talvez ele me imagine fazendo amor com ele. Talvez esteja me vendo com uma roupa sexy, acariciando-o e beijando-o.

Surpreendentemente, essa ideia a tranquiliza.

Ele está sonhando comigo, tenho certeza. Entendeu que eu sou uma pessoa extraordinária e me deseja mais que qualquer outra pessoa. Desde que me conheceu, sua visão das mulheres mudou.

Ele me detestou, mas agora me admira secretamente. Está disposto a qualquer sacrifício para me agradar. Mas eu não devo me entregar rápido demais. Preciso fazer-me desejar, para que seu desejo chegue ao máximo. Eu bem que gostaria de uma corte à antiga. No início, eu ficaria chocada, e diria não. É nosso papel dizer não; caso contrário, somos consideradas fáceis e os homens não nos apreciam. Isso eu sei, bem lá no fundo. Sei pelo que dizem todas as mulheres que eu fui no meu carma. E todos os homens que eu fui o confirmam. Preciso bancar um pouco a vadia, eles adoram. Ele vai insistir. Eu direi que quero que sejamos amigos, sem mais nada... para ver se ele me quer realmente. Depois, serei injusta com ele. Chegarei atrasada aos nossos encontros. Farei recriminações injustificadas, para ver se ele continua me querendo, apesar de tudo. Depois farei com que espere. Ele terá de esperar, me desejar muito e sofrer. Um pouco.

Cassandra se contrai, atingida por um novo espasmo.

Ao me tornar uma mulher, meu corpo entra num sistema de ciclos, como na agricultura. Uma semente precisa ser plantada para que haja colheita. Só pode ter sido uma mulher que inventou a revolução neolítica há 11.400 anos, no vale do Jordão. E portanto foi uma mulher que inventou a futurologia.

Cassandra morde os lábios.

Caramba, eu realmente estou com muita vontade de fazer amor. Talvez sejam minhas lunações, toda a máquina hormonal despertou. Minha pele está mais sensível. Sinto o endurecimento do bico dos seios.

Tudo isso é culpa dele.

Ela se debruça sobre Kim, cujo rosto reluz na sombra.

Desde que ele não tenha ejaculação precoce. Dizem que os jovens são tão emotivos que não sabem esperar. Só falta ele terminar sua curva de prazer no momento em que eu estiver começando a minha.

Ela sacode a cabeça.

E se ele não conseguir ficar de pau duro por estar muito impressionado comigo? Talvez eu devesse me antecipar, pedindo a Fetnat uma de suas poções mágicas sucedâneas do Viagra. Eu diria a Kim: "Relaxe, querido, vou preparar um drinque para você", e pronto. E contaria uma piadinha para quebrar o gelo. Aquela das lesmas que... Não, a das lesmas não... melhor a das duas girafas.

Ela passa a mão nos cabelos.

Quando acabarmos de fazer amor, ele não deve ficar achando que está feito e que eu sou dele. Preciso deixar bem claro que sou uma mulher livre.

Ah, Esmeralda tem toda razão, os homens só querem saber de posse: "minha mulher", "meu cachorro", "minha fortuna". E quando acham que os seres e as coisas lhes pertencem definitivamente, partem em busca de novas presas.

A mocinha fica por um momento pensativa.

Também não posso ser o tipo da garota para uma noite apenas, e que depois ele me esqueça. Como evitar isso?

Ela pensa.

Vejo apenas uma solução. Devo mostrar-me ainda mais inacessível. Ele precisa rastejar aos meus pés, implorar. Assim, pelo menos não vai querer me largar. Terá de me dar um anel.

Ela visualiza o objeto adornando a própria mão.

Depois, terei sobretudo de evitar que ele se agarre demais. Um sujeito colado o tempo todo deve ser cansativo.

Ela fecha os olhos.

Depois, faremos amor de novo. E na segunda vez forçosamente será melhor. Mas não haverá uma terceira vez, nada de criar hábitos. Eu direi algo gentil, talvez "então, feliz?". E então ele terá de se ir, não quero ficar com ele para dormir, da primeira vez.

Depois... depois a gente administra a relação. Eu lhe explicarei as principais leis para viver comigo. Proibido peidar no quarto. Proibido cuspir. Proibido fumar. Proibido beber. Quando alguém dorme comigo, fica enroscado a noite inteira, não se levanta para jogar no computador, mesmo se tiver insônia.

Ela sorri.

Eu lhe darei todo o meu amor.

Vou encontrar uma profissão; na pior das hipóteses, aceitarei o trabalho de astróloga proposto por Graziella. Vou inventar um futuro fajuto para os bobalhões que precisam de garantias.

Vamos trabalhar e nos amar durante o dia e salvar o mundo à noite. Ninguém ficará sabendo. Como acontece com os super-heróis de histórias em quadrinhos.

Depois, teremos três filhos.

Seu sorriso desaparece de repente.

E se ele enjoar? Se acabar enchendo o saco de mim?

E se, me vendo todos os dias, não gostar mais de mim? Se as sucessivas gravidezes deformarem meu corpo e me tornarem menos atraente para ele?

E se ele passar a ver em mim apenas os defeitos?

E se me enganar com uma mulher mais jovem que faça na cama com ele coisas que eu não gosto?

Acho que não vou suportar. Tanto pior. Melhor abrir mão agora de qualquer relação, enquanto não estiver certa de que ele não vai aparecer com essa sirigaita que será necessariamente mais tarada que eu.

Cassandra sente novamente dores no ventre e volta a sua cabana, para tomar de novo as pílulas de Doliprane.

Ah, que cretino! Quando penso em todo o bem que eu lhe queria fazer!... Eu queria entregar-lhe meu coração, ao passo que ele só tem um sexo no lugar do cérebro. Ele realmente tinha de estragar tudo, quando nossa relação poderia ter sido tão pura e bela.

A moça de grandes olhos cinza-claro volta a se deitar com suas bonecas na cama de dossel. Mas não consegue conciliar o sono, com os olhos grudados na lona que lhe serve de teto.

192.

Eu é que estava inventando coisas, atribuindo a Kim qualidades que ele não tem. No fim das contas, os homens são decepcionantes. Todos uns covardes e egoístas. Não sobra nenhum.

193.

Nessa manhã, o silêncio é total. Nem galo, nem raposa, nem despertador. Só o sol projeta seus raios através das cortinas de sua cabana.

Como não conseguiu dormir, Cassandra é a primeira a acender o fogo e preparar um chá, com chips e Nutella. Ela mistura vigorosamente sua xícara cheia de infusão fervente. Quando Kim Ye Bin vem ao seu encontro, ela se afasta.

— Bom dia, Princesa. Caramba, que é isto na sua mão, você se machucou?

Ela lhe volta ostensivamente as costas.

— Que está acontecendo? — pergunta ele.

Ainda por cima, quer bancar o inocente!

— Vamos, diga, Princesa. O que a preocupa?

... o que me preocupa é a sua falta de sinceridade.

Ela se levanta e continua tomando seu café da manhã encarapitada no alto da cabana.

— Mas o que foi que deu nela? Eu não lhe fiz nada! — espanta-se o rapaz, invocando o testemunho dos outros, que acabam de se levantar.

Esmeralda sussurra na orelha de Kim:

— Não se preocupe, é que ela está naqueles dias, com muito atraso...

— Que dias?

— Como diz a expressão: "Os ingleses desembarcaram."

— Não estou entendendo.

Orlando vem socorrê-lo:

— Ela está com as vermelhidões. Com os incômodos. Com as pingadeiras. Está na semana do ketchup, do embaraço, da escorrência.

— Ainda não entendi do que vocês estão falando, Duquesa.

— Ela se tornou uma mulher, se preferir. A gente precisa explicar tudo aos homens! Eles não entendem nada de psicologia feminina.

— Vocês estão querendo dizer que ela está menstruada. O que irrita nessas gírias é que, de tanto usar metáforas baratas, ninguém mais sabe do que se está falando.

Esmeralda faz uma cara de cumplicidade.

— É por isso que ela está com raiva de mim?

— Deixa, vai passar.

Cassandra contém uma careta de dor e observa os outros lá de cima. Charles de Vézelay afinal não voltou a botar sua máscara de gás. Ela o ouve comentar detalhadamente com Orlando e Fetnat o princípio das canções maias.

O antigo especialista em horóscopos explica que é por estar inscrita num espírito uma projeção do futuro que o mundo se organiza, para que essa projeção se realize. Cassandra, que já conhece esse discurso, o entende de maneira diferente nesse momento.

Eu me pergunto se não deveria de vez em quando desligar a máquina cerebral que me projeta no futuro.

Ela observa Kim de longe.

Mas ele realmente é uma gracinha. Acho que sou capaz de perdoá-lo.

Mais tarde nessa manhã, eles constroem uma nova cabana para Charles de Vézelay.

Quatro carros são plantados verticalmente. Lonas estendidas fazem as vezes de teto. As máquinas de lavar servem de tijolo, deixando duas aberturas, uma porta e uma janela.

Cassandra nota que o ex-funcionário do Ministério da Prospectiva está se integrando muito bem na pequena aldeia de mendigos.

E ele, qual o seu pecado a perdoar?

Kim Ye Bin trabalha em sua cabana sem tentar falar com ela. Orlando a convida a caçar, e ela aceita.

— Não lamento tê-la salvado, Princesa — diz o homem com ares de viking.

Sim, eu sei, eu trouxe uma certa animação a essa aldeia, que, sem mim, mais parecia um clube de aposentados em fim de linha. Já me tinham dito.

Superando a dor do corte na mão, ela estende seu arco e dispara uma flecha, que atinge em cheio um enorme rato.

Menos um.

— Eu a ouvi esta noite, tenho o sono leve. Você não dormiu muito, hein? E o que é esse corte na mão?

— Um arranhão.

Ela mata um segundo rato um pouco menor e pendura o corpo ainda fremente na cintura.

— Acho que Redenção é uma base perfeita para realizar grandes projetos — declara ela.

Orlando dá de ombros.

— Quando eu era jovem, achava que tinha de viajar. Estava em busca do Eldorado. Tinha a sensação de que existia em algum lugar um país com uma cultura de acordo com meu desejo de exotismo. Pensei na Austrália. Depois, na África. Na Ásia. Ah, em matéria de viagens não viajei pouco não. Fui a lugares que você nem imagina. Agora, já entendi que é a mesma coisa em qualquer lugar. O cenário, a etiqueta do país, a língua, os costumes, o governo, nada disso muda grande coisa no fim das contas.

Ele cospe ruidosamente.

— Eu diria que o mais belo lugar para se viver é aqui. E a melhor época é agora. As mais belas pessoas para se conviver são os redencionistas. E, afinal, tenho certeza de que há menos poluição em Redenção do que nos prédios perto da perimetral ou nas belas residências do centro da cidade, apertadas entre as avenidas engarrafadas. E sem estarmos condenados ao trabalho.

De modo que a gente pode cultivar bem os porres.

Nesse momento, ouve-se um ganido. Cassandra vira-se.

— Yin Yang! — exclama.

A raposa está sentada numa montanha de lixo. Imóvel, observa-os.

Quer dizer então que os albaneses mataram outra raposa. Eles sabiam que era a nossa mascote, mas o que não sabiam era que havia várias. Só Yin Yang reagiria à palavra detestada.

Ela não está sozinha, traz junto uma fêmea, apenas um pouco menor.

Que belo casal eles formam, esses dois. Por isso é que ela não voltava; Yin Yang estava apaixonado.

Cassandra aproxima-se delicadamente, e embora a fêmea pareça assustada, Yin Yang permanece imóvel e se deixa acariciar.

Quer dizer então que é possível estabelecer um vínculo privilegiado com os animais. Não todos, só os mais corajosos, os pioneiros. Aqueles que não funcionam exclusivamente no medo.

Cassandra imediatamente distingue nesse reencontro uma melhora em sua vida. O contato com o pelo de Yin Yang lhe traz um reconforto que a faz esquecer as dores abdominais. Ela oferece à raposa um rato tirado da cintura. Ela aceita e o toma nas presas como um presente. A raposa desaparece e volta pouco depois com outro presente. Um cadáver de gato. Cassandra examina sua coleira e lê na medalha: "Liberty Belle."

Quer dizer então que a gata do inspetor Pierre-Marie Pélissier fugiu de novo e veio se perder aqui. Quando o destino não encontra o caminho da primeira vez, volta a tentar. Talvez Charles de Vézelay no fim das contas tenha razão: a Natureza tem projetos bem específicos para cada um de nós. São encontros marcados na agenda.

Se nada acontece imediatamente, é apenas uma questão de tempo. O que tem de acontecer acontecerá.

— Que esplêndido gato! Obrigado, Yin Yang, vamos comê-lo esta noite. E também faremos luvas — anuncia o viking.

Para variar, Cassandra não fica enojada ao ver esse animal de companhia reduzido à condição de futuro prato.

É um presente de Yin Yang. Talvez um dia outros animais também nos procurem, não mais para furtar, mas para fazer escambo. E então não teremos mais com eles relações de predação ou dependência, mas de troca.

Com um último ganido, o casal de raposas desaparece.

— É primavera — diz Orlando. — A natureza recupera seus direitos. É o chamado dos hormônios.

Cassandra observa os dois esplêndidos animais saltitando ao longe pelos caminhos traçados entre as montanhas de lixo. Por um momento, inveja-os.

Depois, dispara uma flecha na direção de um rato que se havia imprudentemente aproximado dela.

O resto do dia transcorre como de hábito em Redenção. Cada um cuida de suas ocupações de sempre, caçando, colhendo, cozinhando ou limpando, em função do que considera necessário para o bem-estar da comunidade. Ninguém diz aos outros o que é preciso fazer. Só Kim Ye Bin, fechado na cabana do ministério, nem se dá ao trabalho de vir almoçar.

Esmeralda aprecia as belas maneiras de Charles de Vézelay.

— O senhor realmente é um conde? — pergunta.

— Tenho um brasão — reconhece modestamente o especialista em horóscopo. — Suas figuras são um cisne, um braço segurando uma espada e um moinho.

— E o seu antepassado realmente era um templário vidente?

— Ele teve no ano 1000 um flash do que seria o ano 2000. E sobretudo coragem de dizê-lo claramente. Naturalmente, eu também gostaria de ter no ano 2000 um flash do que será o ano 3000. Assim, a cada mil anos, um De Vézelay presentearia o mundo com uma profecia.

Fetnat parece encantado com a ideia.

— Nós já começamos a ter uma ideia do ano 3000 — reconhece o africano, ao mesmo tempo espetando Liberty Belle sobre a fogueira central da aldeia.

— Mas teremos de refinar um pouco nossa vidência — sugere Esmeralda. — Por exemplo, em termos de vida cotidiana, à parte os grandes acontecimentos, o que é que vamos comer, na sua opinião?

— Algas — responde Cassandra.

— Insetos — completa Fetnat.

— Tofu — sugere Charles de Vézelay —, ou algum produto do tipo.

— Se houver superpopulação e guerra, comeremos homens — lança Esmeralda. — Em todas as grandes crises acontecem atos de canibalismo.

Ela muda de assunto para não ter de se estender:

— E as roupas, como é que as vê?

— Será usada uma bomba aerossol para nos cobrir com uma pintura protetora — propõe Fetnat.

— Se vivermos dentro de bolhas ou em prédios com ar-condicionado, poderemos viver nus.

O resto da tarde transcorre em clima de exaltação, cada um indo sempre mais longe em suas ideias sobre o futuro. A coisa evoluiu para uma ginástica mental, como num sonho acordado. Basta que alguém faça uma pergunta para receber respostas em rajadas.

— Eu vejo uma quantidade cada vez maior de favelas.

— Ele tem razão, mas serão favelas diferentes das que conhecemos hoje. Já eu imagino que as pessoas viverão em contêineres hermeticamente fechados, por medo da poluição ou de doenças. Os contêineres serão empilhados em gigantescas pirâmides. Será o auge do *cocooning*, da vida em casulos. Eles só terão lá dentro o computador, para poderem se comunicar e viver em rede.

— Acho que os seres humanos passarão por uma mutação, desenvolvendo novos dons, como Cassandra. Serão sensitivos e sentirão as coisas — diz Orlando.

— Sim, talvez Cassandra seja um protótipo do ser humano do futuro — reconhece Charles de Vézelay. — De qualquer maneira, era o desejo dos seus pais.

... Sem perguntar minha opinião.

— No futuro, acho que seremos todos telepatas.

— E todo mundo saberá mexer as orelhas.

— Qual o interesse de mexer as orelhas?

— Talvez nenhum, mas eu sempre admirei as pessoas que são capazes — retruca Esmeralda.

— No futuro, acho que dominaremos a técnica da criogenização. As pessoas doentes serão criogenizadas para renascer séculos depois, numa época em que a medicina for capaz de tratar da sua doença. Mas...

Cassandra o interrompe:

— Mas, para sua grande surpresa, os criogenizados serão julgados pelos descendentes.

— Por quê? Mais uma das suas vidências?

A moça de grandes olhos cinza-claro pensa um pouco antes de responder:

— Eles serão chamados a prestar contas como representantes da geração que podia salvar tudo, mas, por egoísmo e inconsciência, preferiu permitir que as coisas fossem na direção errada.

— Nós?

— Sim, nós. Chegamos a uma encruzilhada histórica para a nossa espécie. O número de vivos é igual ao de mortos: 6,8 bilhões.

— Não entendi.

— Se somarmos todos os mortos desde a primeira tribo, há 3 milhões de anos, época em que a humanidade não passava de um pequeno rebanho de algumas dezenas de milhares de indivíduos, e acrescentamos todos os mortos de todas as gerações até nós, chegaremos a mais ou menos 6,7 bilhões. O que corresponde aproximadamente à nossa população atual.

— Sabemos tudo que acontece no planeta, e estamos conscientes do que realmente está em jogo. Portanto, se fracassarmos, nossos filhos e netos poderão nos considerar responsáveis.

A garrafa de vinho passa de mão em mão, e todos bebem no gargalo.

Para encerrar, Orlando propõe uma reflexão sobre as armas do futuro. Fetnat, sobre a medicina do futuro. E Esmeralda, sobre o cinema do futuro.

194.

Enxergar o futuro parece um exercício muscular.

O músculo precisa ser trabalhado, exercitado.

E quanto mais for cuidado, mais fácil será usá-lo.

O que estamos fazendo nesse caso é ginástica coletiva.

Mas ver o futuro também é uma droga. Quanto mais longe vemos, mais a visão é precisa e mais temos vontade de ver ainda mais longe.

Não quero ficar viciada na ideia do futuro. Talvez meu corpo me esteja fazendo sofrer para me trazer de volta ao meu presente, na matéria.

195.

O curativo é retirado e as duas linhas cortadas em sua palma, a sorte e a vida, embora ainda tenham um pouco de pus, começam a cicatrizar, para sempre inscrevendo em sua carne uma nova programação.

Cassandra bate com a mão esquerda na porta do jovem coreano de mecha azul. Embora não tenha resposta, ela entra.

— Você está chateado, Marquês? — ataca ela, com total má-fé.

Ele larga do teclado e se volta ligeiramente para a moça de longos cabelos negros ondulados. Seus olhos estão injetados de sangue de tanto olhar para a tela.

— Sim. Exatamente. Estou com raiva de você. Você nos acenou com um sonho, mas esse sonho é inatingível. Sempre foi inatingível, e o será para sempre.

Ela o pega pelo ombro e o vira para si, para forçá-lo a olhar para ela. Ele baixa os olhos.

— Que foi que aconteceu?

À guisa de resposta, ele aponta para a tela com um movimento da cabeça. Numa janela aparecem estatísticas. Em outra, um programa de diálogos. Cassandra constata que ele apresentou as ideias do grupo a um fórum, para estimular as pessoas a apoiar o Ministério Oficioso da Prospectiva.

Ela lê.

Alguns internautas afirmam que o fato de procriar sem limitações é o maior direito de todo ser humano. Outros, que um governo mundial será necessariamente corrupto, fascista ou, de qualquer maneira, incapaz de agir. Muitos clamam que o respeito à soberania dos Estados é mais importante que uma moralização planetária. Eles preferem os ditadores locais a um risco de uniformização. Alguns internautas afirmam que o simples fato de querer prever o futuro é um comportamento de seita, de guru ou de místico, de qualquer maneira altamente suspeito.

— Nas 12 páginas de Internet, cerca de 260 pessoas se deram ao trabalho de participar do fórum para tentar nos dissuadir ou desacreditar. Apenas três pessoas aceitaram a ideia de que venhamos a desenvolver nosso "delirante" projeto, mas fazendo questão de frisar, para não se desmoralizar junto aos outros, que não estavam aderindo. E apesar disso, esses três foram abundantemente insultados pela massa.

— Você ficou espantado?

— É o mundo de ponta-cabeça. Eles são cegos, e se alguém lhes oferece a visão, eles protestam, exigindo respeito a sua condição de deficientes voluntários.

— Pelo menos você encontrou sua resposta, Marquês: em terra de cego, os caolhos não são nada bem-vistos.

— E o rebanho cego continua avançando entusiasticamente para o precipício e proibindo que alguém os impeça de cair. Em nome da liberdade de autodestruição. "Eu sou cego, é nisso que acredito", poderiam cantar a plenos pulmões.

Eles não terão de prestar contas às futuras gerações.

Se nada for feito, talvez nem haja uma futura geração.

— Ninguém disse que seria fácil — reconhece Cassandra.

— Mas não é só isso, Princesa.

Kim abre um outro arquivo.

— Eu fiz um pequeno balanço de tudo que não estava bem, para tentar encontrar soluções. E foi como se tivesse aberto a caixa de Pandora. Toda a escuridão do mundo me saltou no colo.

Ele mostra despachos de agências noticiosas.

— "Esportes. Uma partida de futebol entre a Inglaterra e a Alemanha acaba em matança. Os torcedores tinham levado machados e lanças, que não foram detectados pela polícia. Incapaz de fugir, a multidão apavorada foi projetada contra as grades de proteção. Sob a enorme pressão, cem pessoas foram esmagadas contra a balaustrada.

"Internacional. Na Somália, uma menina de 9 anos estuprada por três homens foi condenada por prática de relações sexuais fora do casamento, sendo lapidada num estádio de futebol no intervalo de um jogo. Depois de uma primeira rajada de pedradas, a enfermeira que verificou seu estado declarou que seu coração ainda estava batendo. Ela foi então reconduzida ao buraco e apedrejada até morrer. Transtornado, um menino de 8 anos tentou salvá-la. Foi abatido pela polícia.

"Está vendo? O seu mundo de pesadelo já está aqui. E ninguém faz nada.

— São apenas episódios anedóticos.

— E o Zimbábue, onde já passa de 12 mil o número de mortos na epidemia de cólera, enquanto o presidente Mugabe impede qualquer ajuda estrangeira? É uma anedota? E o Tibete? E a Coreia do Norte, onde eu vi atrocidades que você nem pode imaginar? Também é uma anedota?

— PARE! Você está me enchendo!

— Espere, eu deixei o melhor para o fim: "Um grupo de mendigos agressivos espalha o terror nas bibliotecas de Paris. O prefeito da cidade decretou que a detenção desses indivíduos perigosos é um objetivo prioritário das forças de segurança."

Os rostos de Esmeralda, Orlando, Fetnat, Kim e Cassandra voltam a aparecer na tela, acompanhados de um aviso de "Procura-se" e de um número de telefone da polícia.

— Não só eles não fazem nada contra os verdadeiros canalhas, como nos perseguem!

Os cegos querem furar os olhos dos caolhos.

— O que você está querendo me dizer?

A fisionomia de Kim muda instantaneamente. Ela identifica o mesmo brilho cruel que vira no primeiro dia.

— E se o seu irmão Daniel tivesse razão? Eles são muito imbecis, não há o que fazer para salvá-los. Diariamente são informados da própria imbecilidade pela televisão, e nada fazem para diminuí-la. Estão fascinados com a própria barbárie, encaram sua autodestruição como um espetáculo. E o nome desse divertimento é noticiário. Você viu essas imagens de cadáveres, ditadores satisfeitos, multidões histéricas clamando pela morte do próximo. Eles têm sede de destruição. E quanto mais chocantes são as imagens, mais aumenta a audiência. Como é que você quer que se crie um futuro de não violência? Deixa pra lá. Aqui, neste depósito de lixo, longe de tudo, não estamos assim tão mal. Tranquilos. Na calma. Afinal, "a cada um sua merda" é o nosso lema. E ele não é tão ruim assim.

— Esmeralda reconheceu que o contrário era ainda mais...

— Esmeralda não é mais completamente dona da própria cabeça. Está influenciada por você, como todos nós. Mas há a realidade, que foi vista pelo seu irmão Daniel. É apenas um rebanho de lêmingues se precipitando no penhasco. Pois que morram todos. Como dizia o excelente título de um James Bond: "Viver e deixar morrer." Olha só, é uma excelente inscrição para minhas camisetas. Eu quero mais é que o mundo se dane. Quero mais é que eles se danem. Aos 17 anos, tendo vivido e entendido algumas coisinhas, só quero saber do meu prazer pessoal.

Ele bebe um longo trago de cerveja, amassa a latinha e a joga no chão.

— Sinto muito, Marquês. Eu nunca vou desistir. Embora meu irmão o tenha renegado depois, um dia ele disse: "Resignação é a pior palavra que existe." Eu não me conformo. É possível salvá-los!

— Olhe bem para você, Princesa! Você é uma garota. Quer que eu diga qual é seu principal defeito? O orgulho. Querer salvar o mundo não passa de megalomania. Você se acha sensível? O que é realmente é paranoica. Se diz preocupada com os problemas dos outros? Pois lembre-se de que não queria que eu avisasse quando você ficasse louca. Pois é o que eu digo agora: você está louca.

Não, ele está enganado.

— Eu não estou louca. Se estivesse, você teria me dito antes.

Sim, ele teria me dito antes.

— É só porque você até que é bem sexy, para o seu tipo. Eu a estava paquerando, e então fui atrás dos seus delírios, mas agora que o seu irmão morreu, meus olhos se abriram. Sabe, exatamente como você, quando tomou o elixir da longa vida de Fetnat. Abriu-se no meu crânio uma porta de lucidez, e eu agora vejo que você está louca. Primeiro a gente se coça, depois começa a falar sozinho, e no fim acaba louco. Pois você chegou lá. E então, seppuku ou harakiri? Escolha.

— Quer mesmo que eu diga? Desistir é pior que covardia, é... é... indolência!

— Indolência? Estou disposto a botar a mão na massa se servir para alguma coisa! Para que ter trabalho por esses imbecis? Não só eles nunca dirão obrigado como ainda nos vão cuspir na cara, em sinal de gratidão. Vamos, diga por quê.

— Porque...

Porque todos esses imbecis e canalhas também são prolongamentos de nós mesmos.

Cassandra hesita em dizer essa frase, mas, considerando que ele não a entenderá, prefere abster-se e se retirar.

196.

Eu o detesto.

Quem ele acha que é? Kim não passa de um galinho arrogante.

Acha que, reagindo como meu irmão, pode se comparar a ele.

Mas Daniel era um gênio.

Kim é apenas um sujeito normal, com um cérebro normal, que teve uma infância normal.

Ao passo que eu sou ilimitada.

Ele sabe, e por isso tem medo.

Kim me irrita, ele realmente me irrita. E o pior é que seria capaz de entender. Tem todos os elementos para avaliar a importância do que está em jogo.

Se ele também cruzar os braços, tudo vai ser difícil.

Eu, que tanta esperança depositei nele, vejo agora que não passa de um garoto como outro qualquer.

Tanto pior, se ele quiser fazer amor comigo, eu direi não. Prefiro esperar e conhecer um homem de verdade.

197.

Nessa noite, Cassandra Katzenberg sonha que está de novo na Troia antiga. A grã-sacerdotisa ainda tem nas mãos *As Aventuras de Cassandra Katzenberg*, mas em seu rosto há uma expressão de admiração.

— Nada mal, senhorita. Realmente, nada mal. Você impediu dois atentados, criou um projeto de informática planetária para fundar um observatório do futuro. Estou orgulhosa de você.

Ela deposita o livro e se levanta.

— Venha ver no que isso deu.

A mulher de túnica branca a conduz para fora do templo, chegando ao jardim. Os bebês continuam amontoados por trás da grade, mas já não gritam nem choram, nem parecem irritados. Limitam-se a olhá-la com seus grandes olhos atentos.

— As novas gerações parecem mais tranquilas. Os bebês que vão nascer depositam todas as esperanças em você. Graças a você, descortina-se uma saída de segurança. E preciso mostrar-lhe outra coisa.

Elas atravessam o jardim em direção à colina coroada pela Grande Árvore Azul do tempo. Ao se aproximarem, abre-se a porta que dá acesso ao interior da árvore. Elas entram pelo tronco e se encaminham para o alto. Passando por um labirinto de corredores, chegam aos galhos baixos.

As duas ultrapassam os níveis do futuro próximo, dedicados aos dias seguintes, e se encaminham para os futuros mais distantes das semanas, dos meses, dos anos, das décadas seguintes. A sacerdotisa parece orientar-se perfeitamente pelo labirinto de madeira azul.

Na extremidade do galho para o qual se dirigem, uma grande fruta palpita em sua esfera transparente.

É um mundo de céu escuro, poluído. Ouve-se ao longe o fragor de explosões. Os habitantes, de olhar cansado, vestidos de negro, enfiam-se por estações de metrô abaixando a cabeça, ou então engrossam engarrafamentos com seus carros cuspindo uma fumaça grossa.

A mulher de túnica a conduz para um lugar preciso, onde se ergue uma espécie de nave espacial imensa, na qual está escrito "Nova Arca de Noé". A nave é ainda mais alta que a Torre de Montparnasse, e parece que vai furar o céu. Ao lado, uma procissão de caminhões que despejam animais enjaulados e peixes em aquários flexíveis.

— "No começo eles eram 144, e no fim serão 144", lê-se na Bíblia. Quando tudo tiver acabado, ainda restará esta última solução para salvar os bebês.

A jovem Cassandra constata que, de fato, depois dos animais, os trabalhadores embarcam embriões imóveis em seus tubos de ensaio transparentes, presos em grandes armários.

— O 1% de chance de se salvar — murmura Cassandra.

— Sim, sempre resta uma solução da última chance. Basta que um único ser humano pense nela, e ela existe. Aí está.

Passageiros embarcam, em grande número.

— Não 144, mas 114 mil astronautas para uma viagem que vai durar 1.200 anos. E a humanidade vai renascer num outro planeta semelhante à Terra, girando em torno de uma outra estrela que não o Sol.

— Fabuloso.

De mãos dadas, elas saem voando como pássaros e contemplam esse futuro das nuvens. Em seguida, a sacerdotisa acrescenta:

— Para que você entenda bem o que está acontecendo, preciso mostrar-lhe outra coisa. Vamos voltar à Árvore.

As duas saem da esfera transparente na qual se encontra a fruta e seguem os galhos.

Desta vez, descem em direção às ramificações do futuro próximo, chegam ao tronco do presente e enveredam pelas raízes do passado.

— O passado está congelado — explica a antiga Cassandra. — Podemos visitá-lo, mas não mais modificá-lo.

Elas passam ao longo de um mundo em que as pessoas se vestem à moda medieval. Vão além da Antiguidade, cruzam a Pré-História e descem mais em direção ao labirinto de corredores azul-marinho. Quando a sacerdotisa propõe que entrem numa raiz, elas encontram dinossauros e plantas de folhas imensas. Pelo céu passam pterodátilos e nuvens de insetos cujo zumbido enche seus ouvidos.

— Veja bem e ouça, vai acontecer algo muito interessante.

As duas sentam-se numa pedra diante do mar e esperam. De repente, surge do céu uma bola de fogo, parecendo um meteorito. A bola vem dar na praia, por pouco não caindo no mar. Todos os animais fogem. Ao voltar a calma, dois seres humanos, um homem e uma mulher, saem da esfera, usando escafandros enegrecidos.

— Quem são? — pergunta a jovem Cassandra, curiosa.

— Leia a inscrição na nave.

Apesar da fuligem que recobre as letras na lâmina, Cassandra consegue ler: "Borboleta das Estrelas", seguido de um logotipo no qual aparece uma borboleta azul sobre um céu no qual brilham três estrelas prateadas.

— Não entendo. Esse nome é o título de um livro de ficção científica meio ingênuo que eu li quando era pequena.

— Pois então, como está vendo, não era ficção científica.

— Mas quando eu li o romance, pensei que seria o futuro.

— Não, o futuro é a "Nova Arca de Noé". O passado é a "Borboleta das Estrelas". A Terra foi um dia semeada por um único casal de seres humanos que veio de outro planeta. Um planeta onde a experiência "humanidade" dera em total desastre.

— Mas como o escritor de ficção científica podia sabê-lo?

— Ele não sabia. Também achava estar contando uma história do tipo "conto moderno", apenas para divertir os leitores. Para ele, era apenas uma brincadeira, um passe de mágica: levar a crer que era o futuro, e no último momento revelar que se tratava do passado. Mas ele não se dava conta. É a ironia da arte, ele contou a verdade sem percebê-lo.

— E nenhum leitor se deu conta?

— A informação é tão estapafúrdia que nem pode ser concebida. E no entanto, já está na Bíblia. No início, eles eram 144, e no fim serão 144. Sua descendência será de doze filhos, que por sua vez terão, cada um, doze outros filhos. E doze vezes doze são 144. Mais tarde, seus netos deformarão a lembrança dessa realidade e transformarão essa viagem espacial e essa aterrissagem canhestra em mitologia, e depois em religião.

— Quer dizer então que o homem não descende do macaco? — pergunta a moça.

— Sim, claro. A primeira humanidade do primeiro planeta deu origem aos primeiros homens a partir de um tronco de primatas um pouco mais evoluídos. Mas não na nossa Terra, só isso. Darwin estava perfeitamente certo. E a Bíblia não estava completamente errada... É só que ela evoca por metáforas um acontecimento cujo verdadeiro sentido esqueceu.

— E os dinossauros?

— Esses dois seres humanos lhes transmitiram logo ao chegar uma forma de gripe mutante, exatamente como no caso das epidemias transmitidas aos ameríndios pelos primeiros conquistadores. Esses dois exploradores da "Borboleta das Estrelas" exterminaram sem querer os antigos senhores da Terra e criaram nossa humanidade atual.

— Incrível.

As duas observam o homem e a mulher caminhando sozinhos entre as rochas. Eles parecem ter apenas 16 ou 17 anos.

— São os seus ancestrais, Cassandra. Seres humanos de outro planeta.

— Quer dizer então que estamos sempre repetindo a mesma experiência. Criar uma humanidade, vê-la crescer e conquistar todos os territórios, e depois vê-la definhar e se dilacerar, para afinal mandar uma nave da última chance e tentar dar prosseguimento à experiência em outro lugar?

— Se você soubesse quantas vezes isso aconteceu assim...

— Quantas?

— Centenas. Milhares de vezes.

— Então, não importa o que façamos, iremos para o futuro no qual você me mostrou a "Nova Arca de Noé"?

— Era o que eu achava até agora. Mas você mudou as coisas...

— Eu?

— Lembra-se da frase do romance de ficção científica *A Borboleta das Estrelas*? "Uma gota d'água pode transbordar o oceano." Você é essa gota d'água, Cassandra. Sua ideia do Ministério Oficioso da Prospectiva é uma primeira derivação da tragédia anunciada. Agora, a probabilidade da fruta mostrando um futuro sombrio, com o tribunal dos bebês, caiu de 78% para 76%. E a do futuro harmonioso, no qual poderemos tomar banho no Sena, passou de 1,4% para 1,5%.

— Eu tenho 17 anos, não tenho documentos, nem dinheiro, vivo com mendigos num depósito de lixo, sou procurada pela polícia e sinto dor no ventre.

— Você tem acesso não controlado à internet planetária. Hoje em dia, é o que basta para fazer uma revolução. Ou melhor, uma "evolução".

— Eu não posso fazer nada.

— Quero lembrar que você evitou dois atentados.

— Grande coisa! Não me serviu para nada...

— As almas das possíveis vítimas sabem perfeitamente o que lhe devem. E são gratas por isso. Estão aí para apoiá-la sem nem mesmo você saber.

— Não acredito nessas coisas.

— Elas também têm efeito naqueles que não acreditam.

As duas Cassandras observam o casal formado pelos dois astronautas sobreviventes da "Borboleta das Estrelas". Eles estão brigando.

— Por que eles estão discutindo?

— Porque ela não quer fazer amor.

— Mas são os dois únicos seres humanos.

— Ela não quer ser considerada uma "garota fácil".

Cassandra fica horrorizada.

— Mas eles não terão de acabar se amando? Não pode deixar de ser.

— Não. A humanidade vai nascer de outra maneira. Lembra-se da costela de Adão?

— Por que é tudo tão complicado?

— Talvez para que valha a pena. Se tudo fosse simples, não haveria nada a perder, seria sempre ganhar, e portanto sem surpresas, sem suspense. As pessoas nem poderiam saber se são felizes, pois não teriam conhecido a infelicidade.

— Quem é você? — pergunta a nova Cassandra à antiga.

— O seu inconsciente.

— Como explicar que eu saiba essas coisas?

— O seu inconsciente sabe tudo. É só que você não pensa nessas coisas, ou esqueceu. Em sonho, você pode se lembrar do que já sabe.

— Quer dizer que no Kim também existe um inconsciente que sabe?

— Cada um manifesta seu inconsciente em sonho por uma pessoa que escolhe, um avô, o Yoda de *Guerra nas Estrelas*, o Grilo Falante, no caso de *Pinóquio*... Você me encontrou graças a Philippe Papadakis. Quando ele lhe contou minha lenda, você acreditou que eu era real e portanto eu existo. Só para você.

— Mas você realmente existiu?

— Sim. Eu vivi em Troia. Mas o que aconteceu não é o que é contado. Vocês têm apenas a versão dos invasores gregos, pela voz de Homero. Não é realmente objetivo, a *Odisseia* não passa de propaganda política escrita pelos vitoriosos.

Cassandra hesita.

— Como se explica que a gente tenha diálogos tão instrutivos?

— Graças à sua mãe e à Experiência 24. Em geral, as pessoas se comunicam com seu inconsciente, mas esquecem ao acordar. Mas você escapa à tirania do cérebro esquerdo, e portanto não considera esse sonho um delírio, aceita-o pelo que é, com seus bebês enfurecidos, seu Tribunal dos Descendentes, seu cortejo de vidas anteriores, sua Árvore do Tempo, sua "Borboleta das Estrelas" e, naturalmente, a minha presença. De manhã, você se lembra de tudo. Os outros têm diálogos tão instrutivos quanto o nosso, mas, de manhã, esqueceram. Os poucos farrapos de lembrança que lhes restam são descartados como simples delírios sem sentido. Ou, na melhor das hipóteses, eles os interpretam de maneira errada, para negar sua profundidade.

— Quer dizer então que todos os sonhos podem ser instrutivos?

— Numa mente livre, claro.

Ela se levanta e toma a mão da moça.

— Agora você precisa responder à pergunta essencial: aceita a missão para a qual nasceu?

198.

Um grito ressoa na noite. Corvos assustados decolam em grande agitação de asas. Os redencionistas acorrem à cabana de Cassandra. A jovem parece em estado de choque. Mal consegue abrir a boca, falando com a rapidez que lhe permitem os lábios:

— Estou vendo... estou vendo... Estou vendo a Árvore Azul. Seu maior galho é muito grande. Há uma folha...

Cassandra começa a fazer caretas.

— O que houve?

— A... peste.

— O que tem a peste?

— Não é uma bomba qualquer. Ela não explode. Está espalhando veneno. A peste.

— Um ataque bacteriológico! — exclama Orlando. — A Princesa deve estar se referindo a uma bomba que provoca uma epidemia.

Como para confirmá-lo, a jovem prossegue, ofegante:

— Estou vendo a máquina espalhando veneno. Ele é engolido pelos ratos. Eles transmitem a peste. Acontece tudo... num lugar fechado. Não há ninguém. Muita água. Tanques cheios d'água. Um homem entra nos tanques e prende uma bomba. Uma bomba com um produto verde que vai disseminar a peste — avisa Cassandra, com os olhos arregalados. — Através dos ratos.

— Que hora, que dia, que lugar? — pergunta Fetnat, metódico.

Cassandra franze as sobrancelhas.

— Tanques d'água. Como se fossem grandes piscinas. Tanques enormes. Não estou vendo a hora... Um homem de preto vem chegando, com um grande relógio. Estou vendo o mostrador: 23 horas. Vejo também uma data: 31 de março.

— Dia 31? É amanhã!

— Esperem, esperem, vamos nos acalmar — intervém Esmeralda. — Do que é que estamos falando? Não existe mais peste! Nem peste, nem cólera, nem lepra. Eu não sou médica, mas parece já inventaram vacinas, antibióticos, e que essas epidemias foram erradicadas. Talvez a Princesa esteja completamente enganada, para variar.

Fetnat cospe no chão.

— O cólera está devastando o Zimbábue e nada o detém, que eu saiba. Já são 12 mil mortos.

Orlando esclarece:

— Justamente, como se considera que essas epidemias desapareceram, nossas defesas naturais foram neutralizadas.

— Basta fabricar remédios específicos — diz Esmeralda.

Orlando continua refletindo em torno do que sabe das armas bacteriológicas modernas.

— A não ser que tenha sido desenvolvida uma nova cepa de peste resistente. Como acontece com certas gripes.

Cassandra repete:

— Eles vão usar a peste para acabar com o mundo moderno. A peste e os ratos. Como antes.

Kim especula:

— Uma doença da Idade Média trazida por pessoas que querem que o mundo volte à Idade Média...

— Basta exterminar todos os ratos — propõe Esmeralda.

— Conta outra! Só em Paris há duas vezes mais ratos que habitantes, e eles se adaptam a qualquer veneno. Tornam-se resistentes a tudo — retruca Orlando.

— Ele tem razão, Paris inteira repousa num colchão de ratos. Se eles começarem a transmitir uma epidemia, nada poderá detê-la — declara, sombrio, Kim.

199.

Todo esse fenômeno que acontece mais de duas vezes torna-se uma rotina.

Impedir atentados é algo que já conhecemos. Somos bombeiros que vão apagar um incêndio, só isso.

A única diferença é que não usamos uniforme, não temos uma tarefa determinada pelos superiores e no fim das contas não receberemos recompensa nem salário.

Resta-nos apenas o prazer de ter salvo a vida de pessoas que nem saberão que agimos em seu benefício.

Pessoas que, se nos vissem, desejariam apenas se afastar e nos ver isolados.

200.

Cedo na manhã seguinte, o jovem coreano busca na internet a localização das grandes cisternas de água potável ao redor da capital. Mostra as fotos a Cassandra, para que ela identifique o lugar.

Ela julga reconhecer um dos tanques.

— Montsouris. A grande cisterna no sul de Paris! — anuncia Orlando.

Às 20 horas, seguindo as orientações do antigo legionário, todos se munem de mochilas carregadas de material. Para escapar das câmeras de vídeo do metrô, optam, como meio de locomoção, pelo que chamam de "Carroça". O nome sonoro identifica um velho Peugeot 404 Break vermelho, enferrujado até o eixo, equipado por Orlando com pneus novos, ou melhor, devidamente recauchutados, e que teve o carburador e o cano de descarga consertados por Fetnat para transformar a máquina em animal de corrida, caso sejam perseguidos pela polícia.

Charles de Vézelay prefere ficar na aldeia, pois não se sente bem. Está com dor de barriga, talvez por causa do que comeu na véspera. Ele lhes empresta seu celular e se oferece para informá-los do que descobrir pela internet.

Os redencionistas amarram à carroceria da Carroça uma enorme mala com roupas de escafandro conseguidas por Kim. Mais uma valise com máscaras de gás de isolamento quase perfeito. Mais uma mochila com arbaletas e flechas, em caso de surpresa desagradável. Mais um cesto com sanduíches de cachorro cozido, para o caso de dar fome.

Eles prendem por cima uma lona e entram no Peugeot 404 vermelho aos atropelos.

— Diga lá, essa sua "Carroça" é bem rústica — observa Esmeralda.

— Ah, pode crer que não é o último modelo. Se segurem, aqui não tem airbag nem ar-condicionado, e os cintos de segurança se foram há muito tempo. Já o GPS está aqui — diz Orlando, apontando para uma bússola de barco presa no para-brisas com chiclete.

Uma das portas recusa-se a fechar, e eles a prendem com fita adesiva.

Vem então o momento fatídico, em que Orlando dá a partida na ignição. Nenhuma reação do motor. Ele sai, abre o capô e aperta os anéis da bateria. Desta vez, as luzes se acendem no painel, mas ainda nenhum som no motor.

Fetnat apresenta então uma manivela e tenta acionar o motor enfiando-a num orifício destinado a essa finalidade no centro do para-choque dianteiro. Finalmente ouve-se um ronco, seguido de explosões e de uma lufada de fumaça negra que provoca tosse em todos eles e rapidamente deixa o para-brisa opaco. Outra coluna de fumaça sai do cano de descarga. As moscas ao redor fogem.

Charles de Vézelay, que viera para se despedir, afasta-se com medo de uma explosão.

— De que adianta querer salvar o planeta quando esse calhambeque polui tanto quanto um engarrafamento na hora do rush?! — solta ele.

— Ora, ora, está tudo bem, o fim justifica os meios! — resmunga Orlando. — Vamos, filhinha, em frente!

Depois de maltratar um bom momento a mudança em busca do engate certo, o ex-legionário consegue engatar a primeira, com um rangido de aço torturado. Solta o freio de mão e a Carroça enfim se movimenta.

— Pensar que estamos preocupados com o futuro e usamos uma engenhoca pré-histórica — zomba Kim.

Eles vão avançando lentamente pelos caminhos do depósito, até chegar à entrada norte, aonde os caminhões-basculante, não muito menos poluentes que eles, chegam para vomitar seus dejetos cotidianos. Ao chegarem à avenida, Orlando engata a segunda, encorajado e até aplaudido pelos passageiros.

• • •

São 21 horas e eles entram no fluxo do tráfego parisiense.

Pelo buraco do piso, diante do assento do carona, Cassandra vê o asfalto desfilando sob seus pés. A poeira vai entrando, mas Fetnat explica que na savana os táxis, que também são modelos 404, têm buracos desse tipo, que permitem cuspir sem sujar o carro. E então, unindo o gesto à palavra, ele mira, e um enorme escarro estala no asfalto.

No caminho, a fumaceira produzida pela Carroça provoca as mesmas reações de protesto que o cheiro deles quando circulam a pé.

Irritado com várias buzinadas enfurecidas, Orlando acaba tomando a iniciativa de acender "o" farol, pois só um deles funciona. Felizmente, é o esquerdo. Num sinal vermelho, perto do metrô Barbès-Rochechouart, um rato escapole da espuma do banco traseiro e aproveita o buraco no piso para desaparecer, acompanhado de toda a família. Várias baratas, animadas com a iniciativa, o imitam.

Ao se acender o sinal verde, o carro de repente morre. Logo se forma um pequeno ajuntamento, provavelmente de colecionadores de carros antigos. Eles começam a dar conselhos a Orlando, que tenta inutilmente acionar de novo o motor. O sinal luminoso do painel anuncia que a bateria morreu.

— Caramba, deixei a manivela na aldeia — diz o senegalês, batendo na testa.

Esmeralda, Cassandra, Kim e Fetnat saem então do carro e começam a empurrá-lo, na tentativa de engatar uma segunda. Ao redor, vai aumentando o ajuntamento, especialmente quando uma coluna de fumaça começa a escapar por trás. A Carroça finalmente se movimenta, sob aplausos dos curiosos. Mas Orlando não consegue parar para que os outros entrem, com medo de morrer de novo. Os redencionistas correm ao lado da porta aberta e afinal vão se atirando, um depois do outro, para dentro da barulhenta máquina envolta em fumaça. Por cortesia, permitiram que Esmeralda entrasse primeiro.

— Não estou nem aí para sinal vermelho — declara Orlando. — Não tenho escolha, vou andar mais devagar, mas não poderei mais parar.

Eles avançam vários sinais vermelhos em meio a gritos e buzinadas dos que ousaram dar a partida no sinal verde.

— Afinal, o sinal vermelho é apenas uma convenção — observa Orlando, insidioso.

— Digamos que é uma proposta — corrige Fetnat.

— Quem sofre acidentes são os que confiam demais no sistema — diz Esmeralda. — Eles esquecem que às vezes os motoristas são alcoólatras ou drogados, ou estão falando no celular ou brigando com a mulher.

— Ou simplesmente muito míopes.

— Ou até suicidas.

— Se tivessem o relógio mágico de Cassandra, saberiam até que ponto podem confiar ou não num sinal verde — reconhece Kim.

Justamente, Cassandra está consultando o relógio de probabilidades, que às vezes indica picos de 38% ou 41%. Nunca chega a ser superada a marca dos 50%, nem mesmo quando um ônibus passa buzinando e arranca o retrovisor direito.

— Puxa vida, sem querer criticar — diz Esmeralda —, você está indo meio "arrastado", Barão.

— Ei, queria ver você aqui, já que é tão competente! Quero lembrar que o último veículo que eu conduzi foi um tanque! É perfeitamente natural que ainda tenha algumas lacunas dirigindo uma máquina leve. Pronto, digamos que me confunde um pouco a falta de peso da carroceria, que não corresponde às minhas referências habituais. Além do mais, tenho uma boa desculpa.

— Ah, sim? E qual é ela, fazendo o favor, Barão?

— Na verdade, eu nunca consegui a minha carteira de habilitação. Simples falta de sorte. Foram seis tentativas. E, como eu sou honesto, sempre me recusei a subornar o instrutor com uma nota de 100 euros.

— O que muito o honra — reconhece Fetnat.

— E isso não o impediu de dirigir tanques no exército? — espanta-se Kim.

— Não, pois os tanques não dão marcha ré, não precisam de mudança, de prioridade à direita nem de pisca-pisca. Você vai em frente, arrasando com tudo no caminho. Quando o obstáculo é grande demais, um companheiro na torrinha lança uma granada e a pista é liberada.

— Interessante. Agora que você explicou, entendo melhor sua maneira de dirigir.

— É o que falta neste carro — observa Fetnat, sonhador —, uma torrinha com canhão e granadas. Teremos de construí-la quando voltarmos à aldeia: um Peugeot 404 Break realmente completo.

Orlando acende um charuto, o que contribui para deixar ainda mais pesado o ar dentro da Carroça.

— De qualquer maneira, alguém aqui tem carteira de habilitação?

Ninguém responde. Num gesto desenvolto, Orlando finge então ajeitar os retrovisores. O da lateral esquerda fica em sua mão. Ele o atira na calçada, com um gesto de repulsa.

— Calem a boca e confiem em mim!

Eles são ultrapassados por uma bicicleta, que ainda dá uma rabanada à sua frente, tocando a buzina.

— E então, será que não daria para ir um pouco mais depressa?

— Eu estou em segunda e estamos a 40 por hora, mas se eu acelerar e aparecer um sinal vermelho ou um pedestre atravessar, nós morremos e vocês terão de empurrar de novo.

— Não se deve confundir velocidade com precipitação — diz Kim, não conseguindo se conter.

— Ou o contrário — responde Orlando na bucha, por uma questão de princípio.

Envoltos numa nuvem de fumaça negra, eles atravessam Paris de norte a sul. Nos Inválidos, esmagam um pombo que gruda na carroceria e depois se solta com um ruído de sucção. Na chegada a Denfert-Rochereau, um dos pneus estoura, o que no entanto não os impede de prosseguir por algumas centenas de metros, até a Rue du Père-Corentin, onde, depois de vários ruídos estranhos, o motor acaba pegando fogo. O carro morre de repente no meio da rua, provocando engarrafamento e um buzinaço enfurecido.

— Bom, acho que só nos resta estacionar a Carroça aqui — propõe Orlando, para não dar o braço a torcer. — Neste bairro, acho que não precisamos nos preocupar com um eventual roubo.

— É melhor nos afastarmos, pois o fogo pode chegar ao tanque — lembra Fetnat.

Eles retiram a lona, abrem as mochilas, pegam algumas ferramentas indispensáveis e desaparecem. Orlando leva um punhado de máscaras de gás debaixo do braço. Esmeralda comenta:

— Em caso de fracassarmos contra a peste, a máscara de gás não deixa de proteger dos vírus, não é mesmo?

— Não realmente — reconhece Kim. — Mas não temos outra alternativa.

Quando se encontram a 100 metros de distância, eles ouvem uma detonação seguida de uma nuvem negra.

— Bom, agora a Carroça não anda mais — diz Fetnat.

— Espero que não tenhamos provocado um atentado para impedir outro — observa Esmeralda, filósofa.

— De qualquer maneira, acabamos de inventar um novo conceito: o carro descartável. Ele é construído para determinado trajeto, e depois da chegada se destrói.

A procissão de mendigos de sobretudos longos e mochilas cheias de objetos os mais variados avança em direção à praça Montsouris. De longe, poderiam ser confundidos com um grupo de alpinistas perdidos longe da sua Savoia natal. Subindo a Rue de la Tombe-Issoire, eles chegam diante do reservatório Montsouris, o maior depósito de água potável de Paris. O lugar parece uma pequena colina plana cercada de câmeras e sistemas de segurança, prova, se necessário fosse, de que é considerado altamente estratégico. Torrinhas e barreiras eletrificadas o defendem como se fosse um forte.

— Vejam só, parece mais bem protegido que uma prisão, se entendem o que eu quero dizer.

— Temos de andar depressa — insiste Esmeralda, lembrando que já são 22h27 e que só lhes restam vinte minutos antes da catástrofe.

— Sobretudo porque eles já estão aqui também — observa Kim, apontando o mesmo Mercedes preto de placa verde e laranja do corpo diplomático que eles tinham visto na Biblioteca Nacional.

201.

É o meu exército de super-heróis.

Mas estamos bem longe de Super-Homem, Batman, Mulher-Gato e qualquer outra figura habitual de salvador da humanidade.

Uma cafetina velha e vesga.

Um enorme legionário que não sabe dirigir um carro.

Um feiticeiro africano longe da savana.

Um coreano de 17 anos sem documentos, procurado pela polícia.

Para não falar do velho doente especializado em horóscopo que nos espera no Depósito.

E de mim mesma, uma adolescente que esqueceu sua infância...

E nós estamos lutando sozinhos contra terroristas profissionais cujo principal objetivo é provocar o máximo de mortes e que, ainda por cima, gozam de imunidade diplomática.

Se me tivessem dito que seria assim, eu não teria acreditado por um segundo.

Mas agora sei perfeitamente por que devo continuar.

Para dar prosseguimento à obra dos meus pais.

E também para provar que o meu irmão estava errado.

É possível salvar a espécie humana. Ela merece. Se eu conseguir, talvez não seja mais necessário fugir na Nova Arca de Noé.

202.

Depois de esperar o afastamento de um grupo de passantes embriagados, os cinco habitantes de Redenção escalam a grade de proteção e fazem escadinha uns para os outros para pular o muro do reservatório. Do outro lado, dão de cara com um sistema de barreiras metálicas. Orlando tira alicates da mochila e começa a cortar o metal, que se revela muito mais resistente que o previsto.

— Passa a serra de metais, Marquês — ordena o ex-legionário.

Kim obedece sem protestar. Quando Orlando se cansa de operar a serra, Fetnat toma o seu lugar.

Cassandra aponta, preocupada, para as câmeras instaladas acima deles. Kim a tranquiliza:

— Não se preocupe, aqui não é o Banco da França. Como ninguém imagina que alguém tenha interesse em invadir o reservatório municipal de água, não deve ter muita gente atrás dessas telas de vigilância.

— Então para que servem? — pergunta Esmeralda.

— Efeito dissuasivo, Duquesa — instrui o coreano. — Eles se limitam a verificar as fitas em caso de problema.

— Mas nesse caso seremos vistos! — preocupa-se Esmeralda.

— Se tudo correr bem, estaremos longe, em segurança, protegidos pelo fedor de Redenção.

— E se nada correr bem, de qualquer maneira não haverá mais ninguém para se preocupar com a nossa existência — conclui Esmeralda.

Cassandra sente um calafrio.

Uma epidemia de peste em Paris, com um vírus resistente a qualquer tratamento conhecido, prefiro nem imaginar esse futuro...

A cisterna de Montsouris é uma imensa extensão coberta de um esplêndido gramado verde, muito bem cuidado. Do tamanho de vários campos de futebol. Guiados por Kim, que encontrou os mapas na internet, eles forçam a fechadura de um prédio de estilo antigo e telhado trabalhado e descem por uma escada de pedra da época de Colbert. O prédio inteiro cheira a salitre. Ao pé da escada, veem-se numa série de corredores conduzindo a grandes tanques por baixo de amplas vidraças.

— Parecem piscinas instaladas em catedrais — murmura Orlando Van de Putte, sem se conter.

Aberturas no telhado deixam passar o luar, projetando reflexos turquesa e prateados nos tanques. Eles ficam por um momento parados ante o espetáculo dessa água que parece tão límpida. É o momento escolhido pelo responsável pela segurança para aparecer.

— Ei, vocês aí, que é que estão fazendo aqui? Parem!

— Seria melhor que esse aí estivesse em greve — murmura Esmeralda Piccolini.

O vigia avança, procurando o revólver no estojo pendurado na cintura, mas ele está vazio. A arma ficou no escritório, fazendo peso sobre os papéis. Vendo isso, os redencionistas desaparecem pelos corredores de pedra. Seus passos ressoam nas lajes.

É um verdadeiro labirinto. Corredores de pedra, tanques e mais corredores de pedra, outros tanques ainda maiores. Mas o vigia não desistiu. Foi buscar a arma e facilmente volta a encontrá-los.

— Desta vez, não se mexam ou eu atiro! Vamos, mãos para o alto!

Sem saber como reagir, os cinco redencionistas ficam imóveis. O vigia avança lentamente, como se temesse uma armadilha. Atrás dele, ouvem-se passos furtivos. Uma sombra passa por um dos tanques.

— É ele! — exclama Cassandra. — O homem das bombas!

O vigia volta-se e vê um homem de roupa de jogging, com uma mochila vazia.

— Você também, pare! Fique aí! É uma ordem!

O homem levanta as mãos.

— Que é que estão fazendo aqui a esta hora? Que palhaçada é essa?

Ninguém responde. O vigia precisa decidir: ou detém os cinco mendigos, ou o homem de *training*.

— Prenda-o — diz Esmeralda —, é um terrorista.

A frase leva o vigia a optar. Não podendo acreditar na gorda de andrajos de cores gritantes, ele deixa escapar o homem de roupa esportiva e avança na direção dos mendigos.

— É proibido entrar aqui sem autorização, terei de detê-los!

Ele limpa o rosto com a manga.

— Acho que o senhor está equivocado — lança Fetnat.

Quando o homem já está bem perto, o senegalês sopra um punhado de pó irritante que trazia na mão fechada. O vigia esfrega os olhos. Orlando aproveita para tirar-lhe a arma e dominá-lo. Em seguida, amarra-o com seu cinto, sua gravata e alguns barbantes que Fetnat encontra em seus bolsos.

Kim quer sair correndo na direção tomada pelo sujeito de *training*, mas Cassandra o segura pelo braço.

— Ele já plantou a bomba, não temos mais tempo, precisamos encontrá-la e desativá-la.

Correndo, eles chegam a um grande tanque de pedra tendo longas pilastras no seu interior. A água perfeitamente esmeralda contrasta com as paredes ocre.

— Ele deve ter escondido no fundo de um dos tanques — diz Cassandra.

Eles entram completamente vestidos no tanque, com água gelada até os quadris, e se dirigem para a fonte d'água. Pela frente, ressoa um forte barulho de cascata. É a água do desaguadouro caindo no tanque.

Cassandra vê algumas formas movendo-se dentro d'água.

Trutas.

Kim, que encontrou na internet um documento de apresentação do centro de filtragem, explica que as trutas permitem identificar a presença de elementos tóxicos na água. Em caso de poluição com metais pesados, por exemplo, os detectores químicos nada identificam, mas as trutas, muito sensíveis, morrem.

— Será que a peste também vai matar esses peixes?

— Não. É um vírus, ele se espalha, mas só tem efeito nos mamíferos.

— Que horas são? — pergunta Esmeralda.

— 22h55.

— E você disse que ia explodir a que horas? Às 23 horas?

— Mais ou menos — reconhece a jovem.

— De qualquer maneira, uma bomba bacteriológica não causa explosão. Ela vai apenas derramar um produto tóxico na água da cidade.

— Por que então ele não o derramou diretamente? — pergunta Esmeralda, em perfeita lógica.

— Para não se infectar. Desta vez não se trata de um camicase, mas de um biólogo que veio especialmente para controlar a regulagem da bomba. Ele não quer morrer aqui.

Esmeralda vai em frente, iluminando o pé de cada coluna. Eles chegam a um tanque de água mais opaca. Nenhuma truta, mas eles veem formas deslizando furtivas perto da beira d'água.

— São ratos! — indica Kim.

Passado um momento, eles são cercados por uma boa centena de roedores.

— Nós não somos seus inimigos. Precisamos nos ajudar mutuamente para encontrar a bomba, caso contrário será terrível para vocês e para nós — declama Cassandra.

Um rato põe a cabeça para fora d'água, dando a impressão de estar escutando. A moça estende o braço, e depois de uma hesitação o rato sobe em sua mão. O senegalês fala, articulando com exagero:

— Vocês, ratos, conhecem bem esse centro de filtragem. Ajudem-nos e tudo acabará bem para nossas duas espécies.

O rato parece interessado.

— Você acha que ele sabe onde está a bomba, Princesa? — pergunta Kim.

É então que o rato salta e morde o nariz de Fetnat, que dá um grito. É o sinal. Imediatamente, todos os ratos pulam em cima deles ao mesmo tempo.

Eles avançam o mais rápido possível pelo tanque, retidos pela água, que deixa suas roupas pesadas. Minúsculos incisivos tentam enterrar-se em sua carne, mas Kim sacou o nunchaku e Orlando, a arbaleta. Eles conseguem matar os ratos mais próximos. Os outros preferem fugir, guinchando.

— Vamos nos botar no lugar do terrorista — propõe Esmeralda.

— Pode ser uma. E então, que fazemos?

— O que ele quer é que o produto infectado seja derramado na área onde possa espalhar-se mais e mais rapidamente, não?

Eles respondem quase em coro:

— O grande tanque principal.

Saem todos correndo para lá e começam a procurar.

— O vertedouro d'água — sugere Fetnat.

Eles veem à beira d'água uma caixa transparente com tubos cheios de um líquido verde e um sistema de ativação eletrônico ligado a um relógio digital. Os números vão passando: 38, 37, 36, 35...

Cassandra aperta os olhos.

A peste! Uma arma da Idade Média para fazer o mundo regredir. Os terroristas querem que amanhã seja um outro ontem. Para eles, o futuro ideal seria de acertos de contas na ponta da espada, a volta à escravidão, castigos corporais como espetáculo no lugar da televisão, abrir mão da tecnologia. Mas para alcançar esse fim eles compram tecnologia de ponta dos mercenários da ciência.

Cassandra olha o relógio, que indica "Probabilidade de morrer em 5 segundos: 15%."

Probabilis não se deu conta do perigo. Os terroristas inventaram uma fonte de riscos não prevista por Daniel.

De repente, a indicação do relógio muda. A probabilidade de morrer passou a ser de 19%. A mocinha vê uma câmera no teto e entende que subestimou a obra do irmão. Probabilis já entendeu o que está acontecendo, e, fiel a sua função, informa do perigo.

Com toda precaução, Orlando Van de Putte lança mão do objeto complexo.

— Ah, como essa eu nunca vi.

O contador da bomba bacteriológica segue avançando — 27, 26, 25 —, enquanto os números do relógio de Cassandra aumentam regularmente.

"Probabilidade de morrer em 5 segundos: 35%."

Eles tiram a caixa transparente e seu detonador eletrônico da água.

Quando o contador da bomba passa de 20, o mostrador do relógio de probabilidades passa de 50%.

Agora estamos correndo perigo de morte.

Kim ilumina o objeto com sua lanterna. Por trás da parede de Plexiglas, os tubos contendo o líquido verde estão ligados por canos a um escapamento.

Orlando segura a bomba com o braço estendido. Esmeralda olha seu relógio, são 23h03. O detonador da bomba continua avançando: 17, 16, 15.

O mostrador do relógio registra "Probabilidade de morrer em 5 segundos: 65%."

— Que diabos vai sair dessa maldita caixa transparente? Um gás, um líquido, micróbios? — pergunta Esmeralda, pálida.

Orlando não sabe o que fazer. Então, examina a bomba bacteriológica sob todos os ângulos, iluminando-a com sua lanterna.

— É uma bomba muito mais complexa que de hábito — declara. — Há um sistema de termostato em miniatura, e, acima das bombas, um negócio estranho que eu nunca vi.

Gotas de suor pingam do rosto do legionário.

— Faça alguma coisa, Barão. Qualquer coisa, mas não deixe a morte se espalhar.

— Sinto muito, Duquesa, não sei como se desmonta essa merda. E acho que, se fizer uma besteira, será pior do que se não fizer nada.

Fetnat engole em seco. Agora o relógio está indicando "Probabilidade de morrer em 5 segundos: 85%."

A contagem regressiva está quase terminando: 8, 7, 6...

— FAÇA ALGUMA COISA! — berra Esmeralda, trêmula.

"Probabilidade de morrer em 5 segundos: 91%."

Nunca os segundos lhes pareceram tão longos.

3, 2, 1...

Quando o mostrador indica 0, três pequenos diodos se iluminam simultaneamente e começam a piscar. Uma bomba é disparada, liberando de uma só vez os três líquidos verdes, que se misturam num único cano para correr em direção ao escapamento.

O relógio de Cassandra anuncia: "Probabilidade de morrer em 5 segundos: 94%."

Ela fecha os olhos.

203.

Todos vocês, meus antepassados biológicos, e vocês, meus antepassados cármicos, tiveram de enfrentar a peste, como acontece comigo hoje.

Na verdade, nós somos a primeira geração que não enfrentou grandes epidemias.

Quantas centenas de vocês não morreram por causa desse tipo de imprevisto?

Logo antes de morrer, vocês devem ter entendido alguma coisa no sentido de resistir a esse flagelo. Necessariamente. Nos últimos segundos, a gente entende tudo, ainda que seja tarde demais.

Vocês estão no meu sangue, estão no núcleo das minhas células, todos vocês. Ajudem-me!

204.

Tudo acontece como se fosse em câmera lenta. Quando o líquido já está para sair da caixa transparente, Fetnat dá um salto. Ele também, inspirado por um bom senso antigo como sua tribo, entendeu como reagir na emergência. Ele obstrui o escapamento de borracha com o polegar, retendo o líquido esverdeado que tentava sair.

— Estou bloqueando o veneno, mas... está... está... no meu polegar!

— Normalmente — diz Orlando —, o escapamento fica bloqueado. Seu polegar é grosso; enquanto você não se mexer, a peste não se espalhará.

— Espero que você não tenha nenhum arranhão nesse dedo — careteia Kim. — Caso contrário, fodeu.

Mais ou menos como no Exército de 12 Macacos *de Terry Gilliam, um sujeito é infectado, e pode ser o fim da espécie.*

Cassandra olha o relógio, que indica "Probabilidade de morrer em 5 segundos: 45%."

Ufa, voltou para baixo dos 50%.

Eles voltam a sair da cisterna e caminham pela rua. Para não causar suspeita, Orlando depositou seu casaco sobre a bomba e a mão de Fetnat.

— E agora, o que faremos? — pergunta Orlando. — Eu entendo de eletrônica, mas não de biologia.

— Não aguento mais — diz o feiticeiro africano, enquanto murmura orações.

— Mas não vá mexer o polegar! — intima Esmeralda.

— O negócio — argumenta Fetnat — é que... estou começando a sentir câibras.

É então que Orlando, entendendo que chegou a hora das decisões desesperadas, saca um facão militar de lâmina bem afiada.

— Ei!— faz Fetnat. — Que é que você está pensando, Barão?

— Que pode significar uma pequena falange quando se trata do destino da humanidade? Não vai me dizer que você é tão egoísta assim, Visconde! Eu ficaria muito decepcionado.

— Mas... No fim das contas acho que eu consigo suportar as câibras — anuncia o senegalês, estoico.

Esmeralda então toma a iniciativa. Conduz todo mundo a uma mercearia aberta até tarde da noite e compra com suas últimas economias uma bacia, uma dezena de garrafas de uísque e várias garrafas de alvejante. Convida-os então a ir para o parque Montsouris.

Ao chegarem ao parque deserto, perto do laguinho, a ruiva coloca a bacia na grama. Ajudado por Orlando, Fetnat com todo cuidado deposita nela a bomba, cujo orifício ainda está obstruído pelo seu polegar. Esmeralda então derrama uísque.

— O que é que você está fazendo? — pergunta o senegalês, preocupado.

— Na Itália, minha mãe sempre dizia: os micróbios não resistem ao álcool forte.

Ela derrama uma garrafa inteira de Johnny Walker na bacia, e quando está para derramar uma segunda, é contida por Orlando:

— Acho que uma garrafa basta.

Esmeralda dá de ombros.

— Afinal, meu pai dizia: "Alvejante desinfeta qualquer coisa."

Esmeralda então verte o conteúdo das garrafas de desinfetante. O polegar de Fetnat agora está banhado em um pouco de uísque e muito alvejante. Esmeralda acrescenta mais um pouco de uísque, por precaução.

— Está ardendo! — diz o senegalês, fazendo uma careta.

— Cala a boca, molenga! Estou ouvindo daqui o grito de agonia dos micróbios.

Todos levam ao rosto as grandes máscaras de gás que tinham trazido. Orlando ajuda Fetnat a posicionar e prender a sua. Depois, a um sinal, o senegalês retira o polegar, agitando-o vigorosamente. O líquido verde escorre da bomba, misturando-se ao uísque e ao alvejante.

Eles observam a mistura de reflexos escuros que começa a borbulhar.

— Caramba, esses micróbios da peste não deviam estar esperando uma recepção tão corrosiva — comenta Esmeralda.

Eles esperam, debruçados sobre a bacia, não sabendo muito bem como conter a guerra bacteriológica se as coisas não saírem bem. Até que, passado algum tempo, tiram a máscara de gás.

O mecanismo da caixa de Plexiglas esvaziou todos os tubos. O líquido mortal já está completamente misturado ao uísque e ao alvejante. Instintivamente, Cassandra olha o relógio, que indica: "Probabilidade de morrer em 5 segundos: 16%." Mas não há nenhuma câmera no jardim, e ela sabe que esse número não quer mais dizer nada.

Fetnat, que estava no auge da angústia, é o primeiro a sorrir. Seus grandes dentes brancos brilham na penumbra. Em seguida, ele mergulha várias vezes o polegar na mistura de uísque e alvejante, como se quisesse assassinar os últimos micróbios presos à sua pele.

Orlando segura o detonador eletrônico e o prende ao pescoço por um cordão, como um troféu.

— Conseguimos de novo — murmura Cassandra, aliviada.

Fetnat então pega uma pedra e escreve numa rocha à beira do lago do parque Montsouris: "A 31 de março, Cassandra, Esmeralda, Fetnat, Kim e Orlando salvaram o mundo."

— E... ninguém está nem aí — esclarece Kim Ye Bin.

Eles se apertam uns contra os outros, unidos por uma corrente vital de energia.

— Não aguento mais todas essas emoções — suspira Esmeralda. — Não tenho forças para voltar agora. Vamos repousar um pouco aqui antes do retorno, para recuperar as forças.

Ela pega uma garrafa de uísque fechada, abre a tampa com um gesto rápido e bebe diretamente no gargalo. Depois, arrota e passa a garrafa aos outros.

— Não somos mais gambás. Somos animais que caçam com rapidez e esperteza. Somos... raposas. Como nossa mascote Yin Yang.

— Brindemos às raposas que impedem a disseminação da doença. Pensar que esses animaizinhos encantadores foram acusados de transmitir a raiva! Pois nós provamos que é possível conter a peste em nome delas.

— Às raposas!

Eles bebem solenemente.

— Com uma boa tragada disto, não haverá mais micróbios vivos por aqui.

Orlando Van de Putte brinca com seu colar.

— Vou guardá-lo como troféu. Já temos dois, o do metrô e o da biblioteca. Pois agora a coleção está completa.

Nova rodada de uísque. Inicialmente, Cassandra saboreia com precaução, mas aos poucos vai bebendo cada vez mais alegremente. Depois dos primeiros tragos, que lhe pareceram ácidos, o álcool começa a aquecer sua barriga. Uma bola de fogo lhe sobe ao peito. Maquinalmente, ela olha o relógio, que indica: "Probabilidade de morrer em 5 segundos: 18%."

Devem ser os primeiros efeitos do álcool no meu coração, mas estamos longe dos 50%. Acho que posso continuar.

Estou com vontade.

A mocinha acaba a garrafa e imediatamente estende a mão para a seguinte. Quanto mais bebe, mas tem vontade de beber.

— Ah, como eu gosto de vê-la assim, Princesa! — diz Kim. — Vamos, continue, mais uma tragada!

Ela bebe, arrota e cai na gargalhada.

— PAPAI! MAMÃE! DANIEL! ESTÃO ME OUVINDO? EU ESTOU CONTINUANDO COM O TRABALHO. EU CONTINUO! AINDA NÃO PERDEMOS! AINDA NÃO CRUZEI OS BRAÇOS.

Ela tem um soluço, depois, cambaleando, diz com todo cuidado:

— Caramba, nós, mendigos, salvamos o mundo. O mundo inteiro. Nós cinco!

— Nós salvamos o mundo!! — repetem todos eles em coro.

Cassandra começa a dançar de olhos fechados, depois os abre bem e pega o queixo de Esmeralda.

— Está vendo, Duquesa? Está vendo, Barão? Está vendo, Marquês? Está vendo, Visconde? O mundo nos pertence! O futuro não está escrito. Hoje demos mais um passo em direção à bela versão do futuro, com peixes-voadores no Sena. Graças a nossa ação em Montsouris, a probabilidade deve ter passado de 1,5% a 2%. E com 2%, meu irmão se salvou de uma queda de 200 metros! A humanidade, então, poderá muito bem sobreviver à sua queda! Com 2%, as forças que pretendem nos levar de volta à Idade Média perderam alguns galhos na Árvore do Tempo.

Os outros franzem as sobrancelhas.

— Mas do que ela está falando? "Peixes-voadores"?

— Não estou entendendo nada do que ela fala, mas viva a Princesa! — exclama Orlando, levantando-se e erguendo a garrafa de uísque.

Eles então levantam Cassandra no ar e improvisam uma dança no imenso jardim público deserto, para em seguida começar a cantar.

— Ela é das nooooossas! Bebe uísque como os oooooutros. É uma bebuuuuuum, dá para ver pela sua caaaaaara!

A mocinha repete com eles:

— Eu sou uma bebuuuuuum!

Em dado momento, meio cambaleante, ela se aproxima de Orlando.

— Vocês... vocês... não são apenas meus concidadãos. Vocês são minha família. Você, Barão, salvou minha vida no primeiro dia, nunca vou esquecer. Você é um... pai para mim.

Depois, chega perto de Fetnat.

— Você, Visconde, me ensinou a beber álcool. Você é um tio.

E depois, de Esmeralda:

— Você, Duquesa, me ensinou a cuidar das minhas lunações. Você é uma mãe para mim.

Cambaleando, ela abraça demoradamente a ruiva, cujos olhos divergentes estão cheios de ternura. E diz-lhe no ouvido:

— Caramba, esse negócio dói muito! Se me dissessem que era assim ser mulher, eu teria preferido ser homem. Sobretudo para poder mijar em pé.

— Sim, mas nós, mulheres, temos orgasmos múltiplos — sussurra a outra em resposta.

— O que é isso?

— Você vai ver, permite aguentar muitas coisas.

Cassandra então se aproxima de Kim.

— E você, Marquês, é...

— Sou?

— Bem, você é meu...

— Seu?

— Bem, você é meu novo irmão. Pronto, você, Kim, é meu irmão. E ainda por cima, mais velho.

Eles estão frente a frente, com os rostos a poucos centímetros um do outro.

É então que Fetnat começa a entoar o hino deles.

Todos começam a cantar em uníssono:

"Derrière chez moi,
Savez-vous quoi qu'y n'y a
Derrière chez moi,
Savez-vous quoi qu'y n'y a
Y a un bois
Le plus joli des bois
Petit bois derrière chez moi
Et tralonlalère et tralalonlalonla

Et dans ce bois
Savez-vous quoi qu'y n'y a
Et dans ce bois
Savez-vous quoi qu'y n'y a
Y a une godasse
La plus jolie des godasses
La godasse dans le bois
Petit bois derrière chez moi
Et tralonlalère et tralalonlalonla."

— Ei! Tem gente aqui querendo dormir! — berra de longe alguém, de uma janela que se abre de repente.

O comentário provoca imediata reação do viking barbudo.

— OS BURGUESES QUE VÃO À MERDA! NÓS OS SALVAMOS, ENTÃO QUE NOS DEIXEM EM PAZ!!

Logo se ouvem janelas sendo fechadas nos prédios ao redor do parque.

— É ISSO AÍ, BANDO DE AVESTRUZES, VÃO SE ESCONDER! SÃO TODOS UNS COVARDES! — retoma Kim.

Outras janelas se fecham ruidosamente.

— Bom, acho que podemos ficar por aqui. Só para deixá-los bem irritados! — anuncia o legionário, incapaz de caminhar.

Eles bebem mais, e então, não mais se aguentando nas pernas, caem um depois do outro no gramado.

E adormecem, enroscados uns nos outros. Instintivamente, Kim dá um jeito de se enroscar em Cassandra. Ela põe a mão no seu ombro e é assim que eles caem no sono, próximos, protegidos pelas grandes árvores murmurantes do Parc de Montsouris.

205.

A grã-sacerdotisa deposita seu livro *As Aventuras de Cassandra Katzenberg* e pergunta solenemente:

— Senhor Marquês Kim Ye Bin, aceita como esposa a senhorita Princesa Cassandra, aqui presente?

Um momento de silêncio, e então a voz de Kim ressoa com convicção:

— Sim, aceito!

— Senhorita Princesa Cassandra Katzenberg, aceita como marido o Senhor Marquês Kim Ye Bin?

— Sim, aceito...

A mulher de túnica aprova.

— Nesse caso, eu os declaro marido e mulher, unidos na alegria e na dor, até que... a ausência de amor os separe.

Ao redor, a multidão de milhares de antepassados e a de centenas de bebês que os sucederão, todos de smoking ou vestido de gala, aplaudem. Esmeralda Piccolini, Fetnat Wade, Orlando Van de Putte e Charles de Vézelay estão na primeira fila. Sucessivamente, eles assinam no livro de testemunhas, aproveitando para beijar os noivos.

Em seguida, Cassandra e Kim caminham debaixo de uma chuva de arroz em direção a uma cabana gigantesca de 10 metros de altura construída na fronteira de Redenção, com uma grande varanda cheia de flores e protegida por cortinas bordadas. Embaixo, num pequeno jardim, uma fonte canta, fabricada com materiais reciclados.

Corças, coelhos e raposas vêm beber na fonte, e ela reconhece no grupo o Sr. e a Sra. Yin Yang. Ali perto, uma grande piscina com tobogã está à disposição dos convidados, assim como uma mesa de pingue-pongue.

Cassandra admira seu esposo, Kim, trajando um smoking turquesa e um colarinho de renda da mesma cor. Ela, por sua vez, usa um vestido branco-madrepérola, com uma longa cauda ao redor da qual adejam beija-flores.

Esmeralda enche as taças de champanhe. Esvazia uma delas de um só gole e arrota. Fetnat cospe. Orlando peida. Todo mundo aplaude. Em seguida, o grupo de ciganos chega e os violões e violinos começam a soar. Todos os bebês começam a dançar em pares.

Charlotte, a confeiteira, bate palmas. Em pequenos grupos de quatro, pombos pousam ao redor deles, segurando com os bicos as quatro pontas de um lenço sobre o qual há confeitos.

— Só isso conta de verdade — diz a confeiteira de bochechas róseas.

Nova ovação.

Cassandra entrega-lhe seu livro *As Aventuras de Cassandra* e diz:

— Os livros são os confeitos da mente.

Aparecem então, no alto de uma montanha de bonecas, algumas silhuetas escuras, segurando pela coleira enormes cães de mandíbulas ferozes.

São os albaneses.

Depois de provocar um início de pânico, eles sorriem e entram na dança. Nesse momento, a visão de Cassandra muda. Ela passa a ver em cada ser que a cerca uma luzinha na altura do externo. É sua centelha de vida. Cães selvagens chegam do sul e começam a sacudir o rabo no ritmo da música. Vem então a vez dos ratos. Todos os seres vivos presentes no casamento reanimam sua centelha de vida, que começa a brilhar e a vibrar no ritmo da música cigana.

Em sua cadeira de rodas, Graziella pega o violino de um músico e toca um solo comovente. Cassandra aperta a mão de Kim, as centelhas dos dois brilham como chamas e se fundem na altura do peito. Ao redor deles, expande-se uma onda luminosa que vai tocar a centelha de cada ser vivo, aos poucos espalhando por todo o cenário uma irisação nacarada.

206.

Cassandra tem a sensação de que seus pulmões estão em chamas. Em seguida, seu estômago se contorce. Finalmente, ela é tomada por uma náusea e vomita várias vezes, sem conseguir parar.

Estou purgando.

Ela olha ao redor e vê apenas mendigos de barbas longas, o rosto marcado pelo álcool, cabelos grisalhos e sujos, a pele cheia de espinhas, cicatrizes e furúnculos.

Esses aí não são da minha tribo.

— Ei, sua nojenta, por que não vai vomitar em outro lugar?! — lança um sem-teto de longa barba e cabelos sustidos numa tira.

— Ei, tirem essa garota daí, ela está vomitando! — berra uma mulher com ares de prostituta.

— Ela está fedendo. É uma pestilência ambulante!

— Parece uma burguesa e é a mais nojenta de todos nós! — diz outra mulher, ainda mais vulgar.

Quando é que eu podia imaginar que ia causar repulsa em mendigos...

— Onde estamos? — pergunta Cassandra, limpando a boca com o dorso da mão.

O barbudo aponta para um cartaz: "Sala de Recuperação da Sobriedade." Ela lança um olhar panorâmico pelo lugar. É um grande compartimento com piso de oleado, e ali se encontram cerca de trinta pessoas, em sua maioria mendigos e prostitutas.

Ela volta a vomitar e tenta lembrar-se de como foi que chegou a esse ponto.

Caramba, eu bebi demais! Caí no sono como uma pedra, e os policiais devem ter nos trazido pela manhã, sem que eu acordasse na viagem. Mas onde estão os outros?

A mocinha de grandes olhos cinza-claro examina o punho: "Probabilidade de morrer em 5 segundos: 19%."

Não há perigo. Apenas o meu corpo tentando livrar-se do álcool de ontem. Não devo beber mais. Não é a minha.

Um homem de aspecto punk, com a expressão "*no future*" tatuada na testa e uma crista de cabelos verdes fluorescentes no meio do crânio raspado aproxima-se dela.

— Você é uma gracinha, sabia?

Cassandra contrai os dedos para transformar as mãos em patas. O punk faz uma careta maliciosa e se aproxima um pouco mais. É então que se interpõe um barbudo magro que ela não tinha notado na sala de recuperação da sobriedade.

— Deixe-a em paz. Não é uma qualquer. Ela é a profetiza dos pedintes.

— É a profetiza dos nojentos, isso sim — retruca o sujeito de trajes punk.

Os outros caem na risada.

— Por que é que a chama de profetiza? — insiste ele.

— Ela tem poderes extraordinários. Ela vê o futuro.

Zombaria geral. Cassandra sente que deve fazer algo. Fecha os olhos, estica a mão aberta em direção ao punk e diz com voz neutra:

— Dentro de uma semana, numa noite de sexta-feira, às 23h35, diante de um bar com letreiro de neon amarelo, você vai lutar contra três sujeitos e levar uma facada na barriga.

O sujeito com a tatuagem "*no future*" imediatamente para de rir.

— Mas... mas... como é que você pode saber isso? — pergunta, completamente desfigurado.

Eu não sei nada. Mas sei que quando a gente prevê coisas terríveis as pessoas acreditam. Se eu tivesse previsto que ele receberia uma herança, ele teria duvidado, mas a desgraça, em compensação, parece certa. Eu me limito a calcar no pessimismo e na paranoia natural dos indivíduos.

— O socorro vai chegar tarde demais. A faca provocará uma hemorragia. Você vai morrer.

— Retire isso imediatamente, ou eu...

Ele faz menção de agredir a jovem, mas o barbudo magro o impede. O sujeito de crista verde o joga num canto.

— Retire essa profecia, sua bruxa, ou vou matá-la!

Graziella tinha razão. Quando a gente pinta um futuro promissor para alguém, a pessoa dá um jeito de que aconteça. Mas o que ela não sabia é que a coisa também funciona com as previsões negativas. O que significa que falar do futuro também pode ser uma arma de destruição. Aí está a prova.

— Retire essa maldição!

Finalmente, o barbudo magro e o punk se atracam, e a briga se generaliza. Cassandra mantém-se afastada, enquanto o sujeito da crista verde é esmagado sob o peso de três agressores.

Nesse momento, a porta se abre. Uma mulher de uniforme azul-marinho mostra a cabeça e pergunta com voz irritada:

— Que está acontecendo aqui?

Um mendigo consente responder:

— Uma garota previu que o William vai levar uma facada na pança.

A policial dá de ombros e faz sinal para que Cassandra a siga. Por trás da porta, ouve-se o punk repetindo a mesma frase:

— Retire essa maldição!

A policial a conduz para o banheiro. Ela é passada por uma ducha, esfregada e salpicada com uma espécie de talco supostamente destinado a livrá-la de pulgas e piolhos. Em seguida, recebe uma calça cinzenta e uma camisa de um branco amarelado, sendo então levada a um gabinete com a placa "Inspetor Pélissier".

Ela reconhece o sujeito de duplo prenome masculino e feminino.

— Bom dia, Cassandra — diz o inspetor.

— Onde estão meus amigos?

— Seus amigos? Se está falando do alcoólatra obeso, da prostituta velha, do feiticeiro africano e do jovem drogado de cabelo azul, acho que a abandonaram aqui pela manhã.

Não. Não é possível. Não eles.

— Para ser mais preciso, quando chegaram os primeiros policiais, eles saíram de fininho, mas você não acordou. Achamos que estava em coma, ou pelo menos numa espécie de transe etílico.

Por que eles não me levaram ao fugir? Provavelmente não sabiam. Caso contrário, naturalmente, o teriam feito. Eu sou da família deles, da sua nação, da sua tribo. Nós somos os Raposas.

Eles não teriam me largado assim. Orlando não o faria. Nem Fetnat, nem Esmeralda.

NEM KIM! Eu quero...

— ... Eu quero voltar.

— Se dependesse apenas de mim, seria um prazer. Eu sou pela liberdade individual, mas — pois existe um "mas" — em certos momentos a liberdade é incompatível com a segurança. Sabe como é, minha gata Liberty Belle voltou a fugir. Não voltou mais, e receio que tenha sido atropelada.

Confirmo que é muito pouco provável que ela volte.

— Quero voltar para casa — insiste Cassandra.

— Você não tem mais casa.

— Sim, tenho.

— Para onde você pretende ir? Botou fogo no seu internato. Está num estado de sujeira que inspira repulsa até aos outros mendigos. Não, realmente, que é que vamos fazer com você, Cassandra?

Por que é que a gente precisa estar sempre repetindo para que os outros entendam?

— Quero voltar para casa.

— Sim, eu sei, você tem de salvar o mundo. Vai prever futuros atentados, não é mesmo?

Sim.

— Tsk-tsk... Que tristeza ouvir uma coisa dessas. Pois eu acho que se a deixasse partir para ir ao encontro dos seus amigos, dentro de dois anos você acabaria como as 3.250 menores de idade que fogem a cada ano. Sabemos muito bem como é que a maioria delas acaba. Drogadas, prostituídas. Ou mortas.

Ele não sabe, ele não entende. Para ele, o mundo e as pessoas têm uma grade de leitura única. Os atentados são um incômodo aceitável. As moças sozinhas caem na droga e na prostituição. A liberdade acarreta a morte. Não tenho como confirmar suas convicções. Mas preciso encontrar uma ponte para estabelecer alguma empatia entre nós.

— Bom, sabe como é, você também vai cair, inspetor.

— Mais uma das suas vidências? Mmmh, parece que você é considerada a profetiza dos pedintes por alguns mendigos.

— Não, uma simples probabilidade. Não tem escutado o noticiário? Crise financeira, cortes no orçamento do governo, redução do número de funcionários.

O inspetor cruza tranquilamente os dedos sobre o início.

Ele não se sente diretamente afetado.

— Qualquer um pode cair de um dia para outro — insiste ela. — Como um alpinista que escorrega.

— Eles usam machados próprios para se sustentar e impedir a queda.

— Acha mesmo? Muitas vezes eles vão cedendo, um após outro. Primeiro vem o desemprego, depois a pessoa perde seus direitos. No início, a família se mantém unida, mas que mulher quer continuar vivendo com um homem que não ganha a vida? E que juiz confiará a guarda dos filhos a um sujeito rejeitado pelo sistema? A queda não parece muito provável, mas o fato é que pode atingir qualquer um. Como é mesmo que o senhor falava dos atentados? Ah, sim: "É como um raio que cai na cabeça de alguém, por puro azar." E acrescentava: "Ninguém gosta de vítimas." Como o senhor se sentiria em sua primeira manhã de miséria, com a boca amarga, sem banheiro, sem pasta de dentes, sem ducha, sem café da manhã? Como será a experiência de dormir em bancos de praça, pedir esmola no metrô, remexer nas latas de lixo? Como é que vai ser quando as pessoas começarem a se afastar e a desviar o olhar, como se tivesse alguma doença contagiosa?

Ele não responde, limitando-se a ouvir, com os olhos semicerrados.

— O senhor precisa saber que essa decadência se dá em três etapas. A primeira é quando a gente não consegue mais evitar de se coçar. A segunda, quando começamos a falar sozinhos. E a terceira, quando ficamos loucos, completamente loucos. A maioria dos mendigos acaba completamente pirada, sabia?

Ela disse essas palavras com uma intensidade dolorosa, ao mesmo tempo arregalando seus grandes olhos cinza-claro.

— Não existe vacina contra essa doença chamada miséria. O senhor por acaso se acha isento desse tipo de acidente?

— Sim — responde o policial. — Não pode acontecer comigo.

— Pois eu sou filha de ministro e sei do que estou falando.

— Porque você procurou. Se tivesse ficado na Escola das Andorinhas, teria tido uma vida normal, protegida.

Ela nem se dá ao trabalho de avaliar essa opção de vida.

— Um dia, o senhor também será um mendigo — repete ela, para reforçar bem sua maldição. — E vai se lembrar do que eu disse. Ninguém está isento. Ninguém. Até os maiores colossos já desmoronaram.

... todos têm seus pés de barro.

Ele ouve com atenção e responde:

— A gente precisava, na minha opinião, de uma anti-Cassandra. Você vê o que vai acontecer de ruim, seja no caso dos atentados ou da minha suposta futura decadência. Mas nós precisávamos de alguém que anuncie o que vai acontecer de bom. Disseram que você predisse para o punk que ele vai receber uma facada. Para mim, você prevê a mendicância. Pois eu, por minha vez, predigo para você... Veja só! A reintegração ao mundo normal.

Ele voltou a bancar o íntimo. Eu não quero esse futuro. Viver normalmente não é mais comigo.

— Essa reintegração não será imediata. Sinto muito, mas, segundo as câmeras do alto da Torre de Montparnasse, você matou seu irmão. Empurrou-o do alto do terraço.

Caramba, a carta de Esmeralda sobre o homem e a mulher que caem do alto da torre. Eu estou lá. Ele caiu e eu também vou cair.

— Além disso, o incêndio da Escola das Andorinhas. Também nesse caso há testemunhas contra você. Eu posso acabar mendigo, mas você, antes de voltar a ser a jovem feliz e normal que prevejo, vai passar uma temporada na prisão. É o que eu devia ter feito com Liberty Belle, ela hoje ainda estaria viva. É o que pode lhe acontecer de melhor no momento.

— Quanto tempo?

— Assassinato e incêndio. No caso de uma menor, significa centro de reeducação.

Que expressão horrorosa! Significa um lugar onde vão tentar restabelecer a capacidade de tirania do meu cérebro esquerdo sobre o meu cérebro direito, para que eu fique sendo como todo mundo.

— Provavelmente quatro anos. Quando sair, você terá 21 anos. No máximo 22.

E assim tudo chega ao fim. Eu fracassei. Ficarei quatro anos sem encontrar Kim. Ele não vai me esperar. Esse rapaz nunca me pareceu muito paciente.

— Mas podemos negociar. Se disser onde podemos encontrar seus cúmplices, por exemplo.

Ela não responde, limitando-se a olhar para ele, fazendo biquinho.

— O centro de reeducação é menos duro que a prisão. Mas é um lugar, naturalmente, de onde você terá mais dificuldade de fugir que da Escola das Andorinhas.

Ela continua sem a menor reação.

— Farei tudo para ajudá-la. Irei visitá-la, vou apoiá-la — promete ele.

Ela mergulha os olhos nos seus.

— Por que quer me ajudar, inspetor? Por causa de Liberty Belle?

— Não, por causa de Marc-Antoine, meu primeiro filho. Ele era como você, autista. Você sabe o que é viver com um filho autista? Imagina o inferno ao qual provavelmente condenou seus pais?

De repente, seu rosto se anima.

— O meu, Marc-Antoine, só chorava desde que nasceu. Com o tempo, normalmente, uma criança aprende a sorrir. Mas ele não. Só parava de chorar quando estava no colo da mãe. Até no carro, em viagens longas, ela não podia largar sua mão. Ele precisava do contato permanente com a mãe, e não suportava ser tocado por ninguém mais.

Quer dizer que pode chegar a esse ponto...

— Marc-Antoine tinha um QI de 144, muito superior à média, mas não conseguia ir à escola. Era esse o drama. Para ele e para nós. Ele não suportava que alguém encostasse, nem mesmo na rua. E então não saía mais do quarto. O médico diagnosticou hipersensibilidade, veja só...

Mais um dos nossos.

— Ele era um grande apreciador da saga *Guerra nas Estrelas*. Ficava revendo os seis filmes sem parar. Sabia velocidade da nave de Darth Vader, do veículo de Luke Skywalker e a potência dos sabres de luz. Para não falar dos planetas mencionados nos filmes: Tatooine e companhia... Em suma, um conhecimento de exatidão incrível, que não serve para nada. Nós tentamos fazer com que ele fizesse cursos de inglês por correspondência. Ele não quis. Mas quando lhe mostrei *Guerra nas Estrelas* em versão original, com legendas, conseguiu aprender inglês em três semanas. No fim, falava melhor que eu. E que a sua mãe...

Minha mãe?

— ... Sua mãe tratou dele. Por isso é que me sinto grato.

— Por que está falando do seu filho no imperfeito? Ele morreu?

— Sua mãe conseguiu um milagre. Ela salvou meu filho, e por isso é que eu vou salvar sua filha. Mesmo contra sua vontade.

Ela ignora a última frase.

— Que houve com ele?

— Ele tem uma loja de objetos derivados de *Guerra nas Estrelas*, mas sobretudo consegue suportar a entrada e saída dos clientes. Às vezes consegue até apertar-lhes a mão. Formidável, não? E é apenas o início da cura. Ele está com 32 anos, espero que um dia se deixe tocar por uma mulher.

— Eu não sou o seu filho.

— Mas é como ele. É como esses animais selvagens que não se deixam capturar. Como...

... *Raposas.*

— ... cavalos. Os quadrúpedes não percebem se você lhes quer bem ou mal. Sentem apenas o seu medo e a sua excitação. Não sabemos como vão reagir, não sabemos se o cavalo vai dar solavancos sem motivo aparente. Mas são exatamente esses cavalos que ganham as corridas.

É nesse momento que o telefone toca. O inspetor Pierre-Marie Pélissier atende. E ouve, balançando a cabeça.

Pronto, lembrei do ator que ele me lembra: William Hurt, em Dark City.

Pélissier responde vários "sim" preocupados. Acrescenta um "realmente", olhando para ela. Gagueja alguns "mas... mas... eu achava que..." e até um "o problema é que", seguido de "não posso assumir essa responsabilidade", "nesse caso, preciso de uma carta assinada", alguns "claro" e um "obrigado", e desliga, visivelmente perturbado.

Olha para ela, suspirando. Por trás dele, uma máquina ronrona. Ele se volta para o fax, pega o papel ainda tépido e anuncia:

— Pronto, é a autorização para soltá-la.

Não estou entendendo.

Pierre-Marie Pélissier entrega-lhe a folha. Ela tem a assinatura de Charles de Vézelay, do Ministério da Prospectiva.

Eles não me abandonaram.

O inspetor hesita, até que é tomado por uma súbita dúvida. Dá um telefonema e então volta, com uma expressão de vitória no rosto.

— Pensar que quase me enganaram. Seu amiguinho ministro acaba de perder o emprego.

Ele recupera com um gesto ríspido a folha que saiu do fax e a rasga. Em seguida, aperta o botão do interfone.

"Levem-na de volta para a cela."

207.

Eles estão lá, pensando em mim. Charles tentou me salvar, mas desta vez estou mesmo numa enrascada.

Quatro anos.

Quatro anos sem Kim, sem Orlando, sem Esmeralda, sem Fetnat.

Sem possibilidade de agir.

Provavelmente eu continuarei prevendo atentados, mas só terei como interlocutores outros detentos, felizes por verem burgueses morrendo em grande quantidade.

Eu bem que tentei.

Eles tentaram.

E todos nós fracassamos.

Mas pelo menos tentamos alguma coisa.

208.

Na sala de recuperação da sobriedade, o punk de crista verde se encolheu num canto, como um animal ferido. O barbudo se aproxima de Cassandra e lhe sussurra no ouvido:

— Eles não vão mais incomodá-la. Já entenderam quem você é realmente — anuncia ele, em tom satisfeito.

A mulher com ares de prostituta também se aproxima.

— Se você enxerga o futuro, gostaria que me dissesse: o meu queridinho ainda estará me esperando quando eu sair?

— E eu gostaria de saber se voltarei a ver meus filhos — lança uma jovem muito magra.

— Eu, eu! Diga se eu vou receber o dinheiro que os meus colegas me devem.

O grande barbudo se interpõe:

— A profetiza só receberá para consulta quem primeiro se dirigir a mim. Um de cada vez. E vocês, esperem a vez.

É assim que nasce o poder ao redor da espiritualidade.

As pessoas começam a formar fila para se inscrever para uma sessão de adivinhação. Cassandra não sabe como reagir. Lembra-se do conselho da velha Graziella: "Trate de programá-los para o sucesso, e eles terão sucesso."

Ela tem razão. É possível programá-los para o sucesso, pois eles ignoram completamente que são eles, e só eles, que dirigem a própria vida. É como se disséssemos a um motorista que basta pegar no volante para que o carro siga reto ou vire. E o mais incrível é que, quando o carro obedece, em vez de se conscientizarem de que bastava dirigi-lo, eles acham que foram suas orações e sua mística que permitiram o "milagre".

Uma mulher idosa é a primeira a se aproximar. Ela estende a mão esquerda, como se apresentasse um cartão de visitas para ser lido. Cassandra inclina-se e a observa com ar concentrado.

— Humm... estou vendo... estou vendo...

A jovem de grandes olhos cinzentos fecha os olhos, distinguindo apenas o véu avermelhado das próprias pálpebras. Ela sabe que não é capaz de prever o destino particular das pessoas, vendo apenas os atentados e as grandes linhas do futuro da humanidade.

Não estou lendo absolutamente nada na sua mão, minha pobre amiga.

— Vejo a chegada inesperada de dinheiro — ousa ela.

— É mesmo?

— Um homem a protege de longe.

— Sébastien! É Sébastien, ela tem razão. A profetiza o viu, é ele, tenho certeza. Ela não tinha como adivinhar, ela o viu.

Um rumor percorre a assembleia de mendigos e prostitutas na sala de recuperação da sobriedade.

— *Ela tem poderes. Poderes reais* — *repetem eles.*

Como é fácil enganar as pessoas ingênuas e influenciáveis. Se eu estivesse na Idade Média, poderia criar uma religião assim. Dizer às pessoas o que elas querem ouvir, sem esquecer de lhes infundir medo. Alternar paraíso e inferno. Você vai morrer, você é protegido, você vai ganhar dinheiro. Você traz Satã no corpo. É tão fácil! E não há como verificar; logo, é incontestável.

O punk de crista verde está encolhido num canto, como se afinal estivesse resignado ao seu funesto destino.

Na próxima sexta-feira, às 23h35, ele dará um jeito de estar numa situação de enfrentar na rua pessoas armadas de facas, só para conferir se eu tinha razão. Agora, ele já está sendo manipulado. Etimologicamente, a palavra vem do italiano "manipulare", expressão camponesa que significa pegar um feixe de trigo com a mão direita para cortar a ponta com uma foice na mão esquerda.

Uma outra mulher já se aproxima para uma consulta.

— E eu? Diga se o meu Samy ainda me ama.

— Ele pensa em você. A está esperando.

— Mas não me enganou? Ele sempre foi meio playboy. É tão bonito!

Cassandra examina a palma de sua mão e finge estudar as linhas.

— Você terá três filhos — diz, sacudindo a cabeça. — Um deles será médico num grande hospital.

A outra assume um ar desconfiado.

Humm, estou exagerando. As previsões são como qualquer outra coisa, é preciso saber dosar.

— Espere, não, eu me enganei. Ele será professor.

— Para mim, os professores são os heróis modernos. Obrigada, profetiza.

— Cassandra está bom.

— Obrigada, profetiza Cassandra.

Pronto, acabei de mudar de título mais uma vez.

Depois da Experiência 24, da guria e da Princesa, agora virei profetiza.

À medida que vai revelando o futuro dos que se acotovelam ao seu redor, Cassandra adquire os reflexos da profissão. Observar as roupas, o penteado, as mãos para obter indicações sobre a vida dos clientes. Rapidamente inventar para eles um script, e em seguida reajustá-lo em função das reações de aprovação ou dúvida.

Como as consultas ocorrem em local fechado, cada cliente satisfeito prepara o seguinte para uma escuta atenta. Como aconselhara Graziella, ela só anuncia boas-novas. Só o punk de crista verde não tem coragem de se aproximar, guardando a maldição como uma cusparada no rosto, que se recusa a limpar.

Cassandra "recebe" o dia inteiro, até sentir vontade de dormir, de tanto cansaço. Todos os presentes oferecem seus agasalhos para formar um colchão e um travesseiro para ela.

Assim devem ter começado todos os adivinhos.

O barbudo se acomoda aos seus pés para protegê-la.

209.

Cassandra Katzenberg sonha que está caminhando numa rua de Paris e encontra uma pessoa à qual diz "bom dia". Imediatamente o céu sombrio clareia e o sol passa pelas nuvens.

Ela entra numa confeitaria, vê Charlotte e a cumprimenta com um "Como você é bela!". Charlotte então emagrece, seus cabelos crescem, seu peito se enche, sua pele fica mais fina.

Em seu sonho, ela pensa:

O que eu digo acontece.

Seu poder é invertido, ela não vê o futuro, ela o... cria. Com isso, cada palavra adquire enorme importância. Ela anuncia a Esmeralda: "Você vai ganhar na Loto", e a outra compra o bilhete premiado. Ela diz a Fetnat: "Você vai conquistar seu diploma de medicina", e ele recebe seu título, com os cumprimentos da banca. Orlando rejuvenesce. Kim consegue seu passaporte. Mas, estranhamente, cada previsão concretizada deixa as pessoas hostis em relação a ela. Depois de ficar rica, Esmeralda não quer mais falar com ela. Fetnat vai praticar a medicina no hospital e não volta mais a Redenção. Orlando fica vaidoso. Kim passa a se levar muito a sério.

Ela tem de pesar cada palavra. Até as mais banais fórmulas de polidez provocam dramas. Ela diz "bom apetite" a alguém, e a pessoa fica com fome. Murmura "desculpe" ao esbarrar em alguém, e o outro redige uma folha de pedido de desculpas e a assina solenemente.

Com isso, depois do encantamento inicial, ela é tomada de terrível angústia. Fica com sentimento de culpa por provocar tudo que acontece ao seu redor e as consequências que se seguem.

Ela diz "que o mundo seja como no meu sonho", e...

210.

... acorda.

A policial de uniforme azul-marinho vem buscá-la e a conduz a um carro com as cores nacionais da França, azul, branco e vermelho. No momento de partir, todos os mendigos e prostitutas a cumprimentam respeitosamente, agradecendo. Só o punk "*No Future*" treme, batendo os dentes no seu canto, com o rosto pálido.

— Não a esqueceremos nunca, profetiza — diz o barbudo que foi seu empresário.

O carro de polícia dá a partida e a policial se senta ao seu lado no banco traseiro.

Passado algum tempo, a mulher murmura no seu ouvido:

— Parece que você tem poderes especiais. Você lê as linhas da mão?

Se me permitir ter algum controle sobre você, eu sei fazer tudo.

— Faço mais horóscopo — responde Cassandra, para testar outra coisa.

— Eu sabia. Sou de Gêmeos com ascendente em Libra.

— Você tem dificuldade de tomar decisões. Uma mistura interessante.

Uma metade sua é esquizofrênica, e a outra provavelmente também...

— Ultimamente, eu hesito em mudar de profissão — ousa a policial. — Por causa dos horários, não estou nada satisfeita.

— Que gostaria de fazer?

— Eu sempre gostei de ciências e tecnologia de ponta. Gostaria de trabalhar com laser.

— Em óptica?

— Não, em depilação. Depilação a laser, para ser mais exata. Pernas, axilas, virilha. Além do mais, se der certo, eu pretendo evoluir para algo mais ambicioso.

— Ah, sim?

— Bioquímica.

— Botox?

— Como você adivinhou? Você realmente tem poderes excepcionais! Parece que atualmente não é necessário diploma de dermatologia para aplicar injeções de Botox. Você acha que pode dar dinheiro?

— Parece uma opção válida... quer dizer, em relação ao seu céu astral atual. Para Gêmeos com ascendente em Libra.

— Mas eu também tenho motivos para continuar sendo policial. Especialmente as férias. Além do mais, gosto do uniforme.

— Nesse caso, deveria ficar na polícia.

— Além do mais, tenho medo de trabalhar no setor privado, por causa dos riscos de demissão. Mas, por outro lado, o laser e o Botox são o futuro, para as mulheres.

Com certeza.

— Eu diria até, se me permite, que neste mundo nada é certo, exceto que no futuro as mulheres darão importância cada vez maior aos pelos e às rugas.

Mais uma com sua visão própria do futuro.

— A não ser que eu me torne cabeleireira. Os cabelos também são importantes. Mas no caso dos cabelos acho que é necessária uma formação, um diploma de capilocultura ou escola técnica. O que levaria tempo. Ao passo que o laser é mais fácil.

Pois então não me torre a paciência, faça o que quiser.

— A não ser que eu continue sendo policial. Afinal, os meus amigos estão aqui.

Acho que estou começando a desenvolver uma aversão especial aos Gêmeos com ascendente em Libra.

— Quer saber realmente? Acho que no futuro você não vai exercer nenhuma dessas profissões, nem tira, nem laser, nem Botox, nem cabelos. Quer saber onde é que eu vejo o seu futuro?

— Estou ouvindo.

— Como você se chama?

— Prudence.

— Pois aí está a indicação da sua futura profissão. Prevenção rodoviária. Você vai ficar na polícia, mas vai se especializar na prevenção de acidentes rodoviários. Os radares têm tecnologia de ponta, e os testes para detectar índices de álcool no sangue têm química.

— Você acha? Puxa, é incrível, pois justamente eu sempre fui apaixonada por acidentes de carro. Incrível, não? Até quando a gente sai em equipe para liberar carros batidos, não sei bem por que, eu sinto que é o meu terreno. Você é realmente muito boa. E pensar que eu quase fui perder meu tempo com o laser.

Cassandra volta a lhe tomar a mão.

— É na prevenção rodoviária que você vai encontrar seu grande amor. Será um moreno alto de olhos verdes, da mesma profissão que você. Vocês vão comprar uma casinha em Vésinet. E vocês.

Cassandra se interrompe, petrificada.

— ... E nós? — quer saber a policial, suspensa por suas palavras.

Ao pegar a mão de Prudence, Cassandra repuxou sua manga, vendo que o relógio indicava "Probabilidade de morrer em 5 segundos: 52%."

Ela fica lívida.

O mostrador agora indica 55%.

— Algum problema? — pergunta a policial.

— Estamos correndo perigo.

— Está se referindo ao buraco na camada de ozônio, à poluição, à crise financeira?

— Não, nos próximos segundos vai acontecer algo muito grave, aqui e agora.

O carro de polícia prossegue no seu caminho, e por mais que olhe preocupada ao redor, Cassandra não nota nada especial.

Algo não vai bem.

Naturalmente, ela se coloca em modo de abertura dos cinco sentidos. Olha em todas as direções, cada vez mais ao longe. Sente todos os cheiros. Ouve todos os sons e os sons por trás dos sons.

O mostrador do relógio indica "Probabilidade de morrer em 5 segundos: 63%".

O rosto de Prudence traduz total perplexidade.

Ela acredita em mim quando eu digo que vai encontrar o grande amor num futuro distante, mas não acredita quando digo que corremos risco de morrer nos próximos segundos.

"Probabilidade de morrer em 5 segundos: 78%."

Alguma coisa vai acontecer. Caramba, que angústia não saber o quê! Probabilis está vendo o perigo, mas não me diz de onde ele vem.

"81%."

Cassandra se agarra na maçaneta da porta e apoia os dois pés contra o assento dianteiro. Nesse momento, o lado direito do carro é violentamente abalroado por um outro, bem maior. No choque ensurdecedor, o crânio de Prudence bate no queixo de Cassandra, e ela desfalece.

211.

Estou cansada.

E se eu morresse? Nem que fosse apenas para descansar um pouco.

Depois, renascerei nova.

No fim das contas, a morte é mais ou menos como um computador que a gente reinicia. Zeramos tudo para recomeçar do início.

O problema é que, recomeçando do zero, perdemos todas as informações acumuladas até então.

Além do mais, nesta vida, eu fui capaz de me lembrar das minhas vidas anteriores e de acreditar, mas se, na próxima vida, for cartesiana e ateia, perderei realmente tudo.

Felizmente, com a "Experiência 24", meus pais encontraram uma maneira de fazer com que eu escapasse do beijo do anjo que faz esquecer tudo. Mas as chances de que isso volte a acontecer são extremamente pequenas, e mesmo nulas.

Não, morrer não é a melhor solução.

Preciso encontrar outra coisa.

212.

Cassandra sente braços que a puxam para libertá-la da lataria retorcida. Ouve vagamente uma voz irritada:

— Mas que imbecil! Realmente um idiota de primeira! Eu tinha dito um choque leve! E você vai com tudo! Poderia tê-la matado, seu cretino!

— Foram os freios, Duquesa, não funcionam nada bem, como o resto todo — responde uma outra voz na névoa.

Ouve-se um tiro.

— Merda! Cuidado! A tira está armada!

— Vamos nos arrancar daqui, Barão, enfia o pé.

Tiros zunem ao redor deles, estilhaçando os vidros. Cassandra ouve um grito. Kim abaixa sua cabeça, protegendo-a com o próprio corpo. Mais alguns tiros, cada vez mais distantes, e o carro deles se afasta. A mocinha pisca intermitentemente, sem conseguir manter os olhos abertos.

— Pronto, a Princesa voltou a si! — anuncia Fetnat, em tom reverente.

— Cuidado, motoqueiros.

— Não se preocupe, já cuidamos de tudo. O novo Redenção de transporte do Barão é melhor ainda que o carro de James Bond.

O senegalês joga pela janela bolas de papel em chamas, com um pó especialmente preparado. Kim joga um frasco cheio de óleo. Esmeralda derrama um saco de pregos.

Cassandra percebe que está de novo num carro. Não um Peugeot 404, mas um modelo mais recente, uma camionete Citroën. Nenhum buraco no piso.

Orlando já fez uma curva fechada e avança na contramão por uma avenida, ziguezagueando entre os carros que vêm na sua direção.

— Apertem os cintos e apaguem os cigarros, vamos atravessar uma zona de turbulências e buracos no ar — anuncia.

Cassandra sente-se fraca, como se sua própria vida escapasse ao seu controle. Olha então para o relógio, que, incrivelmente, exibe um tranquilizador "Probabilidade de morrer em 5 segundos: 37%".

213.

Será que eu entendi bem?

Duquesa, Barão, Marquês...

Eles vieram me buscar. Não me abandonaram.

Acho que o melhor é não tentar mais entender, vou simplesmente deixar-me levar pelos acontecimentos.

Além do mais, que se danem, como não encontro solução melhor, vou viver.

Viver e agir no meu espaço-tempo pessoal.

Como estou abaixo de 50% de risco de morrer, posso relaxar.

214.

Enquanto o carro avança, Cassandra ouve trechos de conversa por uma névoa de imagens e sons.

— ... acho que você não tem mais outros, Barão.

— Acha mesmo? "A curiosidade é um defeito terrível", mas o antiprovérbio é mais certo: "A curiosidade é uma grande qualidade." Engole essa, Marquês!

— Saquei — responde Fetnat. "Mais vale um pássaro na mão que dois voando." Errado. "Mais vale dois pássaros na mão que um voando."

— "Quem dá aos pobres empresta a Deus." Errado. "Quem dá aos pobres fica sem."

— Minha vez, eu sei um — declara Esmeralda. "Na vida a gente sempre tem o que merece." Errado. "Na vida a gente raramente tem o que merece."

— Isso aí, esses provérbios todos servem para estimular a resignação — reconhece Orlando Van de Putte.

Eles ainda estão brincando de antiprovérbios! No fim das contas, eu me enganei. Eles não são aposentados, são crianças. Eu estou num pátio de recreação.

A camionete Citroën finalmente chega à entrada norte do DML, obstruída pelos enormes caminhões-basculante que avançam lentamente, bramindo como uma manada de mamutes.

É incrível, mas, quando eu fico muito tempo longe de Redenção, parece que sinto "saudade da terra natal".

A camionete vai se esgueirando entre as montanhas de lixo, depois segue pelos Champs-Elysées até parar diante da cabana de Esmeralda. Kim Ye Bin pega Cassandra no colo e a leva até o sofá, onde ela é examinada por Fetnat.

— Tudo bem, ela está apenas com algumas contusões benignas — conclui o senegalês —, está apenas em estado de choque. Vou preparar uma infusão.

Entretanto, vendo que Orlando continua sentado ao volante, Esmeralda vai a seu encontro. Uma mancha de sangue aparece na parte dianteira de sua calça.

— O Barão levou um tiro na barriga. Venham me ajudar, ele é muito pesado, não posso carregá-lo sozinha.

Charles de Vézelay acorre. Com a ajuda de Kim, leva o ex-legionário até a cabana de Fetnat, que os orienta a estender o ferido sobre uma mesa.

— Ah, que vergonha... — resmunga Orlando, com uma careta. — Passei trinta anos me esquivando de balas de fuzil, e sou derrubado por uma policialzinha qualquer. Não quero morrer assim, com uma calibre 6 milímetros, é o cúmulo. Faça alguma coisa, Visconde!

Neste momento, Cassandra adoraria entregar-lhe seu relógio para conectar-se a ele, como se seus dedos fossem antenas. Sente sua energia se indo, enquanto o sangue não para de escorrer de sua ferida.

— Não se preocupe, Princesa — diz Orlando, numa careta. — Me pegaram, mas tenho camadas de gordura suficientes para formar um colete antibala. O colesterol é melhor que resina sintética.

Em voz baixa, Fetnat ordena a Esmeralda que ferva água para esterilizar tesouras e pinças. Charles de Vézelay senta-se à cabeceira de Cassandra.

— E você, tudo bem?

— Como foi que me acharam?

— Eu faço contato com Probabilis de qualquer lugar. A qualquer momento eu tinha como saber onde você estava. Kim entrou no sistema da delegacia. Nós sabíamos quando você seria levada, e em qual viatura. A única dificuldade foi interceptar o veículo no momento certo.

— Dessa vez, não queríamos arriscar nada, então preferimos roubar um carro novo — explica Kim, enquanto fiscaliza a esterilização dos instrumentos cirúrgicos. — Seria muito ridículo o veículo morrer bem na hora da colisão.

Fetnat estende uma garrafa de rum ao legionário, que a esvazia em três grandes tragadas.

— Está debaixo de qual camada de gordura? — pergunta o feiticeiro africano, com voz preocupada.

— Se for de alguma ajuda, só para saber, devo informar que debaixo da primeira camada está o sexo — indica Esmeralda, boa conhecedora.

Ela levanta com as duas mãos uma dobra de gordura e eles veem uma espécie de verruga proeminente cercada de dois pequenos gânglios, que devem ser seu escroto. Então ela afasta uma segunda camada e aparece o umbigo em relevo, pouco menor que o sexo. Logo acima, Cassandra vê uma tatuagem representando uma águia com uma serpente nas garras.

Caramba, não é possível. Este símbolo...

Só uma pessoa me falou desse desenho nesse lugar.

Orlando é o pai de Charlotte!

Esmeralda levanta mais uma camada. Finalmente eles encontram a ferida, que, deixando de ser comprimida, começa a sangrar abundantemente. Fetnat aponta para ela com uma lanterna e uma lupa de filatelista.

— Você já fez isso, Visconde? — pergunta Esmeralda.

— Não. Mas o Barão também não tinha carteira de motorista quando foi resgatar Cassandra. Não vou esperar até fazer sete anos de medicina para salvá-lo, se foi essa a pergunta, Duquesa.

— E como é que vai fazer?

— Eu sou um feiticeiro wolof. E em matéria de magia de brancos já vi muitos filmes americanos. Já serve como diploma de socorrista.

— "É fazendo que se aprende o ofício" — comenta Kim, sem se conter.

— Ou o contrário — suspira Orlando, fazendo uma careta.

Fetnat limpa ao redor da ferida com o que resta de rum e enfia a tesoura ainda quente, começando a remexer. Orlando cerra os dentes para não gritar.

Cassandra percebe sua dor. Vendo o sangue borbulhar na ferida, ocorre-lhe um pensamento absurdo:

Nós temos empatia pelo que grita e sangra. Se as ostras gritassem quando abrimos a concha, gemessem quando esprememos limão em cima delas e se esguichasse sangue bem vermelho quando as mordemos, será que conseguiríamos devorá-las vivas?

Estão todos concentrados na operação senegalesa.

— Como é que você faz para não sentir dor? — pergunta Esmeralda.

— Evito pensar. Então evite me lembrar, fazendo o favor, OK, Duquesa?

Ele faz uma careta, o suor da testa lhe escorre pelos olhos, enquanto Fetnat, com gestos nervosos, remexe na ferida para encontrar a bala.

— Consegue vê-la? — pergunta Charles de Vézelay.

— Calem a boca! — ordena Kim.

— Se quiser, eu também posso procurar — propõe Esmeralda. — Quando eu era pequena, tinha a maior facilidade de encontrar balinhas dentro do bolo do Dia de Reis.

Mas o feiticeiro wolof não quer transferir a responsabilidade a ninguém. Ele vai mudando de instrumento, utilizando sucessivamente uma pinça de depilação, uma chave de fenda, uma lixa de unha. Também está transpirando, e Kim trata de secar sua testa para que as gotas não caiam na ferida aberta, que mais se parece agora uma lasanha em camadas amarelas e vermelhas.

Finalmente, Fetnat abre uma expressão de vitória e exibe um chumbo redondo na ponta da pinça de depilação.

— Consegui! — anuncia, exibindo o projétil.

E o deixa cair num pote de iogurte.

Em seguida, pega várias folhas de urtiga e as comprime contra a ferida, não sem ter antes depositado na carne viva uma camada de maionese. Esmeralda quer aplicar uma bandagem, mas Fetnat pede-lhe papel e lápis. Rapidamente, escreve algo no papel e o coloca entre as folhas de urtiga e a ferida com maionese.

— Que foi que você escreveu, Visconde?

— Uma fórmula mágica que servirá de amuleto para que cicatrize mais rápido, se entende o que eu quero dizer.

Não, realmente não entendo...

— Ele desmaiou — informa Esmeralda.

Todos constatam que de fato Orlando não se mexe mais.

— O coração ainda está batendo — esclarece Cassandra, que não largou seu punho.

E então a mocinha pede que todos saiam e continua deitada ao lado dele, segurando-lhe firmemente a mão.

215.

Eu me transformo nele e sinto sua dor.

Eu me transformo nele e lhe transmito minha energia vital.

Eu sempre soube que era para se fazer assim. É o verdadeiro sentido da palavra empatia: entrar na dor do outro, para senti-la e curá-la.

Agora, é como se formássemos apenas um organismo, seu corpo fraco unido ao meu. Posso lhe transmitir a minha força.

Posso ir ainda mais longe na minha percepção e na troca de energia. Preciso revirar minha alma para encontrar todos os momentos em que eu fui capaz de curar.

Afinal, eu também fui médica numa vida passada.

216.

Cassandra encontra essa antiga energia que lhe permite restaurar sua capacidade de cura. Mas não basta. Ela então vai buscar mais longe em suas vidas anteriores.

Descobre então em sua memória profunda a experiência de um xamã da Pré-História que era capaz de tratar de uma maneira estranha, por transmissão de energia. Seu relógio, percebendo a diminuição do ritmo de seus batimentos cardíacos, indica: "Probabilidade de morrer em 5 segundos: 18%." E depois "25%", "31%". Mas Cassandra não se importa. Ela sabe que tratar de alguém tem um preço.

Continua procedendo à transferência de energia, até se sentir tão esgotada que seus olhos se fecham sozinhos.

217.

Eu quero que ele viva.

Eu quero.

Ele me salvou e eu o salvarei.

218.

Ela adormece sem largar a mão do viking. Os outros se dispuseram ao redor e os observam em silêncio.

219.

— Venha, siga-me.

— Espere, normalmente sou eu que digo essa frase! Não é você.

A grã-sacerdotisa fecha seu livro com uma batida seca, parecendo incomodada. Cassandra a puxa pela túnica, conduzindo-a até o palácio do rei Príamo. Numa sala ornamentada com mosaicos representando golfinhos, a rainha Hécuba e vários dignitários conversam com um grego de armadura dourada.

— Que houve? — pergunta Príamo. — Mulheres, não podemos ser incomodados agora. Nossos inimigos desistiram da guerra e nos oferecem, em sinal de paz, uma estátua gigante de cavalo. Nós vencemos.

O grego, que vem a ser Philippe Papadakis com uma barba encaracolada e um uniforme militar antigo, explica:

— Todo mundo gosta de cavalos. Essa estátua equestre provavelmente lhes dará vontade de promover corridas hípicas, para as quais serão vendidas entradas. Haverá apostas, e aquele que fizer a combinação vitoriosa ganhará dinheiro. Na prática, serão muitos os jogadores, e só um pequeno número ganhará alguma coisa. O grosso das apostas vai aumentar o tesouro da corte.

— Quantos cavalos acha que seriam necessários para esse tipo de corrida? — pergunta o rei troiano, interessado.

— Cerca de vinte. Não mais. E será necessário acertar os três vitoriosos pela ordem. O que terá o nome de *tiercé*.

— Mas não se poderia fazer o mesmo com quatro vencedores? — pergunta Hécuba. O nome então seria *quarté*. Ou com cinco vencedores? O *quinté*?

— Que acha, Páris, meu filho? — pergunta o rei Príamo.

Um jovem de túnica bordada a ouro, que curiosamente tem o rosto de Daniel Katzenberg, atravessa a sala e se dirige para o rei, enquanto se ouve o barulho de suas sandálias nos mosaicos.

— Corridas de cavalos nas quais se aposta dinheiro à sombra de uma grande estátua equestre? Por que não? Todo mundo vai achar que está ganhando e todo mundo vai perder. Para ter certeza de uma chance razoável de ganhar, seria necessário apostar alto, digamos, 9 mil peças de ouro de uma só vez. Nesse caso, as chances de ganhar seriam de três sobre quatro. Mas ninguém terá coragem de apostar tanto. Aí é que está a esperteza.

— Não! Pare! — corta a jovem Cassandra. — Vocês não podem de modo algum aceitar essa estátua gigante!

— E por que, jovem estrangeira?

— Porque eu vejo o seu futuro. Na verdade, eu venho do seu futuro. Portanto, sei que, se aceitarem esse cavalo, serão destruídos por guerreiros escondidos no seu interior, que abrirão as portas da sua cidade às tropas inimigas.

Perplexidade na corte do rei Príamo.

— Que acha, minha filha? — pergunta o rei à sacerdotisa.

— Eu receio os gregos e seus presentes — responde ela.

— E você, Páris, meu filho?

Neste momento, o homem com o rosto de Daniel toma a palavra:

— Minha irmã acredita que podemos desviar o curso natural da História e que é possível salvar o mundo. Mas está enganada. A corrida para a catástrofe é a direção natural da evolução da História.

O rei Príamo sussurra no ouvido da rainha Hécuba. Os dois não parecem de acordo. Então a jovem Cassandra apresenta um vaso de flores com uma árvore bonsai. Procura entre os frutos pendentes dos galhos azulados e colhe uma maçã transparente. A maçã cresce na sua mão e no seu interior eles veem Troia em chamas. Imediatamente o rei, indignado, ordena que o grego Philippe Papadakis seja expulso, sem ouvir seus protestos.

— Obrigada — diz a grã-sacerdotisa. — Você tinha razão. Mais vale mostrar que explicar.

Então a jovem Cassandra sai voando e plana sobre a cidade.

Enquanto o tempo desfila aceleradamente, ela contempla a cidade de Troia, que, nos anos que se seguem, torna-se cada vez mais importante, como cidade portuária e encruzilhada comercial.

O tempo se acelera ainda mais. Como Troia passa a proteger a zona do mar Negro dos ataques gregos, o reino das amazonas sobrevive. No ano 2000, Troia é uma esplêndida cidade moderna, assim como Cólquida, a capital das amazonas. Seu aeroporto internacional é uma porta giratória do turismo para toda a Europa Central. Cólquida, que conservou sua cultura inspirada nas amazonas, é o único Estado em que as mulheres têm prioridade nos cargos administrativos.

No centro da cidade, vê-se uma estátua de bronze de 10 metros de altura representando Cassandra, a antiga sacerdotisa, imobilizada num gesto de recusa, tendo aos pés a árvore bonsai. Na inscrição do pedestal, lê-se:

"Cassandra advertindo o pai do risco de permitir que os gregos entrassem na cidade com seus supostos presentes."

Daniel-Páris aparece ao lado da jovem e sincroniza seu voo com o dela. Os dois rostos quase se tocam.

— Você ganhou uma batalha mas não venceu a guerra, irmãzinha.

— Não gosto de frases-feitas — responde Cassandra. — Acho que o anti-provérbio está mais certo. É porque ganhamos esta batalha que venceremos a guerra.

— Nós combateremos o pior inimigo que existe: a estupidez humana. Ela não tem limites.

— Os homens não são tolos — diz Cassandra, planando no céu acima de Cólquida. — Eles apenas sentem medo.

— É um rebanho cego, suicida — diz Daniel-Páris.

— É um rebanho assustado — retifica Cassandra.

— Não temos mais como ajudá-los. Eles olham, mas não enxergam. Ouvem, mas não escutam. Sabem, mas não entendem.

— Cabe a nós encontrar as palavras, cabe a nós encontrar o método, cabe a nós fazer tudo para que eles entendam. Com exemplos, metáforas, lendas, obras de arte. Eles não são maus alunos, nós é que somos maus professores.

Daniel Katzenberg plana ao lado da irmã, e as trajetórias estão perfeitamente sincronizadas. Até que ele estende o punho esquerdo fechado, no qual trazia uma mensagem que diz:

220.

— Caralho, está doendo! Argggh!!!

Orlando Van de Putte acaba de se erguer bruscamente. Acorda Cassandra, sobressaltada, ainda segurando sua mão. Os outros imediatamente acorrem.

Fetnat Wade muda o curativo na barriga do legionário. Kim Ye Bin traz uma mesa, cadeiras, pratos e propõe que, para variar, comam "à burguesa".

Todos se sentam à mesa e olham com certa desconfiança os garfos e facas ao redor do prato. A panela de *waterzooï* fumegante é depositada num descanso. Há até guardanapos de papel de todas as cores. Fetnat assoa ruidosamente o nariz com o seu, para em seguida jogá-lo aos pés.

Cassandra se dá conta de que percebe muito mais coisas que antes.

Alguma coisa aconteceu. Um mecanismo foi desbloqueado. Uma porta se abriu em mim.

Ela imagina que talvez o fato de ter compartilhado a dor de Orlando tenha acarretado um aumento de sua sensibilidade.

Ao tocar a madeira da mesa, ela sente a árvore de que foi extraída. Ao pegar seu garfo, sente a montanha da qual foi retirado o mineral que serviu para fabricá-lo. Ao acariciar seu casaco, sente o carneiro que forneceu a lã. Ela também sente como o animal sentiu frio quando foi tosquiado.

O couro de seus sapatos lhe lembra a vaca da qual foi retirada a pele.

Todos esses episódios elevaram meu nível de percepção. Mas com isto eu fiquei mais frágil. Sentirei agora tudo de maneira mais forte. O que for bom e o que for ruim.

Seu relógio de probabilidades indica 17%.

Meu irmão deve ter passado pela mesma experiência, suas sensações foram decuplicadas, ele passou a pensar mais longe, mais rápido... de tal maneira que ficou com vontade de parar de viver. É preciso estar muito bem preparado para suportar uma consciência ampliada.

— No fim das contas, cada um de nós conseguiu o que queria — constata Kim. — O Visconde queria saber se é capaz de ser um médico de verdade. Agora ele sabe, pois salvou uma vida em perigo. Cassandra queria impedir atentados, e o fez. A Duquesa queria ser famosa e conseguiu.

— Como assim, do que está falando? — questiona a interessada.

— Você não leu os jornais? — pergunta Kim.

Ele se levanta e volta com seu laptop.

— Veja, está na primeira página.

No site do jornal "Reportage choc", a página do dia exibe uma foto, com a legenda:

"A mendiga sequestrou a filha do ministro para obrigá-la a roubar bolsas nas bibliotecas."

Na imagem, vê-se Cassandra de costas, entregando a bolsa a Esmeralda, cujo rosto pode ser visto perfeitamente.

— A foto deve ter sido tirada por um leitor da biblioteca durante a confusão geral. Com as câmeras integradas aos telefones celulares, sempre haverá alguém para tirar uma foto e tentar vendê-la às agências de notícias.

— Puxa vida — diz Esmeralda —, quando é que eu podia imaginar que ia aparecer na capa de uma das minhas revistas preferidas?! Vocês viram?

Até o casamento da cantora Julia Watts aparece apenas num cantinho. Só dá eu.

— E qual é o efeito?

— Ora, ora... Não sinto mais grande coisa.

Ela ajeita algumas mechas rebeldes do coque.

— A gente nasce. Chora. Come. Ri. Dorme. Transa. Sofre. Morre. O resto é "anedótico".

Fetnat cospe seu café.

— Essa é mesmo a melhor de todas, Duquesa. Você nos enche o saco durante anos porque quer ficar famosa, e agora que ficou tem coragem de vir com esse papo de que é tudo "anedótico"? Só faltava mesmo essa.

Eles voltam ao *waterzooï* e mastigam em silêncio os ossinhos de rato, que estalam nos dentes.

— E você, Marquês, o que foi que conseguiu que estava querendo? — pergunta Fetnat.

Depois de lançar um olhar furtivo para Cassandra, Kim aponta para Charles de Vézelay.

— Com o Ministério Oficioso da Prospectiva, encontrei uma maneira de estabelecer uma verdadeira anarquia na Terra. O meu lema "Nem deus nem senhor" pôde se concretizar, graças a Charles. Eu entendi que, para eliminar toda forma de governo, seria necessário antes de mais nada juntá-los num só, o Conselho de todas as nações. Mas um Conselho das Nações realmente eficaz, e não como a ONU. Uma forma de governo mundial, que teria sua polícia e seu exército, é a solução para a salvaguarda de todos no futuro, por vários motivos:

1 — Controle da poluição.

2 — Moralização dos mercados financeiros.

3 — Fim dos ditadores megalômanos.

4 — Repartição das riquezas.

5 — Controle do crescimento demográfico.

"E eu aproveito as ideias de vocês sobre os advogados desse Conselho das Nações, que representarão 1) os animais, 2) os vegetais, 3) as máquinas, 4) o planeta, 5) as futuras gerações. Sim, todas essas aventuras de fato me abriram os olhos para um caminho honroso de evolução política planetária: a concentração dos poderes para acabar com os poderes, ainda que possa parecer paradoxal.

Charles de Vézelay saboreia o guisado diretamente na panela.

— Que delícia é esta?

— *Waterzooï* de...

— Coelho — corta Esmeralda. — Coelhinhos bem pequenos.

— Mas que maravilha! Pois eu só queria uma coisa, que esse frágil ministério inventado pelo seu pai continuasse a existir. Devo reconhecer que ele existe mais que nunca neste lugar. E ao contrário dos ministérios anteriores, nem depende das mudanças de presidente ou nas finanças públicas. Nós somos videntes livres e independentes.

— E você, Cassandra? — pergunta o feiticeiro africano.

Eu só queria saber quem sou.

— Acho que sei onde está sua filha, Barão — responde ela.

Ele é tomado por um acesso de tosse.

— Perdão, Princesa? — solta, enfim.

Ele ouviu muito bem, mas não está preparado para essa revelação.

A jovem o observa e percebe suas emoções, como se estivesse nele.

Como é que semelhante coincidência pode ter acontecido numa cidade como Paris, com mais de 5 milhões de habitantes?

Tudo bem que o gato fujão do policial seja justamente aquele que veio até aqui, mas que a confeiteira que me ofereceu seus bolos seja a filha de Orlando é uma probabilidade, como diria meu irmão, incrivelmente baixa.

A não ser que...

Existe essa teoria das "famílias de almas" que se aproximam e se atraem sem sabê-lo. Nós voltamos a encontrar em nossa nova vida pessoas com as quais já convivemos em vidas passadas e com as quais temos questões antigas a resolver. E elas próprias estão ligadas à sua família. Podemos ser 5 milhões de pessoas em Paris, mas eu vou cruzar prioritariamente com aqueles com quem já tenho alguma história, muitas vidas antes.

— Não, nada. Eu estava dizendo que você deveria receber uma nova sutura. Para que a cicatriz feche mais rápido.

— Não, está bem assim — retruca o feiticeiro senegalês. — Vamos comer. Ele precisa sobretudo recuperar forças.

O olhar de Cassandra se perde no relógio de probabilidades. Para sua grande surpresa, os números de repente se alteram: "Probabilidade de morrer em 5 segundos: 57%."

221.

Sinto que alguém, em algum lugar, está entendendo no momento o que estamos fazendo. E esse alguém está mobilizando suas forças para nos impedir.

É uma lei física: "Toda ação acarreta uma reação de igual intensidade."

É quase um milagre que tenhamos sido capazes de nos desenvolver assim, longe do mundo, sem que ninguém viesse nos barrar o caminho. Pudemos ficar tranquilos até o momento porque ninguém entendia o que estávamos fazendo, nem por que o fazíamos.

Agora, sinto que a situação vai mudar.

Não é mais como de hábito. Acaba de surgir um novo adversário.

Eu sei, estou sentindo.

Chegou o momento de combater.

222.

Eles ouvem detonações ao longe, seguidas de várias explosões em cadeia.

— É para leste, entre os albaneses — declara Fetnat.

— RPG — sentencia Orlando, como bom conhecedor.

Novas detonações em série, pouco menos ruidosas.

— Granadas.

Novas rajadas de tiros.

— Fuzis ultramodernos. Não conheço o modelo, mas pelo som é uma excelente máquina, muito bem azeitada. Eu diria que é um fuzil tcheco ou inglês. De qualquer maneira, não é americano nem russo.

Enquanto os tiros redobram de intensidade, eles se acotovelam para sair da cabana. Uma coluna de fumaça negra se eleva a leste.

— Mas que porra é essa? — preocupa-se Esmeralda. — Parece pesado demais para nós.

— Estou com um péssimo pressentimento — reconhece Kim Ye Bin.

O relógio de Cassandra indica: "Probabilidade de morrer em 5 segundos: 59%."

— Está pensando em quê? Nos tiras?

— Não. Eles não têm esse tipo de arma.

— Talvez uma guerra entre duas facções rivais — sugere Fetnat Wade. — Enfim, vocês entendem o que eu quero dizer.

Eles ouvem grunhidos e latidos furiosos.

— Os albaneses soltaram os cães de combate. O que significa que não estamos lidando com gente do depósito. São visitantes.

Os latidos parecem cada vez mais furiosos, até que o silêncio volta a ser cortado pelo estalar das metralhadoras. Os latidos se transformam em longos ganidos de agonia.

— Eles estão eliminando os cães um a um.

Os últimos latidos ressoam ao longe, e então tudo para.

— Eles mataram todos! — diz Fetnat. — Cães de guarda treinados para o combate. Não consigo acreditar.

Segue-se um longo silêncio, rompido de repente por gritos humanos.

— Eles estão torturando os albaneses — murmura Kim com a voz monocórdia.

— Não pode ser a polícia, ah, não — diz Esmeralda.

Eles ainda ouvem gritos, e depois uma voz mais grave profere maldições incompreensíveis.

— É Guran, o braço direito de Ismir — informa Fetnat. — Ele é que deve ter assumido a chefia dos albaneses depois de sua morte.

Uma detonação volta a ser ouvida, e então cessam todos os ruídos.

Fetnat volta à cabana para cuidar de Orlando, que insiste em se levantar. Os demais se encontram na cabana de Kim, que acende de uma só vez todas as telas e ataca seu teclado. As imagens das câmeras de vigilância aparecem em preto e branco. Veem-se silhuetas se infiltrando rapidamente entre as carcaças de automóveis.

— São homens armados, profissionais de uniforme de combate — comenta o coreano. — Já contei uns trinta. Eles usam máscaras de gás modernas e estão vindo para cá.

Ele faz alguns ajustes e uma câmera de vídeo começa a operar com o zoom. Eles veem na entrada norte seis Mercedes pretas com placas diplomáticas verde e laranja. Estão dispostas em formação para impedir a passagem de eventuais reforços.

— Agora não há dúvida, são nossos amigos da embaixada — reconhece Esmeralda.

— Vieram em bando — explica o jovem da mecha azul, passando a outras câmeras de vigilância, que capturam a passagem das silhuetas. — Caramba, eles mandaram um verdadeiro comando!

— Como foi que nos acharam? — pergunta Esmeralda. — Só pode haver um traidor entre nós!

Todos os olhares se voltam para Charles de Vézelay, o último a chegar.

— Não, sinto muito. Juro que não fui eu. Não os conheço.

— Então talvez seja você, Princesa. Afinal, antes da sua chegada nós não tínhamos problemas — continua Esmeralda.

Eu nunca vou merecer a confiança de um único ser humano.

Sou muito diferente deles para ser integrada a sua tribo.

Eles me admiram quando eu prevejo o futuro, mas me consideram um animal estranho, diferente deles.

Para eles, serei sempre uma estrangeira. Eles não gostam de mim.

Era talvez a isso que se referia o meu irmão. Eles não podem conseguir o que querem, pois vivem no medo e na inveja, sem real capacidade de empatia ou confiança.

Orlando finalmente acaba com esse momento de desconfiança. Apoiado em Fetnat, ele aparece na entrada da cabana. Tem a barriga envolta com uma bandagem suja de sangue.

— O detonador — diz, numa careta. — Praticamente tenho certeza, foi a merda daquele detonador! De tanto ver que suas bombas eram desativadas, os terroristas devem ter posto um grampo dentro delas.

Eles nos pegaram pelo nosso ponto fraco: o orgulho. Depois de salvar o mundo de uma bomba, é preciso dar um jeito de apagar os traços dessa vitória. Mas nós fizemos questão de guardar esses troféus e vamos pagar caro por esse erro.

O jovem coreano acompanha o que se passa nas telas.

— Eles não estão vindo diretamente na nossa direção. Quer dizer que sabem que seu alvo está no DLM, mas o detector que utilizam não deve ser suficientemente preciso para nos encontrarem.

— Como são os albaneses que estão mais à vista e têm construções mais sólidas, eles devem ter achado que eram eles — murmura Fetnat.

Esmeralda agarra o detonador, esmaga-o com o salto do sapato como se fosse um escorpião e o atira no fogo. A caixa começa a derreter. Mas algo lhe ocorre, e ela joga água no fogo para impedir que saia fumaça.

— Eles estão se aproximando — informa Kim, examinando as imagens das câmeras de segurança.

Cassandra por sua vez não perde de vista o relógio, que indica: "Probabilidade de morrer em 5 segundos: 63%."

— Talvez os albaneses é que lhes tenham informado como chegar aqui — arrisca Esmeralda.

— Os albaneses não sabem que fomos nós que entramos em ação — responde Fetnat.

"Probabilidade de morrer em 5 segundos: 69%."

Nas telas de controle, o comando avança com rapidez. Apoiado na mesa, Orlando indica onde estão guardadas as armas. Todos rapidamente tratam de se armar. Cassandra escolhe um arco. Kim, um nunchaku de aço. Charles de Vézelay, um cutelo, por ele manuseado com destreza. Esmeralda apanha um conjunto de facas de lançar. Fetnat empilha sacos de pós dotados de pavios. Orlando lança mão de uma arbaleta com cremalheira e de uma outra menor, ajustando-a ao enorme em punho, além de flechas cheias de quadrados de metal bem afiados.

Todas as câmeras estão voltadas para as silhuetas que avançam. Kim tenta traçar o seu percurso num mapa desenhado às pressas num pedaço de jornal.

73%.

Probabilis enxerga pelos olhos das câmeras de vídeo de Kim. Sua rede está em toda parte.

— Os batedores do comando não viram os Champs-Elysées. A montanha de pneus em equilíbrio instável esconde Redenção — informa o coreano.

— Você fez bem de apagar o fogo, Duquesa — sussurra Fetnat.

Depois de passar perto deles, o bando segue caminho em direção oeste. Em formação de leque, os homens examinam cada carcaça de automóvel onde pudesse estar escondido um inimigo. À medida que avançam, parecem cada vez menos à vontade num território que não se parece com nada que conheçam.

Em seguida, o relógio de probabilidades indica 49%, enquanto a retaguarda do comando passa por eles sem detectá-los. Um suspiro de alívio coletivo é ouvido na cabana.

De repente, tiros seguidos de latidos furiosos sacodem o estranho silêncio que caíra no DML.

— São as hordas de cães selvagens do sul — diz Orlando, com satisfação. — Eles são cruéis, vão lhes dar uma bela lição.

Cassandra devia estar satisfeita, mas tem um mau pressentimento.

— Merda, eles continuam em direção oeste — comenta Esmeralda.

— Os albaneses falaram. Eles devem ter achado que os únicos capazes de lutar contra terroristas eram os ciganos!

Kim sobrepõe às imagens das câmeras uma imagem do Depósito tirada por Google Earth.

— Tem razão, Barão. Eles estão indo direto para o acampamento. É fácil localizá-los, pois têm sempre uma grande fogueira no centro da aldeia. Depois das casas de placas de concreto, o alvo mais lógico deles são as caravanas de plástico.

Como na fábula dos três porquinhos. Só que com tudo invertido. Um anticonto. São eliminados primeiro os que têm as casas mais sólidas, logo, mais visíveis, depois os que moram em trailers, e finalmente os que vivem em cabanas. Quem tem medo do lobo mau?

— Temos de avisar Graziella — sugere Esmeralda, preocupadíssima.

— Perigoso demais, Duquesa — responde Fetnat. — De qualquer maneira, chegaríamos tarde demais.

— Eu vou — diz Orlando, fazendo uma careta com a dor do ferimento.

— Não. Já é tarde demais — afirma Fetnat. — E você não vê o estado em que se encontra? Não consegue nem andar. Vamos, temos de assumir nosso lema: A CADA UM SUA MERDA!

O legionário hesita por um momento, mas entende que não tem a menor chance de salvar sozinho os ciganos, frente a um exército de profissionais aguerridos e fortemente armados.

— Esperem! — diz Cassandra. — Charles de Vézelay tem um celular e eu tenho o número de telefone de Graziella. Vamos avisá-los.

Ela pega o aparelho, digita o número febrilmente e range os dentes toda vez que o sinal toca sem resposta. Assim que atendem, ela informa:

— Aqui é Cassandra, você tem de...

— Ah, finalmente se decidiu a trabalhar comigo? Posso elevar a sua percentagem até...

— Você tem de fugir, Graziella! — interrompe a adolescente. — Imediatamente. Senão, vai morrer.

— É uma previsão? Eu sei que o fim do mundo está chegando, mas...

— Cala a boca, imbecil! Vê se me ouve, sua burra! Um bando de assassinos está chegando aí. Eles estão no depósito e vão chegar aí em alguns segundos. Depressa!

— Mas o que é...

A conversa é interrompida pelo barulho das metralhas. O som chega de longe pelo ar, reproduzido pelo microfone do celular que Graziella deixou ligado. Os redencionistas acompanham o ataque ao vivo. E a coisa dura um bom tempo.

— Os ciganos resistem melhor que os albaneses — reconhece Orlando em tom profissional.

Em seguida, os tiros cessam e eles voltam a ouvir os gritos dos que estão sendo torturados.

— Há uma passagem na cerca sul — informa Cassandra. — Podemos sair por lá.

Kim joga o zoom nas Mercedes pretas alinhadas na zona sul, e então, sem dizer palavra, aciona as câmeras que cobrem as saídas oeste, norte e leste. Outras Mercedes estão perfiladas como cardumes de tubarões, com os capôs voltados para o depósito. Dá para perceber as silhuetas escuras que ficaram na retaguarda, dentro de cada carro.

— Eles são muitos — suspira Esmeralda.

— São funcionários dos seus respectivos países. O Estado não tem limite orçamentário quando se trata de contratar assassinos.

Eles tratam de pensar rápido, sem deixar de acompanhar o que acontece nas telas. O fato de estarem vendo imagens em preto e branco lhes dá um falso sentimento de segurança, como se vissem uma reportagem do noticiário sobre um país distante. Mas Cassandra sabe que foram alcançados pelo futuro. E que ele está chegando bem perto.

— Sei que não é o nosso estilo, mas basta chamar a polícia — propõe Esmeralda. — Assim, será uma luta dos nossos funcionários da violência contra os deles. Acho que o telefone é 17 ou 18. Não, 18 é dos bombeiros.

— E o que é que vamos dizer à polícia, Duquesa?

Pelo alto-falante do celular de Charles de Vézelay eles ouvem uma voz suave de mulher: "Central de polícia municipal, todos os nossos atendentes estão ocupados, por favor aguarde", depois uma musiquinha irresistível, a *Primavera* de Vivaldi.

A mistura de gritos dos ciganos torturados, música de Vivaldi e sensualidade da voz feminina que não para de repetir sua mensagem soa bem estranha.

Eles ficam esperando, na expectativa de que uma linha seja liberada, mas a única mudança auditiva é uma rajada de metralhadora, seguida da interrupção brutal dos gritos. Imediatamente Orlando desliga o telefone.

— Eles estarão aqui em alguns minutos.

A moça de grandes olhos cinza-claro examina seu relógio. "Probabilidade de morrer em 5 segundos: 55%."

223.

Desta vez, acho que realmente estamos condenados.
Não vejo como poderíamos sair dessa.

224.

Uma nuvem de poeira e fumaça cobre o Depósito. Alguns corvos disputam, crocitando, o cadáver de um rato.

Um grupo de baratas de asas reluzentes inicia uma expedição em direção a um monte de lixo. Mosquitos volteiam acima de uma poça coberta de girinos. Alguns botões de lilás lentamente abrem caminho para a luz através dos espinheiros. A ferrugem ataca ainda mais lentamente a carcaça de um carro com tratamento anticorrosão com garantia de trinta anos.

Botas percutem o solo, respingando a água das poças. O comando dos homens de negro avança em trote rápido pelos vãos do depósito. Atrás deles, sai do acampamento cigano uma nuvem de fumaça e cinzas.

De repente, uma música ampla ressoa em todo o Depósito.

O *Réquiem* de Verdi...

Os homens do comando se imobilizam. Depois, se entreolham, hesitantes. Em vez de deixá-los preocupados, essa música marcial, ampla, formada por centenas de vozes humanas sustentadas nos metais e nas cordas, serve para estimulá-los ainda mais.

Guiados pelo *Réquiem*, eles chegam a uma zona em forma de corredor, com as paredes formadas por carros encaixados uns nos outros. Enquanto avançam em fila indiana, uma parte da parede desmorona sobre eles, num estrondo. As pesadas carcaças de metal esmagam três deles, deixando dois outros feridos.

Através da nuvem de poeira que tomou conta do corredor, os homens atiram nervosamente contra silhuetas que serpenteiam no alto das pilhas. Em seguida, depois de tentarem vagamente socorrer os companheiros esmagados, deixam-nos ali e se dividem em dois grupos no encalço dos responsáveis pela emboscada.

Agora os coros de Verdi não os inspiram mais. Pelo contrário, a música os incomoda, tanto mais que sua fonte se deslocou completamente para o sul. Eles afrouxam o passo, chamando-se de uma colina de detritos a outra. Os dois grupos não avançam na mesma velocidade. O da direita segue com passos prudentes em meio a um pântano de plástico derretido. O da esquerda avança mais rapidamente, num setor cheio de gruas esqueléticas. Quando estão passando por baixo de uma dessas pesadas estruturas metálicas, um saco se abre e derrama sobre eles uma massa de lixo que os sepulta. Em seguida, a grua também tomba.

Os feridos gritam em meio à confusão.

Os homens do comando voltam a atirar na direção das gruas que ainda estão de pé, mas os responsáveis pelo ataque já desapareceram. No máximo volume, o coro de Verdi cobre o barulho da sua fuga.

Os homens de uniforme paramilitar já tratam de se reunir novamente e aceleram o passo em direção à música. Metem-se correndo por um novo corredor cujo solo está coberto de papelão e jornais rasgados. E que cede de uma só vez sob os seus passos. Os dois homens que iam à frente caem num poço cheio de placas de metal cortantes, untadas com um preparado venenoso.

A tensão aumenta ao mesmo tempo que os coros de Verdi se amplificam para o final lúgubre e angustiante do *Dies Irae.*

No local de onde emana a música, eles descobrem um minissystem hi-fi ligado a uma bateria de carro e a enormes caixas de som, repousando num carrinho de mão. O chefe do comando se aproxima, examina o equipamento e então, muito calmamente, saca uma pistola e acaba com o minissystem com uma bala à queima-roupa. Coros, cordas e metais se calam, deixando um pesado silêncio quebrado apenas pelo crocitar irônico dos corvos.

Finalmente, no fim do percurso por esse cenário estranho, eles saem numa clareira mais ou menos redonda, tendo no meio uma fogueira cheia de cinzas. Bancos de automóvel, mesas capengas, cadeiras e pratos revelam algo de uma vida tribal. Um cheiro mais repulsivo ainda que o do resto entra pelo filtro de suas máscaras de gás. Rapidamente eles descobrem a origem: uma panela escurecida no fundo da qual estão misturados crânios e ossos de cães, rabos de ratos, asas de morcegos, cenouras, creme de leite, ovos e alho-poró.

No alto de uma cabana, um periscópio deixa claro que eles devem ter sido vigiados de longe. Metodicamente, os homens de uniforme vasculham, destroem tudo a pontapés, abrem gavetas e as esvaziam no chão. Ao fim de uns quinze minutos, o chefe dos terroristas encontra o mastro onde estão suspensos os detonadores dos atentados do metrô e da Biblioteca Nacional. Começa então a falar muito rapidamente num microfone preso ao colarinho. Em seguida, um dos soldados indica aos outros, por sinais, que encontrou o que parece ser a entrada de um subterrâneo fechado por um alçapão de aço.

Ao redor, eles encontram vestígios ainda recentes.

Os homens explodem o alçapão, descobrindo um túnel de um metro de diâmetro. Um após o outro, descem prudentemente ao subterrâneo, não sem antes disparar algumas rajadas pela abertura. Como a passagem é estreita e eles não dispõem de lanternas, são obrigados a avançar em fila, tateando. O que vai na frente vale-se do celular para projetar uma luzinha fraca adiante.

Quando já percorreram cerca de 20 metros, os três primeiros são atingidos por flechas e recuam precipitadamente na direção da entrada. Um deles propõe o lançamento de um granada, mas o chefe o detém, fazendo-o entender que o túnel pode desabar sobre eles.

Eles decidem então recorrer a outra tática. E lançam bombas de fumaça.

225.

Queríamos tomar a raposa como símbolo, e somos enxotados com fumaça, como elas, em sua toca. Teremos vivido o destino desses animais até o fim.

226.

A fumaça lhes arde nos olhos e nos brônquios. Os redencionistas levam lenços úmidos aos rostos. Os poucos ratos que ainda andavam por ali desaparecem.

— Diga lá, Barão, não tem nenhum plano B? — sussurra Fetnat entre dois acessos de tosse.

— Entre as soluções que nos restam, eu vejo: 1) entregar-se.

— E ser morto depois de passar por uma boa sessão de tortura — completa Fetnat. — Voto contra.

— Ou então, 2) suicídio coletivo para não lhes dar esse gostinho — prossegue Orlando, pressionando a barriga com uma mão na tentativa de respirar.

Nova bomba de fumaça vem rolando até eles. Eles tossem e cospem cada vez mais forte. O relógio de Cassandra, ligado ao seu ritmo cardíaco, exibe "Probabilidade de morrer em 5 segundos: 73%."

— Sinto muito por tê-los arrastado a isso — murmura ela.

É então que Fetnat tira da túnica um collant feminino cheio de pó negro, encravando-o no teto do túnel. Ao explodir, essa granada improvisada abre uma brecha que lhes permite chegar à superfície.

— Rápido! Por aqui! — alerta Kim, alçando-se para fora.

Os homens de uniforme negro estão atrás deles. Lá fora, Fetnat rola sobre a brecha um barril cheio de produto corrosivo e o destampa. Gritos de dor logo são ouvidos, seguidos de uma rajada de metralhadora.

— Eles vão sair pelo outro lado — avisa o senegalês. — Vamos logo!

Eles correm em direção norte, passando por caminhos complicados que são os únicos a conhecer. O comando no seu encalço é obrigado a avançar muito mais lentamente, para evitar as armadilhas escondidas sob o lixo. Orlando supera a dor para não retardar o grupo, mas tem no rosto uma palidez de cera.

A usina de reciclagem ultramoderna finalmente aparece diante deles.

Com o facão suíço do coreano, eles abrem o enorme cadeado da entrada do incinerador. No interior do prédio, seguem o rapaz, que parece conhecer perfeitamente o local.

No relógio de Cassandra, a probabilidade de morrer em 5 segundos é agora de 48%. Apesar de aliviada por estar abaixo de 50%, ela não fica propriamente tranquila.

Eles vão acabar nos encontrando pelos rastros.

Mas Kim Ye Bin tinha um plano de salvação e os guia na direção da sala de controle de Moloch. Eles chegam a uma peça imensa onde todas as telas estão apagadas. Quando Kim liga o interruptor principal e aciona os equipamentos, as luzes dos sistemas se acendem, primeiro vermelhas, depois amarelas e então verdes.

A usina volta a funcionar, numa sucessão de ruídos metálicos.

— Qual é o seu plano, Marquês?

— Temos de lutar em terreno conhecido, que nos é favorável e onde podemos encontrar aliados.

— Que aliados?

— Um gigante de aço: Moloch em pessoa. Vamos deixar que essa usina faça o que sabe fazer melhor: reciclar dejetos.

Kim acende as telas de controle e eles veem o grupo de homens de negro penetrando com prudência no saguão de entrada. São muito menos numerosos que no início e avançam com apreensão. Quando todos já entraram, Kim apaga as luzes.

Graças às câmeras infravermelhas, os redencionistas podem seguir os deslocamentos dos homens de negro. Eles tentam iluminar o caminho com seus celulares, num prédio que não conhecem.

Cassandra não hesita. Pressionando o arco e seu estojo cheio de flechas contra o peito, ela vai enfrentar o adversário. Chegando ao fim do corredor principal, mira num homem que avança de lado, estendendo à frente o celular.

Um alvo perfeito.

Ela se lembra das imagens do atentado diante da pirâmide de Quéops. Os corpos desarticulados, os membros espalhados na areia. Seus pais, que ela tenta reconstituir como quebra-cabeças macabros, com pedaços de corpos que talvez nem sejam deles.

É então que, graças a um inesperado curto-circuito, o aparelho de som, sacudido por algum rato, começa a funcionar de novo, apesar da bala que o atravessou. Em meio às colinas de lixo, o majestoso *Réquiem* volta a ressoar. Desta vez, não mais como um hino, mas como uma promessa de vingança.

Cassandra mira e atira.

A flecha atinge o homem em pleno pescoço. Ele tomba, sacudindo-se, sem sequer soltar um grito. Seu celular vai parar um pouco mais longe.

Menos um.

Controlando perfeitamente a respiração, Cassandra já se deslocou, rearmou seu arco e tem sob a mira um outro homem de uniforme negro.

A flecha é disparada. E o atinge na testa, atravessando seu crânio, mas ele teve tempo de soltar um grito.

Uma rajada de metralhadora varre o corredor. Pulando como uma raposa, Cassandra mudou de posição de tiro. Kim, observando a cena a distância, aciona as luzes, os trilhos, as gruas e as rodas no momento certo para atrapalhar os membros do comando e ajudá-la.

Ela mira um novo alvo. A flecha silenciosa percorre o espaço para se plantar tremendo na carne. A música de Verdi continua ressoando ao longe. Orlando também se lançou ao ataque, mas, retardado pelo ferimento, desloca-se com muita dificuldade para realmente ter êxito, embora suas arbaletas lhe permitam atirar de mais longe. Esmeralda, por sua vez, prefere valer-se dos seus facões, lançando-os a distância com grande precisão.

Essas armas silenciosas revelam-se mais eficazes que as armas de fogo. Confundidos pelas bruscas mudanças de iluminação, que os deixam sem enxergar, os terroristas têm a impressão de enfrentar uns vinte adversários.

O relógio de probabilidades funciona perfeitamente na usina, graças às câmeras de segurança ultrassensíveis. A cada um de seus ataques Cassandra avalia as próprias chances de sobrevivência.

Quando o relógio indica: "Probabilidade de morrer em 5 segundos: 59%", ela desiste de um ataque, que, pensando bem, seria perigoso.

Ela já se deslocou mais nas entranhas do Moloch, tendo na mira uma nova presa. O homem se vira, alertado pelo som da corda se distendendo. A flecha não acerta no coração, mas no ombro. Com um gemido rouco, o homem de negro imediatamente mira nela, mas a arma lhe escapa. Com a flecha enterrada na carne, ele avança para ela berrando, o olhar enfurecido.

A lâmina do punhal corta a correia do seu estojo de flechas, que cai aos seus pés. O guerreiro já se prepara para um novo ataque na penumbra. Cassandra entra em modo de percepção rápida, e lhe parece ver o ataque do adversário em câmera lenta. Ela se inclina para a frente e escapa do punhal, que zune acima do seu rosto, e no mesmo movimento esboça um passo para o lado, para se esquivar do atacante. Ela não tem tempo de apanhar uma flecha, e então lhe arranca a máscara de gás, lacerando-lhe o rosto com todas as suas unhas.

Ele sacode a cabeça para se livrar do sangue que lhe tolda a visão e se atira sobre ela. Sob efeito do choque, Cassandra cai no chão. O mercenário afasta seus punhos e tenta estrangulá-la.

Olhando-o, ela não percebe nele nenhuma possível compaixão.

Ele é como os ratos, treinado para destruir o que não se parece com ele.

O homem exibe um ricto triunfal ao imobilizar sua presa. Cassandra sabe que seu corpo de mocinha de 17 anos jamais poderá vencer um homem musculoso e supertreinado. Freneticamente, ela busca em suas memórias profundas e encontra uma lembrança adequada.

Eu fui raposa.

Simultaneamente, sobe nela um novo sentimento.

Raiva.

Ela revê em um segundo todas as vezes em que lhe faltaram com o respeito. O diretor com suas bolinações. Os cães que a quiseram dilacerar. Os mendigos que tentaram estuprá-la. Os ratos que queriam mordê-la debaixo da ponte. O irmão que a abandonou. Os pais que a trataram como cobaia de laboratório.

Diante de tudo isso ela sempre reagiu com fuga, compreensão e compaixão.

Minha compaixão acaba aqui.

Sua fúria envia-lhe uma dose de adrenalina que atravessa suas veias na velocidade de uma torrente. Ela repuxa as bochechas. Seus dois caninos estão de fora e suas narinas se abrem para tentar aspirar um pouco de ar. O mercenário debruça-se sobre ela e ela lhe morde a maçã do rosto com toda a força de suas mandíbulas, até esguichar sangue em sua boca. Entre seus caninos e seus incisivos, a cartilagem estala como um chip.

Não tenho mais medo da raiva nem do ódio. Essa energia amarga que eu sempre contive, e que agora aceito, é atualmente minha melhor amiga.

O gosto salgado que toma conta da sua boca lhe dá um calafrio quase agradável. O soldado solta sua presa, e então Cassandra agarra a flecha presa ao seu ombro, puxa-a violentamente e volta a enterrar os dentes no pescoço dele. O homem tem um sobressalto e cai, com a garganta retalhada.

Cassandra já está se desvencilhando e sai correndo para recuperar seu estojo, mas os outros homens se aproximam e ela desiste. A partir de agora, só seus reflexos de raposa poderão salvá-la.

Ela ataca um outro homem por trás, caindo sobre ele da abertura de um tubo de ventilação e conseguindo neutralizá-lo com as unhas e os dentes. O emprego dessas armas primitivas lhe confere uma certa vantagem. O comando não esperava que uma jovem tão frágil pudesse mostrar-se tão perigosa de mãos nuas.

Quatro a menos.

Probabilis parece ter registrado seus novos dotes assassinos, pois agora a probabilidade de morrer raramente passa de 45%.

A alguns passos da sala de controle, uma silhueta aparece diante dela. Ela já se encolhe, pronta para saltar, mas a tempo reconhece Kim, que empunha seu nunchaku de aço. Com um gesto preciso, ele derruba um atacante que se aproximava e conclui o trabalho com um pontapé nos rins.

Mas de repente uma voz amplificada ressoa em todo o prédio:

— Entreguem-se ou a matamos!

Cassandra entende então que os terroristas têm Esmeralda em seu poder. Ela tem o braço torcido para trás, e o chefe se diverte enfiando o revólver no profundo vale dos seus seios, e aproveitando para rasgar seu vestido.

227.

Bom, pelo menos poderemos dizer que tentamos conter esses predadores. Estou cansada.

Agora, outros heróis terão de entrar em cena.

228.

Os homens de negro reativaram o sistema de gestão do lixo.

Os redencionistas são amarrados com tiras de couro e pendurados sobre uma cisterna pousada em trilhos. O chefe dos terroristas programou o avanço do vagão em direção ao triturador-compactador na velocidade mínima. Certamente para que o suplício dure mais.

Cassandra entende que eles terão o mesmo destino que o lixo doméstico.

1 — Triturados.

2 — Compactados.

3 — Magnetizados para triar as partes metálicas.

4 — Incinerados.

A jovem de grandes olhos cinza-claro se dá conta de que não há a menor chance de que algum investigador, por mais experiente, consiga identificar algum fragmento de seus cadáveres.

Esse incinerador industrial ultramoderno é a máquina ideal para cometer um crime sem deixar vestígios.

Acima deles, as câmeras de segurança continuam funcionando. A probabilidade de morrer em 5 segundos aumentou para 63%. Por mais que tentem, eles não conseguem se desvencilhar das amarras. E o vagão ganha velocidade rangendo, acompanhado das risadas dos soldados.

No fim das contas, esses terroristas não passam de uns mal-educados. Pensando bem, todos os homens nascem livres e iguais em seus direitos, partilhando o mesmo capital genético. Existem pessoas generosas e egoístas em todos os povos, em todas as culturas, não importando a cor da pele. Mas depois do nascimento, a educação é diferente. Uns são treinados para se tornar soldados, ensinados pela propaganda a obedecer, a matar e a não dar sua opinião. Outros recebem uma educação voltada para a capacidade de adquirir opiniões pessoais, de ser criativo. A matéria-prima é semelhante. Os pais é que são responsáveis. Esses caras da embaixada, esses terroristas, não são pobres, não são feios, não passaram por dificuldades especiais. Mas não tiveram a possibilidade de uma abertura de consciência. Para eles, matar significa livrar-se do que é diferente deles, pois é este o seu condicionamento.

Eles não pensam mais, estão condicionados pelo ódio e a morte, como a serpente de Fetnat. Seria quase impossível descondicioná-los.

Não devemos odiá-los. Apenas lamentar.

O vagão retarda um pouco seu avanço. Mas a probabilidade de morrer em 5 segundos continua sendo de 68%.

Nossa espécie está evoluindo. Existe uma minoria pioneira, que ainda não sabe para onde se dirige nem o que terá de enfrentar. Ela vai tateando, sem saber muito bem como proceder. Tem dúvidas. Enquanto isso, a base, formada pelos reacionários, puxa a humanidade para baixo, estimulando seus instintos mais sombrios. Uma base que, ela sim, é eficiente e sabe o que faz.

Esmeralda dá pontapés e Orlando geme quando recebe uma joelhada na barriga.

Quer dizer então que eu vou morrer sem saber como meus pais alteraram meu cérebro na juventude. Não saberei o que foi a Experiência 24. Pena.

— Como eu nunca fiz amor e vou morrer, diga-me como é — murmura ela no ouvido de Kim, deitado em cruz sobre ela.

— Como é o quê?

— O ato carnal de fusão dos corpos.

— Você realmente acha que é o lugar e a hora?

— Sim.

Orlando, Esmeralda, Charles e Fetnat, apertados na outra extremidade da cisterna, fingem não estar ouvindo a conversa. Kim tem dificuldade para encontrar as palavras. O rangido do vagão o desconcentra.

— Você lembra quando fizemos a abertura dos cinco sentidos?

— É parecido?

— Não, justamente, não tem nada a ver. É como um novo sentido. Como descrever o gosto do açúcar para alguém que só comeu salgado? Ou melhor, como descrever o que é a luz para um cego? Aqui é uma sinfonia para um surdo?

— Quer dizer então que você não vai me dizer?

— Posso tentar, mas não vou conseguir. Lembra-se do prazer que você sentiu comendo um bolo quando estava com muita fome?

— Sim.

Com Charlotte.

– Também náo tem nada a ver.

Ele se cala, enquanto o relógio continua apresentando seus números. Agora o mostrador exibe 81%.

— Na verdade, eu menti — confessa o rapaz. — Eu nunca dormi com uma namorada. Só tive uma relação sexual. Foi com uma prostituta.

— E como foi?

— Você quer saber realmente?

— Sim.

— Não foi grande coisa. Eu estava tão apavorado que não consegui ficar de pau duro.

Ele engole em seco.

— Acho que também sou virgem, à minha maneira. Para fazer amor pela primeira vez é melhor ter algum sentimento.

— Tudo isso para dar nisso — zomba Esmeralda. — Eles são virgens! Aos 17 anos. Os dois!

— Que bonito — suspira Orlando, fazendo uma careta por causa do ferimento.

A cisterna sobre rodas continua sua lenta progressão.

— Bom, lá vai: eu a detestei. Quis matá-la. Depois a salvei. Você me irritava. Mas como que tudo parece acabado, devo dizer que a amo. Beije-me.

Um momento de suspense.

Quem pronunciou a frase foi Fetnat Wade.

Ele se inclina e Esmeralda aceita sem protestar o contato de seus lábios. O beijo dura muito tempo.

— Sabe, Duquesa, eu sempre a amei calado — confessa o senegalês —, mas estava convencido de que você era feita para Orlando. E de que não gostava de negros nem de velhos. E eu sou as duas coisas. Enfim, você entende o que eu quero dizer...

— Você está louco. Eu não tinha coragem de dizer, mas sempre fui secretamente apaixonada por você, Visconde.

— Que comovente — reconhece o legionário, cada vez mais pálido.

— É um pouco tarde — lamenta Kim.

— Quando a gente finalmente entende, sempre é tarde demais. É o problema da humanidade toda. A gente só sabe viver com uma mulher quando já está velho e o corpo não comparece mais — continua Orlando, numa careta.

Cassandra está preocupada. A probabilidade de morrer para todos eles agora já é 91%. Por sinal, os terroristas já estão deixando o prédio para se afastar nos carros que os esperam.

— É apenas uma previsão — tenta tranquilizá-la Kim. — Esse relógio é apenas uma máquina de especular. E você, que gosta de etimologia, sabe o que quer dizer essa palavra?

Ela sacode a cabeça.

— Eu procurei para você no meu computador.

Ele cita de memória:

— A palavra vem de *speculus*, que significa espelho em latim. Especular sobre o futuro é "olhar num espelho".

O espelho.

Ele tem razão. Ele é genial.

Caramba! O espelho é a chave de tudo. O mundo se reduz ou se abre através dos espelhos.

Lembro de ter visto um documentário sobre as crianças e os espelhos. Quando eram instruídas a esperar num compartimento fechado onde havia bombons, elas roubavam os bombons. Mas se houvesse espelhos no compartimento, três quartos delas... não tocavam nos bombons.

O espelho é a ferramenta da conscientização de nossos atos.

— Obrigada, Marquês.

Kim fecha os olhos e lentamente aproxima a boca da sua. Mas de repente Esmeralda exclama:

— Vejam!

Ela aponta para o relógio de probabilidades, que caiu para 55%.

Mas o carrinho continua avançando.

53%.

Eles ouvem o ranger dos trituradores do outro lado das pesadas portas.

Estamos sendo salvos, mas não sabemos como nem por quem.

Neste momento, aparece uma raposa correndo no trilho atrás deles, para em seguida saltar no vagão.

— É Yin Yang! Ela não foi morta!

Probabilis se enganou. Analisou a chegada de uma presença estranha capaz de nos salvar. Mas era uma raposa. Não foi capaz de fazer a distinção.

O animal tenta morder, mas as correias especiais resistem a seus caninos.

Brava Yin Yang, ela sentiu que precisávamos de ajuda. Está ligada a nós. Abandonou a fêmea para tentar nos salvar.

Embora a raposa não consiga libertá-los, os números do relógio de probabilidades continuam a cair.

51%.

Alguma coisa está acontecendo a nosso favor. Mas o quê?

Mesmo quando o relógio cai abaixo de 50%, o vagão continua avançando em direção aos trituradores.

Que angústia que a nossa salvação dependa de algo que ignoramos completamente! Eu sabia o que é o medo de um perigo próximo que não conseguimos identificar.

Agora conheço a angústia inversa: ser salva por algo desconhecido.

"Probabilidade de morrer em 5 segundos: 48%."

Cassandra fecha os olhos.

229.

Que Deus é esse que brinca o tempo todo com meus nervos, me salvando a pele para depois me deixar cair? Para depois me salvar novamente na última hora.

Um Deus criança que brinca conosco como se brincasse com hamsters. Um lance num labirinto, outro numa máquina de triturar.

Vou fazer greve de apresentações.

Quero apenas dormir. Quero apenas me dissolver no mundo e não ser mais eu.

Só quando eu deixar de ser apenas a alma de Cassandra Katzenberg é que poderei recuperar minha dimensão ilimitada.

230.

A cisterna-vagão continua avançando.

Quando chegam ao último trecho, levando diretamente aos trituradores, um homem de repente se posta nos trilhos. Derrubando uma viga de metal, ele bloqueia as rodas. Com o choque, eles quase descarrilam.

Em seguida, o salvador os ajuda a sair um a um da prisão de metal. Ele traz no rosto uma máscara de gás, mas não é um homem do comando. Não usa uniforme nem porta arma, trajando um terno bem-talhado e sapatos sociais sujos pela lama do Depósito.

— Obrigada, mas quem é você? — pergunta Esmeralda enquanto ele corta sua correia com um canivete.

— Você é da polícia? — questiona Fetnat, desconfiado.

Sem responder, o homem tira a máscara de gás.

Ele!

— Bom dia, Cassandra, bom dia, Kim. Acho que o caminho está livre. Que acham de sair daqui?

Sempre cortês, ele apoia Orlando, com dificuldade de caminhar. Lá fora, o homem que os salvou sente o impacto do cheiro do Depósito. Depois de engolir várias vezes em seco, ele prefere botar de novo a máscara no rosto.

— E afinal, quem é você? — pergunta Orlando, fazendo uma careta de dor, pois a ferida começou a sangrar de novo.

— É o meu pior inimigo — explica Cassandra. — Foi por causa dele, para fugir dele, que eu passei a viver com vocês.

— Realmente. Ela tem razão. Eu sou o diretor da Escola das Andorinhas — reconhece simplesmente o homem da máscara de gás.

— Como foi que nos encontrou? — pergunta Fetnat, que se aproximou de Esmeralda.

— Alguém me chamou.

Charles de Vézelay intervém:

— "Alguém" sou eu. Enquanto vocês lutavam contra os terroristas, eu usei meu celular e lhe expliquei a situação.

— Eu hesitei em chamar o inspetor Pélissier — prossegue Papadakis —, mas pensei que por enquanto era melhor mantê-los na clandestinidade. Não queria perder tempo com explicações. O que fiz então foi apenas parar num arsenal para comprar uma máscara de gás. Vende-se de tudo lá. Depois, esperei que os bandidos se fossem para entrar em ação.

Eles voltam a Redenção apoiando Orlando, cuja ferida está de novo aberta.

— Depois do incêndio, fiquei com muita raiva de você — diz ele, com voz anasalada. — Estava realmente decidido a mandá-la para a prisão e nunca mais ouvir falar de você. Depois, pensei melhor.

— Eu sou um diretor de escola. Não posso entrar em conflito com meus alunos.

Ele mudou. Modificou sua maneira de ser e de pensar. O que significa que certas pessoas que parecem muito tacanhas podem mudar.

— Especialmente quando se trata daquela que é talvez a melhor de todas as alunas. Com os cavalos é a mesma coisa: os melhores são os mais selvagens e difíceis de domar. Eu tentei domá-la e fracassei. Você continua sendo uma mente excepcional, única e tão útil para o resto do mundo! Só eu o sei. Sei até mais que você mesma. Portanto, tendo engolido o orgulho e o ressentimento, eu decidi ajudá-la. E quando vi que corria grande perigo, não hesitei em vir em seu socorro.

À medida que eles se aproximam de Redenção, passam a ver uma terceira coluna de fumaça.

O *Réquiem* não para de tocar. Ao chegarem, eles se dão conta de que sua aldeia está em chamas. Os terroristas fizeram questão de eliminar até o último vestígio de sua ação. Ao cheiro abominável do Depósito soma-se agora o fedor do plástico derretido.

E então Troia está em chamas... A antiga Cassandra também deve ter assistido a um espetáculo assim, só que em outra escala.

Fetnat Wade é o primeiro a manifestar sua opinião, de maneira extremamente simples.

— Não gosto de incêndios.

— Não gosto desses terroristas — acrescenta Esmeralda. — Eles têm uma mentalidade mesquinha.

— Não gosto dos dirigentes dos países que os enviaram — aumenta Kim.

— Não gosto de fogo — conclui Orlando

Philippe Papadakis não se contém e murmura dentro da máscara, como numa vingança:

— Quem vive pelo fogo morre pelo fogo.

— Aqui a gente não gosta de provérbios — responde Kim sem pestanejar. — Achamos que o contrário sempre funciona melhor.

— Isso aí — retoma Orlando. — Não gostamos de provérbios.

— Mas gostamos muito de quem vem nos salvar — retifica Cassandra sem demora.

Todos eles cospem, cada um por sua vez.

— Agora só resta reconstruir — declara o legionário.

— Numa versão melhor ainda — precisa Fetnat.

— O que vem a calhar, estou precisando de uma cama maior — informa Esmeralda.

Kim Ye Bin contempla sua cabana, de onde sai uma espessa fumaça cinzenta.

— Por sorte, eu tinha salvo todos os nossos dados num site gratuito. Posso recuperar tudo com a minha senha.

Fetnat Wade pega seu cachimbo e tenta acendê-lo com uma ponta de cadeira inflamada.

— Estão pensando que é fácil assim acabar com os redencionistas?

— Se as nossas ideias davam medo ou causavam desconfiança nos internautas — declara Kim — era porque o nosso site era mal apresentado. Vamos promover o renascimento da Árvore das Possibilidades. E o futuro não será mais como antes.

— Isso aí, eu gosto desse site cheio de coisas engraçadas — reconhece Fetnat Wade.

— Eu bem que gostaria de ver a aldeia reconstruída — diz Esmeralda. — Eu gosto deste lugar.

— Eu gosto que a gente tenha salvado a humanidade — afirma Orlando. — Gosto muito da nossa tropa de choque.

Cassandra senta-se no chão, sem deixar de fitar a aldeia em chamas.

— Ainda não sei se acredito realmente — solta ela. — Talvez meu irmão estivesse certo. Eles provavelmente são imbecis demais, não podemos salvá-los.

— Mas o que você quer? Cruzar os braços? — pergunta Kim.

— Não, quero apenas parar de pensar no futuro. Eu quero o presente. Tenho vontade de viver cada instante com mais intensidade.

— Isso aí, e acontece que no presente temos aqui um probleminha.

Como não há água para apagar o incêndio, eles se sentam a distância, esperando que o fogo se extinga por si mesmo.

Agora eu quero saber. Preciso saber o que foi realmente...

— ... A Experiência 24? — pergunta a mocinha.

O diretor da Escola das Andorinhas olha para ela e abaixa a cabeça.

— Ah, Cassandra... Cassandra... Cassandra... Nós falamos do seu prenome. Mas esquecemos de falar da segunda etiqueta que a caracteriza. O seu nome de família.

— Katzenberg?

— Katzenberg. Literalmente, esse nome de origem alemã significa "Montanha do Gato". Vamos então falar do grande bichano que está escondido por trás dessa história toda, ou seja...

— Meu pai?

— Não. Outra pessoa.

— Quem?

— O irmão dele, seu tio. Isidore Katzenberg. Pelo pouco que sua mãe me contou, é um jornalista científico que se tornou livre-pensador. Indivíduo meio extravagante. Vive fechado numa caixa d'água num subúrbio de Paris, junto a uma piscina cheia de golfinhos. Foi ele que teve a ideia de tudo isso.

Desta vez, sinto que estamos chegando perto da verdade. Dentro de alguns segundos eu finalmente saberei...

Mas o diretor não parece ter pressa.

— Ah, a força das ideias! No início, não há nada, e então uma simples conexão entre dois neurônios cria repentinamente um encadeamento de conceitos. Ínfimas correntes elétricas circulam nas sinapses e surge a ideia, que é memorizada e se materializa em forma de proteína. Cada ideia transforma-se em matéria. Assim, a ideia de Isidore Katzenberg transformou-se numa proteína no seu cérebro.

— Que ideia? Que foi que ele fez? — impacienta-se Cassandra.

— Ele discutiu com o irmão, e o projeto dos dois se encarnou na forma de um ser completo. A encarnação dessa ideia.

— O quê?

— Você.

Eu?

Esmeralda e Fetnat olham para suas cabanas em chamas, de mãos dadas. Os outros ouvem a voz anasalada de Papadakis, que parece ter ganho um nariz cilíndrico com a máscara de gás.

— A ideia de Isidore Katzenberg era particularmente original. Deriva, inclusive, de um conceito da Cabala. O recém-nascido sabe tudo, mas esse conhecimento é incômodo, e um anjo enviado por Deus vem falar-lhe pouco antes do nascimento, fazendo-o esquecer tudo. A marca do dedo do anjo fica visível sob o nariz de todo ser humano.

Sim, eu sei, aonde ele quer chegar? Por que não diz logo o que tem a dizer? É insuportável.

— A ideia de Isidore Katzenberg era que essa metáfora escondia uma outra. Segundo ele, o que nos leva a esquecer tudo é... a fala. Assim que uma criança pronuncia uma palavra, começa a aprisionar o seu pensamento, a prendê-lo por trás das grades da linguagem.

Kim se endireita, intrigado.

— No século XIII, o rei Frederico II, que falava nove línguas, quis conhecer a "língua natural" do ser humano. Assim, instalou seis bebês numa creche e ordenou às amas que os alimentassem, pusessem para dormir, banhassem, mas jamais pronunciassem diante deles palavra alguma. Ele queria saber que língua eles escolheriam sem influência externa. Achava que seria o latim, o grego ou o hebraico, que eram a seus olhos as únicas línguas essenciais. Mas não só os seis bebês não começaram a falar, como definharam e acabaram morrendo todos em tenra idade.

— O que demonstra que a comunicação é indispensável para a sobrevivência — observa Charles de Vézelay.

Vendo que o fogo começa a diminuir, Esmeralda vai buscar uma toalha e bate nas chamas da sua cabana. Tenta salvar suas escovas de cabelo e algumas joias, ainda ardendo e meio fundidas.

— Seria essa então a Experiência 24? — pergunta Cassandra.

Philippe Papadakis tosse em sua máscara de gás e o vidro fica embaçado. Seus olhos desaparecem.

— O seu tio Isidore Katzenberg e a sua mãe discutiram muito sobre essa experiência de Frederico II da Prússia. Isidore deve ter dito algo do tipo "um veneno pode conter um medicamento, dependendo da dosagem".

Fetnat sacode a cabeça em sinal de assentimento.

— PARE COM ESSA BABAQUICE! — sacode-o Cassandra repentinamente. — QUE FOI QUE ELES ME FIZERAM?

A jovem de grandes olhos cinza-claro agarrou Philippe Papadakis pelo colarinho. Ele tem dificuldade de se desvencilhar. Sacode então a cabeça para tentar:

— Eles a privaram da palavra — confessa

Cassandra o solta e deixa as mãos caírem nos joelhos.

— Até os 7 anos no caso do seu irmão. Até os 9 anos no seu caso. Assim, vocês eram... "puros", não conspurcados pelas palavras.

Não tiranizados por nosso cérebro esquerdo.

Cassandra lembra-se vagamente das frases lidas no escritório da mãe.

— Como já disse, até os 9 meses o bebê não vê diferença entre ele e o resto do mundo. Depois, vem o "luto do bebê", a virada, quando a entidade que ele julgava ser, e que se revela ser outra coisa, se vai e a criança tem medo de que ela não volte nunca mais. Como se o seu braço se fosse. Ele se dá conta de que não é capaz de decidir o momento em que voltará. E então dá nome a essa entidade que era ele e que não é mais ele.

Mamãe.

— Mamãe. A partir do momento em que ganha um nome, ela se torna estranha. É assim que começa o primeiro processo de se fechar mentalmente. Essa energia de amor, esse cheiro, esse perfume, essa maravilha de suavidade, seria apenas isto: um ser estranho a si mesmo, uma... mamãe.

Essas cinco letras e essa sonoridade parecem tão limitadas para descrever um fenômeno tão vasto quanto uma mãe! Depois, a outra silhueta recebe a etiqueta de "papai". E então vem o reflexo no espelho, e mais uma vez o mundo encolhe.

— E então aparece o "Eu".

Sim, eu também sei disso. O eu é uma restrição da consciência. Foi assim que, um belo dia, fiquei sabendo que eu não era tudo, eu era "apenas" eu. Meu pensamento não era ilimitado, ele assombra uma caverna que se chama "meu crânio" e é prisioneiro de um espaço de pele estanque que se chama "meu corpo".

— Eu é diferente dos outros. Eu é limitado. Eu pode ser atacado. Eu se defende contra o mundo que o ameaça. Aí é que começam as restrições mentais.

Philippe Papadakis dá prosseguimento ao seu raciocínio:

— Depois de "mamãe", "papai" e "eu", o mundo não parava de encolher, à medida que era etiquetado e organizado por trás das palavras. Foi a grande descoberta do seu tio, e depois também da sua mãe. O homem quis controlar o mundo através das palavras, mas na verdade conseguiu apenas "esvaziá-lo de sentido". As palavras adquiriram mais importância do que aquilo que representam. Mas isso era negar o real. A palavra tigre não morde. A palavra peso não é pesada. A palavra sol não brilha.

A maneira como Cassandra vê o diretor muda completamente, ela já não o considera um inimigo, mas um revelador.

— Com as palavras, os homens tomaram o poder. Definiram os territórios. Classificaram os animais. Como está escrito na Bíblia, "Deus mandou vir os animais um por um diante de Adão, e ele foi autorizado a lhes dar nomes. E porque ele lhes dera nomes, eles se submeteram a ele."

Enquanto digere essas informações, Cassandra tenta respirar o mais profundamente possível. O diretor da Escola das Andorinhas acrescenta:

— "*Nomen est omen*", ou seja, "dar nome é apropriar-se". Eis o segredo mantido por gerações de entomologistas que espetaram etiquetas no coração das borboletas para identificá-las com nomes latinos complicados. "Esta beleza frágil não é uma borboleta, é uma *Monarchus advantis simplex*".

E eu não sou um ser vivo e pensante, sou "Cassandra Katzenberg, 17 anos, francesa, 52 quilos, filha do ministro da Prospectiva, órfã autista procurada pela polícia por fuga, destruição deliberada de sua escola e assassinato do irmão". Todas essas palavras, ao me definirem, me aprisionam e me reduzem.

Minha mãe entendeu isso, e quis me libertar dessa chapa de chumbo.

— Você se lembra agora dessa época em que viveu sem palavras? De 0 a 9 anos...

Pronto, comecei a receber imagens meio indistintas do álbum de fotos guardado na minha mente. O vento, os animais, as plantas, meus pais, tudo isso era "eu". O universo era eu.

Quando eu segurava uma flor, meus dedos se prolongavam até se transformarem nessa flor.

Quando eu olhava as nuvens, as nuvens me olhavam de volta e eu via o mundo lá do alto.

Eu era a tempestade e me lembro de ter sido faísca elétrica luminosa.

Eu era a chuva. Lembro-me de ter sido uma infinidade de gotas batendo no solo e nas árvores.

Eu era o rio, e sentia o cascalho e os seixos que ia fazendo rolar, e as trutas que me percorriam.

Eu era as algas empurradas pela corrente.

Eu era as árvores e sentia as raízes buscando a água e as folhas que se deliciavam com a luz do sol. Eu era a aranha que tecia sua teia nos galhos. Era a formiga carregando um graveto. Era ácaro, bactéria, micróbio.

Eu existia em todas as dimensões. Em todas as profundezas. Tinha a lembrança de todas as minhas vidas anteriores, remontando até os homens pré-históricos. E agora sei que posso ampliar ainda mais essa consciência.

Antes, quando ainda não fora limitada pelas palavras, eu era TUDO.

Era todo-poderosa, pois guardava no coração a lembrança do nascimento do universo. Eu fui o Big-Bang e fui todas as formas de matéria e de vida que dele saíram.

Eu não tinha limites.

— Entretanto, como a ausência de palavras é um veneno mortal, como bem lembrou Isidore Katzenberg, os seus pais compensaram a ausência de palavras com três coisas: a música, a natureza e... o amor deles. Você tinha tudo de que uma criança pode precisar, exceto as palavras.

O veneno da serpente diluído em leite.

Kim Ye Bin tem dificuldade de apreender o alcance do que acaba de ouvir. Mas Cassandra é tomada de incontrolável emoção.

— Que aconteceu quando eu fiz 9 anos?

— Eles lhe ensinaram a falar. Cada palavra adquiria aos seus ouvidos uma importância enorme.

Por isso é que eu gosto tanto de dicionários. E que quero sempre saber a origem, o sentido profundo de cada palavra. Suas raízes. Elas também são as minhas.

— O seu cérebro recebia cada associação de letras formando uma palavra como um tesouro.

Como um homem sedento que caminhou durante muito tempo no deserto e recebe a água gota a gota. Cada uma delas adquire um sabor extraordinário.

— Depois de "Mamãe", "Papai" e "Eu", eles lhe ensinaram os nomes dos objetos, dos animais, dos vegetais, e então, bem mais tarde, os conceitos abstratos. Tudo se acomodava devidamente no seu cérebro. Pela ordem, lentamente, seguramente. Profundamente.

Pronto, estou me lembrando. Cada palavra era uma joia preciosa. Era guardada num estojo e colocada numa estante, com classificação por temas na minha memória.

As palavras dos sentimentos.

As palavras das ações.

As palavras das reflexões.

— O seu cérebro encontrara a liberdade. O hemisfério esquerdo não podia mais tiranizar o hemisfério direito. Com isso, sua mente ficava muito mais sensível, aguçada, imaginativa. Você era uma perfeita artista, pois a sua mente, durante nove anos, ficara não só aberta, mas conectada a tudo: os outros, a natureza, o universo. E foi então que o seu pai interveio.

Meu pai?

— Mais uma vez, foi o seu tio Isidore, igualmente apaixonado pela futurologia, que o apresentou a sua mãe. Eles então conversaram sobre a Árvore das Possibilidades. Na verdade, o próprio conceito de Árvore das Possibilidades foi inventado por Isidore Katzenberg.

Sim, claro, estou lembrando, é ele o autor! A Árvore das Possibilidades *foi escrito pelo escritor Isidore Katzenberg.*

— Seu tio e seu pai consideravam que o que mais faltava ao mundo eram videntes. Ele tinha a impressão de que nossa civilização estava ficando cega, ignorante do futuro, medrosa e voltada sobre o próprio presente e o futuro a curtíssimo prazo.

— E não estava errado — reconhece Kim, ajeitando a mecha azul.

— Ele dizia que os políticos tinham desistido de mudar o futuro. Os religiosos, os filósofos e até os cientistas não ousavam mais falar do futuro, por medo de se enganarem ou de fazerem papel ridículo. Com isso, era como se o próprio conceito de futuro começasse a desaparecer. Os dois conversaram com sua mãe e a convenceram a usar os dois cérebros ainda virgens e hipersensíveis dos filhos para se tornarem...

— Astrólogos? — sugere Kim Ye Bin.

— Videntes! — corrige Philippe Papadakis.

— Interessante. Mas o dom de adivinhação não pode ser ensinado.

— Tudo pode ser ensinado. Tudo pode ser condicionado. Consegue-se até ensinar contagem aos camundongos e o gosto pela música de rock às plantas. Por que não treinar homens para ver o futuro? — intervém Charles de Vézelay.

— Como foi que eles fizeram para orientar meu cérebro para o futuro? — questiona a mocinha.

— Através de livros e filmes. Foi a escolha específica do seu alimento espiritual que a condicionou.

— Cassandra lembra-se da descoberta do quarto do irmão, contendo exclusivamente livros de ficção científica.

— Essa literatura especializada, que é um vasto laboratório experimental em que se realiza o trabalho de previsão do futuro, exercitava o seu cérebro na reflexão sobre o futuro.

Lembro-me desse influxo ininterrupto de imagens. Lembro-me de todos esses mundos artificiais.

Lembro-me de ter visto o mundo de Duna, de Frank Herbert, a frota de Fundação, *de Isaac Asimov, o planeta Hyperion de Dan Simmons, as* Colônias do Espaço *de Orson Scott Card.*

Lembro-me de ter vivido na nave de Star Trek.

Conheço Admirável Mundo Novo, *de Aldous Huxley, e fiquei horrorizada com o universo de* 1984, *de George Orwell.*

Lembro-me dos universos paralelos de Ubik, *de Philip K. Dick, e da sua Los Angeles futurista no filme* Blade Runner.

É daí que vem minha capacidade de enxergar o futuro longínquo. Estive mergulhada nesses universos a infância inteira. Essas possibilidades futuras fazem parte das minhas lembranças.

— Sete anos de silêncio para Daniel. Nove anos de silêncio para você, Cassandra. Vocês eram como molas comprimidas e presas para serem depois liberadas.

... Na futurologia.

— Mas seus pais não previram que havia um preço a pagar por esse desempenho excepcional. "Tudo que está a mais se equilibra com algo a menos." E o menos é o que vocês eram... como dizer? "Sensíveis"? Não, não é uma palavra suficientemente forte. "Ultrassensíveis"? "De sensibilidade à flor da pele"? Ainda não. "Paranoicos"? Não, mas estamos chegando perto.

— "Psicóticos" — completa a própria Cassandra.

Ele aprova.

— De fato. É essa a palavra. A partir dos 7 anos, seu irmão evidenciou fases de entusiasmo exuberante seguidas de períodos de profundo abatimento. Mergulhou nos livros de ficção científica que lhes eram oferecidos, mas se tornou ríspido e desdenhoso com as pessoas que se dirigiam a ele. Ele não suportava nada. Tinha crises de raiva por causa de bobagens. Não tolerava que o tocassem. Tudo o irritava. Tudo o indispunha. Estava permanentemente revoltado. Seus acessos de alegria ou de raiva eram seguidos de fases de desânimo, e depois de depressão. Em seguida, ele começava a escrever fórmulas matemáticas, especialmente leis de probabilidades. Não tinha a menor paciência.

Pobre Daniel. Ele não teve escolha. Ninguém perguntou sua opinião.

— Aos 13 anos, ele fugiu. A polícia foi encontrá-lo quatro meses depois, muito magro, extremamente debilitado. Estava escondido num porão, do qual praticamente não saía. Seus pais acharam que era necessário levá-lo para um estabelecimento especializado e o internaram na escola fundada por sua mãe.

— O CPCAS... Centro de Pesquisa sobre Crianças Autistas Superdotadas — completa o coreano.

— Ele permaneceu lá até serem detectados seus talentos de matemático probabilista. Começou a chamar a atenção do mundo das finanças. Foi contratado com um salário polpudo por uma empresa de seguros.

— E aí inventou Probabilis.

Cassandra olha o relógio, que indica tranquilos 13%.

— Tudo ia bem, até que...

— ... Ele quis testar o salto no vazio do alto da Torre de Montparnasse. Sem noção.

— Três mortos. Cinco feridos.

A experiência que passou dos limites.

— Em vez de se justificar, ele preferiu mais uma vez fugir.

— Então é que ele foi integrado ao Ministério da Prospectiva do meu pai.

— Era a única maneira de recuperá-lo. Mas o ministério já tinha perdido muita influência. Quando Daniel conheceu os especialistas e executivos que supostamente deviam prever o futuro, simplesmente zombou deles. Seu irmão tinha muito desprezo pelos outros. Nas conversas que tínhamos, ele me dizia que a "falta de coragem" e o "pensamento em câmera lenta" das pessoas da sua época o deixavam horrorizado.

Cassandra afasta da testa as mechas molhadas de suor.

— E ele se suicidou — diz ela.

— É o principal problema com os psicóticos. Eles não suportam nada. São pessoas de sensibilidade à flor da pele, num mundo que as machuca constantemente. Desse modo, muitos tendem a recorrer a essa solução extrema para acabar com sua dor.

Cassandra contempla sua cabana, que vai desaparecendo nas chamas. Não sente a menor vontade de salvar as bonecas que estão lá dentro.

— E eu? — pergunta.

— Você nasceu quando seu irmão tinha 13 anos. Tinha apenas algumas semanas quando ele entrou para o internato da Escola das Andorinhas.

O que explica que ele seja um estranho para mim.

— Seus pais consideravam que Daniel era uma espécie de "primeiro esboço mal acabado". Tinham consciência de que ele não estava pronto. Não queriam perturbá-la, e por isso não lhe falaram dele.

Que pena!

— Além do mais, a sua experiência era mais ambiciosa. Nove anos de silêncio. Logo, um cérebro ainda mais livre, ainda mais hiper-sensível, ainda mais poderoso.

Philippe Papadakis brinca com seu anel. Em seguida, sem se dar conta, volta a adotar um tom de mais intimidade com a jovem:

— Seu pai me manteve a par de tudo, nos menores detalhes. Nós éramos muito amigos, sabe? Eu posso lhe falar dessa época. Antes de conhecer as palavras, você vivia em permanente felicidade. Era uma criatura pura, selvagem e livre. E então, passados nove anos, tudo se acabou.

Eu deixei o paraíso.

— Você passou a ouvir palavras, e elas lhe foram explicadas. Mas acabou se revelando uma criança-rainha todo-poderosa. Era, desculpe-me se o digo, pretensiosa, caprichosa, sem a menor compaixão. Dava ordens aos pais e os ameaçava. Tinha entendido o poder da palavra e o utilizava como uma arma para causar sofrimento.

— Ela estava explorando os limites da palavra — sugere Kim.

— Pelo terror. Um dia, seu pai me disse: "Ela é a pior de todas as crianças mimadas."

Eu? A pior das crianças mimadas!

— E ele inclusive acrescentou: "Às vezes eu me pergunto se nossa experiência não gerou um monstro."

— Que foi que eu fiz para aterrorizar meus pais? — pergunta ela em voz baixa.

— Primeiro, você usou a comida. Um dia, recusou-se a comer um prato de carne. Eles acharam que era aversão à carne bovina. Mas você não queria comer mais nada. Seus pais ficaram preocupados. Você percebeu essa inquietação e resolveu jogar com ela. Quanto menos comia, mais eles ficavam preocupados e mais cuidavam de você.

E quanto menos eu comia, mais os raros alimentos que entravam na minha boca eram causa de êxtase. A economia de palavras ressalta as palavras. A economia de comida ressalta as sensações gustativas.

— Você ficou magra. Realmente magra. Seus pais não sabiam mais o que fazer para lhe dar vontade de ingerir alimentos.

Philippe Papadakis a fita.

— Um filho fujão, uma filha anoréxica, era esse o resultado das experiências 23 e 24.

Não se pode brincar impunemente com o cérebro das crianças. Meu irmão e eu não tínhamos pedido nada.

— Quando você percebia que seus pais não aguentavam mais, alimentava-se um pouco. Até a próxima crise. Você realmente tinha invertido os papéis, era você que, com seu comportamento alimentar, recompensava ou punia seus pais. E eles a amavam cada vez mais. Temos de reconhecer que eles temiam terrivelmente pela sua sobrevivência.

E fatalmente se sentiam responsáveis pela minha diferença.

— E quanto mais a amavam, mais você se tornava autoritária. Você passava o dia inteiro lendo livros de ficção científica, vivendo na natureza, refletindo em segredo. O almoço e o jantar eram momentos de adestramento dos seus pais. Você descobria seu poder sobre eles. Ah, como você era cruel! Muito cruel.

Agora estou me lembrando um pouco desses momentos.

— Mas havia algo que a acalmava. Só uma coisa: a música de ópera. Você se tornou uma especialista em canto lírico. Conhecia cada músico, cada cantor, cada interpretação. Quando ficou sabendo que *Nabucco*, de Verdi, seria montada nas pirâmides, insistiu para que fossem. Seus pais não gostavam de ópera, e muito menos de viajar. Era algo complicado de organizar. Uma vez mais, no entanto, você os pressionou, à sua maneira. Parou de comer, até que eles cedessem. Era o seu último capricho: Verdi no Egito.

Ela baixa as pálpebras.

Caramba! Eles morreram por minha causa!

Num instante lhe volta toda a sua vida de 0 a 13 anos. As cenas na casa da família. Os rostos sem traços do seu sonho recebem olhos, um nariz e um sorriso.

Papai. Mamãe. "A antiga eu."

Ela volta a se ver aos 9 anos, ouve as primeiras palavras.

Volta a se ver com o prato cheio diante do olhar receoso dos pais.

Eu os controlava.

Volta a se ver na mansão cercada de arame farpado.

Volta a se ver na natureza próxima, com sua sensibilidade exacerbada.

Eu era a rainha do mundo e meus pais eram meus escravos. Meu cérebro podia muitas coisas nessa época. Eu não suportava o mundo, eu o dirigia.

Imagens mais precisas aparecem no seu álbum interior.

Ela volta a se ver ouvindo música.

Ela volta a se ver apreciando a ópera de Verdi.

Ela volta a se ver passando pela alfândega e embarcando no avião para o Egito.

Ela volta a ver a aterrissagem, o táxi que leva ao hotel, as roupas chiques para ir ao concerto.

A pirâmide de Quéops.

Todo mundo se senta, o maestro cumprimenta, volta-se para os músicos e tem início *Nabucco*, ampla, terrível, prenunciando dramas.

Os trompetes ressoam.

Os coros cantam.

Nessa música, a tragédia estava anunciada, e na minha cegueira e no meu egoísmo eu só o via como uma obra de arte, embora já fosse um sinal. Toda aquela fúria musical servia apenas para me avisar da chegada iminente da morte.

Ela faz uma careta.

E entende o motivo desse repentino ataque de amnésia.

O sentimento de culpa por tê-los levado ao lugar onde foram mortos.

Não suportando o peso de uma tal responsabilidade, eu preferi esquecer tudo que tinha acontecido antes disso.

Querendo vingar os pais, seu cérebro voltado para o futuro focalizou-se no que tinha matado sua família: os atentados terroristas.

Pronto, agora todas as peças do quebra-cabeça estão no lugar.

Cassandra respira cada vez mais forte, depois começa a arquejar. Seu corpo mais uma vez se revela um gestor de memória. Ela é tomada por náuseas que retorcem suas entranhas e a reviram por dentro. É como se todo aquele passado revoltante que ela quisera sufocar de repente despertasse.

Eu sou responsável pela morte dos meus pais por um capricho. Uma ópera diante das pirâmides.

Ela se ajoelha e deixa sair tudo que há em suas tripas. O Depósito parece o lugar ideal para isso. Tudo que ela acumulou e transportou deve agora ser expulso. Mas ela não achava que seria tão doloroso.

— Eu sou um monstro — repete, entre vômitos —, um monstro.

— Não — diz Kim. — Você é exatamente como nós. Uma pessoa com coisas boas e ruins. Você não é responsável pelo que os seus pais tentaram com você e seu irmão. Eles é que quiseram brincar com fogo. E se queimaram.

Ela é sacudida por mais uma ânsia de vômito. Philippe Papadakis a olha com compaixão.

— Você queria saber quem era. Pois agora sabe.

Eu sou um monstro. Não mereço viver.

Todos alcançarão a redenção, menos eu.

Pois meu crime é imperdoável.

— Tudo bem, Princesa? — pergunta Kim Ye Bin, algo preocupado.

Ela respira fundo, de pálpebras fechadas. Uma palavra lhe vem à mente. Ela a pronuncia sem pensar:

— Perdão.

— O quê?

É a única palavra capaz de aplacar as tensões em mim. Perdão. Eu perdoo meus pais por me terem tornado diferente dos outros, tentando uma experiência científica sem perguntar minha opinião. Eu perdoo meu irmão por me ter abandonado. Eu perdoo a mim mesma por ter levado meus pais ao lugar onde eles foram assassinados. Pronto, eu tinha de pronunciar essa palavra que me faltava. Agora os nós foram desatados. Perdão, mil vezes perdão.

Em torno deles, a fumaça sobe, formando ao se desfazer uma espécie de arborescência horizontal.

Philippe Papadakis tira a máscara e tenta suportar o fedor. Quando consegue respirar, diz:

— Tenho um presente para você, Cassandra.

231.

Eu quero dormir.

Estou cansada, muito cansada.

Queria hibernar, como quando era raposa.

Três meses numa toca bem gostosa, sem me mexer, digerindo o ano.

232.

É um embrulho com uma fita vermelha.

Tenho medo dos gregos com seus presentes.

A jovem hesita, depois pega o embrulho e lentamente desfaz o laço. Tira o papel, abre a caixa de papelão.

Dentro, um relógio, muito semelhante ao seu relógio de probabilidades.

— Este também é especial. Muito, muito especial.

Cassandra examina o objeto sob todos os ângulos.

Philippe Papadakis sacode a cabeça.

— Ele fornece uma informação preciosa... a hora no exato momento em que o olhamos.

A jovem observa o mostrador, registrando 12:12, uma hora normal que sequer lhe indica se ela corre algum risco de morrer nos próximos segundos.

— Para falar a verdade, desde que a conheço, Cassandra, acho que você não tem uma real consciência do passar do tempo.

Eu não tenho real consciência do passar do tempo?!

Ela fecha as pálpebras, volta a ver em rápidos flashes a cena em que estava no vagão indo na direção do triturador de Moloch, e também aquela em que lutava com seu arco e flecha. Como sua percepção do tempo foi repentinamente invertida, ela vê suas flechas saindo da carne dos inimigos e voltando aos seus dedos, e depois ao estojo. Está vendo tudo invertido.

Com a cena das catacumbas acontece o mesmo. Os esqueletos de Denfert-Rochereau por ela revirados se reconstituem entre tinidos, enquanto ela retrocede nos corredores subterrâneos.

Surge novamente o momento em que ela viu seu irmão morrer. Ele é um fantoche desarticulado, e depois se reconstitui e volta a subir, como se fosse aspirado, em direção ao topo da Torre de Montparnasse, com a cabeça para baixo e os pés se agitando freneticamente por cima.

O filme continua se desenrolando em marcha a ré. Desordenadamente, ela vai revendo:

A cena do seu sonho de uma Paris ecologista, na qual se banhava nua no Sena entre peixes-voadores laranja e azul que nadam para trás.

A cena em que foi salva por Yin Yang, para sair da Montanha das Bonecas.

A cena em que sua cabana era construída. Os elementos utilizados são retirados um após o outro em marcha a ré, até o momento em que os quatro carros servindo de pilastra são arrancados do solo.

A cena em que ela é cercada por cães ferozes, que se vão afastando. O momento em que ela se enfia em marcha a ré no buraco da grade, vendo-se em plena avenida Jean Jaurès.

A cena em que foge para trás, com o carro de polícia se afastando. As gotas de chuva partem do chão em direção às nuvens negras.

Cassandra revê a fuga da Escola das Andorinhas. Revê a noite em que revelou a explosão na fábrica EFAP.

... e eu não tenho consciência do passar do tempo?!

Ela revê o atentado diante da pirâmide de Quéops. Os corpos se reconstituem enquanto a bola de fogo da bomba se reduz, até se enfiar numa mochila. A música de Verdi começa a ressoar em seus ouvidos, de trás para diante.

Cassandra Katzenberg revê a mansão dos pais. Vê a si mesma aos 9 anos, quando os objetos e os seres vivos ganharam nomes. Esses nomes são sucessivamente arrancados, e as coisas, sem etiquetas, começam a existir em forma de cores, volumes, sons, cantos, cheiros.

Até que o ser chamado Mamãe se torne uma entidade amada sem nome. Até que o ser que aparecia nos espelhos lhe pareça desconhecido.

Ela revê seu nascimento, voltando em marcha a ré para a vagina de sua mãe, para se enfiar e se enroscar nesse abrigo...

Ela se vê diminuindo de tamanho, até se tornar uma simples célula cor-de-rosa. Depois, se revê como homem, deitado numa cama em São

Petersburgo. Doente agonizante, volta a ser um adulto em plena posse das suas faculdades. E então é de novo um homem jovem, depois um adolescente e um bebê. Novamente o retorno a uma vagina e uma nova regressão ao estado de simples célula.

Ela revê todas as suas vidas anteriores, samurai japonês, arqueiro parta, vendedora de legumes num mercado fenício. Remonta aos homens pré-históricos, a suas outras vidas como mamífero, peixe ou simples paramécio.

... sem real consciência do passar do tempo?!!!

Ela olha ao redor com olhos novos, arregalados.

É então que o mundo lhe parece estar se mexendo. É uma sensação muito estranha, quase desagradável. No lugar do homem que está diante dela, flutua no ar uma etiqueta com a inscrição: "Philippe Papadakis, diretor de escola, cabelos grisalhos, olhos azuis, anel com cabeça de cavalo."

No lugar do coreano, flutua uma outra etiqueta: "Kim Ye Bin, rapaz de 17 anos, com mecha azul." Aos seus pés, outra etiqueta: "Yin Yang, raposa macho", e mais adiante etiquetas que se deslocam rapidamente: "Rato número 103.683". Diante dela, uma etiqueta maior: "Monte de lixo banhado em gasolina pegando fogo", e acima, "Fumaça fedorenta".

Os seres e as coisas são substituídos pelos nomes! Eu posso passar de um a outro. Graças a essa aventura, minha consciência acaba de conquistar esse poder:

EU SOU CAPAZ DE DISSOCIAR AS COISAS E OS SERES DOS SEUS NOMES!!

Que fabuloso poder!

Agora eu sou apenas eu.

Kim é apenas ele.

Este mundo não cabe mais nas palavras que o nomeiam.

É como se revelasse sua nova profundidade.

Muito "além" das palavras que servem para compartimentar, isolar, ordenar, limitar.

Ganhei uma nova percepção infinitamente preciosa. E que foi que disse Philippe Papadakis?

QUE EU NÃO TERIA REAL CONSCIÊNCIA DO PASSAR DO TEMPO? Pois eu tenho muito mais!

E então, é como se toda a pressão acumulada se liberasse de repente.

Ela dá uma gargalhada. Uma enorme gargalhada. Uma risada demente, inconveniente, causando mal-estar a todos os presentes. Ela abaixa a cabeça para esconder o rosto nas mãos e se sente acariciada por seus longos cabelos negros.

E o que ela sente nesse momento de libertação é uma nova emoção.

Como sabe o que é a raiva, ela pode conhecer a alegria.

Ela está feliz por estar viva.

Está feliz por estar com os amigos.

Está feliz por finalmente saber o que lhe aconteceu na infância.

Está feliz por ter um grande projeto para salvar a humanidade.

Está feliz porque as etiquetas que flutuam no ar são substituídas pelas pessoas verdadeiras e os objetos tangíveis da sua realidade.

Está tudo bem. Voltei ao jogo. A vida é bela.

Por suas veias, depois da torrente de adrenalina da raiva, passa agora a cascata de endorfinas que fazem seu cérebro cintilar.

Os outros a observam, preocupados. Quando ela levanta o rosto diante de Redenção em cinzas, seus olhos se turvam suavemente com lágrimas que já não vêm da tristeza, mas de puro júbilo.

E essa luz líquida cria um espelho no qual se reflete o mundo.

233.

E agora, o que vai acontecer?

234.

O rapaz e a moça passam pela porta de ferro. Avançando, estão agora no alto da Torre de Montparnasse, 210 metros acima da rua. É noite, as estrelas palpitam, a ventania é fria e muito ruidosa nessa altitude. Cassandra se debruça.

Mais abaixo, além das trevas, os carros que circulam parecem colunas de insetos luminosos e impacientes.

Vertigem gelada.

No mostrador do relógio: "Probabilidade de morrer em 5 segundos: 63%."

O suor escorre pelo seu rosto e pinga nas costas. Ela pega a mão de Kim. E assim fica por longos minutos, sem dizer nada, ouvindo de olhos fechados.

— Por que me trouxe aqui, Princesa? — pergunta seu companheiro, levemente inquieto.

— Foi aqui que meu irmão morreu.

— É uma peregrinação?

Ela examina o local.

De repente, algo atrai sua atenção. Um pedacinho de papel está preso ao cabo de aço por um barbante.

"... e então sua atenção foi atraída por um pedacinho de papel esvoaçante, preso ao cabo por um barbante. Cassandra reconheceu a caligrafia do irmão e leu um texto que contava exatamente o que ela estava fazendo naquele momento, e então pensou que..."

— Daniel tinha previsto o que aconteceu. E queria que tudo acontecesse aqui. Como nas canções maias.

O jovem coreano de mecha azul não responde.

— Meu irmão era como eu. Seu cérebro era livre, mas inadequado para o mundo dos outros seres humanos, cujo cérebro é condicionado para transformá-los em escravos medrosos.

Kim lê o papel e o devolve dando de ombros.

— Não foi Charles de Vézelay que...

— Ele foi deixado aqui pelo meu irmão.

Os relâmpagos desenham no céu uma árvore prateada, fluorescente. A chuva volta a cair obliquamente. Os dois jovens redencionistas não se mexem.

— Sabe, Marquês, eu disse que se achasse que estava ficando louca preferiria morrer. Não acha que seria agora o momento certo?

Cassandra o toma firmemente pela mão e se debruça sobre o vazio.

— Pare, Princesa, é perigoso!

O relógio normal indica meia-noite em ponto. O outro anuncia 66%.

— Vamos fazer a abertura dos cinco sentidos? Eu estou sentindo aqui e agora...

Ela fecha os olhos.

Quando fecho os olhos, continuo a vê-lo.

A frase a faz sorrir.

E se amar não fosse olhar juntos na mesma direção, mas fechar os olhos e continuar se vendo?

— O que está sentindo? — murmura Kim.

—... O cheiro da chuva. Ouço a tempestade trovejando. As gotas batendo no chão.

Nesse momento, o rapaz põe a mão no bolso e aciona um reprodutor digital de música. Ela imediatamente reconhece os coros, os metais, a percussão interpretando uma melodia de enorme força.

— ... estou ouvindo o *Réquiem* de Verdi.

Então ela abre os olhos e aponta com o queixo os pontos luminosos vermelhos e brancos avançando num rebanho compacto na rua aos seus pés.

— ... vejo a civilização, seres humanos se agitando apressados e fazendo barulho, luzes e fumaça. Mas vejo muito mais que isso.

Este mundo é tão rico em informações diversas, com seus números, suas letras, suas palavras, suas emoções, suas frases, seus insultos, seus provérbios, seus antiprovérbios, suas poesias, seus livros, sejam de ficção científica ou outros gêneros, seus filmes americanos ou franceses, suas músicas, suas óperas, a Callas, Verdi, seus chips, seu Nutella, seus confeitos, suas tortas de limão, todas as suas plantas, seus tojos, seus ratos, seus camundongos, suas raposas, seus cenários vertiginosos, seus tiranos, seus santos, seus anjos, seus diabos, Fetnat Wade, Esmeralda Piccolini, Orlando Van de Putte, Charles de Vézelay, Donald Sutherland, Rod Steiger, Merryl Streep, Jacky Chan, Morgan Freeman, Jennifer Connelly, Charlton Heston, William Hurt, os ditadores líbios, os presidentes franceses, os comandos terroristas de negro, os policiais, a mitologia grega, Cassandra, Albert Einstein, os ciganos, os albaneses, os cães, os gatos, os mortos, os vivos, as bonecas, os recém-nascidos. Por quanto tempo meus pais me privaram, me deixaram com fome, mantida longe do mundo para que pudesse apreciá-lo tanto, nas suas menores nuances? Esse festival de estímulos, cores, cheiros, sons, contatos, histórias e sonhos é uma festa permanente dentro do meu cérebro.

Eu estou viva! Estou viva e tão consciente! E aprecio esse mundo em tudo que ele tem de fabuloso e assustador. Por isso é que posso entendê-lo e talvez mudá-lo. Sim, para mudá-lo é preciso antes de mais nada amá-lo em todos os seus detalhes e paradoxos.

Ela respira amplamente, de olhos ainda fechados. O *Réquiem* não para de tocar, enquanto a chuva marca o compasso.

O rapaz de mecha azul fica preocupado com seu longo silêncio.

— O que está vendo?

— Vejo a Árvore do Tempo brotando com todas as suas possibilidades de futuro em rebentos. Sinto que sou um saco de partículas, por sua vez dentro de um saco ainda maior de partículas chamado Terra, por sua vez dentro de um saco ainda maior chamado universo. Sinto os sacos de partículas em mim. Células. Moléculas. Átomos. Quarks.

— E o que mais?

— Sinto a sua mão. Sinto que você está com medo. Se pularmos, viveremos um presente muito forte, realmente muito forte. Tão forte durante alguns segundos que esqueceremos todo o passado e todo o futuro. Só alguns segundos de intensa consciência do presente. Se minhas contas estão certas, o salto deve durar exatamente 6,54 segundos. Os centésimos de segundos dependem um pouco do vento e da chuva.

Kim Ye Bin espera, conformado. Cassandra debruça-se um pouco mais e ele não a segura. Ela volta a pensar na carta de tarô da Torre, o arcano XVI, com as duas silhuetas caindo.

— ... mas não — decide ela.

— Que houve? Por que você não pula?

— E você, como é que vê o futuro?

— Eu o vejo ao seu lado — responde o rapaz.

A moça de grandes olhos cinza-claro olha o relógio, que exibe "Probabilidade de morrer em 5 segundos: 09%."

Recorde de bem-estar batido.

— Lembra que eu dizia que você e eu éramos um oximoro? Duas entidades que não têm nada uma com a outra. Acho que finalmente nos transformamos em outra coisa. Sinônimos. Duas entidades que querem dizer a mesma coisa, mas com palavras diferentes. Você é Cassandra e eu sou Kim, mas nós significamos a mesma coisa.

Então a mocinha aproxima os lábios. Ela o beija na boca, um beijo que lhe parece durar horas. E neste momento ela pensa:

235.

Para a pergunta "é possível ver o futuro?", a resposta é: "Provavelmente não."

Em compensação, nada nos impede de inventá-lo agora mesmo.

"É possível fazer previsões sobre tudo, inclusive o futuro."

Kim Ye BIN

"Em terra de cego, que tem um olho faz o que pode."

Orlando Van de PUTTE

"E o anjo põe o dedo no rosto do velho e, pouco antes que ele morra, diz: 'Lembra-te bem desta vida que passou, para com ela aprenda para tua próxima vida.'"

Cassandra KATZENBERG

Este livro me foi inspirado por vários acontecimentos reais: uma experiência involuntária de mendicância aos 18 anos, nos Estados Unidos, quando meu amigo Eric Le Dreau e eu vimos roubadas todas as nossas economias em Nova York. Não conseguimos encontrar trabalho (ele era bretão e nós esperávamos trabalhar como garçons em restaurantes franceses, mas, como não tínhamos o *green card*, éramos sistematicamente denunciados e assim obrigados a fugir). Dois meses com algumas dezenas de dólares no bolso, dormindo em bancos de terminais ou em instalações às vezes duvidosas da Associação Cristã de Moços, cujas portas não eram fechadas e que tinham seus compartimentos tomados por baratas. O que não nos impediu de ir da Costa Leste à Costa Oeste.

A segunda experiência foi uma conferência que pronunciei para mendigos em Paris em 1997, por iniciativa da associação La Chouette (ou Le Hibou, não me lembro mais).* Pude então conversar com vários deles. Uma troca difícil, pois eu me dava perfeitamente conta do abismo que nos separava. Foi quando ouvi o diretor dessa associação falar de sua invenção da "festejação de aniversário", que devolvia os mendigos a uma espécie de tempo pessoal.

Também me vali de várias pesquisas que fiz sobre a reciclagem de dejetos e as comunidades que vivem nos depósitos de lixo, na época em que era jornalista científico, além de uma investigação sobre as probabilidades matemáticas de ocorrência de catástrofes.

Eu visitei as catacumbas do sul de Paris em companhia de uma dezena de conhecedores em 2003. (Um conselho: não as visitem, é realmente perigoso.) Partimos de um lugar secreto na Porte Brancion e chapinhamos o dia inteiro na lama, percorrendo quilômetros de túneis subterrâneos, pelos quais avançávamos às vezes de quatro, munidos de lanternas, enquanto

---

* Ambos significam coruja. (N. T.)

alguns metros acima das nossas cabeças as pessoas levavam normalmente a vida. Caía uma chuva torrencial na superfície, e a água não parava de subir nos túneis pelos quais passávamos. Chegávamos às vezes a avançar com água pelo queixo. Tivemos muita dificuldade para encontrar a única saída que constava do mapa (a polícia fechou todas as demais, justamente para evitar que as pessoas desçam), e à medida que o tempo passava, alguns integrantes do grupo entravam em pânico, ante a ideia de ficar presos debaixo da terra com lanternas de bolso que acabariam por se apagar.

O processo de Cassandra, julgada por bebês por não ter tentado salvar o planeta, me foi inspirado por um sonho que realmente tive em 21 de dezembro de 2008. Eu me imaginava criogenizado e despertando num mundo do futuro que tinha esquecido de salvar, sentindo-me incapaz de fazê-lo. Eu, o acusado, enfrentava então o tribunal dos bebês.

Finalmente, a associação "Árvore das Possibilidades" realmente existe, podendo ser encontrada na Internet desde 2001: www.arbredespossibles.com. Até hoje o site foi visitado por 1,8 milhão de curiosos, dos quais 8.500 deixaram scripts transformados em folhas da árvore dos futuros possíveis, ligadas ao curto, ao médio e ao longo prazo. Sylvain Timsit é seu guardião e jardineiro virtual. Nossos netos provavelmente acharão graça quando virem o que imaginávamos para eles no início da década de 2000...

P.S. de última hora. Na terça-feira, 23 de junho de 2009, por volta de 12h45, praticamente no minuto em que eu digitava o ponto final deste romance, um jovem de cerca de 30 anos, fazendo-se passar por jornalista, foi autorizado pelos bombeiros da Torre de Montparnasse a atravessar a porta de ferro de 2,50 metros.

E se atirou no vazio.

OBRAS MUSICAIS OUVIDAS DURANTE A ESCRITA DESTE ROMANCE:

Nabucco, de Giuseppe Verdi.
Réquiem, de Giuseppe Verdi.
Réquiem, de Wolfgang Amadeus Mozart.
Sinfonia Pastoral, de Beethoven.
Concerto para Bandolim e Flauta Piccolo, de Antonio Vivaldi.
Os Planetas, de Gustav Holst.
Back in Black, de AC/DC.
Somewhere in Time, de Iron Maiden.

AGRADECIMENTOS

Gilles Malençon, Boris Cyrulnik, Jonathan Werber, Jerôme Marchand, Sébastien Tesquet e Mélanie Lajoinie, Sylvain Timsit, Aurore Bernard, Sarah Aubourg, Patrick Bauwen, Frédéric Saldman, Jean-François Prevost.

São amigos que me contaram histórias inspiradoras ou tiveram a gentileza de ler este romance na etapa da "primeira versão", dando-me conselhos para melhorá-lo. Ou simplesmente me deixaram contar-lhes trechos da narrativa em voz alta, para testar suas reações.

Agradecimentos a Richard Ducousset, meu editor, e também a Reine Silbert, Jean-Claude Dunyach, Muguette Miele-Vivian e Françoise Chaffanel, que me ajudaram a corrigir o texto.